Katy Rose Pool
THE AGE OF DARKNESS
Feuer über Nasira

KATY ROSE POOL

THE
AGE
OF
DARKNESS

FEUER ÜBER NASIRA

Aus dem amerikanischen Englisch
von Anja Galić

FÜR ERICA. WEN SONST?

1. Auflage 2022
Erstmals als cbt Taschenbuch Oktober 2022
Text © 2019 Katy Pool
© 2020 für die deutschsprachige Ausgabe
cbj Kinder- und Jugendbuchverlag
in der Penguin Random House Verlagsgruppe GmbH,
Neumarkter Straße 28, 81673 München
Alle deutschsprachigen Rechte vorbehalten
Die Originalausgabe erschien unter dem Titel
»There Will Come a Darkness. An Age of Darkness Novel« bei
Henry Holt and Company. Henry Holt® is a registered trademark of
Macmillan Publishing Group, LLC, 120 Broadway, New York, NY 10271.
Aus dem amerikanischen Englisch von Anja Galić
Umschlaggestaltung: semper smile, München
Covermotive: © Shutterstock.com (Michael Rosskothen; atk work;
Krasovski Dmitri; CPD-Lab; MG Drachal)
kk · Herstellung: lw
Satz und Druck: GGP Media GmbH, Pößneck
ISBN 978-3-570-31514-9
Printed in Germany

www.cbj-verlag.de

Die Vier Inneren Gaben

—◦◦◦—

Die Gabe des Herzens
Verleiht außergewöhnliche Stärke, Geschicklichkeit,
Schnelligkeit und Sinneswahrnehmung
Ausgeübt durch: Elitekämpfer

Die Gabe des Blutes
Verleiht die Fähigkeit, Energie zu übertragen oder
zu entziehen, die heilende oder schädigende Wirkung hat
Ausgeübt durch: Heiler

Die Gabe des Geistes
Verleiht die Fähigkeit, Objekte mit einer besonderen
Funktionsweise anzufertigen
Ausgeübt durch: Alchemisten & Konstrukteure

Die Gabe Des Sehens
Verleiht die Fähigkeit, alles Lebende
zu erspüren und zu orten
Ausgeübt durch: Seher

I

—⁓—

DIE VORBOTEN

KAPITEL 1

EPHYRA

In einem mondbeschienenen Raum über den Dächern von Pallas Athos, der Stadt des Glaubens, kniete ein Priester vor Ephyra und flehte um sein Leben.

»Bitte. Ich verdiene es nicht, zu sterben. Ich schwöre, sie nie wieder anzurühren. Bitte hab Erbarmen.«

In dem prächtigen Privatgemach des Priesters in der Herberge *Gärten von Thalassa* herrschte ein wüstes Durcheinander. Zu Boden gefallene Servierplatten und umgekippte Trinkbecher aus feinstem Silber zeugten von den Resten eines üppigen Festmahls, der weiße Marmorboden war mit reifen Beeren und den wie Juwelen glitzernden Scherben etlicher kleiner Fläschchen übersät. Eine Lache vergossenen Weins, rot wie Blut, bahnte sich langsam ihren Weg auf den knienden Priester zu.

Ephyra ging in die Hocke und legte ihm eine Hand an die Wange. Seine Haut fühlte sich trocken wie Pergament an.

»Oh, ich danke dir!« Dem Priester traten Tränen in die Augen. »Danke, gesegnet sei …«

»Ich frage mich«, unterbrach sie ihn, »ob deine Opfer dich je um Gnade angefleht haben? Ob sie je Behesda angerufen haben, wenn du deine Male auf ihren Körpern hinterlassen hast?«

Er hielt entsetzt die Luft an.

»Nein, ich glaube nicht, dass sie das getan haben. Du hast sie dir mit deinem abscheulichen Trank gefügig gemacht, damit du ihnen wehtun konntest, ohne jemals ihren Schmerz mit ansehen zu müssen«, sagte sie. »Aber du sollst wissen, dass jede Narbe, die du ihnen zugefügt hast, auch bei dir ein Zeichen hinterlassen hat.«

»*Bitte ...*«

Durch die offen stehenden Balkontüren hinter ihr wehte eine Brise, als sie sein Kinn anhob. »Du trägst das Zeichen des Todes auf dir. Und der Tod ist gekommen, um einzufordern, was ihm gehört.«

Er starrte sie mit nacktem Grauen an, als sie ihre Hand zu seiner Kehle gleiten ließ. Sie spürte seinen rasenden Puls unter ihren Fingerspitzen, richtete ihre ganze Aufmerksamkeit darauf, lauschte, wie das Blut durch seine Adern rauschte. Dann entzog sie seinem Körper das *Esha*.

Das Licht in den Augen des Priesters erlosch, während seine Lungen ihren letzten Atemzug ausstießen. Er sackte zu Boden. Auf der bleichen Haut seiner Kehle leuchtete ein Handabdruck, blass wie der Mond. Das einzig sichtbare Zeichen dafür, dass er umgebracht worden war.

Sie zog einen Dolch aus ihrem Gürtel und beugte sich über ihn. Er war nicht allein gewesen, als sie ihn fand. Die beiden Mädchen, die er bei sich gehabt hatte – Mädchen mit tief in den Höhlen liegenden Augen und blauen Blutergüssen an den Handgelenken –, waren sofort davongelaufen, als sie es ihnen befohlen hatte. Sie hatten gehorcht, als hätten sie ihr ganzes junges Leben lang nichts anderes getan.

Mit ruhigen, routinierten Bewegungen stieß Ephyra ihm die Spitze des Dolchs durch den blassen Handabdruck tief in die Kehle. Sobald das dunkle Blut zu fließen begann, zog sie ihn wieder heraus, öffnete ein kleines Geheimfach im Griff und entnahm ihm eine Ampulle, mit der sie etwas von dem Blut auffing. Die letzten Worte des Priesters waren eine Lüge gewesen – er *hatte* den Tod verdient. Aber das war nicht der Grund, warum sie ihm das Leben genommen hatte.

Sie hatte ihm das Leben genommen, weil sie es brauchte.

Plötzlich flogen die Türen zu dem Gemach so unvermittelt auf, dass ihr vor Schreck die Ampulle aus der Hand glitt. Sie konnte sie gerade noch rechtzeitig auffangen, bevor ihr Inhalt verschüttet wurde.

»Keine Bewegung!«

Drei Männer stürzten herein, einer mit erhobener Armbrust, die beiden anderen mit Säbeln. Stadtwächter. Ephyra war nicht überrascht. Die Herberge *Gärten von Thalassa* lag am Rand des Elea-Platzes, gerade noch innerhalb der Tore der Oberstadt. Sie hatte sich kundig gemacht und wusste, dass die Wächter jeden Abend zu Fuß über den Platz patrouillierten. Aber sie hatten sie schneller aufgespürt, als sie gedacht hatte.

Der Anführer hielt jäh inne und starrte auf den am Boden liegenden Priester. »Er ist tot!«

Sie verschloss die Blutampulle und versteckte sie wieder im Griff des Dolchs. Während sie sich aufrichtete, vergewisserte sie sich, dass das schwarze Seidentuch noch an seinem Platz saß und die untere Hälfte ihres Gesichts verbarg.

»Ergib dich oder wir müssen dich mit Gewalt in Gewahrsam nehmen«, sagte der Wächter langsam.

Ihr schlug das Herz bis zum Hals, aber sie zwang ihre Stimme, ruhig zu klingen. Furchtlos. »Wenn ihr auch nur einen Schritt näher kommt, wird es in diesem Gemach mehr als nur einen Toten geben.«

Der Wächter zögerte. »Sie versucht, uns zu täuschen.«

»Nein«, sagte der Armbrustträger mit einem nervösen Blick auf den Priester. »Schaut euch den Handabdruck an. Genau wie bei den Toten, die in Tarsepolis gefunden wurden.«

»Die Blasse Hand«, wisperte der dritte Wächter und starrte Ephyra an.

»Das sind doch bloß Märchen«, sagte der erste Wächter, aber seine Stimme zitterte leicht. »Niemand ist so mächtig, dass er allein durch die Gabe des Blutes töten kann.«

»Was hast du in Pallas Athos zu suchen?«, fragte der dritte Wächter. Er stand breitbeinig und mit vorgeschobener Brust vor ihr, als versuchte er, eine Bestie niederzustarren. »Warum bist du hier?«

»Ihr nennt diesen Ort Stadt des Glaubens«, sagte Ephyra. »Aber hinter ihren weißen Mauern herrschen Verderbtheit und Ruchlosigkeit. Ich werde sie zeichnen, so wie ich alle meine Opfer zeichne, damit der Rest der Welt sieht, dass die Stadt des Glaubens die Stadt der vom Glauben Abgekommenen ist.«

Das war eine Lüge. Sie war nicht in die Stadt des Glaubens gekommen, um sie mit Blut zu beflecken. Doch es gab nur zwei andere Menschen auf der Welt, die den wahren Grund kannten. Und einer von ihnen wartete auf sie.

Sie bewegte sich rückwärts auf den Balkon zu. Die Stadtwächter spannten die Muskeln an, versuchten aber nicht, ihr zu folgen.

»Du hast einen Priester getötet, damit wirst du nicht so einfach davonkommen«, sagte einer von ihnen. »Wenn wir dem Konklave berichten, was du getan hast ...«

»Nur zu.« Sie zog sich ihre schwarze Kapuze über den Kopf. »Sagt seinen Mitgliedern, die Blasse Hand sei gekommen, um den Priester von Pallas zu holen. Und sie sollen beten, dass sie nicht die Nächsten sind, die ich holen komme.«

Sie drehte sich um und riss die Seidenvorhänge zur Seite. Der Mond hing wie das Blatt einer Sense am Nachthimmel.

Die sich überschlagenden Stimmen der Wächter hinter sich lassend, lief sie auf den Balkon und schwang sich über die Marmorbalustrade. Die Welt neigte sich – vier Stockwerke tiefer schimmerten die Eingangsstufen der Herberge wie Elfenbeinzähne im Mondlicht. Ihre Finger bekamen den unteren Rand der Balustrade zu fassen, und ein Blick nach links sagte ihr, dass sich das Dach des Badehauses gerade noch in erreichbarer Nähe befand.

Sie nahm Schwung und sprang. Die Augen zusammengekniffen, die Arme um die Knie geschlungen, wappnete sie sich für den Aufprall, landete hart und rollte sich ab. Sobald sie wieder festen Halt hatte, rappelte sie sich auf und lief los, und die Stimmen der Wächter und die Lichter der Herberge verloren sich in der Nacht.

———

Ephyra bewegte sich wie ein Schatten durch das Mausoleum. Stille und Dunkelheit herrschten an dem heiligen Ort, die Morgendämmerung war nur zu erahnen. Sie bahnte sich einen Weg zwischen den Trümmern hindurch, vorbei am gefliesten Orakelbecken in der Mitte, das Einzige in dieser heiligen Stätte, dem das Feuer nichts hatte anhaben können. Über ihr gab die eingestürzte Decke den Blick auf den Nachthimmel frei.

Die Ruine des Mausoleums lag direkt vor den Mauern der Stadt und war wie dafür geschaffen, sich unbemerkt in die Unterstadt zu stehlen. Sie wusste nicht, wann das Mausoleum niedergebrannt worden war, aber nun war es verlassen und bot ein perfektes Versteck. Die Stufen in die Krypta hinunter knarzten und ächzten unter ihren Schritten, und es brauchte wie stets einen kräftigen Stoß, um die vermoderte Holztür zu der winzigen Kammer zu öffnen, die seit zwei Wochen ihr Zuhause war. Sie zog das schwarze Tuch vom Gesicht und warf ihren Umhang ab, bevor sie eintrat.

Die Kammer hatte den Akolythen, die sich früher um das Heiligtum kümmerten, als Vorratskeller gedient. Nun war sie den Ratten, der Verrottung und Menschen wie Ephyra überlassen, die sich nicht an den beiden anderen Dingen störte.

»Du kommst spät.«

Ephyra spähte durch den dämmrigen Raum zu der Schlafstatt in der Ecke, über der behelfsmäßig zwei zerschlissene Laken angebracht waren, um einen Hauch Privatsphäre zu schaffen. Die dunklen Augen ihrer Schwester spähten zu ihr zurück.

»Ich weiß.« Ephyra legte das schwarze Tuch und den Umhang über die Lehne eines Stuhls am Ende der Schlafstatt.

Beru setzte sich auf und streckte sich wie eine zu groß gewachsene Katze. Ein Buch glitt von ihrer Brust und landete mit flatternden Seiten auf dem Laken. Ihre kurzen, lockigen Haare waren auf der einen Seite ihres Kopfs vom Liegen platt gedrückt. »Ist alles gut gegangen?«

»Ja.« Es gab keinen Grund, ihr zu erzählen, wie knapp sie entkommen war. Ihre Mission war erfüllt. Sie zwang sich ein Lächeln ins Gesicht. »Du weißt doch, die Zeiten, in denen ich von den Dächern von Spelunken heruntergefallen bin, sind längst vorbei. Ich habe mittlerweile einiges dazugelernt.«

Als Ephyra die Identität der Blassen Hand angenommen hatte, waren ihre Kletterkünste noch recht bescheiden gewesen. Die Tatsache, dass sie die Gabe des Blutes besaß, bedeutete nicht, dass sie sich unbemerkt in Lasterhöhlen schleichen oder die Balkone reicher Kaufleute erklimmen konnte. Diese Fertigkeiten hatte sie sich auf herkömmliche Art aneignen müssen und unzählige Nächte damit verbracht, sowohl ihren Gleichgewichtssinn, ihre Reaktionsschnelligkeit und ihre Muskelkraft zu verbessern, als auch ihre Opfer auszukundschaften. Beru hatte sie begleitet, als es ihr noch besser ging, und mit ihr darum gewetteifert, wer schneller über einen Zaun klettern oder geräuschloser von einem Dach zum nächsten springen konnte. Sie hatten sich viele Nächte lang durch die Schatten gestohlen und an die Fersen möglicher Opfer gehängt, um ihre Laster und Gewohnheiten zu studieren. Nachdem Ephyra jahrelang trainiert hatte und einige Male nur knapp einer Ergreifung entgangen war, wusste sie, wie sie sich aus gefährlichen Situationen, in die sie als die Blasse Hand geriet, herausmanövrieren konnte.

Beru erwiderte ihr Lächeln, aber es fehlte ihm an Kraft.

Ephyra spürte, wie ihr eigenes Lächeln verblasste, als sie den Schmerz in den Augen ihrer Schwester sah. »Steh auf«, sagte sie sanft.

Beru schlug die raue Decke zurück. Sie zitterte und ihre dunkle Haut wirkte in dem dämmrigen Licht fahl. In ihren blutunterlaufenen Augen lag ein erschöpfter Ausdruck.

Stirnrunzelnd beugte Ephyra sich über die flache Schale, die auf der Kiste neben der Schlafstatt stand, nahm die Ampulle aus dem Geheimfach im Griff ihres Dolchs und gab den Inhalt hinein. »Wir haben viel zu lange gewartet.«

»Mir geht es gut«, sagte Beru mit zusammengebissenen Zähnen und wickelte einen Stoffstreifen von ihrem linken Handgelenk. Darunter kam ein schwarzer Handabdruck zum Vorschein.

Ephyra benetzte ihre Hand mit dem Blut in der Schale und legte sie anschließend auf das dunkle Mal, das Berus Haut entstellte. Dann schloss sie die Augen und richtete all ihre Sinne darauf, das *Esha*, das sie dem Priester entzogen hatte, durch sein Blut in den Körper ihrer Schwester zu lenken.

Das Blut diente als Medium. Wäre sie eine ordentlich ausgebildete Heilerin gewesen, hätte sie Wege gekannt, das *Esha* ihrer Opfer direkt auf Beru zu übertragen. Sie hätte kein Blut dafür nutzen müssen.

Andererseits wäre sie erst gar nicht dazu gezwungen gewesen, zu töten, wenn sie eine ordentliche Ausbildung genossen hätte. Heiler mit der Gabe des Blutes legten einen Eid ab, der es ihnen verbot, jemals das *Esha* anderer anzurühren.

Aber es war die einzige Möglichkeit, ihre Schwester am Leben zu erhalten.

»Siehst du.« Ephyra legte Beru eine Hand an die Wange, wo die Haut bereits anfing, ihre besorgniserregende gräuliche Färbung zu verlieren. »Schon viel besser.«

Für den Moment zumindest. Beru sprach es nicht aus, aber Ephyra konnte die Worte in ihren Augen lesen. Beru griff an ihr vorbei nach einem dünnen schwarzen Griffel, der auf der Kiste neben der Schlafstatt lag. Mit anmutigen, geübten Bewegungen malte sie eine kurze, gerade Linie auf ihr Handgelenk, in das bereits dreizehn andere Linien für alle Ewigkeit mit alchemistischer Tinte hineingeätzt worden waren.

Vierzehn getötete Menschen. Vierzehn Leben – ausgelöscht, damit Beru leben konnte.

Es entging Ephyra nicht, wie ihre Schwester jedes Mal, wenn sie ein Opfer gezeichnet hatte, ihre eigene Haut zeichnete. Wie nach jedem Tod Schuldgefühle an ihrer Schwester nagten. Dass die Menschen, die sie tötete, weit davon entfernt gewesen waren, unschuldig zu sein, schien für Beru keine Rolle zu spielen.

»Vielleicht war es das letzte Mal«, sagte Ephyra leise. »Das letzte Mal, dass wir das tun mussten.«

Deswegen waren sie nach Pallas Athos gekommen. Irgendwo in dieser Stadt des verloren gegangenen Glaubens und der zerfallenen Tempel gab es jemanden, der wusste, wie Beru für immer geheilt werden konnte. In den letzten fünf Jahren hatte sie sich an diese Hoffnung geklammert.

Beru wandte den Blick ab.

»Ich habe dir noch etwas anderes mitgebracht.« Ephyra zwang sich, unbekümmert zu klingen. Sie griff in den kleinen Beutel an

16

ihrem Gürtel und zog den gläsernen Verschluss einer Flasche heraus, den sie im Gemach des Priesters vom Boden aufgelesen hatte. »Ich dachte, du könntest ihn vielleicht für das Armband verwenden, an dem du gerade arbeitest.«

Beru nahm den Glaspfropfen und drehte ihn in ihrer Hand. Er sah aus wie ein kleines Juwel.

Ephyra legte ihre Hand auf die ihrer Schwester. »Ich lasse nicht zu, dass dir irgendetwas geschieht.«

»Ich weiß.« Beru schluckte. »Immer machst du dir Sorgen um mich. Manchmal kommt es mir vor, als würdest du nichts anderes tun. Aber du bist nicht die Einzige, die sich Sorgen macht. Jedes Mal, wenn du dort draußen bist, habe ich Angst um dich.«

Sie tippte vorwurfsvoll mit dem Finger gegen Berus Wange. »Mir wird nichts passieren.«

Beru strich mit dem Daumen über die vierzehn Linien an ihrem Handgelenk. »Das meine ich nicht.«

Ephyra zog ihre Hand wieder weg. »Du solltest jetzt schlafen.«

Beru ließ sich auf ihr Lager zurücksinken und Ephyra legte sich neben sie. Während sie dem gleichmäßigen Atem ihrer Schwester lauschte, dachte sie an die Angst, die Beru zwar aussprach, aber nicht benannte. In Nächten wie dieser, wenn sie spürte, wie der Puls ihrer Opfer langsamer schlug und schließlich verstummte, wenn sie ihnen das letzte bisschen Leben entzog, fühlte sie diese Angst ebenfalls. Sobald deren Blick erlosch, empfand sie eine süße, satte Erleichterung – und gleichzeitig eine tiefe, unentrinnbare Furcht davor, dass das Töten von Monstern sie selbst zu einem machte.

KAPITEL 2

HASSAN

Auf seinem Weg die Heilige Straße hinauf zupfte Hassan an seiner Tunika. Der Diener, von dem er sie sich ausgeliehen hatte, war ein kleines bisschen größer als er, und Hassan hatte das Gefühl, in ihr zu versinken. Er war die fließenden Gewänder, die man sich in Pallas Athos um den Körper drapierte, nicht gewohnt und sehnte sich nach der Robustheit der schweren Brokatstoffe aus Herat zurück. Kleidung, die sich fest um den Körper schmiegte und Brust und Kehle bedeckte.

Aber in seinen eigenen Kleidern wäre er zu sehr aufgefallen, und hätte man ihn auf der Straße erkannt, wäre die ganze Anstrengung, die es ihn gekostet hatte, sich heimlich davonzustehlen, umsonst gewesen. Ganz zu schweigen von der Gefahr, in die er geraten könnte.

Das war zumindest die Begründung seiner Tante Lethia gewesen, als sie ihm verboten hatte, die Mauern ihrer an den Klippen gelegenen Villa zu verlassen.

»Du bist zu deiner eigenen Sicherheit in diese Stadt gekommen«, hatte sie ihn eindringlich ermahnt. »Die Zeugen können nicht mit Gewissheit sagen, ob der Prinz von Herat sich noch in Nasira aufhält oder bereits über die Landesgrenzen entkommen ist, und ich

18

habe vor, sie so lange wie möglich in Unkenntnis zu lassen. Der Einfluss des Hierophanten reicht selbst bis hierher, und ich fürchte, seine Anhänger würden alles daransetzen, dich aufzuspüren und an ihn auszuliefern, wenn sie wüssten, dass du geflohen bist.«

Nachdem er zwei Wochen lang vergeblich versucht hatte, sie umzustimmen, hatte Hassan beschlossen, die Dinge selbst in die Hand zu nehmen. Als seine Tante heute aufgebrochen war, um den Nachmittag in der Stadt zu verbringen, hatte er nicht lange gezögert und die Gelegenheit beim Schopf gepackt. Er wollte herausfinden, was in seinem Königreich vor sich ging, seit er es verlassen hatte. Von seiner Tante erfuhr er nämlich so gut wie nichts darüber – entweder weil sie es nicht wusste oder weil sie ihn schonen wollte.

Es war ein warmer Nachmittag und auf der Heiligen Straße herrschte geschäftiges Treiben. Die breite, mit Kalkstein gepflasterte Allee wurde von Olivenbäumen – dem Wahrzeichen von Pallas Athos – gesäumt und führte vom Hafen bis zur Agora und dem über der Stadt thronenden Tempel von Pallas hinauf. In den Säulengängen, die zu beiden Seiten der Straße verliefen, reihten sich Geschäfte, Schankstuben und Badehäuser aneinander.

Der kalte Marmor und karge Kalkstein um ihn herum ließen ihn die leuchtenden Farben von Nasira, der Hauptstadt Herats, umso schmerzlicher vermissen – schimmerndes Gold, warmes Ocker und Karmesinrot, saftiges Grün und leuchtendes Blau.

»He, du! Bleib stehen!«

Hassan erstarrte. Er war noch nicht einmal eine Meile von der Villa entfernt und hatte sich schon erwischen lassen. Vor Scham und Reue stieg ihm die Röte in die Wangen.

Doch als er sich zu der Stimme umdrehte, begriff er, dass gar nicht er gemeint war. Ein Metzger war hinter seinem Marktstand hervorgelaufen und deutete hektisch auf jemanden in der Menge. »Haltet den Dieb!«

Ein paar Leute blieben stehen und schauten sich um. Im nächsten Moment flitzte ein kleiner Junge zwischen ihnen hindurch, und bevor Hassan entscheiden konnte, was er tun sollte, rannte der Junge mitten in ihn hinein.

Hassan stolperte ein paar Schritte rückwärts, schaffte es aber, den Jungen aufzufangen, ohne der Länge nach mit ihm hinzuschlagen.

»Das ist er!«, schrie der Metzger. »Das ist der Dieb!«

Hassan hielt den Jungen an den Schultern fest und ließ den Blick über seine zerrissenen knielangen Hosen und sein schmutziges Gesicht wandern. Er hielt ein in braunes Papier gewickeltes Päckchen an die Brust gepresst. Seine dunklen Züge und seine bronzefarbene Haut zeugten eindeutig von seiner heratischen Herkunft – er war ein Kind aus Hassans Heimat. Hassan schaute zu dem Metzger zurück, der schnaufend und mit hochrotem Kopf auf sie zugelaufen kam.

»Hast wohl gedacht, du kannst dich einfach so davonmachen, was?«, fuhr er den Jungen an. »Aber du wirst schon sehen, wie man in dieser Stadt mit dreckigen kleinen Dieben wie dir umgeht.«

»Ich bin kein Dieb!«, gab der Junge zurück und befreite sich aus Hassans Griff. »Ich habe dafür bezahlt.«

Hassan sah den Metzger an. »Ist das wahr?«

»Der kleine Halunke hat mir ein paar lumpige Münzen in die Hand gedrückt, dabei ist dieses prächtige Stück Lammfleisch mehr als doppelt so viel wert!«, gab der Metzger entrüstet zurück. »Dachtest, ich merke es nicht und du könntest dich einfach aus dem Staub machen, was?«

Der Junge schüttelte den Kopf. »Ich wusste nicht, dass es zu wenig war«, sagte er entschuldigend. »Ich habe die Münzen gezählt, aber die sehen hier so anders aus, dass ich durcheinandergekommen bin.«

»Klingt, als wäre das alles nichts weiter als ein Missverständnis.«

Hassan setzte sein diplomatischstes Lächeln auf und griff nach dem Münzbeutel an seinem Gürtel. »Ich zahle, was er dir noch schuldet. Wie viel ist es?«

Der Metzger warf dem Jungen einen verschlagenen Blick zu. »Drei Tugenden.«

Hassan zählte drei mit einem Olivenbaum geprägte Silbermünzen ab und hielt sie dem Metzger hin.

Der Mann schloss feixend die Hand darum und sagte abfällig: »Ihr Flüchtlinge glaubt wohl, ihr könntet euch bis in alle Ewigkeiten auf unserer Mildtätigkeit ausruhen.«

Hassan kochte innerlich. Am liebsten hätte er sich dem Metzger zu erkennen gegeben und ihn in aller Öffentlichkeit dafür züchtigen lassen, dass er es wagte, so mit dem Prinzen von Herat zu sprechen. Stattdessen zwang er sich, lächelnd zu erwidern: »Eure Mildtätigkeit erfüllt uns alle mit tiefer Bewunderung.«

Im Kiefer des Metzgers zuckte ein Muskel, als wäre er sich nicht sicher, ob Hassan es ernst meinte oder sich über ihn lustig machte. Schließlich grunzte er etwas Unverständliches, nickte und kehrte an seinen Stand zurück.

Kaum hatte der Metzger ihnen den Rücken zugekehrt, wollte sich der Junge aus dem Staub machen, aber Hassan hielt ihn an der Schulter fest. »Nicht so schnell. Wir sind hier noch nicht fertig. Das stimmt gar nicht, dass du mit den hiesigen Münzen durcheinandergekommen bist, habe ich recht?«

Der Junge hob bestürzt den Blick.

»Schon gut«, sagte Hassan lächelnd. »Ich nehme an, du hattest gute Gründe dafür.«

»Ich wollte meiner Mutter eine Freude machen.« Der Junge ließ die Schultern hängen. »Weil Lammeintopf doch ihr Lieblingsgericht ist. Aber den hat es bei uns nicht mehr gegeben, seit … seit wir von zu Hause fort sind. Ich dachte, wenn ich ihr einen koche, fühlt sie sich vielleicht, als ob wir noch zu Hause wären, und würde nicht mehr so viel weinen.«

Hassan musste unwillkürlich an seine eigene Mutter denken, die noch zu Hause *war*, auch wenn er alles dafür gegeben hätte, sie bei sich zu haben, um sie zu trösten, so wie dieser Junge, der kaum älter als zehn Jahre sein konnte, seine Mutter trösten wollte. Um ihr zu sagen, dass alles gut werden würde. Vielleicht auch, um aus ihrem Mund zu hören, dass alles gut werden würde. Wenn sie überhaupt noch lebte. *Sie lebt,* dachte er. *Sie muss einfach.*

Er schluckte und sah den Jungen an. »Dann sollten wir nicht länger hier rumstehen, sondern uns schleunigst auf den Weg zu ihr machen. Ihr seid im Lager untergebracht, nehme ich an?«

Der Junge nickte. Sie gingen los und Hassan spürte, wie seine erwartungsvolle Aufregung mit jedem Schritt wuchs, den sie auf dem letzten Stück der Heiligen Straße zurücklegten. Die Oberstadt von Pallas Athos schmiegte sich an einen Berghang und setzte sich aus drei übereinanderliegenden Ebenen zusammen, die wie eine Krone in die Höhe ragten. Durch das Heilige Tor gelangten sie auf die höchste Ebene, wo sich die Agora vor ihnen ausbreitete, von der aus man die ganze Stadt überblickte.

Dahinter erhob sich der prächtige Marmorbau des Tempels von Pallas, der größer war als sämtliche Tempel in Nasira. Ein breiter, von Pfeilern gesäumter Treppenaufgang führte den Hang hinauf zum Säulenvorbau des Tempels. Gleißendes Licht ergoss sich über seine schweren Pforten.

Der Tempel zählte zu den sechs großen Weltmonumenten. Von hier aus hatte der Gründer dieser Stadt, der Prophet Pallas, einst die regierenden Priester geleitet und seine Prophezeiungen in der restlichen Welt verbreitet. Gemäß den Überlieferungen der *Geschichte der Sechs Prophetischen Städte* waren früher Menschen aus dem ganzen Pelagos-Kontinent zur Agora in der Stadt des Glaubens gepilgert, um sich selbst mit geweihtem Salböl zu segnen und auf den Stufen des Tempels Opfergaben wie Weihrauch und Olivenzweige darzubringen.

Doch seit die Propheten vor hundert Jahren verschwunden waren, hatte kein Pilger mehr seinen Fuß hierhergesetzt. Die Gebäude der Agora, bestehend aus Lagerräumen, Badehäusern, einer Arena und dem Wohnquartier der Akolythen, verfielen allmählich und waren von Unkraut und hohem Gras überwuchert.

Jetzt wimmelte es auf dem großen Versammlungsplatz wieder vor Menschen und es herrschte reges Treiben. Während der zwei Wochen seit dem Umsturz waren Menschen aus ganz Herat hierhergeflüchtet und standen nun unter dem Schutz des Archon basileus und des Priesterkonklaves von Pallas Athos. Das war der Grund, warum Hassan sich aus der Villa seiner Tante gestohlen hatte – um sich endlich mit eigenen Augen ein Bild von den Lebensumständen der anderen Menschen zu machen, die wie er aus Nasira geflohen waren. Menschen wie dieser Junge.

Hassan stieg der würzige Geruch von Holzrauch in die Nase, als er dem Jungen durch das Heilige Tor in das behelfsmäßig errichtete Lager folgte. Zwischen den verwitterten Bauten waren Zelte, Unterstände und notdürftig zusammengezimmerte Bretterverschläge errichtet worden. Abfälle lagen herum, aus allen Richtungen erklangen Kindergeschrei und Bruchstücke hitziger Streitgespräche, und direkt vor ihnen kam aus einem Säulengang eine lange Schlange von Menschen, die Krüge und Eimer mit Wasser schleppten und vorsichtig darauf bedacht waren, keinen einzigen Topfen des kostbaren Nasses zu verschütten.

Hassan blieb stehen und nahm den Anblick in sich auf. Er hatte keine genaue Vorstellung davon gehabt, was ihn auf der Agora erwarten würde, aber *damit* hatte er nicht gerechnet. Voller Scham dachte er an den idyllischen Garten und die palastähnlichen Gemächer in der Villa seiner Tante, während sein Volk nur eine Meile entfernt zusammengepfercht zwischen Tempelruinen hausen musste.

Trotz der niederschmetternden Zustände empfand Hassan eine schmerzhafte Vertrautheit mit den Bewohnern des aus allen Nähten platzenden Lagers. Sie setzten sich aus dunkelhäutigen Wüstensiedlern und dem braun gebrannten Delta-Volk zusammen, dem auch er entstammte. Ihm schoss der Gedanke durch den Kopf, dass es für ihn zu Hause unmöglich gewesen wäre, einfach so an einen Ort wie diesen zu gehen. Natürlich gab es Feierlichkeiten wie das Flammen- oder das Flutfest, aber selbst bei diesen Gelegenheiten waren Hassan und der Königshof von den feiernden Menschenmassen abgeschirmt worden und hatten das Spektakel aus der sicheren Entfernung der Palaststufen oder einer königlichen Barke vom Fluss Herat aus verfolgt.

Eine seltsame Mischung aus freudiger Erregung und nervöser Beklommenheit erfasste ihn. Dies war nicht nur das allererste Mal, dass er sein Volk seit dem Umsturz wiedersah – es war das allererste Mal, dass er es als einer von ihnen sah.

»Asisi!« Eine aufgelöste Stimme erhob sich über den Lärm vor dem Brunnenhaus. Eine Frau mit dunklen, zu einem Kranz geflochtenen Haaren kam auf sie zugelaufen, gefolgt von einer weißhaarigen Alten, die ein Kleinkind auf der Hüfte trug.

Asisi rannte stolpernd auf die dunkelhaarige Frau zu, die eindeutig seine Mutter war und ihn ungestüm in die Arme riss, sobald er bei ihr angekommen war. Dann hielt sie ihn eine Armlänge von sich weg und schalt ihn mit Tränen in den Augen aus, bevor sie ihn erneut, so fest sie konnte, an sich drückte.

»Tut mir leid, Mutter«, murmelte Asisi gerade reumütig, als Hassan zu ihm aufschloss.

»Ich habe dir doch gesagt, dass du das Lager nicht verlassen sollst!«, schimpfte seine Mutter weiter. »Ich will mir gar nicht ausmalen, was dir alles hätte zustoßen können.«

Asisi biss sich auf die Unterlippe, als kämpfte er wacker gegen seine Tränen an.

Die ältere Frau trat zu Hassan. »Wo hast du ihn gefunden?«

»Auf dem Marktplatz vor dem Heiligen Tor«, antwortete er. »Er hat Lammfleisch gekauft.«

Die Frau schnalzte sanft mit der Zunge, als das Kleinkind sich aus ihrem Griff winden wollte. »Er ist ein guter Junge«, sagte sie und fügte ohne Überleitung hinzu: »Bist du auch hierhergeflohen?«

»Nein«, sagte Hassan hastig. »Ich war bloß zur richtigen Zeit am richtigen Ort.«

»Aber du bist ein Herati.«

»Ja.« Er suchte fieberhaft nach einer Erklärung, was er hier machte, ohne ihr Misstrauen zu wecken. »Ich wohne in der Stadt und bin in das Lager gekommen, um herauszufinden, ob es irgendwelche Neuigkeiten aus Nasira gibt. Ich … ich habe Familie dort. Ich muss wissen, ob sie in Sicherheit sind.«

»Tut mir leid, das zu hören«, sagte die Frau ernst. »Viel zu viele von uns wissen nicht, was aus ihren Liebsten zu Hause geworden ist. Die Zeugen haben den Hafen abgeriegelt und lassen so gut wie keine Schiffe mehr durch. Die einzigen Nachrichten, die uns erreichen, stammen von Landsleuten, denen es gelungen ist, nach Osten, in die Wüste und über das Südmeer zu fliehen.«

Hassan wusste genau, wovon sie sprach. In seinen Gemächern in der Villa bewahrte er ein ledergebundenes Buch auf, in dem er akribisch festhielt, was er über die Geschehnisse in seiner Stadt in Erfahrung bringen konnte. Er wusste immer noch nicht, was mit seinen Eltern passiert war – ob seine Tante Lethia genau wie er im Unklaren war oder ob sie ihn vor der Wahrheit schützte.

Er wollte nicht beschützt werden. Er wollte einfach nur Gewissheit. Sich innerlich gegen die Antwort wappnend, fragte er: »Was ist mit dem König und der Königin? Weiß man, was mit ihnen geschehen ist?«

»Der König und die Königin leben«, sagte die Frau. »Der Hierophant hält sie irgendwo fest, aber seit dem Umsturz sind sie mindestens zwei Mal in der Öffentlichkeit gesehen worden.«

Er stieß die Luft aus, die er, ohne es zu bemerken, angehalten hatte. Vor Erleichterung wurde ihm schwindelig. Wie sehr er sich nach diesen Worten gesehnt hatte. Seine Eltern lebten. Sie waren immer noch in Herat, auch wenn sie weiterhin in der Gewalt des Hierophanten, des Oberhaupts der Zeugen, waren.

»Über den Prinzen ist nichts bekannt«, sprach die Frau weiter. »Seit dem Umsturz wurde er nicht mehr in Nasira gesehen. Als wäre er vom Erdboden verschluckt. Aber viele von uns glauben, dass er überlebt hat. Dass ihm die Flucht gelungen ist.«

Es war reines Glück gewesen, dass er sich nicht in seinen Gemächern aufgehalten hatte, als der Hierophant den Palast stürmen ließ. Er war in der Bibliothek über einer Ausgabe von *Der Niedergang des Nowogardischen Reichs* eingeschlafen und von lauten Schreien und beißendem Rauchgeruch aufgewacht. Einer der Leibwächter seines Vaters hatte ihn dort gefunden und über die Gartenmauer zum Hafen hinuntergeschmuggelt. Er sagte ihm, seine Mutter und sein Vater würden auf einem der Schiffe warten. Als Hassan begriff, dass der Wächter ihn belogen hatte, hatte das Schiff bereits abgelegt, und er hatte nur noch zusehen können, wie seine Stadt und der am Hafen aufragende Leuchtturm immer kleiner wurden.

»Was hat der Hierophant mit dem König und der Königin vor?«, fragte er.

Die Frau schüttelte den Kopf. »Ich weiß es nicht. Manche sagen, er würde sie am Leben lassen, um das Volk zu beschwichtigen, andere, dass er sie als Demonstration seiner Macht benutzt – sowohl gegenüber seinen Anhängern als auch gegenüber den Begnadeten von Nasira.«

»Seine Macht?«, wiederholte Hassan, weil er das Gefühl hatte, dass sie damit mehr als den Einfluss des Hierophanten auf seine Anhänger meinte.

»Die Zeugen behaupten, der Hierophant könne die Begnadeten daran hindern, ihre Gabe zu benutzen«, sagte die Frau. »Er könne sie durch seine bloße Anwesenheit ihrer Fähigkeiten berauben. Seine Anhänger glauben, dass der Hierophant sie an dieser Macht teilhaben lassen wird, wenn sie sich als würdig erweisen.«

Hassan mahlte mit den Kiefern. Bei dem Gedanken, seine Mutter und sein Vater könnten einer solchen Machtdemonstration unterzogen worden sein, bebte er innerlich vor Wut. Er konnte nicht anders, als es sich bildlich vorzustellen – seine stolze, hochgewachsene Mutter, die sich weigerte, sich zu unterwerfen. Sein sanftmütiger und bedächtiger Vater, der seinem Volk zuliebe seine eigene Furcht und Sorge verbarg. Der Hierophant, der mit seiner goldenen Maske vor ihnen stand.

Er hatte den Mann, der sein Land an sich gerissen hatte, noch nie mit eigenen Augen gesehen, aber aus Erzählungen wusste er von der goldenen Maske mit der auf der Stirn eingeprägten schwarzen Sonne, hinter der er sich versteckte.

Aus den Gerüchten, die über den Mann mit der goldenen Maske kursierten, hatte sich während der letzten fünf Jahre ein vages Bild zusammengesetzt: ein fremder Prediger, der durch den Osten von Herat gewandert war, ein meisterhafter Redner, der mit einer einzigen Geste eine Menschenmenge zum Verstummen bringen oder mit einem einzigen Wort einen Aufstand anzetteln konnte. Es hieß, der Hierophant hätte einst als Akolyth im Tempel von Pallas gedient, sich jedoch eines Tages von den Propheten abgewandt und begonnen, seine eigene Botschaft zu verkünden. Er wiegelte die Bewohner in den Städten auf, indem er sie glauben machte, die Fähigkeiten der Begnadeten seien widernatürlich und gefährlich, und scharte so Anhänger um sich, die den Begnadeten nur allzu bereitwillig die Schuld an allem Unglück gaben, das sie in ihrem Leben erdulden mussten.

Hassan erinnerte sich noch gut daran, wie besorgt sein Vater gewesen war, als aus allen Winkeln des Königreichs – sogar aus Nasira selbst – Nachrichten von Übergriffen auf Begnadete den Palast erreichten. Die Angreifer rechtfertigten ihre Taten stets auf dieselbe Weise: Der Hierophant hätte ihnen aufgetragen, den Dorftempel zu entweihen. Der Hierophant hätte ihnen aufgetragen, das Haus des Heilers niederzubrennen. Der Hierophant hätte sie entsendet, um die Welt von den Begnadeten zu reinigen.

Der Hierophant.

»Du solltest mit den Akolythen aus Herat sprechen«, sagte die Frau und deutete mit einem Kopfnicken in Richtung des Tempels. »Sie haben auch schon anderen Geflüchteten weiterhelfen können und wissen bestimmt, ob deine Familie es hierhergeschafft hat.«

Hassan wollte ihr gerade danken, als ein ohrenbetäubendes Kreischen die Luft zerriss. Die Leute rundum erstarrten. Ohne nachzudenken, lief Hassan durch die Menge auf den Tempel zu. Zwei Jungen rannten in entgegengesetzter Richtung an ihm vorbei.

»Holt die Stadtwächter! Holt die Stadtwächter!«, schrie einer von ihnen.

Hassan beschleunigte seine Schritte. Als er den Fuß der Tempeltreppe erreicht hatte, sah er, dass sich dort eine kleine Menschenmenge gebildet hatte.

»Aus dem Weg, alter Mann!«, bellte eine Stimme von den oberen Stufen.

Hassan reckte den Kopf, um zu sehen, wem sie gehörte. Ungefähr zwei Dutzend Männer hatten sich entlang der Tempeltreppe aufgereiht. Sie waren mit Spitzhacken, Stöcken und Knüppeln bewaffnet und trugen Gewänder, deren Säume mit einem schwarz-goldenen Muster bestickt waren. Ihre in den Nacken geschobenen Kapuzen enthüllten kurz geschorene Haare. Derjenige, der gesprochen hatte, trug einen kurzen grauen Bart.

Zeugen – Anhänger des Hierophanten. Ihr bloßer Anblick brachte sein Blut zum Kochen und er schob sich wütend durch die Menge nach vorn. Dort angekommen, entdeckte er einen alten Mann auf dem obersten Treppenabsatz, der in den lindgrün-blass-goldenen Chiton eines Herati-Akolythen gehüllt war und sich den Zeugen entgegenstellte.

»Dieser Tempel ist ein heiliger Zufluchtsort für Notleidende.« Die Stimme des Akolythen war leiser als die des bärtigen Zeugen. »Ich werde nicht zulassen, dass ihr ihn im Namen eurer Lügen und eures Hasses schändet.«

»Die Einzigen, die hier Zuflucht suchen, sind die Begnadeten«, zischte der Zeuge. »Sie besudeln mit ihren widernatürlichen Fähigkeiten die heilige Energie der Welt.«

Die letzten Worte schienen sich an zwei der anderen Zeugen zu richten. Sie waren noch etwas jünger; der eine von ihnen klein gewachsen, mit einem rundlichen Gesicht, der andere groß und hager. Der kleinere umklammerte mit zitternder Hand eine Spitzhacke. Er wirkte fast ängstlich. Von dem großen dagegen ging eine geradezu unheimliche Ruhe aus, nur seine grauen Augen leuchteten vor Aufregung. Im Gegensatz zu der schwarz-goldenen Robe des Bärtigen trugen sie weiße Kutten, vermutlich waren sie so etwas wie Novizen.

Die restlichen Zeugen erwarteten offenbar von ihnen, dass sie sich hier bewährten.

Die Stimme des bärtigen Zeugen wurde lauter, als er fortfuhr. »Diese Stadt ist der Beweis für die Verderbtheit der Begnadeten.

Männer, die sich selbst Priester nennen, verlangen von den Menschen dieser Stadt, ihnen Tribut zu zollen, während sie den Großteil ihrer Zeit damit verbringen, sich ihren fleischlichen Begierden hinzugeben. Unter den Begnadeten gibt es einen Mörder, der nachts sein Unwesen treibt. Und nun strömen auch noch all diese feigen Begnadeten hierher, die vor dem Unbefleckten und seiner Wahrheit geflohen sind.«

Der Unbefleckte. Hassan hörte diesen Namen nicht zum ersten Mal. So nannten die Zeugen ihren Anführer.

»Der Tag der Vergeltung naht«, rief der bärtige Zeuge. »Bald schon wird es euren lasterhaften Königen und falschen Priestern wie dem Abschaum ergehen, der auf dem Thron von Herat saß. Und der Unbefleckte wird seine Getreuen belohnen, oh ja, er wird selbst diejenigen belohnen, die sich ihm erst jüngst angeschlossen haben. Jedem, der seinen unerschütterlichen Glauben an seine Botschaft unter Beweis stellt, wird die Ehre zuteil, sein Zeichen zu tragen.« Der Zeuge schob den Ärmel seines Gewands hoch. In seinen von Adern durchzogenen Handrücken war ein Symbol eingebrannt – ein Auge, dessen Pupille eine schwarze Sonne darstellte. »Zeigt ihm, dass ihr würdig seid, sein Zeichen zu tragen«, fuhr er an die beiden Novizen gewandt fort. »Sorgt dafür, dass diese Abarten der Natur seinen Namen fürchten. Haltet ihnen allen den Spiegel vor, sodass sie ihre eigene Verderbtheit darin sehen und keiner von ihnen mehr den Blick abwenden kann!«

Die anderen Zeugen folgten seinem Beispiel und schoben ihre Ärmel ebenfalls hoch, um das in ihre Haut eingebrannte Zeichen zu enthüllen.

Der alte Akolyth trat auf den Novizen mit dem rundlichen Gesicht zu. »Du musst das nicht tun«, sagte er sanft. »Der Hierophant hat dir Lügen gepredigt, aber niemand zwingt dich, sie dir anzuhören.«

Der Novize festigte den Griff um seine Spitzhacke, sein Blick zuckte vom Sprecher der Gruppe zu der Menge hinter ihm.

Der große, hagere Novize neben ihm sah den Akolythen voller Verachtung an. »Es sind deine Propheten gewesen, die Lügen gepredigt haben. *Ich* werde dem Unbefleckten meine Treue beweisen.« Er holte aus und schlug dem alten Mann mitten ins Gesicht. Der Hieb war so hart, dass er auf die Knie fiel.

Die Menge schrie entsetzt auf. Wutentbrannt stürmte Hassan die Stufen nach oben. Als der hagere Novize sich umdrehte und auf den Akolythen spuckte, sah Hassan rot. Er packte ihn an seiner Kutte und rammte ihm die Faust ins Gesicht.

Alle schienen die Luft anzuhalten, als der Novize rückwärtstaumelte.

Der bärtige Zeuge schob sich vor ihn und baute sich vor Hassan auf. »Im Namen des Hierophanten – wer bist du?«

»Jemand, den du lieber nicht reizen solltest«, entgegnete Hassan. »Wobei es dafür längst zu spät ist.«

Alles in ihm sehnte sich nach einem Kampf, und die Zeugen schienen mehr als bereit, ihm diesen Wunsch zu erfüllen. Sie gehörten den Fanatikern an, die sein Königreich besetzt und seine Eltern eingesperrt hatten. Näher konnte er dem Hierophanten in diesem Augenblick nicht kommen.

Der hagere Novize trat auf ihn zu und verzog höhnisch den Mund. »Noch so ein dreckiger Begnadeter, der glaubt, er hätte das Recht, uns seiner durch Willkür errungenen Macht zu unterwerfen. Eure Propheten haben euch mit einem Fluch belegt, als sie euch eine Gnadengabe verliehen haben.«

Wut trieb Hassan die Röte ins Gesicht – und Scham. Weil Hassan *nicht* begnadet war. Was seinen Zorn auf die Zeugen und ihre verdrehte Ideologie aber nicht schmälerte. Es drängte ihn, den Novizen zu korrigieren – gleichzeitig gefiel es ihm, von ihm gefürchtet zu werden, indem er ihn in dem Glauben ließ, einer der auserwählten Begnadeten zu sein.

Die Begnadeten wurden in den Sechs Prophetischen Städten und über ihre Grenzen hinaus für ihre besonderen Fähigkeiten verehrt. Die allerersten Begnadeten hatten ihre mächtige Gabe von den Propheten verliehen bekommen. Obwohl jedes Jahr nur wenige Tausend von ihnen geboren wurden, hatten viele von ihnen einflussreiche Positionen inne.

Jede Königin und jeder König, der bisher auf dem Thron von Herat gesessen hatte, waren begnadet gewesen. Ausnahmslos. Hassan wartete immer noch darauf, dass sich in ihm eine der Vier Inneren Gaben offenbarte. Dass er mit der Gabe des Blutes heilen oder mit der Gabe des Sehens weissagen konnte. Dass er wie sein Vater mit der Gabe des Geistes Gegenstände anfertigen konnte, die von heiligem *Esha* durchdrungen waren und wundersame Funktionen erfüllten. Oder dass er wie seine Mutter mit der Gabe des Herzens im Dunkeln sehen und aus tausend Fuß Entfernung einen Herzschlag hören konnte.

Mit jedem Jahr, das vergangen war, hatte Hassan sich verzweifelter danach gesehnt. Die Gabe offenbarte sich den meisten im Alter von siebzehn Jahren, seine Eltern und Großeltern hatten ihre jedoch schon mit elf entdeckt. Mittlerweile war Hassan sechzehn. Seine Hoffnung, begnadet zu sein, hatte er schon vor einer ganzen Weile begraben, und nun hatte der Novize mit seinen Worten das niederschmetternde Gefühl, versagt zu haben, wieder an die Oberfläche gezerrt.

Blindwütig stürzte er sich auf den hageren Jungen, danach lechzend, ihm die Hände um die Kehle zu legen, aber bevor er ihn zu fassen bekam, wurde er zur Seite gestoßen und hatte Mühe, das Gleichgewicht zu halten. Hastig richtete er sich wieder auf und sah den anderen Novizen vor sich, der gerade zu seinem nächsten Schlag ausholte. Hassan duckte sich darunter hinweg und sah aus dem Augenwinkel, wie der Hagere den Akolythen an seinem Gewand packte.

»Ich werde dem Unbefleckten meinen unerschütterlichen Glauben an seine Botschaft beweisen!«, schrie er und zog ein Messer aus seinem Gürtel. »Die Propheten sind tot, und die Begnadeten werden ihnen folgen!«

»*Nein!*« Hassan lief los, stieß den Akolythen zur Seite und warf sich auf den hageren Novizen, der ihm jedoch geschickt auswich und seine blitzende Klinge nun auf ihn richtete.

Auch wenn Hassan die begnadete Schnelligkeit und Stärke seiner Mutter fehlte, hatte sie ihm immerhin beigebracht, sich selbst zu verteidigen. Er wirbelte herum und hob schützend einen Arm, um die Klinge abzuwehren. Sie fuhr direkt über dem Ellbogen in das ungeschützte Fleisch seines Oberarms. Ein scharfer Schmerz durchzuckte ihn, aber er ließ sich davon nicht beirren, sondern griff mit der anderen Hand nach dem Messer und zwang es nach oben von sich weg.

Warmes Blut tropfte auf seine Schulter und sein ganzer Arm pochte vor Schmerz, während er mit dem Novizen um das Messer rang, bis er es ihm schließlich, getrieben von all der Wut, die seit zwei Wochen in ihm gärte, aus den Fingern wrang.

Hassan schaute auf die Klinge in seiner Hand, überwältigt von dem Verlangen, sie dem anderen mitten ins Herz zu stoßen. Ihn mit seinem Blut für all den Schmerz bezahlen zu lassen, den seinesgleichen und ihr Anführer seinem Land angetan hatten.

Aber bevor er handeln konnte, bekam er von hinten einen heftigen Schlag versetzt. Das Messer fiel klirrend zu Boden und die Welt drehte sich, als er die Tempelstufen hinunterfiel. Schützend hob er die Arme über sich, denn schon kamen die anderen Zeugen auf ihn zu und schwangen drohend ihre Knüppel und Spitzhacken.

Doch die Hiebe blieben aus. Stattdessen hörte Hassan ein lautes Ächzen, gefolgt von drei dumpfen Aufprallgeräuschen.

Als er aufschaute, sah er nichts als ein gleißendes Licht.

Ein Mädchen stand zwischen drei niedergestreckten Zeugen auf den Stufen. Sie war unverkennbar eine Herati, kleiner als er, aber mit sehnigen Muskeln, schimmernder dunkelbrauner Haut und dichten schwarzen Haaren, die zu einem Knoten hochgesteckt und nach Art der Herati-Legionäre an den Seiten kurz geschoren waren. Erst jetzt wurde ihm klar, dass er vom Licht der Nachmittagssonne geblendet worden war, das sich in der Klinge des Krummschwerts in ihren Händen spiegelte.

Rechts und links von ihr standen zwei weitere Herati-Schwertkämpfer, die die hastig zurückweichenden Zeugen mit zusammengekniffenen Augen im Blick behielten.

»Verschwindet«, sagte die Legionärin. Ihre Stimme war fest und befehlsgewohnt. »Wenn ihr noch einmal einen Fuß in diesen Tempel setzt, wird das der letzte Ort sein, den ihr zu Gesicht bekommt.«

Die Zeugen, die ziemlich mutig gewirkt hatten, als es mit einem alten Akolythen und einer Schar unbewaffneter Flüchtlinge zu tun gehabt hatten, waren eindeutig weniger gewillt, sich mit drei begnadeten Herati-Legionären und ihren Krummschwertern zu messen. Sie flohen die Tempelstufen hinunter und warfen dabei immer wieder ängstliche Blicke über die Schulter.

Nur der bärtige Zeuge war zurückgeblieben und rappelte sich nun von den Stufen auf. »Der Tag der Vergeltung naht und keiner von euch wird ihm entkommen!«, stieß er an die Menge gewandt hervor, bevor er sich umdrehte und den anderen folgte.

»Du hast sie in die Flucht geschlagen«, sagte einer der beiden Schwertkämpfer zu dem Mädchen.

Sie schüttelte den Kopf. »Die kommen wieder, wie die Ratten. Aber wir werden gewappnet sein.«

»Ach, wen haben wir denn da?«, sagte der andere Schwertkämpfer und zeigte zum Fuß der Tempelstufen. »Die Stadtwache rückt an. Genau dann, wenn der Spuk vorbei ist.«

Hassan drehte sich um und sah die vertrauten hellblauen Uniformen der Stadtwache, die sich einen Weg durch die sich zerstreuende Menge bahnte. Zu Zeiten der Propheten hatten die Stadt und ihr Tempel unter dem Schutz der Paladine des Ordens des Letzten Lichts gestanden – den begnadeten Elitekämpfern, die den Propheten dienten. Doch zusammen mit den Propheten verschwand auch der Orden und seitdem oblag es den Stadtwächtern – einem zusammengewürfelten Haufen unbegnadeter Söldner –, Pallas Athos zu beschützen.

»Kommst du zurecht?«, fragte die Herati-Legionärin.

Hassan brauchte einen Augenblick, um zu begreifen, dass die Frage an ihn gerichtet war. Er wandte sich ihr zu und folgte ihrem Blick, der auf seinen blutverschmierten Arm gerichtet war.

»Bloß ein Kratzer«, antwortete er. Sein Zorn hatte den Schmerz in Schach gehalten, aber beim Anblick der Wunde wurde ihm plötzlich flau und sein Kopf begann zu pochen.

»Das eben war nicht sonderlich klug von dir.« Sie steckte ihr Krummschwert mit einer einzigen fließenden Bewegung in den Gürtel zurück. »Nicht klug, aber mutig.«

Hassans Magen schlug einen kleinen Salto.

»Bist du neu im Lager?«, fragte sie und neigte den Kopf zur Seite. »Ich habe dich noch nie hier gesehen.«

»Ich bin kein Geflüchteter«, erklärte er schnell. »Ich bin Schüler der Akademie.«

»Ein Schüler«, sagte das Mädchen nachdenklich. »Ist die Akademie nicht ziemlich weit von hier entfernt?«

Der alte Akolyth tauchte neben Hassan auf und bewahrte ihn davor, sich um Kopf und Kragen zu reden.

»Emir!«, rief das Mädchen. »Du bist doch hoffentlich nicht verletzt?«

Der Akolyth winkte ab. »Keine Sorge, Khepri, mir geht es bestens.« Er sah Hassan an. »Ich glaube, du hast in dem Handgemenge vorhin etwas verloren«, sagte er und streckte die Hand aus.

»Mein Kompass!« Hassan griff danach.

»Die außergewöhnliche Richtung, in die seine Nadel zeigt, ist mir sofort aufgefallen«, sagte Emir. »Es ist der Leuchtturm von Nasira, habe ich recht?«

Hassan nickte langsam. Der Leuchtturm war das Symbol von Nasira der Weisen, der Prophetin, nach der die Hauptstadt von Herat benannt worden war und deren Weissagung zu ihrer Gründung geführt hatte.

Hassans Vater hatte ihm den Kompass an seinem sechzehnten Geburtstag geschenkt. Er konnte sich noch genau an das erinnern, was er damals zu ihm gesagt hatte – er wisse, dass er bei Hassan in guten, sicheren Händen sei, so wie auch das Königreich bei ihm in guten, sicheren Händen sein würde, wenn seine Zeit gekommen war. Damals hatte Hassan die Hoffnung, seinem Vater eines Tages auf den Thron von Herat zu folgen, bereits aufgegeben.

»So weit wird es nicht kommen«, hatte er unglücklich entgegnet. »Ich bin nicht ... ich habe keine Gabe. Die Gelehrten sagen zwar, es bleibt noch genügend Zeit, in der meine Gabe sich offenbaren kann, aber wir wissen beide, dass sie sich irren.«

Sein Vater hatte mit dem Daumen die Umrisse des Leuchtturms nachgezeichnet, die in den Kompass eingraviert waren. »Als die Prophetin Nasira diese Stadt gegründet hat, hatte sie eine Vision von diesem Leuchtturm als Symbol der Gelehrsamkeit und Vernunft. Sie sah, dass die Linie der Seif über das Königreich von Herat regieren wird, solange der Leuchtturm von Nasira steht. Schon morgen könnte deine Gabe sich offenbaren. Oder vielleicht nie. Aber ganz gleich, wie es kommt, du bist und bleibst mein Sohn. Der Erbe der Seif-Linie. Solltest du jemals den Glauben an dich selbst verlieren, wird dieser Kompass dich zu ihm zurückführen.«

Die Worte seines Vaters hallten in seinem Kopf wider, als Hassan den Kompass einsteckte und dem aufmerksamen Blick des Akolythen begegnete. War es schlichtes Interesse, das er in seinen Augen las, oder wusste er mehr, als er zu erkennen gab? Hatte er ihn womöglich erkannt?

»Du bist aus Nasira?«, fragte das Herati-Mädchen.

»Der Kompass gehört meinem Vater«, antwortete er. Das war keine Lüge. »Er ist dort geboren.«

Beim Gedanken an seinen Vater wurde ihm das Herz schwer. Was würde er sagen, wenn er wüsste, wie sein Sohn sich heute verhalten hatte? Wie er sich von seinem Zorn hatte leiten lassen. Heiße Scham durchflutete ihn.

»Ich ... ich sollte jetzt gehen.«

»Bevor du gehst, solltest du lieber zu einem Heiler gehen«, sagte das Herati-Mädchen. »Hier im Lager gibt es welche. Sie haben bestimmt nichts dagegen, sich deinen Arm anzuschauen, erst recht nicht, wenn sie erfahren, wie du ...«

»Nein«, unterbrach Hassan sie. »Danke. Das ist sehr freundlich, aber ich muss wieder zurück.«

Es war kühler geworden, schon beinahe Abend, und Hassan wusste, dass ihm nicht einmal mehr eine Stunde blieb, bis seine Tante ihn zum Essen rufen und bemerken würde, dass er nicht in seinen Gemächern war. Er musste es vorher zurück zur Villa schaffen und seine Wunde selbst versorgen.

»Vielleicht kommst du ja bald wieder«, sagte der Akolyth mit einem warmen Lächeln.

»Ja«, sagte Hassan und sah dabei das Herati-Mädchen an. »Ich meine ... ich werde es versuchen.«

Er wandte sich eilig zum Gehen, ließ den Tempel hinter sich und kehrte zur Heiligen Straße zurück. Doch als er das Tor erreicht hatte, drehte er sich noch einmal um und blickte zur Agora und dem notdürftig errichteten Lager zu Füßen des Tempels von Pallas hinauf. Hinter ihm versank die Sonne im glitzernden Türkis des Meeres, und vor ihm wurden die ersten Lagerfeuer entzündet, deren Rauch wie Gebete zum Himmel aufstiegen.

Kapitel 3

Anton

In der Herberge *Gärten von Thalassa* musste irgendetwas vorgefallen sein.

Anton war es zwar gewohnt, mehr patrouillierende Stadtwächter zu sehen, sobald er eines der Tore passierte, die die Unterstadt von der Oberstadt trennten, aber heute wimmelte es hier geradezu von ihren hellblauen Uniformen, auf denen ein weißer Olivenbaum prangte. Zu Dutzenden standen sie auf dem von Schankstuben, Gasthäusern und Badehäusern gesäumten Elea-Platz, und vor dem *Thalassa* hatte sogar ein ganzer Trupp Stellung genommen.

Anton bahnte sich einen Weg an aufgeregt tuschelnden Ladenbesitzern und anderen neugierigen Schaulustigen vorbei zu einer kleinen Gruppe von Leuten, die die gleiche olivgrüne Livree wie er trugen.

»Da bist du ja endlich!«, rief eine fröhliche Stimme, und im nächsten Moment zog eine Hand Anton durch das Gewühl zu einem Seiteneingang der Herberge. »Du hast dir einen schrecklichen Tag ausgesucht, um zu spät zur Arbeit zu kommen.«

»Cosima, warte.« Anton sah die junge Frau, die sich wie er als Bedienstete in den *Gärten von Thalassa* verdingt hatte, blinzelnd an. »Was ist denn passiert?«

Cosima nahm einen Zug von ihrem Zigarillo und blies ihm eine dicke, nach Baldrian duftende Rauchwolke ins Gesicht. Ihre hellbraunen Augen funkelten sensationslüstern. »Es ist jemand umgebracht worden.«

»Was ... *hier*?«, sagte Anton fassungslos. »Ein Gast?«

Cosima nickte und schnippte Asche von ihrem Zigarillo. »Ein *Priester*. Armando Curio.«

»Wer?«

Sie verdrehte die Augen. »Natürlich, du bist ja nicht von hier, hatte ich jetzt glatt vergessen. Curio ist einer der Priester des Tempels von Pallas gewesen, dem hier in der Gegend aber ein gewisser Ruf vorausgeeilt ist.«

Den *Gärten von Thalassa* waren Angehörige der Priesterkaste mit »einem gewissen Ruf« nicht fremd. Seit der Stadtgründung war das Betreiben von Spielhäusern, Spelunken und anderen Lasterhöhlen ausschließlich in der Unterstadt, wo auch Anton sein Quartier hatte, erlaubt. Die vorwiegend von Priestern und höhergestellten Bürgern bewohnte Oberstadt sollte ein leuchtendes Vorbild an Tugendhaftigkeit und Frömmigkeit sein. Möglich, dass dem einst so gewesen war. Doch mittlerweile schien die Priesterkaste nur noch daran interessiert zu sein, sich zu bereichern und in feudalen Herbergen wie dem *Thalassa* – in denen die Fassade der Ehrbarkeit aufrechterhalten wurde – ihren Lastern hinzugeben.

Cosima nahm einen weiteren Zug von ihrem Zigarillo. »Ist wohl keine große Überraschung, dass er ausgewählt wurde.«

»Was meinst du mit ›ausgewählt‹?«, fragte Anton stirnrunzelnd.

»Es geht das Gerücht ...«, begann sie in dem gedehnten Tonfall, den sie immer anschlug, wenn sie ihn dazu bringen wollte, an ihren Lippen zu hängen, »... dass die Blasse Hand ihn auf dem Gewissen hat.«

»Sagt wer?«

Cosima wedelte flüchtig mit der Hand durch den Rauch ihres Zigarillos. »Stefanos hat erzählt, er habe gesehen, wie sie seine Leiche rausgetragen haben. Mit einem blassen Handabdruck auf der Kehle, genau wie bei den Toten in Tarsepolis.«

»Stefanos ist ein Schwachkopf«, erwiderte Anton, bekam aber trotzdem eine Gänsehaut. Dies war das erste Mal, dass er in Pallas Athos von der Blassen Hand hörte, doch als er noch in der Nähe von Tarsepolis gewohnt hatte, hatten Gerüchte über mysteriöse Todesfälle die Runde gemacht, deren Opfer angeblich von einem blassen Handabdruck gezeichnet gewesen waren. Und in Charis sollte es bereits vor knapp fünf Jahren zu ganz ähnlichen Vorfällen gekommen sein.

Worüber sich alle einig waren: Die Blasse Hand tötete nur diejenigen, die es verdient hatten.

»Was glaubst du, warum sie ausgerechnet ihn ausgewählt hat?«, fragte er. »Was hat er getan?«

»Das Übliche«, antwortete Cosima.

Soll heißen, Reichtümer aus den Tempeln der Stadt plündern und damit rauschende Orgien feiern, bei denen die Priester sich der Völlerei hingaben und mit allen Männern und Frauen Unzucht trieben, die ihnen gerade über den Weg liefen.

»Und noch viel schlimmere Dinge«, fuhr sie fort. »Curio hatte die Gabe des Geistes und soll ein besonderes Talent für Alchemie gehabt haben. Nur dass er keine Heilmittel oder Glückstinkturen herstellte. Seine Spezialität war den Gerüchten nach ein Trank, der gefügig macht. Er soll in der Unterstadt immer wieder nach Jungen und Mädchen gesucht haben, die er damit köderte, dass sie auserwählt seien, im Tempel zu dienen. Dann brachte er sie in sein Privatgemach im *Thalassa*, verabreichte ihnen den Trank und ... tja, den Rest kannst du dir denken.«

Antons Magen krampfte sich zusammen. Er wusste über die

41

grauenvollen Dinge Bescheid, die mächtige Männer wehrlosen Kindern antun konnten.

»Was flüstert ihr beiden da?«

Anton fuhr herum und sah Stefanos auf sie zukommen. Stefanos, ein Wichtigtuer mit einfältigem Lächeln, war einer der Leibdiener im *Thalassa*. So beliebt er bei den Gästen zu sein schien, so inbrünstig verabscheute ihn der Rest der Bediensteten. Ständig lungerte er in irgendeiner Küche herum und verlangte, die Speisen vorzukosten – angeblich, um sich zu vergewissern, dass sie die Erwartungen der Gäste erfüllten –, oder prahlte lautstark damit, welchem Priester oder reichen Kaufmann er an diesem Abend zu Diensten war. Das Einzige, was für ihn sprach, war seine Neigung, all seine Münzen an Anton zu verlieren, wenn die Dienerschaft nach getaner Arbeit ein paar Runden Canbarra spielte.

Es überraschte Anton nicht, dass Stefanos die Ermordung des Priesters zum Anlass nahm, sich mal wieder wichtigzumachen.

Neugierig war er trotzdem. »Cosima hat erzählt, dass du den Leichnam des Priesters gesehen hast?«

Stefanos volle Lippen verzogen sich zu einem überheblichen Grinsen. »So, hat sie das?«

»Und?« Anton zog die Brauen hoch. »Hast du ihn gesehen?«

Stefanos schlang ihm vertraulich einen Arm um die Schultern. »Ich habe in meinem Leben schon eine Menge schreckliche Dinge gesehen, das kannst du mir glauben. Aber das? Hier, in der Herberge? Das war beim Tarseis noch mal mit Abstand das Schaurigste, was mir jemals untergekommen ist. Der Mann hatte keinen einzigen Kratzer. Eine einzige *Berührung* hat gereicht, um ihn …« Er fuhr sich mit dem Finger über die Kehle. »Wenn du mich fragst … vielleicht ist es langsam an der Zeit, dass wir endlich die Augen aufmachen und erkennen, wie gefährlich die Begnadeten wirklich sind.«

Anton unterdrückte ein Schaudern.

»Du bist ein Schwachkopf«, zitierte Cosima Antons Worte von eben.

Stefanos warf ihr einen verächtlichen Blick zu. »Wenn du es selbst gesehen hättest, dann wüsstest du, wovon ich rede.«

»Du klingst schon genauso wie diese kapuzentragenden Fanatiker«, gab Cosima zurück und stieß erneut den Rauch ihres Zigarillos aus. »Fehlt nur noch, dass du dir wie sie die Haare scheren lässt.«

»Seit die Propheten verschwunden sind, gibt es niemanden mehr, der den Begnadeten ihre Grenzen zeigt«, sagte Stefanos. »Du weißt so gut wie ich, was sich die Priester hier alles rausnehmen, nur weil sie begnadet sind und sich deswegen einbilden, sie wären was Besseres als wir. Und jetzt treibt auch noch jemand wie diese Blasse Hand in unseren Straßen ihr Unwesen und tötet mit ihren widernatürlichen Fähigkeiten, wen sie will.«

»Was denn nun?«, erwiderte Cosima herausfordernd. »Willst du damit sagen, dass Curio den Tod verdient hat oder dass die Blasse Hand aufgehalten werden muss?«

Stefanos Augen funkelten. »Ich will damit sagen, dass die Zeugen vielleicht recht haben und es an der Zeit ist, dass die Welt endlich von den Begnadeten befreit wird.«

Anton schnürte es die Kehle zu. Stefanos ging ihm auf die Nerven, Angst hatte er vor ihm aber noch nie gehabt. Jetzt allerdings fröstelte es ihn beim Anblick seiner von Hass verzerrten Miene. Er wusste nicht – konnte nicht wissen –, dass Anton zu denen gehörte, die er und die Zeugen am liebsten ausgetilgt sehen würden. Dass Anton – genau wie die Priester von Pallas Athos und die Blasse Hand – begnadet war.

Cosima boxte Stefanos in die Schulter.

»He!«, rief Stefanos und hielt sich den Arm. »Wieso schlägst du mich?«

»Damit du dein dummes Mundwerk hältst«, entgegnete Cosima. »Was kommt als Nächstes? Willst du einen Tempel niederbrennen, um dem Hierophanten deine Treue zu beweisen? Es heißt, dass jeder, der sich den Zeugen anschließen will, zeigen muss, dass er nicht davor zurückschreckt, mit Gewalt gegen die Begnadeten vorzugehen.«

»Sie setzen sich gegen die Begnadeten zur Wehr«, sagte Stefanos. »Irgendjemand muss es ja tun.«

»Ach ja?«, sagte Cosima. »Und was ist mit dieser Geschichte, die Vasia uns letzte Woche beim Canbarra erzählt hat? Von diesem Mann, der mitten in der Nacht seine eigenen begnadeten Kinder niedergemetzelt hat, um von den Zeugen aufgenommen zu werden? Oder bist du vielleicht der Meinung, dass solche Kinder es nicht anders verdient haben, weil sie begnadet sind?«

Stefanos schüttelte geringschätzig den Kopf. »Das ist doch bloß ein Gerücht. Nichts davon ist wirklich passiert.«

»Ich bitte dich«, entgegnete Cosima. »Der Hierophant bringt seine Anhänger dazu, sich ein Auge in die Haut einbrennen zu lassen, und redet ihnen ein, die Begnadeten würden die Welt verderben. Willst du mir ernsthaft erzählen, diese Fanatiker wären zu so einer Gräueltat nicht fähig?«

Stefanos winkte bloß verächtlich lächelnd ab und marschierte zu einer anderen Gruppe Bediensteter, um sich mit seiner Geschichte aufzuspielen. Als er weg war, warf Cosima Anton einen Blick zu. Auf ihrem scharf geschnittenen Gesicht lag ein besorgter Ausdruck.

Anton setzte ein unbekümmertes Lächeln auf. »Dieser Kerl ist wirklich ein Schwachkopf.«

»Sieht ihm ähnlich, dass er den Zeugen den ganzen Mist abkauft, den sie predigen«, sagte Cosima und schnippte den Stummel ihres Zigarillos weg. »Sie sind genau wie er – denken sich irgendeinen Pferdemist aus, um Beachtung zu finden, und tun alles, um sich bei denen einzuschmeicheln, die behaupten, sie hätten die Macht.«

»Genau.« Anton lachte. Es klang aufgesetzt, aber Cosima schien es nicht zu bemerken.

»Na los.« Sie gab ihm einen spielerischen Klaps auf den Hinterkopf. »Lass uns reingehen, bevor wir eine Strafpredigt bekommen. Besser gesagt, bevor *ich* eine Strafpredigt bekomme. Dich erwischt es ja anscheinend nie.«

Anton duckte sich unter ihrer Hand weg. »Das liegt daran, dass ich so beliebt bin.«

»Keine Ahnung, warum.«

Das geschäftige Geschirrklappern der Essensvorbereitungen für den Abend begleitete sie auf ihrem Weg durch die Küche zu ihrem Platz an den Spülbecken. Anton drehte den Kupferhahn auf und ließ warmes Wasser einlaufen, während er versuchte, die Blasse Hand und die Zeugen aus seinem Kopf zu verbannen. Sie hatten nichts mit ihm zu tun. Niemand in dieser Stadt wusste, dass er begnadet war. Es gab keinen Grund, warum sich daran irgendetwas geändert haben sollte.

»Da bist du ja, Anton!«, flötete eine Stimme neben ihm. »Ich habe auf dich gewartet.«

»Oh, wirklich?«, flötete Cosima zurück.

Darius' Pausbacken färbten sich dunkelrot. Er arbeitete noch nicht lange im *Thalassa*, war der Jüngste in der Dienerschaft und hatte sich umgehend an Antons Rockzipfel gehängt. Was Anton nicht im Geringsten gestört hätte, wenn Darius sich nicht jedes Mal, wenn er in seiner Nähe war, aus unerfindlichen Gründen in einen schrecklichen Tollpatsch verwandeln würde. Es verging kaum ein Tag, ohne dass Darius in Antons Gegenwart ein Tablett fallen ließ oder gegen einen Tisch lief.

»Ich ... ich meine nur, weil ein Gast hier ist ...«, stammelte Darius und wich Antons Blick aus, »der nach dir gefragt hat.«

»Ein *Gast*?«, rief Cosima entzückt. »Der nach Anton gefragt hat? Was für ein Gast?«

Abgesehen von den Stammgästen, die gelegentlich hierherkamen und ein bisschen mehr als nur ein Abendessen wollten, war noch nie jemand im *Thalassa* gewesen, um Anton zu besuchen. Zur grenzenlosen Enttäuschung Cosimas, für die es nichts Schöneres gab, als ihre Nase in die Angelegenheiten anderer zu stecken.

»Ähm ...« Darius biss sich auf die Unterlippe. »Eine Frau? Die aussieht, als wäre sie reich?«

»Natürlich ist sie reich.« Cosima verdrehte die Augen. »Hat sie gesagt, was sie will?«

»Ähm, nein?« Darius spähte zu Anton, als wollte er die Frage an ihn weitergeben.

Anton starrte auf seine in die Waschlauge getauchten Hände hinab. »Danke, Darius«, sagte er und schenkte ihm dann sein liebenswürdigstes Lächeln. »Du solltest dich besser wieder an die Arbeit machen, bevor du dir meinetwegen noch einen Rüffel von Arctus einfängst.«

Darius nickte und errötete noch mehr, bevor er sich hastig davonmachte und dabei gegen ein Tablett stieß, auf dem honigdurchtränktes Gebäck gestapelt war.

Anton wollte nach einem Tuch greifen, um sich die Hände abzutrocknen, aber Cosima riss es mit einem anzüglichen Grinsen vom Haken, bevor er es zu fassen bekam. »Wer ist diese Frau, hm? Was verschweigst du mir? Hast du nach Feierabend vielleicht noch einen hübschen kleinen *Nebenverdienst*?«

»Ein ehrbarer Junge wie ich?«, gab Anton mit unschuldiger Miene zurück und pflückte ihr das Tuch aus der Hand.

»Komm schon, Anton, mir kannst du's doch sagen.«

Er setzte ein unbeschwertes Grinsen auf und warf das Tuch in einen Korb. »Ich dachte, du findest meine geheimnisvolle Ausstrahlung reizvoll.«

»Da verwechselst du mich wohl mit Darius«, schnaubte Cosima. »Der arme kleine liebeskranke Junge.«

Anton schob sich zwinkernd an ihr vorbei. »Wir sehen uns später beim Canbarra.«

Bevor sie etwas erwidern konnte, bahnte er sich einen Weg aus der Küche, wich einem Diener aus, der ein Tablett mit Körben voll Fladenbrot balancierte, und trat nach draußen. Leuchtlampen verströmten ihr helles, warmes Licht über dem großen parkähnlichen Innenhof, in dem sich Tische und Bänke drängten. Dazwischen führten kleine Stege und gefliese Pfade über stufenförmig angelegte Reflexionsbecken, die von breitblättrigen Bäumen und hellroten und goldenen Baldachinen beschattet wurden.

Als er zwischen den Tischen hindurchging, spürte er das vertraute an- und abschwellende leise Summen, das ihn stets umfing, wenn er unter vielen Menschen war, und wappnete sich gegen den Ansturm des *Esha*. Jeder, der hier saß, verströmte sein ganz eigenes, einmaliges *Esha* – von den alchemistischen Wein trinkenden Kaufleuten, Priestern und fremdländischen Würdenträgern über die fleißigen Diener, die glasierte Lammkeulen auftrugen, bis hin zu den in schimmernde Seide gehüllten Tänzerinnen, die die Gäste umgarnten. Unter dem lauten Stimmengewirr und den sanften Klängen der Laienspieler summte der Pulsschlag der Welt, den nur Anton hören konnte.

Das heißt, nicht *nur* Anton. Er war nicht der Einzige, der die Gabe des Sehens besaß, doch es gab unter ihnen nicht viele, die die Schwingungen der heiligen Energie der Erde so deutlich wahrnahmen wie er. Anton hatte mit der Zeit gelernt, das An- und Abschwellen des *Esha* auszublenden, aber als er sich an diesem Abend

47

einen Weg durch den Innenhof des *Thalassa* bahnte, öffnete er sich ihm und ließ sich davon durchströmen. Er war auf der Suche nach einem ganz bestimmten *Esha*.

Es dauerte nicht lange, bis er es unter den anderen ausgemacht hatte – ein hoher, glockenheller Klang, der durch ihn hindurch-vibrierte. Er gehörte der Frau, die an einem Tisch in der hinteren Ecke des Innenhofs saß und ihm mit schmalen Augen entgegen-blickte, als er sich ihrem Tisch näherte.

In ihrer eleganten purpurfarbenen Robe und mit dem Collier aus Smaragden, das sie um ihren langen Hals trug, hob sie sich nicht weiter von den anderen Gästen ab. Aber für Anton stach sie genauso aus der Menge heraus wie ein Kronenass aus den anderen Karten beim Canbarra. Sie hatte sich nicht verändert, seit er sie das letzte Mal gesehen hatte – dasselbe tintenschwarze, zu einem kunstvollen Knoten hochgesteckte Haar, dasselbe herzförmige dunkelhäutige Gesicht, das keine Schlüsse auf ihr Alter zuließ. Dasselbe *Esha*, das den hellen Klang von Silberglöckchen hatte.

»Ihr speist allein?«, fragte er, als er bei ihr angekommen war.

»Eigentlich hatte ich das nicht vor«, antwortete die Frau. »Mein Tischgenosse ist soeben eingetroffen.«

Sie hatte sich ihm als Frau Tappan vorgestellt, als sie sich das erste Mal begegnet waren, aber mittlerweile wusste Anton, wie leicht ihr die diversesten Namen über die Lippen kamen. Ihren wahren Na-men kannte er noch immer nicht, geschweige denn, dass er eine Ahnung davon gehabt hätte, was genau sie von ihm wollte. In ge-fühlsduseligen Momenten redete er sich gern ein, dass sie ein auf-richtiges Interesse daran hatte, ihm zu helfen. Meistens jedoch war er sich sicher, dass es ihr schlicht Vergnügen bereitete, Spielchen zu spielen.

Anton hatte nichts dagegen. Er spielte gern.

»Was wollt Ihr?«

Sie verschränkte die Hände auf der marmornen Tischplatte. »Ich habe gehört, das Lamm soll hier ausgezeichnet sein.«

»Ihr wisst, was ich meine.«

»Ich habe gestern in deiner hübschen kleinen Unterkunft vorbeigeschaut«, sprach sie weiter, als hätte sie ihn nicht gehört. »Leider bist du nicht da gewesen. Ich nehme an, du musstest länger arbeiten.«

Es überraschte Anton weder, dass die Frau ohne Namen versucht hatte, ihn unangemeldet zu besuchen, noch dass sie wusste, wo er sein Quartier hatte.

»Wobei ich mich frage, warum du dir mit einer respektablen Anstellung wie dieser nichts gesucht hast, das etwas weniger ... *bescheiden* ist.«

»Ich bin noch nicht lange hier«, log Anton. »Was ich bis jetzt verdient habe, hat kaum gereicht, um die Miete für den letzten Monat zu bezahlen.«

So wie sie die Augen verengte, wusste sie, dass er log, aber er würde ihr nicht die Genugtuung geben, die Wahrheit laut auszusprechen. Er hätte sich eine bessere Unterkunft leisten können, behielt aber seine winzige Kammer in der Unterstadt, weil es ihm nicht schwerfallen würde, sie wieder aufzugeben, falls das notwendig sein sollte. Seit er ein Kind gewesen war, war er noch nie so lange wie jetzt – ganze sechs Monate – an einem Ort geblieben, doch das bedeutete nicht, dass diese Stadt sein Zuhause war.

»Was wollt Ihr?«, fragte er noch einmal.

Sie seufzte, als wäre seine mangelnde Höflichkeit die größte Enttäuschung ihres Lebens. »Bring mir ein Glas Wein und dann unterhalten wir uns. Einen aus Endarrion, wenn ihr habt. Keinen von hier – der schmeckt wie Spülwasser.«

Anton tat, wie ihm geheißen, und machte sich auf den Weg zum Weinkeller. An der Treppe blieb er zögernd stehen und spielte mit dem Gedanken, einfach weiterzugehen und die Herberge zu verlassen, um sich selbst und die Frau ohne Namen in dem Labyrinth aus kleinen Gassen zu verlieren.

Es würde nichts nützen. Sie würde ihn einfach aufs Neue aufspüren.

So wie es ihr beim ersten Mal vor über einem Jahr in einer Spelunke südlich von Tarsepolis gelungen war, wo Anton sechs Abende hintereinander am Kartentisch verbracht und seine Taschen mit den Münzen reicher Männer gefüllt hatte, die zum Trinken und Spielen gekommen waren und sich anschließend davonstahlen, um in den Kammern im oberen Stock die Dienste der Jungen und Mädchen in Anspruch zu nehmen.

Als Anton sich am siebten Abend erneut an den Kartentisch gesetzt hatte, hatte ihm eine elegante Frau gegenübergesessen, die er noch nie zuvor gesehen hatte.

Schon damals war ihr *Esha* deutlich aus dem durch die rauchgeschwängerte Schankstube summenden Chor der anderen herausgestochen. Es hatte ihn an Silber erinnert, leuchtend und zugleich trügerisch. Sie hatte ihm Wein eingeschenkt und die Canbarrakarten ausgegeben, als hätte sie auf ihn gewartet. Anton hatte aufstehen und gehen wollen, war aber sitzen geblieben, als er nach einem kurzen Seitenblick die beiden Wächter rechts und links von sich bemerkt hatte.

»Mich würde interessieren«, hatte sie gesagt, »wie viel du an den vergangenen Abenden an meinem Kartentisch schon gewonnen hast.«

Er hatte sie blinzelnd angesehen. »Ich spiele ehrlich.«

»Ich habe nichts Gegenteiliges behauptet, sondern dich gefragt, wie viel du gewonnen hast.«

»Warum?«, hatte Anton erwidert. »Wollt Ihr mir ein besseres Angebot machen?«

Sie hatte amüsiert eine dichte, geschwungene Braue hochgezogen. »Sag mir, wie du heißt.«

»Ich bin niemand.«

Sie hatte nur gelächelt und Anton hatte sich unter ihrem Blick vollkommen entblößt gefühlt. »Anton«, hatte er schließlich geantwortet.

»Und wie alt bist du, Anton?«

So genau wusste er das nicht. Seine Familie hatte sich nie darum gekümmert, sein Alter festzuhalten. Fünfzehn vielleicht? Vor ungefähr vier Jahren war er aus dem Haus seines Vaters und seiner Großmutter davongelaufen. »Alt genug.«

Die Antwort hatte sie noch mehr amüsiert. »Alt genug? Wofür?«

»Ich glaube nicht, dass Ihr hier seid, um mich zurechtzuweisen und mich mit Fragen zu löchern.«

»Warum dann? Um dich zu bestrafen?«

»Nein.« Antons Stimme war ruhig. »Um mich zu benutzen.«

Er erinnerte sich noch gut daran, dass die Flüssigkeit in ihrem Glas wie poliertes Messing geleuchtet hatte, als sie langsam einen Schluck davon trank. »Und wozu lässt du dich am besten benutzen, Anton?«

»Das hier ist ein Lasterhaus, oder?«

»Willst du mir vielleicht deine Dienste anbieten?«, hatte sie gefragt. »Und worin bestehen die? Betrunkene reiche Männer zu verführen, indem du so tust, als wärst du ihr anschmiegsames Schoßhündchen?«

»Wieso?«, hatte er lächelnd erwidert. »Traut Ihr mir das etwa nicht zu?«

Sie war in Lachen ausgebrochen. Ein Klang, so hell wie ihr *Esha*. »Das wäre wohl eher eine Verschwendung deiner *Fähigkeiten*.«

Ein kalter Schauer lief ihm über den Rücken.

»Du irrst dich. Ich möchte dich nicht benutzen, Anton. Ich möchte dir helfen.«

»Wie das?« Er glaubte ihr kein Wort. Niemand bot seine Hilfe an, ohne eine Gegenleistung dafür zu erwarten. So viel hatten ihn die vergangenen vier Jahre gelehrt.

»Dieses Haus hier ist nur eine Spielerei«, sagte sie mit einer abschätzigen Geste. »Mein eigentliches Geschäftsfeld sind Orakeldienste.«

»Ihr seid eine Kopfgeldjägerin.«

Sie schnalzte mit der Zunge. »Ich mag dieses Wort nicht. Es klingt so entsetzlich nach Söldnertum.«

Kopfgeldjäger *waren* Söldner. Orakeldienste machten den Großteil ihrer Einnahmen aus – Gesetzesbrecher mithilfe der Gabe des Sehens aufspüren und sie an ihre jeweiligen Vollstrecker oder Statthalter ausliefern. Die Jäger boten ihre Dienste aber auch privaten Auftraggebern an, die ihre ganz eigenen Gründe hatten, jemanden suchen zu lassen. War man bereit, horrende Gebühren zu bezahlen, konnte ein Kopfgeldjäger jeden finden – auch Menschen, die, genau wie Anton, nicht gefunden werden wollten.

»Und seid Ihr hier, um …?« Bei dem Gedanken, dass jemand dieser Frau den Auftrag gegeben hatte, ihn zu finden, schlug sein Herz vor Furcht hart gegen seine Rippen. Seine gebrechliche alte Großmutter hätte niemals die Mittel gehabt, um mit einer eleganten Frau wie ihr Geschäfte zu machen, geschweige denn mit einer Kopfgeldjägerin. Aber vielleicht jemand anderes.

»Es ist niemand mit deinem Namen zu mir gekommen«, sagte sie. »Aber nun hast du mich neugierig gemacht. Was glaubst du denn, wer mich mit der Suche nach dir beauftragt haben könnte? Vielleicht jemand, dem du das Herz gebrochen hast? Du scheinst zu denen zu gehören, die nicht besonders behutsam mit den Herzen anderer umgehen.«

Antons Herzschlag beruhigte sich. »Warum erzählt Ihr mir dann das alles?«

»Ich habe doch gesagt, dass ich dir helfen möchte.« Sie stellte ihr Glas auf den Tisch, beugte sich zu ihm vor und sagte mit rauchiger Stimme: »Ich weiß, was du bist. Es ist Zeit, mit dem Versteckspiel aufzuhören.«

Bei diesen Worten wäre er am liebsten aufgesprungen und aus dem Lasterhaus verschwunden, so schnell er konnte.

Dennoch war er sitzen geblieben. Zumindest an jenem Abend.

Als er jetzt mit einem Krug Rotwein von den Hängen Endarrions in den Innenhof zurückkehrte, beendeten die Leierspieler gerade ihr Lied. Das Klatschen der Gäste an den umliegenden Tischen in den Ohren, schenkte er Wein in ein Kristallglas.

»Setz dich«, sagte die Frau ohne Namen und deutete auf die Bank ihr gegenüber. Anton nahm steif darauf Platz, während das Kratzen von Gabeln auf Tellern, die sich überlagernden Satzfetzen von ringsum und die fröhlichen ersten Töne eines neuen Stücks das Schweigen zwischen ihnen füllten.

»Das hier ist ohne Zweifel ein sehr viel angenehmerer Ort als die Absteigen, in denen ich dich die letzten Male aufgestöbert habe«, sagte sie anerkennend. »Offenbar sorgst du gut für dich. Eine Arbeit, ein Dach über dem Kopf. Freunde, die einen Dienstherren haben statt einer Zuhälterin.«

Er zuckte mit den Achseln. Zumindest in der Theorie war er ein vollwertiges Mitglied der Gesellschaft.

Sie ließ lächelnd den dunkelroten, das Licht reflektierenden Wein in ihrem Glas kreisen. »Und trotzdem beschleicht einen das Gefühl, dass du deine Talente vergeudest.«

Anton stieß die Luft aus, es klang beinahe wie ein Lachen. »Fangt Ihr schon wieder damit an?«

Sie gehörte zu den einzigen vier Menschen auf der Welt, die

wussten, dass Anton die Gabe des Sehens besaß. Immerhin war sie es gewesen, die ihm beigebracht hatte, sich auf die Schwingungen der heiligen Energie um ihn herum zu konzentrieren, und ihm gezeigt hatte, wie man einen Magnetstein in ein Orakelbecken warf, um die Dichte des *Esha* eines Menschen zu bestimmen. Allerdings war es bei dieser einen Lehrstunde geblieben.

»Ich habe einen Auftrag für dich.«

»Nein, danke.«

»Du weißt ja noch nicht einmal, worum es geht.«

»Das spielt keine Rolle. Ihr kennt meine Antwort.«

»Stimmt.« Sie nippte an ihrem Wein. »Aber das ist nicht irgendein Auftrag. Du bist der Einzige, der in der Lage ist, ihn auszuführen.«

Von den vier Gaben war die Gabe des Sehens die seltenste, und selbst unter jenen, die sie besaßen, gab es nur wenige, deren Gabe so ausgeprägt war, dass sie nahezu alles und jeden aufspüren konnten. Er schien ihrer Einschätzung nach zu diesen wenigen zu gehören, wie sie ihm noch vor seiner ersten und einzigen Unterrichtsstunde gesagt hatte. Überdies vermutete sie eine gewaltige Kraft in ihm, die zu Großem fähig war und ihre eigenen Fähigkeiten möglicherweise noch übertraf. Manchmal spürte er diese Kraft sogar selbst. Sie offenbarte sich ihm in der Mühelosigkeit, mit der er *Esha* wahrnahm, darin, dass er immer sofort wusste, ob jemand begnadet war oder nicht, und mit welcher Leichtigkeit er ein *Esha* vom anderen unterscheiden konnte. Es geschah ganz instinktiv.

»Nur dass ich eben *nicht* in der Lage dazu bin, wie Ihr seit diesem einen Tag sehr wohl wisst«, sagte Anton.

Er sprach von dem Tag, an dem sie versucht hatte, sich seine Fähigkeiten zunutze zu machen. Dem Tag, an dem Anton beinahe ertrunken wäre und an dem er erkannt hatte, dass seine machtvolle Kraft von etwas anderem überschattet wurde – den Albträumen nämlich, die ihn in die Vergangenheit zurückholten, von der er geglaubt hatte, sie hinter sich gelassen zu haben. Den Albträumen, die ihn quälten, wann immer er versuchte, seine Gabe anzuwenden. Die Frau ohne Namen hatte gesehen, was sie anrichteten, als sie ihn aus dem Orakelwasser gezogen und zugesehen hatte, wie er nach Atem rang.

Danach war er wieder davongelaufen, obwohl er genau wusste, dass sie wie er begnadet war und ihn aufs Neue aufspüren würde. Und aufs Neue. Und aufs Neue. Das war schließlich ihr Gewerbe. Sie hatte ihn überall gefunden. In den Kanälen von Valletta, in den Städten entlang der Pelagos-Küste – und jetzt in Pallas Athos. Er hatte nicht den geringsten Zweifel daran, dass sie ihm, wenn nötig, bis in die hintersten Winkel der Sechs Prophetischen Städte hinterherjagen würde. Mittlerweile überraschte es ihn nicht mehr, wenn die Frau ohne Namen wie aus dem Nichts bei ihm auftauchte. Es war nicht unbedingt so, dass er gelernt hätte, ihr zu vertrauen, aber in den vergangenen Jahren war sie zu einer der wenigen verlässlichen Konstanten in seinem Leben geworden. Davor hatte es in seinem Leben nur eine einzige unveränderliche Sache gegeben – und zwar die, genau dieses Leben immer wieder hinter sich zu lassen.

Jedes Mal, wenn sie ihn aufspürte, unterbreitete sie ihm dasselbe Angebot: ihm beizubringen, wie er seine Gabe beherrschen konnte. Und jedes Mal gab er ihr dieselbe Antwort.

Seit dem Vorfall im Orakelbecken hatte er alles getan, was in seiner Macht stand, um zwischen sich und seiner Gabe eine Mauer zu errichten. Er hatte gelernt, die Albträume in Schach zu halten. Doch sobald er versuchte, seine Gabe zu benutzen, fletschten sie erneut die Zähne wie blutwitternde Wölfe.

Die Frau ohne Namen nahm noch einen Schluck von ihrem Wein. »Eines Tages, Anton, wird dir nichts anderes übrig bleiben, als deine albernen kleinen Ängste zu überwinden.«

»Seid Ihr fertig? Nicht dass es mir kein Vergnügen bereitet hätte, mit Euch zu plaudern, aber ich muss mich langsam wieder an die Arbeit machen.« Er wollte aufstehen, doch sie hinderte ihn daran, indem sie ihre Hand auf seine legte.

»Nein, ich bin noch nicht fertig.« Der amüsierte Unterton war aus ihrer Stimme verschwunden und ihre dunklen Augen hielten erbarmungslos seinen Blick fest. »Meinst du, ich wäre den ganzen Weg in die Stadt des Glaubens gekommen, nur um wieder mal ein Nein von dir zu hören?«

Antons Hand zuckte unter ihrer. »Wenn es nicht um einen Auftrag geht, worum dann?«

»Es geht um einen Auftrag«, sagte sie. »*Du* bist der Auftrag.«

Er erstarrte. Das, wovor er sich am meisten gefürchtet hatte, was er bereits bei seiner ersten Begegnung mit der Frau ohne Namen geahnt hatte, war eingetroffen. »Jemand ist mit meinem Namen zu Euch gekommen?«

Vom Nebentisch drang schallendes Gelächter zu ihnen, aber die Aufmerksamkeit der Frau ohne Namen blieb auf Anton gerichtet. Sie nickte. »Du weißt, wer?«

Antons Herz begann schmerzhaft zu pochen. »Nein.«

»Du lügst.«

Seine Handflächen schwitzten, aber der Rest seines Körpers war eiskalt. Sie hatte recht. Er wusste sehr wohl, wer mit seinem Namen zu ihr gekommen war. Der einzige andere Mensch auf der Welt, der nach ihm suchen würde.

»Oh«, sagte die Frau ohne Namen über den Rand ihres Weinglases hinweg. »Du hast Angst. Du fürchtest dich regelrecht *zu Tode*.«

Anton umklammerte die Kante des marmornen Tischs. Sein Atem ging stoßweise. »Ihr dürft es ihm nicht sagen«, stieß er hervor. »Ihr dürft ihm nicht sagen, wo ich bin. Bitte.«

»Ich könnte ihm sagen, er sei schlecht unterrichtet gewesen«, sagte sie. »Er weiß, dass wir den Auftrag nur mit dem korrekten

Namen ausführen können. Ich behaupte einfach, der Name, den er mir genannt hat, sei falsch.«

Anton schüttelte verzweifelt den Kopf. »Nein. Tut das nicht. Er würde wissen, dass Ihr lügt.«

»Was das Lügen angeht, habe ich dir einiges voraus.«

Eisige Kälte brannte in seiner Kehle. »Das spielt keine Rolle. Er würde es trotzdem wissen.«

»Wenn ich den Fall ablehne, beauftragt er einfach jemand anderen damit.« Ihre Stimme klang jetzt beinahe sanft. »Möglicherweise hat er das bereits getan. Frau Tappans Orakeldienst mag vielleicht der beste sein, den es gibt, aber da sind noch genügend andere, die für die Summe, die er uns geboten hat, ihre eigene Mutter aufknüpfen würden.«

Ihre Worte hallten in seinem Kopf wider. Der Mann, der nach ihm suchte, war offenbar zu Reichtum gekommen – zumindest war er reich genug, um eine Kopfgeldjägerin zu beauftragen, die den Ruf genoss, Fälle anzunehmen, die niemand sonst lösen konnte. Es hätte ihn überraschen sollen, aber das tat es nicht. Trotz seiner bescheidenen Herkunft hatte dieser Mann immer ganz genau gewusst, wie er seine Trümpfe ausspielen musste, um zu bekommen, was er wollte.

»Einer von ihnen *wird* dich finden, Anton. Wenn es nicht sogar schon passiert ist.«

Plötzlich war er wieder elf Jahre alt. Eisiges Wasser drang in seine Lungen. Hände drückten ihn unter dunkles Wasser.

Er stieß sich abrupt vom Tisch ab.

»Anton.« Die Frau ohne Namen hielt ihn am Handgelenk fest. Ihr Griff war erstaunlich fest. »Es gibt Menschen, die dir helfen können ... damit umzugehen. Du musst nicht wieder davonlaufen.«

Er konnte sie über das Dröhnen seines Herzschlags hinweg kaum verstehen. Hastig machte er sich von ihr los und lief durch den Innenhof, zwischen Dienern und lachenden Gästen hindurch, bis zu

57

der Treppe, die zum Dach hinaufführte. Übelkeit stieg in ihm auf wie eine wogende Gezeitenströmung, als er die Stufen hochrannte. Solange er einfach immer weiterlief, konnte es ihn nicht einholen.

Es gab kein Wasser.

Es gab kein Eis.

Nur Angst.

Warme Abendluft umfing ihn, als er das Dach erreicht hatte. In der Ferne ragte der von Hunderten von Fackeln erleuchtete Tempel von Pallas über der Stadt auf. Anton lief zum Rand des Dachs. Die Marmorbalustrade fühlte sich unter seinem Griff kalt und fest an. Er blickte am Säulengang des *Thalassa*, an den Brunnen und den Olivenbäumen in der Mitte des Elea-Platzes vorbei bis zur Heiligen Straße, die vom Tempel von Pallas durch die Stadttore und hinunter in die Unterstadt führte, wo die Straßen enger und dunkler wurden, voller Verheißungen und Gefahren.

Bevor er in seine kleine Kammer gezogen war, hatte er viele Nächte auf Dächern verbracht, sich wie eine Mauerschwalbe ein Plätzchen zum Schlafen im Schutz des Gebälks gesucht. Von dort oben konnte er alles sehen, was unter ihm vor sich ging, und nichts konnte ihm irgendetwas anhaben.

Angst hatte er immer noch, aber die Angst allein konnte ihn nicht töten.

Sonst würde er schon lange nicht mehr leben. Anton hatte den, der nach ihm suchte und die Frau ohne Namen damit beauftragt hatte, ihn aufzuspüren, nicht mehr gesehen seit jenem Tag auf dem Eis, als er in dem entsetzlich kalten Wasser in der Dunkelheit gefangen war, die ihn zu verschlingen drohte. Es gab immer noch Momente, in denen er sich in diesem Albtraum wiederfand, in der Erinnerung an das, was dieser Mensch ihm anzutun versucht hatte.

Aber dieser Todesängste ausstehende, ertrinkende Junge – der war er nicht mehr. Diesen Jungen hatte er dem Tod überlassen.

KAPITEL 4

JUDE

Die Sonne begann gerade hinter dem Kastell von Kerameikos zu versinken, als Jude am Fuß des höchsten Wasserfalls im Tal eine lange Abfolge von Koah-Stellungen verrichtete. Er stand ohne das geringste Schwanken auf einem Bein, während er die Arme in fließend ineinander übergehenden Bewegungen und im Rhythmus seines Atems ausbreitete und kreuzte. Diese Reihe beinhaltete fünf Elemente – Gleichgewicht, Gehör- und Sehvermögen, Schnelligkeit und Konzentration. Die schmale Felszunge ließ nur wenig Spielraum für Fehler, aber gerade deswegen mochte Jude diese Stelle. Wenn seine ganze Aufmerksamkeit seinem Gleichgewicht, seinem Körper und seiner Gabe gehörte, lösten sich seine Gedanken auf wie Frühnebel.

»Ich dachte mir schon, dass ich dich hier oben finde.« Eine Stimme wehte über das Rauschen des Wassers, die Jude dank seines begnadeten Gehörs klar und deutlich vernahm.

Er beendete die fünfte Koah-Stellung, verlagerte sein gesamtes Gewicht nach vorn, streckte die Arme aus und formte mit den Händen ein Dreieck. Dann trat er zurück, entspannte die Muskeln und blickte zu der jungen Frau hinunter, die wie er den Paladinen angehörte. »Du kennst mich viel zu gut.«

In Penroses blauen Augen blitzte ein Lächeln auf. »Scheint, als hätte dir dein Jahr der inneren Betrachtung deine alten Gewohnheiten nicht ausgetrieben.«

Es sollte nur ein Scherz sein, trotzdem spürte Jude einen beschämten Stich, als er an die Wahrheit hinter ihren Worten dachte. Er sprang geschmeidig von der Felszunge zu ihr hinunter. »Ich wollte mich gerade auf den Rückweg machen.«

»Du kommst immer hierher, wenn du nervös bist«, stellte Penrose fest, während sie gemeinsam den Hügel in Richtung Kastell hinaufstiegen.

Judes Schultern spannten sich an. Sie kannte ihn wirklich viel zu gut.

»Keine Sorge, Jude«, sagte Penrose. »Es würde jedem so gehen. Besonders nach dem, was in Nasira passiert ist.«

Er schluckte. »Der Hierophant stellt eine Bedrohung dar, das ist jetzt nicht mehr zu leugnen. Bevor ich mein Jahr der inneren Betrachtung angetreten habe, waren die Zeugen nichts weiter als eine fanatische Splittergruppe. Zumindest dachte ich das.«

»Solange sie noch draußen in der Wüste Seti gelebt haben, hatten wir keine Möglichkeit herauszufinden, wie viele von ihnen sich dem Hierophanten angeschlossen haben«, sagte Penrose.

Vor ein paar Jahren hatten sich die Zeugen und ihr maskentragender Anführer in einem verlassenen Tempel mitten in der Wüste Seti niedergelassen – einem Tempel, der sogar noch älter war als die Propheten. Er war eine der wenigen Hinterlassenschaften einer vorzeitlichen Glaubensgemeinschaft, die nur einen allmächtigen Gott als Schöpfer allen Lebens anerkannt hatte.

Der Orden des Letzten Lichts hatte ein wachsames Auge auf die Machenschaften des Hierophanten und kannte die Gerüchte, die sich um ihn rankten. Eines davon besagte, der Hierophant sei einst ein Akolyth gewesen, der sich von den Propheten losgesagt und begonnen hätte, gegen sie zu predigen. Ein anderes, dass er eine ganze Schwadron begnadeter Herati-Soldaten dazu gebracht hätte, sich gegenseitig niederzumetzeln. Seinen glühendsten Anhängern zufolge war der Hierophant so gerecht und unbefleckt, dass die Begnadeten ihre Fähigkeiten verloren, wenn sie sich nur im selben Raum aufhielten wie er.

Genau wie die anderen im Orden zweifelte Jude am Wahrheitsgehalt dieser Gerüchte, aber sie waren ein Beleg dafür, wie groß der Einfluss des Hierophanten auf seine Anhänger war. Er war nicht bloß ein Mann mit gefährlichen Ideen – er hatte sich *selbst* zu einer Idee gemacht, zu einem neuen geistlichen Führer, dem man nun, da die Propheten verschwunden waren, huldigen und folgen konnte.

»Niemand von uns hätte gedacht, dass sie es wagen würden, eine der Sechs Städte einzunehmen«, fuhr Penrose fort. »Wir haben schlicht unterschätzt, mit welchem Eifer seine Anhänger seinen Lügen Glauben schenken.«

»*Der Betrüger verführt die Welt mit Lügen*«, zitierte Jude.

»*Die blasse Hand des Todes bringt die Frevler zu Fall*«, ergänzte Penrose. »Die Toten, die mit dem hellen Handabdruck gefunden wurden, beweisen es. Die ersten beiden Vorboten sind unter uns. Das Zeitalter der Dunkelheit rückt näher.«

»Wie kann das dann der richtige Zeitpunkt sein, mich zum Hüter zu ernennen?« Jude hatte nicht vorgehabt, die Frage, die sich seit seiner Rückkehr nach Kerameikos in seinem Kopf eingenistet hatte, laut auszusprechen. Aber jetzt, wo er sie gestellt hatte, wusste er, wie sehr er eine Antwort darauf brauchte. »Zwei der drei Vorboten sind unter uns, genau wie du gesagt hast. Sie sind nicht nur eine Warnung vor dem, was uns erwartet. Einer von ihnen – oder alle drei zusammen – könnte das Zeitalter der Dunkelheit herbeirufen. Wir müssen den Letzten Propheten finden, bevor es dazu kommt, und diese Mission sollte von meinem Vater angeführt werden. Nicht von mir. Nicht *jetzt*.«

»Vielleicht möchte dein Vater das Amt des Hüters ja genau aus diesem Grund an dich weitergeben«, sagte Penrose. »Uns läuft die Zeit davon. Unsere Akolythen gehen sämtlichen Hinweisen nach, aber noch gibt es aus dem Orakelnetz keine neuen Informationen. Möglicherweise sieht dein Vater keine andere Möglichkeit mehr, als es mit einer anderen Strategie zu versuchen.«

Sie waren auf dem Hügel angekommen. Vor ihnen ragten die Spiraltürme des Kastells von Kerameikos aus dem Nebel, der zwischen den umliegenden Bergen festhing. Wasserfälle stürzten sich eine schmale Schlucht hinunter und vereinigten sich zu einem Strom, der zwischen den schlanken Rundpfeilern der Viadukte und Brücken des Kastells hindurchfloss.

Jude ließ den Blick über sein Zuhause schweifen, während er über Penroses Worte nachdachte. »Du glaubst, Vater möchte, dass ich Kerameikos verlasse und mich selbst auf die Suche nach dem Propheten mache?«

Mit Ausnahme des jeweiligen Nachfolgers des Hüters der Botschaft, der sich für das Jahr der inneren Betrachtung allein in das Galliangebirge zurückzog, um seine Treue und Pflichtergebenheit gegenüber den Sieben Propheten zu bekräftigen, hatten die Paladine das Kastell von Kerameikos seit hundert Jahren nicht mehr verlassen. Doch die Suche des Ordens nach dem Letzten Propheten hatte immer noch keinen Erfolg gebracht und sie mussten ihn unbedingt finden. Vielleicht hatte Jude wirklich keine andere Wahl, als mit seiner Garde – sobald er ihre Mitglieder auserkoren hatte – von hier fortzugehen und sich selbst auf die Suche nach dem Propheten zu begeben.

»Ist es das, was dich umtreibt?«, fragte Penrose. »Kerameikos verlassen zu müssen?«

»Nein.« Was ihn umtrieb, war die Angst, zu versagen, wenn er Kerameikos verließ, um den Letzten Propheten zu finden. Penrose hielt den Zeitpunkt für richtig und seine Zweifel für nachvollziehbar, aber er wusste, dass sie sich irrte. Er zweifelte nicht erst, seit er erfahren hatte, dass Nasira eingenommen worden war, oder seit er von den Taten der Blassen Hand gehört hatte.

Er zweifelte, seit er sechzehn war und begriffen hatte, dass er Sehnsüchte hatte, die ein Hüter der Botschaft niemals haben durfte. Seit er zum ersten Mal diesen inneren Schmerz gespürt hatte, der ihn in stillen, einsamen Momenten heimsuchte. Jedes Mal, wenn er die Augen schloss und sich nach der Wärme eines anderen Menschen sehnte, nach seiner Berührung. Ein Hüter sollte sich nicht nach der Wärme und der Haut und dem Atem eines anderen sehnen, aber er tat es. Und nichts – weder sein hartes Training noch sein Jahr der inneren Betrachtung und auch kein verzweifeltes Gebet an die vor Langem verschwundenen Propheten – hatte daran irgendetwas geändert.

Sie überquerten die Brücke, die in das Kastell führte. Darüber zeichneten sich im Sprühregen der Wasserfälle die Umrisse von übenden Paladinen ab, die in schwindelerregender Höhe über kreuz und quer verlaufende, schmale Holzplanken balancierten. Sie schwangen lange Stäbe, mit denen sie Schläge abwehrten, blockierten und Angriffe ausführten. Ein Sturz in die reißenden Fluten unter ihnen würde den sicheren Tod bedeuten, aber die Gabe des Herzens machte sie leichtfüßig und ließ sie trittsicher von einer Planke zur nächsten springen, während sie immer wieder zu ihrem gefährlichen Tanz aufeinandertrafen.

»Geht es um die Mitglieder deiner Garde, die du morgen berufen wirst?«, fragte Penrose, deren Stimme plötzlich drängender klang. »Du hast deine Auswahl doch bereits getroffen, oder?«

Die erste wichtige Aufgabe, die jeder Hüter zu erfüllen hatte, war die Auswahl der sechs anderen Paladine, die ihren Dienst an seiner Seite leisten würden. Die Gardisten würden einen Treueid ablegen, der sie für den Rest ihres Lebens an Judes Schicksal band. Für einen Paladin war es die höchste Auszeichnung, in die Garde berufen zu werden und dem Hüter als Berater und Gefährte zu dienen. Und es war eine große Verantwortung. Den Eid der Paladingarde zu brechen, bedeutete mehr als Verbannung – es bedeutete den Tod.

»Machst du dir etwa Sorgen, ich könnte dich übergehen?«, zog Jude sie lächelnd auf. Er hatte immer gewusst, dass Penrose zu seiner Garde gehören würde. Sie kannte ihn seit seiner Geburt, und obwohl er im Laufe der Jahre von einer Reihe verschiedener Kastellmeister und Paladine unterrichtet worden war, hatte sie ihm immer am nächsten gestanden. Sie hatte ihm beigebracht, seine Gabe zu beherrschen, und ihn schon in seinen jüngsten Jahren beim Üben der Koahs angeleitet. Im Orden des Letzten Lichts gab es keine Familien, aber hätte es sie gegeben, hätte Penrose der seinen angehört.

»Das ist es nicht«, antwortete Penrose, in deren Stimme immer noch derselbe angespannte Unterton lag. »Ich wollte nicht nur nach dir schauen, als ich vorhin zu dir gekommen bin, sondern auch über etwas mit dir sprechen.«

Judes begnadetes Gehör nahm wahr, wie ihr Herzschlag sich beschleunigte. Ein unbehaglicher Schauer lief ihm über den Rücken. »Hat es etwas mit der Auswahl der Garde zu tun?«

»Ich möchte nur sichergehen, dass du das Richtige tust, wenn es so weit ist. Dass du dein Urteilsvermögen nicht trüben lässt von …«

Ihre restlichen Worte hörte Jude nicht mehr, weil er plötzlich eine unmittelbar drohende Gefahr hinter sich wahrnahm. Schneller als ein Gedanke sprang er zur Seite, um dem nahenden Schlag auszuweichen. Von seinem Angreifer registrierte er nicht mehr als eine blitzartige Bewegung, aber das war auch alles, was er spüren musste. Seine begnadeten Reflexe nutzend, lief er aus dem Stand senkrecht an einem der Brückenpfeiler hoch, kam in einem Rückwärtssalto wieder auf den Bodenplanken auf und verpasste dem anderen einen heftigen Hieb gegen die Brust.

Der Mann schlug ächzend auf dem Boden auf.

»Tja, scheint, als wären deine Reflexe wenigstens nicht komplett vor die Hunde gegangen ohne mich.«

Jude schüttelte ungläubig den Kopf, als er den Mann erkannte, der zu seinen Füßen lag. Hector Navarro war nicht mehr der schmächtige Junge, mit dem er aufgewachsen war. Seine breiten Schultern und sein Brustkorb verjüngten sich zu einer schlanken Taille und langen, muskulösen Beinen. Seine Züge waren deutlich markanter geworden und sein Kiefer trug den Hauch eines Bartschattens. Allerdings hatte er immer noch dasselbe unverschämte Grinsen im Gesicht, das früher etliche Raufereien mit anderen jungen Mündeln des Ordens provoziert hatte.

Das Grinsen, das Jude seit über einem Jahr nicht mehr gesehen hatte. Von dem er sich sicher gewesen war, es nie wieder zu sehen.

»Du bist wieder da«, sagte Jude immer noch fassungslos und begriff, dass Hector der Grund war, warum Penrose so dringend mit ihm hatte sprechen wollen.

Aber bevor er, weiter nach Worten suchend, den Anblick seines Freundes in sich aufsaugen konnte, sprang Hector mit einer einzigen fließenden Bewegung vom Boden auf und forderte ihn zu dem aus wohlplatzierten Hieben und begnadeter Schnelligkeit und Stärke bestehenden Tanz auf, dessen Schritte sie sich vor Jahren gegenseitig beigebracht hatten.

Jude lachte, als er sich unter Hektors Fäusten wegduckte und versuchte, ihn mit einem Fußfeger zu Fall zu bringen, den Hector parierte, indem er genau im richtigen Moment in die Luft sprang, als hätte er die Bewegung vorausgesehen, noch bevor Jude gewusst hatte, dass er sie ausführen würde. Irgendwann wurde aus ihrem flinken Vor und Zurück eine spielerische Rangelei, bis sie sich schließlich gegenseitig einen Arm um den Hals schlangen und sich halb hin- und herschoben und halb umarmten.

»Ich verstehe das nicht«, sagte Jude atemlos vor Adrenalin, Lachen und dem Gewicht von Hectors kräftiger Hand in seinem Nacken. »Als ich von meinem Jahr der inneren Betrachtung zurückgekehrt bin, warst du fort. Es hieß, du wärst gegangen und hättest dich entschieden, den Eid nicht abzulegen.«

Dass das niemanden im Orden überrascht hatte, verschwieg er. Hector war mit dreizehn in die Obhut des Ordens gekommen, und die enge Freundschaft, die zwischen ihnen beiden entstanden war, hatte sich, so unwahrscheinlich sie schien, für ihn unausweichlich angefühlt. Während Jude schon als kleiner Junge bestrebt gewesen war, nach den Tugenden zu leben, die der Orden seine Mündel lehrte, war es Hector in seinem Ungestüm immer viel schwerer gefallen, sich unterzuordnen. Jude mochte es, den Morgen in kontemplativer Stille zu verbringen, stundenlang zu trainieren und in asketischer Hingabe an die Propheten zu leben. Hector dagegen schien für das von festen Regeln bestimmte Leben eines Paladins nie wirklich geschaffen gewesen zu sein.

Obwohl Hector immer gesagt hatte, dass er eines Tages den Umhang des Ordens des Letzten Lichts tragen würde, hatte Jude tief im Inneren nie wirklich daran geglaubt.

Aber jetzt war Hector hier. Er war *zurückgekommen*.

»Ich habe es mir anders überlegt«, sagte Hector. Als ob es so einfach sein könnte. Seine Lippen verzogen sich zu dem unbekümmerten, selbstironischen Lächeln, mit dem er Jude immer angesehen hatte, wenn er ihn dazu bringen wollte, sich wider besseres Wissen auf seine Regelverstöße und Streiche einzulassen. »Ich dachte, wenn Jude Weatherbourne an mich glaubt, muss ich ja zu irgendwas taugen.«

Jude verpasste ihm einen Stoß, worauf Hector sofort angriffslustig den Kopf senkte und sie ihre kleine Rangelei fortsetzten. Aber es fühlte sich so *gut* an, sich nach all der Zeit wieder auf diese spielerische Art mit Hector zu messen. Als könnten Hectors Hände und ihre geschickten Manöver all die Sorgen um die Zeugen, die Blasse Hand und den Letzten Propheten wegfegen, die auf ihm lasteten.

»Penrose, sag Jude, dass er erst einmal lernen muss, wie man kämpft, bevor er Hüter der Botschaft werden kann!«, keuchte Hector und lachte.

Jude spähte zu Penrose, die ihrer Balgerei bis eben noch mit dem für sie typischen Ausdruck vager Geringschätzung zugeschaut hatte, nun aber den Blick mit gestrafften Schultern auf einen Punkt hinter ihm richtete.

Jude brauchte sich nicht umzudrehen, um zu wissen, dass sein Vater eingetroffen war.

Er ließ von Hector ab und war mit einem Satz an Penroses Seite.

»Mein Sohn«, sagte Marschall Weatherbourne.

»Marschall Weatherbourne«, erwiderte Jude immer noch etwas außer Atem.

Die ganze Freude über sein Wiedersehen mit Hector verpuffte unter dem strengen Blick seines Vaters. Theron Weatherbourne wirkte immer noch genauso einschüchternd auf Jude wie in seiner Kindheit. Seine Gesichtszüge hatten nichts von ihrer Härte verloren, doch sein Haar war in den letzten Jahren grauer geworden. Wie Penrose und Jude trug er einen mitternachtsblauen Umhang, der quer über seine breite Brust verlief und an einer Schulter mit einer schweren Fibel befestigt war, in die ein siebenzackiger, von einer Klinge durchstoßener Stern eingeprägt war. Um seinen Nacken lag ein am Kragen befestigter goldener Wendelring.

»Wie ich sehe, bist du bereits über Navarros Rückkehr unterrichtet.« Er nickte in Hectors Richtung.

»Marschall.« Hector neigte den Kopf und legte die flache Hand an seine Brust.

»Begleite mich ein Stück, Jude«, sagte Marschall Weatherbourne. »Es gibt etwas, worüber ich mit dir sprechen muss.«

In Jude machte sich ein ungutes Gefühl breit, als Marschall Weatherbourne sich umdrehte und mit ausholenden Schritten vorausging. Es kam nicht oft vor, dass sein Vater einfach so auftauchte und ihn zu sprechen wünschte. Ihre Beziehung fußte eher auf Verpflichtung als auf Zuneigung. Das Gelübde, das die Paladine ablegten, verbot es ihnen, eigene Kinder zu haben. Davon ausgenommen war nur der Hüter der Botschaft, zu dessen Pflicht es gehörte, das Ritual der Heiligen Vereinigung zu vollziehen, um einen Nachkommen zu zeugen. Judes Erziehung hatte größtenteils in den Händen der Kastellmeister und Paladine wie Penrose gelegen.

Marschall Weatherbourne hielt an seinem forschen Schritt fest, als Jude ihm einen ansteigenden Weg hinauffolgte, der durch die kunstvoll verzierten, die weichen Biegungen der über ihnen aufragenden Bäume nachahmenden Bogengänge des Kastells führte.

»Geht es um Hector?« Jude dachte an Penroses mahnende Worte. Es war offensichtlich, dass sie damit rechnete, Jude würde ihn in seine Paladingarde berufen – und dass sie nicht besonders viel davon hielt. Eine Ansicht, die sein Vater sehr wahrscheinlich teilte.

»Nein«, sagte Marschall Weatherbourne. »Ich frage mich allerdings, ob wir nicht vielleicht tatsächlich über diese Angelegenheit sprechen sollten, wenn am Vorabend deiner Zeremonienfeier ein vom Weg abgekommenes Mündel des Ordens deine größte Sorge zu sein scheint.«

Jude senkte beschämt den Blick.

»Hector hat mit niemandem über seine Beweggründe, den Orden zu verlassen, gesprochen«, fuhr Marschall Weatherbourne fort.

»Dasselbe gilt im Übrigen für die Gründe, die ihn dazu bewogen haben, zurückzukehren. Und genauso wenig wissen wir, was er während seiner Abwesenheit getan hat.«

Jude wusste, wie viele unbeantwortete Fragen es zu Hector gab, trotzdem war der Anblick seines zurückgekehrten Freundes für ihn so wohltuend gewesen wie ein erleichtertes Aufatmen.

»Ich vertraue ihm«, sagte Jude leise. »Ganz gleich, was er getan hat, während er fort war, ganz gleich, was er herausfinden musste, er ist zurückgekommen.« *Er ist zu mir zurückgekommen.*

Marschall Weatherbourne warf ihm von der Seite einen Blick zu, als sie einen schmalen Steg überquerten, der an einem Gischt sprühenden Wasserfall vorbeiführte. Das letzte Licht des Tages brach sich zwischen ihnen, als Jude seinen Blick erwiderte. Morgen würde er den Platz seines Vaters als Hüter der Botschaft einnehmen. Dies bedeutete, dass seine Entscheidungen und sein Urteil von niemandem mehr angezweifelt werden durften. Einschließlich des Urteils, das er über Hector fällte.

Marschall Weatherbourne schüttelte den Kopf. »Wir legen alle denselben Eid ab. Dazu zählt, sämtlichen irdischen Begierden zu entsagen. Den Dienst an den Propheten über alles zu stellen. Über unser Leben. Über unser Herz.«

»Ich weiß«, sagte Jude. »Dass Hector hier ist, bedeutet, dass er dazu bereit ist. Daran habe ich keinen Zweifel. So eine Entscheidung würde er niemals leichtfertig treffen.«

»Ich spreche nicht von Hector.«

Jude schoss das Blut in die Wangen, und die heiße Scham, die in ihm aufstieg, zerrte seine weichsten, schwächsten Seiten an die Oberfläche.

»Ihr seid schon als Kinder unzertrennlich gewesen«, sagte Marschall Weatherbourne. »Zu den anderen Mündeln hast du immer Distanz gehalten, zu ihm nicht.«

Judes Mund fühlte sich trocken an. »Du ... du hast nie etwas gesagt. Du hast nie ...«

»Du bist nicht der erste Paladin oder gar der erste Hüter der Botschaft, der emotionale Bindungen eingeht«, unterbrach Marschall Weatherbourne ihn. »Genau dafür ist das Jahr der inneren Betrachtung schließlich gedacht. Um über seine Zweifel hinauszuwachsen. Und, kannst du von dir sagen, dass es dir gelungen ist?«

Jude wusste nicht, was er darauf antworten sollte.

»Wessen Platz würde er einnehmen?«, fragte Marschall Weatherbourne.

»Was meinst du?«

»Du hast dich bereits entschieden, wen du morgen in deine Garde wählen wirst«, sagte Marschall Weatherbourne. »Ich kenne dich. Du weißt es seit deiner Rückkehr aus den Bergen. Ich möchte wissen, welchen der sechs Namen du durch den von Navarro ersetzen wirst.«

Jude war einen Moment lang still. »Keinen von ihnen.«

»Dann hast du deine Antwort.«

Unter ihnen rauschte wild tosend der Fluss hindurch, als sie eine Felszunge erreicht hatten, auf der der Tempel der Propheten stand. Zu beiden Seiten des Rundbaus floss Wasser vorbei und stürzte den Felsvorsprung hinunter. Sie stiegen die zum Tempeleingang führenden Stufen hinauf und hielten im ersten Bogengang inne, um die Finger in die Schalen mit gesegnetem Öl zu tauchen und sich zu weihen, bevor sie über die Schwelle traten.

Die Tempelmauern bestanden aus sieben weiteren Bogengängen, die einen Kreis um das Allerheiligste bildeten, das von einem großen, wie ein siebenzackiger Stern geformten Orakelbecken dominiert wurde. Marmorstufen führten an dem Becken vorbei zu einem Altar aus blassem Silber. Die in die Höhe ragenden Tempelmauern waren mit schieferfarbenen, sturmgrünen, tiefroten und mitternachtsschwarzen Steinen besetzt, manche von ihnen nicht größer als eine Pupille, andere so groß wie Judes Faust. Sie blickten wie Tausende edelsteinfunkelnde Augen auf ihn herunter. Die Orakelsteine.

In jeder Bibliothek auf der Welt existierten Abschriften der Prophezeiungen, aber nur der Tempel der Propheten besaß die dazugehörigen Orakelsteine. Jeder von ihnen war von einem der Propheten in das Orakelbecken geworfen worden und bewahrte dessen Zukunftsvisionen. Diese Visionen konnten sich in Träumen offenbaren oder in einem Zustand prophetischer Entrückung. In den Orakelsteinen waren die Prophezeiungen festgehalten, die den Lauf der Zivilisation geformt und die Menschen durch unruhige und konfliktträchtige Zeiten geleitet hatten.

Die Mitglieder des Ordens des Letzten Lichts waren bis zum heutigen Tag die Wächter dieser Prophezeiungen, obwohl die Propheten bereits vor hundert Jahren verschwunden waren. Obwohl sich all ihre Prophezeiungen erfüllt hatten.

Bis auf eine.

»Morgen ist ein bedeutsamer Tag, Jude. Mehr denn je darfst du dich durch nichts ablenken lassen.« Marschall Weatherbourne stieg die Stufen zum Altar hoch, nahm die Silberschatulle, die darauf stand, kehrte damit zu Jude zurück und hielt sie ihm entgegen. Jude klappte zögernd den Deckel auf.

In der Schatulle lag ein warm schimmernder perlmuttartiger Stein. Er war größer als Judes Faust, von einem verschlungenen Spiralmuster überzogen und in der Mitte gespalten.

Jude legte ehrfürchtig die Hand auf den Stein. Es war der Orakelstein, den die Propheten als Letzten in das Becken geworfen hatten. Er enthielt ihre letzte Prophezeiung. Die Prophezeiung, die ein Jahrhundert lang vom Orden des Letzten Lichts geheim gehalten worden war. Die Prophezeiung, die sich noch nicht erfüllt hatte.

»Die Prophezeiung beginnt sich zu offenbaren«, sagte Marschall Weatherbourne. »Die Vorboten sind unter uns. Das Zeitalter der Dunkelheit steht kurz bevor. Wenn wir nicht bald den Letzten Propheten finden ...« Er musste den Gedanken nicht zu Ende führen.

Jude blickte von dem Orakelstein auf und sah seinen Vater an. »Du bist der Hüter der Botschaft, Vater. Wenn die Prophezeiung kurz vor ihrer Erfüllung steht und das Zeitalter der Dunkelheit naht, dann ist es *deine* Führung, die wir brauchen. Sobald wir den Propheten gefunden haben, muss er jemanden mit deiner Erfahrung und deinem Wissen an seiner Seite haben, jemanden, der ...«

»Schluss damit«, unterbrach ihn Marschall Weatherbourne. »Ich bin seit dreiunddreißig Jahren Hüter der Botschaft. Ich habe das Geheimnis der letzten Prophezeiung bewahrt, so wie es die Hüter vor mir getan haben. Aber es war mir nie bestimmt, die Höchste Klinge zu führen und den Letzten Propheten zu beschützen.«

»Das verstehe ich nicht.«

»Ich habe meine Pflicht erfüllt«, sagte Marschall Weatherbourne. In seinen Augen lag ein Strahlen, das Jude noch nie gesehen hatte. »Ich habe einen Nachkommen hervorgebracht, der die Weatherbourne-Linie fortführen wird. Dich, Jude. Du bist dazu auserkoren, den Letzten Propheten zu beschützen. Ich habe es von dem Tag an gewusst, an dem vor sechzehn Jahren der Himmel auf einmal hell erleuchtet war.«

Jude schauderte. Er erinnerte sich ebenfalls an diesen Tag. Konnte noch immer spüren, wie ihm der kalte Wind in die Wangen gebissen hatte, wusste noch genau, wie winzig er sich im Schatten der Monolithen gefühlt hatte. Und über ihm der Himmel, der wie von einem lodernden Flammenmeer aus prächtigen Violett-, Rot- und Goldtönen erleuchtet gewesen war, einem Wesen gleich, das nach der Welt unter sich rief. Für diejenigen, die das Geheimnis der letzten Prophezeiung kannten, hatte dieser Tag Hoffnung und ein Versprechen bedeutet. Das Versprechen, dass der Letzte Prophet endlich eingetroffen war, um die letzte Prophezeiung zu erfüllen und ihnen zu offenbaren, wie das Zeitalter der Dunkelheit aufgehalten werden konnte.

In jenem Moment hatte Jude mit einer Gewissheit, die ihn selbst jetzt noch erstaunte, gewusst, dass dieses strahlende, unermessliche, alles umfassende Etwas nach ihm rief.

»Du warst noch ein Kind«, sagte sein Vater, »aber ich wusste es schon damals. Es war, als hätte der Prophet auf dich gewartet. Als er schließlich gekommen ist, hat sein *Esha* nach dir gerufen. Du bist dazu bestimmt, sein Hüter zu sein und ihn zu beschützen, damit er die Menschheit rettet.«

Jude war wie gelähmt. Sein Vater glaubte an ihn. Der Orden glaubte an ihn. *Alle wissen, dass du zu Großem berufen bist*, hatte Hector immer gesagt. Es hätte Jude stolz machen sollen. Aber es fühlte sich an, als würde er schon sein ganzes Leben lang einen hohen Turm hinaufsteigen, an dessen Spitze ein Leuchtfeuer brannte, das nun, wo es in greifbarer Nähe war, mit einem Mal erlosch, sodass er nichts anderes mehr sehen konnte als einen schwarzen Abgrund, der ins Ungewisse führte.

»Das ist der Grund, warum ich mit dir sprechen wollte, mein Sohn«, sagte sein Vater mit vor Hoffnung leuchtendem Gesicht. »Nach sechzehn Jahren ist unsere Suche zu Ende. Der Letzte Prophet ist gefunden worden.«

KAPITEL 5

HASSAN

Hassan hatte es nach seinem waghalsigen Ausflug zur Agora gerade noch rechtzeitig zum Abendessen geschafft und musste ständig daran denken, was passiert war – er dachte an die Zeugen, den Akolythen aus Herat, der ihn möglicherweise erkannt hatte, und vor allem an die Legionärin, die mit funkelnder Klinge auf den Tempelstufen gestanden hatte wie eine prophezeite Heldin aus einer Überlieferung.

Er wusste, dass er dorthin zurückmusste, und diesmal hätte er gern mehr Zeit gehabt als bloß ein, zwei gestohlene Stunden.

Die Gelegenheit dazu ergab sich noch am darauffolgenden Tag.

»Ich hoffe, du siehst es mir nach, Hassan, aber ich werde heute Abend außer Haus speisen.«

Hassan blickte von dem Band *Die Geschichte der Sechs Prophetischen Städte* auf und sah seine Tante im weit geöffneten Durchgang zum Balkon stehen. Lethia Siskos war die ältere Schwester von Hassans Vater, sah ihm jedoch nicht sehr ähnlich. Sie war eine große, hagere Frau, deren strenges, von Falten durchzogenes Gesicht sich stark von den weicheren, sanfteren Zügen ihres Bruders unterschied. Ihre Augen dagegen waren vom selben irisierenden Grün eines Waldbachlaufs, und wenn Lethia diese grünen Augen auf ihn richtete, kam es ihm fast so vor, als würde sein Vater über ihn wachen.

Lethia hatte lange vor Hassans Geburt den ehemaligen Archon basileus von Pallas Athos geheiratet, war jedoch regelmäßig mit ihren beiden Söhnen im Palast von Herat zu Besuch gewesen, als Hassan noch ein Kind war. Er hatte sich immer sehr auf ihre Besuche gefreut. Genau wie er selbst waren Lethia und ihre Söhne nicht begnadet, weshalb er sich in ihrer Gesellschaft immer ein bisschen weniger allein gefühlt hatte.

»Ich sehe es dir nach«, erwiderte er und legte ein Lesezeichen in die aufgeschlagene Seite, bevor er das Buch zuklappte.

»Dann hör auf zu schmollen.«

»Wo gehst du hin?«, fragte Hassan, um im Kopf überschlagen zu können, wie viel Zeit er während ihrer Abwesenheit haben würde.

»Der Archon basileus und seine Frau haben mich eingeladen, mit ihnen zu Abend zu speisen.« Lethia lehnte sich an die Balustrade des Balkons. »Es hat wohl einen Skandal um einen ermordeten Priester in einem der Gasthäuser in der Oberstadt gegeben. Offenbar besteht eine Verbindung zu ähnlichen Vorkommnissen in anderen Städten. Der Archon ist sehr besorgt deswegen.«

»Er macht sich Sorgen wegen eines Mordes, wenn gleichzeitig die Zeugen weiterhin Nasira besetzt halten?«, sagte Hassan ungehalten und vergaß für einen Moment seinen Plan, heimlich zur Agora zu gehen. »Hat er dir mittlerweile eine Antwort gegeben, wie er dazu steht und sich zu verhalten gedenkt?«

Lethia zog die Brauen zusammen. »Noch nicht. Er sagt, die Ereignisse in Nasira würden ihn nicht kaltlassen, aber er befürchtet, dass seine Entscheidung, den Flüchtlingen auf der Agora Zuflucht zu gewähren, eine Gegenreaktion provozieren könnte.«

Hassan dachte daran, wie abfällig sich der Metzger gegenüber Asisi verhalten hatte. »Der Tempel von Pallas hat früher Pilger aus ganz Pelagos auf der Agora willkommen geheißen. Das war doch auch nichts anderes, oder?«

»Es ist hundert Jahre her, seit die letzten Pilger nach Pallas Athos gekommen sind«, entgegnete Lethia. »Die Priester interessieren sich nur noch dafür, ihren Reichtum zu mehren und ihre Macht zu schützen. Die Bevölkerung halten sie gerade so weit bei Laune, dass sie sich nicht gegen ihre Gier auflehnt.«

»Dann sollte der Archon sie zur Verantwortung ziehen«, sagte Hassan. Es wäre das, was *er* tun würde, wenn sie in Herat wären. Bestechung und Vetternwirtschaft gab es in jeder Stadt, überall, und die einzige Möglichkeit, dieses Übel auszumerzen, bestand darin, diejenigen davonzujagen, die ihre Macht missbrauchten. »Er sollte die Korruptesten unter ihnen aus dem Amt entlassen und ihre Abgaben einbehalten, um damit den Geflüchteten zu helfen.«

»Gesprochen wie ein wahrer Prinz«, sagte Lethia. »Aber Pallas Athos ist nicht Herat. Der Archon verfügt nicht über die Macht, die Priester aus dem Amt zu entlassen. Sie wurden ursprünglich von Pallas höchstselbst berufen.«

»Aber Pallas ist nicht mehr hier. Genauso wenig wie die anderen Propheten.«

»Und seit die Propheten verschwunden sind, beharren die Priester darauf, dass die von Pallas Auserwählten dazu ermächtigt sind, ihre Nachfolger selbst zu bestimmen.«

»Die perfekten Voraussetzungen für Korruption«, sagte Hassan bitter. Diejenigen, die ihre Macht missbrauchten, belohnten jene, die ihnen die Macht dazu gegeben hatten, und würden diesen Kreislauf einfach immer weiter aufrechterhalten.

»Als mein Gemahl noch Archon war, habe ich ihm wiederholt gesagt, er müsse diesen Anspruch anzweifeln und ein neues System einführen«, erwiderte Lethia. »Leider hat er nie auf mich gehört – wie immer, wenn ich versucht habe, ihm einen Rat zu geben. Die

Bestechlichkeit der Priester ist in dieser Stadt fest verwurzelt. Sie werden alles tun, was nötig ist, um ihre Macht zu erhalten, so bedeutungslos sie auch sein mag.«

Hassan nickte düster. Es war nicht so, als hätte er nichts von der Korruptheit der hiesigen Priester gewusst oder davon, dass der Archon basileus, dem sie unterstanden, keinerlei Macht über sie hatte. Er war ein Narr, wenn er glaubte, Hilfe von ihm erwarten zu können.

»Begreifen die Priester denn nicht, dass die Zeugen eine Bedrohung für sie darstellen?«, begehrte er hitzig auf. »Wenn es den Zeugen gelingt, in Nasira eine Hochburg zu errichten, wird es nicht mehr lange dauern, bis es auch die anderen Städte trifft. Selbst hier nehmen sie sich mittlerweile immer mehr Dreistigkeiten heraus.«

»Ach, und woher wollt Ihr das wissen, Prinz Hassan?«

»Ich …« Er verstummte, als ihm klar wurde, dass er vorsichtiger sein musste, wenn er wollte, dass sein Besuch auf der Agora ein Geheimnis blieb. »Ich habe gehört, wie die Diener darüber gesprochen haben. Sie sind besorgt über das, was hier in Pallas Athos geschieht. Vor ein paar Wochen haben die Zeugen einen Schrein in der Unterstadt niedergebrannt und gestern sollen sie sogar versucht haben, den Tempel von Pallas zu schänden.«

Lethia betrachtete ihn einen Moment lang prüfend und seufzte dann. »Ich verstehe, dass dich das alles sehr aufwühlt, Hassan. Und ich gebe dir recht. Natürlich gebe ich dir recht. Nasira ist auch meine Heimat, obwohl ich mittlerweile schon drei Jahrzehnte nicht mehr dort lebe. Ich weiß, wie sehr du dich um deine Eltern sorgst. Auch ich sorge mich um meinen Bruder und die Königin.«

Hassan brodelte innerlich, aber er war eher auf sich selbst wütend als auf den Archon. »Es muss doch noch mehr geben, was ich tun kann. Irgendetwas, um wen auch immer davon zu überzeugen, meinem Volk zu helfen. Ich fühle mich so … nutzlos.« Er strich mit den Fingern über seine Brusttasche, wo sich der Kompass an sein Herz schmiegte. Sein Vater war der Einzige, der nie auch nur einen Moment daran gezweifelt hatte, dass Hassan in der Lage wäre, ihm eines Tages auf den Thron zu folgen. Als er jetzt daran dachte, wie sehr sein Vater an ihn glaubte, stieg Bitterkeit in ihm hoch. »Vater hätte mich niemals zu seinem Nachfolger bestimmen sollen.«

Lethia trat zu ihm und ihre Stimme wurde sanfter. »Du trägst keine Schuld an dem, was die Zeugen getan haben.«

»Aber ich habe sie nicht daran hindern können«, sagte er.

»Und wenn du begnadet wärst, dann hättest du es gekonnt?«

Er antwortete nicht. Sie hatte natürlich recht. Die Begnadeten besaßen machtvolle Fähigkeiten, aber sie waren nicht unbezwingbar. Begnadet zu sein, hatte seinen Vater und seine Mutter nicht davor bewahrt, hinter Gitter geworfen zu werden. Ihre Gabe verlieh ihnen Macht, ja, doch sie war auch der Grund dafür, warum die Zeugen mit allen Mitteln gegen sie vorgingen. Und wenn die Gerüchte stimmten, dass der Hierophant dazu in der Lage war, die Begnadeten daran zu hindern, ihre Fähigkeiten einzusetzen, waren sie jeder Möglichkeit beraubt, sich selbst zu schützen. Hassan graute bei diesem Gedanken.

Lethia wandte ihren Blick von ihm ab. »Du solltest froh sein, dass dein Vater dir dein Geburtsrecht nicht vorenthält.«

Die Worte hingen schwer zwischen ihnen in der Luft, während sie einen Moment lang schwieg. Als älteste Tochter der Königin von Herat hätte Lethia nach dem Tod ihrer Mutter die Nächste in der Thronfolge sein sollen. Aber sie war wie er ohne Gabe geboren worden. Statt zur Königin gekrönt zu werden, war sie mit dem deutlich älteren Archon basileus von Pallas Athos vermählt worden. Einem Mann, der sich nie sonderlich für seine Gemahlin oder ihr außergewöhnliches politisches Geschick interessiert hatte, wie Hassan wusste. Nach seinem Tod war sein Titel nicht auf Lethias Söhne übertragen worden, da diese ebenfalls nicht begnadet waren.

»Ich habe meine Mutter einmal gefragt, ob sie je darüber nachgedacht hat, mich zu ihrer Nachfolgerin zu bestimmen«, sagte Lethia. »Sie hat lediglich erwidert, dass der Tag, an dem sich die Gabe deines Vaters offenbart hat, der glücklichste in ihrem Leben war.«

Hassan schluckte. Er wusste nicht, was er sagen sollte. Lethia war es verwehrt worden, Königin von Herat zu werden, weil sie nicht begnadet war. Ihn dagegen, obwohl selbst nicht begnadet, hatte man zum Thronfolger bestimmt.

»Ich sollte wohl nicht so hart mit ihr ins Gericht gehen«, fuhr Lethia fort. »Meine Mutter ist inmitten der unruhigen Zeiten aufgewachsen, die dem Verschwinden der Propheten folgten und in denen die Menschen jedes Abweichen vom Althergebrachten fürchteten. Aber nun findet allmählich endlich ein Wandel statt. Du bist der beste Beweis dafür.«

Hassan schüttelte den Kopf. »Ich verdiene dieses Geburtsrecht nicht, wenn ich nicht dazu in der Lage bin, meinem Volk zu helfen.«

»Ich wünschte ebenfalls, es gäbe mehr, was ich tun könnte«, sagte Lethia. »Ich werde heute Abend noch einmal mit dem Archon sprechen, aber ich würde mir keine allzu großen Hoffnungen machen.«

Hassan schloss die Augen. »Danke, dass du es trotzdem versuchst.«

Sie strich ihm mit der Hand über die Schulter, dann drehte sie sich um und stieg die Stufen zum Innenhof hinunter.

Hassan ging wieder nach drinnen und seine Gedanken kehrten zur Agora und den widrigen Zuständen im Flüchtlingslager zurück. Er war vielleicht noch nicht in der Lage, etwas für sein Volk zu Hause zu tun, aber er konnte versuchen, denen zu helfen, die hier waren.

»Ich werde den Abend in der Bibliothek verbringen und möchte nicht gestört werden«, unterrichtete er die Diener in seinem Gemach. »Stellt mein Essen einfach hier ab.«

Die Diener kannten ihn mittlerweile zum Glück gut genug, um sich nicht darüber zu wundern, wenn er sich stundenlang in der Bibliothek einschloss. So hatte er auch in Nasira den Großteil seiner Zeit verbracht – sich in die Geschichten der Sechs Prophetischen Städte zu vergraben und, so viel er nur konnte, über die Ressourcen seines Landes, über Kriegsführung und Diplomatie zu lernen, bis sein Wissen das seiner Tutoren in der Großen Bibliothek noch übertroffen hatte.

Aber Hassan hatte genug davon, sich mit Geschichten und Fakten zu bewaffnen. Er wollte *handeln*.

Nachdem er sich ein Buch aus der Bibliothek geholt hatte, setzte er sich damit in eine Pergola im Garten und tat so, als wäre er vollkommen ins Lesen vertieft. Als er sich sicher war, dass die Diener sich nicht mehr weiter um ihn kümmerten, stahl er sich zu der niedrigen Gartenmauer, sprang hinüber und schlug den Weg zur Heiligen Straße ein.

Allmählich entwickelte er ein gewisses Geschick darin, sich davonzuschleichen.

―━∕∿∖━―

Kaum jemand achtete auf Hassan, als er die Agora erreichte. Die Geflüchteten waren zu sehr damit beschäftigt, sich in düsterer Resignation um ihre eigenen Angelegenheiten zu kümmern. Er ging an der langen Schlange vor dem Brunnenhaus vorbei und sah, wie ein paar Kinder, die meisten barfuß und nicht älter als sechs oder sieben, schwere Wassereimer zu ihrem Lagerplatz zurückschleppten. Dichter Staub wirbelte durch die Luft, als eine Gruppe von Frauen den Stoff ihrer Zelte mit Stöcken ausklopfte, während eine andere Frau, die ein kleines Kind auf dem Rücken trug, vergeblich versuchte, den Dreck aus ihrer behelfsmäßigen Unterkunft zu fegen.

Das dumpfe Geräusch von Holz, das auf Holz schlägt, wehte zu ihm herüber. Hassan drehte den Kopf in Richtung eines kleinen, von zerfallenen Säulen umringten Platzes, auf dem eine Gruppe von Leuten einem Kampftraining zuschaute.

Sein Blick blieb am letzten der drei Übungspaare hängen – eine von den beiden war die Legionärin, die ihn am Tempel vor den Zeugen bewahrt hatte. Statt ihrer gebogenen Herati-Klinge schwang sie ein Übungsschwert aus Holz, offenbar aus dem Ast eines Olivenbaums geschnitzt.

»Du musst deine linke Flanke schützen, Faran!«, rief einer der Zuschauer ihrem Kontrahenten zu, als sie einen wohlplatzierten Hieb landete.

Der junge Mann ächzte und gab mit einem angedeuteten Nicken zu verstehen, dass er die Anweisung gehört hatte. Tatsächlich griff ihn die Legionärin erneut von links an, täuschte den Hieb diesmal jedoch nur an und schwang ihr Holzschwert dann blitzschnell gegen seine rechte Seite. So ging es noch einen Augenblick weiter, bis sie ihn schließlich entwaffnet hatte und er mit dem Rücken im Dreck lag.

»Gut gemacht«, sagte das Mädchen, half ihm auf die Beine und warf ihm sein Übungsschwert zu. »Aber lass dir beim nächsten Mal auf keinen Fall deine Waffe abnehmen.«

Ihr Blick wanderte an ihrem Gegner vorbei zu Hassan. »Da bist du ja wieder.« Sie legte den Kopf schräg. »Wie geht es deinem Arm?«

»Schon viel besser.« Wenn sie ihn ansah, fühlte er sich wie eine in warmem Honig gefangene Fliege. Sie war nicht auf die Weise hübsch, wie es die zartgliedrigen Töchter bei Hofe oder die verführerischen Herati-Tänzerinnen waren. Sie war *überwältigend*. Mit ihren scharfen Zügen und sehnigen Muskeln strahlte sie eine natürliche Stärke aus, aber es war nicht nur eine körperliche Stärke, sondern auch eine geistige, ein Wissen um sich selbst, das Hassan als einschüchternd empfand.

»Wie war noch mal dein Name?«, fragte sie. Eine dunkle Haarsträhne hatte sich aus ihrem Knoten gelöst und umspielte ihre Wange.

»Ähm ... Cirion«, nannte Hassan den ersten Namen, der ihm einfiel – den seines Cousins, Lethias ältestem Sohn.

»Bist du wieder auf der Suche nach Ärger, Cirion?«, sagte sie spöttisch. »Halten sie dich in deiner Akademie etwa nicht genügend auf Trab?«

Fast hätte Hassan vergessen, dass er ihr erzählt hatte, er würde die Akademie besuchen. »Offenbar nicht.«

»Vielleicht bist du ja auch hier, um ein bisschen Unterricht zu nehmen«, fuhr sie mit verschmitztem Grinsen fort.

»Unterricht?«

»Du hast richtig gehört«, sagte sie. »Ich gebe den anderen Geflüchteten Kampfunterricht. Da die Stadtwache ganz offensichtlich außerstande ist, das Lager zu schützen, haben wir beschlossen, die Sache selbst in die Hand zu nehmen.«

»Oh ... also ... ich weiß nicht ...«, stammelte Hassan. »Ich glaube, ich sollte lieber nicht ...«

»Nun stell dich nicht so an.« Sie stupste ihn an der Schulter an. »Wo du schon mal hier bist, kannst du genauso gut etwas lernen. Dann kannst du deinen tollkühnen Hintern das nächste Mal selbst retten und bist nicht mehr auf meine Hilfe angewiesen.«

Hassan lachte verblüfft auf. Er mochte es, wie sie mit ihm redete. Im Palast hätte das niemand je gewagt. »Ich weiß wirklich nicht, ob das so eine gute Idee ist.«

»Hast du etwa Angst?«, neckte sie ihn. »Ich verspreche dir, dich nicht zu hart ranzunehmen.«

Er konnte dem herausfordernden Funkeln in ihren Augen nicht widerstehen. »Wenn das so ist ... worauf warten wir noch?«

Sie drehte sich um und warf Hassan über die Schultern ein Grinsen zu. »Ich bin übrigens Khepri.«

Er folgte ihr zu einem Gestell mit Holzschwertern, aus denen sie zwei heraussuchte und ihm eines davon zuwarf. Als er es geschickt mit einer Hand auffing, huschte ein überraschter Ausdruck über ihr Gesicht.

Sie gingen zwischen den beiden anderen noch übenden Zweierpaaren in Position, bevor Khepri selbstsicher und entschlossen die Verteidigungshaltung einnahm und Hassan ein Zeichen gab, den Anfang zu machen.

Hassan musste unwillkürlich lächeln, als er in Angriffsposition ging. Sein letzter Übungskampf lag schon eine ganze Weile zurück, aber er freute sich darauf, sich endlich einmal wieder körperlich mit jemandem zu messen. Auch ohne die Gabe des Herzens zu besitzen, liebte er es, wie sich beim Kampf strategisches Denken und körperliche Geschicklichkeit zu einem gemeinsamen Ziel miteinander vereinten. Seine Mutter hatte ihm beigebracht, was er wissen musste, um sich in einem Schwertkampf gegen jeden zu behaupten, der nicht die Gabe des Herzens hatte.

Normalerweise zwang er sich, nicht darüber nachzugrübeln, wo seine Mutter wohl gerade sein mochte oder was ihr als Geisel des Hierophanten widerfuhr. Aber wenn es etwas gab, das er während des Unterrichts mit ihr gelernt hatte, dann, dass seine Mutter eine Kämpferin war. Und ganz gleich, wo sie gerade war, wusste er, dass sie sich nicht geschlagen gab.

»Ich werde keine Koahs benutzen«, sagte Khepri.

»Klingt fair.« Wenn sie keine Koahs benutzte, verzichtete sie auf den überwältigenden Vorteil begnadeter Stärke, Schnelligkeit und Sinneswahrnehmung.

Sie lachte. »Von *fair* kann keine Rede sein. Aber es macht die Sache vielleicht ein bisschen interessanter.«

Hassan holte zu seinem ersten Schlag aus, der auf ihre Beine zielte, sodass er seine Deckung nicht aufgeben musste. Er wollte nicht gleich alles auf eine Karte setzen, sondern erst einmal testen, wie sie reagieren würde.

Sie parierte den Hieb, schlüpfte geschmeidig unter seiner Klinge hindurch und schlug zurück. Als er reaktionsschnell ihr Schwert mit seinem abblockte, huschte erneut ein überraschter Ausdruck über Khepris Gesicht.

»Du hast mich angelogen!«, rief sie freudig. »Du bist gar kein verweichlichter Bücherwurm. Du weißt, wie man kämpft.«

»Nicht jeder Bücherwurm ist auch ein Weichling«, gab Hassan zurück und wischte sich einen Schweißtropfen von der Stirn.

Diesmal machte sie den Anfang und schlug mit einer Wucht zu, die ihn zurücktaumeln ließ. Ohne zu zögern, holte sie zum nächsten Hieb aus, aber Hassan wich ihrem durch die Luft sirrenden Holzschwert geschickt aus.

Sie traten wieder auseinander und sammelten sich. Ihr gescheiterter Angriff schien Khepri nicht aus der Fassung zu bringen. Im Gegenteil, es schien ihr sogar Spaß zu machen, und Hassan hatte das Gefühl, dass sie gerade erst anfing, warm zu werden.

Er kniff leicht die Augen zusammen, sprang vorwärts und stach zu. Fast im selben Moment hob sie ihre Klinge und blockte sein Schwert ab, ohne auch nur ein einziges Mal den Blick von ihm zu nehmen. Adrenalin befeuerte seinen Kampfgeist. Er wollte sie beeindrucken, wollte ihr beweisen, dass er es mit ihr aufnehmen konnte. Sie tauschten Hiebe, parierten Attacken, warfen spöttische Bemerkungen hin und her, während ihre Klingen immer schneller aufeinanderschlugen. Hassan genoss jede Sekunde. Aber auch wenn er alle ihre Hiebe abwehrte, strengte es ihn doch an, während sie unter seinen kaum ins Schwanken geriet. Ja, sie spielte regelrecht mit ihm. Unterschätzte ihn.

Daran musste er dringend etwas ändern. Bei seinem nächsten Angriff trieb er sie ein Stück zurück und tat dann so, als würde er stolpern. Als sie seinen scheinbaren Fehler zu ihrem Vorteil nutzen wollte und ausholte, richtete er sich blitzschnell auf und warf sich gegen sie.

Sie strauchelte rückwärts und konnte sich gerade noch auf ihrem Schwert abstützen, um nicht der Länge nach hinzuschlagen.

Hassan stand mit erhobenem Schwert vor ihr, ein triumphierendes Lächeln auf den Lippen. Sie holte erneut aus, aber er blockte ihre Klinge mit seiner ab.

»Scheint, als hätte ich mich geirrt«, sagte Khepri, während sie weiter mit gekreuzten Klingen dicht voreinanderstanden. »Du bist gar nicht schlecht.«

Zu spät bemerkte er das Grinsen, das um ihre Lippen spielte. Khepri riss das Knie hoch, schlug ihm das Schwert aus der Hand und warf ihn zu Boden.

Hassan schlug ächzend im Dreck auf. Als er sich wieder aufrappeln wollte, setzte sie sich rittlings auf ihn und hielt ihn zwischen ihre Knie geklemmt am Boden.

Jetzt war sie es, die mit einem triumphierenden Lächeln auf ihn herunterschaute. »Aber ich bin trotzdem besser.«

Hassan hätte gern etwas Schlagfertiges erwidert, doch Khepris Atem ging schnell und stoßweise und er spürte jedes Heben und Senken ihres Brustkorbs an seinem eigenen Körper, was ihn ... durcheinanderbrachte. Ihm begann heiß zu werden, aber bevor er sich selbst in noch größere Verlegenheit bringen konnte, kletterte sie von ihm herunter. Er wusste nicht, ob er erleichtert oder enttäuscht sein sollte.

Sie streckte ihm die Hand hin und zog ihn erstaunlich mühelos auf die Beine. Begnadete Stärke.

»Du hast gesagt, du würdest deine Gabe nicht benutzen«, sagte Hassan.

»Der Kampf ist vorbei.«

»Dann verlange ich Revanche.«

Der Klang ihres Lachens gefiel ihm immer besser. »Als ob du in einer zweiten Runde besser abschneiden würdest.«

»Man wird ja noch hoffen dürfen?«

»Hoffen darf man immer.« Khepris Stimme klang unerwartet sanft, behutsam wie eine sich langsam öffnende Wasserlilie. »Wie wäre es stattdessen mit Abendbrot?«

Damit hatte Hassan nicht gerechnet. Er dachte daran, wie sehr er sich wünschte, mehr Zeit hier zu verbringen – natürlich mit den geflüchteten Menschen aus seiner Heimat, aber auch mit Khepri. »Das hört sich gut an.«

Sie sah ihn lächelnd an, und Hassan fiel auf, dass sie sich immer noch an den Händen hielten. Ihr schien es ebenfalls aufzufallen, doch statt ihn loszulassen, drehte sie seine Hand mit der Innenfläche nach oben und ließ federleicht die Fingerspitzen darübergleiten. Seine Haut begann zu prickeln, und er spürte, wie er rot wurde.

»Trotzdem ganz schön weich«, murmelte sie, bevor sie den Blick wieder hob und ihn zwinkernd angrinste. »Wenn du mich das nächste Mal schlagen willst, musst du dir erst mal ein bisschen Hornhaut wachsen lassen.«

Sie gab seine Hand frei und machte sich daran, die Holzschwerter einzusammeln. Hassan stand noch einen Moment wie festgewurzelt im letzten Licht der im Meer versinkenden Sonne da und starrte ihr hinterher, bis er sich schließlich zusammenriss und ihr folgte.

Würziger Rauchgeruch begleitete sie auf ihrem Weg zur anderen Seite der Agora, wo bereits die ersten Feuerkochstellen entzündet worden waren. Als sie sich Khepris Unterkunft näherten, entdeckte Hassan vertraute Gesichter: Asisi, seine Mutter und seine kleine

Schwester. Sie empfingen Hassan herzlich, genau wie die ältere Frau, mit der er sich tags zuvor unterhalten hatte, und gaben ihm einen Kürbis, den er entkernen und in Stücke schneiden sollte.

»Du hast Glück«, sagte Asisis Mutter, die sich ihm als Halima vorgestellt hatte. »Das ist erst das zweite Mal seit unserer Ankunft hier, dass wir frisches Gemüse haben.«

Hassan dachte an die stets reichlich gedeckte Tafel in der Villa seiner Tante, die er immer als selbstverständlich angesehen hatte. »Woher stammt das Essen?«

»Das meiste davon spenden die Akolythen des Tempels«, sagte sie. »Es reicht, um uns zumindest nicht verhungern zu lassen. Ein paar Jungen jagen in den umliegenden Hügeln nach Kleinwild und Vögeln. Zum Glück ist Sommer, aber mir macht Sorgen, was passiert, wenn der Winter kommt.«

»Bis dahin vergehen noch ein paar Monate«, sagte Hassan und fragte sich erstaunt, ob viele der Geflüchteten so wie sie davon ausgingen, dass es noch Monate dauern würde, bis sie in die Heimat zurückkehren konnten.

Die Essenszubereitung schien eine gemeinschaftliche Angelegenheit zu sein – fünf oder mehr Familien teilten sich jeweils eine Kochstelle und packten gemeinsam mit an, während die Kinder, die noch zu klein waren, um mitzuhelfen, von einem der Erwachsenen beaufsichtigt wurden. Heute Abend war offenbar Khepri an der Reihe, sich um die Kleinen zu kümmern, und Hassan ertappte sich dabei, wie er immer wieder von seinem Kürbis aufschaute und beobachtete, wie die Kinder auf ihr herumkletterten und sich an ihren Knien festklammerten, was sie mit bewundernswerter Geduld über sich ergehen ließ.

Als die Speisen fertig zubereitet waren, wurde es bereits dunkel und die Familien setzten sich zum Essen um das Feuer. Obwohl Hassan sich zurückhielt, damit von den anderen niemand zu kurz kam, konnte er sich nicht erinnern, wann er zuletzt eine Mahlzeit so sehr genossen hatte – gebratener Kürbis und Linsen mit zerstoßenem Pfeffer, dazu bei Sonnenaufgang gebackenes Brot mit Nüssen und Feigen. Es war ein viel einfacheres Mahl als die extravaganten Gerichte, die Hassan aus dem königlichen Palast kannte, schmeckte aber trotzdem so sehr nach Zuhause, dass es einen süßen Schmerz in seiner Brust auslöste.

Dieses winzige Stück Herat weckte in ihm den Wunsch nach mehr – er wollte wieder den Duft blauer Wasserlilien riechen, wollte den dicken Flussschlick zwischen seinen Fingern spüren, den süßen Granatapfelwein schmecken, die lauten Glocken und Trommeln der Absolventenparade hören, die von der Akademie die Ozmandith-Allee entlangzog.

Während des Essens erfuhr Hassan noch mehr über das Leben der Familien seit ihrer Flucht aus Nasira. Die Agora platzte jetzt schon aus allen Nähten, was dazu führte, dass sich zwei oder drei Familien Unterkünfte teilen mussten, die lediglich für eine gedacht waren. Frisches Wasser gab es nur im Brunnenhaus, ein Großteil des Tages musste also darauf verwendet werden, in einer der langen Schlangen dort anzustehen. Das änderte allerdings nichts daran, dass es ständig an Wasser zum Waschen und Kochen mangelte, wodurch schon früh eine Läuseplage im Lager ausgebrochen war. Die meisten Menschen waren mit wenig mehr als ihren Kleidern am Leib nach Pallas Athos geflüchtet, weshalb selbst so einfache Dinge wie Seife oder eine Schüssel nur schwer aufzutreiben waren.

Doch trotz dieser widrigen Umstände, trotz der traurigen Tatsache, dass die Priester von Pallas Athos nur wenig dafür getan hatten, die Geflüchteten in der Stadt willkommen zu heißen, harrten sie geduldig aus, verloren bei all der Verzweiflung, die wie eine Gewitterwolke über der Agora lag, nicht die Hoffnung und kümmerten sich mit liebevoller Fürsorge umeinander.

Nach dem Essen setzten Hassan und Khepri sich näher an das prasselnde Feuer, während Asisi und die anderen Herati-Kinder im Kreis um die züngelnden Flammen rannten und dabei ein Lied sangen.

»Das Spiel kenne ich!«, rief Hassan. Es berührte ihn, zu sehen, dass diese Kinder, die so viel durchlitten hatten, trotzdem noch spielen, sich necken und lachen konnten, wie er es von den Kindern zu Hause kannte.

Khepri prustete. »Als ob es irgendein Kind in Herat gäbe, das dieses Spiel noch nicht gespielt hat.«

»Mich«, sagte Hassan. »Aber ich habe immer durch das Fenster der Studierstube zugeschaut, wenn die anderen es gespielt haben und um die Brunnen im Innenhof gerannt sind.«

»Das Fenster der Studierstube?«, entgegnete sie ungläubig. »Bist du als Kind in einem Turm eingesperrt gewesen?«

Hassan lachte unbehaglich. »So ähnlich.«

»Wenn das so ist ...« Khepri stand auf.

Hassan sah sie blinzelnd an, als sie ihm eine Hand hinstreckte.

»Hoch mit dir«, sagte sie. »Oder willst du wieder bloß zuschauen?«

Lachend ließ er sich von ihr auf die Füße ziehen. Sie legte eine Hand wie einen Schalltrichter an den Mund und rief mit lauter Stimme: »Ibis und Reiher, hütet euch vor mir!«

»Fang uns doch, Krokodil, wir haben keine Angst vor dir!«, riefen die Kinder zurück.

Khepri sah Hassan grinsend an, dann setzten die beiden den Kindern hinterher, die lachend und kreischend um das Lagerfeuer rannten. Khepri erwischte ein kleines Mädchen und wirbelte sie hoch in die Luft. Das Mädchen gluckste vor Freude, und als Khepri sie wieder auf dem Boden absetzte, rief sie: »Ibis und Reiher, hütet euch vor mir!«

Hassan ließ sich von dem Spiel mitreißen, lief johlend mit den Kindern vor dem Krokodil davon, schrak lachend zusammen, wenn er gefangen wurde. Einen Augenblick später jagten plötzlich alle Kinder wie auf ein geheimes Kommando hinter ihm her, kreisten ihn ein, warfen ihn zu Boden und stürzten sich mit Gebrüll auf ihn.

»Ich ergebe mich! Ich ergebe mich!«, rief Hassan, dem vor Lachen die Tränen liefen, während Asisi triumphierend im Kreis um ihn herumsprang.

»Genug, ihr kleinen Krokodile, lasst ihn aufstehen«, sagte Khepri und half Hassan hoch. »Meinst du, du überlebst das?«

»Ich glaube schon.«

»Warte, du hast da was …« Khepri hob die Hand und pflückte einen dünnen Zweig aus Hassans Haaren. »Hier.«

Wieder spürte er, wie er rot wurde. »Du hättest mich ruhig vorwarnen können, dass dieses Spiel anstrengender ist als ein Schwertkampftraining mit einer Legionärin.«

Khepri hakte sich lachend bei ihm unter und führte ihn von den Kleinen weg zu einer grasbewachsenen Felszunge – verfolgt von einem Chor kichernder Kinderstimmen.

»Wenn ihr allein seid, *küsst* ihr euch dann?«, fragte ein Mädchen.

»*Iiih!*«, rief Asisi.

Hassan lachte verlegen, während Khepri und er die Felszunge erklommen und die Rufe der Kinder verklangen. Oben angekommen konnten sie auf der einen Seite über die Agora blicken und auf der anderen über die ganze Stadt.

»Diese kleinen Ungeheuer sind schlimmer als meine Brüder.« Khepri ließ sich lächelnd ins Gras fallen.

»Deine Brüder trauen sich, frech zu dir zu sein?«, fragte Hassan neckend und setzte sich neben sie.

»Und wie.« Sie seufzte, und er sah ihr an, dass ihre Gedanken nach Nasira gewandert waren.

Ohne darüber nachzudenken, griff er nach ihrer Hand. »Sie sind noch in Nasira, oder?«

Ein bekümmerter Ausdruck trat in ihre Augen. »Meine ganze Familie ist noch dort.«

Er wollte unbedingt wissen, was genau sich hinter diesem Ausdruck in ihren Augen verbarg. »Wie hast du es geschafft, hierherzukommen?«

Sie blickte auf seine Hand hinunter, zog ihre aber nicht weg. »Meine Brüder gehören wie ich dem Legionärskorps an. Wir hatten ein Handelsschiff aus Endarrion gefunden, das bereit war, uns aus der Stadt zu schmuggeln. Doch an dem Abend, an dem wir auslaufen wollten, kontrollierten die Zeugen den Hafen und durchsuchten das Schiff, in dem wir uns versteckten. Wir wussten, dass sie uns finden würden, also haben meine Brüder sich freiwillig gestellt und so dafür gesorgt, dass ich entkommen konnte. Sie haben sich für meine Freiheit geopfert.« Sie sah Hassan an, und in ihren Augen lag dasselbe leidenschaftliche Funkeln, das er bei seiner ersten Begegnung mit ihr darin gesehen hatte. »Das ist der Gedanke, mit dem ich jeden Morgen aufwache.«

Hassan dachte an seine eigene Familie, an seine Mutter und seinen Vater, die sich nach wie vor in der Gewalt von Menschen befanden, die sie für eine Abartigkeit der Natur hielten. Er wusste, was für eine Bürde es bedeutete, selbst in Sicherheit zu sein, wenn diejenigen, die man liebte, um ihr Leben bangen mussten. Er kannte die Angst und die Wut, die einem auf Schritt und Tritt die Luft abschnürten. Wusste, wie es war, selbst im Schlaf von Gedanken an all die grauenhaften Dinge gequält zu werden, die passieren konnten, und an all die Entscheidungen, die man hätte anders treffen sollen, um es zu verhindern.

Er wünschte, es hätte eine Möglichkeit gegeben, ihr von all dem zu erzählen, ohne preiszugeben, wer er war. Sie teilten denselben Kummer, und es kam ihm falsch vor, ihn vor ihr zu verbergen.

»Das tut mir leid«, sagte er dann doch nur und hasste es, wie unzureichend diese Worte waren. Er blickte über ihre Schulter zum Lager zurück, wo die Kinder sich immer noch gegenseitig jagten und die halbherzigen Versuche ihrer Eltern, sie schlafen zu legen, in den Wind schlugen.

»Deshalb bin ich hierhergekommen«, sagte Khepri, nachdem sie eine Weile geschwiegen hatten. »In Charis nehmen sie ebenfalls Geflüchtete auf, aber ich bin *hierher* gekommen. Dahin, wo Prinz Hassan ist.«

Es dauerte einen Moment, bis Hassan seine Stimme wiedergefunden hatte. »Woher ... woher weißt du das?«

»Seine Tante ist die Witwe des früheren Archon basileus«, antwortete Khepri. »Und wenn Prinz Hassan den Umsturz wirklich überlebt hat, wie alle sagen, dann ist er hierhergekommen, wo er Familie und Verbündete hat. Davon bin ich fest überzeugt.«

Hassans Herz klopfte so schnell, dass er sich sicher war, Khepri müsse es hören können. Aber sie schien es nicht zu bemerken, sondern blickte mit leuchtenden Augen auf die sich terrassenförmig an den Hang schmiegende Stadt hinunter – die Zitadelle der Stadtwache und die Akademie auf der zweiten Ebene, darunter das Meer aus Ziegeldächern und das Kuppeldach des Bahnhofs in der Unterstadt.

»Es fühlt sich richtig an, hier zu sein«, sagte sie. »Das hier ist immerhin die Stadt des Glaubens. Das ist es, was mich hierhergeführt hat. Glaube. Als der Hierophant und die Zeugen Nasira eingenommen haben, wollte ich sie in Stücke reißen, und es hat mich nicht gekümmert, was ich dafür opfern muss. Ich habe mich von meinem Hass leiten lassen.«

Hassan dachte daran zurück, wie er vor dem Tempel den Zeugen gegenübergestanden hatte. Er wusste nur zu gut, wovon sie sprach. Und in den dunkelsten Abgründen seines Herzens fühlte er diesen Hass immer noch, wenn er an den Hierophanten und seine Anhänger dachte.

»Aber als ich gehört habe, dass Prinz Hassan den Umsturz überlebt hat, hat meine Wut mich angefeuert und mir ein neues Ziel gegeben. Es ist schwer zu erklären, aber ... ich wusste, dass ich hierherkommen muss. Dass ich mich auf den Weg in die Stadt des Glaubens machen muss, um den Prinzen zu finden und ihm dabei zu helfen, unser Land zurückzuerobern.«

»Glaubst du denn, dass er dazu in der Lage ist?« Hassan hatte das Gefühl, ein wehrloser Käfer zu sein, der von ihrem Blick durchbohrt wurde. Das Bedürfnis, ihr zu sagen, wer er war, war beinahe übermächtig. Wenn es jemanden gab, der verstehen würde, was in ihm vorging, wie sehr er sich nach dem Zuhause sehnte, das ihm gewaltsam genommen worden war, dann war es Khepri. Dieses unerschrockene Mädchen aus seiner Heimat, das hierhergekommen war, um nach ihm zu suchen.

Sie nickte. »Ich glaube es nicht nur, ich weiß es. Der Befehlshaber meines Regiments ist ihm einmal begegnet. Er sagte, der Prinz würde das Beste seiner Eltern in sich vereinen. Die Stärke und den Mut der Königin und die Weisheit und das Mitgefühl des Königs.«

Hassan schloss kurz die Augen. Der Prinz, den sie beschrieb, schien ein völlig anderer Mensch zu sein als er. Was würde sie denken, wenn sie herausfand, dass der Prinz, von dem sie glaubte, er könne sein Volk retten, sich in der Villa seiner Tante versteckte – ohne einen Plan, ohne jede Hoffnung, sein Land zu befreien?

»Und wenn er gar nicht hier ist?« Er schluckte. »Wenn du den ganzen Weg hierher umsonst gekommen bist?«

Sie warf ihm kurz einen Blick von der Seite zu. Er war flüchtig, aber ihre Augen blitzten wie das Funkeln eines Glühwürmchens über den Sandbänken des Flusses Herat. »Es wäre nicht umsonst gewesen.«

Hassan spürte die Schwielen in ihrer Hand, als sie sie auf seine legte und sich zu ihm beugte. Sein Herzschlag beschleunigte sich.

»Cirion«, sagte sie leise.

Hassan senkte den Kopf und zog sanft seine Hand unter ihrer weg. Er hasste sich dafür und hätte sich nichts mehr gewünscht, als sich diesem kleinen schwerelosen Moment hinzugeben, aber er konnte es nicht. Nicht wenn er sich auf eine Lüge gründen würde. Und die Wahrheit konnte er ihr nicht sagen. Nicht jetzt. Er war nicht der, nach dem sie suchte – der mutige, weise Prinz von Herat, der in der Lage war, sein Volk in die Freiheit zu führen. Er war nichts weiter als einer der vielen aus der Heimat geflohenen Herati, der Angst hatte und verzweifelt hoffte, dass es jemanden gab, der ihm den Weg weisen konnte.

Kapitel 6

ANTON

Anton bekam keine Luft, als er aufwachte. Er hatte das Gefühl, zu ertrinken. Sein Brustkorb wollte bersten, hinter seinen geschlossenen Lidern tanzten Sterne, durch seinen Kopf hallte ein gellender Schrei ...

Er riss die Augen auf.

Luft strömte in seine Lungen. Nicht Wasser, sondern Luft. Die abgestandene Luft seiner winzigen Kammer. Er atmete sie gierig ein und strampelte die schweißfeuchten Laken von sich. Dann tastete er nach dem Puls an seiner Kehle und zählte die Schläge mit.

Er hatte schon seit Jahren nicht mehr von dem See geträumt. In den Monaten, nachdem er von zu Hause fortgegangen war, hatte ihn dieser Albtraum jede Nacht heimgesucht. Der bleierne Himmel, der Schnee, die dunklen Umrisse der Gestalt hinter ihm, während seine Füße ihn über den zugefrorenen See trugen. Das Eis, das unter ihm knackte, Hände, die ihn erbarmungslos unter die Oberfläche des eiskalten Wassers drückten.

Anton setzte sich auf seinem schmalen Nachtlager auf und fühlte sich wieder so klein und hilflos wie damals in dem schneidend kalten Wasser. Als hätte er jeden Halt verloren und könnte jeden Augenblick in das tiefe schwarze Nichts zurücksinken.

Eine warme Brise wehte durch das kleine Fenster und hob den Saum des Vorhangs an. Mondlicht fiel herein und warf ein zitterndes Schattenmuster an die Wand.

Anton realisierte zwei Dinge gleichzeitig:

Als er sich schlafen gelegt hatte, war sein Fenster nicht geöffnet gewesen.

Er war nicht allein in seiner Kammer.

Anton spürte ein *Esha*, das ihn an das raschelnde Flattern von Mottenflügeln erinnerte. Es war ihm nicht vertraut – war nicht das, vor dem er sich fürchtete, gehörte nicht dem Mann, der nach ihm suchte. Er sog scharf die Luft ein, als sich die Silhouette des Eindringlings aus den Schatten löste.

»Keine Angst, ich tu dir nichts.«

Es war die Stimme eines Mädchens – leise und rau. Anton sah sie blinzelnd an. Die untere Hälfte ihres Gesichts wurde von einem Seidentuch verhüllt, darüber war ein leuchtendes Augenpaar zu sehen, das ihn aufmerksam musterte.

Er wägte seine Möglichkeiten ab. Sie stand nur wenige Schritte vom Fußende seiner Pritsche entfernt, direkt gegenüber der Tür. Die Chancen, dass er vor ihr dort wäre, waren gering.

Er würde sie beim Wort nehmen müssen.

»Was willst du von mir?«, fragte er.

Sie legte den Kopf schräg und zog die Brauen hoch. »Weißt du nicht, wer ich bin?«

»Sollte ich es denn wissen?«

»Der Priester in den *Gärten von Thalassa* wusste es auch nicht.«

Anton keuchte leise auf. Von all den Schreckgestalten, von denen er sich vorgestellt hatte, sie könnten ihn mitten in der Nacht heimsuchen, wäre ihm die Blasse Hand als Letztes in den Sinn gekommen.

»Bist du hier, um mich zu töten?« Seine Stimme klang gepresst.

In ihren Augen blitzte ein fast belustigter Ausdruck auf. »Hättest du es denn verdient?«

Anton schüttelte langsam den Kopf.

»Dann hast du nichts zu befürchten.«

Er dachte an seinen Traum zurück, der ihn immer wieder warnend an den erinnerte, der ihn um jeden Preis aufspüren wollte, und fragte sich, ob die Worte der Blassen Hand sich wohl jemals bewahrheiten würden.

»Wenn du nicht hier bist, um mich zu töten, was machst du dann in meiner Kammer?«

»Ich bin auf der Suche nach Frau Tappan«, antwortete sie. »Und ich glaube, dass du mir helfen kannst, sie zu finden.«

Anton blinzelte überrascht. Dass Frau Tappan etwas mit einer berüchtigten Mörderin zu tun hatte, überraschte ihn nicht – aber für gewöhnlich war *sie* es, die jemanden suchte.

»Ich weiß nicht, wer das sein soll«, log er und schwang seine Beine von der Pritsche.

»Dieser Brief, den sie für dich in der Herberge hinterlassen hat, lässt mich zu einem anderen Schluss kommen.« Sie hielt ein zusammengefaltetes Stück Pergament in die Höhe, von dem Anton nur annehmen konnte, dass auf ihm das Windrosen-Siegel von Frau Tappans Orakeldienst prangte. Sie musste die Nachricht für ihn zurückgelassen haben, nachdem er die Flucht vor ihr ergriffen hatte.

»Wie bist du an diesen Brief gekommen?«

Die Blasse Hand trat näher an seine Pritsche heran. »Du bist Anton, oder?«

Er griff nach dem Brief, den sie immer noch in ihrer ausgestreckten Hand hielt, aber sie zog ihn zurück. »Sag mir, wo sie ist, und ich gebe ihn dir.«

»Ich weiß nicht, wo sie ist.«

»Aber du hast gestern Abend noch mit ihr gesprochen.«

War das erst gestern Abend gewesen? Der darauffolgende Tag war in einem verschwommenen Durcheinander aus Albträumen und Erinnerungen an ihm vorbeigezogen, die sich in seinem Kopf zu einem unentwirrbaren Geflecht verwoben hatten.

»Woher weißt du das?«

Obwohl er ihren Mund unter dem Tuch nicht sehen konnte, war er sich sicher, dass sie lächelte. »Ich habe mich mit ein paar von deinen Freunden im *Thalassa* unterhalten. Sie sagen, dass dort gestern Abend eine Frau gespeist hätte, mit der du eine interessant wirkende Unterhaltung geführt haben sollst. Und kurz darauf wärst du verschwunden.«

Er verfluchte Cosima im Stillen für ihre unstillbare Neugier und ihre Unfähigkeit, den Mund zu halten.

»Also«, die Blasse Hand ließ nicht locker, »worüber habt ihr gesprochen?«

Anton zuckte mit den Schultern. »Sie lässt es sich einfach nicht nehmen, ab und zu nach mir zu schauen.«

»Du bist kein sehr guter Lügner.«

»Ich bin überhaupt kein Lügner.«

»Was bist du dann?«, fragte sie. »Frau Tappan gibt sich nicht mit Personen ab, die sie für unwichtig hält, das überlässt sie ihren Bediensteten. Den meisten Leuten zeigt sie noch nicht einmal ihr Gesicht. Warum macht sie bei dir eine Ausnahme?«

Statt ihre Frage zu beantworten, sagte er: »Das ist nicht ihr richtiger Name.«

Der Name eines jeden Menschen erzeugte einen ganz bestimmten Widerhall in seinem *Esha*. Dieser einzigartige Klang versetzte Seher in die Lage, jedes menschliche Wesen aufzuspüren – vorausgesetzt, sie waren im Besitz des wahren Namens desjenigen. Antons Fähigkeiten reichten jedoch noch weiter – zwar konnte er den Namen eines Menschen nicht einfach durch das Spüren des jeweiligen

Esha bestimmen, wusste aber immer sofort, wenn er nicht passte. Und der Name »Frau Tappan« hatte nie mit ihrem unverwechselbaren, glockenhellen *Esha* übereingestimmt.

»Wie lautet er dann?«

»Das weiß ich nicht«, antwortete Anton. »Aber das ist nicht ihr richtiger Name.«

»Woher willst du das wissen?« Sie sah ihn mit großen Augen an und wirkte plötzlich wie verwandelt. »Jetzt verstehe ich ... *Du* bist der Seher, von dem sie uns erzählt hat. Sie hat gesagt, du könntest mir helfen. Dass es keinen anderen Seher gäbe, der deine Fähigkeiten hat.«

Und auf einmal ergab alles einen Sinn. Der Auftrag, den die Frau ohne Namen ihm angeboten hatte – er stammte von der Blassen Hand.

»Tja, sie hat gelogen«, sagte Anton. »Ich bin niemand. Ich kann dir nicht helfen. Du solltest also lieber wieder gehen, bevor ich den Stadtwächtern erzähle, wo sie dich finden können.«

Sie rührte sich nicht von der Stelle.

»Ich meine es ernst.« Er schob sich an ihr vorbei zur Tür. »Du hast zwei Minuten, um zu verschwinden.«

Er konnte nicht leugnen, dass er neugierig war – was wollte die Blasse Hand ausgerechnet von *ihm*? –, aber er wusste, dass die Albträume, die ihn neuerdings wieder heimsuchten, noch quälender werden würden, wenn er seine Gabe benutzte. Dazu war er nicht bereit, ganz gleich, womit die Blasse Hand ihm drohen oder welche Versprechungen sie machen würde.

Was sie jedoch als Nächstes sagte, war weder eine Drohung noch ein Versprechen. Es war eine Frage. »Wer ist Illya Aliyev?«

Er erstarrte. Es war über fünf Jahre her, seit er diesen Namen zum letzten Mal laut ausgesprochen gehört hatte. »Woher kennst du diesen Namen?«

Die Blasse Hand hielt erneut den Brief in die Höhe. Als Anton diesmal danach griff, reichte sie ihn ihm.

Wie nicht anders zu erwarten, war das Siegel bereits aufgebrochen worden. Anton faltete den Papierbogen auseinander und sein Blick blieb auf den ersten Zeilen hängen:

Illya Aliyev. Hat zuletzt eine Überfahrt auf einem
Passagierschiff angetreten. Zielhafen: Pallas Athos.

Es folgten noch ungefähr ein Dutzend Absätze, die Anton eilig überflog. Es war ein komplettes Dossier über den Mann, der nach ihm suchte. Der Mann, vor dem die Frau ohne Namen ihn in den *Gärten von Thalassa* gewarnt hatte. Der Mann, der Anton in seinen Träumen heimsuchte.

Er sollte der Frau ohne Namen dankbar sein, dass sie sich die Mühe gemacht hatte, ihm diese Information zuzuspielen. Dankbar, dass sie zu ihm gekommen war, statt ihn auszuliefern und ihre Gebühr einzustreichen. Aber er war nicht in der Lage, Dankbarkeit zu empfinden, wenn er gleichzeitig das Gefühl hatte, an eiskaltem Grauen zu ersticken.

Wenn ich den Fall ablehne, beauftragt er einfach jemand anderen damit.

Dass sie ihm das Ergebnis ihrer Nachforschungen überließ, konnte nur bedeuten, dass er dies bereits getan hatte. Er war *hier*, in Pallas Athos. Wusste wahrscheinlich genau, wo Anton sich aufhielt. Möglicherweise war er sogar genau in diesem Moment auf dem Weg zu ihm.

»Wenn deine Fähigkeiten als Seher wirklich so außergewöhnlich sind, wie sie behauptet«, sagte die Blasse Hand, »warum brauchst du dann die Hilfe einer Kopfgeldjägerin, um ihn zu finden?«

»Ich brauche ihre Hilfe nicht.« Anton faltete den Brief wieder zusammen. »Und ich besitze auch keine außergewöhnlichen Fähigkeiten, weder als Seher noch als sonst irgendwas.«

Er ging zu zwei übereinandergestapelten Weinkisten, die als Kommode dienten, kniete sich davor und durchwühlte seine Kleider. Er hätte Pallas Athos sofort verlassen sollen, nachdem er von der Frau ohne Namen erfahren hatte, dass Illya nach ihm suchte. Er musste endlich weg von hier. An irgendeinen Ort, weit fort von hier. Vielleicht ans andere Ende des Pelagos-Meers zum östlich gelegenen Hafen von Tel Amot. In die unendlichen Weiten der Wüste, die sich jenseits davon erstreckte.

»Was machst du da?«, fragte die Blasse Hand, als Anton anfing, hektisch Kleidungsstücke in einen Beutel zu stopfen.

»Ich verlasse die Stadt.«

»Es ist mitten in der Nacht.«

»Dann sollte ich mich beeilen«, sagte Anton. »Die Schiffe legen im Morgengrauen ab.«

»Hast du es so eilig, diesen Mann zu finden?«

Von der kleinen Kopfsteinpflasterstraße unter Antons Fenster hallten Schritte herauf. Die Blasse Hand wich in die Schatten zurück, als Anton im Schutz des Vorhangs nach draußen spähte.

Die Schritte wurden lauter.

»Erwartest du noch jemanden?«, fragte die Blasse Hand, in deren Stimme ein panischer Unterton mitschwang.

Anton zog den Vorhang etwas zur Seite, um besser sehen zu können. Ein halbes Dutzend Männer stand in der vom Mondlicht beschienenen Gasse vor seiner Mietskaserne.

»Wer ist es?«, zischte die Blasse Hand.

Anton presste sich mit dem Rücken an die Wand, sein Atem ging stoßweise. »Söldner, glaube ich.«

Sie mussten in Illyas Auftrag hier sein. Frau Tappan hatte gesagt, er hätte ihr eine verlockend hohe Summe geboten, um ihn zu finden.

Wenn Illya über solche Mittel verfügte – und Anton hegte im Grunde keinen Zweifel daran, dass es ihm gelungen war, sie sich auf die eine oder andere zwielichtige Weise zu beschaffen –, dann war er auch in der Lage, Söldner anzuheuern, um sich nicht selbst die Finger schmutzig zu machen.

Die Blasse Hand stieß einen unterdrückten Fluch aus. »Warum schickt das Konklave nicht einfach die Stadtwächter nach mir?«

»Ich glaube nicht, dass sie deinetwegen hier sind«, sagte Anton langsam.

»Aber … sind sie hinter dir her? Warum?«

Er schluckte. »Dieser Mann, der in dem Brief erwähnt wird. Illya.«

»Der, nach dem du suchst?«

Er schüttelte den Kopf. »Nicht ich suche nach ihm. Er sucht nach mir.«

Und wie es aussah, hatte er ihn bereits gefunden.

Die Blasse Hand heftete ihren Blick auf ihn. Er konnte das Kalkül in ihren Augen sehen, so wie sie, dessen war er sich sicher, die Verzweiflung in seinen sehen konnte.

»Komm mit«, sagte sie plötzlich.

»Was? Wohin?«

»Ich kenne einen sicheren Ort, an dem dich niemand finden wird.«

Anton zögerte.

»Hast du einen besseren Vorschlag?«

Hatte er nicht. Es war nicht so, als hätte er eine Menge guter Freunde gehabt, die ihn mit offenen Armen empfangen würden, wenn er mitten in der Nacht an ihre Tür klopfte. Und wenn diese Söldner ihn hier aufgespürt hatten, würden sie seine Spur auch bis ins *Thalassa* zurückverfolgen können. Vielleicht schauten sie sich sogar genau in diesem Moment schon dort um.

»Worauf wartest du? Mein freundliches Angebot erlischt, sobald diese Männer ihren Fuß über die Schwelle hier setzen.«

»Arbeitest du mit ihm zusammen?«, fragte Anton.

Sie runzelte die Stirn. »Du meinst, mit diesem Illya, der hinter dir her ist? Nein. Ich habe es dir doch schon erklärt. Ich bin hier, weil Frau Tappan gesagt hat, dass du mir helfen kannst.«

Sie klang aufrichtig, aber das taten Leute, die gut lügen konnten, immer.

»So wie ich das sehe, hast du genau zwei Möglichkeiten: Hierbleiben und herausfinden, was die Söldner von dir wollen. Oder mit mir kommen.«

»Um was zu tun?«

»Ich schlage vor, das besprechen wir erst, wenn uns kein halbes Dutzend bewaffneter Männer mehr im Nacken sitzt.«

Anton wägte seine Optionen ab. Der Blassen Hand zu vertrauen, war das reinste Glücksspiel. Aber seine Wetteinsätze hatten sich bis jetzt fast immer ausgezahlt. »Na schön. Gehen wir.«

Sie stahlen sich aus der Kammer.

»Es gibt noch einen anderen Weg aus dem Haus.« Anton führte sie in einen verwinkelten Keller hinab, in dem es vor umherhuschenden Ratten wimmelte. Sie bahnten sich eilig einen Weg durch die mit Spinnweben verhangenen Gänge und schlüpften durch die Hintertür auf die Gasse hinaus.

Die Blasse Hand glitt lautlos um die Ecke der Mietskaserne. Anton folgte ihr. Schulter an Schulter pressten sie sich mit dem Rücken an die Hauswand und warteten, bis die letzten Männer durch den Vordereingang verschwunden waren.

Anton zählte mit angehaltenem Atem, aber im nächstem Moment fluchte die Blasse Hand leise.

»Was ist?«, fragte Anton.

»Sie lassen zwei Männer als Wachposten vor dem Haus zurück«, sagte sie. »Tja, dann bleibt uns nur noch, so schnell wie möglich zu rennen.«

Antons Herz setzte einen Schlag aus. »Aber dann sehen sie uns.«

Die Blasse Hand ging in die Hocke und suchte den Boden nach etwas ab. »Perfekt.«

Sie hob einen faustgroßen Stein auf und wog ihn kurz in der Hand, bevor sie ausholte und ihn ans andere Ende der Gasse warf. Es war zu dunkel, um erkennen zu können, wo er landete, aber das Geräusch seines Aufpralls genügte, um die beiden Wache stehenden Söldner aufzuschrecken.

Die Blasse Hand verlor keine Zeit. Sobald die zwei Männer ihnen den Rücken zukehrten, packte sie Antons Arm und lief los.

»Dort drüben!«, rief eine Stimme hinter ihnen.

Anton hätte sich gern umgedreht, um zu schauen, ob die Männer sie entdeckt hatten, aber die Blasse Hand festigte ihren Griff um sein Handgelenk.

Das Geräusch sich beschleunigender Schritte war Antwort genug. Die beiden Söldner hatten die Verfolgung aufgenommen.

Am Ende der Straße bog die Blasse Hand scharf nach links ab und Anton jagte ihr durch die engen Gassen hinterher.

»Hier rein!«, rief sie. Anton kam schlitternd zum Stehen und wäre fast mit ihr zusammengestoßen.

Sie hatte das Fenster eines Werkstattladens aufgestemmt, über dem ein Schild mit einem Zahnrad hing. Die Schritte hinter ihnen kamen näher. Hastig kletterte er mithilfe der Blassen Hand auf den Fenstersims und erforschte tastend das Dunkel. Direkt unter ihnen schien ein Tisch zu stehen, der mit Drähten, Zahnrädern und Glasgefäßen übersät war, von denen ein paar klirrend umfielen, als sie durchs Fenster ins Innere schlüpften. Kurz erstarrten sie, dann schlossen sie eilig das Fenster hinter sich und ließen sich an der Wand zu Boden gleiten. Ihr Atem ging stoßweise, während sie im

Dunkeln am Boden kauernd auf das Geräusch vorbeilaufender Schritte warteten.

»Vorsicht!«, raunte die Blasse Hand, als Anton die Beine ausstreckte und dabei gegen den Tisch stieß.

Sie fing eine herunterfallende Glaskugel auf – genau in dem Moment, in dem die schnellen Schritte der Söldner am Fenster vorbeihallten und kurz darauf in der Ferne verklangen.

Anton stieß langsam den angehaltenen Atem aus.

Plötzlich hörte er neben sich ein leises Klopfen und einen Augenblick später wurde der kleine Werkstattladen in dämmriges Licht getaucht, das flackernd heller wurde. Als er den Kopf drehte, sah er, dass es sich bei der Kugel, die die Blasse Hand aufgefangen hatte, um eine kleine Leuchtlampe handelte.

»Und was jetzt?«, fragte er.

Ihr Gesicht lag zur Hälfte im Schatten, als sie ihren Blick auf ihn richtete. »Jetzt«, sagte sie, »kommst du mit mir mit.«

Kapitel 7

Beru

Wie so viele andere Nächte zuvor verbrachte Beru auch diese in der verborgenen Kammer unter der Pesistratoskrypta – mit einer Schale warmem Minztee und der inständigen Hoffnung, dass ihre Schwester wohlbehalten zurückkehren würde.

Ephyra hatte sich schon so oft im schützenden Dunkel der Nacht aufgemacht, um in den Sechs Prophetischen Städten Mörder, Sklavenhalter und andere bis ins Mark verkommene Männer zu stellen. Trotzdem war Beru in dieser Nacht unruhiger als in jeder anderen zuvor. Sie wusste, das war lächerlich, weil es nichts gab, vor dem man sich fürchten musste, wenn man selbst das Gefährlichste weit und breit war.

Aber die Angst, die Beru heute Nacht zusetzte, war eine andere. Heute Nacht war die Blasse Hand nicht losgezogen, um nach einem Opfer zu suchen. Sondern nach jemandem, der ihnen helfen konnte. Falls ihre Suche sich als erfolgreich erwies, wäre dies vielleicht das letzte Mal, dass Beru warten und sich sorgen müsste.

Ein Jahr nachdem die Blasse Hand mit dem Töten angefangen hatte, hatte Beru das falsche Opfer ausgesucht. Obwohl dies normalerweise Ephyras Aufgabe war, hatte Beru sie bei dieser Gelegenheit übernommen. Ihre Wahl war auf einen Mann gefallen, der eine Vorliebe dafür hatte, in Lasterhäuser zu gehen und seine Opfer dort zerstückelt zu hinterlassen. Niemand schien auch nur den geringsten Anteil daran zu nehmen, da die Spelunken, die er besuchte, sich in den ärmsten Vierteln von Tarsepolis befunden hatten. Aber Beru hatte Anteil daran genommen. Genau wie Ephyra.

Und so war Ephyra, wie schon in so vielen Nächten zuvor, als die Blasse Hand losgezogen, um ihn zu töten.

Am nächsten Morgen war ein Brief unter der Tür des verlassenen Weinkellers hindurchgeschoben worden, in dem sie sich damals versteckten.

Auf den Mann, den du letzte Nacht getötet hast, war bereits ein Kopfgeld ausgesetzt. Das war mein Auftrag. Ich würde es sehr begrüßen, wenn du das nächste Mal vorher fragst.

Der Brief hatte keine Unterschrift getragen, war aber mit einem schlichten goldenen Wachssiegel versehen gewesen, das eine Windrose darstellte. Als Ephyra und Beru Erkundigungen einzogen, fanden sie heraus, dass es das Siegel eines Orakeldienstes war, der einer gewissen Frau Tappan gehörte – einer Kopfgeldjägerin, die in manchen Kreisen geradezu berüchtigt war.

Beru war außer sich gewesen vor Sorge. Die Nachricht hatte wie eine Drohung geklungen, und obwohl es niemanden gab, der jemals das Gesicht der Blassen Hand gesehen hatte oder ihren Namen kannte, war es dieser Frau Tappan gelungen, sie aufzuspüren. Sie hatte die Stadt sofort verlassen wollen, aber Ephyra hatte gezögert.

»*Ich würde es sehr begrüßen, wenn du das nächste Mal vorher fragst* – klingt mir nicht gerade nach einer unmissverständlichen Todesdrohung.«

Wie sich noch am nächsten Tag herausstellte, war es tatsächlich keine Drohung gewesen. Sondern ein Angebot. Dem ersten Brief folgte nämlich ein zweiter, der einen Namen und ein Vergehen enthielt: Sklavenhandel in Endarrion. Sie stellten ein paar Nachforschungen an und fanden heraus, dass auf den betreffenden Mann ebenfalls ein Kopfgeld ausgesetzt worden war.

Drei Wochen später war ihnen ein weiterer Name zugespielt worden.

Wie es schien, gab es Aufträge, die die geheimnisvolle Frau Tappan lieber diskret an die Blasse Hand weiterleitete, in dem Wissen, dass sie sich auf ihre Weise um die Gesuchten – allesamt Mörder, Sklavenhalter, Vergewaltiger – kümmern würde.

Ephyra und Beru verstanden nur nicht, *warum* die Kopfgeldjägerin ihnen half. Immerhin verzichtete sie in den meisten Fällen auf ihre Prämie, wenn sie diese Männer dem Tod durch die Blasse Hand überließ. Trotzdem versorgte sie sie weiter mit Namen und sie blieben zu Berus großer Erleichterung weiterhin unbehelligt.

Vor sechs Wochen schließlich war wieder ein Brief unter der Tür ihres Unterschlupfes in Tarsepolis hindurchgeschoben worden.

*Ich weiß, warum ihr das tut. Und ich weiß von einem
Heilmittel. Ein machtvolles Artefakt, das als Eleasarkelch
bekannt ist.*

*Ich kann es nicht für euch ausfindig machen, aber es gibt
jemanden, der dazu in der Lage ist. Er besitzt die Gabe
des Sehens und seine Fähigkeiten sind außergewöhnlicher als
die jedes anderen Sehers, der mir je begegnet ist. Geht nach
Pallas Athos und wartet auf das nächste Zeichen von mir.*

Viel wusste Beru über Pallas Athos nicht. Sie kannte nur die Geschichten über die besondere Bedeutung, die der Ort einst – als Stadt des Glaubens und wichtigste der Sechs Prophetischen Städte –

gehabt hatte. Umso schockierter war sie über das gewesen, was sie vorfanden, als sie hier ankamen. In der Unterstadt trieben Spieler und Diebe ihr Unwesen, in der Oberstadt Priester, die sich an Kindern vergingen und die Stadt dem Verfall überließen. Die Stadt des Glaubens hatte sich als ideales Betätigungsfeld für die Blasse Hand erwiesen.

Und so hatten sie in dem halb zerstörten, verlassenen Mausoleum ihr Lager aufgeschlagen und auf weitere Nachrichten von Frau Tappan gewartet.

Und gewartet.

Und gewartet.

Bis ihnen ein Bote heute endlich einen Brief mit dem Windrosensiegel überbracht hatte.

Es ist so weit, hatte Beru gedacht. Das war der Brief, der über ihr Schicksal entscheiden würde. Er enthielt die Antwort des Sehers, von dem Frau Tappan ihnen erzählt hatte und wegen dem sie den ganzen Weg bis nach Pallas Athos gekommen waren.

Die Antwort lautete: Nein.

»Vielleicht gibt es diesen Seher gar nicht«, hatte Beru gesagt.

»Warum sollte Frau Tappan uns anlügen?«, hatte Ephyra entgegnet.

»Warum sollte sie uns überhaupt helfen? Sie ist eine Kopfgeldjägerin.«

Aber ihre Schwester hatte nichts davon hören wollen. »Es gibt diesen Seher«, sagte sie. »Er ist *hier*. Und ich werde ihn finden.«

»Und wie willst du das anstellen?«

Ephyra hatte Frau Tappans Boten mit einem entschlossenen Funkeln in den Augen nachgeblickt. »Ganz einfach. Der Bote wird mich zu Frau Tappan führen und Frau Tappan wird mich zu ihrem geheimnisvollen Seher führen.«

»Ephyra ...«

Ephyra strich ihr sanft eine Locke hinters Ohr. »Wir haben keine andere Wahl, Beru. Es geht um Leben oder Tod.«

Beru sah Ephyra an, sah die unerschütterliche Hoffnung in ihren Augen.

»Wir sind schon so weit gekommen«, sagte Ephyra.

»Ich weiß«, sagte Beru. Genau das machte ihr Angst. Wie weit sie schon gekommen waren – so weit, dass sie gestohlen und getötet hatten, um zu überleben. Vierzehn Leben hatte sich die Blasse Hand genommen. Ja, sie waren in der Tat weit gekommen. Wie viel weiter würden sie noch gehen müssen?

Das war die Frage, die sie nun, fünf Stunden später, umtrieb, als sie in ihrer provisorischen Küche an dem winzigen Tisch saß, der mit Muschelschalen und Glas- und Tonscherben übersät war, aus denen sie – wie immer, wenn sie nicht schlafen konnte – Halsketten und Armbänder fertigte. Das war etwas, was Ephyra und sie schon als Kinder gemacht hatten, um die kleinen Schmuckstücke an Händler zu verkaufen, die durch ihr Dorf gezogen waren. Mittlerweile war es das Einzige, was ihnen geblieben war, um auf ehrliche Weise an Geld zu kommen. Meistens reichte es nicht.

Das gedämpfte Echo näher kommender Schritte durchbrach die Stille der Morgendämmerung. Beru erstarrte und lauschte angestrengt. Der Eingang zur Krypta war gut verborgen – man fand ihn nur, wenn man wusste, dass es ihn gab.

Sie lauschte weiter, verfolgte das Geräusch der Schritte die Stufen herunter. Das musste Ephyra sein. Und offenbar war sie in Begleitung.

Es klopfte an der Tür.

»Ich bin's«, hörte sie Ephyras Stimme von der anderen Seite.

»Beweis es.«

Ephyra stieß ein leidgeprüftes Seufzen aus. »Als du acht warst, hast du einmal ein Fässchen mit Datteln gefunden, aus denen unsere Mutter Wein machen wollte. Du hast sie zur Hälfte aufgegessen und jedes Mal, wenn du in den drei Tagen danach deine Notdurft verrichten musstest ...«

Beru entriegelte hastig die Tür und begrüßte ihre Schwester mit einem finsteren Funkeln.

»Zufrieden?«, fragte Ephyra.

»Ich hasse dich«, antwortete Beru, worauf Ephyra sich flink an ihr vorbeischob und in die Kammer schlüpfte.

Sodass Beru allein dem fremden Jungen gegenüberstand, der in der Tür wartete.

»Hm ...« Der Junge ließ seinen Blick durch ihren Unterschlupf wandern. »Die Blasse Hand lebt also in einer Gruft. Fast ein bisschen zu naheliegend, findest du nicht?«

Beru konnte sich seine Anwesenheit nur damit erklären, dass es Ephyra tatsächlich gelungen war, den Seher zu finden. Und das bedeutete, dass es sich bei diesem Seher um einen äußerst unscheinbaren Jungen handelte, der nicht älter als sie selbst sein konnte. Seine Alabasterhaut und seine hellen Haare legten den Schluss nahe, dass er nicht aus Pallas Athos stammte, sondern irgendwoher aus dem Norden, vielleicht aus den Nowogardischen Territorien. Seine Augen dagegen waren dunkel wie ein Grab.

Während Beru ihn musterte, wurde ihr bewusst, dass er dasselbe mit ihr tat. Ihre Hand lag immer noch auf dem Türriegel und sein Blick war an ihrem Arm hängen geblieben. Wie immer hatte sie einen Stoffstreifen um ihr Handgelenk gewickelt, um den dunklen Handabdruck zu verstecken, aber der Verband allein war schon verdächtig genug.

Hastig ließ sie die Hand sinken und verbarg den Arm hinter ihrem Rücken, bevor sie einen Schritt zur Seite trat, um ihn hereinzulassen. »Kann ich dir einen Tee anbieten?«

»Hast du auch Wein?«, fragte er hoffnungsvoll.

»Tut mir leid.« Beru unterdrückte ein Lachen, während sie zwei weitere gesprungene Tonschalen auf den Tisch stellte und den noch warmen Minztee eingoss. Das alles kam ihr seltsam unwirklich vor. Es war mehr als fünf Jahre her, dass Ephyra und sie das letzte Mal einen Gast gehabt hatten. Zu Hause in Medea, einem kleinen Handelsort vor Tel Amot, war Gastfreundschaft ein ehernes Gesetz gewesen. Für ihre Mutter wäre es unvorstellbar gewesen, jemanden zu Hause zu empfangen, ohne ihm etwas anzubieten.

Der Junge ließ sich auf einem der Sitzkissen nieder, die um den wackligen kleinen Holztisch lagen, und Beru stellte eine der Teeschalen vor ihn.

Er schien gar nicht wahrzunehmen, was sie tat. Sein Blick war fest auf Ephyra geheftet, und trotz seiner äußerlichen Gelassenheit spürte sie, dass er auf der Hut war. Ephyra, die mit verschränkten Armen an der Wand lehnte, erwiderte seinen Blick. Beru setzte sich genau in die Mitte ihres kleinen Blickduells.

»Du bist also der Seher«, sagte sie und nahm einen Schluck von ihrem Tee.

Er drehte ihr den Kopf zu. »Ich bin einfach nur Anton.«

»Anton«, sagte Beru und spähte zu Ephyra. Schon das wenige, was er bereits jetzt über sie wusste – wer sie waren, wo sie lebten –, stellte für sie eine Gefahr dar. Andererseits waren sie nur seinetwegen nach Pallas Athos gekommen, und es war nicht so, als hätten sie noch andere Möglichkeiten gehabt. »Ich bin Beru. Ephyras Schwester.«

Er zog eine Braue hoch. »Die Blasse Hand hat eine Schwester.«

»Hast du Geschwister, Anton?«

»Nur eins«, antwortete er leichthin und wich Berus Blick aus.

»So, Schluss mit dem Geplänkel«, sagte Ephyra ungeduldig. »Du weißt, warum ich dich hierhergebracht habe.«

Anton sah sie über den Rand seiner Teeschale an. »Du hast gesagt, du würdest meine Hilfe brauchen. Wobei?«

Beru sah erneut zu ihrer Schwester. Wenn Ephyra bereit war, diesem Jungen zu vertrauen – ihm zumindest so weit zu vertrauen, dass sie seine Frage beantwortete –, würde sie ihrem Beispiel folgen.

»Du weißt, wer ich bin«, sagte Ephyra. »Was ich getan habe.«

»Man kann wohl mit Sicherheit sagen, dass so gut wie jeder weiß, was du getan hast.«

»Damit magst du recht haben«, sagte Ephyra. »Aber niemand kennt den Grund dafür.«

Die Leute sprachen ängstlich und hinter vorgehaltener Hand über die Toten, die mit dem Zeichen der Blassen Hand aufgefunden wurden. Jeder hatte seine eigene Vorstellung davon, was es mit diesen Morden auf sich hatte. Eine gerechte Strafe für begangene Gräueltaten. Missbrauch der Gabe. Niemand kannte die Wahrheit.

»Ich nehme ihnen ihr Leben«, sagte Ephyra langsam, »um ihres zu retten.«

Sie sah dabei Beru an, die ihren Blick in stillem Einverständnis erwiderte: So viel konnten sie diesem Jungen also sagen, aber nicht mehr. Nicht die ganze Wahrheit. Es wäre zu gefährlich gewesen.

»Ich bin krank«, sagte Beru. »Schon sehr lange. Ephyra benutzt das *Esha* ihrer Opfer, um mich zu heilen. Es ist die einzige Möglichkeit, mich am Leben zu erhalten.«

»Warum könnt ihr nicht einfach zu einem Heiler gehen?«

»Er könnte nichts für sie tun«, entgegnete Ephyra. Es gab noch andere Gründe – dass ans Licht kam, wer sie war, dass die wahre Natur von Berus Krankheit enthüllt wurde –, warum sie davor zurückschreckten, Hilfe bei jemandem zu suchen, der nicht völlig skrupellos war. »Heiler legen einen Eid ab. Wenn sie wüssten, was ich getan habe, um Beru am Leben zu erhalten ... selbst wenn sie uns helfen könnten, würden sie es ablehnen.«

»Und wie soll ich euch helfen können?«

113

»Es gibt ein machtvolles Artefakt, von dem es heißt, es kann die Macht der Gabe des Blutes steigern«, sagte Beru. »Wir haben die Hoffnung, dass Ephyra mich damit für immer heilen kann.«

»Dieses Artefakt ist ein Kelch – der Eleasarkelch«, sprach Ephyra weiter und betrachtete ihn aufmerksam. »Schon mal davon gehört?«

Er schüttelte den Kopf.

»Du weißt vom Krieg der Nekromanten«, sagte Ephyra. Es war keine Frage. Jeder wusste vom Krieg der Nekromanten – dem verheerendsten Krieg in der Geschichte. Lange vor dem Verschwinden der Propheten hatte der König der Nekromanten ein Heer aus Wiedergängern gebildet – Tote, die in die Welt der Lebenden zurückgeholt wurden – und versucht, das Königreich Herat an sich zu reißen.

»Der König der Nekromanten besaß die Gabe des Blutes«, fuhr Ephyra fort. »Die Macht seiner Gabe war so gewaltig wie keine andere in vielen Hundert Jahren. Vielleicht sogar, seit es überhaupt Gaben gibt. Aber er schöpfte diese Macht nicht allein aus sich heraus, sondern verstärkte sie mithilfe des Eleasarkelchs.«

Anton sah sie einen Moment blinzelnd an. »Habe ich das gerade richtig verstanden?«, sagte er schließlich langsam. »Du hast mich hier in deine Gruft geschleppt, damit ich euch dabei helfe, ein altes Artefakt zu finden, mit dem einst ein Totenheer gebildet wurde?«

»Also?«, gab Ephyra ungerührt zurück. »Bist du dazu in der Lage?«

»Nein.«

»Du lügst.«

»Nein«, sagte Anton, der mit einem Mal etwas Verletzliches an sich hatte. »Ich bin wirklich nicht … ich lüge dich nicht an.«

»Frau Tappan hat gesagt, du wärst der Einzige, der dazu in der Lage ist«, ließ Ephyra nicht locker. »Dass sie noch niemandem begegnet ist, der eine Gabe von solcher Macht hat wie du. Hat *sie* uns etwa angelogen?«

»Nein«, seufzte Anton. »Hat sie nicht.«

»Sie hat uns vorgewarnt, dass du dich wahrscheinlich sträuben würdest«, sagte Ephyra.

»Mich sträuben?«, sagte Anton tonlos. »Natürlich.«

»Würdest du es nicht so nennen?«, fragte Beru.

»Nicht unbedingt.«

»Ich bin ein großes Risiko eingegangen, als ich dich hierhergebracht habe«, sagte Ephyra. »Ich hätte dich auch einfach den Söldnern überlassen können.«

Beru sah sie stirnrunzelnd an. »Welchen Söldnern?«

»Später«, entgegnete Ephyra knapp und wandte sich wieder Anton zu. »Ich möchte damit nur sagen, dass ich keinen Grund habe, diesem Mann, der hinter dir her ist und dich so furchtbar dringend sucht, im Weg zu stehen. Vielleicht würde es mir sogar mehr bringen, ihm dabei behilflich zu sein.«

Sie richtete ihren – wie Beru ihn insgeheim nannte – stechenden Blasse-Hand-Blick auf ihn.

Anton sah Beru an. »Ist sie immer so überzeugend?«

»Warum fragst du nicht diesen toten Priester, wie überzeugend ich sein kann?«, zischte Ephyra.

»Ephyra«, sagte Beru. »Lass mich mit ihm reden.«

Ephyra warf ihr einen fragenden Blick zu. Beru nickte kaum merklich. Mit Drohungen würden sie bei diesem Jungen nicht weiterkommen. Aber vielleicht würde sie einen Weg finden, um zu ihm durchzudringen. Unter seinem Sarkasmus und seiner zur Schau getragenen Selbstsicherheit spürte sie nämlich etwas, das sie sehr gut kannte. Angst.

Zögernd verließ Ephyra die Kammer und schloss die Tür hinter sich.

Beru sah wieder Anton an. »Ich kenne deine Geschichte nicht. Ich frage auch nicht danach. Ich möchte nur, dass du etwas verstehst.«

Anton nickte. Und da war sie wieder – die Angst, die wie ein Schatten über sein Gesicht huschte. Es war keine unmittelbare Gefühlsregung wie ein panischer Schrecken oder Entsetzen – sondern ein tief verwurzeltes, unaufhörliches Grauen, das jeden einzelnen Atemzug begleitete. Was sie nur deshalb so deutlich erkennen konnte, weil ihr genau dieses Gefühl selbst so vertraut war.

»Meine größte Angst«, fuhr Beru fort, »ist nicht, wieder krank zu werden. Oder zu sterben. Noch nicht einmal, dass Ephyra sterben könnte.«

Nun hatte sie seine ganze Aufmerksamkeit. Seine dunklen Augen waren gespannt auf sie gerichtet.

»Es gab einmal eine Zeit, in der Ephyra noch nicht die Blasse Hand war. Eine Zeit, in der sie und ich einfach zwei junge Mädchen waren. Waisen, die nur einander hatten und sonst niemanden. Was das betrifft, hat sich wohl nicht sehr viel geändert.«

Die beiden Schwestern sprachen nicht mehr über ihre Vergangenheit – sie war zu schuldbeladen. Aber es verging kein einziger Tag, an dem Beru nicht daran zurückdachte und sich fragte, ob ihr Leben den Preis, den sie und ihre Schwester bezahlt hatten, wirklich wert war.

»Zunächst führte uns das Schicksal zu einer Familie, die uns aufnahm«, fuhr Beru fort. »Sie lebte in einem Fischerdorf auf der Insel Charis. Die Mutter und der Vater waren gut zu uns, gaben uns zu essen und ein Dach über dem Kopf. Schlossen uns sogar in ihr Herz. Ich glaube, mit der Zeit hätten sie uns wie ihre eigenen Kinder geliebt. Sie hatten zwei Söhne. Ein Junge ungefähr in Ephyras Alter, der andere etwas älter.«

Die Erinnerung an die Monate, die sie mit dieser Familie verbracht hatten, erwachte vor ihrem geistigen Auge zum Leben. Die beiden Brüder, die sich in dem von Disteln überwucherten Hof mit Holzschwertern im Kampf übten. Ihre Mutter, die in einem dampfenden Topf rührte, aus dem es nach Zitronen, Kräutern und scharfen Pfefferschoten duftete. Ihr Vater, der sein Angelzeug am Fuß der Treppe ablud. Die Fältchen, die sich in seine Augenwinkel gruben, wenn er kurz innehielt und lächelnd zuschaute, wie Beru und Ephyra einander an der Wasserpumpe und dem Hühnerstall vorbei durch den Vorgarten jagten. Und wie sie wie Ameisen, die emsig in ihren Bau zurückkehrten, einer nach dem anderen ins Haus liefen, sobald das Abendessen auf dem Tisch stand.

Diese Erinnerungen begannen sich mit denen an ihre eigenen Eltern zu verweben, bis sie nicht mehr wusste, ob es ihre Mutter oder diese Mutter gewesen war, die ihr Blumen in die Haare geflochten und ihr beigebracht hatte, ein Huhn zu fangen. Diese Erinnerungen waren wie ein warmes Fleckchen Sonne in ihrer überschatteten Vergangenheit. Aber die Erinnerung, die darauf folgte, die Erinnerung an das, was sie und Ephyra dieser Familie angetan hatten, verdunkelte alles.

»Ein paar Monate, nachdem sie uns aufgenommen hatten, wurde ich krank. Es passierte nicht zum ersten Mal. Zu Hause in Medea litt ich auch schon an der Krankheit, an der unsere Eltern starben, aber ich ... ich wurde wieder gesund, und wir glaubten, es wäre überstanden. Als ich dann erneut krank wurde, wusste ich, dass ich bald sterben würde.« Sie schluckte. »Mein Pflegevater machte sich auf die Suche nach einem Heiler. Aber es ging mir von Tag zu Tag schlechter, und bevor er zurückkehrte, beschloss Ephyra, mich selbst zu heilen. Es gelang ihr, ich fing sofort an, mich besser zu fühlen. Aber noch am selben Tag wurde meine Pflegemutter plötzlich so krank, dass sie kurz darauf starb – das dachten wir zumindest alle.«

Auch nach all den Jahren stieg in Beru bei der Erinnerung daran noch dasselbe Entsetzen auf.

»Ein paar Monate später wurde ich erneut krank, und wieder heilte Ephyra mich. Diesmal war es der älteste Sohn, der kurz darauf starb. Und da begriffen wir, was es wirklich damit auf sich hatte. Dass *wir* der Grund dafür waren.« Beru zitterte. »Der Vater begriff es ebenfalls. Er war außer sich vor Schmerz und Trauer und hatte entsetzliche Angst, dass Ephyra ihm auch noch seinen anderen Sohn nehmen würde. Er bedrohte uns. Bedrohte mich. Klammerte sich an die Illusion, es würde seinen ältesten Sohn und seine Frau wieder lebendig machen, wenn er mein Leben auslöschte. Ephyra wusste sich nicht anders zu helfen, sie hat …«

Beru schloss gequält die Augen, die Erinnerung daran stieg so deutlich in ihr empor, als würde sie alles noch mal durchleben. Wie der Vater sich auf sie stürzte. Wie Ephyra die Hände gegen seine Brust stemmte, um ihn aufzuhalten. Wie auf seiner Haut der blasse Handabdruck leuchtete.

»Sie hat ihn getötet«, flüsterte Beru. »Es geschah aus einem Instinkt heraus. Sie wollte mich beschützen und hatte noch nicht gelernt, ihre Gabe zu beherrschen.«

»Was ist mit dem anderen Jungen passiert?«, fragte Anton. »Dem jüngsten Sohn?«

Beru schüttelte den Kopf. »Das wissen wir nicht. Nach dem Tod des Vaters sind wir fortgegangen. Als ich erneut krank wurde, entschieden wir, dass kein Unschuldiger mehr sterben sollte. Nicht meinetwegen. Und so wurde aus Ephyra die Blasse Hand.«

»Das macht dir also am allermeisten Angst?«, sagte Anton nachdenklich. »Dass noch mehr unschuldige Menschen deinetwegen sterben müssen?«

Sie nickte. Dass es für sie keinen Unterschied machte, ob jemand unschuldig war oder nicht, dass jedes Leben, das die Blasse Hand sich nahm, schwer auf ihrem Gewissen lastete, verschwieg sie ihm.

»Meine Krankheit hat sich verschlimmert«, sprach sie weiter. »Sie bricht in immer kürzeren Abständen aus. Früher vergingen immer mehrere Monate, bevor es mir wieder schlechter ging, nachdem Ephyra mich geheilt hatte. Jetzt sind es nur noch Wochen. Ich weiß, dass wir eines Tages – vielleicht sogar schon bald – genauso verzweifelt sein werden wie an jenem Tag in dem Fischerdorf. Und dann wird es keine Rolle spielen, ob jemand unschuldig ist oder nicht. Dann wird nur noch zählen, dass sein Leben gegen meines getauscht werden kann.«

»Aber wenn ihr den Eleasarkelch findet ...« Anton sprach den Satz nicht zu Ende.

»Dann müsste niemand mehr sterben.« *Dann*, dachte Beru, *wären wir frei.*

»Und du müsstest keine Angst mehr haben«, sagte Anton leise.

Beru nickte wieder. Ephyra würde es vermutlich nicht gutheißen, dass sie Anton ihre Geschichte erzählt hatte. Sie hatten keinen Grund, ihm zu vertrauen.

Und trotzdem hatte Beru das Gefühl, dass er jemand war, dem man vertrauen konnte. Oder zumindest jemand, der möglicherweise auf eine gewisse Weise nachempfinden konnte, was sie durchgemacht hatten. Sie ahnte, dass auch er von seiner Vergangenheit heimgesucht wurde. Vielleicht wusste er, wie es sich anfühlte, wenn die Freiheit in immer weitere Ferne zu rücken schien, je verzweifelter man ihr nachjagte.

»Also?«, sagte Beru. »Wirst du uns helfen?«

Anton sah sie einen Moment lang schweigend an. »Ich weiß es nicht«, sagte er schließlich. »Ich weiß nicht, ob ich es überhaupt *kann*. Es ist schon einige Zeit her, seit ich meine Gabe das letzte Mal benutzt habe, und ... tja, sagen wir einfach mal, dass du nicht die Einzige bist, in deren Vergangenheit es Dinge gibt, an die du dich lieber nicht erinnerst.«

»Was meine Schwester da vorhin gesagt hat ...«, begann Beru, »dass sie dich diesen Söldnern ausliefern würde, die hinter dir her sind. Das hat sie nicht so gemeint. Das würde sie niemals tun. So ein Mensch ist sie nicht.«

Anton deutete ein Schulterzucken an.

»Du musst dich nicht sofort entscheiden«, sagte Beru. »Aber solange dort draußen noch nach dir gesucht wird, solltest du wahrscheinlich lieber nicht wieder nach Hause gehen. Wenn du willst, kannst du fürs Erste hierbleiben.«

Sie sah, wie er zögerte. Aber schließlich schien seine Erschöpfung die Oberhand zu gewinnen, denn er nickte und half Beru, aus den Kissen, die um den Tisch herumlagen, ein provisorisches Nachtlager zu bauen.

»Ruh dich ein bisschen aus.« Sie wartete, bis er sich hingelegt und die Augen geschlossen hatte, dann huschte sie auf Zehenspitzen zur Tür und öffnete sie leise.

Auf der anderen Seite stand Ephyra. »Was …?«

Beru legte einen Finger an ihre Lippen, schloss die Tür und schob Ephyra die Stufen hoch, die ins Mausoleum führten.

»Was hast du ihm erzählt?«, fragte Ephyra.

»Ich habe ihm von der Familie erzählt«, antwortete Beru. Sie musste nicht erklären, von welcher Familie. Sie sprachen so gut wie nie darüber, aber die Erinnerung begleitete sie auf Schritt und Tritt, verfolgte sie jeden einzelnen Tag.

»Und sonst nichts?«

»Natürlich nicht«, sagte Beru. »Aber er ist nicht dumm, Ephyra. Irgendwann wird er anfangen, Fragen zu stellen.«

»Dann dürfen wir ihn nicht gehen lassen, bis wir den Kelch gefunden haben«, sagte Ephyra. »Alles andere ist zu gefährlich.«

»Und wenn er sich entscheidet, uns nicht zu helfen?«, entgegnete Beru. »Wir können ihn nicht für immer hierbehalten.«

»Das wird nicht nötig sein«, entgegnete Ephyra mit düsterer Entschlossenheit.

Beru wich vor ihr zurück. »Du kannst ihn nicht einfach *töten*, Ephyra!«

»Ich bin die Blasse Hand«, sagte Ephyra. »Ich werde tun, was nötig ist.«

Ohne noch etwas zu erwidern, drehte Beru sich um und bahnte sich einen Weg durch den Schutt und die Trümmersteine des Mausoleums.

»Beru, warte …«

»Lass mich. Ich will jetzt nicht mit dir reden«, sagte Beru, ohne stehen zu bleiben.

Sie liebte ihre Schwester mehr als irgendjemand anderen auf der Welt. Und sie wusste, dass Ephyra für sie dasselbe empfand. Dass sie alles für ihre jüngere Schwester tun würde.

Genau das machte Beru am meisten Angst.

Sie hatte das untrügliche Gefühl, dass es – ganz gleich, was von nun an passieren würde – nur zwei Möglichkeiten gab, wie ihre Geschichte enden konnte: Entweder würde Ephyra sie verlieren oder sie würde Ephyra verlieren.

KAPITEL 8

ANTON

Anton träumte. Aber nicht von dem See. Er träumte von hinter Kutten verborgenen Gesichtern, von Augen mit Pupillen, die wie schwarze Sonnen gezackt waren. Er sah blasse Handabdrücke, die sich in seine Haut gebrannt hatten.

»Kleiner! He! Wach auf!«

Anton fuhr aus dem Schlaf hoch, bereit, sofort die Flucht zu ergreifen. Sein Blick fiel auf die Blasse Hand, die neben seinem Kissenlager kniete.

Plötzlich erinnerte er sich wieder, was passiert war. Die Blasse Hand in seiner Kammer. Die Flucht vor Illyas Söldnern. Wie er in der dunklen, feuchten Krypta unter dem zerstörten Mausoleum eingeschlafen war.

»Du hast am ganzen Leib gezittert«, sagte sie. »Ein böser Traum?«

»Gibt es auch gute?« Er rieb sich die Augen. »Wie lange habe ich geschlafen?«

»Ein paar Stunden. Es ist früher Nachmittag.«

»Wo ist deine Schwester?«

»Auf dem Markt.« Ephyra lachte, als sie sah, wie Anton die Stirn runzelte. »Du hast doch nicht etwa Angst, mit mir allein zu sein?«

»Angst nicht, nein«, sagte er. »Sie ist nur sehr viel netter als du.«

Wieder lachte Ephyra. Ihr Lachen klang anders, als man es erwarten würde – laut, unbekümmert, herzlich. »Das muss nicht viel heißen. Aber wenn es dich beruhigt, es kann nicht mehr lange dauern, bis sie wieder hier ist. Was ist mit dir? Bleibst du erst einmal bei uns?«

Anton schlang die Arme um seine Knie. »Habe ich denn eine Wahl?«

»Wir haben nicht vor, dich hier festzuhalten«, sagte Ephyra. »Allerdings meine ich, mich zu erinnern, dass ich dir gestern Abend das Leben gerettet habe.«

»Und ich habe gehört, was du heute Morgen im Treppenaufgang zu deiner Schwester gesagt hast«, gab er zurück. Als sie nichts darauf erwiderte, fügte er hinzu: »Ihr dachtet bestimmt, ich würde schon schlafen.«

Ephyra sah ihn bloß weiter schweigend an und verschränkte die Arme vor der Brust.

»Du denkst, es wäre zu gefährlich, mich gehen zu lassen.« Er schluckte. »Schon als du mich hierhergebracht hast, war dir klar, dass du mich nicht wieder lebend ziehen lassen wirst.«

Beru mochte ihrer Schwester so etwas vielleicht nicht zutrauen, aber Anton kannte sich aus mit Verzweiflung, er wusste, wie sie einen in ihren Klauen halten und dazu zwingen konnte, selbst das zu opfern, was man für unantastbar gehalten hatte. Seit er auf sich allein gestellt war, hatte er immer wieder ein Stück von sich – seine Würde, seinen Anstand, sein Gewissen, falls er überhaupt jemals irgendetwas davon besessen hatte – dafür hergegeben, nicht völlig unterzugehen. Und er hatte nie auch nur einen Moment gezögert.

Deshalb hatte er nicht daran gezweifelt, dass Ephyra es ernst meinte, als sie drohte, ihn den Männern auszuliefern, die hinter ihm her waren, oder als sie zu ihrer Schwester gesagt hatte, dass sie ihn töten würde, falls er sich weigern sollte, ihnen zu helfen.

123

»Du weißt, warum ich dich hierhergebracht habe«, sagte Ephyra. »Ich brauche deine Hilfe, um meine Schwester am Leben zu halten.«

»Und wenn ich dir diese Hilfe verweigere? Lässt du mich dann gehen?«

Bevor sie antworten konnte, klangen von der Treppe Schritte zu ihnen, und einen Moment später wurde die Tür aufgedrückt und Beru kam mit einem Korb Kartoffeln und Fladenbrot herein.

Als sie die Mienen der beiden sah, hielt sie inne und schaute besorgt zwischen ihnen hin und her. »Ist etwas passiert?«

Ephyras Augen waren erwartungsvoll auf Anton gerichtet.

Er wusste, wie seine Antwort lauten musste. Seufzend erwiderte er Berus Blick. »Ich habe beschlossen, euch zu helfen.«

———✺✺✺———

Es war fast ein Jahr vergangen, seit Anton seine Gabe das letzte Mal benutzt hatte, trotzdem spürte er sofort wieder, wie sein Herz unangenehm schnell zu schlagen anfing, als er in das Orakelbecken stieg und kaltes Wasser seine Knöchel umspielte. Er keuchte leise auf und versuchte vergeblich, sein Zittern zu unterdrücken. In der linken Hand umklammerte er das einzige Geschenk, das er in den sechzehn Jahren seines Lebens jemals bekommen hatte. Die Frau ohne Namen hatte es ihm bei ihrem vorletzten Besuch gegeben – einen Magnetstein, kaum apfelgroß, mit glatter grauer Oberfläche und vollkommen unscheinbar.

An den Rändern seines Bewusstseins spürte er das *Esha* der beiden Schwestern, die mit ihm in dem verlassenen Mausoleum standen. Das von Ephyra, das ihn auch jetzt wieder an das raschelnde Flattern von Mottenflügeln erinnerte. Und das von Beru. Etwas an ihrem *Esha* stimmte nicht. Das war ihm schon bei ihrer ersten Begegnung aufgefallen. Es hörte sich seltsam gebrochen an, wie das

124

dumpfe Läuten einer Glocke, die ihren volltönenden Klang verloren hatte.

»Ich habe noch nie jemandem beim Weissagen zugeschaut«, sagte Ephyra, die hinter ihm stand. »Wie geht das?«

Anton war nicht gerade ein Meister seines Fachs. Alles, was er über die Besonderheiten der Gabe des Sehens wusste, hatte ihm Frau Tappan beigebracht. Und das war nicht besonders viel gewesen.

»Jede der Vier Inneren Gaben ist auf ihre ganz eigene Weise mit dem *Esha* verknüpft«, sagte er. »Wer wie du über die Gabe des Blutes verfügt, kann allem Lebendigen *Esha* verleihen, aber auch entziehen. Jemand mit der Gabe des Herzens kann sein eigenes *Esha* verstärken und wird ungleich kräftiger und schneller sein als vorher. Alchemisten und Konstrukteure, die die Gabe des Geistes besitzen, haben die Fähigkeit, aus gewöhnlichen Materialien oder auch Gegenständen Objekte zu erschaffen, die von *Esha* durchdrungen sind und unglaubliche neue Funktionsweisen ermöglichen. Leuchtlampen, die ohne Flamme brennen, oder Wein, der Krankheiten heilt.«

»Aber die Gabe des Sehens befähigt dich nicht dazu, *Esha* zu geben, es zu verstärken oder umzuwandeln«, sagte Ephyra.

»Nein«, bestätigte Anton. »Ich kann das *Esha* nicht benutzen, um etwas damit zu *bewirken*, aber ich kann es spüren. Jedes *Esha* auf der Welt hat seinen ureigenen, unverwechselbaren Klang, den ich als feine Schwingungen wahrnehme. Während des Akts des Sehens kann ich die Beschaffenheit dieser überall auf der Welt fließenden Schwingungen ausmachen und genau zuordnen. Eigentlich können Seher nur Menschen aufspüren. Aber das, wonach ihr sucht – ein Artefakt, das einst dazu benutzt wurde, die Toten wiederauferstehen zu lassen –, kann nur von einem begnadeten Konstrukteur erschaffen worden sein, was bedeutet, dass es von *Esha* durchdrungen sein muss.«

»Dann kannst du also jedes Artefakt aufspüren, weil es immer unweigerlich von *Esha* durchdrungen ist?«

»Im Grunde ja«, sagte Anton. »Aber es gibt etwas, was ein Seher unbedingt benötigt, ganz gleich ob er einen Menschen oder ein Artefakt finden will, und das ist dessen Name. Ohne den ihm verliehenen Namen bleibt die Suche erfolglos. Der Name eines Menschen ist untrennbar mit seinem *Esha* verbunden. Deswegen haben wir Namensgebungstage. Im Gegensatz zu Menschen besitzen die meisten Artefakte allerdings keinen Namen. Bis auf ein paar wenige Ausnahmen, denen man einen Namen gegeben hat, um das *Esha* an sie zu binden und sie so noch wirkungsvoller zu machen.«

»Wie der Eleasarkelch«, sagte Ephyra.

»Ja.« Anton senkte den Blick. Dass das alles bloße Theorie war, behielt er für sich. Hätte jeder Seher Antons besondere Fähigkeit besessen, hätten sich die meisten von ihnen eine goldene Nase damit verdienen können, mächtige, verloren gegangene Artefakte aus alten Prophezeiungen aufzuspüren.

»Und wofür brauchst du das Wasser und den Stein?«, fragte Beru.

»Sie helfen, meine Wahrnehmung zu schärfen und meine Gabe zu leiten«, sagte er. »So wie es bei der Gabe des Herzens die unterschiedlichen Koah-Formen tun und bei der Gabe des Blutes die Verbindungsmuster.«

Anton watete in die Mitte des Orakelbeckens, atmete tief durch und warf den Magnetstein ins Wasser. So wie die Frau ohne Namen es ihm beigebracht hatte, richtete er seine ganze Aufmerksamkeit auf die konzentrischen Wellen, die die Schwingungen von *Esha* wiedergaben und sie verstärkten, sodass ein geübter Seher sie voneinander unterscheiden konnte.

Während er mit geschlossenen Augen den vom Magnetstein erzeugten Wellen durch den Strom von *Esha* folgte, der die Erde umspannte, ließ er das summende Rauschen dieses Stroms durch sich hindurchfließen, gab jegliches Wissen um seine eigene Existenz, sein *Selbst,* auf und griff nach dem Gewebe dieser vibrierenden Welt. Nicht er führte das *Esha,* das *Esha* führte ihn, es zog ihn immer tiefer in den sich verästelnden Strom und die ineinander verschlungenen Pfade heiliger Energie. Bis er plötzlich spürte, wie noch etwas anderes an ihm zerrte.

Die Erinnerung. Der See.

Hände griffen nach ihm. Eisige Kälte breitete sich in ihm aus. *Nein, nein, nein!* Er kämpfte mit aller Kraft dagegen an, ertastete sich seinen Weg entlang der Strömung, als würde er sich an einer aus Tausenden von Fäden gesponnenen, zerfaserten Schnur entlanghangeln.

Anton strauchelte, spürte, wie ihn der zugefrorene See in seinen dunklen Schlund hinabziehen wollte. Das Wasser schlug wilde Wellen, als würde ein entfesselter Sturm darüber hinwegpeitschen. Er verlor den Boden unter den Füßen und rang panisch nach Luft, als das Wasser über ihm zusammenschlug, als das Orakelbecken sich in eine rissige Eisfläche verwandelte und die eingestürzten Säulen in hoch aufragende Bäume.

Der Schnee reichte ihm bis zu den Knien und in seinen Augen brannten Tränen, während er sich verzweifelt loszureißen versuchte.

»*Nicht!*«, flehte er. »*Bitte nicht!*«

Und dann plötzlich war er frei, rannte stolpernd über den See, verfolgt vom klirrend kalten Wind, der ihm in die Wangen schnitt, und von höhnischem Lachen. Er hörte das Eis unter seinen Füßen knacken, sah die Risse, versuchte noch schneller zu rennen, immer weiter und weiter, aber vor dem sich unter ihm öffnenden Schlund des Sees gab es kein Entrinnen.

Er stürzte in eisiges Wasser. Hände griffen nach ihm. Über ihm schwebte ein Gesicht, dessen breit grinsender Mund wie eine klaffende Wunde wirkte.

Kälte erfasste jede seiner Fasern, als sein Kopf untertauchte. Seine Lungen zogen sich schmerzhaft zusammen. Verzweifelt trat er mit Armen und Beinen aus, konnte kein Oben und kein Unten mehr ausmachen, war nur noch von dunklem Nichts umgeben. Er trudelte durch das Wasser; sank immer tiefer. Seine Lungen gaben dem Druck nach. Sein Herzschlag verlangsamte sich. Seine Augen fielen zu.

Nichts existierte mehr – nicht das Wasser, nicht die Kälte, nicht die grauenhaft grinsende Fratze. Es gab nur noch seine Gabe, die wie ein endloses Echo durch ihn hindurchhallte, ihn ganz ausfüllte, ihn mit kalten, knochigen Fingern umklammerte, ihn immer weiter in die Dunkelheit hinabzog, in den schwarzen Abgrund, und er wusste, wenn er die Augen öffnete, würde er *es* sehen – das, was ihn verschlingen, ihn zerstören wollte, ihn …

—⁓⁓—

Anton kam zu sich.

Um ihn herum war es still. Er lag mit dem Oberkörper auf dem Rand des Orakelbeckens, seine Beine befanden sich noch im Wasser. Durch die eingestürzte Decke des Mausoleums fielen schräge Sonnenstrahlen.

Beru, die neben ihm kniete, musterte ihn voller Sorge. Ephyra dagegen beugte sich mit kaum verhüllter Ungeduld zu ihm hinunter.

»Hat es funktioniert?«, fragte sie.

Er schüttelte den Kopf und hievte sich ganz aus dem Becken. »Tut mir leid. Ich habe es nicht geschafft.«

»Was ist passiert?«, fragte Beru.

Einen Moment lang wirkte ihr Gesicht seltsam entstellt, als würde sie den Mund zu einem entsetzlichen Schrei öffnen, aber als Anton blinzelte, sah es wieder ganz normal aus und er konnte nichts als Sorge in ihrem Blick erkennen.

»Ich ... ich habe versucht, es euch zu erklären. Ich kann meine Gabe nicht benutzen, ohne ...« Er rang nach Worten.

Ohne nicht auch gleichzeitig zu sehen, wie mein eigener Bruder mich ertränken will.

Die Erinnerung an den See blitzte wieder vor seinem inneren Auge auf, als wäre sie ein wildes Tier, das nach ihm schnappte.

»Ohne *was* zu sehen?«, drängte Ephyra.

Er rappelte sich auf. »Es tut mir wirklich leid«, sagte er. »Ich werde niemandem von euch erzählen, werde nie auch nur eine einzige Silbe über euch verlieren, aber ich kann das nicht ... Ich hätte es gar nicht erst versuchen sollen. Tut mir leid.«

Er rannte los, stolperte über die Trümmer und den Schutt des verfallenen Mausoleums, wollte nur noch weg. »Was hast du gesehen?«, rief Ephyra ihm hinterher.

Die Worte verfolgten ihn in die milde Abendluft hinaus und hallten auch dann noch in seinem Kopf nach, als das Mausoleum längst aus seinem Blick verschwunden war.

Er hatte geglaubt, seine Vergangenheit hinter sich gelassen zu haben, aber sie hatte ihn eingeholt. Und jetzt kannte er die Wahrheit, konnte sich nicht länger etwas vormachen. Er war immer noch der sich zu Tode ängstigende, ertrinkende kleine Junge. Er würde nie etwas anderes sein.

Kapitel 9

Jude

Jude war noch vor Sonnenaufgang wach. Heute war der Tag, an dem er zum Hüter der Botschaft ernannt werden sollte. Er hatte kaum geschlafen vor nervöser Anspannung, die seine Gedanken verknoteten und ihn immer wieder um die Worte seines Vaters kreisen ließen.

Der Letzte Prophet ist gefunden worden.

Das Warten hatte nach einhundert Jahren ein Ende. Die Suche war nach sechzehn Jahren abgeschlossen. Der Letzte Prophet wartete in der Stadt des Glaubens auf ihn.

Ein kurzes, energisches Klopfen an die Tür seiner Kammer riss Jude aus seinen Gedanken. Er sprang von seiner schmalen Pritsche auf und öffnete sie.

»Was machst du denn hier?«, fragte er verblüfft.

Hector zog die Brauen hoch. »Ich fasse es nicht. Kaum ein Jahr vergangen und schon vergisst du unser morgendliches Training.«

Jude blinzelte. Bevor er das Jahr der inneren Betrachtung angetreten hatte, hatten Hector und er jeden Morgen bei Sonnenaufgang Koahs geübt. Damals war es allerdings immer Jude gewesen, der einen unwilligen Hector im Morgengrauen aus den Federn hatte werfen müssen.

Hector grinste, als hätte er Judes Gedanken gelesen. »Dachte, wir tauschen mal die Rollen. Ich hätte mir allerdings auch denken können, dass du schon längst wach bist.«

»Heute findet die Zeremonie statt«, sagte Jude und spürte, wie die Anspannung zurückkehrte.

Sobald die Sonne über das Tal geklettert war, würden sich die Paladine in dem Steinkreis aus Monolithen versammeln, die über das Kastell ragten, um dem Ritual beizuwohnen, bei dem Jude die sechs Paladine berufen würde, die seiner Garde angehören und sich mit ihm auf den Weg zum Propheten machen würden.

»Bis dahin haben wir noch genügend Zeit«, sagte Hector. Er wartete draußen, während Jude seine Paladinuniform anlegte – weiche, wie angegossen sitzende Stiefel, schmale graue Beinkleider, ein gestärktes Hemd, das seitlich geschlossen wurde, darüber eine mit Gnadengabe geschmiedete Rüstung, so dünn wie Seide, und schließlich einen mitternachtsblauen, quer über die Schultern verlaufenden Umhang. Von heute an würde er diese Uniform nicht nur als ein Angehöriger der Paladine tragen, sondern als ihr Oberhaupt.

»Bist du so weit?«, fragte Hector, als Jude aus seiner Kammer trat.

»Für die Koahs? Ja. Für alles andere …«

»Du wirst dich großartig schlagen«, beruhigte Hector ihn lächelnd, als sie sich durch das Kastell auf den Weg zum höchsten Wasserfall des Tals machten. »Hat dein Vater sonst noch etwas über den Letzten Propheten gesagt?«

Am Abend zuvor hatte Marschall Weatherbourne sämtliche Paladine in der großen Halle einberufen, um ihnen die Neuigkeit zu verkünden.

»Einer unserer Akolythen hat ihn gefunden«, antwortete Jude. »Ein Mann, von dem Vater sagt, er hätte vollstes Vertrauen in ihn.«

Es gab viele Akolythen, die weiter ihren Dienst in den Tempeln der Propheten verrichteten, obwohl sie mittlerweile leer standen.

Die Akolythen besaßen keinen Einfluss; sie kümmerten sich lediglich um die Tempel und führten Namensgebungen, Hochzeiten und Beerdigungen durch. Von diesen über die Sechs Prophetischen Städte verteilten Akolythen hatten einige wenige den geheimen Eid des Ordens des Letzten Lichts abgelegt. Ihnen oblag noch eine weitere verborgene Pflicht – nach Hinweisen über den Verbleib des Letzten Propheten zu suchen und den Orden in Kerameikos zu benachrichtigen, sobald sie auf eine Spur stießen. Sie übertrugen diese Aufgabe an ihre Zöglinge, wählten sie mit äußerster Sorgfalt unter denjenigen aus, die ihre Hingabe an das Vermächtnis der Propheten unter Beweis gestellt hatten. Es gab nicht viele, die sich als würdig erwiesen, die Geheimnisse des Ordens zu bewahren.

»Der Akolyth hat gestern über das Orakelnetz eine Nachricht gesendet, laut der er den Propheten in Pallas Athos gefunden hat«, fuhr Jude fort. »Er sagte, alle Zeichen würden passen. Mehr wissen wir nicht, nicht einmal den Namen. So ist es am sichersten. Niemand darf erfahren, was wir in Pallas Athos wollen. *Wer* der Anlass für unser Kommen ist.«

Das war der Grund, warum die letzte Prophezeiung so lange geheim gehalten wurde. Um jeden, der nicht dem Orden des Letzten Lichts angehörte, davon abzuhalten, nach dem Propheten zu suchen.

»Ich kann nicht glauben, dass der Prophet ausgerechnet in Pallas Athos sein soll«, sagte Hector. »Das nennt man wohl Ironie des Schicksals.«

»Vater hat es Fügung genannt, dass der Letzte Prophet ausgerechnet in der Stadt gefunden wurde, die unsere Vorgänger vor hundert Jahren verlassen haben.«

»Dann wird der Orden des Letzten Lichts also in die Stadt des Glaubens zurückkehren«, sagte Hector. »Was vermutlich bedeutet, dass du schon bald fortgehen wirst.«

»Wir verlassen noch heute Abend das Kastell und schlagen unser Lager bis zum Morgen in Delos auf«, sagte Jude. Ihre Reise würde fünf Tage dauern. Von der verborgenen Bucht von Delos würde ein Schiff, dessen Segel von Begnadeten gewebt waren, sie entlang der steinigen Küste des Pelagos-Meeres bis zum Hafen von Pallas Athos bringen.

Jude war mit den Geschichten über die Stadt auf dem Hügel aufgewachsen, die Stadt, in der der Orden des Letzten Lichts über zwei Jahrtausende lang den Propheten gedient hatte. Er hatte immer gehofft, ihre Marmorsäulen eines Tages mit eigenen Augen zu sehen. Die gewundene, mit Kalksteinquadern gepflasterte und mit Olivenbäumen gesäumte Heilige Straße bis zu den Stufen des Tempels von Pallas entlangzugehen. Die Stadt des Glaubens war ein Teil der Geschichte der Paladine und damit ein Teil von ihm, und nun war endlich der Moment gekommen, zu diesem Ort aufzubrechen und sich dem zu stellen, was das Schicksal für ihn bereithielt.

»Nun ist es also tatsächlich so weit«, sagte Hector und blickte auf das unter ihnen liegende Kastell. »Sämtliche Paladine versammeln sich, um Zeugen zu werden, wie du zum Hüter der Botschaft ernannt wirst und die Mitglieder deiner Paladingarde auserwählst. Weißt du, wen du berufen wirst?«

»Ich hatte mein ganzes Leben Zeit, darüber nachzudenken.«

»Penrose, natürlich.«

»Natürlich.« Jude zögerte und sah Hector von der Seite an. »Aber manchmal kommt es auch vor, dass man überrascht wird.«

Hector wich seinem Blick aus. »Du bist nicht der Einzige, den meine Rückkehr überrascht hat.«

Ein kaltes Unbehagen stieg in Jude auf. Er wollte nicht in einer Reihe mit denen stehen, die an Hector gezweifelt hatten. »Ich hatte es gehofft«, sagte er.

133

Sie blieben am Fuß des höchsten Wasserfalls stehen. Es war dieselbe Stelle, an der Penrose ihn am Tag zuvor gefunden hatte. In seiner Jugend hatte er so gut wie jeden Morgen an diesem Ort verbracht, zusammen mit Hector. Hierher kam er, wenn er sich sammeln und seine Mitte finden musste. Das beständige Rauschen des Wasserfalls und der Blick auf das Flusstal beruhigten seine Gedanken. Es fühlte sich richtig an, nun mit Hector hier zu sein, an dem Morgen, an dem er der Hüter der Botschaft werden würde.

Er warf Hector erneut einen Blick zu. »Warum bist du fortgegangen?«

Die Frage schwebte zwischen ihnen wie ein auf einer sanften Brise hin und her schwebendes Blatt. Hector schwieg so lange, dass Jude nicht mehr mit einer Erwiderung rechnete.

»Ich wollte Antworten«, sagte er schließlich so leise, dass er über das Tosen des Wasserfalls kaum zu verstehen war. »Antworten, von denen ich wusste, dass ich sie hier nicht finden würde.«

Jude spürte einen schmerzhaften Stich. Die Worte verletzten ihn, aber er verstand nicht, warum. Er hätte gern noch so viel mehr gewusst – wo Hector gewesen war, nach welchen Antworten er gesucht hatte, warum er zurückgekehrt war. Er trat einen Schritt auf Hector zu. »Hast du sie gefunden?«

Hectors Augen waren genauso dunkel wie der noch immer schwarze Morgenhimmel. »Ich hoffe es. Ich glaube ja. Ich möchte hier sein, Jude.«

Jude konnte seinen Blick nicht von ihm lösen. Er wollte alles über die Zeit wissen, über jede einzelne Sekunde, die Hector von ihm getrennt verbracht hatte. Aber er würde ihm diese Geheimnisse lassen. Was zählte, war nicht, dass Hector fortgegangen, sondern dass er zurückgekommen war.

»Du gehörst hierher«, sagte Jude. »Seit die Akolythen dich hierhergebracht haben, ist dieser Ort dein Zuhause.«

Die Akolythen des Ordens hatten Hector auf der Insel Charis gefunden, wo er als dreizehnjähriger Waisenjunge im Kerictempel Zuflucht gesucht hatte. Zu dem Zeitpunkt hatte seine Gabe sich bereits offenbart, und als die Akolythen erkannt hatten, dass er die Gabe des Herzens besaß, brachten sie ihn in das Kastell von Kerameikos. Jude hatte immer das Gefühl gehabt, es sei Schicksal gewesen, dass Hector zum Orden gekommen war. Zu ihm.

Vielleicht hatte Hector Kerameikos erst verlassen müssen, um herauszufinden, dass er schon immer hierhergehört hatte.

Ein kleines, reumütiges Lächeln spielte um Hectors Lippen. »Aus deinem Mund klingt es so einfach.« Er schüttelte mit einem leisen Lachen den Kopf. »So warst du schon immer. Hast dich nie mit irgendwelchen Zweifeln herumgeschlagen. Egal, worum es ging.«

Wenn du wüsstest, dachte Jude verbittert. Er stand kurz davor, zum Hüter ernannt zu werden. Der Prophet war gefunden worden; in nur wenigen Tagen würde Jude ihm begegnen. Trotzdem wurde er weiterhin von denselben Zweifeln gequält, die jedoch nicht schwächer, sondern sogar stetig stärker zu werden schienen. Ein Teil von ihm war froh, dass Hector nichts davon zu bemerken schien – ein anderer Teil wünschte sich, diese Gefühle mit ihm teilen zu können.

»Deswegen hast du die Koahs schon immer besser beherrscht als ich.« Hector sprang auf einen Felsen unter dem Wasserfall. »Der bessere Kämpfer bin allerdings nach wie vor ich.«

»Das wirst du erst mal beweisen müssen«, entgegnete Jude und sprang zu Hector auf den Felsen.

»Kann es kaum erwarten.«

Sie begannen mit den zehn Koah-Grundstellungen. Das Zusammenspiel aus Atmung und präzise ausgeführten Bewegungsabläufen baute Kraft aus ihrer Gabe auf, um ihre körperliche Leistungsfähigkeit zu steigern. Jedes Koah hatte seinen eigenen Schwerpunkt –

Stärke, Gleichgewicht, Schnelligkeit, die fünf Sinne, Ausdauer und Konzentration – und war in drei Teile gegliedert: Atmung, Bewegung und Absicht. Die Absicht, sein Ziel unbeirrt zu verfolgen, der eigentliche Grund, *Esha* aus der Welt zu ziehen und in ihre Gabe zu lenken. Je unbeirrter diese Absicht verfolgt wurde, desto machtvoller die Fähigkeit, die Gabe des Herzens auszuüben.

Das war es, wovon Hector gesprochen hatte. Judes Absicht, der Grund, der ihn dazu antrieb, seine Gabe auszuüben, war seine bedingungslose Hingabe an das Wort der Propheten. Er versuchte an nichts anderes als daran zu denken, als er die fließenden Formen der zweiten Koah-Abfolge vollführte und spürte, wie seine Gabe in ihm erwachte.

Aber Hectors Nähe lenkte ihn immer wieder ab. Nur hier erlebte Jude ihn so, wie er in diesem Moment war – konzentriert, entschlossen, unbeirrt. Das Ausüben der Koahs geschah mit Bedacht, jede Bewegung war auf ihren Atem abgestimmt, jede Haltung bis ins Kleinste perfektioniert. Im Gegensatz zu den blitzschnellen Koahs während eines Kampfes waren diese eine Form der Meditation, ein Mittel, um ihre Verbindung zur heiligen Energie der Welt zu stärken.

Während sie in eine Sprunghaltung gingen – den einen Arm nach vorn gestreckt, den anderen nach hinten –, stellte Jude sich vor, wie das *Esha* wellenartig zwischen ihnen hin und her wogte und sie miteinander verband.

Als sie die letzten Koah-Stellungen verrichtet hatten, begann sich im Osten der Himmel zu lichten.

»Die Sonne geht bald auf«, sagte Hector, während sie sich, die Hände auf die Brust gepresst, sammelten. »Es ist Zeit.«

Schweigend machten sie sich an den Abstieg zum Kastell. Zu dieser frühen Stunde würde dort normalerweise schon geschäftiges Treiben herrschen, die Kastellmeister würden ihren Aufgaben in den Küchen, den Stallungen und der Waffenkammer nachgehen, die Paladine ihrem Training im Exerzierhof. Aber heute Morgen waren die Kasernen leer, aus den Küchen drang kein Laut. Alle hatten sich im Steinkreis versammelt und warteten auf Jude.

»Navarro.«

Jude schaute auf und entdeckte Penrose, die am Eingang des Steinkreises auf sie wartete. Sie schien überrascht zu sein, Hector an seiner Seite zu sehen.

»Du solltest zu den anderen gehen«, sagte sie.

Hector warf Jude einen letzten Blick zu, bevor er Penroses Aufforderung folgte.

Jude suchte nach einem Zeichen der Missbilligung in Penroses Augen. »Für dich wird es ebenfalls Zeit«, sagte er.

Sie zögerte. Einen Moment lang glaubte er, sie würde ihm wegen Hector ins Gewissen reden, so wie sie es ohne Zweifel schon am Tag zuvor vorgehabt hatte. Stattdessen sagte sie: »Die Entscheidungen, die du von heute an triffst, triffst du nicht länger für dich allein. Du triffst sie als Hüter der Botschaft und eingeschworener Beschützer des Letzten Propheten.«

»Ich weiß.« Penroses Worte fühlten sich wie ein mahnender Rat an, von dem er sich nicht sicher war, ob er wusste, wie er ihn befolgen sollte.

»Möge das Licht der Propheten dich führen«, sagte Penrose, bevor sie Hector zu den anderen Paladinen folgte.

Judes Anspannung wuchs, als er zu den hoch aufragenden Monolithen der Sieben Propheten aufblickte, die den Steinkreis umgaben. Endarra die Holde, die einen Lorbeerkranz auf dem Haupt trug; Keric der Barmherzige, der seine Münze darbot; Pallas der Gläubige, der einen Olivenzweig in den Händen hielt; Nasira die Weise, die die Fackel des Wissens trug; Tarseis der Gerechte, der seine Waage ausbalancierte; Behesda die Gnädige, die ihre Hände ausstreckte; der gesichtslose Wanderer. Sieben in Stein gemeißelte Männer und Frauen aus der Vorzeit, die an Weisheit unübertroffen waren und danach gestrebt hatten, das Schicksal der Welt zu erkunden, um ihrem Volk besser dienen zu können. Die ihrem Volk die Vier Inneren Gaben geschenkt hatten. Die über zweitausend Jahre gelebt und es seiner Bestimmung zugeführt hatten.

In ihrem Schatten standen vierhundert der außergewöhnlichsten begnadeten Kämpfer, die es zwischen Inshuusteppe und dem Heratdelta gab, die mitternachtsblauen Umhänge quer über der Brust tragend, die silbernen Rüstungen im ersten Licht des Tages funkelnd.

Jude spürte ihre Blicke auf sich, als er in den von feierlicher Stille erfüllten Steinkreis trat. Jeder einzelne von ihnen war wie ein Gewicht, das jeden seiner Schritte beschwerte. Sich überdeutlich seiner eigenen Zweifel bewusst, fragte er sich unwillkürlich, was die anderen Paladine in diesem Moment in ihm sahen – einen Jungen oder einen Anführer, der des Amts des Hüters der Botschaft würdig war?

Genau in dem Moment, in dem er seinen Platz neben seinem Vater einnahm, stieg die Sonne über den Bergen auf, schickte einen Lichtstrahl durch den Torbogen, der den östlichen Rand des Steinkreises markierte, und tauchte alles in schimmerndes Gold.

»Wir haben uns heute hier versammelt«, begann sein Vater feierlich, »um Jude Adlai Weatherbourne zum Hüter der Botschaft und Marschall der Paladingarde zu weihen.«

Die Paladine neigten die Köpfe und führten das Heft ihrer Schwerter an die Stirn.

Marschall Weatherbourne wandte sich Jude zu. »Gelobst du, die Pflichten deines Amtes zu erfüllen, die Tugend der Keuschheit, der Enthaltsamkeit und des Gehorsams hochzuhalten und dich selbst, deine Gabe und dein Leben ganz und gar dem Orden des Letzten Lichts zu widmen?«

Judes Hände zitterten, aber seine Stimme war fest. »Ich gelobe es«, sagte er.

Sein Vater hielt einen offenen Halsreif aus gedrehtem Gold in die Höhe. »Dieser Wendelring symbolisiert den Gehorsam, mit dem wir uns dem Willen der Propheten unterwerfen. Mit ihm binde ich dich an die Pflicht, dem Letzten Propheten zu dienen und das Vermächtnis der Sieben und die Wahrheit ihres Wortes zu bewahren.« Andächtig legte er Jude den goldenen Wendelring um. Das Edelmetall lag schwer und kalt auf seiner Haut.

Als Nächstes nahm sein Vater ein aus Silber und Zinn gefertigtes Reliquienbehältnis, hob seinen prächtig verzierten Deckel an und tauchte seine Finger hinein. »Dieses Salböl der großen Alchemisten stärkt unsere Verbindung mit dem *Esha*, das durch jeden von uns fließt.«

Jude schloss die Augen und spürte, wie sein Vater ihm das kühle Öl auf die Stirn strich.

»Hiermit weihe ich dich, Jude Adlai Weatherbourne, zum Hüter der Botschaft und Marschall der Paladingarde.«

Jude hob den Blick und sah seinen Vater an, der trotz des ernsten Zeremoniells nicht verbergen konnte, wie stolz er in diesem Moment auf seinen Sohn war. Als er gestern mit ihm gesprochen hatte, war deutlich geworden, wie fest er von Judes Schicksal überzeugt war – dass er, seit Jude ein kleines Kind gewesen war, gewusst hatte, dass dieser Moment kommen würde. Er schloss erneut die Augen und fragte sich, ob sein Vater ihn immer noch so ansehen würde, wenn er von der in seinem Herzen vergrabenen Schwäche wüsste.

Zuletzt nahm sein Vater die Höchste Klinge und hielt sie auf seinen Händen liegend in die Höhe. »Dieses Schwert, geschmiedet, um die Gabe des ersten Hüters der Botschaft zu stärken, darf allein zu einem Zweck geführt werden – zum Schutz des Letzten Propheten.«

Judes Hände zitterten noch stärker, als sein Vater ihm das Schwert überreichte. Sobald er die Finger um das kunstvoll gearbeitete Heft und die Schwertscheide schloss, spürte er, wie seine Gabe in ihm anschwoll, als würde er ein Koah ausführen. Über drei Jahrzehnte lang hatte sein Vater dieses Schwert einem treuen Gefährten gleich an seiner Seite getragen, so wie es bereits jeder Hüter der Botschaft vor ihm getan hatte. In Judes Händen erlangte es nun eine neue Bedeutung, wurde zu einem Versprechen, von dem er verzweifelt hoffte, er würde es einhalten können. Eine Last, von der er sich nicht sicher war, ob er sie tragen konnte.

Er sammelte sich einen Moment, dann legte er das Schwert an, trat vor und blickte in das Meer aus Gesichtern, das sich vor ihm ausbreitete. »Als Marschall der Paladingarde obliegt mir die Aufgabe, die sechs Paladine zu berufen, die sich mir als Wächter des Letzten Propheten anschließen werden. Ich rufe Moria Penrose auf.«

Penrose trat vor und schritt zwischen den großen Steinen des inneren Kreises hindurch. Als sie vor Jude stand, sank sie auf ein Knie und bot ihm ihr Schwert dar.

»Moria Penrose, hiermit ernenne ich dich zur Dienerin des Wortes und Wächterin des Letzten Propheten.« Jude nahm das Schwert aus ihren Händen, zog es aus der Scheide und legte ihr die Klinge mit der flachen Seite auf die Schulter. »Schwörst du, dein Leben ganz und gar in den Dienst des Propheten zu stellen und den Tod in Kauf zu nehmen, solltest du diese heilige Pflicht verraten?«

»Ich schwöre.«

Nachdem sein Vater ihr einen silbernen Wendelring um den Hals gelegt hatte, erhob Jude erneut die Stimme. »So steh auf und nimm deinen Platz an der Seite des Hüters der Botschaft ein.«

Als Zweites rief er Andreas Petrossian auf. Er war der älteste unter den Paladinen, die er auserwählt hatte, und für seine unverblümte Ehrlichkeit und nüchterne Denkweise bekannt. Petrossian folgten

Yarik und Annuka, ein Geschwisterpaar aus der Inshuusteppe, das der Orden aufgenommen hatte, nachdem der Stamm, dem sie angehörten, auseinandergebrochen war. Schon jeder für sich war im Kampf ein tödlicher Gegner, Seite an Seite waren Bruder und Schwester jedoch wahrhaft unschlagbar.

Als fünftes Mitglied rief er Bashiri Osei auf, einen Hünen von einem Mann, der wie Hector und so viele andere als Mündel des Ordens aufgewachsen war und in Kerameikos nach einer Kindheit voller Leid eine neue Bestimmung und ein Zuhause gefunden hatte.

Und dann war der Moment gekommen, das letzte Mitglied der Garde aufzurufen, das Jude auf seinem ihm bestimmten Weg begleiten würde. Er ließ den Blick über die Paladine gleiten und richtete ihn schließlich auf Hector. Unwillkürlich wanderten seine Gedanken zu einem Abend zurück, der so lange zurückzuliegen schien, so weit entfernt, als hätte er in einem anderen Leben stattgefunden.

Es war ihr letzter gemeinsamer Abend gewesen, bevor Jude zu seinem Jahr der inneren Betrachtung aufgebrochen war. Mit einem Krug Wein, den Hector aus den Vorratskammern des Ordens stibitzt hatte, hatten sie sich aus dem Kastell und zur Andorbrücke geschlichen, unter der der Fluss hindurchrauschte.

Sie hatten geredet, herumgeflachst und sich gegenseitig aufgezogen, bis Hector ihn irgendwann angesehen und mit funkelnden Augen gefragt hatte: »Was würdest du machen, wenn du tun und lassen könntest, was du wolltest? Wenn du nicht Hüter der Botschaft würdest. Wenn du einfach irgendjemand wärst, der sich frei entscheiden könnte.«

Von jedem anderen hätte er diese Frage als Verrat am Orden empfunden. In seinem Leben gab es nur ein einziges Ziel, und obwohl er achtzehn und kurz davor war, auf sich allein gestellt zu sein, weit weg von seinem Vater und den Paladinen, wusste er, dass er dieses Ziel mit unbeirrbarer Hingabe verfolgen musste. Doch trotz des Wissens, dass seine Zukunft genau vorgezeichnet war, hatte sie sich immer wie ein Leuchtfeuer angefühlt, das noch in weiter Ferne lag. Und als er so mit Hector, dessen lächelndes Gesicht in sanftes Mondlicht getaucht war, gefährlich dicht am Rand der Brücke gesessen hatte, antwortete er, ohne nachzudenken: »Ich würde zur Oase von Al-Khansa reisen, Granatapfelwein trinken, auf Elefanten reiten und blaue Lotusblüten in die Fluten des Flusses streuen.«

Er hatte nicht gewusst, woher das plötzlich gekommen war. Hatte noch nicht einmal etwas von der Sehnsucht geahnt, die Welt bis nach Al-Khansa erkunden zu wollen. Tatsächlich flößte ihm allein die Vorstellung, in der Nähe eines Elefanten zu sein, schon Unbehagen ein. Aber in dem Moment, in dem er neben Hector gesessen und ihn grinsend angesehen hatte, schien es die einzig mögliche Antwort gewesen zu sein.

»Was ist mit dir?«, hatte er gefragt.

Hector hatte aus voller Kehle gelacht. »Ich würde natürlich mitkommen.«

Er hatte diesen Moment auf der Brücke und wie Hector, ohne zu zögern, seine Zukunft an die von Jude geknüpft hatte, nie vergessen. Als hätte nie ein Zweifel daran bestanden, dass es jemals anders sein könnte. Al-Khansa war ein törichter Wunschtraum, aber der Gedanke von Hector an seiner Seite war es nicht.

Jude hatte seinem Vater gesagt, dass er keinen der sechs Namen auf seiner Liste durch den von Hector ersetzen würde, und das war die Wahrheit gewesen. Weil es keinen sechsten Namen gab. Nur einen leer stehenden Platz, den Jude freigehalten hatte in der Hoffnung, ihn eines Tages mit demjenigen zu besetzen, der schon immer an seiner Seite gewesen war.

Er atmete tief durch und verkündete den letzten Namen. »Ich rufe Hector Navarro auf.«

Jude konnte Hectors Gesichtsausdruck nicht erkennen, als er

142

zwischen den anderen hervortrat und so, wie es auch die anderen getan hatten, vor ihm niederkniete. Als Jude, den Blick auf Hectors gesenktes Haupt gerichtet, ein letztes Mal den Schwur wiederholte, begann sein Herz schneller zu schlagen. Die Worte trugen mit einem Mal ein neues Gewicht, als würde die Frage, die sie enthielten, weit über das Zeremoniell hinausgehen.

»Schwörst du, dein Leben ganz und gar in den Dienst des Propheten zu stellen und den Tod in Kauf zu nehmen, solltest du diese heilige Pflicht verraten?«

Hector hob den Kopf und begegnete Judes Blick. Jude kam es so vor, als würde für einen Moment die Welt stehen bleiben.

»Ich schwöre«, sagte Hector.

Jude wartete, bis sein Vater auch ihm einen silbernen Wendelring umgelegt hatte, und erhob dann ein letztes Mal die Stimme: »So steh auf und nimm deinen Platz an der Seite des Hüters der Botschaft ein.«

Hector erhob sich und trat zu den fünf anderen, frisch auserkorenen Mitgliedern der Garde.

Über Hectors Schulter hinweg sah Jude den sorgenvollen Ausdruck, der auf dem Gesicht seines Vaters lag. Aber es spielte keine Rolle, was sein Vater dachte, denn Jude wusste, dass Hector hierhingehörte, hier an seine Seite, für den Rest ihres Lebens. Er hätte sich für niemand anderen entscheiden können.

Sein Vater löste den Blick von ihm und wandte sich dem Rest der Paladine zu. »Vor euch stehen die sieben Wächter des Letzten Propheten, die Paladingarde, die dem Hüter der Botschaft fortan zur Seite stehen wird. Erhebt eure Schwerter und gelobt ihnen eure Treue.«

Ein Meer aus Schwertklingen reckte sich dem Himmel entgegen.

Jude sah langsam von einer Seite zur anderen – Penrose zu seiner Linken, Hector zu seiner Rechten. Und vor ihm der Prophet, die Stadt des Glaubens und ihr gemeinsames Schicksal.

143

KAPITEL 10

EPHYRA

Die Krypta war verlassen.

Ephyra stand in der Tür zu der kleinen Kammer, aber ganz gleich wie oft sie ihren Blick über den rissigen Steinboden und die mottenzerfressenen Laken wandern ließ, Beru blieb verschwunden.

Es war früher Vormittag. Um diese Zeit kehrte Ephyra für gewöhnlich von ihrem Training oder dem Ausspähen ihres nächsten Opfers zurück. Dann frühstückten sie normalerweise zusammen, warfen sich zwischendurch gegenseitig kleine Stückchen Fladenbrot zu, die sie versuchten, mit dem Mund aufzufangen, und stritten sich scherzhaft darüber, wer von ihnen beiden die bessere Taschendiebin war (Beru). Manchmal machte sich Beru frühmorgens zum Markt auf, um dort ihren selbst gefertigten Schmuck zu verkaufen, aber alle ihre Perlen, Muscheln und anderen Materialien lagen noch auf dem niedrigen Tisch.

Beru war wie vom Erdboden verschluckt. Hätte Ephyra nicht mit absoluter Sicherheit gewusst, dass Anton sich in einer heruntergekommenen Schenke im Hafenviertel verkrochen hatte, wäre sie überzeugt gewesen, dass er ihnen die Stadtwache auf den Hals gehetzt hatte. Sie schauderte, als sie es sich bildlich vorstellte – wie ein Trupp bewaffneter Männer mitten in der Nacht in die Krypta eindrang und Beru verschleppte. Aber nichts in der Kammer deutete auf einen Kampf hin, und auch oben, im Mausoleum selbst, wirkte alles unberührt.

Und plötzlich war da wieder diese andere Angst – die, die Ephyra jedes Mal, wenn sie in ihr aufstieg, verzweifelt zurückzudrängen versuchte. Die Angst, dass niemand gekommen war, um ihr Beru wegzunehmen. Sondern dass sie aus freien Stücken fortgegangen war.

»Grundgütige Endarra, hast du mich erschreckt!«

Ephyra wirbelte mit klopfendem Herzen herum, als sie die Stimme ihrer Schwester hörte.

Beru stand auf einer der mittleren Stufen des Treppenaufgangs. »Was ist mit dir? Warum stehst du einfach so hier herum?«, fragte sie, während sie die restlichen Stufen herunterstieg und an ihr vorbei in die Kammer trat.

»Was mit *mir* ist?«, gab Ephyra zurück. »Was ist mit *dir*? Wo bist du gewesen?«

Beru nahm ihren kleinen Münzbeutel vom Gürtel und legte ihren Umhang ab. »Darf ich jetzt noch nicht einmal mehr allein vor die Tür gehen?«

»Wir sagen einander sonst immer Bescheid, wenn wir nach draußen gehen.« Ephyra lief um den Tisch herum und sah ihre Schwester vorwurfsvoll an. »So lautet die Regel.«

Beru bedachte sie mit einem eisigen Blick, und Ephyra begriff, dass sie einen Fehler gemacht hatte.

»Ach ja?«, sagte Beru. »Meinst du damit die Regel, an die du dich so gewissenhaft hältst, wenn du dich den ganzen Tag irgendwo dort draußen herumtreibst und dich jede Nacht davonschleichst? Ich war mir eigentlich sicher, es würde dir gar nicht auffallen, dass ich nicht hier bin, so wenig, wie ich *dich* in den letzten Tagen zu Gesicht bekommen habe.«

»Ich … das ist etwas anderes«, sagte Ephyra und wich Berus Blick aus. »Ich bin nur …«

»Heb dir das für jemanden auf, dem es in den letzten sechzehn Jahren erspart geblieben ist, sich deinen Kuhmist anzuhören«, fiel Beru ihr ins Wort. »Ich weiß, was du im Schilde führst. Du schleichst heimlich dem Seher hinterher, den du entführt hast.«

»Entführt?«, sagte Ephyra entrüstet. »Du meinst wohl eher *gerettet*!«

Beru konnte nicht darüber lachen. »Gibst du es zu?«

»Könnte sein, dass ich ein- oder zweimal nach ihm Ausschau gehalten habe«, sagte Ephyra widerstrebend.

An dem Abend, an dem Anton fortgegangen war, war sie ihm ins Hafenviertel hinuntergefolgt, wo er in einer nach Fisch, Rauch und Schweiß stinkenden Schenke verschwunden war. Das war vor vier Tagen gewesen und seitdem hatte sie ihn dieses Lasterhaus nicht wieder verlassen sehen. »Nur um mich zu vergewissern, dass er mit niemandem über uns spricht.«

Beru presste die Lippen zusammen.

»Ich werde ihm nichts tun«, sagte Ephyra. »Aber wir können ihn nicht einfach ziehen lassen und darauf *hoffen*, dass er den Mund hält. Wir müssen gewappnet sein, für den Fall, dass noch jemand anderes von uns erfährt. Wir haben schon viel zu viel Aufmerksamkeit auf uns gezogen. Es sind nicht nur die Stadtwächter, die mir Sorgen machen. In der Stadt wimmelt es nur so vor Zeugen. Ich habe gehört, wie sie über die Blasse Hand reden. Sie bezeichnen sie als widernatürliche Abscheulichkeit. Ich will mir noch nicht einmal vorstellen, wozu sie in der Lage wären, wenn sie die Wahrheit über dich herausfinden würden.«

»Ich glaube nicht, dass er irgendjemandem von uns erzählen würde, aber ich verstehe, warum du dir Sorgen machst. Genau darüber wollte ich mit dir sprechen.« Sie warf seufzend ihren Umhang auf den Tisch. Dabei glitten ihr zwei schmale Pergamentstreifen aus der Tasche und flatterten zu Boden.

Ephyra bückte sich, um sie aufzuheben.

»Ephyra, warte …«

Aber es war zu spät.

»Eisenbahnfahrkarten?« Ephyra starrte auf die Papierstreifen in ihrer Hand. Als sie das Ziel der Reise las, wurde ihr Blick noch fassungsloser. »Du hast Fahrkarten für die Eisenbahn nach Tel Amot gekauft? *Warum*?«

Beru hob den Kopf und sah ihre Schwester an. »Ich glaube, es ist Zeit für uns, diese Stadt zu verlassen.«

»Du willst aufgeben.«

»Es gibt nichts aufzugeben«, entgegnete Beru und pflückte Ephyra die Fahrkarten aus der Hand. »Pallas Athos ist eine Sackgasse. Wir sind hierhergekommen, um den Seher zu finden, aber er kann uns nicht helfen. Es gibt also keinen Grund, noch länger hierzubleiben.«

»Glaubst du wirklich, nach Tel Amot zurückzukehren, wäre keine Sackgasse?«, sagte Ephyra ungläubig. »Ausgerechnet Tel Amot …«

»Und wenn es uns einfach nicht bestimmt ist, den Kelch zu finden?«, sagte Beru, aber kaum waren die Worte draußen, senkte sie den Blick, als wünschte sie sich, sie hätte sie nie ausgesprochen.

Ephyra zuckte zusammen, als hätte man ihr einen Schlag versetzt. »Wovon redest du?«

»Was, wenn …«

»Wenn was?« In Ephyras Stimme lag ein herausfordernder Unterton. Sie wusste, es gab Dinge, von denen Beru ihr nichts sagte, die keine von ihnen laut aussprechen wollte. Dinge, vor denen Ephyra mehr Angst hatte als vor den Stadtwächtern oder den Zeugen.

»Ich weiß nicht«, sagte Beru. Ihre Stimme zitterte, als kämpfte sie mit den Tränen. »Mutter und Vater haben nie gewollt, dass du deine Gabe benutzt, erinnerst du dich?«

Natürlich erinnerte Ephyra sich. Ihre Eltern waren sehr besorgt gewesen, als ihre Gabe sich offenbarte. Beru war davon überwältigt gewesen – Ephyra, die plötzlich verwelkte Blumen im Garten zu neuem Leben erwecken und den gebrochenen Flügel eines verunglückten Sperlings heilen konnte. Aber sie sah noch heute die bedrückten Gesichter ihrer Mutter und ihres Vaters vor sich, als sie Ephyra sanft, aber eindringlich davor warnten, im Dorf über ihre besonderen Fähigkeiten zu sprechen.

Auf Berus Gesicht lag nun derselbe Ausdruck.

»Worauf willst du hinaus?«, fragte Ephyra.

Beru seufzte tief, und es war, als würde jede Energie aus ihrem Körper weichen. »Vielleicht ... vielleicht haben die Zeugen recht. Was wir tun, ist widernatürlich. Dass du deine Gabe dazu benutzt, um mich am Leben zu halten, obwohl wir beide wissen, dass ...«

»Nein«, unterbrach Ephyra sie scharf. »Die Zeugen irren sich. Sie wollen den Begnadeten nur Angst einjagen, weil sie uns fürchten. Es hat weder etwas mit mir noch mit dir oder dem zu tun, was wir getan haben.«

Beru festigte den Griff um die Fahrkarten. »Ephyra ...«

»Wir werden den Eleasarkelch finden, Beru«, fuhr Ephyra mit grimmiger Entschlossenheit fort. »Du wirst geheilt werden. Wir sind nicht so weit gekommen, um jetzt einfach aufzugeben.«

Beru rief ihr nach, aber Ephyra war bereits aus der Tür gelaufen. Anton war der Einzige, der ihnen helfen konnte, und Ephyra wusste, wo sie ihn finden würde.

Diesmal würde sie kein Nein akzeptieren.

KAPITEL 11

ANTON

Antons Glückssträhne war vorbei.

Der Seemann, der ihm mit zusammengekniffenen Augen gegenübersaß, schwieg finster. Seine Nase, die mindestens schon zweimal gebrochen worden war, hatte sich vor Wut beinahe purpurrot gefärbt. Schnaufend warf er seine Karten hin und hieb mit der flachen Hand auf den Tisch. »Gib zu, dass du mich gelinkt hast!« ·

Zwei Männer von seiner Schiffsbesatzung bauten sich so dicht hinter Anton auf, dass er den Baldrianrauch in ihren Kleidern und ihren nach saurem Wein stinkenden Atem riechen konnte. Anton trommelte mit den Fingern auf seine eigenen Karten – drei Kronenasse und ein Kronendichter, denen sein überwältigender Sieg zuzuschreiben war.

Er hatte vier weindurchtränkte Tage in dieser heruntergekommenen Spelunke verbracht und Männern wie diesem Seemann charmant die Münzen aus der Tasche gespielt. Es war ein armseliger Ersatz für die Kartenspiele nach getaner Arbeit im *Thalassa*, aber dorthin konnte Anton nicht zurück, seit er wusste, dass Illya auf der Suche nach ihm war.

Außerdem war er es gewöhnt, sich mit dem zu behelfen, was ihm zur Verfügung stand. Und er brauchte etwas, um sich von den Alb-

träumen abzulenken, die an den Rändern seines Bewusstseins lauer-
ten. Seit er in dem niedergebrannten Mausoleum versucht hatte,
seine Gabe zu benutzen, waren sie noch schlimmer geworden. Er
wachte nach Luft ringend auf. Sah überall das Gesicht seines Bruders, ganz gleich, wohin er schaute.

Aber es gab nichts Besseres als ein paar Runden Canbarra, um
seinen Kopf freizubekommen – und seinen Münzbeutel zu füllen.
Noch ein-, zweimal so ein Blatt auf der Hand, und er hätte genügend zusammen, um Pallas Athos für immer zu verlassen.

Wenn es ihm gelang, sich bis dahin nicht die Kehle durchschnei-
den zu lassen.

Anton spähte aus den Augenwinkeln zu den grobschlächtigen
Seemännern auf. »Du hast recht«, seufzte er. »Es ist nicht fair, gegen
jemanden zu spielen, dem man so haushoch überlegen ist. Ich ent-
schuldige mich dafür, nicht bemerkt zu haben, wie dumm du bist.«

Einen Moment lang war es mucksmäuschenstill, dann hechtete
der Seemann über den Tisch und versuchte ihn zu packen. Als Anton aufsprang, hielten die beiden anderen ihn am Kragen fest.

Anton hob beschwichtigend die Hände. »Was denn«, sagte er,
»dumm und nicht mal Sinn für Humor?«

Der Seemann stemmte die Hände auf den Tisch und beugte sich
bedrohlich vor. »Du hältst dich wohl für besonders schlau, dabei bist
du nichts weiter als ein dreckiger kleiner Betrüger«, zischte er, und
Anton spürte es auf seiner Wange feucht werden, als zwischen den
gelbfleckigen Zähnen seines Gegenübers Spucketröpfchen flogen.

Anton schloss die Augen.

»So«, sagte der Mann gedehnt. »Wie wäre es diesmal mit einer
echten Entschuldigung?«

Anton hörte das dröhnende Gelächter der Männer, in das sich
rasselnder Husten mischte, spürte ihren feuchtheißen Atem im
Nacken. Er versuchte, nicht zusammenzuzucken, als aus den Tiefen

seiner Erinnerung ein anderes Bild in ihm aufstieg – sein Bruder, der über ihn gebeugt war, sein Atem, der ihm über den Nacken blies, während er ihn zu Boden drückte.

Ich lasse dich erst los, wenn du dich entschuldigst. Sag, dass es dir leidtut, Anton.

»Nehmt eure dreckigen Hände von ihm, falls ihr sie behalten wollt«, durchschnitt eine kalte Stimme das lärmende Stimmengewirr in der Schankstube. Anton nahm ein vertrautes *Esha* war, das wie die leise raschelnden Flügelschläge einer Motte klang.

Der Matrose wirbelte herum und knurrte: »Scher dich gefälligst um deinen eigenen Dreck. Wer bist du überhaupt?«

Anton spähte an dem massigen Körper des Mannes vorbei zu Ephyra, die nur zwei Schritte von ihnen entfernt stand und scheinbar gelangweilt mit ihrem Dolch spielte.

»Glaub mir«, sagte sie, »das willst du lieber nicht wissen.«

Der Mann drehte sich fragend zu Anton um.

»Sie hat recht. Das willst du wirklich nicht«, bestätigte er.

Die Wut des Seemannes verwandelte sich in Mordlust. Er holte mit seiner fleischigen Faust aus, um sie Anton ins Gesicht zu rammen. Anton versuchte auszuweichen, aber der Hieb erwischte ihn am Kinn, und er stolperte rückwärts in einen Stuhl, der nach hinten kippte und ihn mit sich zu Boden riss.

»Was im Namen der Sechs Städte soll das werden?«, ertönte plötzlich eine andere aufgebrachte Stimme. Anton schaute auf und sah den Schankwirt, der wie ein feuerspeiender Drache in der Tür stand. »Wenn du hier noch etwas von meinem Eigentum kurz und klein schlägst, schlag ich dir dein hässliches Gesicht ein.«

»Das will ich sehen!«, schnarrte der Seemann.

Ein Krug Dunkelbier flog durch die Schankstube und zerschellte am Türrahmen, neben dem der Wirt stand. Ein wilder Tumult brach aus, den Anton nutzte, um sich auf allen vieren aus dem Staub zu machen, aber sein Widersacher entdeckte ihn und rief: »Der elende kleine Betrüger will sich davonmachen, schnappt ihn euch!«

Anton bekam einen Tritt gegen die Brust verpasst und ächzte vor Schmerz. Das waren ein oder zwei geprellte Rippen, mindestens. Dann sah er plötzlich den schweren Stiefel eines Mannes auf seinen Kopf niedersausen und rollte sich hastig zur Seite.

Er hatte noch nicht einmal Zeit, Luft zu holen, als er an seiner Tunika hochgerissen und durch die von wüsten Beschimpfungen widerhallende Schankstube gezerrt wurde, in der mittlerweile eine Prügelei im Gange war, deren Kontrahenten so betrunken waren, dass sie offenbar nicht mehr zwischen Freund und Feind unterscheiden konnten.

Ephyra zog ihn hinter einen vor Blicken geschützten Treppenaufgang.

»Tut es sehr weh?«, fragte sie und musterte ihn prüfend mit ihren in dem dämmrigen Licht leuchtenden braunen Augen. »Hat ganz schön schlimm ausgesehen.«

Vorsichtig betastete Anton die empfindliche Stelle unter seinem Kinn, die schon leicht geschwollen war. »Ich habe schon schlimmere Abende erlebt.«

»Abende?«, sagte sie. »Es ist noch nicht einmal Mittag.«

Anton blinzelte und nahm erst jetzt das staubflirrende Licht wahr, das unter der Tür der Schankstube hindurchdrang.

»Oh«, sagte er. Im Hafenviertel herrschte zu jeder Tages- und Nachtzeit ein ständiges Kommen und Gehen amüsiersüchtiger Seeleute und Durchreisender. Von den Tagen, die er hier damit verbracht hatte, sich selbst zu verlieren, war einer nahtlos in den nächsten übergegangen.

»Steht es so schlimm um dich?«

»Es geht mir gut.« Na und, dann hatte er eben die Zeit vergessen. Was spielte es für eine Rolle?

»Wie lange hast du nicht mehr geschlafen?«

Er befreite sich stirnrunzelnd aus ihrem Griff, als er merkte, dass sie ihn immer noch an seiner Tunika festhielt. »Ich sagte doch, es geht mir gut.«

»Und würde es dir immer noch gut gehen, wenn dieser Kerl und seine Kumpane dich wie dieses Bierglas zerschmettert hätten?«, fragte sie. »Entweder bist du wirklich so dumm oder nur hier, weil du es darauf anlegst, dir Ärger einzuhandeln.«

»Und wenn schon, ich wüsste nicht, was dich das angeht.«

Sie seufzte. »Ich schlage vor, du kommst erst mal mit mir in die Krypta zurück, ruhst dich etwas aus und ...«

»Ich gehe nicht dorthin zurück«, unterbrach er sie düster.

»Wir können später darüber sprechen, was auch immer da ... passiert ist, als du deine Gabe benutzt hast. Jetzt brauchst du erst einmal ...«

Doch das Ende ihres Satzes hörte Anton nicht mehr. Alles, von Ephyras Stimme bis zu dem Getöse der sich immer noch prügelnden Seeleute im Raum nebenan, rückte in weite Ferne, als er plötzlich vom Pulsschlag eines *Esha* erfasst wurde, das einem Erdbeben gleich durch ihn hindurchvibrierte.

Das Atmen fiel ihm schwer. Dieses *Esha* stach so deutlich aus den unzähligen anderen hervor, die ihn umgaben. Er konnte es beinahe schmecken, so wie man die Luft vor einem Gewitter schmecken konnte. Es fühlte sich seltsam *vertraut* an. Nur dass Anton sich vollkommen sicher war, es noch nie zuvor gespürt zu haben.

Benommen stürzte er an Ephyra vorbei in die heiße Morgensonne hinaus.

»He!« Ephyras Ruf klang wie aus weiter Ferne. »Wo willst du hin?«

Gegen das helle Licht anblinzelnd, blickte er sich kurz nach allen Seiten um, bevor er wie von Dämonen verfolgt davonjagte. Er hetzte an Apothekern vorbei, die leuchtende Johanniskrauttinkturen feilboten, an Fischhändlern, die stolz ihren Tagesfang in die Höhe hielten, lief im Zickzackkurs zwischen Kaufleuten, Seemännern und Reisenden hindurch, die gekommen waren, um sich die einst so bedeutende Stadt des Glaubens anzuschauen.

Die Schwingungen aller *Esha* ringsum vereinigten sich zu einem tiefen, gleichmäßigen Summton, der jedoch beinahe vollständig von dem Klang des *Esha*, das durch Antons Innerstes hallte, geschluckt wurde. Je weiter er die Heilige Straße entlanglief, desto stärker wurde das fremde *Esha*, und er beschleunigte seine Schritte. Als er sich dem belebten Marktplatz am Hafen näherte, sah er, dass durch die umliegenden Säulengänge immer mehr Leute dort zusammenströmten. Ganz gleich, was der Grund dafür war, es musste etwas so Beeindruckendes sein, dass man es sich auf keinen Fall entgehen lassen wollte.

Doch trotz der Menschenmassen um ihn herum nahm er nichts anderes als dieses wie eine Flutwelle anbrandende *Esha* wahr.

Ein heftiger Stoß holte ihn ins Hier und Jetzt zurück. Als er herumwirbelte, sah er zwei Jungen, die nicht viel jünger als er sein konnten und sich an ihm vorbei durch einen Säulengang schoben.

»Hör auf, mich ständig zu schubsen!«

»Nun *mach* schon, ich will mir das unbedingt angucken!«

Gesprächsfetzen schälten sich aus dem Stimmengewirr heraus.

»... heute Morgen hier angekommen ... silberne Segel ...«

»... verschwunden, nachdem die Propheten ...«

»... sind seit hundert Jahren nicht mehr gesehen worden ...«

Anton erstarrte, als ihn unvermittelt eine Frau am Arm packte und an ihre knochige Brust zog. »Sie sind wieder da!«, rief sie verzückt. »Nach all der Zeit sind sie endlich wieder da!« Tränen liefen ihr übers Gesicht, als sie ihn mit ihren von Altersstar getrübten Augen ansah und immer wieder an den Schultern schüttelte. »Gelobt seien die Propheten! Gelobt sei Pallas der Gläubige! Der Orden des Letzten Lichts ist hier!«

Anton befreite sich aus ihrem Griff.

»Verstehst du denn nicht?«, sagte sie. »Das bedeutet, die Propheten kehren zurück! Sie haben uns nicht im Stich gelassen. Sie haben unsere Gebete erhört! Sie werden diese Stadt retten!«

In ihm stieg dasselbe Grauen empor, das stets in seinen Albträumen von ihm Besitz ergriff. Er hatte das Gefühl, in der Falle zu sitzen. Das unaufhörlich auf ihn einstürmende *Esha*, die wie von Sinnen auf ihn einredende Frau ... Er stieß sie so heftig von sich, dass sie stolperte und in der Menge auf ein paar der anderen Schaulustigen fiel.

»Pass gefälligst auf!«, rief jemand.

Er floh in eine kleine Gasse hinter den Läden und Ständen, die den Platz säumten. Keuchend lehnte er sich an eine Kalksteinmauer, während zwei völlig gegensätzliche Bedürfnisse in ihm kämpften – denjenigen zu finden, dem das tosende *Esha* gehörte, und so schnell und so weit wie nur irgend möglich wegzurennen.

Er tat weder das eine noch das andere. Stattdessen hielt er sich zwei Finger an die Kehle und begann, seinen Pulsschlag zu zählen.

Als er aufschaute, stand Ephyra vor ihm. Er hatte nicht bemerkt, dass sie ihm gefolgt war.

»Ich dachte, du wolltest abhauen«, sagte sie.

»Wollte ich auch.« Sein Puls schlug hart gegen seine Fingerspitzen.

»Du siehst aus, als würdest du gleich in Ohnmacht fallen.«

»Auch damit hast du recht.«

Sie musterte ihn mit zusammengekniffenen Augen. »Was hat dir eine solche Angst eingejagt?«

Anton sah zu ihr auf und ließ den Blick dann zu dem Balkon auf der Rückseite eines Ladengeschäfts wandern.

Es war nicht weiter schwer, daran hochzuklettern.

»Ich habe dich doch bloß etwas gefragt!«, rief Ephyra ihm hinterher.

Er beachtete sie nicht, sondern kletterte einfach auf das Dach weiter und lief zur gegenüberliegenden Kante hinüber. Ephyra, die seine Verfolgung aufgenommen hatte, erklomm das Dach sogar noch schneller als er.

Von hier oben konnten sie den gesamten Platz und das türkis funkelnde Hafenbecken dahinter überblicken. Inmitten der riesigen Handelsschiffe und der sanft hin und her schaukelnden Klippern mit ihren roten Segeln war an einem der Hauptanlegeplätze ein Schiff mit silbernen Segeln angelandet. Sein anmutig geschwungener Rumpf war schneeweiß, der Bug wie ein schlanker Schnabel geformt und seine silbernen Segel leuchteten im Sonnenlicht so hell, dass es fast unmöglich war, sie direkt anzuschauen.

Einen Moment später begann die um den Kai versammelte Menge sich zu teilen, um für zwei Frauen und fünf Männer Platz zu machen, die silberne Schwerter an ihren Gürteln trugen und dunkelblaue Umhänge, auf denen das Symbol eines siebenzackigen und von einer Klinge durchbohrten Sterns prangte. Die sich auf dem Platz drängenden Leute reckten voll ungläubigen Staunens die Köpfe nach den Schwertkämpfern. Manche von ihnen weinten vor Ergriffenheit.

Seit hundert Jahren war kein Angehöriger des Ordens mehr gesichtet worden, auch wenn sie überall in Pallas Athos, der Stadt, die bis zum Verschwinden der Propheten über Jahrhunderte ihr Hauptsitz gewesen war, ihre Spuren hinterlassen hatten. Manche glaubten, der Orden wäre mit den Propheten verschwunden, andere, er hätte sich einfach nach und nach aufgelöst, und wieder andere, dass er sich in den Schutz eines geheimen Kastells zurückgezogen hätte.

Die sieben Paladine schritten durch die Menge auf die Heilige

Straße zu, die bis zur Oberstadt und dem auf dem Hügel thronenden Tempel von Pallas von Schaulustigen gesäumt war.

»Ich dachte, den Orden würde es längst nicht mehr geben«, sagte
Ephyra.

Anton stand immer noch unter dem Bann des geheimnisvollen
Esha, das seine Sinne flutete, und war sich nicht sicher, ob er überhaupt fähig war zu sprechen.

»Was glaubst du, warum sind sie zurückgekommen?«

Anton schüttelte den Kopf und riss sich vom Anblick der Paladine los. Das *Esha* wurde endlich schwächer und begann wie ein sich
verziehendes Unwetter von ihm abzulassen. Wem auch immer es
gehörte, er befand sich nicht mehr in unmittelbarer Hafennähe, und
Anton war sich nicht sicher, ob das, was er spürte, eher Erleichterung oder Verzweiflung war.

»Ich weiß es nicht«, antwortete er schließlich und dachte daran,
was die Frau auf dem Platz vorhin gesagt hatte. *Die Propheten kehren
zurück.* Aber sie war nur eine abergläubische alte Frau. Das war einfach unmöglich. Er drehte sich von der Dachkante weg. »Was spielt
das für eine Rolle?«

»Wo willst du denn jetzt schon wieder hin?« Ephyra folgte ihm
und packte ihn am Arm, als er versuchte, zurück auf den Balkon zu
klettern. »Wage es ja nicht, dich noch mal aus dem Staub zu machen.« Diesmal lag ein drohender Unterton in ihrer Stimme.

Er schaute auf ihre Hand hinunter, die seinen Arm umklammerte.
Wenn sie wollte, konnte sie ihn auf der Stelle töten. Seinem Körper
das *Esha* entziehen und einen blassen Handabdruck darauf hinterlassen, genau wie bei ihren anderen Opfern. Als er den Blick wieder
hob, sah er, dass sie ebenfalls auf ihre Hand starrte. Dachte sie dasselbe wie er? Fragte sie sich, ob sie es tun würde oder nicht?

»Hör zu«, sagte Anton langsam. »Es ist nicht so, als wollte ich dir
und deiner Schwester nicht helfen. Ich habe es versucht.«

»Dann versuch es noch mal.«

Er schüttelte den Kopf. »Das würde nichts nützen. Mit meiner Gabe stimmt irgendetwas nicht. Es würde nur noch schlimmer werden.«

Zuerst die Albträume. Dann die Erinnerungen, die ihn im Orakelbecken eingeholt hatten. Und jetzt dieses seltsame *Esha*, das ihn einem Orkan gleich überwältigt hatte, wie ihn noch nie irgendetwas überwältigt hatte.

»Was meinst du damit, dass mit deiner Gabe irgendetwas nicht stimmt?«, fragte Ephyra. »Was genau ist passiert, als du versucht hast, den Kelch aufzuspüren? Was hast du gesehen?«

Er schloss die Augen. »Das, was ich immer sehe. Einen zugefrorenen See.«

»Einen See«, wiederholte Ephyra. »Das ist alles?«

»Den See, in dem ich fast ertrunken wäre.«

Ephyra ließ seinen Arm los. »Wovon redest du?«

Es war lange her, seit Anton jemandem von seinen Albträumen erzählt hatte, von der Erinnerung, die ihn zwischen ihren Klauen gefangen hielt. Aber vielleicht wären sie miteinander quitt, wenn er sie im Gegenzug für ihr Geheimnis in sein eigenes einweihte. Vielleicht würde sie ihn gehen lassen, wenn sie wusste, wovor er davonlief.

»Es war Winter«, begann er. »Der See war zugefroren. Ich spielte draußen im Schnee, als mein Bruder mich fand. Er jagte mich aufs Eis hinaus und es brach unter mir ein. Ich streckte die Hände nach ihm aus und er ... er drückte mich unter Wasser.«

Anton öffnete die Augen. Ephyra starrte ihn entsetzt an.

»Wie kann jemand so etwas tun?«, sagte sie.

Anton wandte den Blick ab. »Ich hätte nicht gedacht, dass die Blasse Hand über Grausamkeit und Mordgier erschüttert sein würde.«

»Er war dein *Bruder*«, sagte Ephyra, als ob das irgendetwas ändern würde. Als ob das eigene Fleisch und Blut nicht grausam, nicht böse sein könnte.

»Wir sind in den Nowogardischen Territorien aufgewachsen«, fuhr Anton fort. Noch immer konnte er die klirrende Kälte der Winter spüren, den Hunger, der in seinen Eingeweiden wütete. »Das Leben dort ist anders. Begnadete sind sehr viel seltener und es gibt viel Aberglauben um sie. Nowogarden glauben alles Mögliche über sie ... über uns.«

»Du meinst, so wie die Zeugen?«

Anton schüttelte den Kopf. »Die Zeugen hassen die Begnadeten und halten sie für eine Abart der Natur. Aber Nordländer hassen die Begnadeten nicht – sie verehren sie. Sie glauben nicht, dass wir unsere außergewöhnlichen Fähigkeiten von den Propheten verliehen bekommen haben, sondern von einem alten Gott, und dass wir dank dieser Fähigkeiten das göttliche Recht zu herrschen besitzen. Mein Bruder und ich sind bei unserer Großmutter aufgewachsen, die ebenfalls daran glaubte. Sie war unbegnadet. Genau wie ihr Sohn, mein Vater. Und mein Bruder. Und dann wurde ich geboren. Meine Gabe offenbarte sich schon sehr früh, und von da an ... gab es für meine Großmutter nichts anderes mehr.«

»Und das hat dein Bruder dir übel genommen«, sagte Ephyra.

»Ja, aber ... das allein war es nicht«, sagte Anton. »Die meisten Menschen haben einen bestimmten Grund dafür, wenn sie einem anderen wehtun. Sie wollen ihn dazu bringen, ihnen zu gehorchen. Oder lassen ihre Wut an ihm aus. Aber mein Bruder ... er hat mir wehgetan, weil es ihm gefiel. Es hat ihm Vergnügen bereitet, mir Schmerz zuzufügen, mir entsetzliche Angst einzujagen, mich dazu zu bringen, ihn anzubetteln, dass er damit aufhört.«

Und wie Anton gebettelt hatte.

Du willst, dass ich damit aufhöre?, hatte Illya in solchen Momenten

159

gehöhnt. *Dann bring mich doch dazu. Du bist doch der Begnadete von uns beiden. Zeig mir, wie viel Macht du besitzt, Anton.*

»Es war wie ein Spiel für ihn, dessen Regeln ich nicht verstanden habe.« Anton schloss erneut die Augen. »Ich verbringe schon mein ganzes Leben damit, die Dinge, die er mir angetan hat, hinter mir zu lassen.«

»Aber wenn du deine Gabe benutzt, musst du alles aufs Neue durchleben«, sagte Ephyra. »Ist es das, was passiert, wenn du weissagst?«

Er nickte. »Eine Weile ging es mir besser. Ich konnte die Albträume in Schach halten. Aber sobald ich versuche, meine Gabe zu benutzen, ist es, als wäre ich wieder dort, an diesem See. Ich bin hilflos. Spüre nichts anderes als die Hand meines Bruders, die mich unter Wasser drückt … Deswegen konnte ich euch nicht helfen. Deswegen muss ich von hier weg.«

»Dann war es also dein Bruder, der dir neulich Nacht diese Männer auf den Hals gehetzt hat?«, sagte Ephyra. »Was will er von dir?«

Anton wusste keine Antwort auf diese Frage, aber sie verfolgte ihn, seit die Frau ohne Namen im *Thalassa* aufgetaucht war.

»Ich glaube, er hat es einfach nie ertragen, dass ich davongekommen bin«, sagte er schließlich. »Mir nicht länger wehtun zu können, muss sich wie eine Niederlage für ihn angefühlt haben. Und er ist noch nie der Verlierer gewesen. Er sucht nach mir, um mir heimzuzahlen, dass ich weggelaufen bin.«

»Dann hast du vor, einfach immer weiter wegzulaufen?«, fragte Ephyra. »Zu hoffen, dass er dich nicht noch einmal findet, und bis zu dem Tag, an dem er es doch tut, in Angst zu leben?«

»Ich habe keine andere Wahl.«

Eine Meeresbrise zerrte an Ephyras dunklen Locken. »Und wenn doch?«, fragte sie leise. »Was ist, wenn du nicht länger davonlaufen müsstest? Wenn du diese Angst für immer loswerden könntest?«

Anton trat einen Schritt zurück. »Was redest du da?«

»Du kannst uns helfen – kannst Beru helfen. Und ich kann dir helfen.«

»Wie?«

Sie sah ihm fest in die Augen. »Früher oder später wird die Blasse Hand in dieser Stadt ein weiteres Opfer fordern.«

Es war, als würde die Welt für einen Moment den Atem anhalten. Anton hatte noch nie darüber nachgedacht, wie es wäre, ohne die ständige Angst im Nacken zu leben. Zu wissen, dass sein Bruder weg war – für immer weg und nie wieder in der Lage, ihn zu quälen.

»Du kannst weiter davonlaufen«, sagte Ephyra. »Du kannst dein ganzes Leben damit verbringen, zurückzublicken und darauf zu warten, dass deine Vergangenheit dich einholt. Oder du kannst damit aufhören und dich ihr endlich stellen. Klingt für mich, als hättest du doch eine Wahl.«

Anton ballte so fest die Hände zu Fäusten, dass sich seine Fingernägel in die Handfläche bohrten. »Ich will einfach nur wieder atmen können, ohne das Gefühl zu haben, zu ertrinken.«

»Ich will einfach nur einen Weg finden, das Leben meiner Schwester zu retten«, erwiderte Ephyra. »Wir können uns gegenseitig helfen. Du kannst deine Gabe nicht benutzen, solange dein Bruder noch lebt. Aber wenn er tot wäre …«

Wenn sein Bruder tot wäre, wäre Anton dann von seinen Erinnerungen und den Albträumen erlöst?

»Ich weiß nicht, ob das irgendetwas ändern würde«, sagte er. »Ob ich wirklich in der Lage wäre, meine Gabe zu benutzen, ganz zu schweigen davon, den Eleasarkelch für euch zu finden.«

»Vielleicht aber doch«, sagte Ephyra. »Und für uns ist das besser als das, was wir ohne deine Hilfe haben, nämlich nichts.« Sie streckte ihm die Hand hin. »Wir können uns gegenseitig helfen.«

Anton blickte an ihr vorbei auf das in der Sonne funkelnde Meer. Ein Teil von ihm wollte am liebsten immer noch alles hinter sich lassen – die Bedrohung durch seinen Bruder, die Blasse Hand, das geheimnisvolle *Esha*, das er am Hafen gespürt hatte. Diese vom Glauben abgefallene Stadt verlassen und nie wieder zurückkehren. So, wie er es immer getan hatte.

Aber Ephyra hatte recht. Er würde für den Rest seines Lebens zurückblicken. Der Albtraum, die Erinnerung, der See – sie würden für immer ihre langen Schatten in seine Gegenwart und Zukunft werfen. Er strampelte noch immer in dem eisigen dunklen Wasser um sein Leben. Er konnte ihm nachgeben und sich in die Tiefe sinken lassen oder sich zur Oberfläche hochkämpfen.

Er nahm Ephyras ausgestreckte Hand. »Einverstanden.«

KAPITEL 12

HASSAN

Hassan unterdrückte ein Gähnen, als er seine Teeschale unter den Hahn des Samowars hielt. In den letzten fünf Tagen war es ihm noch zweimal gelungen, sich heimlich zur Agora zu stehlen und so viel Essen und Kleidung mitzunehmen, wie er tragen konnte. Als Khepri nachgefragt hatte, hatte er eine Geschichte erfunden und gesagt, die Sachen wären von anderen Schülern der Akademie gespendet worden. Ansonsten hatte er überall dort mit angepackt, wo noch eine helfende Hand gebraucht wurde – Feuerholz sammeln, die Kinder im Auge behalten, Schutt beiseiteräumen.

Aber vor allem hatte er viel Zeit mit Khepri verbracht. Sie schien in fast allen Belangen, die das Lager betrafen, ein Mitspracherecht zu haben – vom Unterricht der Geflüchteten in Selbstverteidigung bis hin zum Aufbau und Ausbessern von Zelten und der Essensverteilung – und hatte keine Scheu, Hassan alle möglichen Aufgaben zu übertragen. Noch nie war er von jemand herumgeschickt worden und jeder vertrauensvoll in seine Hände gelegte Auftrag versetzte ihn in Erstaunen und löste eine nie gekannte Freude in ihm aus. Zum ersten Mal seit dem Umsturz – genauer gesagt, zum ersten Mal in seinem Leben –, hatte Hassan das Gefühl, *nützlich* zu sein.

Bei seinem letzten Besuch hatte er unterwegs auf dem Markt haltgemacht und bei den Holzarbeitern einen Satz goldene Umhang-schließen gegen ein Dutzend Schubkarren getauscht. Anschließend war er zu einem Töpfer gegangen, hatte seinen kompletten Bestand an Schüsseln und Krügen aufgekauft und die Schubkarren damit beladen.

»Was ist das alles?«, hatte Khepri gefragt, als Hassan mit dem Lehrling des Töpfers und einem Dutzend anderer Kinder aufge-taucht war, die er angeheuert hatte, um die Schubkarren in die Agora zu transportieren.

»Halima hat gesagt, sie würde manchmal drei Stunden am Tag nur damit verbringen, für Wasser anzustehen«, sagte Hassan und wies die Kinder an, die Schubkarren vor dem Brunnenhaus abzu-stellen. »Wie wäre es, wenn du stattdessen ein paar deiner Schüler damit beauftragen würdest, das Wasser zu liefern?«

»Oh«, hatte Khepri gesagt und angefangen, mit den Fingern auf dem Holz einer der Schubkarren zu trommeln.

»Stimmt etwas nicht?«, hatte Hassan vorsichtig gefragt und sich plötzlich Sorgen gemacht, dass er es vielleicht übertrieben hatte oder dass sie anfing, misstrauisch zu werden.

Doch sie hatte bloß lächelnd den Kopf geschüttelt und war dann losmarschiert, um ein paar ihrer Schüler zusammenzurufen.

Als Hassan an diesem Morgen aufgewacht war, hatte er als Erstes an dieses Lächeln gedacht.

»Du hast das Frühstück verpasst«, sagte Lethia, während sie einen Klecks rubinrote süßsaure Soße auf ihren Teller gab.

»Tut mir leid.« Hassan rührte langsam mit einem kleinen gol-denen Löffel in seinem Tee. Er hatte letzte Nacht sein Glück auf eine harte Probe gestellt und war erst im Morgengrauen zurück-gekehrt. Aber er hatte es nicht bereut – diese Momente, die er mit den anderen Herati-Geflüchteten verbrachte, waren ihm wichtiger gewesen als das Essen, das er jetzt zu sich nahm, oder sein Nacht-schlaf.

»Du musst sehr müde sein, nachdem du die ganze Nacht nicht zu Hause warst«, fuhr sie in beiläufigem Plauderton fort.

Hassan erstarrte.

»Du hast doch nicht wirklich geglaubt, mir wären deine kleinen Ausflüge zur Agora verborgen geblieben?«

Doch, genau das hatte er.

»Du bist nicht gerade ein Meister darin, andere hinters Licht zu führen, Hassan«, sprach Lethia in unverändert heiterem Tonfall weiter. »Um Kerics willen, nun hör schon auf, mich wie das Kanin-chen vor der Schlange anzustarren. Ich bin dir nicht böse.«

»Bist du nicht?«

»Das bedeutet nicht, dass ich es gutheiße«, sagte sie. »Ich würde mir nur wünschen, du wärst nicht so leichtsinnig. Du kannst von Glück sagen, dass ich dir auf die Schliche gekommen bin. Ich habe mit dem Hauptmann der Stadtwache gesprochen und ihn veran-lasst, die Fußstreifen auf der Heiligen Straße zu verdoppeln.«

»So etwas kannst du?«, fragte Hassan. Seit dem Tod ihres Ge-mahls vor fast zehn Jahren besaß Lethia in Pallas Athos offiziell keine Befugnisse mehr, aber wie es schien, hatte er den Einfluss un-terschätzt, den sie immer noch hatte.

»Der Hauptmann war so gütig, mir diesen Gefallen zu erweisen«, sagte Lethia. »Nach diesem Vorfall mit den Zeugen am Tempel hielt ich es für angebracht.«

»Darüber weißt du ebenfalls Bescheid?«, rief Hassan bestürzt.

Lethia warf ihm über den Rand ihrer Teeschale einen vernichten-den Bick zu. »Es gibt so gut wie nichts in dieser Stadt, was ohne mein Wissen vor sich geht. Apropos ... heute Morgen hat der Or-den des Letzten Lichts im Hafen angelegt.«

Hassan verschluckte sich beinahe an seinem Tee. »Was meinst du

165

mit ›er hat im Hafen angelegt‹? Der Orden ist schon seit hundert Jahren nicht mehr in Pallas Athos gewesen.«

»Nun, offenbar ist er zurückgekehrt. Wie man hört, hat sich eine Abordnung von sieben Paladinen in der Oberstadt eingefunden.«

Hassan hielt verblüfft inne. Er wusste, dass der Orden einst seine schützende Hand über Pallas Athos gehalten und über die Pilger gewacht hatte, die in Scharen in die Stadt geströmt waren, um den Tempel zu besuchen. Der plötzliche Weggang des Ordens gleich nach dem Verschwinden der Propheten hatte über Jahrzehnte hinweg für Unruhen in Pallas Athos gesorgt, und aus der Stadt des Glaubens, in der man sich sicher und frei bewegen konnte, war ein gefährliches, lasterhaftes Pflaster geworden. Hassan hatte immer gedacht, dass der Orden nach all der Zeit gar nicht mehr existierte.

»Warum sollte er plötzlich wieder hierher zurückkehren?«, sagte er.

»Den Grund dafür scheint niemand zu kennen, nicht einmal die Priester – worüber sie natürlich sehr aufgebracht sind«, fügte Lethia mit einem kleinen Lächeln hinzu.

Einer der Diener erschien in der Tür. »Prinzessin Lethia, soeben ist ein Bote eingetroffen, der …«

»Siehst du nicht, dass ich mit meinem Neffen frühstücke?«, unterbrach Lethia ihn ungehalten. »Richte ihm aus, er soll warten.«

»Er sagt, es handle sich um eine dringliche Angelegenheit«, erwiderte der Diener eingeschüchtert.

»Für ihn vielleicht«, entgegnete Lethia leise schnaubend und wedelte mit der Hand, als wollte sie eine lästige Fliege verscheuchen.

»Er sagt, er würde im Auftrag des Ordens des Letzten Lichts kommen.«

Lethias Augenbrauen schossen in die Höhe.

Hassan sah den Diener einen Moment sprachlos an. »Der Orden des Letzten Lichts möchte mit meiner Tante sprechen?«

Der Diener schüttelte den Kopf. »Nicht mit Prinzessin Lethia. Sondern mit *Euch*, Hoheit.«

»Mit *mir*?«

»Wofür halten diese Ordensmitglieder sich?«, empörte sich Lethia. »Tauchen nach all der Zeit einfach hier auf und bilden sich ein, sie könnten einfach so den Kronprinzen von Herat einbestellen, weil es ihnen gerade einfällt. Ich muss sagen, der Hochmut der Begnadeten erstaunt mich immer wieder. Woher wissen sie überhaupt, dass er hier ist?«

Die Frage war berechtigt, aber Hassan gingen noch mehr Fragen durch den Kopf, die er gern gestellt hätte. Und es gab nur einen Weg, eine Antwort darauf zu erhalten.

»Wo willst du hin?«, sagte Lethia, als er sich vom Tisch erhob.

»Herausfinden, worum es geht.«

»Es steht ihnen nicht zu, dich wie einen gewöhnlichen Sterblichen herbeizuzitieren«, zischte Lethia. »Dieses Recht haben sie vor hundert Jahren verwirkt, als sie der Welt den Rücken gekehrt haben.«

»Es ist ja nicht so, als könnte ich mich kaum retten vor wichtigen Aufgaben«, entgegnete Hassan. »Wenn der Orden des Letzten Lichts nach Pallas Athos zurückgekehrt ist, muss es einen triftigen Grund dafür geben. Dass dies ausgerechnet jetzt passiert, kann kein Zufall sein – es muss etwas mit den Zeugen und Nasira zu tun haben.«

Lethia schüttelte seufzend den Kopf. »Also schön. Wie deine heimlichen Ausflüge bereits bewiesen haben, könnte ich dich vermutlich sowieso nicht davon abhalten. Aber diesmal wirst du dich von einer Eskorte der Stadtwächter begleiten lassen. Und in diesem Punkt dulde ich keinen Widerspruch.«

Hassan dachte einen Moment nach. Zweifellos hatten auch die Zeugen, die sich in Pallas Athos aufhielten, bereits von der Ankunft des Ordens erfahren. Ob sie darauf wirklich mit einem weiteren Anschlag reagieren würden, konnte zwar niemand sagen. Aber das Risiko war es nicht wert, zumal der Tempel sich in so unmittelbarer Nähe der Geflüchteten befand.

»Einverstanden«, sagte er zu seiner Tante. »Ich werde zwei Wächter mitnehmen.«

»Fünf«, erwiderte sie.

»Drei.«

»Meinetwegen.«

Eine halbe Stunde später folgte Hassan, von drei Wächtern begleitet, dem Boten in der brütenden Nachmittagshitze die Heilige Straße zur Agora hinauf. Hier und da drehten die Leute die Köpfe nach ihnen, verloren aber meistens schon bald wieder das Interesse.

Der Marktplatz unterhalb der Agora, auf dem es normalerweise vor Menschen nur so wimmelte, war wie leer gefegt. Als sie das Heilige Tor passierten, erkannte Hassan den Grund dafür – alles, was Beine hatte, hatte sich am Fuß des Tempels eingefunden, um sich mit eigenen Augen von der Ankunft des Ordens zu überzeugen.

Er folgte dem Boten so unauffällig wie möglich durch die Menge und hoffte, die ihn eskortierenden Wächter würden ihn so weit vor Blicken abschirmen, dass niemand ihn sehen und in ihm den etwas eigenartigen Akademieschüler erkennen würde, der sich die letzten Abende im Lager herumgetrieben hatte.

»Cirion!«

Hassan zuckte zusammen und schloss kurz die Augen, als er Khepris Stimme aus der Menge heraushörte. Er hielt den Kopf gesenkt und betete, sie würde zu dem Schluss kommen, sich geirrt zu haben.

»Cirion!« Diesmal klang ihre Stimme schon deutlich näher.

»Aus dem Weg«, sagte einer der Wächter streng.

»Ich versuche nur mit meinem Freund da drüben zu sprechen ...«

Hassan drehte sich zu dem Wächter um, der ihn über die Schulter fragend ansah.

»Kennt Ihr diese Frau?«

Hassan beobachtete, wie der belustigte Ausdruck auf Khepris Gesicht in Verwirrung umschlug. »Ja, ich kenne sie«, antwortete er. »Lass sie durch.«

Der Wächter trat zur Seite, aber Khepri rührte sich nicht.

»Warum wirst du von drei bewaffneten Stadtwächtern begleitet?«, fragte sie stirnrunzelnd.

Hassan lagen verschiedene Lügen auf der Zunge, von denen jede zumindest einigermaßen glaubhaft gewesen wäre. Aber er konnte sich nicht dazu durchringen, sie auszusprechen. Er wollte ihr nicht länger etwas vormachen.

»Eure Hoheit«, sagte der Bote, der neben ihn getreten war. »Die Mitglieder des Ordens warten.«

»Eure Hoheit?«, wiederholte Khepri. »Cirion, was geht hier vor?«

»Es tut mir leid«, sagte Hassan. »Ich wollte dich nicht täuschen. Ich hätte dir von Anfang an die Wahrheit sagen sollen. Mein Name ist nicht Cirion.«

Er trat auf sie zu, aber sie wich einen Schritt vor ihm zurück.

»Du bist ...« Die Worte schienen ihr in der Kehle stecken zu bleiben. »Du bist der Kronprinz. Habe ich recht?«

Hassan schluckte. »Ich wollte es dir sagen.«

Khepri stieß ein ersticktes Lachen aus. »Du ... du hast mir die ganze Zeit ...« Sie schüttelte ungläubig den Kopf und wich erneut einen Schritt vor ihm zurück.

»Khepri, warte«, sagte er und sah sie bittend an.

Sie erwiderte seinen Blick, aber aus ihrem Körper schien jede Energie gewichen zu sein. Sie war nicht bloß wütend. Sie war verletzt. »Ich ... ich muss gehen.«

»Lass es mich dir erklären ...«

169

»Ich muss gehen«, sagte sie erneut, diesmal mit festerer Stimme, und wandte sich um.

Als Hassan, der sie auf keinen Fall so ziehen lassen wollte, Anstalten machte, ihr zu folgen, stellten sich ihm zwei der Stadtwächter in den Weg.

»Ich muss zuerst mit ihr sprechen«, sagte Hassan. »Der Orden des Letzten Lichts kann warten.«

Er spürte eine leichte Berührung an seinem Ellbogen. Als er den Kopf wandte, sah er erneut den Boten des Ordens neben sich stehen. »Hoheit«, sagte dieser eindringlich. »Ich glaube nicht, dass Ihr den Orden noch länger warten lassen solltet.«

Hassan blickte von Khepris sich entfernender Gestalt zum Tempel von Pallas, in dem der Orden ihn erwartete. Sein Bedürfnis, ihr nachzulaufen, kämpfte mit dem Wunsch, herauszufinden, warum der Orden des Letzten Lichts hier war. Wenn es etwas mit den Zeugen zu tun hatte ... mit Herat ... dann würde auch Khepri trotz ihrer Enttäuschung wollen, dass er der Sache auf den Grund ging.

Er nickte dem Boten zu. »Bring mich hin.«

Der Bote führte ihn und die drei Stadtwächter zum Tempel. Gespannte Erwartung machte sich in Hassan breit, als sie die marmornen Stufen hinaufstiegen. Das weit geöffnete Eingangsportal wurde von zwei großen, flachen Schalen mit geweihtem Öl flankiert. Dazwischen stand Emir, der Akolyth aus Herat, und nahm ihn in Empfang.

»Eure Hoheit«, sagte er und kniete nieder.

»Du hast mich schon an meinem ersten Tag hier auf der Agora erkannt, nicht wahr?«, sagte Hassan.

Emir neigte den Kopf. »Bitte, tretet ein in das Haus von Pallas.«

Hassan tauchte die Fingerspitzen in das Öl und segnete sich, bevor er über die Schwelle trat, doch als die Stadtwächter ihm folgen wollten, richtete der Akolyth sich auf und hob eine Hand hoch.

»Der Orden wünscht, allein mit dem Prinzen zu sprechen«, sagte Emir in einem Tonfall, der keinen Widerspruch duldete.

Hassan nickte den Wächtern zu, um die Anweisung des Akolythen zu bestätigen, und ging allein ins Innere des Tempels.

Sonnenlicht flutete in goldschimmernden Bahnen durch das offene Dach in das Heiligtum und tauchte die sieben Paladine in seiner Mitte in seinen warmen Glanz. Zwei Männer mit der dunklen Haut der Bewohner der Wüste Seti standen rechts und links eines Mannes und einer Frau, die ihrem hellen Teint und ihren dunklen Haaren nach aus der Inshuusteppe stammten. Vor ihnen war eine Frau mit Sommersprossen und kupferfarbenen Haaren, wie es unter Endarriern weit verbreitet war, neben ihr ein Mann, der eindeutig von den Inseln stammte – Hassan tippte auf Charisier. Am Kopf der Abordnung stand ein Mann, der noch sehr jungenhaft wirkte und mit seiner ockerfarbenen Haut und den schwarzen Haaren wie ein typischer Einwohner von Pallas Athos aussah.

Aus irgendeinem Grund hatte Hassan sich stets vorgestellt, dass die Mitglieder des Ordens des Letzten Lichts alle gleich aussehen würden, aber diese sieben Männer und Frauen waren so unterschiedlich wie die Schüler, die von nah und fern nach Nasira kamen. Gemeinsam hatten sie nur die Wendelringe, die sie um den Hals trugen, die dunkelblauen Umhänge, die quer über ihre Schultern verliefen, und den ehrerbietigen Ausdruck auf ihren Gesichtern.

Emir trat vor. »Eure Hoheit, das sind die Paladingarde des Ordens des Letzten Lichts und ihr Oberhaupt, Marschall Jude Weatherbourne, Hüter der Botschaft. Marschall Weatherbourne, das ist Prinz Hassan Seif, der Thronfolger von Herat.«

Die Paladingarde sank vor ihm auf die Knie.

Der Paladin, der am jüngsten aussah, sagte mit ehrerbietig gebeugtem Kopf: »Euer Hoheit, ich …« Er räusperte sich. »Ich warte schon sehr lange darauf, Euch zu begegnen. Seit dem Tag, an dem Ihr geboren wurdet.«

Er hob den Blick, und wieder war Hassan überrascht, wie viel jünger als die sechs anderen Paladine er wirkte. Und doch war er ihm als ihr Anführer vorgestellt worden. Als der Hüter der Botschaft.

»Aus welchem Grund?«, fragte Hassan. »Und warum seid Ihr nach Pallas Athos zurückgekehrt?«

Der Paladin richtete sich auf.

»Wir sind gekommen, um Euch eine Nachricht zu überbringen«, antwortete er. »Es geht um ein Geheimnis, das der Orden des Letzten Lichts ein Jahrhundert lang gehütet hat. Und nun, da wir Euch gefunden haben …«

»Ihr habt nach mir gesucht?«

»Wir wussten nicht, dass Ihr derjenige seid, den wir gesucht haben«, antwortete Marschall Weatherbourne. »Das haben wir erst vor Kurzem erfahren.«

Hassan spürte leichte Ungeduld in sich aufsteigen. Wobei er sich vermutlich nicht hätte wundern sollen, dass eine Unterhaltung mit den Schwertkämpfern eines Geheimordens ähnlich rätselhaft sein würde wie ein Gespräch mit einem der hochgeistigen Philosophen der Großen Bibliothek. »Was meint ihr damit, Ihr wusstet nicht, dass ich es bin?«

»Jude«, sagte die Paladinwächterin mit den kupferfarbenen Haaren. »Vielleicht ist es das Beste, wenn er es sofort erfährt.«

»Wenn ich *was* sofort erfahre?«, fragte Hassan ungehalten.

Marschall Weatherbourne sah ihn an und antwortete mit leuchtenden Augen: »Die letzte Prophezeiung der Sieben Propheten.«

Hassan blinzelte. »Die Prophezeiung von König Wassili hat sich bereits vor über einem Jahrhundert erfüllt. Ich verstehe nicht, welche Bedeutung das heute noch haben sollte?«

König Wassili, der letzte König des Nowogardischen Reichs. Von einem seltsamen Wahn befallen, hatte der König einen Krieg gegen die Sechs Prophetischen Städte angezettelt, als er von der Vorhersage der Propheten erfuhr, laut derer er der letzte begnadete Thronfolger seiner Linie war. Doch seinem Schicksal kann sich niemand entziehen, und König Wassilis Krieg besiegelte das Ende des Nowogardischen Reichs und erfüllte die letzte Prophezeiung der Propheten. Diese Geschichte war für Hassan stets eine unmissverständliche Warnung davor gewesen, was geschehen konnte, wenn ein mächtiges Königreich keinen begnadeten Thronfolger hervorbrachte.

»Das Schicksal von Wassili dem Wahnsinnigen ist nicht die letzte Prophezeiung der Propheten gewesen«, sagte Marschall Weatherbourne. »Es gibt noch eine andere Prophezeiung, von der sonst niemand auf der Welt weiß. Die Propheten haben sie vor ihrem Verschwinden verkündet. Ihr werdet der Erste außerhalb des Ordens sein, der sie zu hören bekommt.«

Hassans Gedanken wirbelten im Kreis, während er den Paladin ratlos anstarrte und versuchte, aus all dem schlau zu werden. Ein Geheimnis, das gewahrt worden war. Ein Versprechen, das die Propheten der Nachwelt hinterlassen hatten. Und aus irgendeinem Grund wollten sie, dass *er* als Erstes davon erfuhr.

»Hat es etwas mit den Zeugen zu tun? Mit Nasira?«

Statt zu antworten, ließ sich Marschall Weatherbourne eine aufgeklappte, filigran gearbeitete silberne Schatulle von einem der anderen Paladine reichen, in der ein in der Mitte gespaltener heller Stein mit einem verschlungenen Spiralmuster lag.

Marschall Weatherbourne wandte sich mit der Schatulle zu Emir, der den Stein behutsam herausnahm.

»Was ist das?«, fragte Hassan, als Emir mit dem Stein an den Rand des Orakelbeckens trat.

Marschall Weatherbourne wandte ihm den Blick zu. »Ein Orakelstein.«

»Ich habe noch nie einen mit eigenen Augen gesehen«, sagte Hassan ehrfürchtig. Ein echter Orakelstein, wie in den alten Legenden.

Auf ein Zeichen von Marschall Weatherbourne warf Emir den Stein in das Orakelbecken, wo er nach seinem fast geräuschlosen Eintauchen konzentrische Wellen auf dem Wasser bildete, die sich zu einem Strudel zu verdichten begannen. Aus der Tiefe des Beckens drang ein schwaches Leuchten an die Oberfläche und das Heiligtum wurde von einem leisen, von den Wänden widerhallenden Summen erfüllt, das lauter und lauter wurde.

Es klang nun wie Flüstern, das sich zu sieben Stimmen vereinigte, die wie eine einzige klangen.

»Am Ende des Zeitalters der Propheten,
Wenn das Schicksal der Welt im Ungewissen liegt,
Bleibt nur diese unsere letzte Prophezeiung,
Dem Hüter der Botschaft zur Verwahrung gegeben.

Der Betrüger verführt die Welt mit Lügen,
Die blasse Hand des Todes bringt die Frevler zu Fall,
Aus Staub wird erstehen, was für immer ruhen sollte.
Alldem wird folgen eine große Dunkelheit.

Doch unter einem lichtdurchzogenen Himmel
Wird ein Thronfolger mit gesegneter Weitsicht geboren werden,
Ein altes Versprechen wird gebrochen,
Die überschattete Zukunft ins Licht zurückzuführen.

So enthüllt sich durch Feuer und Gnade
Unsere letzte Prophezeiung,
Das Zeitalter der Dunkelheit zu bannen
Oder die Welt auf ewig dem Untergang zu weihen.«

Schließlich verklang das durch das Heiligtum hallende Flüstern in einem leisen Summen, das Leuchten aus den Tiefen des Orakelbeckens verblasste, und das strudelnde Wasser wurde wieder zu einer spiegelglatten Oberfläche.

Es herrschte vollkommene Stille. Hassan wusste, dass er von ihnen allen der Einzige war, der die Prophezeiung zum ersten Mal gehört hatte, aber er konnte die Wirkkraft dieser Worte, die so lange geheim gehalten worden waren, in ihrem angehaltenen Atem spüren, in dem ehrfürchtigen Ausdruck in ihren Augen.

Es dauerte einen Moment, bis Hassan begriff, dass ihre Blicke alle auf *ihn* geheftet waren.

»Ihr wurdet während der Sommersonnenwende vor sechzehn Jahren geboren«, brach Marschall Weatherbourne die andächtige Stille. »In jener Nacht war der Himmel von göttlichem Licht erleuchtet.«

Hassan sah in das feierliche Gesicht des Oberhaupts der Paladine und hatte das Gefühl, am Abgrund einer unermesslichen Wahrheit zu stehen, die sein Leben für immer verändern könnte.

»Prinz Hassan, Ihr seid der Letzte Prophet.«

II

—✺—

DAS GELÜBDE

Kapitel 13

Jude

Jude war neun Jahre alt, als Penrose ihm sein erstes Koah beibrachte. Sie erklärte ihm, dass jedes Koah der Gabe des Herzens aus drei Teilen bestand. Atmung – um seine Gabe zu bündeln und *Esha* aus der Erde zu ziehen. Bewegung – um es in Körperkraft umzuwandeln. Und Absicht – das unbeirrte Verfolgen des allem zugrunde liegenden Ziels als einzigem Orientierungspunkt, dem wahren Norden, auf den alles zulief.

Seit Jude zum ersten Mal seine Gabe in sich gespürt hatte, führte er jedes seiner Koahs mit derselben Absicht aus. Sein wahrer Norden war von jeher dieser Moment gewesen. Er hatte sich geschworen, sich von jedem Zweifel, von jeder Angst, von jedem sein Herz verdunkelndes Verlangen zu befreien, wenn es so weit sein würde. Seinem Schicksal mit hocherhobenem Haupt und von Glauben und unerschütterlicher Hingabe durchdrungen entgegenzutreten.

»Ich ... bin ein ... Prophet?«, stammelte der Prinz fassungslos. »Ich verstehe das nicht. Die Propheten sind vor einem Jahrhundert verschwunden. Wie kann es sein, dass es ... dass *ich* ...?«

»Ihr habt die Prophezeiung gehört«, sagte Jude. »Die Propheten haben sie als Versprechen auf die Geburt eines neuen Propheten hinterlassen. Und wir glauben, dass Ihr dieser Prophet seid.«

Es gab noch so viel mehr, was er gern gesagt hätte. Dass sein Schicksal und das des Prinzen untrennbar miteinander verbunden waren. Dass er sich noch bis in alle Einzelheiten an den Tag erinnern konnte, an dem der Prinz auf die Welt gekommen war, noch heute den Lichtsturm vor sich sehen konnte, der den Himmel zum Leuchten gebracht hatte.

Aber die Worte schafften es nicht über seine Lippen. Endlich war der Moment gekommen, auf den er sein ganzes Leben gewartet hatte, der ihm vorherbestimmt gewesen war.

Und Jude fühlte sich kein bisschen anders als zuvor.

Das ist alles, begriff er. *Mehr wirst du nicht bekommen.*

Er hatte geglaubt, sobald er in das Antlitz des Propheten blicken würde, würde ihn all das erfüllen, was ihm gefehlt hatte. Aber das war die Illusion eines Kindes gewesen. Eines Kindes, das zum Himmel aufgeblickt und geglaubt hatte, die Sterne würden nur für ihn funkeln.

Nun war er ein erwachsener Mann, der die Wahrheit erkannte. Das ihm bestimmte Schicksal war eingetroffen und es scherte sich nicht darum, ob er dafür bereit war oder nicht.

Kapitel 14

Hassan

Im Tempel herrschte vollkommene Stille. In Hassans Kopf hallten noch immer die Worte des Oberhaupts der Paladine wider, die allmählich zu einem unverständlichen Echo verklangen.

Es *war* unverständlich. Regelrecht absurd. Hassan hätte am liebsten laut gelacht.

»Das muss ein Irrtum sein«, begann er schließlich zu sprechen und ließ den Blick zwischen Marschall Weatherbourne und dem Akolythen hin und her wandern, als würde einer von ihnen jeden Moment zu Verstand kommen und einsehen müssen, dass das, was sie sagten, völlig ausgeschlossen war.

»Das ist kein Irrtum«, sagte Emir. »Sämtliche Zeichen weisen auf Euch.«

»Zeichen?«, sagte Hassan. »Meinst du den erleuchteten Himmel, den die Prophezeiung vorhergesagt hat?«

Hassan kannte die Geschichten über den verheißungsvoll erleuchteten Himmel bei seiner Geburt. Die Herati hatten es als Zeichen dafür gedeutet, dass aus ihm einmal ein weiser und würdiger Herrscher werden würde. Sie hatten das Ereignis fünf Tage und fünf Nächte lang gefeiert und seiner in jedem der darauffolgenden Jahre mit einem Feuerwerk gedacht.

Niemandem wäre je in den Sinn gekommen, dies könnte Teil einer Prophezeiung sein.

Hassan schüttelte den Kopf. »Ich kann nicht das einzige Kind gewesen sein, das in dieser Nacht geboren wurde.«

»Das hätte unsere Aufgabe in der Tat um einiges erleichtert«, merkte Emir mit einem kleinen Lächeln an. »Aber Ihr habt recht. Zunächst war es lediglich eine Vermutung. Doch sie genügte mir, um den jungen Prinzen von Herat im Auge zu behalten und auf ein weiteres Zeichen zu warten. Und vor zweieinhalb Wochen war es endlich so weit.«

Vor zweieinhalb Wochen. Hassan schauderte. »Du sprichst vom Umsturz. Dem Tag, an dem die Zeugen Nasira eingenommen haben.«

»Ja«, antwortete Emir. »Von da an hatte ich Gewissheit. Die Zeugen haben in Herat die Linie der Seif gebrochen und damit in eine der frühesten Prophezeiungen der Sieben Propheten eingegriffen – die Prophezeiung von Nasira.«

So lange der Leuchtturm von Nasira steht, soll die Linie der Seif herrschen. Hassan berührte flüchtig den Kompass in seiner Tasche. Das waren die Worte, die ihm die Richtung wiesen, die Prophezeiung, die seinen Platz in der Thronfolge sicherte.

»Aber eine einmal gemachte Prophezeiung kann doch nicht wieder zurückgenommen werden, oder?«, sagte Hassan unsicher.

»Dazu ist es bisher noch nie gekommen«, antwortete Marschall Weatherbourne. »Dergleichen wurde aber auch noch nie von den Propheten vorhergesagt. Die Ordensgelehrten haben die Aufzeichnungen aller Prophezeiungen, die jemals gemacht wurden, durchforstet und nicht eine gefunden, die sich nicht erfüllt hätte. Die Prophezeiung zu Eurer Familie ist die erste und einzige, die davon abweicht – das zweite Zeichen dafür, dass Ihr der Letzte Prophet seid. *Ein altes Versprechen wird gebrochen.*«

»Aber *ich* habe nichts getan, um es zu brechen. Der Hierophant ist dafür verantwortlich!«

»In Nasiras Prophezeiung geht es um das Schicksal Eurer Familie«, sagte Emir. »Somit ist es ein Eingriff in den Lauf Eures Schicksals.«

Hassan schluckte. »Es gibt also zwei Zeichen, die auf mich hindeuten, aber was ist mit dem dritten? ›Ein Thronfolger mit gesegneter Weitsicht‹? Der Prophet soll die Gabe des Sehens besitzen. Ich dagegen besitze keine einzige der Vier Inneren Gaben.«

Jetzt werden sie es endlich begreifen, dachte er.

»Ihr seid ein Thronfolger«, entgegnete Emir unbeirrt. »Und Ihr seid erst sechzehn. Eure Gabe hat noch genügend Zeit, sich zu offenbaren.«

Hassan wurde es eng um die Brust. Er hatte viele Jahre gebraucht, bis es ihm gelungen war, diese Hoffnung aus seinem Herzen zu verbannen. Es war reines Wunschdenken. Er war es leid, das Unmögliche zu hoffen.

»Mein Vater«, sagte Hassan, »war zwölf, als er Schlösser konstruiert hat, die sich durch den Klang einer Stimme öffnen ließen, und eine Uhr, die das Wetter vorhersagte. Meine Mutter war neun, als sie entdeckte, dass sie einen Mann in die Luft stemmen konnte, der dreimal so schwer war wie sie. Es ist zu spät für mich.«

»Das glaube ich nicht«, sagte die Paladinwächterin mit den kupferroten Haaren. »Gerade die Gabe des Sehens offenbart sich oft später als die anderen Gaben.«

Es war wahr, Hassan hatte selbst oft darüber nachgedacht und sich eine Zeit lang damit getröstet, dass die Gabe des Sehens einfach schwieriger zu entdecken war, was die Wahrscheinlichkeit erhöhte, dass sie länger unbemerkt blieb. Aber vielleicht steckte noch etwas anderes dahinter.

»Es gibt sogar Gelehrte, die davon überzeugt sind, dass die

Prophetin Nasira, die Gründerin Eurer Heimat, erst mit sechzehn Jahren ihre erste Vision hatte«, fügte die Paladinwächterin hinzu.

»Eure Hoheit«, ergriff Marschall Weatherbourne plötzlich wieder das Wort und sah ihn eindringlich an. »Die Akolythen unseres Ordens haben hundert Jahre lang nach dem Letzten Propheten gesucht. Auf *niemanden*, dem wir in all dieser Zeit begegnet sind, haben die Zeichen so eindeutig gepasst wie auf Euch. Wir wären niemals den ganzen Weg bis hierhergekommen, wenn wir nicht glauben würden, dass Ihr der Auserwählte seid.«

Hassan blickte in die Gesichter der anderen Paladine, in denen nicht der leiseste Zweifel zu lesen war. Unter ihrem förmlich mit Händen greifbaren Glauben gerieten seine Zweifel ins Wanken.

»Und wie geht es jetzt weiter?«, fragte er. »Was gedenkt Ihr als Nächstes zu tun?«

»Wie werden für Eure Sicherheit sorgen«, erwiderte Marschall Weatherbourne, »und darauf warten, dass Ihr die Prophezeiung erfüllt und uns einen Weg deutet, wie wir das Zeitalter der Dunkelheit aufhalten können.«

»Das Zeitalter der Dunkelheit«, sagte Hassan langsam. »Was genau hat das zu bedeuten?«

Marschall Weatherbourne warf den anderen Angehörigen der Garde einen kurzen Blick zu, bevor er antwortete. »Es bedeutet das Ende der Begnadeten.«

»Und damit die Zerstörung unserer Zivilisation«, sagte die Paladinwächterin mit den Kupferhaaren. »Auf das Verschwinden der Propheten folgten Jahrzehnte andauernde Unruhen. Verbündete Städte führten Krieg gegeneinander, die Bevölkerung wurde von Seuchen und Naturkatastrophen heimgesucht. Die Sechs Prophetischen Städte hatten auch in der Vergangenheit immer wieder mit schwierigen Zeiten zu kämpfen, wussten dank der Prophezeiungen jedoch stets, was auf sie zukommen würde. Aber ohne die Propheten verloren die Menschen die Orientierung, es gab nichts mehr, woran sie sich festhalten konnten, und die Welt geriet aus dem Gleichgewicht.«

Hassan nickte. Er hatte alles gelesen, was er über die Geschichte des vergangenen Jahrhunderts finden konnte. Selbst Herat, das zu einer der stabilsten Regionen zählte, hatte die Auswirkungen dieser Unruhen zu spüren bekommen. Zu Beginn der Regentschaft seiner Großmutter hatte das Königreich kurz vor einer Rebellion gestanden.

»Doch all das ist nichts im Vergleich dazu, was passieren wird, wenn auch die Begnadeten verschwinden«, fuhr die Paladinwächterin fort. »Dann gibt es niemanden mehr mit der Gabe des Blutes, der Kranke und Verletzte heilen kann. Niemanden mit der Gabe des Geistes, der dafür sorgt, dass die Leuchtlampen brennen, dass die Eisenbahnen rollen und Nachrichten von einer Stadt zur nächsten gesendet werden. Niemanden mit der Gabe des Herzens, der die Schwachen beschützt. Es wird Chaos herrschen, ein Chaos, das tausendmal schlimmer ist als das nach dem Verschwinden der Propheten.«

Der perfekte Zeitpunkt für einen Despoten, um die Macht an sich zu reißen. Erst recht für einen so charismatischen und scharfsinnigen Despoten wie den Hierophanten.

Hassan wurde es schwer ums Herz. »Das Ende der Begnadeten«, sagte er. »Ist das nicht genau das, was die Zeugen wollen? Heißt das, die Absichten des Hierophanten, dieser Tag der Vergeltung, wie seine Anhänger es nennen, sind nicht bloß die Hirngespinste eines Größenwahnsinnigen?«

Marschall Weatherbourne senkte den Kopf. »Ich fürchte nein. Was auch immer der Hierophant vorhat, entspricht dem, was die Propheten in ihrer letzten Prophezeiung vorausgesagt haben.«

»Aber warum seid Ihr Euch dessen so sicher?«

»Weil sie bereits angefangen hat, sich zu erfüllen«, sagte Marschall Weatherbourne. »Der Prophezeiung nach gibt es drei Vorboten, die das Zeitalter der Dunkelheit auslösen können. Einen Betrüger, die Blasse Hand des Todes und etwas, das sich aus Staub erheben wird.«

»Wir glauben, dass der Hierophant der prophezeite Betrüger ist«, sagte die Paladinwächterin. »Er hetzt seine Anhänger auf und redet ihnen ein, die Propheten wären niederträchtig gewesen und die Begnadeten müssten vernichtet werden. Die Zeugen haben in seinem Namen bereits Hunderte unfassbare Gräueltaten begangen – Heiligtümer niedergebrannt, Tempel geschändet, ja sogar begnadete Kinder getötet. Und das alles aufgrund der Lügen, die er ihnen erzählt.«

»Und die blasse Hand des Todes ...« Hassan dachte an den Vorfall, den Lethia neulich erwähnt und der die Priester und den Archon basileus in Angst und Schrecken versetzt hatte. »Sie soll auf ihren Opfern einen hellen Handabdruck hinterlassen. Dann ist sie also auch ein Teil der Prophezeiung?«

Marschall Weatherbourne nickte. »Alle diese Ereignisse sind miteinander verbunden, sind ein Beleg dafür, dass die Prophezeiung im Begriff ist, sich zu erfüllen. Einer der Vorboten wird das Zeitalter der Dunkelheit herbeiführen, oder sie führen es gemeinsam herbei.«

»Was ist mit den Zeugen?«, fragte Hassan. »Weiß der Hierophant, dass die Propheten sein Erscheinen vorausgesagt haben?«

»Nein«, antwortete Marschall Weatherbourne. »Der Orden hat absolutes Stillschweigen über die Prophezeiung gewahrt. Niemand sonst weiß, was die Propheten vor ihrem Verschwinden gesehen haben.«

In Hassan stieg wütende Fassungslosigkeit hoch. »Aber wenn Ihr gewusst habt, was geschehen würde – wenn Ihr gewusst habt, dass dieses Zeitalter der Dunkelheit kommen würde –, warum habt ihr dieses Wissen dann geheim gehalten?«

»Die damalige Hüterin der Botschaft hat es nach dem Verschwinden der Propheten so entschieden, um das Leben des Letzten Propheten zu schützen und zu verhindern, dass andere Kräfte sich auf die Suche nach ihm machen«, sagte Marschall Weatherbourne. »Deshalb musste der Inhalt der Prophezeiung so lange geheim gehalten werden, bis es dem Orden des Letzten Lichts gelingen würde, den Propheten zu finden. Euch zu finden.«

»Und jetzt, da Ihr mich gefunden habt?«

»Muss sich die Prophezeiung erfüllen.«

Hassan runzelte die Stirn. »Und was genau bedeutet das?«

»Es gibt einen Grund dafür, warum diese Prophezeiung ihre letzte ist«, sagte Marschall Weatherbourne. »Die Fähigkeit der Propheten, in die Zukunft zu blicken, reichte nur bis in unsere gegenwärtige Zeit. Für alles, was danach kommen würde, waren sie genauso mit Blindheit geschlagen wie der Rest von uns. Sie konnten das Zeitalter der Dunkelheit zwar sehen, aber nicht, wie es aufgehalten werden kann. Das könnt nur Ihr.«

Hassan dachte daran, was Khepri an seinem ersten Abend im Flüchtlingslager zu ihm gesagt hatte. Dass Prinz Hassan sein Land von den Zeugen zurückerobern würde. Er hatte in dem Moment an sich gezweifelt, und er zweifelte immer noch an sich. Er war zum Prinzen geboren, nicht zum Propheten. Wie sollte er die Welt retten, wenn er noch nicht einmal in der Lage war, sein eigenes Land zu verteidigen?

»Aber wie soll ich das sehen können?«, fragte er.

»Jeder der Propheten erhielt seine Visionen auf ganz eigene Weise«, sagte die Paladinwächterin. »Manche im Traum. Andere in einem Zustand der Trance. Die Visionen der Propheten sind selten vorhersagbar. Sie kommen, wenn die Zeit reif dafür ist – nicht früher und nicht später. Das Schicksal lässt sich nicht in die Karten schauen.«

»Das heißt, wir warten einfach ab«, sagte Hassan düster. Er hatte es satt zu warten. »Und was ist, wenn die Vision niemals kommt?«

»Sie wird kommen«, sagte Marschall Weatherbourne fest. »Ich verstehe, wie unvorbereitet Euch all das treffen muss. Besonders nachdem Ihr erst vor Kurzem aus Eurem Land fliehen musstet. Aber wir haben das Kastell von Kerameikos verlassen, um an Eurer Seite zu sein. Um Euch zu beschützen. Jeder von uns hat einen Eid geschworen, Euch zu dienen. Das ist der Grund, warum wir hier sind.«

Die Worte des Paladins weckten Hassans Unmut. Sie waren also angeblich hier, um *ihm* zu dienen – aber was war mit seinem Volk? »Und wenn ich gar nicht der Letzte Prophet wäre?«, sagte er langsam. »Würdet Ihr euch dann weiterhin in Eurem Kastell verstecken? Oder wärt Ihr trotzdem gekommen, um die Zeugen zurückzuschlagen?«

»Wir dienen dem Propheten«, war alles, was der Marschall Weatherbourne ihm zur Antwort gab.

Hassan wandte sich zum Gehen. »Ich würde jetzt gern in die Villa meiner Tante zurückkehren. Wie Ihr bereits gesagt habt, hat mich das alles ... sehr unvorbereitet getroffen.«

»Natürlich, Eure Hoheit.« Marschall Weatherbourne nickte und sah dann Emir, den Akolythen, an. »Hab Dank für alles, was du getan hast. Der Orden wird deine Dienste nicht vergessen. Wir werden uns bald wiedersehen.«

Emir neigte den Kopf, und die Garde schloss sich ihrem Anführer an, der auf die Tempeltüren zumarschierte.

»Wartet«, sagte Hassan. »Was habt Ihr vor?«

»Ihr habt gesagt, Ihr wollt in die Villa Eurer Tante zurückkehren«, antwortete Marschall Weatherbourne geduldig.

»Ja, aber ich habe drei Stadtwächter, die mich eskortieren«, entgegnete Hassan. »Es ist nicht nötig, dass Ihr mich begleitet.«

Diesmal war es an Marschall Weatherbourne, verwirrt zu sein. »Vielleicht habe ich mich nicht deutlich genug ausgedrückt, Hoheit. Ich bin der Hüter der Botschaft. Das hier ist die Garde der Paladine. Wir sind hier, um Euch zu beschützen. Wir gehen dorthin, wo Ihr hingeht.«

Hassan starrte ihn einen Moment lang schweigend an und begann endlich zu begreifen. Es war erst eine Stunde vergangen, seit ihn die Angehörigen eines Ordens in den Tempel von Pallas bestellt hatten, der ein Jahrhundert lang einfach so, ohne dass irgendjemand den Grund dafür gekannt hätte, wie vom Erdboden verschluckt gewesen war. Und plötzlich war er nicht länger Hassan Seif, Kronprinz von Herat. Er war Hassan Seif, Heilsträger einer geheimen Prophezeiung.

Die letzte und einzige Hoffnung, das Zeitalter der Dunkelheit aufzuhalten.

Kapitel 15

Anton

Die Nachricht forderte Illya auf, Anton um Mitternacht im Tar-seistempel zu treffen. Ephyra hatte sie in Antons Kammer im Ha-fenviertel hinterlassen. Sie wussten, dass die Mietskaserne immer noch von den Männern beobachtet wurde, die Illya angeheuert hatte, es konnte also nicht lange dauern, bis jemand die Nachricht fand.

Nun mussten sie nur noch warten.

Anton und Ephyra standen Schulter an Schulter in dem in Dun-kelheit gehüllten Tempel. Die Nacht hatte sich wie ein Schleier über die Stadt gelegt, und Anton kam es vor, als würde die Stille ihn er-sticken.

Sie hatten sich für den Tarseistempel entschieden, weil er mitten in der Oberstadt lag. Damit war zwar ein gewisses Risiko verbun-den, schließlich gingen die Fußsoldaten der Stadtwache hier jede Nacht regelmäßig Patrouillen, gleichzeitig verringerte sich dadurch jedoch die Gefahr, dass Illya seine Söldner mitbringen und sie in einen Hinterhalt locken würde. Den Wächtern würde es nicht ent-gehen, wenn ein halbes Dutzend bewaffneter Schwertkämpfer die nähere Umgebung des Tempels durchstreifte. Da Anton sich aber bestens in den kleinen Gassen der Stadt auskannte und Ephyra

190

wiederum mit den Routen der Wächter, würde es ihnen leichtfallen, sich nicht erwischen zu lassen.

»Wenn du das normalerweise machst ... Ich meine, wenn du jemanden als die Blasse Hand tötest ... wie genau gehst du dann vor?«, flüsterte Anton in die Stille des Tempels.

»Ich kundschafte vorher den Ort aus. Verschaffe mir Zugang. Vergewissere mich, dass das Opfer allein ist.« Ephyras schmales Lächeln war im Dunkeln eher zu erahnen als zu sehen, was es nur umso unheimlicher machte. »Dann erkläre ich dem armseligen Bastard, warum ich gekommen bin.«

»Du sprichst mit ihnen?«

»Jeder sollte Gelegenheit haben, ein paar letzte Worte zu sprechen.«

»Und was sagen sie so?«, fragte Anton, von einer plötzlichen morbiden Neugier gepackt.

»Das wirst du schon sehr bald selbst herausfinden«, erwiderte sie, bevor sie sich tiefer in die Schatten zurückzog.

Anton spürte seinen Bruder, bevor er ihn sah. Das leise Summen seines *Esha* klackerte durch ihn hindurch wie ein aufeinanderschlagendes Gebiss. Er blickte zum Eingang des Tempels. In dem Säulenvorbau stand der Mensch, von dem er die letzten fünf Jahre jeden Tag gebetet hatte, ihn nie wiederzusehen.

Mondlicht fiel auf eine breite, blasse Stirn. Goldbraune Augen spähten entlang einer geraden Nase, die seiner glich. Anton würde dieses Gesicht an jedem Ort dieser Welt erkennen, obwohl er so viel Zeit damit verbracht hatte, es aus seinem Kopf zu verbannen.

»Bruder«, sagte Illya. Der Klang seiner Stimme ließ Anton das Blut in den Adern gefrieren. »Es ist lange her.«

Als Anton ihn das letzte Mal gesehen hatte, hatten sie beide zerrissene Lumpen getragen, hatten immerzu gefroren und vor Dreck gestarrt. Jetzt sah Illya wie einer der Gäste aus, die Anton in den

Gärten von Thalassa bediente. Anton zweifelte nicht daran, dass der Mann vor ihm die Mittel besaß, einen Orakeldienst zu beauftragen und sich einen Trupp Söldner zuzulegen.

»Nicht lange genug«, entgegnete Anton. »Ich habe gehört, du bist auf der Suche nach mir. Warum?«

»Ich wollte mich vergewissern, dass du wohlauf bist«, antwortete Illya ohne das leiseste Zögern.

»Wohlauf?«, echote Anton fassungslos. »Darum hast du dich doch sonst nie geschert. Ich habe nicht vergessen, was du mir antun wolltest.«

»Ich habe mich geändert«, sagte Illya. Das Geräusch seiner schweren Stiefel auf dem Steinboden hallte von den Wänden des Tempels wider, als er näher trat. »Wenn ich auf das grausame, von Zorn getriebene Monster zurückblicke, das dir so viel Leid zugefügt hat, weiß ich nicht mehr, wer das gewesen ist. Seit du weggegangen bist, wünsche ich mir nichts mehr, als dich zu finden und dir zu sagen, wie leid es mir tut, was ich dir angetan habe.«

Zum ersten Mal kam es Anton in den Sinn, sich zu fragen, wie es Illya in den Jahren seit dem Vorfall auf dem See ergangen war. Ob der Mann, der nun vor ihm stand, wirklich ein anderer war als der Junge, der er einmal gewesen war. Er sah mit Sicherheit ganz anders aus in seinem feinen grauen endarrischen Mantel und seinen glänzenden Stiefeln. Aber unter der edlen Kleidung verbarg sich noch etwas anderes, etwas Vertrautes. Ein Hunger in seinen Augen, eine Verzweiflung, die Anton nur sah, weil er ihn so gut kannte.

»Was du mir angetan hast«, sagte Anton. »Du hast mich *gequält*. Du hast gesagt, du würdest mich töten. Du ...« Er verstummte. Es gab keine Worte für das Grauen, das er durchlebt hatte.

Illya wurde blass. »Ich war noch ein Kind.«

»Ich auch.«

Illya senkte den Kopf, sodass Anton sein Gesicht nicht sehen konnte, als er sagte: »Es gibt keine Vergebung für das, was ich getan habe. Das ist mir klar. Aber ich habe auch gelitten. Du weißt nicht, wie es sich angefühlt hat, genau wie unser Vater der ungewollte, nutzlose Sohn zu sein. Nichts wert, weil ich der war, der ich war. Oder genauer gesagt *nicht* war. Während du der Auserkorene warst, dazu bestimmt, unsere Familie aus dem Elend zu befreien und uns wieder Ruhm und Ehre zu verleihen.«

Illya war beiseitegeschoben worden, war der unbegnadete Erstgeborene gewesen, der im Schatten seines jüngeren Bruders lebte.

»Ich habe mir das nicht ausgesucht«, sagte Anton. »Nacht für Nacht habe ich mir gewünscht, mir würde jemand meine Gabe nehmen, damit Großmutter mich in Ruhe lässt. Damit du aufhörst, mich zu hassen.«

Über Illyas Gesicht huschte ein Ausdruck, der fast etwas Reuevolles hatte und Anton einen Moment lang verunsicherte. Konnte jemand, der so grausam war wie sein Bruder, wirklich aufrichtige Reue empfinden?

Anton würde nicht darauf hereinfallen. Illya mochte einen Weg gefunden haben, sich aus der Trostlosigkeit ihrer Kindheit zu befreien, die Welt zu täuschen, damit er bekam, was er wollte, so wie er Anton so viele Male getäuscht hatte. Aber das war nichts weiter als kluges Kalkül. Das Monster war vielleicht in einen Käfig gesperrt worden, aber es war immer noch quicklebendig.

»Es ist wahr«, sprach Illya weiter, nachdem sie einen Moment geschwiegen hatten. »Ich habe dich gehasst. Aber sobald du weg warst, verstand ich, dass nicht du es gewesen bist, den ich gehasst habe. Ich habe die beiden gehasst. Nachdem du fortgegangen bist, habe ich ebenfalls alles hinter mir gelassen. Ich habe nie zurückgeschaut. Vater hat sich vermutlich zu Tode getrunken, und was unsere Großmutter betrifft ... nun, wenn man zum Überleben nichts

193

weiter braucht als Boshaftigkeit, ist sie wohl immer noch genau dort, wo wir sie zurückgelassen haben.«

Wenn Anton in Gedanken weit genug in die Vergangenheit zurückging, erinnerte er sich an eine Zeit, in der Illya und er in dem harten, kalten Leben ihres Zuhauses zusammengehalten hatten. Seite an Seite gegen ihren betrunkenen, nichtsnutzigen Vater und ihre kaltherzige Großmutter, eine Frau, der es so sehr an Güte und Liebenswürdigkeit fehlte, dass ein Wolf neben ihr geradezu fürsorglich wirkte. Anton konnte sich noch genau an den Tag erinnern, an dem alles anders wurde. Illya hatte sich während eines Sturms verlaufen. Und als es endlich zu schneien aufhörte, hatte Anton ihre Großmutter auf direktem Weg zu ihm geführt, gelenkt von Illyas *Esha.*

Am nächsten Tag hatte Illya Anton den Arm auf den Rücken gedreht, bis er zu weinen anfing. Von da an hatte es keinen Zweifel mehr gegeben – Anton hatte seinen einzigen Verbündeten verloren. Seine einzige wahre Familie.

»Ich bin abgehauen, genau wie du«, sagte Illya leise. »Zuerst ging ich nach Osgard, dann nach Endarrion. Ich suchte nach einem Ort, an dem ich mehr sein konnte als der ungewollte Sohn. Es hat eine Weile gedauert, aber … irgendwann habe ich verstanden, wie sehr ich mich verrannt hatte. Dass ich mich von Neid und Eifersucht habe zerfressen lassen.«

»Du willst, dass ich dir vergebe?«, sagte Anton. »Du willst, dass ich dir glaube, du hättest dich geändert? Du willst dich von den Grausamkeiten reinwaschen, die du mir angetan hast? Das wird *niemals* passieren. Ich kann es nämlich nicht.«

Illyas goldbraune Augen verdunkelten sich. »Anton, ich … ich weiß, wie grausam ich war. Ich habe dir wehgetan. Ich wollte, dass du leidest. Aber was ich zu dir gesagt habe, womit ich dir gedroht habe … ich hätte dich nie getötet. Niemals.«

»Du lügst.« Anton ballte die Hände zu Fäusten.

»Anton, ich schwöre ...«

»Du hast versucht, mich zu ertränken!«, schrie Anton. »Du hast mich zu diesem zugefrorenen See geführt, und als das Eis unter mir eingebrochen ist, hast du mich unter Wasser gedrückt.«

Auf Illyas Gesicht machte sich Verblüffung breit. »Du glaubst, ich hätte dich ...?«, begann er, dann schüttelte er bekümmert den Kopf. »So war es nicht. An diesem Tag auf dem See habe ich dich *gerettet*. Du bist eingebrochen und ich habe dich aus dem eiskalten Wasser gezogen. Ich dachte ... du hast nicht mehr geatmet. Deine Haut war blau angelaufen. Aber dann hast du gehustet und nach Luft gerungen, und das war der Moment, in dem ich wusste, dass ich dich von nun an beschützen musste. Dass ich der Bruder sein musste, der ich immer hätte sein sollen. Aber du bist weggegangen, bevor ich es dir beweisen konnte.«

»Hör auf damit«, sagte Anton. »Ich will deine Lügen nicht hören.«

»Ich lüge nicht, Anton.«

»Hör auf damit!«, schrie Anton und hörte gleichzeitig den Schrei seines elfjährigen Ichs, als sein Bruder ihn unter das Wasser, unter das Eis drückte.

Hör auf damit! Illyas Stimme hallte durch Antons Kopf, scharf und voller Entsetzen, wie das Klackern seines *Esha*, als Antons Lungen sich zusammenzogen, als seine Sicht sich verdunkelte. *Bitte!*

Nein. Es war Anton, der flehte, Anton, der erbärmlich winselte und bettelte. Der sich nichts mehr wünschte, als das Illya ihn losließ, der frei sein wollte, der auf den Grund des eiskalten Wassers sinken wollte.

Nein.

Er wollte in Sicherheit sein. Und um in Sicherheit zu sein, musste Illya weg sein. Es genügte schon, vor ihm zu stehen, um ein schreckliches Chaos in seinem Kopf ausbrechen zu lassen. Er musste dafür sorgen, dass das aufhörte.

»Ach Anton«, sagte Illya. In seinem Blick lag Mitleid. »Du weißt immer noch nicht, wovor du davonläufst, oder?«

Kapitel 16

Ephyra

Ephyra sah, wie Anton in der Mitte des Tempels vor seinem Bruder auf die Knie fiel, und trat aus den Schatten hervor.

»Wer bist du?«, rief Illya, als Ephyra sich neben die zitternde Gestalt Antons kniete.

»Wir haben eine Vereinbarung«, sagte sie zu Anton. »Ein Wort von dir genügt.«

»Wer bist du?«, wiederholte Illya und fixierte sie mit seinen goldbraunen Augen.

Sie richtete sich auf und heftete ihren kältesten Blasse-Hand-Blick auf ihn. »Du hättest nicht nach ihm suchen sollen«, sagte sie. »Du hättest nicht diese Männer nach ihm schicken sollen.«

»Wovon redest du?«, sagte Illya. »Ich habe niemandem nach ihm geschickt. Ich bin hierhergekommen, um ihn zu *beschützen*.«

Ephyra hörte, wie Anton hinter ihr ein raues Lachen ausstieß. Er rappelte sich vom Boden auf. »Wovor willst du mich denn beschützen?«

Illya zog die Brauen zusammen. »Vor den Zeugen, Anton. Vor jedem, der dir wegen dem, was du bist, etwas antun würde.«

»So wie du früher?«

»Dort draußen gibt es Menschen, die noch schlimmer sind, als ich es war«, sagte Illya. In seiner Stimme lag ein kaum merkliches Zittern. »Die Zeiten haben sich geändert. Die Zeugen sind nicht mehr nur eine unbedeutende kleine Gruppe von Eiferern. Die Menschen haben angefangen ihnen zuzuhören und ihre Botschaft zu glauben. Dass sie an den Begnadeten Vergeltung üben werden. Es ist ihnen gelungen, Nasira zu besetzen, und als Nächstes werden sie sich die anderen Prophetischen Städte vornehmen. Charis. Tarsepolis. Behesda. Deswegen habe ich mich auf die Suche nach dir gemacht. Um dafür zu sorgen, dass du in Sicherheit bist.«

»Ich werde nie in Sicherheit sein«, entgegnete Anton. »Nicht, solange du hier bist.«

Ephyra ließ den Blick zwischen den beiden Brüdern hin und her wandern. Sie hatte schon viele Männer wie Illya getötet. Männer, die schworen, nichts von den schrecklichen Dingen getan zu haben, die sie ihnen vorwarf. Sie wusste aber, dass sie es getan hatten. Dieser Illya Aliyev war um nichts besser. Nach allem, was Anton ihr über den See und seine Kindheit erzählt hatte, war Illya so grausam, wie es ein Mensch nur sein konnte. Er hatte den Tod genauso verdient wie alle anderen Opfer der Blassen Hand.

Aber Ephyra rührte sich nicht von der Stelle. Es war nicht so, dass sie Illya seine Reue abkaufte. Es waren nicht seine kummervoll gebeugten Schultern, die sie zurückhielten. Es war nicht die Angst in seinen Augen – es war Antons Zögern.

Du weißt immer noch nicht, wovor du davonläufst, oder?, hatte Illya gesagt.

Ephyra fragte sich, ob er recht hatte. Antons Blick, nachdem er versucht hatte, seine Gabe zu benutzen, um den Kelch aufzuspüren, die Angst, von der er heute Morgen am Hafen gesprochen hatte und von der sie sich nicht sicher war, ob sie sie wirklich verstand. Von der sie glaubte, dass noch nicht einmal Anton selbst sie wirklich verstand.

Plötzlich drang das Geräusch sich eilig nähernder, schwerer Stiefelschritte in den Tempel.

»Die Stadtwächter«, zischte Ephyra.

Antons Augen weiteten sich. »Aber hast du nicht gesagt, dass sie erst in einer Stunde wieder hier vorbeikommen?« Er wirbelte zu seinem Bruder herum. »Hast du sie hierhergeführt?«

»Warum hätte ich das tun sollen?«, erwiderte Illya, dessen Augen sich ebenfalls geweitet hatten, wodurch die Ähnlichkeit zwischen ihm und Anton noch deutlicher wurde.

Ein geisterhaftes Licht zuckte vor dem Tempel hin und her.

Ephyra warf Illya einen Blick zu und war hin- und hergerissen. Wenn sie ihn jetzt gehen ließen, würden sie keine zweite Gelegenheit bekommen. Anton würde vielleicht nie in der Lage sein, seine Gabe auszuüben. Was bedeutete, dass Ephyra den Eleasarkelch niemals finden würde.

Doch wenn sie gefasst werden würde und die Wächter sie nicht sofort töteten, sondern in die Zitadelle werfen ließen, gäbe es niemanden mehr, der Beru heilen konnte, wenn sie wieder schwächer wurde. Sie konnte ihr eigenes Leben aufs Spiel setzen, aber nicht das von Beru.

Entschlossen griff sie nach Antons Arm und zog ihn durch den Tempel auf den Säulenvorbau zu.

Ein lauter, schriller Pfiff gellte durch die Luft, gefolgt von einem blendenden Licht, das sich auf sie richtete und sie dazu brachte, mitten im Schritt innezuhalten.

»Das sind Tempelplünderer!«

»Bleibt, wo ihr seid, elendes Diebespack!«

Ephyra hielt sich schützend die Hand vor die Augen und sah sich um. Illya war bereits in der Dunkelheit verschwunden.

»Rührt euch nicht von der Stelle, oder ihr seid tot!«, rief einer der Wächter.

Es war ein Trupp von über zwölf Männern, die alle ihre gespannte Armbrust auf sie richteten. Zu viele, als dass Ephyra es allein mit ihnen hätte aufnehmen können, ohne das Risiko einzugehen, Unschuldige zu töten. Sie kreisten sie ein und schnitten ihnen jeden Fluchtweg ab. Das metallische Schaben von Schwertern, die aus ihren Scheiden gezogen werden, dröhnte ihr in den Ohren.

»Auf Erlass des priesterlichen Konklaves von Pallas Athos stellen wir euch unter Arrest.«

Kapitel 17

Hassan

Sobald Hassan am nächsten Morgen aufwachte, kletterte er aus seinem Bett und kleidete sich eilig an. Lethia würde sich bestimmt nicht die Gelegenheit entgehen lassen, der Paladingarde ihre großzügige Gastfreundschaft zu beweisen. Als er einen Moment später auf die Terrasse trat, bestätigte sich seine Vermutung. Auf der üppig gedeckten Frühstückstafel standen kleine Körbe, in denen sich mit Datteln und Nüssen gefülltes Gebäck türmte, Glasschälchen mit Rahm, der mit Honig beträufelt war, Krüge, die bis zum Rand mit rubinrotem Nektar gefüllt waren, und dampfende Silberkannen mit frisch aufgebrühtem Rosentee.

Die fünf Paladine, die in ihren dunkelblauen Umhängen um die Tafel standen, wirkten, als wären sie eher auf einen Kampf gefasst als auf ein morgendliches Festmahl.

Lethia saß lächelnd am Kopf der Tafel, trotzdem entging Hassan nicht der leicht missbilligende Zug um ihren Mund, mit dem sie ihren Unmut über seine Unpünktlichkeit zum Ausdruck brachte. Als er gestern Abend in Begleitung der Paladingarde zur Villa zurückgekehrt war, hatte sie diese höflich und zuvorkommend, aber auch sichtlich erstaunt willkommen geheißen. Die Garde hatte zurückhaltend auf seinen Wunsch reagiert, Lethia alles zu erzählen, was er im Tempel erfahren hatte, aber er hatte darauf bestanden. Seine Tante sorgte seit zweieinhalb Wochen für seine Sicherheit und hielt seine Anwesenheit in der Stadt geheim. Er war überzeugt, dass sie auch dieses Geheimnis für sich behalten würde.

Vor den Paladinen hatte sie bei seinem Bericht nicht die leiseste Irritation erkennen lassen, aber Hassan hatte ihr ihre Zweifel angesehen. Und sie nur allzu gut nachvollziehen können.

»Guten Morgen, Eure Hoheit«, begrüßte ihn die Paladinwächterin mit den kupferroten Haaren, als er sich ans andere Ende der Tafel setzte.

»Guten Morgen«, sagte Hassan in die Runde. Es dauerte einen Moment, bis ihm auffiel, dass Marschall Weatherbourne fehlte.

»Marschall Weatherbourne lässt sich entschuldigen«, sagte die Frau, als hätte sie seine Gedanken gelesen. »Der Hauptmann der Stadtwache hat ihn um ein Gespräch in der Zitadelle ersucht. Ich übernehme die Verantwortung für Eure Sicherheit, bis er und Navarro zurück sind.«

»Ich danke Euch ...«

»Penrose«, sagte sie mit einem kurzen Lächeln.

Penrose. Er wiederholte den Namen in Gedanken, um ihn sich einzuprägen.

Nach einer eher schleppenden Unterhaltung während des Frühstücks schlug Lethia ihm vor, den Paladinen eine Führung durch den Garten zu geben. Hassan hatte eigentlich vorgehabt, sich in die Bibliothek zurückzuziehen und alles über den Orden zu lesen, was er finden konnte, kam dann aber zu dem Schluss, dass die Paladine seinen Wissensdurst wahrscheinlich am besten selbst stillen konnten.

»Ihr lebt also alle im Kastell von Kerameikos?«, fragte er, als sie im Garten das Wasserspiel einer der Springbrunnen betrachteten. »Wie ist es dort?«

»Ruhiger«, antwortete der Schwertkämpfer namens Petrossian. Er schien der Älteste in der Garde zu sein und hatte offenbar nicht viel für oberflächliches Geplänkel übrig.

»Kälter«, fügte Osei, ein Hüne, dessen Haut so dunkel wie schwarze Tinte war, hinzu.

Hassan hörte ein leises Prusten und stellte überrascht fest, dass es von den beiden groß gewachsenen, blasshäutigen Paladinen kam, die während des Frühstücks auffallend still gewesen waren. Penrose hatte sie als Annuka und Yarik vorgestellt.

»Wüstenbewohner«, sagte Annuka und deutete mit dem Kopf auf Osei. »Sind in der Kälte zu nichts zu gebrauchen.«

Osei grinste. Den feinen Fältchen um seine dunklen Augen nach zu urteilen, lächelte er viel und gern. »Nicht alle von uns sind mit Schmelzwasser statt mit Muttermilch großgezogen worden.«

»Ihr seid aus der Inshuusteppe?«, fragte Hassan Annuka.

»Vom Stamm der Qarashi«, antwortete sie.

»Warum seid ihr von dort weggegangen?«

Ein dunkler Ausdruck huschte über Annukas Gesicht. »Das Überleben der meisten Stämme in der Inshuusteppe hängt von Wildochsen ab. Aber die Ochsen sind mittlerweile ausgestorben. Während eines besonders harten Winters haben wir die Hälfte unserer Herde verloren und wurden mehrmals von anderen Stämmen überfallen. Yarik und ich schlugen sie zwar immer wieder in die Flucht, aber das änderte nichts daran, dass unser Stamm ohne die Ochsen dem Tod geweiht war. So kam es, dass die meisten von uns sich dem Lauf des Schicksals fügten und in andere Stämme einheirateten. Als schließlich nur noch Yarik und ich übrig waren, riefen die anderen Stämme ein Janaal aus.«

Hassan erinnerte sich, schon einmal etwas von diesem von den Inshuu praktizierten Ritual des Janaal gehört zu haben, als eine Delegation der größten Inshuustämme in Nasira zu Besuch gewesen

203

war. Es war eine Art Wettkampf, bei dem die besten Krieger jedes Stammes gegeneinander antraten und der Verlierer sich dem Stamm des Siegers anschloss.

»Keinem der anderen gelang es, uns zu besiegen«, sagte Yarik. »Und am letzten Tag des Janaal trat ein neuer Gegner in den Ring. Kein Stammesangehöriger. Eine Akolythin. Sie erzählte uns vom Orden des Letzten Lichts und bot uns etwas an, wofür es sich wieder zu kämpfen lohnte. Unseren Stamm gab es nicht mehr, also haben wir nicht lange gezögert. Wir verließen die Steppe und fanden eine neue Bestimmung.«

Die Stimme der Paladinwächterin klang nüchtern, doch Hassan spürte den Schmerz hinter ihren Worten und in den angespannten Schultern ihres Bruders. Sie hatten ihren Stamm verloren und mit ihm ihren Platz in der Welt.

»Gibt es auch welche unter euch, die in Kerameikos geboren sind?«, fragte er.

Penrose schüttelte den Kopf. »Das Gelübde verbietet es den Mitgliedern des Ordens, eigene Kinder zu haben. Mit Ausnahme des Hüters, dessen Pflicht es ist, die Linie der Weatherbournes fortzusetzen.«

»Aber wie konnte der Orden dann die letzten hundert Jahre überdauern?«

»Seid Ihr immer so neugierig?«, brummte Petrossian.

»Die Krone von Herat sitzt am trefflichsten auf einem wissbegierigen Haupt«, erwiderte Hassan. »Sagen unsere Gelehrten.«

»Das ist eine kluge Frage«, sagte Penrose und warf Petrossian einen tadelnden Blick zu. »Die Größe des Ordens hat sich in der Tat verringert, aber unsere Akolythen sind über die ganze Welt verteilt und halten ständig nach neuen Anhängern Ausschau. Die meisten kommen als Kinder zu uns, so wie Osei und Navarro. Manche später, wie Yarik und Annuka.«

»Der Orden nimmt auch Kinder auf?«

»Waisen«, sagte Osei. »Aber das Gelübde legen wir erst ab, wenn wir erwachsen sind, und auch nur, wenn wir aus freien Stücken dazu bereit sind.«

»Ihr habt euch also alle freiwillig für dieses Leben entschieden«, sagte Hassan.

»Für mich ist es schon seit jeher Bestimmung gewesen«, sagte Penrose. »Die Geschichten über den Orden des Letzten Lichts haben mich von klein auf in ihren Bann gezogen. Obwohl ich wie die meisten Leute geglaubt habe, er hätte sich schon vor sehr langer Zeit aufgelöst, fühlte ich mich tief verbunden mit seinen hehren Zielen, die so weit entfernt von all dem waren, was ich als Tochter armer Bauern aus dem Umland von Endarrion kannte. Als meine Eltern entdeckten, dass ich die Gabe des Herzens besaß, verkauften sie mich an eine Frau, bei der ich die Kunst des Tanzes erlernen sollte.«

Hassan wusste, dass das Tanzen zu den einträglichsten Gewerben in Endarrion zählte, einer Stadt, in der Schönheit und Ästhetik höher geschätzt wurden als Stärke oder Gelehrtheit.

»Aber ich wollte keine Tänzerin sein. Dem Vergnügen der wohlhabenden Einwohner Endarrions zu dienen, die im Überfluss lebten, während die Bauern auf dem Land verhungerten – diese Vorstellung war mir zuwider«, fuhr Penrose fort. »Als ich in der Stadt ankam, ging ich zum Endarratempel. Ich hoffte, im Haus der Prophetin Antworten zu finden, die mir den richtigen Weg wiesen, mich meiner wahren Bestimmung zuführten. Einer der Akolythen des Tempels hörte mich beten. Er sprach mit mir und sagte, was ich mir schon mein ganzes Leben wünschte – dass der Orden des Letzten Lichts immer noch existierte und ich ihm beitreten könnte. Ich habe Endarrion noch am selben Abend verlassen.«

Allmählich begann Hassan zu verstehen, was diese Menschen, die der Paladingarde angehörten, antrieb. Jeder von ihnen schien auf die

205

eine oder andere Weise gezwungen gewesen zu sein, sein Zuhause zu verlassen. Jeder von ihnen hatte Kummer und Not durchlebt. Jeder von ihnen hatte nach einer Aufgabe und einem Platz in dieser Welt gesucht. In dieser Hinsicht unterschieden sie sich nicht wesentlich von ihm oder den Geflüchteten auf der Agora.

Penroses Augen wurden plötzlich schmal und ihr ganzer Körper spannte sich an.

In einem Wimpernschlag war Petrossian an ihrer Seite. »Ich habe es ebenfalls gehört.«

Als Hassan sich umblickte, hatten alle fünf Paladine ihre Hand am Schwert, als stünde eine unmittelbare Gefahr bevor.

Penrose gab Yarik und Annuka mit einem kaum merklichen Nicken ein Zeichen. Sie lösten sich vom Rest der Gruppe und liefen den Pfad entlang, der zurück zur Villa führte.

»Was ist passiert?«, fragte Hassan. Die drei zurückgebliebenen Paladine – Petrossian, Penrose und Osei – bildeten ein Dreieck um ihn.

»Jemand versucht sich Zugang zum Anwesen der Villa zu verschaffen«, antwortete Penrose ruhig, aber in ihrer Stimme schwang ein angespannter Unterton mit. »Nichts, worüber Ihr Euch Sorgen machen müsstet. Dafür sind wir hier.«

Hassan dachte sofort an die Zeugen. Nach dem aufsehenerregenden Einzug des Ordens in die Stadt gestern und Hassans Erscheinen im Tempel von Pallas hatten sie mehr als nur einen Grund, hier aufzutauchen.

Es vergingen ein paar unbehagliche Minuten, bis Annuka schließlich wieder am Ende des Pfads erschien.

»Was habt ihr herausgefunden?«, fragte Hassan.

Annuka richtete ihre Antwort an Penrose. »Ein Mädchen ist hier. Ich tippe auf eine Geflüchtete aus Herat. Einer der Bediensteten hat ihr den Zutritt verwehrt, worauf sie über die Mauer geklettert ist.«

Das konnte nur Khepri sein.

Penrose sah Hassan an. »Ihr wartet hier.«

Kaum hatten die Worte ihren Mund verlassen, schob Hassan sich an ihr vorbei und lief eilig den Pfad hinunter. Sollten sie doch versuchen, ihn aufzuhalten.

Als er den Innenhof erreicht hatte, entdeckte er Yariks große Gestalt neben dem Haupteingang; mit einer seiner Pranken umklammerte dieser Khepris Handgelenke.

»Lass sie los«, sagte Hassan in seinem gebieterischsten Tonfall.

»Eure Hoheit ...«

»Sofort«, unterbrach Hassan ihn und war fast ein bisschen überrascht, als Yarik tatsächlich Khepris Handgelenke losließ und widerstrebend ein paar Schritte zurücktrat.

Khepri hatte die ganze Zeit die Augen auf Hassan gerichtet. Durchdringend, verwirrend. Sie verneigte sich langsam vor ihm.

»Eure Hoheit«, sagte sie in vollkommener Ehrerbietung, aber er hätte schwören können, dass in ihrer Stimme ein herausfordernder Unterton mitschwang.

»Bitte«, sagte er. »Du musst nicht vor mir knien.«

»Ist das etwa nicht die angemessene Art für eine Untertanin Herats, ihren Prinzen zu begrüßen?«, fragte Khepri forsch, aber mit respektvoll gesenktem Blick.

Hassan spürte, wie ihm kalter Schweiß ausbrach. »Doch, natürlich.«

»Aber vielleicht gibt es noch eine andere Art, wie ich einem Prinzen Ehre erweisen sollte, der noch bis gestern behauptet hat, er würde Cirion heißen und auf die Akademie gehen.«

Diesmal war ihr Tonfall unmissverständlich. Hassan seufzte. »Es tut mir leid. Aber ich hielt es für zu gefährlich ...«

»Du hast deine wahre Identität selbst dann noch verschleiert, nachdem ich dir erzählt habe, warum ich nach Pallas Athos gekommen bin.« Khepri hob den Blick und sah ihn scharf an. »Du hast mich angelogen.«

Schamesröte kroch seinen Hals hinauf. »Es ist nie meine Absicht gewesen, dich zu täuschen.«

»Trotzdem hast du es getan.«

»Wofür ich mich nun entschuldigt habe«, erwiderte er leicht ungehalten. »Schon zwei Mal – gestern auf der Agora und gerade noch einmal. Es tut mir leid, dass ich dir nicht gleich gesagt habe, wer ich bin, aber jetzt kennst du die Wahrheit, und als Prinz von Herat verbiete ich dir, so mit mir zu sprechen.«

»Ich brauche keine Entschuldigung«, sagte Khepri. »Und ich spreche mit dir, wie es mir gefällt.«

Er musterte sie mit zusammengekniffenen Augen, während die Paladine mit so synchronen Bewegungen auf sie zutraten, als wären sie ein einziger Körper.

»Nein.« Hassan hob die Hand. »Sie soll sprechen.«

Khepris Wangen und Hals färbten sich zartrosa, aber sie fuhr fort.

»Ich habe etliche Male mein Leben riskiert und ich habe das Meer überquert, um hierherzukommen. Weil ich wissen möchte, wissen *muss*, wie wir Herat von den Zeugen zurückerobern können. Ich bin hierhergekommen, um für mein Land zu kämpfen. Ich dachte, du wolltest dasselbe.«

Hassan zuckte zusammen, als hätte sie ihn geohrfeigt. »Das *will* ich auch. Mehr als irgendetwas sonst. Aber die Zeugen haben es nicht nur auf unser Land abgesehen. Es steht noch sehr viel mehr auf dem Spiel.«

»Ach ja? Du weißt nicht, wovon du redest«, sagte Khepri. »Du bist nicht dabei gewesen, als die Zeugen die Stadt eingenommen haben. Du weißt nicht, was sie uns angetan haben.«

Die Worte legten sich wie eine Schlinge um seinen Hals und schnürten ihm die Kehle zu. Seit dem Umsturz wurde er jeden Tag von der Frage gequält, was der Hierophant seinen Eltern und allen anderen, die sich in seiner Gewalt befanden, angetan hatte. »Wovon redest du?«

»Begleite mich ins Lager zurück. Ich möchte dir etwas zeigen«, sagte Khepri. »Wenn du danach immer noch glaubst, dass ich die Gefahr, die von den Zeugen ausgeht, nicht begreife, werde ich dich in Zukunft in Frieden lassen.«

Hassan wollte nicht, dass Khepri ihn in Frieden ließ. Sie war für ihn seine einzige echte Verbindung zu seinem Zuhause und … er versank einen Moment in ihren wie Zwillingssterne funkelnden Augen.

Schließlich nickte er. »Einverstanden.«

»Ohne die Paladingarde geht Ihr nirgendwohin«, warf Penrose ein.

Hassan hatte ihre Anwesenheit fast schon vergessen.

»Dann ist es also wahr.« Khepri blickte über die Schulter zu Penrose. »Es heißt, der Orden des Letzten Lichts sei nach Pallas Athos zurückgekehrt. Aber niemand kennt den Grund dafür.«

Penrose warf Hassan einen kurzen Blick zu. »Wir sind wegen der Zeugen hier«, sagte sie. »Wir beobachten den Hierophanten schon seit einer Weile und der Orden ist sehr besorgt über die Vorgänge in Nasira.«

Bei dem Wort *Zeugen* verdüsterte sich Khepris Blick. »Dann solltet ihr ebenfalls mitkommen. Was auch immer ihr über den Hierophanten gehört habt, ich versichere euch – die Wahrheit ist noch viel grausamer.«

Kapitel 18

Jude

Die Zitadelle von Pallas Athos befand sich auf einem Felsplateau, das aus der zweithöchsten Ebene der Stadt herausragte. Von hier oben konnte Jude die ganze Stadt – von den leuchtenden Kalksteingebäuden der Oberstadt bis zu den ärmeren Vierteln, die sich zwischen dem Berghang und dem Hafen drängten – überblicken.

Hector und er trafen den Hauptmann der Stadtwache im Innenhof der Zitadelle, einem großen, mit hellen Steinquadern gepflasterten Sechseck, um das sich die Hauptgebäude reihten – die Arrestzellen, die Kaserne und der Gefängnisturm.

»Zum Henker«, brummte der Hauptmann, als er auf sie zutrat. »Ich habe darum gebeten, den Hüter der Botschaft zu sprechen, und bekomme stattdessen einen Kastraten geschickt.«

Jude stieg die Hitze ins Gesicht, und er setzte zu einer Erwiderung an, um den Hauptmann zu korrigieren.

Aber Hector war schneller. »Das *ist* der Hüter der Botschaft, an Eurer Stelle würde ich also etwas mehr Respekt zeigen.«

Der Hauptmann ließ sichtlich unbeeindruckt den Blick über Jude wandern. »Ihr seid der Hüter? Tja ... wenn das so ist, stehen wir nicht länger hier herum. Ich habe schließlich nicht den ganzen Tag Zeit.« Er wandte sich um und marschierte über den Hof davon.

Jude fing Hectors Blick auf, als sie ihm folgten. Der schüttelte mit einem kleinen Lächeln den Kopf, was Jude hinsichtlich des ungehobelten Benehmens des Hauptmanns ein winziges bisschen besänftigte.

»Der Archon basileus hat mich gebeten, Euch zu treffen«, sagte der Hauptmann, als er sie entlang der Außenmauer eine Treppe hinaufführte.

»Warum hat er das nicht selbst übernommen?«, fragte Jude.

Der Hauptmann schnaubte. »Ihr werdet schon sehr bald herausfinden, dass so gut wie niemand in dieser Stadt für irgendetwas selbst den Finger rührt, es sei denn, um sich mit Huren zu betrinken.«

Jude zuckte zusammen. »Was wollt Ihr damit sagen? Diese Stadt wird vom priesterlichen Konklave regiert, einem Vorbild an Frömmigkeit und Glauben für Pallas Athos – und die ganze Welt.«

Der Hauptmann schnaubte erneut. »Vielleicht vor hundert Jahren, als diese Stadt noch einen Glauben *hatte*. Heute gibt es hier nur noch Parasiten, die ihr das Mark aussaugen.«

Jude war fassungslos über die Worte des Hauptmanns und die Ungerührtheit, mit der er sie aussprach. Wenn in dem, was er gesagt hatte, auch nur ein Funken Wahrheit steckte, war Pallas Athos weit davon entfernt, der Inbegriff von Glauben und Frömmigkeit zu sein, der diese Stadt gewesen war, als sie noch der Hauptsitz des Ordens war. Bei dem Gedanken, dass die Stadt des Glaubens eine Brutstätte für Laster und Verderbtheit geworden war, schauderte ihn. Es verstieß gegen alles, woran der Orden glaubte und was er selbst so verzweifelt aufrechtzuerhalten versuchte.

»Wie ... fühlt Ihr Euch etwa gekränkt?« Der Hauptmann warf Jude einen Blick über die Schulter zu. »Was habt Ihr denn geglaubt, was mit dieser Stadt passiert ist, nachdem der Orden sie im Stich gelassen hat? Oder habt ihr einfach alle die Augen davor verschlossen und so getan, als wären die Propheten nie verschwunden und alles wäre seitdem so geblieben, wie es war?«

»Der Orden verschließt vor nichts die Augen«, erwiderte Jude scharf.

»Mit Verlaub, Hauptmann«, ging Hector dazwischen. »Wir wissen, dass der Orden schon sehr lange nichts mehr für die Verteidigung dieser Stadt getan hat, aber nun sind wir hier.«

Dankbarkeit durchströmte Jude für Hectors wohlgesetzte Worte.

»Und was genau bedeutet das?«, fragte der Hauptmann. »Wollt ihr, dass Pallas Athos wieder so wird, wie es war? Dafür ist es zu spät. Als ihr Euch aus dem Staub gemacht habt, gab es in dieser Stadt niemanden mehr, der für ihre Einwohner eingestanden ist. Die Priester scheren sich nicht darum, was hier vor sich geht, solange sie weiterhin tun und lassen können, wonach ihnen ihr lasterhafter Sinn steht. Man hat es den Stadtwächtern übertragen, für Recht und Ordnung zu sorgen, aber wir sind nicht begnadet so wie Ihr.«

Zum ersten Mal in seinem Leben fragte Jude sich, ob seine Vorgänger einen Fehler begangen hatten. Die Paladine waren die Diener der Propheten und hatten die Stadt verlassen, um ihr letztes Geheimnis zu wahren. Aber was, wenn sie damit die Untertanen der Propheten im Stich gelassen hatten, als diese sie am meisten gebraucht hätten? Läge es dann nicht in ihrer Verantwortung, was aus der Stadt des Glaubens geworden war?

»Aber damit nicht genug«, fuhr der Hauptmann fort und nickte zwei an ihnen vorbeieilenden Wächtern zu. »Seit die Blasse Hand hier ihr Unwesen treibt, müssen wir auch noch verstärkt Patrouillen in der Oberstadt gehen und haben keine ruhige Minute mehr.«

»Die Blasse Hand?«, fragte Jude.

Hector, der neben ihm ging, blieb wie angewurzelt stehen.

»Genau«, erwiderte der Hauptmann, der nun ebenfalls stehen blieb und sich zu ihnen umwandte. »Letzte Woche wurde ein Pries-

212

ter umgebracht. Er hatte einen hellen Handabdruck auf seiner Kehle. Wirklich mysteriös. Unsere Männer suchen Nacht für Nacht die Stadt nach ihr ab, bisher ohne Erfolg. Und offenbar sind wir nicht die erste Stadt, die von der Blassen Hand heimgesucht wird.«

»Wir haben von den Todesfällen in anderen Städten gehört«, sagte Jude vorsichtig. »Aber uns war nicht bekannt, dass es auch hier in Pallas Athos ein Opfer gegeben hat.«

In so unmittelbarer Nähe zum Letzten Propheten.

Jude sah zu Hector, der seltsam still geworden war und seine dunklen Augen gespannt auf den Hauptmann der Stadtwache geheftet hatte.

Der Hauptmann ließ den Blick zwischen ihnen hin und her wandern. »Es überrascht mich ehrlich gesagt, dass Ihr von einer Handvoll mysteriöser Morde gehört habt, aber nichts darüber zu wissen scheint, was in dieser Stadt vor sich geht, seit Ihr sie verlassen habt.«

Jude schluckte. »Es ist möglich, dass wir nicht über sämtliche Vorkommnisse im Einzelnen unterrichtet sind«, sagte er. Was auch immer jenseits der Mauern des Kastells von Kerameikos vor sich ging, war für den Orden nur dann von Bedeutung gewesen, wenn es etwas mit dem Auffinden des Propheten zu tun hatte. Er fragte sich, was der Orden sonst noch unbeachtet gelassen hatte.

»Wie dem auch sei«, sagte der Hauptmann. »Kommen wir zum eigentlichen Grund, aus dem ich Euch hierhergebeten habe.«

»Die Priester möchten wissen, warum wir zurückgekehrt sind«, sagte Hector.

Der Hauptmann zog eine Braue hoch. »Das würde so ziemlich jeder hier gerne wissen.«

Noch durfte nicht zu viel über die letzte Prophezeiung und Prinz Hassan nach außen gelangen, weshalb Jude ihm nur die halbe Wahrheit sagte. »Der Orden ist sehr besorgt über die zunehmende Stärke und den wachsenden Einfluss des Hierophanten. Die Zeugen sind mittlerweile in fast jeder der Sechs Prophetischen Städte in großer Zahl präsent, und der Hierophant, der in der Vergangenheit lediglich eine Handvoll verzweifelter Anhänger anführte, hat in der Zwischenzeit die Hauptstadt von Herat eingenommen.«

Der Hauptmann nickte. »Das ist uns nicht entgangen. Die Zahl der Zeugen nimmt schon seit einer Weile stetig zu, aber seit der Ankunft der Flüchtlinge aus Herat kommen sie zunehmend aus der Deckung. Es ist erst wenige Wochen her, da haben sie am Rand der Oberstadt den Schrein eines Priesters niedergebrannt. Und sie haben sich auch schon bis zum Tempel von Pallas vorgewagt. Sie behaupten, der Hierophant wäre einst irgendwo Akolyth gewesen. Wisst Ihr irgendetwas darüber?«

»Das ist eine Lüge«, antwortete Jude, »die seine Anhänger glauben machen soll, er verfüge in Bezug auf die Propheten und die Begnadeten über alles Wissen. Denn so kann er ihnen weiter einreden, dass die Macht der Begnadeten die Wurzel allen Übels ist und ausgemerzt werden muss.«

»Dann ist er nichts weiter als ein Scharlatan?«, fragte der Hauptmann. »Ein Opportunist, der aus purem Machthunger Lügen verbreitet?«

Jude zögerte. »Er führt die Menschen hinters Licht, aber sein Fanatismus ist echt. Er hasst die Begnadeten zutiefst und ist bereit, alles zu tun, um sie auszulöschen.«

Der Hierophant war ein Betrüger, ein meisterhafter Rhetoriker und Lügner, dessen Ziel es war, so viele Anhänger wie möglich um sich zu scharen. Aber dem Kern seiner Lügen schien eine unerschütterliche Überzeugung zugrunde zu liegen – dass die Welt ein besserer Ort wäre, wenn es ihm gelänge, die Begnadeten auszulöschen.

»Dann ist es den Zeugen mit ihrem Gerede über diesen Tag der

Vergeltung also ernst?«, fragte der Hauptmann. »Und deswegen seid Ihr aus Eurem Versteck herausgekommen?«

Jude mahlte mit dem Kiefer. Der Orden hatte sich nicht in Kerameikos *versteckt*. Er hatte gewartet.

Bevor er sich für eine angemessene Antwort entscheiden konnte, die nicht zu viel preisgeben würde, setzte lautes Glockengeläut ein. Es folgte einem sich wiederholenden Rhythmus – einmal lang, zweimal kurz. Aus der Ferne drang das Geräusch eiliger Schritte und hektisch gebellter Befehle zu ihnen.

»Was haben diese Glocken zu bedeuten?«, rief Hector, um den Lärm zu übertönen.

»Dass einer unserer Gefangenen zu fliehen versucht«, antwortete der Hauptmann, wirkte aber nicht sonderlich alarmiert.

Jude verstand nicht, wie der Hauptmann so ruhig bleiben konnte. »Kommt so etwas oft vor?«

»Nein«, antwortete der Hauptmann. »Keine Angst. Wer innerhalb dieser Mauern zu fliehen versucht, kommt nicht weit.«

Vom Exerzierhof unter ihnen drang lautes Geschrei herauf. Als Jude hinunterschaute, sah er, wie drei schon ziemlich außer Atem wirkende Wächter eine schwarz gekleidete Gestalt verfolgten.

Ohne nachzudenken, führte Jude in schneller Abfolge zwei Koahs aus und sprang von den Stufen auf den Platz hinunter. Aus dem Augenwinkel sah er, dass Hector es ihm gleichtat.

Jude sprintete zum Rand des Hofs, um dem Flüchtigen den Weg abzuschneiden. Ihm fiel erst einen Augenblick später auf, dass es ein Mädchen war, das seinem Aussehen nach aus dem Ödland im Osten des Pelagos stammte. Auf ihrem Gesicht lag ein entschlossener Ausdruck, und als sie ihn entdeckte, scherte sie aus und rannte hinter einen Ständer mit hölzernen Übungsschwertern.

Bevor Jude Zeit zu reagieren hatte, hatte Hector schon einen Satz gemacht und kam direkt vor dem Mädchen wieder auf dem Boden

215

auf, das sich jedoch nicht länger mit dem eben gescheiterten Plan aufhielt, sondern stattdessen versuchte, über eine niedrige Mauer zu springen, die den Platz säumte.

Aber Hector war schneller. Bevor sie auch nur einen Fuß auf die Mauer stellen konnte, hatte er sie am Arm gepackt und riss sie zurück. Sie wehrte sich mit aller Kraft gegen seinen Griff, bis es Hector gelang, auch ihren anderen Arm zu packen und sie so zu sich umzudrehen, dass sie sich gegenüberstanden.

Jude beobachtete verwirrt und besorgt, wie Hectors Augen sich weiteten und ein fassungsloser Ausdruck über sein Gesicht huschte.

Das Mädchen nutzte den Moment seiner seltsamen Erstarrung, um sich loszureißen und an ihm vorbei auf das Tor zuzuhetzen.

Doch sie kam nicht weit. Mittlerweile strömten von allen Seiten Stadtwächter auf den Platz und umzingelten sie. Das Mädchen wich zurück, versuchte aber nicht wirklich, sich zu wehren, als ihr die Hände auf den Rücken gebunden wurden.

»Mit einem Fluchtversuch machst du deine Lage nicht besser«, sagte der Wächter, der direkt hinter ihr stand. »Du hättest in deiner Zelle bleiben sollen.«

Der Wächter konnte ihren finsteren Blick nicht sehen, aber Jude schon.

»Legt sie in ihrer Zelle an die Kette«, rief er zwei anderen Wächtern hinterher, als sie sich daranmachten, sie vom Hof zu zerren.

Jude ging über den Platz auf Hector zu, der immer noch wie versteinert dastand, einen bestürzten Ausdruck in seinem aschfahlen Gesicht.

»Hector?« Jude musterte seinen Freund besorgt. »Was ist mit dir?«

»Diese Gefangene«, sagte Hector, aber er richtete die Worte nicht an Jude, sondern an den Hauptmann der Stadtwache, der ihnen mittlerweile gefolgt war. »Wer ist sie?«

Der Hauptmann schüttelte den Kopf. »Das wissen wir nicht genau. Die Patrouille hat sie im Tarseistempel aufgegriffen. Sie und noch einen weiteren Übeltäter. Wir glauben, dass sie versucht haben, ihn zu plündern.«

Die Stadtwächter hatten das Mädchen mittlerweile abgeführt, aber Hectors Blick war noch immer auf das Tor gerichtet, durch das sie mit ihr verschwunden waren.

»Hector«, raunte Jude. »Was geht hier vor?«

»Das ist keine Tempelplünderin«, sagte Hector. »Das ist die Blasse Hand.«

»Was?« Der Hauptmann schüttelte ungläubig den Kopf. »Das ist ausgeschlossen. Ich habe Euch doch gesagt, dass meine Männer seit dem Mord an dem Priester Nacht für Nacht jeden Winkel in dieser Stadt nach der Blassen Hand absuchen.«

»Nun, sieht ganz so aus, als hätten sie sie gefunden.«

Der Hauptmann zog seine buschigen Brauen zusammen. Er sah so verwirrt aus, wie Jude sich fühlte.

Aber Hector war nicht davon abzubringen. »Lasst mich mit ihr sprechen, dann beweise ich es.«

Der Blick des Hauptmanns wanderte zu Jude, als wollte er zuerst abwarten, was er dazu zu sagen hatte. Als Jude schwieg, atmete er tief durch, murmelte: »Ich werde sehen, was ich tun kann«, und marschierte davon.

Sobald sie allein waren, wandte Jude sich wieder Hector zu. »Jetzt rede endlich. Was hat das alles zu bedeuten?«

»Sie ist die Blasse Hand, Jude. Ich weiß es.«

»Woher willst du das so genau wissen?«, fragte Jude.

»Weil ich sie schon einmal gesehen habe«, antwortete Hector.

»Was?«, sagte Jude. Das konnte nicht sein. »Wovon sprichst du?«

»Ich habe die Blasse Hand gesehen«, wiederholte Hector. »Vor fünf Jahren.«

217

Vor fünf Jahren. Kurz bevor Hector von den Akolythen des Ordens im Kerictempel gefunden worden war. Kurz bevor Hectors Eltern gestorben waren.

Jude trat einen Schritt zurück, ein kalter Schauer lief ihm über den Rücken. »Deine Eltern …«

»Ich erinnere mich noch genau an den Handabdruck, den sie auf der Brust meines Vaters hinterlassen hat«, sagte Hector mit gequältem Blick. »Ich sehe ihn immer noch vor mir, wenn ich nachts wach liege.«

Jude wusste, dass Hector eine Waise war, aber sie hatten nie über die Zeit gesprochen, bevor er nach Kerameikos gekommen war.

»Warum hast du mir nie etwas davon gesagt?«, fragte Jude. »In all den Jahren, die wir gemeinsam in Kerameikos verbracht haben, hast du mir nie erzählt, wie deine Eltern gestorben sind.«

Zu Beginn ihrer Freundschaft hatte Jude ihn immer wieder vorsichtig darauf angesprochen, weil er geglaubt hatte, ihm vielleicht ein bisschen Trost spenden zu können. Aber jedes Mal, wenn Jude von seiner Vergangenheit angefangen hatte, hatte Hector verschlossen reagiert und war kühl und distanziert geworden. Bis Jude es irgendwann aufgegeben hatte.

Hector senkte den Blick. »Ich … ich wusste nicht, wie.«

»Aber du hast all die Zeit gewusst, wer die Blasse Hand ist?«, sagte Jude. »Und es … vor dem Orden geheim gehalten?«

»So war es nicht«, sagte Hector. »Als meine Eltern starben, wusste ich noch nichts von der Prophezeiung. Selbst nachdem ich nach Kerameikos gekommen war, wusste ich nicht, dass die Blasse Hand etwas damit zu tun hat. Das änderte sich erst, als du dein Jahr der inneren Betrachtung begonnen hast und ich achtzehn wurde.«

Natürlich. Als Nachkomme des Hüters der Botschaft war er schon seit seiner Kindheit mit dem Inhalt der letzten Prophezeiung vertraut. Die anderen Paladinanwärter, die wie Hector in Kerameikos aufgezogen wurden, wurden erst eingeweiht, wenn sie ihre Mündigkeit erreichten. Hector kannte den genauen Wortlaut der Prophezeiung also erst, seit Jude sein Jahr der inneren Betrachtung angetreten hatte. War das der Grund dafür gewesen, warum er den Orden verlassen hatte?

»Und du bist dir sicher«, begann Jude, »dass dieses Mädchen, das du zuletzt vor fünf Jahren gesehen hast, wirklich diese ... Gefangene ist? Du hast sie nur einen Moment lang gesehen.«

»Jude«, sagte Hector und sah ihm fest in die Augen. »Sie ist es.«

Die blasse Hand des Todes bringt die Frevler zu Fall. Die zweite Vorbotin des Zeitalters der Dunkelheit. Hier, in derselben Stadt wie der Letzte Prophet.

»Gut«, sagte Jude. »Dann sprechen wir mit ihr und finden die Wahrheit heraus.«

Hector nickte und trat an ihm vorbei auf das Tor zu, durch das die Wächter das Mädchen abgeführt hatten. Jude zögerte. Er fragte sich, ob Hector sich nicht zu viel zumutete. Wenn er recht hatte, würde er gleich der Mörderin seiner Eltern gegenübertreten. Sollte er nicht erst einmal versuchen, ohne Hector mit ihr zu sprechen?

Doch schließlich schüttelte er seine Zweifel ab und folgte ihm. Hector hatte einen Eid abgelegt, denselben wie Jude. Er war der Prophezeiung verpflichtet. Dem Letzten Propheten. Ganz gleich, was für Gefühle er sonst noch hegte, er würde sie beiseiteschieben müssen.

Kapitel 19

Ephyra

Das mechanische Ächzen des von begnadeten Konstrukteuren gefertigten Aufzugs durchbrach die beklemmende Stille in Ephyras
Zelle.

Seit ihrem Fluchtversuch war ungefähr eine Stunde vergangen.
Ihrem *ersten* Fluchtversuch. Sie hatte nämlich nicht vor, schon aufzugeben. Auch wenn ihr anfängliches Scheitern ihre Aufgabe
schwieriger gestalten würde – sie war von den Arrestzellen in den
Gefängnisturm verlegt worden. Der einzige Weg nach draußen
führte über den Aufzug in der Mitte des Turms. Das stellte eindeutig ein Problem dar. Genau wie die Ketten um ihre Handgelenke.

Das Ächzen des Aufzugs verstummte und wurde von schweren
Stiefelschritten abgelöst, die kurz vor der zu den zwölf Zellen führenden Gittertür zum Stehen kamen, bevor sie ihren Marsch fortsetzten. Einen Augenblick später hielten die Schritte vor ihrer Zelle
inne und ihre Tür öffnete sich mit einem rasselnden Geräusch. Es
klang wie der letzte Atemzug eines Sterbenden. Statt der weiß-
blauen Uniform der Stadtwächter trugen die beiden eintretenden
Männer Wendelringe um ihren Hals und dunkelblaue Umhänge,
die mit einer Gewandspange an ihrer Schulter befestigt waren – einem siebenzackigen Stern, der von einer Klinge durchbohrt wurde.

Sie hatte dieses Symbol schon einmal gesehen – genauer gesagt, gestern. Diese Männer waren auf dem Schiff mit den silbernen Segeln im Hafen eingelaufen. Sie mussten dem Orden des Letzten Lichts angehören.

Nun standen sie in ihrer Zelle und musterten sie finster. Ephyra erwiderte ihren Blick genauso finster.

»Letzte Woche ist in dieser Stadt ein Priester gestorben«, begann der Mann direkt neben ihr zu sprechen. Er hatte grüne Augen und ein Grübchen im Kinn. »Der Wächter, der seinen Leichnam gesehen hat, sagte, er hätte einen hellen Handabdruck auf seiner Kehle gehabt. Weißt du irgendetwas darüber?«

Ephyras Herz begann gegen ihren Brustkorb zu hämmern. Es gelang ihr nur mit Mühe, ihr Entsetzen zu verbergen. Die Stadtwächter hatten ihr lediglich Tempelplünderung vorgeworfen – sie hatten nichts von der Blassen Hand gesagt. Konnte es sein, dass diese beiden Schwertkämpfer wussten, wer sich dahinter verbarg?

Sie zwang sich zu lachen. »Zuerst beschuldigt man mich, einen Tempel geplündert zu haben, und jetzt habe ich angeblich auch noch einen Priester auf dem Gewissen? Was werdet Ihr mir als Nächstes vorwerfen? Dass ich den Sohn des Archons entführt habe?«

Der andere Schwertkämpfer, der mit den durchdringenden dunklen Augen, der sie auf dem Exerzierhof gestellt hatte, trat unvermittelt auf sie zu. »Sag uns, was du in Pallas Athos zu suchen hast.«

Ein seltsam vertrautes Gefühl versetzte ihr einen Stich. »Was habt Ihr hier zu suchen? Heißt es von Euch Paladinen nicht, Ihr hättet Euch nach dem Verschwinden der Propheten davongemacht oder würdet Euch irgendwo verstecken? Warum seid Ihr auf einmal wieder hier?«

»Das geht dich nichts an«, gab der Mann mit den dunklen Augen zurück.

»Nun, vielleicht gehen Euch meine Angelegenheiten genauso wenig etwas an.«

»Bei deinen *Angelegenheiten* geht es ums Töten«, zischte er. »Du
hast diesen Priester getötet und er ist nicht der Erste gewesen. Raus
damit ... wie viele Leben hat die Blasse Hand schon gefordert?«

Ephyra begegnete seinem dunklen Blick. Das vertraute Gefühl
wurde stärker.

»Du bist es wirklich.« Er schüttelte langsam den Kopf. »Nach all
den Jahren. Ich dachte, ich würde dich nie wiedersehen. Aber jetzt
stehst du tatsächlich hier vor mir.«

Er stieß ein hohles Lachen aus und Ephyra stockte der Atem.

Plötzlich wusste sie, wer er war.

Hector Navarro. Der Junge, den sie vor all den Jahren zum Wai-
senkind gemacht hatte, um Berus Leben zu retten. Sie hatte sich
immer gefragt, was aus ihm geworden war, nachdem sie ihm alles
genommen hatte, was er besaß. Nachdem sie seine Eltern und seinen Bruder getötet hatte.

»Ich habe nach dir gesucht«, sagte Hector. »Ich habe *Monate* damit verbracht, nach dir zu suchen. Und während ich die Spur jedes
Gerüchts über die Blasse Hand verfolgte, habe ich immer wieder an
diesen Moment gedacht und mich gefragt, wie es sich wohl anfühlen würde, wenn ich dir endlich gegenüberstehe.«

Der andere Paladin berührte Hector an der Schulter, einen besorgten und verwirrten Ausdruck in seinen weichen Zügen.

Hector schüttelte seine Hand ab, ohne Ephyra aus den Augen zu
lassen. »Was ist? Hast du nichts dazu zu sagen?«

Nein, hatte sie nicht. Sie hatte keine Worte dafür, wie vernichtend
es war, hier zu sitzen und ihm in die Augen sehen zu müssen. Sich
an ihn erinnern zu müssen. Von all den Leben, die sie im Laufe der
Jahre ausgelöscht hatte, waren das die einzigen, die ihr noch immer
schwer auf dem Gewissen lasteten.

»Du hast meine Familie getötet. Gib es zu!«

Ephyra wich zurück, als er sich auf sie stürzte, aber der andere Paladin hielt ihn zurück. Er musste dafür seine ganze Körperkraft einsetzen.

»Hector!« Es war ein unmissverständlicher Befehl.

Hectors Blick war weiter auf Ephyra geheftet, jeder Muskel in ihm zum Zerreißen gespannt und bereit, zuzuschlagen.

»Ich glaube, es ist besser, du gehst und wartest draußen auf mich«, sagte der andere Paladin. »Auf der Stelle.«

Hector gehorchte widerstrebend und stürmte mit einem letzten zornblitzenden Blick auf Ephyra aus der Zelle.

Als das leise Ächzen des Aufzugs ertönte, wandte sich der andere Paladin wieder Ephyra zu und musterte sie eingehend. Falls sie geglaubt hatte, dieser Schwertkämpfer sei schwächer als Hector, wurde sie nun eines Besseren belehrt. Sein Blick war hart wie Stahl.

»Stimmt es, was er gesagt hat? Hast du wirklich diese Menschen auf dem Gewissen? Bist du die Blasse Hand?«

Ephyra schwieg.

»Antworte!«

»Denkt Ihr, ich wäre immer noch hier, wenn es so wäre?«, sagte sie. »Glaubt ihr wirklich, jemand, der zu so etwas in der Lage ist ... der diese Menschen erbarmungslos getötet hat, würde auch nur einen Augenblick zögern, euch oder ein paar Wächter zu töten?«

Der Paladin presste die Lippen zu einer schmalen Linie zusammen.

»Euer Freund wirkte sehr ... aufgewühlt«, sagte Ephyra. »Vielleicht solltet Ihr lieber nach ihm sehen. Es ist ja nicht so, als könnte ich einfach so hier rausspazieren.«

Sein Blick wanderte von ihr zur Tür und heftete sich dann wieder auf sie. Er wirkte hin- und hergerissen. Schließlich drehte er sich ohne ein weiteres Wort um und folgte Hector nach draußen.

Die Tür schlug hinter ihm zu und ließ sie mit ihren eigenen Fragen zurück. Zum Beispiel der, was Hector Navarro, der jüngste Sohn der Familie, die sie vor all den Jahren getötet hatte, mit dem Orden des Letzten Lichts zu tun hatte?

Und was wollte der Orden des Letzten Lichts von *ihr*?

KAPITEL 20

HASSAN

Es war der sechste Tag in Folge, dass Hassan den Weg zur Agora zurücklegte. Aber diesmal waren es nicht Neugier oder Sehnsucht, die seine Schritte antrieben, sondern Furcht.

Dort angekommen, führte Khepri sie zu einem Zelt, wie es die Wüstennomaden benutzten, mit einer großen sechseckigen Grundfläche und einem sich nach oben immer weiter verjüngenden Dach aus geflochtenen Palmwedeln. Sie hielt die aus Flussschilfhalmen geflochtene Klappe vor dem Eingang zur Seite und bedeutete Hassan und Penrose einzutreten.

Es war dunkel und warm in dem Zelt. Von der gewölbten Decke hingen Körbe mit getrockneten Wurzeln und Kräutern, der Boden war mit weichen Teppichen und Kissen bedeckt. Drei Frauen, die alt genug waren, um Hassans Großmutter zu sein, breiteten gerade Baldrianwurzeln auf einer Kamelhaut aus und zerstießen in einer Schale würzig duftende Blätter. Eine von ihnen hielt in ihrer Arbeit inne und schaute auf, als sie eintraten.

»Möge der Prophet mit dir sein, Sekhet«, begrüßte Khepri sie.

»Möge der Prophet mit dir sein, Khepri«, erwiderte die Frau.

»Möge der Prophet mit dir sein«, sagte Hassan. »Ich bin Hassan Seif. Das hier ist Penrose.«

»Eure Hoheit!« Die Frau fiel vor ihm auf die Knie und senkte ihr Haupt. »Ich … wir hatten ja keine Ahnung, dass …«

»Bitte«, sagte Hassan und hob eine Hand. »Steh auf.«

Die Frau verharrte weiter in ihrer ehrerbietigen Haltung.

»Wir sind wegen Reza hier«, sagte Khepri. »Ich möchte ihn dem Prinzen vorstellen.«

Sekhet hob den Kopf und sah sie mit großen Augen an. »Bist du sicher, dass das klug ist?«

»Der Prinz muss ihn sehen«, antwortete Khepri mit fester Stimme.

Die alte Frau wirkte nicht überzeugt. Zwischen ihr und Khepri fand eine Art stummer Dialog statt, woraufhin sie schließlich nickte und sich aufrichtete. »Natürlich. Hier entlang.« Sie führte sie zu einem mit einem Vorhang abgetrennten Bereich des Zelts. »Idalia ist gerade bei ihm, aber geht ruhig rein.«

Hassans Nerven waren zum Zerreißen gespannt, als er Khepri folgte. Sie schob den Vorhang zur Seite, ließ erst ihn, dann Penrose eintreten. Als Hassans Blick auf die mit dicken Decken gepolsterte Pritsche vor ihm fiel und auf die Gestalt, die darauf lag, kostete es ihn seine ganze Willenskraft, nicht zurückzuweichen.

Der Mann auf der Pritsche bestand praktisch nur noch aus einem Flickwerk aus rohem Fleisch und Hautresten voller Blasen, die stellenweise aufgeplatzt waren und nässende hellrote Wunden entblößten. Sein Gesicht war aschfahl und eingefallen und von den Brandwunden, die seinen restlichen Körper bedeckten, zogen sich feine Risse wie in einem gesprungenen Glas. Wahrscheinlich hatte er einmal dieselbe Haartracht wie Khepri getragen – mit den nach Art der Herati-Legionäre kurz geschorenen Seiten –, doch jetzt wuchsen seine Haare nur noch spärlich in unregelmäßigen Büscheln. Seine Mundwinkel hingen schlaff herunter, jeder seiner rasselnden Atemzüge schien ihm Mühe zu bereiten. Kaum vorstellbar, dass dieser gepeinigte, nach Atem ringende Mann einmal ein Soldat gewesen war.

Hassan zog es bei seinem Anblick den Magen zusammen vor Mitleid und einem Anflug von Ekel. Er versuchte ihn beschämt hinunterzuschlucken, als Khepri sich neben die Pritsche kniete.

»Reza.« Khepri legte mit einem sanften Lächeln ihre Hand auf die des Mannes. »Ich bin es, Khepri.«

Reza gab ein gequältes Stöhnen von sich.

Khepri schaute zu der Heilerin neben ihm auf, einer kleinen Frau mit dunkler Haut und einem rundlichen Gesicht. »Hat sein Zustand sich wenigstens ein kleines bisschen verbessert?«

Die Heilerin schüttelte den Kopf. »Die Brandwunden selbst beginnen nach und nach abzuheilen, auch wenn sie Narben hinterlassen werden. Aber die Schmerzen ...«

Reza stöhnte erneut. »Bitte ...«

Als Khepri sich aufrichten wollte, griff Reza unvermittelt nach ihrem Handgelenk. Instinktiv trat Hassan einen Schritt auf sie zu, aber Khepri bedeutete ihm, zu warten.

»Bitte«, flüsterte Reza und starrte sie jetzt mit weit aufgerissenen Augen an. Nein, er starrte sie nicht an. Er starrte durch sie hindurch. Seine Augen waren blind, ihr Blick leer. »Ich ertrage es nicht ... die Schmerzen ... Bitte.«

»Schsch«, sagte Khepri tröstend. »Alles wird gut.«

»Gibt es denn nichts, was du tun kannst?«, fragte Penrose die Heilerin. »Die Brandwunden ...«

Die Heilerin schüttelte bekümmert den Kopf. »Es sind nicht die Brandwunden, die ihn quälen.«

»*Nein*«, stöhnte Reza. »Nein, nein, nein, nein ... es ist nichts mehr von ihr da. Ich spüre sie nicht mehr. Ich kann nicht mehr ... sie ist *fort*! Sie haben sie mir genommen. Es ist nichts mehr übrig. *Nichts.*«

Er ließ Khepris Hand los und begann am ganzen Körper zu zittern. Leise, fast unmenschliche Laute entrangen sich seiner Kehle. Sie waren unerträglich, das verzweifelte, rasselnde Keuchen eines

Mannes im Fieberwahn. Hassan hatte geglaubt, er wüsste, wie großes Leid aussieht, aber was er hier vor sich sah, konnte sein Verstand nicht fassen. Er konzentrierte sich darauf, den Boden unter seinen Füßen zu spüren, um nicht verzweifelt die Flucht zu ergreifen, wie er es gern getan hätte.

»Ich glaube, das ist erst einmal genug«, sagte die Heilerin leise.

Khepri richtete sich mit einem letzten kummervollen Blick auf Reza auf und führte Hassan und Penrose wieder auf die andere Seite des Vorhangs.

Es dauerte einen Moment, bis Hassan seine Stimme fand. »Was ... was ist mit ihm passiert?«

Er konnte immer noch hören, wie Reza vor Schmerz unterdrückt stöhnte. Als wüsste Khepri, was in ihm vorging, fasste sie ihn am Arm und führte ihn aus dem Zelt.

»Sie nennen es Gottesfeuer«, sagte sie, als sie draußen standen, an ihn und Penrose gewandt, die ihnen gefolgt war. »Es brennt die Gabe aus denen heraus, die sie besitzen.«

Hassan schluckte trocken. Das dumpfe Entsetzen in Khepris Stimme und das Echo von Rezas gequältem Stöhnen sagten ihm alles, was er wissen musste.

»Die Zeugen haben ihm das angetan?«, sagte er tonlos, und als Khepri nickte, breitete sich ein solcher Zorn in ihm aus, wie er ihn seit dem Morgen, an dem er aus Nasira fliehen musste, nicht mehr gespürt hatte. »Ist es während des Umsturzes passiert?«

Khepri schüttelte den Kopf. »Nein, zu dem Zeitpunkt haben sie es noch nicht benutzt, aber seit sie die Stadt besetzt halten, führen sie heimlich Experimente damit durch, denen der Hierophant persönlich beiwohnt, um genau zu verfolgen, was es anrichtet, wenn seine Handlanger gefangen genommene begnadete Soldaten der Flamme aussetzen. Um herauszufinden, wie lange es dauert, um die Gabe aus ihnen herauszubrennen.«

Rezas leerer Blick geisterte durch Hassans Kopf. Welche uner-messlichen Qualen musste es bedeuten, wenn der eigene Körper bei vollem Bewusstsein verbrannte und man zu nichts anderem fähig war, als zu schreien. Rasende Wut presste ihm den Brustkorb zu-sammen, bis er das Gefühl hatte, daran zu ersticken.

»Uns sind Gerüchte zu Ohren gekommen, laut denen der Hiero-phant in der Lage ist, jemanden davon abzuhalten, seine Gabe zu benutzen«, sagte Penrose. »Aber dass er sie aus ihm *herausbrennt?* Für immer? Das hat niemand von uns für möglich gehalten. Davon haben wir noch nie etwas gehört.«

»Wie ... wie viele?«, fragte Hassan. »Wie vielen Menschen haben sie das angetan?«

Khepri schüttelte den Kopf. »Das wissen wir nicht. Wir glauben, dass Reza der Einzige ist, der es überlebt hat.«

»Der Einzige?«, sagte Penrose. »Die anderen haben sie einfach alle dem Feuer überlassen?«

»Nicht alle«, sagte Khepri. »Aber die, die davongekommen sind, haben sich selbst das Leben genommen. Sie haben gesagt, es gäbe kein unerträglicheres Leid, als seine Gabe zu verlieren. Dass es nicht nur so ist, als würde man einen Teil seines Körpers verlieren ... son-dern als würde man einen Teil von sich *selbst* verlieren. Ich sehe je-den Tag, was Reza durchleiden muss. Es ist, als würde er langsam von innen ausgehöhlt. Unsere Gabe verleiht uns nicht nur besondere Fähigkeiten – sie ist unsere Verbindung zur Welt. Ohne sie sind wir nicht mehr als ... Asche.«

Hassan spürte ein unangenehmes Kribbeln auf der Haut. Bis vor einem Tag hatte er noch nicht einmal gewusst, dass er überhaupt eine Gabe besaß. Würde es sich wirklich so anfühlen, sie zu verlieren? Es war schwer vorstellbar, aber Rezas Qualen waren der Beweis dafür.

Das, was der Hierophant ihm angetan hatte, war ein Akt unfass-barer Grausamkeit.

»Weißt du, wie sie dieses ... Gottesfeuer erschaffen haben?«, fragte Penrose.

Khepri schüttelte den Kopf. »Nachdem Reza die Flucht gelungen ist, zeigte er uns, wo sie es aufbewahren, aber ich glaube nicht, dass es in irgendeiner Form *erschaffen* worden ist. Zumindest nicht von den Zeugen. Es wird erzählt, dass der Hierophant es in den Tempelruinen in der Wüste gefunden hat, wo er eine Zeit lang mit seinen treuesten Anhängern sein Lager aufgeschlagen hatte. Deswegen nennen sie es Gottesfeuer – die Flamme soll von dieser alten Gottheit auf dem Altar zurückgelassen worden sein.«

»Noch so eine ihrer Lügen«, sagte Penrose. »Seit über zweitausend Jahren hat niemand mehr zu diesem alten Gott gebetet. Ich würde jede Wette eingehen, dass es beinahe genauso lange her ist, seit jemand seinen Fuß in diese Ruine gesetzt hat, bevor der Hierophant dort aufgetaucht ist.«

Khepri seufzte tief. »Tja, woher auch immer die Flamme kommt, sie ist jetzt in Nasira. Wir glauben, dass sie die einzige Quelle für das Gottesfeuer ist, eine einzige weiße Flamme, die unaufhörlich brennt. Vor meiner Flucht hierher haben wir versucht, sie zu löschen.«

»Was ist passiert?«, fragte Hassan.

»Von Reza wussten wir, dass sie das Gottesfeuer im Hohen Tempel von Nasira aufbewahren«, sagte Khepri. »Unsere Mitstreiter haben sich im Schutz der Nacht hineingeschlichen. Meine Brüder und ich blieben vor dem Tempel zurück, um Wache zu stehen, während sie die Flamme löschen.« Sie schloss für einen Moment die Augen. »Ich weiß noch, wie dunkel es war. Eine mondlose Nacht.«

Hassan sah, wie Khepris Gesicht sich bei der Erinnerung schmerzhaft verzog, und trat unwillkürlich einen Schritt auf sie zu.

»Wir wurden von einer Patrouille von Zeugen mit Gottesfeuer-Fackeln entdeckt. Meine Brüder und ich konnten sie in die Flucht schlagen, aber einer von ihnen stieß eine Schale mit Salböl um und hielt seine Fackel hinein ...«

Sie verstummte und ihr gepeinigter Blick verlor sich in der Ferne, als würde sie diese Nacht noch einmal durchleben.

»Wir wurden von einem grellen Lichtblitz geblendet, heller als die Sonne, dem ein Geräusch folgte, als würde die Erde auseinanderbrechen. Die Wucht schleuderte uns zu Boden. Ich konnte nichts mehr sehen außer Rauch und weißen Flammen, die dort hochschlugen, wo einmal der Tempel gestanden hatte. Meine Brüder und ich rannten um unser Leben. Unsere Kameraden im Inneren des Tempels saßen in der Falle ... sie haben es nicht geschafft, zu fliehen.«

Ihre Augen waren dunkel vor Schmerz, als sie Hassans Blick begegnete.

Penrose atmete leise aus. »Das ist schlimmer als alles, was wir uns vorgestellt haben.«

»Und es wird nur noch schlimmer werden«, sagte Khepri. »Denn wir wissen nun, was die Zeugen mit dem Gottesfeuer vorhaben. Die Stadt einzunehmen, war nur der erste Schritt. Der nächste wird sein, sie in Flammen aufgehen zu lassen. Sie werden die Gabe aus jedem herausbrennen, den sie in die Finger kriegen. Und wenn niemand sie aufhält, werden sie so lange weitermachen, bis sie jeden einzelnen Begnadeten auf dieser Welt zur Strecke gebracht haben.«

»Der Tag der Vergeltung«, sagte Hassan leise und dachte an die Worte der Zeugen im Tempel von Pallas zurück. *Die Propheten sind fort, und die Begnadeten werden ihnen folgen.*

Er schloss die Augen und sah, wie ein weiß loderndes Feuer über seine geliebte Stadt hinwegfegte und nichts als Asche zurückließ. Er sah das von unvorstellbaren Qualen verzerrte Gesicht seiner Mutter. Hörte die durch Mark und Bein gehenden Schreie seines Vaters. Er stellte sich vor, endlich wieder mit ihnen vereint zu sein, nur um zu

ertragen, wie sie mit demselben leeren Blick durch ihn hindurch-
starrten wie Reza.

»Wir müssen so viel wie möglich, über dieses Gottesfeuer herausfinden«, sagte Penrose. »Ich würde mich gern noch einmal mit eurer
Heilerin unterhalten. Prinz Hassan?«

»Ich warte hier.« Er schaffte es einfach nicht, in das dunkle Zelt
zurückzukehren. Zu Reza und seinem ausgelöschten Blick. Zu den
Bildern unvorstellbaren Leids und lodernder Flammen, die durch
seinen Kopf zuckten, wenn er an seine Eltern dachte.

Penrose kehrte ohne ein weiteres Wort in das Zelt zurück. Als
Khepri ihr folgen wollte, griff Hassan nach ihrer Hand.

»Warum hast du mir nicht schon viel früher davon erzählt?«,
fragte er vorwurfsvoll. »Ich meine, als du …« Er verschluckte den
Rest, war zu wütend, um fortzufahren.

»Als ich noch nicht wusste, wer du bist?«

»Ja.« Hassan ließ ihre Hand los. »Hast du mir nicht vertraut?« Er
wusste, dass er ungerecht war. Dass er kein Recht hatte, verletzt zu
sein, weil Khepri ihm nicht sofort vertraut hatte. Nicht, nachdem er
sie angelogen hatte. Aber sein Verstand kam nicht gegen seine unglaubliche Wut an.

Khepri schüttelte nur mit sanftem Blick den Kopf. »Das war es
nicht.«

»Was dann?«

»Ich …« Sie schluckte. »Ich war egoistisch.«

»Egoistisch?« Hassan war sich sicher, noch nie jemandem begegnet zu sein, der weniger egoistisch war als diese unerschrockene Legionärin.

»Das ist nicht mehr wichtig«, sagte sie, einen verzweifelten Unterton in der Stimme. »Nun weißt du es. Das ist die Bedrohung, der
wir gegenüberstehen. Der Hierophant und seine Zeugen werden aus
jedem Mann, jeder Frau und jedem Kind in Nasira die Gabe heraus-

brennen. Das ist das Versprechen, das er seinen Anhängern gegeben hat, und er wird nicht zögern, es einzulösen. Es sei denn, jemand hält ihn auf.«

Hassan sah zu ihr auf. »Jemand? Du meinst mich?«

»Ich meine *uns*«, erwiderte Khepri. »Ich bin nicht hierhergekommen, um aus Nasira zu fliehen. Ich bin hierhergekommen, um eine Armee aufzustellen und es zurückzuerobern. So wie all die anderen hier. Und wir wollen, dass der Prinz von Herat uns anführt.«

Die Vorstellung war überwältigend – er und Khepri, wie sie eine Armee nach Nasira führen und die Zeugen in einem einzigen Streich niederringen. Nasira zurückerobern. Den Hierophanten stürzen. Die Sicherheit von Herat wiederherstellen, die seiner Familie und aller Begnadeten. Er wünschte es sich so sehr, wünschte sich alles, was Khepri sich wünschte.

Aber Hassan hatte in der Großen Bibliothek jedes Buch über Kriegsführung gelesen, war von einigen der bedeutendsten militärischen Köpfe in Herat unterrichtet worden, und er wusste, dass das, was Khepri vorschlug, unmöglich war, ganz gleich, wie sehr er sich wünschte, seine Stadt zurückzuerobern.

»Wenn das Gottesfeuer so mächtig ist, wie du sagst, besteht keine Hoffnung, die Zeugen mit ein paar Hundert Soldaten aufzuhalten«, sagte er.

»Besser, als hier herumzusitzen und nichts zu tun«, gab Khepri zurück. »Wir sind bereit, unser Leben zu riskieren, um unser Volk zu retten. Du nicht?«

Er wusste, wie die Antwort lautete, die er ihr gern gegeben hätte. Die den unbändigen Zorn in ihm befriedigt hätte. Aber der Anblick von Penrose, die in diesem Moment aus dem Zelt trat, hielt ihn davon ab. Die Paladingarde war hier, um ihn zu beschützen. Um dafür zu sorgen, dass dem Propheten nichts zustieß. Er durfte sein Leben nicht aufs Spiel setzen, um das seines Volkes in Herat zu retten, wenn das Schicksal aller Begnadeten und der ganzen Welt auf seinen Schultern lag.

Er wünschte, er hätte es Khepri erklären, ihr den Grund für sein Zögern nennen können. Aber der Orden war noch nicht bereit, das Geheimnis der letzten Prophezeiung preiszugeben.

»Wir sollten zur Villa zurückkehren«, sagte Penrose sanft.

Hassan nickte, sah aber weiter Khepri an.

»Ganz gleich, wie deine Entscheidung ausfällt, Prinz Hassan«, sagte sie, »meine steht fest. Ich werde kämpfen.«

Mit diesen Worten drehte sie sich um und ging in Richtung der anderen Zelte davon. Hassan blickte ihr hinterher, während sein Herz einen stotternden Takt schlug, wie eine Kompassnadel, die orientierungslos hin und her zuckte.

Kapitel 21

Jude

Jude fand Hector unter einem Olivenbaum auf dem Exerzierhof, der in das blasse Licht des Abends getaucht war.

Bei ihrem Wiedersehen in Kerameikos war Jude erleichtert darüber gewesen, wie mühelos es ihnen gelungen war, an ihre Freundschaft anzuknüpfen, und wie wenig Hector sich verändert zu haben schien. Jetzt fragte Jude sich, wie viel von dem, was er sah, wenn er ihn anschaute, von ihrer gemeinsamen Vergangenheit geschönt war. Was würde Jude beim Anblick dieses Mannes sehen, wenn Hector nicht als Kind nach Kerameikos gekommen wäre, sie nicht zusammen aufgewachsen wären und einander stets beigestanden hätten?

»Deswegen bist du fortgegangen, habe ich recht?«, sagte er. Als er die Mitglieder seiner Garde auserwählt hatte, hatte er beschlossen, dass er nicht zu wissen brauchte, warum Hector gegangen war. Wichtig war nur gewesen, dass er zurückgekehrt war. Aber das war ein Fehler gewesen.

»Nachdem du dein Jahr der inneren Betrachtung angetreten hast, haben uns die Gerüchte über die Blasse Hand in Kerameikos erreicht«, sagte Hector. »Ich wusste ... ich *wusste* einfach, dass sie es war. Das Mädchen, das meine Familie getötet hat. Ich war wie ...

235

besessen von dem Gedanken. Ich verließ Kerameikos, um mich auf die Suche nach ihr zu machen. Ich habe ihre Spur von Charis bis nach Tarsepolis verfolgt. Ohne Erfolg. Und nun, wo ich die Suche nach ihr bereits aufgegeben hatte, steht sie plötzlich hier vor mir.«

»Hector, ich weiß, du hast gesagt, du wärst dir sicher, aber es sind fünf Jahre vergangen, seit du sie das letzte Mal gesehen hast«, sagte Jude. »Du warst noch ein Kind, hattest gerade Entsetzliches erlebt und …«

»Du hast gehört, wie ihr Herz anfing, schneller zu schlagen, als du die Blasse Hand erwähnt hast«, sagte Hector. »Du weißt, dass ich recht habe. Ich weiß, was sie wirklich ist, ich kann es beweisen. Wir können sie aufhalten.«

»Es ist möglich, dass sie einfach nur Angst hatte«, gab Jude zu bedenken. »Davon abgesehen sitzt sie hier hinter Schloss und Riegel. Es gibt nichts, was sie tun kann, solange sie in ihrer Zelle in Ketten liegt.«

Hector hatte die Finger so fest um das Heft seines Schwerts geschlossen, dass die Knöchel weiß hervortraten. »Sie ist gefährlich, Jude. Ich habe gesehen, wozu sie fähig ist. Es ist … wider die Natur. Wir dürfen sie nicht am Leben lassen.«

»Was willst du damit sagen?«, fragte Jude. »Willst du sie einfach töten?«

»Sie ist der zweite Vorbote, der dem Zeitalter der Dunkelheit vorausgeht. Die Prophezeiung lässt keinen Zweifel an ihrem Schicksal.«

»Doch«, entgegnete Jude. »Solange die Prophezeiung sich nicht vollständig erfüllt hat, wissen wir nicht, welche Rolle die Vorboten im Zeitalter der Dunkelheit spielen werden. Oder welche Auswirkung es hat, wenn eines von ihnen beseitigt wird. Wir müssen Geduld haben und auf die Propheten vertrauen.«

Hector schüttelte den Kopf und starrte auf den leeren Exerzier-platz. »Wohin sie auch geht, folgt Dunkelheit. Sie auch nur einen Augenblick länger am Leben zu lassen, wäre ein schwerer Fehler.«

Hectors Stimme klang so kalt und hasserfüllt, wie Jude es über-haupt nicht von ihm kannte. Vorsichtig fragte er: »Sagst du das, weil du glaubst, dass sie das Zeitalter der Dunkelheit bringen wird? Oder weil du den Tod deiner Eltern und deines Bruders rächen willst?«

Hector sah ihn mit zornfunkelndem Blick an. »Und wenn es so wäre? Jede Nacht sehe ich im Traum meine Familie sterben. Sehe die starren Glieder meiner Mutter. Den erloschenen Blick meines Bruders. Den hellen Handabdruck auf der reglosen Brust meines Vaters.«

Bei dem Gedanken daran, wie Hector als kleiner Junge den Tod der Menschen miterleben musste, die er am meisten auf der Welt liebte, schnürte es Jude den Brustkorb zusammen. Er schluckte und zwang seine Stimme, ruhig und fest zu klingen. Wie die Stimme des Hüters der Botschaft. »Du bist ein Paladin des Ordens des Letzten Lichts. Du bist dem Orden verpflichtet, dem Propheten. Du darfst nicht zulassen, dass die Trauer dein Urteilsvermögen trübt.«

Hector wandte erneut den Blick ab und starrte auf den Oliven-baum. Als er wieder zu sprechen begann, klang er eher niederge-schlagen als wütend. »Ich bin nicht wie du, Jude. Ich kann meine Gefühle nicht einfach so beiseiteschieben wie du. All das, was pas-siert ist, bevor du mich in die Garde berufen hast, ist nicht einfach so *vorbei*. Es hat immer noch eine Bedeutung. Es ist viele Jahre her, aber wann immer ich die Augen schließe, höre ich ihre Stimmen. Sie rufen nach mir, flehen mich an, ihnen zu helfen.«

Seine Verzweiflung war wie eine Faust, die sich um Judes Herz schloss. Hector hatte nie mit ihm darüber gesprochen. Er hatte sei-nen Schmerz all die Jahre vor ihm verborgen gehalten, hatte ihn lieber allein mit sich herumgetragen, statt sich Jude anzuvertrauen.

Aber es war nicht allein Hectors Schuld, dass sie sich voneinander entfernt hatten. Denn obwohl Jude sich nichts mehr wünschte, als Hectors Freund zu sein, hatte stets etwas zwischen ihnen gestanden – das unausgesprochene Wissen, dass Jude eines Tages auch sein Befehlshaber sein würde.

Hector schloss die Augen. »Ich weiß nicht, was ich tun soll, damit es aufhört. Ob ich es überhaupt kann.«

»Du musst.« Noch während Jude die Worte aussprach, fühlte er sich, als würde er seinen Freund im Stich lassen.

»Ich habe es versucht. Ich habe mein Leben dem Orden verschrieben. Ich habe den Eid abgelegt, so wie du es von mir wolltest. Aber dieses Gefühl wird niemals verschwinden.« Er drehte den Kopf und sah Jude mit einem gequälten Ausdruck in den Augen an. »Ich kann einfach nicht länger so tun, als würde ich schon irgendwann darüber hinwegkommen.«

»Glaubst du wirklich, mir würde es immer so leicht fallen?«, sagte Jude, bevor er darüber nachdenken konnte. »Mein ganzes Fühlen, Denken und Handeln stets unserer Sache unterzuordnen? Dem Propheten?«

Hector lächelte. Das verzerrte Abbild eines Lächelns. »Red keinen Unsinn, Jude. Du bist in dieses Leben hineingeboren worden. Ich musste es erst lernen. Ich hatte einmal eine Familie, und sie hat sie mir *weggenommen*. Sie hat mir die Menschen weggenommen, die mich geliebt haben, die *einzigen* Menschen, die mich geliebt haben, und du wirst nie verstehen, wie sich das anfühlt, weil du nie eine Familie hattest und nie eine haben wirst.«

Jude zuckte zusammen, als hätte er einen heftigen Hieb versetzt bekommen. Hector hatte recht, natürlich hatte er recht. Jude hatte keine Familie. Er hatte den Orden. Er hatte seinen Vater, der ihn gezeugt, aber nicht großgezogen hatte. Jude war sein Sohn, sein Nachfolger, aber familiäre Bindungen hatten für den Orden keine

Bedeutung. Das wusste Jude. Das hatte er immer gewusst. Aber Hectors Worte klangen ihm in den Ohren, denn er hatte diese Tatsache noch nie ausgesprochen.

»Es tut mir leid.« Hector schüttelte den Kopf. »Ich wollte nicht ...«

»Nein«, sagte Jude. »Ich ... du hast recht. Ich kann es nicht verstehen.«

»Es ist nur ... jetzt, wo ich sie gesehen habe, jetzt, wo ich weiß, dass sie hier ist ...« Hector wandte mit mahlendem Kiefer den Blick von Jude ab.

Jude war hin- und hergerissen zwischen dem Bedürfnis, Hector in seiner Trauer beizustehen, und der Verantwortung, die er als Hüter der Botschaft und damit als Oberhaupt der Paladingarde hatte. Er legte Hector eine Hand auf die Schulter. »Hector ...« Aber der Ausdruck in Hectors Augen – ruhelos, argwöhnisch – ließ ihn innehalten.

»Ich weiß, was du von mir erwartest, Jude. Aber ich weiß nicht, ob ich der sein kann, den du in mir sehen willst.«

»Doch, das kannst du«, sagte Jude mit vor Verzweiflung rauer Stimme. »Ich habe dich in meine Garde berufen, weil ich daran glaube. Weil ich an dich glaube.«

Die Muskeln in Hectors Schulter spannten sich unter Judes Hand an. Schließlich hob er den Blick und sagte: »Du sagst ihnen doch nichts davon, oder? Der Garde? Ich will nicht, dass sie mich ansehen, als ...«

»Natürlich nicht«, sagte Jude. »Das würde ich niemals tun.«

Hector nickte und sah auf die Hand auf seiner Schulter hinunter. Jude nahm sie hastig weg. Aber bevor er noch irgendetwas hinzufügen konnte, ließ Hector ihn einfach stehen und lief allein in den dunkler werdenden Abend davon.

Jude betrachtete einen Moment seine Handfläche, die Hectors Schulter berührt hatte, und schloss dann die Finger darum. Hector hatte seine Trauer vor Jude verborgen, aber er war nicht der Einzige, dessen Herz ein Geheimnis trug.

Es war schon eine Weile her, in einer Zeit vor dem Propheten, vor seiner Ausbildung, bevor er der Hüter der Botschaft geworden war, da hatte es einen ganz bestimmten Moment gegeben, in dem Jude sich endlich über sein eigenes Geheimnis klar geworden war. In dem all die Zweifel, die er sich selbst und seinem Schicksal gegenüber hatte, endlich einen Sinn ergeben hatten. Einen Moment in einer Sommernacht unter einem leuchtenden Vollmond, in dem sein Herz sich verraten hatte.

Er und Hector hatten sich um Mitternacht nach draußen geschlichen, um schwimmen zu gehen. Natürlich war es Hectors Idee gewesen, aber Jude hatte sich nur allzu bereitwillig mitziehen lassen. Sie hatten sich aus der Kaserne gestohlen und waren durch das Kastell zu der Stelle im Fluss geschlichen, wo das Wasser ruhiger floss.

Nachdem sie unter dem Sternenhimmel, der sich wie ein funkelndes schwarzes Tuch über ihnen spannte, ihre Kleider abgelegt hatten, hatten sie sich kopfüber in den Fluss gestürzt. Obwohl es ein Sommermonat war, war das Wasser eiskalt gewesen – daran konnte Jude sich selbst jetzt noch erinnern. Und daran, wie die Wassertropfen auf Hectors Rücken im Mondlicht geglitzert hatten, als er aus dem Wasser stieg und sich am Ufer in den Sand fallen ließ. Wie er ihn unbekümmert angelächelt hatte, als er sich bäuchlings neben ihn legte.

Es war still gewesen – so still, dass Jude das Rascheln der Bäume gehört hatte, das Murmeln des über Steine hinweggleitenden Wassers, das rhythmische Schlagen zweier Herzen – seines eigenen und Hectors. Ihm wurde bewusst, dass Hector es bestimmt auch hören konnte, und der Gedanke beschleunigte seinen Puls. Als Hector sich auf die Seite drehte, um ihn anzusehen, die Brauen über den leuchtenden dunklen Augen leicht zusammengezogen, war Jude sich sicher gewesen, dass sein ungehorsames Herz ihm gleich aus der Brust springen und zwischen ihnen auf dem Boden landen würde.

Und dann war Hector aufgestanden und zurück ins Wasser gelaufen und hatte Jude am Ufer zurückgelassen.

Sie hatten nie darüber gesprochen, weder in dieser Nacht noch in irgendeiner anderen. Vielleicht hatte Hector es vergessen, hatten ihre auseinanderdriftenden Leben und der Lauf der Zeit die Erinnerung wie durch ein Sieb entwischen lassen. Oder er hatte in diesem Moment, in dem er im Mondlicht neben ihm gelegen hatte, gar nicht begriffen, dass Judes ganze Welt innerhalb von ein paar Herzschlägen auf den Kopf gestellt worden war.

Jude war längst nicht mehr der Junge, der er damals gewesen war. Er hatte gelernt, seine Gabe zu beherrschen, hatte seine Ausbildung durchlaufen, seinen Eid abgelegt. Er hatte den Letzten Propheten gefunden.

Aber wenn er die Augen schloss, hörte er noch immer, wie sein Herz wild gegen seine Rippen schlug.

KAPITEL 22

HASSAN

Marschall Weatherbourne und Hector Navarro kehrten erst nach dem Abendessen in die Villa zurück. Hassan bestellte sie und den Rest der Garde in die Bibliothek und berichtete ihnen, was Khepri ihm und Penrose auf der Agora gezeigt hatte.

»Gottesfeuer.« Marschall Weatherbourne sprach das Wort aus, als wäre es ein Fluch. »Wie sind sie überhaupt an eine so mächtige Waffe gekommen?«

»Sie sollen es auf dem Altar eines alten Tempels in der Wüste gefunden haben. Niemand kann mit Bestimmtheit sagen, ob es wirklich so gewesen ist, aber wir wissen, dass sie vorhaben, es auch gegen die anderen Begnadeten in Nasira einzusetzen«, antwortete Hassan. »Und gegen den Rest der Welt, wenn wir sie nicht aufhalten. Der Hierophant wird nicht einfach abwarten, bis die Prophezeiung sich vollständig erfüllt hat, bevor er zur Tat schreitet. Wir dürfen genauso wenig warten. Nicht, wenn wir ihn aufhalten wollen.«

»Nein«, sagte Petrossian bestimmt. »Es haben sich erst zwei der Vorboten offenbart. Wenn wir versuchen, den Hierophanten aufzuhalten, bevor wir die ganze Prophezeiung kennen, helfen wir ihm womöglich, das Zeitalter der Dunkelheit heraufzubeschwören.«

»Und unterdessen ist das Volk meines Landes ihm auf Gedeih und Verderb ausgeliefert.« Hassan dachte erneut an seine Mutter und seinen Vater, und in die entsetzliche Angst um sie mischte sich Übelkeit, als das Bild von Rezas entstelltem Körper vor seinem inneren Auge aufblitzte.

»Ich kann nachvollziehen, dass Ihr Nasira so bald wie möglich zurückerobern wollt«, sagte Marschall Weatherbourne. »Aber solange wir das Ende der Prophezeiung nicht kennen, dürfen wir das Risiko, dass die Zeugen Euch zu fassen kriegen, nicht eingehen.«

Die Ironie, die darin lag, blieb Hassan nicht verborgen – um die Zerstörung abzuwehren, musste er sie erst einmal ihren Lauf nehmen lassen. Aber es gelang ihm nicht, wie die Paladine unerschütterlich darauf zu vertrauen, dass die Prophezeiung sich ihm offenbaren würde. Das Zeitalter der Dunkelheit zog herauf, und er wusste nicht, wie er es aufhalten sollte. Er hatte nicht den Hauch einer Ahnung, wo er anfangen sollte.

»Ihr verlangt von mir, mein Volk im Stich zu lassen«, sagte er.

»Nein«, erwiderte Marschall Weatherbourne. »Ich ersuche Euch, Geduld zu haben. Die Welt hat hundert Jahre auf Eure Geburt gewartet. Wir haben weitere sechzehn Jahre gewartet, bis wir Euch gefunden hatten. Wir können alle noch einen Moment länger warten, bis wir wissen, wie wir weiter vorgehen müssen.«

»Vielleicht«, sagte Hassan und erhob sich von seinem Stuhl, »wären wir jetzt nicht hier, wenn Ihr schon viel früher etwas unternommen hättet, statt einfach abzuwarten.«

Er wusste, dass den Orden keine Schuld an dem Umsturz traf, aber es fühlte sich gut an, seinem Unmut Luft zu machen. Als er jedoch sah, wie Marschall Weatherbourne blass wurde, bereute er seine harschen Worte.

»Vielleicht ist es das Beste, diese Unterhaltung morgen fortzusetzen«, sagte Penrose und stand ebenfalls auf.

Marschall Weatherbourne nickte. »Es ist schon spät.« Sein Blick zuckte zu dem Paladin namens Hector, der mit verschränkten Armen etwas abseits stand. »Wir können alle etwas Schlaf gebrauchen.«

Aber der Schlaf machte in dieser Nacht einen großen Bogen um Hassan. Seit dem Umsturz hatte er keine Nacht mehr durchgeschlafen, aber heute Nacht war seine Unruhe noch größer. Er wollte keinen Frieden im Schlaf finden, wollte sich selbst keine Absolution dafür erteilen, in der Villa seiner Tante wohlbehütet in seinem Gemach zu liegen, während in Nasira sein Volk in Angst und Schrecken lebte. Jedes Mal, wenn er die Augen schloss, spürte er wieder diese rasende Wut, die auf den Stufen des Tempels von Pallas von ihm Besitz ergriffen hatte, als er den Zeugen gegenübergestanden hatte. Wut auf sie, auf den Orden, auf sich selbst.

Während die nächtlichen Stunden lautlos dahinstrichen, las er noch einmal im dritten Band von *Die Geschichte der Sechs Prophetischen Städte* des Gelehrten Harun, den er am ersten Tag seiner Ankunft in Pallas Athos in der Bibliothek seiner Tante gefunden hatte. Seitdem hatte er sich jedes Mal, wenn seine Gedanken anfingen, sich im Kreis zu drehen, in seine Lieblingskapitel vertieft – »Die Winterblüte von Endarrion«, »Das Abkommen der Sechs«, »Das letzte Gefecht von General Ezeli«. Zu Hause besaß er alle Bände der Erstausgabe, die ihm der Prinzipal der Bibliothek von Nasira zu seinem vierzehnten Namenstag geschenkt hatte. Doch diese Bücher hatte er, wie so vieles andere, zurücklassen müssen.

In dieser Nacht blätterte er zu dem Kapitel, das er schon so oft gelesen hatte, dass er es beinahe auswendig kannte: »Die Gründung Nasiras«. Der rote Faden, der sich durch die zweitausend Jahre alte Geschichte seiner Stadt zog und sie mit seiner Gegenwart verband. Die Vision eines Leuchtturms, der sein Licht über das Meer von Pelagos warf, führte die Prophetin Nasira zu den Stränden der Südküste des Pelagos, zur Mündung eines großen Flusses. Sie prophezeite, dass dieses Land schon bald zu einem Zentrum des Wissens, der Gelehrsamkeit und der Weisheit werden würde, das Königreich eines zahlreichen Volks, das die hellsten Köpfe und fähigsten Begnadeten anziehen würde. Das Königreich Herat, das von der Seif-Linie regiert werden würde, solange der Leuchtturm an seinen Ufern stand.

Hassans müder Blick verschwamm und er ließ das Buch sinken. Nasiras Leuchtturm stand noch, aber die Seif-Linie war durchbrochen. Die Prophezeiung hatte sich nicht erfüllt, genau wie der Akolyth Emir es gesagt hatte. Dafür waren die Zeugen verantwortlich.

Ein altes Versprechen wird gebrochen.

Nasira war Hassan entrissen worden. Die Prophezeiung seiner Vorfahren war zunichtegemacht worden. Aber bedeutete all dies wirklich, was der Akolyth gesagt hatte – dass Hassans Schicksal weit über das, was die Prophetin Nasira vor zwei Jahrtausenden gesehen hatte, hinausging? Dass seine eigene Prophezeiung einen neuen Pfad in die Zukunft bahnen würde?

Er schloss die Augen, versuchte seine noch immer wirbelnden Gedanken zur Ruhe zu bringen und sich etwas Schlaf zu gönnen. Bilder des Leuchtturms, von goldenen Lorbeerkränzen und Bannern, die über der Ozmandith-Allee wehten, vermischten sich mit den Worten der letzten Prophezeiung, während er langsam wegdriftete.

———

Unter ihm breitete sich die Stadt Nasira aus. Es war ein anderes Nasira als das, das Hassan verlassen hatte – über dieses Nasira waren Angst und Dunkelheit hinweggefegt. Eine Prozession weiße Kutten tragender Gestalten marschierte im Gleichschritt die Ozmandith-Allee entlang, in ihren Händen Fackeln mit einer blassen Flamme, die geisterhafte Schatten über die mit Sandstein gepflasterte Straße warfen.

Gottesfeuer.

Von ihren Fackeln stieg Rauch auf, der sich spiralförmig dem Himmel entgegenwand und die einst schimmernden Kuppeln und Minarette von Nasira verhüllte.

Hassan stützte die Hände auf die Steinbrüstung vor ihm. Als er den Blick hob, erkannte er, dass er auf der Aussichtsplattform des Leuchtturms stand, den Rücken seinem Leuchtfeuer zugekehrt, den Blick Richtung Hafen gerichtet. Zu seiner Linken stand Khepri, das Krummschwert an ihrer Hüfte, ein wildes Funkeln in den Augen. Zu seiner Rechten der Akolyth Emir, die gütigen Züge von Hoffnung erleuchtet.

Die Legionärin und der Mann des Glaubens. Und zwischen ihnen Hassan, ihr Anführer. Der Letzte Prophet.

Im Hafen lagen Schiffe, deren Segel dieselbe Farbe hatten wie der sich im dunklen Wasser spiegelnde Mond. Soldaten strömten über ihre Fallreepe an Land, wo sie sich formierten und auf die Prozession aus Zeugen, übergelaufenen Soldaten und Söldnern trafen – ein Meer aus Grün, Gold und Dunkelblau, das den in Weiß und Schwarz gehüllten Feind übermannte. Die lodernden Flammen in den Händen der Zeugen erloschen wie verglühende Sterne.

Hassan blinzelte und fand sich im Thronsaal des Palasts von Herat wieder. Vergoldete Säulen, auf denen in prächtigen Farben die bedeutende Geschichte von Herat wiedergegeben wurde, säumten den Gang zum Thron, der auf einer mit Wasserspeiern verzierten goldenen Pyramide saß. Auf einem kunstvollen Wandbild dahinter breitete ein Falke seine Flügel aus, der vom goldenen, in den Saal strömenden Sonnenlicht gekrönt war.

Der Tag war angebrochen.

Untertanen aus dem ganzen Königreich knieten vor dem Thron

Herats. Und auf dem Thron saß er selbst, eine goldene Lorbeerkrone auf dem Haupt, das königliche Zepter in der Hand.

Nasira gehörte wieder seinem ihm bestimmten König.

—•◦◦•—

»Hassan! *Prinz Hassan!*«

Er schreckte aus dem Schlaf hoch. Die Leuchtlampe neben dem Bett verströmte gedämpftes Licht. Jemand hielt seinen Arm umklammert, und als Hassan sich stöhnend herumrollte, sah er, dass es Lethia war. Sie kniete in einer silberblauen Seidenrobe neben seinem Bett und ihr von feinen Falten durchzogenes Gesicht war vor Sorge angespannt.

Sein Herz begann zu hämmern, als er Penrose hinter ihr stehen sah.

»Was ist passiert?« Hassan richtete sich auf. Er war schon einmal auf diese Weise aus dem Schlaf gerissen worden – in der Nacht, als er zum letzten Mal im Palast von Herat aufgewacht war.

»Du hast dich hin und her gewälzt.« Lethia legte eine knochige Hand an seine Wange. »Penrose hat nach mir geschickt. Hast du schlecht geträumt?«

Der Trommelschlag seines Herzens beschleunigte sich. »Ich … ich habe gesehen …«

Penrose trat eilig neben Lethia und sah ihn mit ihren im Licht der Lampe schimmernden Augen durchdringend an. »Was habt Ihr gesehen?«

»Nasira«, antwortete Hassan. Er schloss die Augen, um das Bild aus seinem Traum heraufzubeschwören, und hatte es sofort wieder vor sich, so lebendig, so *echt*, als hätte er es tatsächlich erlebt. »Ich habe Nasira gesehen. Ich stand auf der Aussichtsplattform des Leuchtturms und habe gesehen, wie die Streitkräfte – *meine* Streitkräfte – die Zeugen zurückgeschlagen haben. Ich habe mich selbst

247

auf dem Thron gesehen. Es war nur ein Traum, aber es hat sich seltsam echt angefühlt. Es hat sich *wahr* angefühlt.«

Als er die Augen wieder öffnete, sah er, dass Penrose nun noch näher an sein Bett getreten war, angezogen von seinen Worten wie eine Motte vom Licht.

»Was hat das zu bedeuten?« Er versuchte den Ausdruck auf ihrem Gesicht zu lesen. »Das ist nicht nur ein Traum gewesen, nicht wahr? Es ist …«

Die überschattete Zukunft ins Licht zurückzuführen.

Hassan hatte es gesehen. Den Tagesanbruch über Nasira. Das Ende einer von den Zeugen herbeigeführten Dunkelheit.

»Es war eine Vision«, sagte Penrose, ihre Züge von einem ehrfurchtsvollen Staunen erleuchtet. »Ihr habt gesehen, wie das Zeitalter der Dunkelheit aufzuhalten ist.«

KAPITEL 23

JUDE

Jude war bereits wach, als er hörte, wie Penroses Schritte den Gang entlanghallten. In Wahrheit war er schon seit Stunden wach. Er hatte noch nie leicht in den Schlaf gefunden, und hier, an diesem unvertrauten Ort, an dem die andere Hälfte seines Schicksals sich nur ein paar Türen entfernt befand, war es ihm nahezu unmöglich.

Es waren jedoch nicht der Letzte Prophet oder die Blasse Hand, die ihn um den Schlaf brachten. Es war Hector. Ganz gleich, wie weit seine Gedanken wanderten, früher oder später kehrten sie unweigerlich zu den Geheimnissen zurück, die Hector vor ihm verborgen hatte, und zu den Geheimnissen, die er vor Hector verborgen hatte.

So war das Erste, was er empfand, als er Penroses eilig näher kommende Schritte hörte, Erleichterung – was auch immer sie dazu veranlasst hatte, ihn zu dieser frühen Stunde in seiner Kammer aufzusuchen, würde ihn von seinen quälenden Gedanken ablenken.

Die Tür flog auf und blasses Licht strömte herein. »Jude! Wach auf!«

»Ich bin wach«, sagte Jude und schwang die Füße auf den kalten Marmorboden. »Was ist passiert?«

»Der Prophet ...« Penrose hielt sich außer Atem am Türrahmen fest, wobei es nicht der kurze Weg den Gang hinunter gewesen sein konnte, der sie so nach Luft ringen ließ.

Jude sprang auf. »Was ist mit ihm?«

»Es geht ihm gut«, beruhigte Penrose ihn eilig. »Er hat im Schlaf gesprochen und sich hin und her gewälzt, und als er zu sich kam, sagte er, er hätte einen Traum gehabt. Dass er von Nasira geträumt hätte und davon, dass die Stadt von den Zeugen zurückerobert wurde.«

»Ein Traum«, sagte Jude langsam.

»Nicht bloß ein Traum.« Penrose sah ihn bedeutungsvoll an. »Eine *Vision*.«

Jude kleidete sich in Windeseile an, noch bevor er vollständig verarbeitet hatte, was passiert war. Seine Gedanken rasten, aber diese zügigen, routinierten Handgriffe erdeten ihn.

Das fehlende Ende der letzten Prophezeiung. Die Antwort auf die vorausgesagte Dunkelheit. Konnte das wirklich sein?

Als er fertig war, wandte er sich wieder Penrose zu. »Hast du die Garde geweckt?«

»Ich bin zuerst zu dir gekommen.«

Natürlich. Jude war der Hüter der Botschaft, sie erwartete seine Befehle. Er nickte und ging zur Tür. »Ich hole Hector und Petrossian. Du weckst die anderen.«

Auf dem Gang trennten sie sich, Jude lief rechts entlang, Penrose links. Er hörte, wie sie im Vorbeigehen an Oseis Tür klopfte.

Obwohl Petrossians Kammer etwas weiter weg lag, führten seine Schritte ihn als Erstes dorthin. Petrossian war sofort auf den Beinen und hielt sich nicht mit Fragen auf, als Jude ihm auftrug, sich ohne Umwege in den Gemächern des Prinzen einzufinden.

Einen Moment später stand Jude mit klopfendem Herzen vor Hectors Tür. Er zwang es zu einem gleichmäßigen Takt. Er wollte nur seinen Freund aufwecken.

Nicht *seinen Freund*, rief er sich in Erinnerung. Ein Mitglied seiner Garde. Von jetzt an durfte er ihn als nichts anderes mehr sehen. Wenn es wahr war, was Penrose gesagt hatte, wenn der Prinz tatsächlich eine Vision gehabt hatte ... dann musste die Pflichttreue des Hüters der Botschaft bedingungslos sein. Unerschütterlich. Er durfte sich durch nichts ablenken lassen.

»Hector«, rief er, die Hand zögernd auf der gewundenen Eisenklinke. »Bist du wach?«

Keine Antwort. Erst jetzt wurde Jude klar, dass er zwar Penroses leises Murmeln am anderen Ende des Gangs hören konnte und das Knacken von Yariks Gelenken, als er sich streckte, aber auf der anderen Seite von Hectors Tür herrschte nichts als Stille. Kein leise pochender Herzschlag. Kein Atemzug.

Judes Puls beschleunigte sich, als er die Tür aufstieß.

Die Schlafstatt wirkte unberührt, die Vorhänge waren zurückgezogen und gaben den Blick auf den nächtlichen Himmel frei. Hectors Uniform und sein Schwert waren verschwunden. Genau wie Hector selbst.

»Wo ist Navarro?«, fragte Penrose, die hinter Jude in der Tür auftauchte.

Jude schüttelte den Kopf, eine dunkle Vorahnung stieg in ihm hoch. Er lief zu der Holztruhe am Fuß der Schlafstatt und klappte den Deckel auf. Darin lag zusammengefaltet der dunkelblaue Umhang der Paladingarde.

»Jude?«, sagte Penrose vorsichtig.

Jude nahm den ohne Zweifel absichtlich zurückgelassenen Umhang heraus und schloss die Finger darum, als könnte er Hector zu sich zurückholen, wenn er den Stoff nur fest genug umklammerte. Er hatte so sehr daran glauben wollen, dass Hector seine Trauer überwinden würde, dass er die Wahrheit verdrängt hatte. Hector hatte gestern dem dunkelsten Kapitel seiner Vergangenheit ins Auge gesehen. Er hatte es nicht überwunden. Vielleicht würde er es nie überwinden.

Er kannte zwar die Einzelheiten aus Hectors Vergangenheit nicht, aber *ihn* kannte er besser als irgendjemand sonst auf der Welt. Jude ließ Wunden in Ruhe heilen. Hector nicht. Er kratzte so lange am Schorf herum, bis die Wunde wieder aufriss.

»Warum sollte er so etwas tun, ohne es dir zu sagen?«, fragte Penrose mit vor Sorge angespannter Stimme.

Jude zögerte. Würde er ihr die Wahrheit erzählen, würde er Hector gegenüber sein Wort brechen. Aber sie verdiente es nicht, im Dunkeln gelassen zu werden. »Hector hat mir gestern Abend gesagt, warum er Kerameikos verlassen hatte. Als er noch ein Kind war, wurde seine gesamte Familie von einem Mädchen getötet, das die Gabe des Blutes besitzt. Ein Mädchen, das helle Handabdrücke auf den Körpern seiner Opfer hinterlässt.«

Penrose sah ihn mit offenem Mund an. »Hectors Familie wurde von der Blassen Hand getötet?«

»Er verließ den Orden, um nach ihr zu suchen.«

Sie kniff die Augen zusammen. »Was hat das mit der Zitadelle zu tun?«

»Als wir gestern mit dem Hauptmann der Stadtwache gesprochen haben, haben wir dort eine Gefangene gesehen, die in der Nacht zuvor im Tarseistempel aufgegriffen wurde. Hector hat sie sofort erkannt. Er sagte, sie sei das Mädchen, das seine Familie getötet hat.«

»Die Blasse Hand ist hier in Pallos Athos?«

»Ich bin mir nicht sicher«, antwortete Jude. »Sie hat alles abgestritten, als ich mit ihr gesprochen habe. Es sind Jahre vergangen, seit Hector sie das letzte Mal gesehen hat. Aber er war felsenfest davon überzeugt.«

»Was hat er jetzt vor?«

»Ich ...« Jude wandte ihr ruckartig den Kopf zu. »Ich weiß es nicht.« Er hielt inne, als sich aus dem Chaos in seinem Kopf ein Gedanke herauslöste wie ein Sonnenstrahl, der durch Sturmwolken bricht. »Aber ich muss ihn aufhalten.«

»Der Letzte Prophet wartet am anderen Ende des Gangs auf dich.«

»Ich muss Hector finden, bevor er irgendeine Dummheit macht.« Jude wusste selbst, wie absurd es klang. Aber aus irgendeinem Grund bestärkte es ihn nur umso mehr darin, dass seine Entscheidung richtig war. »Ich bin bald wieder zurück. Bis dahin untersteht die Garde deinem Kommando.«

Er lief an Penrose vorbei auf die Tür zu, aber sie hielt ihn am Arm fest.

»*Schick jemand anderes*«, sagte sie. »Dein Platz ist jetzt an der Seite des Propheten.«

Jude schüttelte den Kopf. »Ich kann nicht ... ich ... das muss ich selbst tun. Ich bin der Einzige, der dazu in der Lage ist. Ich weiß, dass er wieder zur Vernunft kommt, wenn ich mit ihm spreche.«

»Und wenn nicht?« Penrose festigte ihren Griff um seinen Arm. »Wenn er sich dem Hüter der Botschaft widersetzt, macht er sich der Fahnenflucht schuldig. Du weißt, was das bedeutet. Welche Strafe ihm dafür droht. Welche Strafe jedem Paladin für dieses Vergehen droht.«

Jude schluckte. Das Gelübde, das die Paladine ablegten, war unantastbar. Sollte Hector es brechen, würde es sein Todesurteil bedeuten. Und Jude wäre derjenige, der es über ihn verhängen müsste.

»So weit wird es nicht kommen«, sagte er, obwohl seine Worte überzeugter klangen, als er es in seinem Innersten war. »Niemals.«

KAPITEL 24

EPHYRA

Das metallische Schaben ihrer sich öffnenden Zellentür ließ Ephyra aus dem Schlaf hochschrecken. Benommen rappelte sie sich vom Boden auf und blinzelte gegen das dämmrige Licht an, das durch die Tür fiel. Als sie die Gestalt erkannte, die dort stand, zerrte sie hilflos an den Ketten, die ihre Hände fesselten.

Hector Navarro hatte die Hand um das Heft seines Schwerts geschlossen. Ephyra hatte keine Möglichkeit, sich zu verteidigen. Bis auf die ihr übliche Art und Weise. Ihre Handflächen prickelten vor erwartungsvoller Anspannung.

»Wie seid Ihr hier hereingekommen? Was wollt Ihr von mir?«, fragte sie laut.

»Spar dir das Theater«, erwiderte Hector und trat in die Zelle. »Es ist niemand hier außer uns.«

»Wo ist der andere Paladin?« Er hatte Hector schon einmal im Zaum gehalten.

»Ich habe dir doch gesagt, dass außer uns niemand hier ist«, sagte Hector.

Ephyra schluckte.

»Ich habe sehr lange nach dir gesucht«, fuhr Hector fort. »Lange genug, um zu wissen, wie viele Leben du auf dem Gewissen hast, seit du meine Familie getötet hast. Auf wie vielen Menschen du dein Zeichen hinterlassen hast.«

»Dann weißt du auch, dass niemand von ihnen unschuldig gewesen ist.« Ephyras Stimme zitterte. »Ich töte nur die, die es verdient haben. Die, die grausam sind und ihre Macht missbrauchen, um anderen wehzutun.«

»Die Blasse Hand vergeht sich also nur an denen, die Schuld auf sich geladen haben? Seltsam, dass das offenbar keine Rolle gespielt hat, als du mir meine Familie genommen hast. Sie war unschuldig, doch das hat dich nicht davon abgehalten, sie zu töten. Erinnerst du dich überhaupt noch an sie?«

Sie zwang sich, ihn anzusehen. »Ja«, sagte sie leise.

Er verzog voller Bitterkeit den Mund. »Meine Mutter. Mein Vater. Mein Bruder. Sie haben dich mit offenen Armen aufgenommen, sind dir mit nichts als Freundlichkeit begegnet. Und du hast sie umgebracht.«

»Ich wollte nicht ...« Sie verstummte. Ganz gleich, was sie sagen würde, es änderte nichts daran, was sie getan hatte. Und wenn sie in der Zeit hätte zurückgehen können und noch einmal vor die Wahl gestellt worden wäre, hätte sie sich wieder für Beru entschieden. »Es war ein schreckliches Versehen.«

»Das glaube ich dir nicht«, sagte Hector. »Du tötest, weil du es *kannst*. Du hältst dich für allmächtig. Aber das bist du nicht. Wer gibt dir das Recht, zu entscheiden, wer leben darf und wer sterben muss? Woher weiß ein Monster, wer seinesgleichen ist und wer nicht?«

Ephyra atmete zitternd ein. Hectors Miene nahm wieder diesen unnatürlich ruhigen Ausdruck an, der ihr mehr Angst einjagte, als es unbeherrschte Wut jemals vermocht hätte.

»Ich habe mich oft gefragt, warum du mich nicht ebenfalls getötet hast. Warum bin ich verschont geblieben?«, fragte Hector. »Nach fünf langen Jahren habe ich endlich die Antwort gefunden. Ich habe überlebt, weil es mir bestimmt ist, dich aufzuhalten. Alles in meinem Leben hat mich zu diesem Moment hingeführt. Das Schicksal hat mir meine Aufgabe zugeteilt – dafür zu sorgen, dass die Blasse Hand kein einziges Leben mehr auslöscht.«

Ephyra wich zurück und stieß mit dem Rücken gegen die raue Steinwand, spürte kaum, wie die Fesseln an ihren Handgelenken zerrten.

Hector festigte den Griff um das Heft seines Schwerts, einen wilden Ausdruck in den Augen. Sie konnte förmlich sehen, wie die Gedanken durch seinen Kopf rasten. Es lag in seiner Macht, sie hier und jetzt niederzustrecken. Ihr Blut in dieser Zelle zu vergießen und der Blassen Hand ein Ende zu bereiten.

»Du hast noch nie jemanden getötet, habe ich recht?«, sagte Ephyra leise. »Es ist einfacher, als du denkst. Und gleichzeitig so viel schwerer. Vielleicht geht es aber auch nur mir so.«

»Ich werde dich nicht töten.«

Ephyra atmete aus, aber in seiner Stimme lag ein Unterton, der sie auf der Hut bleiben ließ.

»Noch nicht«, sagte er. »Zuerst sollen alle erfahren, was du bist. Ich werde der Welt beweisen, dass du die Blasse Hand bist.«

»Es beweisen?«, sagte Ephyra. »Wie willst du das anstellen?«

»Du wirst es ihnen sagen«, antwortete Hector. »Den Stadtwächtern. Dem Orden des Letzten Lichts. Niemand auf der Welt soll auch nur den leisesten Zweifel daran haben, was du bist.«

»Ich werde alles abstreiten.«

Hector sah sie einen Moment schweigend an. Schließlich sagte er leise: »Du hast eine Schwester. Ich kann mich noch gut an sie erinnern.«

Ephyra erstarrte, versuchte jedoch, sich ihren inneren Aufruhr nicht anmerken zu lassen. »Ich habe sie schon seit Jahren nicht mehr gesehen.«

»Du lügst«, sagte Hector. »Du würdest niemals zulassen, von ihr getrennt zu werden. Sie hält sich ebenfalls irgendwo hier in der Stadt auf.«

Ephyra atmete tief durch und zwang sich, ruhig zu bleiben. Sie durfte ihn ihre Angst nicht sehen lassen. Durfte ihm nicht zeigen, dass er ihren einzigen wunden Punkt getroffen hatte. Ihr eigenes Leben konnte Hector bedrohen, sooft er wollte, aber das von Beru ...

Er durfte sie nicht anrühren.

»Sie ist unschuldig«, sagte Ephyra. »Genau wie es deine Familie war. Würdest du wirklich so weit gehen, ein unschuldiges Leben zu bedrohen?«

Der Ausdruck in Hectors Augen veränderte sich. Vielleicht hatte sie es endlich geschafft, durch den Nebel aus Trauer und Wut zu ihm durchzudringen. Vielleicht konnte sie ihn dazu bringen, zu erkennen, was er im Begriff war, zu tun, und zu begreifen, dass er zu weit gegangen war.

»Ich hoffe, dass es nicht dazu kommen wird«, sagte er schließlich. »Hier geht es um etwas weit Größeres als ein einzelnes Leben. Wenn du dich weigerst, vor aller Welt zu gestehen, was du bist, dann wirst du das, was geschieht, mit deinem Gewissen verantworten müssen.«

Eher würde Ephyra ihr eigenes Leben opfern. Aber falls Hector Beru finden würde, falls er herausfinden würde, dass Ephyra all diese Menschen um ihretwillen getötet hatte, dass sie der Grund dafür war, warum seine Familie hatte sterben müssen ...

Sie sah den Abgrund, an den ihn seine Trauer gedrängt hatte. Sie wusste, wozu ein solch tiefer Schmerz einen Menschen treiben konnte.

»Du wirst sie nicht finden«, sagte sie mit leiser, drohender Stimme. »Und wenn du die ganze Stadt auf den Kopf stellst.«

257

Hectors Blick wurde dunkel vor Zorn. »Dann werde ich die ganze Stadt auf den Kopf stellen«, gab er zurück. »Und ich weiß auch schon genau, wo ich anfangen muss.«

Kapitel 25

Anton

In Antons Zelle war es unerträglich kalt. Die Art von Kälte, die bis in die Knochen kroch, die in den Gelenken schmerzte und den Körper von innen wie mit einer Eisschicht überzog. Die Art von Kälte, die er nicht mehr gespürt hatte, seit er auf der Straße gelebt hatte. Die Art von Kälte, die einen in die Verzweiflung trieb, bis man an nichts anderes mehr denken konnte als daran, wie man ihren scharfen Klauen entkam.

Er musste hier raus. Illya war immer noch irgendwo dort draußen und wusste nun, wo er war. Er würde sich nicht von ein paar Gefängnismauern abhalten lassen. Aber es war nicht nur der Gedanke an seinen Bruder, der ihn beunruhigte. Während der endlos langen Stunden, die er jetzt schon hier eingesperrt war, hatte er wieder dieses durchdringende *Esha* gespürt, das er zum ersten Mal am Hafen wahrgenommen hatte und das die Wucht eines am Horizont aufziehenden Sturms besaß, dessen lautes Tosen alles andere übertönte. Er fühlte sich davon noch mehr in die Enge getrieben als von den Wänden seiner Zelle – obwohl er immer noch nicht wusste, ob er vor diesem *Esha* fliehen oder ihm entgegeneilen wollte. Er wusste nur, dass er hier rausmusste. Sie konnten ihn nicht für immer hier festhalten. Es würde bestimmt nicht mehr lange dauern, bis ihnen klar wurde, dass er nichts Unrechtes getan hatte, und sie ihn gehen lassen würden. Und dann würde Anton das tun, was er immer getan hatte – davonlaufen. So schnell und so weit weg wie nur möglich. Es war ein Fehler gewesen zu glauben, er könnte je etwas anderes tun.

Von draußen hallten Schritte zu ihm herein, sie kündigten den nächsten Wachwechsel an. Wobei ... ein Ruck ging durch Anton, als ihm klar wurde, dass der letzte Wachwechsel vor noch nicht einmal einer Stunde stattgefunden hatte.

Im nächsten Augenblick flog die Zellentür auf und Anton wich keuchend zurück, davon überzeugt, dass er wieder das Gesicht sehen würde, das ihn in seinen Träumen verfolgte.

Doch es war nicht sein Bruder, der drohend in der Tür aufragte, sondern ein Schwertkämpfer. Sein *Esha* traf Anton wie ein Felsbrocken, der auf Stahl aufschlägt. Er sah nicht wie die Wächter aus, die ihn verhört hatten. Dieser Mann mit den schwarz funkelnden Augen sah aus, als wollte er Blut sehen.

Er hätte Anton vermutlich Angst einflößen sollen. Das tat er auch, aber die Erleichterung war stärker. Denn ganz gleich, wer dieser Schwertkämpfer war, ganz gleich, was er wollte – er war nicht Illya.

Als der Mann in die Zelle trat, schälte Anton sich von der Wand, gegen die er sich gepresst hatte, und setzte sein freundlichstes Lächeln auf. »Ich habe den Stadtwächtern bereits erklärt, dass ich nicht versucht habe, den Tempel zu plündern«, sagte er. »Wenn Ihr also hier seid, um ...«

»Ich bin nicht im Auftrag der Stadtwache hier«, fuhr der Schwertkämpfer ihm über den Mund.

Das hatte Anton sich auch schon gedacht.

»Mein Name ist Hector Navarro. Ich suche schon seit sehr langer Zeit nach der Blassen Hand.«

»Der was?«, erwiderte Anton so ahnungslos, wie er nur konnte. »Ich weiß nicht, wer das sein soll.«

»Du lügst«, sagte Navarro. »Die Paladine vom Ordens des Letzten Lichts beherrschen die Gabe des Herzens nahezu bis zur Perfektion. Unsere Sinne sind geschärfter als die jedes anderen begnadeten Schwertkämpfers, dem du je begegnet bist.«

Anton setzte eine unbeeindruckte Miene auf. »Und?«

Ein gereizter Ausdruck huschte über Navarros Gesicht. »Ich kann deinen Herzschlag hören. Ich kann den Schweiß auf deiner Haut riechen. Ich kann die winzigste Veränderung in deinem Körper, in deiner Atmung spüren. Deswegen weiß ich, dass du mich anlügst. Versuchen wir es also noch mal – du bist mit der Blassen Hand im Tempel aufgegriffen und hierhergebracht worden, habe ich recht?«

Anton presste die Lippen zusammen.

»Ob ich recht habe?«

»Wer wird sich denn gleich so aufregen«, seufzte Anton und verdrehte die Augen an die Decke. »Ja, ihr habt recht, die Blasse Hand und ich, wir sind alte Kumpane. Zufrieden?«

»Sie hat eine Schwester«, sagte Navarro langsam. »Ich muss sie finden. Sag mir, wo sie ist, und ich werde dir nichts tun.«

»Und wenn ich mich weigere, wirst du ... was? Mich töten?« Es war für Anton nichts Neues, dass sein Leben bedroht wurde. »Ich habe nichts Unrechtes getan.«

»Wie ich bereits sagte, bin ich kein Stadtwächter. Was du getan hast oder nicht, ist mir gleichgültig.« Navarro zog langsam sein Schwert aus der Scheide, wie um Anton genügend Zeit zu geben, sich den Schwung der spitz zulaufenden Klinge einzuprägen. »Sag mir, wo ihre Schwester ist.«

Anton löste den Blick vom Schwert und sah zu Navarro auf. Er hatte Angst, aber nicht vor der Klinge. »Was habt Ihr mit ihr vor?«

»Nichts«, erwiderte Navarro. »Solange die Blasse Hand meine Bedingungen erfüllt.«

»Und wenn nicht?«

Navarros Klinge war schneller als in einem Wimpernschlag an Antons Kehle. »Im Moment solltest du dir vor allem um dein Entgegenkommen Gedanken machen.«

Anton hob das Kinn an. »Du wirst mich nicht töten.« Es war nicht das erste Mal, dass er einem Mann wie Navarro gegenüberstand – einem von Zorn und Angst überwältigten Mann, der verzweifelt versuchte, die Kontrolle zurückzugewinnen.

»Was macht dich da so sicher?«, fragte Navarro. In seinen dunklen Augen lag eine seltsame Offenheit, als wüsste er selbst nicht, wie weit er zu gehen bereit war.

Anton spürte, wie sich die Klinge in sein Fleisch drückte, als er schluckte. Trotzdem war er von einer eigenartigen Ruhe erfüllt. Die Gefahr war direkt vor ihm, sie war real. Es war eine Gefahr, die auf die eine oder andere Weise vorübergehen würde.

Und obwohl Anton der Willkür dieses Mannes ausgeliefert war, war es *seine* Entscheidung, was als Nächstes geschehen würde.

»So wie ich das sehe«, begann er, »befindet sich jeder von uns beiden hier in einer etwas … misslichen Lage. Ihr wollt die Schwester der Blassen Hand finden, ich muss aus dieser Zelle verschwinden. Klingt für mich, als könnten wir uns gegenseitig behilflich sein.«

»Dann wirst du mir also sagen, wo ich sie finde?«

»Nein.« Der Druck der Klinge an seiner Kehle verstärkte sich. »Aber ich kann es Euch zeigen.«

Navarro trat einen Schritt zurück und vergrößerte auf wohltuende Weise den Abstand zwischen seinem Schwert und Antons Kehle.

Anton atmete aus. »Holt mich hier raus und ich führe Euch zu ihr.«

»Das Schicksal der Welt steht auf dem Spiel und du versuchst, mit mir zu feilschen«, entgegnete Hector. »Was auch immer sie für dich ist – das, was passieren wird, wenn ich sie nicht finde, ist es nicht wert.«

»Wenn tatsächlich das Schicksal der Welt auf dem Spiel steht, was bedeutet da schon irgendein entlaufener Gefangener?«

Der Blick des Schwertkämpfers zuckte zur Tür und wieder zu Anton. »Jemand ist auf dem Weg hierher.«

»Dann solltet ihr Euch lieber beeilen.«

Navarro steckte mit einem frustrierten Seufzen sein Schwert zurück, packte Anton an der Schulter und schob ihn aus der Tür.

KAPITEL 26

JUDE

Was würdest du machen, wenn du tun und lassen könntest, was immer du wolltest?

Die Frage ging Jude durch den Kopf, als er in der Zitadelle auf den Eingang der Arrestzellen zuhielt. Es war die Frage, die Hector ihm in jener Nacht vor über einem Jahr gestellt hatte, als sich die Zukunft noch unendlich vor ihnen ausgebreitet hatte. Es war die Frage, die Jude in den Sinn gekommen war, als er Hector zum sechsten Mitglied seiner Garde auserwählt hatte. Es war die Frage, die, als Hector sie beantwortet hatte, ihre Rollen im Leben festgelegt hatte. Hector und Jude, Seite an Seite.

Ich würde natürlich mit dir kommen.

Doch mittlerweile wusste Jude, wie Hectors wahre Antwort lautete. Weder belastet von dem Gelübde, mit dem er sich dem Orden verpflichtet hatte, noch gebunden an die Erwartungen, die Jude an ihn hatte, spürte Hector vielmehr die Notwendigkeit, einem anderen Ruf zu folgen. Er war nicht wie Jude als Soldat des Glaubens geboren worden. Er war als Sohn einer Mutter und eines Vaters geboren und zur Waise gemacht worden. Es war eine Wunde, die tiefer saß, als Jude zu begreifen imstande war. Auch wenn Hector schwor, dass es ihm dabei um nichts anderes als die letzte Prophezeiung ging, kannte Jude die Wahrheit. Es waren Kummer und Trauer, die ihn antrieben, nicht Glaube.

Vor dem Gefangenenturm wurde er von einer Wächterin aufgehalten, die er von der beinahe geglückten Flucht des Mädchens tags zuvor wiedererkannte.

»Marschall Weatherbourne«, sagte sie. »Es ist zu einem äußerst unerfreulichen Zwischenfall gekommen.«

Jude blieb abrupt stehen. Unzählige schreckliche Szenarien jagten durch seinen Kopf. »Was ist passiert?«

»Die diensthabenden Wächter wurden in den frühen Morgenstunden bewusstlos in der Wachstube aufgefunden. Einer der Gefangenen ist verschwunden.«

Jude spannte sich an. »Das Mädchen, mit dem wir gestern gesprochen haben?«

Zu seiner Überraschung schüttelte sie den Kopf. »Nein. Der Junge, mit dem sie aufgegriffen wurde. Wir versuchen gerade herauszufinden, was ...«

»Ich muss sofort zu dem Mädchen«, sagte Jude.

Die Wächterin zögerte.

»Diese Gefangenen sind für den Orden des Letzten Lichts von besonderem Interesse. Es ist unerlässlich, dass ich noch einmal mit ihr spreche.« Jude kratzte alles zusammen, was sein Vater ihm an Würde vererbt hatte. »Bring mich zu ihr.«

Die Wächterin schien noch einen kurzen Moment mit sich zu ringen, nickte dann aber. »Folgt mir.«

Sie führte ihn zum Aufzug. Jude kam es wie eine Ewigkeit vor, bis er endlich oben angekommen war und die Wächterin die Zelle des Mädchens aufgeschlossen hatte.

Sie trat zurück und ließ Jude die schwere Eisentür aufdrücken.

Das Mädchen, von dem Hector behauptete, es wäre die Blasse Hand, war bereits in ihrer Zelle aufgesprungen. Bevor sie auch nur ein Wort sagen oder die Wächterin ihm folgen konnte, schlug Jude die Tür hinter sich zu und wandte sich dann wieder zu ihr um.

»Wo ist er?«

Sie schien nichts mehr mit dem Mädchen, das sie einen Tag zuvor befragt hatten, gemeinsam zu haben. Trotz ihrer Lage war sie ruhig und gefasst gewesen. Jetzt wirkte sie zutiefst verzweifelt und außer sich vor Angst.

Falls Jude gedacht hatte, er würde Wut oder gar Hass für dieses Mädchen empfinden, das Hector so viel Leid zugefügt hatte, löste sich dieser Gedanke bei ihrem Anblick – die gefesselten Hände an ihre keuchende Brust gepresst – in Luft auf.

»Er ist hier gewesen, habe ich recht?«, versuchte Jude es noch einmal. »Ich spreche von Hector Navarro. Er ist heute Nacht hier gewesen.«

Sie nickte widerstrebend.

»Hat er versucht, dir etwas anzutun?« Er musste die Worte förmlich aus sich herauszwingen. Auch wenn er sich nicht vorstellen konnte, dass Hector zu irgendeiner Grausamkeit fähig war, erinnerte er sich nur allzu gut an den gehetzten Ausdruck in seinen Augen, als er dieses Mädchen angesehen hatte.

Sie antwortete nicht. In ihren Augen schimmerten unvergossene Tränen hilfloser Wut.

»Bitte«, sagte Jude. »Du musst mir sagen, was passiert ist.«

»Woher weiß ich, dass Ihr nicht bloß gekommen seid, um ihm zu helfen?« Ihre Stimme klang rau. »Ihr gehört wie er dem Orden des Letzten Lichts an.«

Mühsam versuchte er, seine Ungeduld zu zügeln. Er hatte keine Zeit, sich mit ihrem Misstrauen aufzuhalten. Er musste Hector finden und ihn zur Vernunft bringen, bevor sein Fehlverhalten unwiderrufliche Folgen haben würde.

»Ich bin nicht als Marschall der Paladingarde hier. Ich bin

hier, um meinen Freund zu finden. Was auch immer danach geschieht ...«

»Ihr meint, ob Ihr euch entscheidet, mich zu töten oder zu ver-
schonen?«

Jude sah sie mit großen Augen an. »Hat er das gesagt?«

»Er sagte, er würde versuchen, Euch zu beweisen, dass ich die
Blasse Hand bin«, antwortete sie. »Dass er dafür auch vor einem
Mord nicht zurückschrecken würde, musste nicht laut ausgespro-
chen werden.«

»Von mir hast du nichts zu befürchten«, sagte Jude. »Wo ist Hector jetzt?«

Sie sah ihn einen Moment lang schweigend an und Judes Ungeduld wuchs.

»Der Junge, der mit dir hierhergebracht wurde«, sagte Jude, »er ist
verschwunden. Was hat Hector mit ihm vor?«

Sie presste kurz die Lippen zusammen, bevor sie zitternd Luft
holte und sagte: »Er weiß, wo meine Schwester ist.«

»Und was will Hector von deiner Schwester?«

»Sie gegen mich benutzen«, sagte sie. »Ihr wehtun, wenn ich seine
Forderungen nicht erfülle.«

Ein Schauder lief über Judes Rücken. Er wusste, dass Hector auf
Rache aus war, aber das? Einem unschuldigen Mädchen wehtun,
nur weil er glaubte, dass seine Schwester für den Tod seiner Familie
verantwortlich war?

Nein, das war der Schmerz und die Trauer, die ihn solche Drohungen ausstoßen ließ. So etwas würde Hector nie tun. Jude um-
fasste das Heft seines Schwerts und zwang seine Gedanken, sich auf
das Problem zu konzentrieren, das vor ihm lag. Er würde nicht darüber grübeln, was passierte könnte, falls er Hector nicht fand.

»Dieser Junge ... glaubst du, er wird Hector helfen?«, fragte Jude.
»Würde er wirklich so weit gehen, dich zu verraten?«

»Ich ... ich weiß es nicht«, antwortete das Mädchen. »Möglicherweise. Er schuldet mir nichts, und ich traue ihm nicht.«

»Dann musst du mir sagen, wo sie sind.«

Sie sah ihm fest in die Augen. »Nur, wenn Ihr mich mitnehmt.«

»Du weißt, dass ich das nicht kann«, erwiderte Jude. »Sag mir
einfach, wo ich ihn finde. Ich verspreche dir, dafür zu sorgen, dass er
niemandem etwas antut. Ich werde ihn finden und zur Vernunft
bringen.«

»Und wie wollt Ihr das erreichen?«, zischte sie. »Er wird sich nicht
zur Vernunft bringen lassen, er ist blind vor ...«

»Kummer«, beendete Jude ihren Satz leise. »Ich weiß. Es gibt einen Kodex, nach dem wir leben, ein Gelübde, das wir ablegen, und
dieses Gelübde erlaubt es uns nicht, uns von Trauer oder Rache-
gefühlen leiten zu lassen. Er hat es gebrochen, als er eigenmächtig
die Garde verlassen hat, und wenn er das, was du mir gesagt hast,
wahrmacht, dann ...« Er verstummte. Er würde es sich nicht gestat-
ten, so von Hector zu denken. »Ich schwöre, dass ich das nicht zulassen werde.«

»Euer blödsinniges Gelübde interessiert mich nicht«, stieß sie
hervor. »Mich interessiert einzig und allein das Wohl meiner
Schwester. Deswegen *bitte* ich Euch ...« Sie verstummte und presste
die Hand auf ihre sich atemlos hebende und senkende Brust.

Jude sah, was sich hinter ihrem rasenden Zorn verbarg. Nackte
Angst.

»Bitte.«

»Ich werde nicht zulassen, dass er deiner Schwester etwas antut«,
wiederholte er und fügte hinzu: »Rache hat nichts Ehrenhaftes. Das
gilt sowohl für dich als auch für ihn.«

Sie suchte seinen Blick. »Das ist etwas, was Euch sehr am Herzen
liegt, stimmt's? Ehre.«

Jude neigte zustimmend den Kopf.

»Dann müsst Ihr mir Euer Wort geben, dass ganz gleich, was passiert, ganz gleich, was Hector über mich und über meine Schwester sagt ...« Ihr brach für einen Moment die Stimme. »Gebt mir Euer Wort, dass ihr sie beschützen werdet.«

Zumindest das konnte er ihr versprechen. Der Tod sollte niemals leichtfertig beschlossen werden. »Ich bin für Hectors Leben verantwortlich. Für seine Entscheidungen, für seine Taten. Ich werde nicht zulassen, dass er deiner Schwester auch nur ein Haar krümmt.«

»Schwört es mir«, sagte sie mit funkelndem Blick. »Schwört es mir auf dieselbe Weise, wie Ihr Euer Gelübde abgelegt habt.«

Seine Finger zuckten zum Saum seines Umhangs. Das Gelübde der Paladine war heilig.

»Schwört es mir!«

Jude zog die Höchste Klinge aus der Scheide, sank auf ein Knie und bot das Schwert auf beiden Händen dar. »Ich schwöre.«

Sie sah ihm einen Moment schweigend in die Augen. »Sie ist in dem niedergebrannten Mausoleum, das sich direkt vor dem Südtor der Oberstadt befindet«, sagte sie schließlich. »Findet sie, bevor Navarro es tut.«

Er richtete sich auf und nickte knapp. Was auch immer Hector in diesem Moment durch den Kopf ging, er wusste, dass er es bereuen würde, wenn er einem unschuldigen Mädchen etwas antun würde. Er würde sie finden, bevor es zu spät war.

»Ich weiß nichts über dich«, sagte das Mädchen. »Aber ich vertraue darauf, dass du dein Wort hältst. Sorge dafür, dass ihr nichts geschieht.«

»Das werde ich«, sagte Jude. »Um deiner Schwester willen. Und um Hectors willen.«

KAPITEL 27

HASSAN

Während Hassan auf die Rückkehr von Penrose und dem Rest der Garde wartete, schickte er zwei von Tante Lethias Bediensteten mit einem Auftrag zur Agora.

»Sucht dort nach einer jungen Legionärin namens Khepri«, sagte er und beschrieb ihnen, wo sie ihr Zelt finden würden. »Erklärt ihr, dass ich sie in einer dringenden Angelegenheit sprechen muss, und bringt sie hierher.«

»Was hast du jetzt schon wieder vor, Hassan?«, sagte Lethia, als die Diener sich auf den Weg gemacht hatten.

Hassan sah seine Tante an. »Ich habe sie in meinem Traum gesehen. In meiner Vision.«

»Vision?«, wiederholte Lethia. Der Zweifel in ihrer Stimme war unüberhörbar. »Du denkst doch nicht wirklich, dass …«

Penrose trat durch die Tür. Sie wirkte nervös und angespannt. Der Rest der Garde betrat kurz nach ihr den Raum. Wieder fehlten zwei von ihnen.

»Wo ist Marschall Weatherbourne?«, fragte Hassan.

»Er musste noch einmal zur Zitadelle«, antwortete Penrose und wich seinem Blick aus.

»Warum? Ist etwas passiert?« Hassans Gedanken wurden sofort

von düsteren Szenarien heimgesucht – vielleicht hatten die Zeugen erneut einen Anschlag verübt, hatten in der Nacht einen Tempel zerstört oder das Leben der Geflüchteten bedroht.

»Nichts, womit Ihr Euch belasten müsstet«, entgegnete Penrose bestimmt. »Er hat mir während seiner Abwesenheit die Befehlsgewalt übertragen. Ich weiß, dass es in seinem Sinn ist, wenn ich sage, dass das hier keinen weiteren Aufschub duldet. Erzählt uns, was Ihr gesehen habt, Prinz Hassan.«

Hassan richtete sich auf und sah zu den anderen Gardemitgliedern.

»Ich ... hatte letzte Nacht einen Traum«, begann er stockend. »Eine Vision.«

Er spürte, wie bei seinen Worten eine Veränderung im Raum vor sich ging. Penrose musste der Garde bereits von seinem Traum erzählt haben, aber als er die Worte aussprach, schien ein kollektiver Ruck durch sie hindurchzugehen, dem eine atemlose, hoffnungsvolle Stille folgte.

Auf irgendeine Weise hatte Hassan einen Zugang zu der Hellsicht gefunden, die ihm in die Wiege gelegt worden war. Auf irgendeine Weise hatte sich seine Gabe genau in dem Moment offenbart, in dem er sie am dringendsten brauchte. Er hatte um Führung gebeten, und sein Herz, seine Gabe, hatte ihm geantwortet.

Hassan atmete tief durch und gab der Garde, so gut er es vermochte, seine Vision wieder. Er ließ den Blick über ihre Gesichter wandern, während er davon sprach, wie er auf der Aussichtsplattform des Leuchtturms von Nasira gestanden und gesehen hatte, wie die Zeugen von seinen Truppen überrannt worden waren, wie er auf dem Thron von Herat gesessen und auf seine Untertanen geblickt hatte.

»Es könnte nur ein Traum gewesen sein«, wandte Lethia vorsichtig ein. »Nach allem, was in den letzten Tagen passiert ist, würde es mich nicht wundern, wenn die Zeugen, Nasira und das Gottesfeuer dir in deinen Träumen begegnen.«

»Nein«, sagte Hassan. »Seit dem Umsturz träume ich jede Nacht von Nasira und den Zeugen, aber diesmal war es anders. Die Träume davor sind verwirrend gewesen, haben meine Gedanken verdreht. Aber das hier … es fühlte sich fast real an. Ich kann selbst jetzt noch alles ganz genau vor mir sehen. Es fühlt sich nicht wie ein Traum an, sondern eher wie eine Erinnerung. Ich habe eine seltsame Klarheit empfunden, so als wüsste ich genau, was ich zu tun habe. Und so ist es auch, nicht wahr? Es ist mir bestimmt, nach Nasira zurückzukehren und gegen die Zeugen in den Kampf zu ziehen.«

»›So enthüllt sich durch Feuer und Gnade unsere letzte Prophezeiung‹«, zitierte Penrose. Sie wandte sich den anderen Paladinen zu. »Das ist es, was die Sieben Propheten nicht sehen konnten. Dies ist die Antwort, nach der wir gesucht haben. Der Weg, das Zeitalter der Dunkelheit aufzuhalten.«

»Ich hoffe, Ihr begreift, was Ihr da sagt.« Lethias Stimme bebte vor unterdrückter Wut. »*Falls* diese Prophezeiung wirklich echt ist, und *falls* Hassans Traum wirklich eine Vision war, dann verlangt Ihr von ihm, sich in sehr große Gefahr zu begeben.«

»*Wir* verlangen nichts«, entgegnete Penrose. »Prinz Hassans Vision hat uns die Richtung gezeigt. Er muss nach Nasira zurückkehren.«

Der Gedanke löste ein Ziehen in Hassans Brust aus. Nach Nasira zurückkehren. Seit seiner Ankunft in Pallas Athos gab es nichts, was er sich mehr wünschte.

»Was ist, wenn Ihr euch irrt?«, fragte Lethia. »Hassan ist der einzige Thronfolger von Herat. Wenn ihm etwas zustößt …«

»Mir wird nichts zustoßen«, unterbrach Hassan sie. »Du hast es gehört, Tante Lethia.«

Sie stand von der gepolsterten Sitzbank auf. »Ich hoffe, du hast recht. Ich hoffe es von ganzem Herzen. Aber ich fürchte, dass diese Frauen und Männer hier, die angeblich geschworen haben, dich zu beschützen, möglicherweise nicht ganz aufrichtig sind, wenn sie sagen, sie hätten nur deine Sicherheit im Sinn. Ich fürchte, dass sie dich vom rechten Weg abbringen.«

Penroses Augen blitzten empört auf. »Die Sicherheit des Propheten ist unsere oberste Priorität. Wir würden niemals etwas tun, was sein Leben gefährden könnte.«

Lethias kühler Blick wanderte kurz zu Penrose, bevor er sich wieder auf Hassan richtete. »Ich bitte dich inständig, noch einmal gründlich über alles nachzudenken, bevor du eine Entscheidung triffst, nur weil ein paar begnadete Schwertkämpfer, die ein Jahrhundert lang verschwunden waren, dir einreden, es wäre dein Schicksal. Wenn schon nicht um deinetwillen, dann wenigstens deinem Land zuliebe.«

Hassan fühlte sich, als hätte Lethia ihn geohrfeigt. »Ich denke dabei an nichts anderes als mein Land. Ich tue es für Herat. Das ist mehr, als du jemals für unser Land getan hast.«

Lethia verengte die Augen zu schmalen Schlitzen. »Dein hitziges Gemüt macht einen Narren aus dir, Hassan. Ich versuche lediglich, dir zu helfen. Ich weiß, wie viel Hoffnung du in dir trägst. Ich möchte nur verhindern, dass du sie in die falsche Richtung lenkst.«

Hassan bereute seine harschen Worte, konnte sich jedoch nicht dazu durchringen, sie zurückzunehmen, selbst dann nicht, als Lethia, ohne noch etwas hinzuzufügen, den Raum verließ.

Er empfand ihre Abwesenheit als einen Verlust. Er hatte geglaubt, dass sie ihre Zweifel in Bezug auf die Prophezeiung überwinden würde, dass sie, genau wie er, einfach etwas Zeit brauchte, um zu verarbeiten, was sie erfahren hatten. Ein Teil von ihm hatte sich sogar gefragt, ob Lethias Widerstand mit ihrer eigenen Vergangenheit und der Tatsache zu tun hatte, dass sie ohne eine Gabe aufge-

273

wachsen war. Er hatte sie nie direkt darauf angesprochen, ob sie sich wie er danach gesehnt hatte, begnadet zu sein, konnte es sich aber nicht anders vorstellen. Vielleicht hatte sie so etwas wie Neid empfunden, als sie erfuhr, dass Hassan zuteil wurde, was er sich so sehr gewünscht hatte. Er war davon überzeugt, dass es ihm so ginge, wenn es umgekehrt wäre.

»Und was bedeutet das alles nun konkret?«, brach Osei das unbehagliche Schweigen.

Penrose hob das Kinn an. »Dass wir nach Nasira aufbrechen werden.«

»Wie? Wann?«, fragte Petrossian. »Was sagt uns die Vision darüber, wie wir die Zeugen aufhalten können?«

Hassan setzte zu einer Erwiderung an, als es energisch an der Tür klopfte.

»Wer ist das?«, fragte Annuka alarmiert.

Die Tür ging auf und ein Diener verkündete: »Khepri Fakhoury ist hier, auf Wunsch Seiner Hoheit, Prinz Hassan.«

Hassan stand auf. »Führt sie herein.«

»Prinz Hassan ...« Weiter kam Penrose mit ihrem Einwand nicht, denn schon im nächsten Augenblick trat Khepri durch die Tür.

Bei ihrem Anblick kam alles in ihm zur Ruhe, sein Unmut und seine Enttäuschung lösten sich auf. Vor seinem inneren Auge blitzte ein Bild aus seinem Traum auf – wie Khepri im ersten Licht des Tages unerschütterlich und strahlend an seiner Seite auf dem Leuchtturm von Nasira steht.

Sie verbeugte sich. »Eure Hoheit.«

»Was hat sie hier zu suchen?«

Petrossians Frage drang kaum zu Hassan durch. Er sah Khepri noch immer unverwandt an. »Du bist dort gewesen. Du hast an meiner Seite gestanden.«

Sie runzelte leicht die Stirn. »Prinz Hassan?«

Ich wusste, dass ich hierherkommen muss, hatte sie an seinem zweiten Abend auf der Agora zu ihm gesagt. Das Mondlicht hatte sich
zart schimmernd auf ihr Gesicht gelegt, sodass sie wie eine der goldenen Statuen wirkte, die die Halle der Könige im Palast von Herat
säumten. *Dass ich hierherkommen muss, um den Prinzen zu finden und
ihm dabei zu helfen, unser Land zurückzuerobern.*

Sie hatte an ihn geglaubt, noch bevor sie ihm zum ersten Mal
begegnet war. Hatte so sehr an ihn geglaubt, dass sie alles riskierte,
um nach Pallas Athos zu kommen und nach ihm zu suchen. Es war
Schicksal. Das hatte er in jenem Moment nicht begriffen, aber jetzt
wusste er es. Sie hatte hierherkommen und ihn finden müssen, damit sie Herat gemeinsam zurückerobern konnten, weil es so vorherbestimmt war.

Nun, da Khepri hier vor ihm stand, ergab alles einen Sinn.

»Du bist dort gewesen.« Er trat auf sie zu. Sie richtete sich unsicher auf und ließ zu, dass er sie an den Händen fasste. »Auf der
Aussichtsplattform des Leuchtturms.«

»Ich verstehe nicht ...«

Hassan blickte über die Schulter zu den Mitgliedern der Garde.
Sie hatten das Geheimnis der Letzten Prophezeiung wahren wollen,
aber das war gewesen, bevor er seine Vision gehabt hatte.

Bevor er die Prophezeiung erfüllt hatte.

»Khepri«, begann er, »die Paladingarde ist nicht nur wegen der
Zeugen hier. Der eigentliche Grund bin ich. Und eine Prophezei-
ung, die der Orden des Letzten Lichts ein Jahrhundert lang vor dem
Rest der Welt geheim gehalten hat.«

»Eure Hoheit«, unterbrach Petrossian ihn. »Ihr könnt nicht einfach ...«

Penrose brachte ihn mit einem Blick zum Schweigen, bevor sie
Hassan zunickte und an Khepri gewandt sagte: »Als die Propheten
verschwanden, hinterließen sie eine letzte Prophezeiung. Eine un-

vollständige Prophezeiung. Sie war dem Orden des Letzten Lichts anvertraut worden, der sie bis zu ihrer Erfüllung geheim halten sollte.«

Penrose berichtete ihr mit ruhiger, sachlicher Stimme von den Vorboten, dem Zeitalter der Dunkelheit und dem Letzten Propheten, der es aufhalten würde. Khepri hörte aufmerksam zu, ohne sie zu unterbrechen.

»Khepri«, sagte Hassan, als Penrose zu Ende gesprochen hatte. »Der Letzte Prophet, das bin *ich*. Und nun weiß ich endlich, was wir tun müssen, um das Zeitalter der Dunkelheit aufzuhalten. Wir müssen mit der Armee der Geflüchteten nach Nasira. Mit deiner Armee.«

»Armee?«, fragte Osei.

Hassan wandte sich dem Paladin zu. »Khepri hat auf der Agora die Geflüchteten trainiert. Eine Armee begnadeter Kämpfer, denen ebenso viel daran liegt, es mit den Zeugen aufzunehmen, wie mir. Sie wollen mir dabei helfen, Nasira zurückzuerobern und sie aus dem Königreich Herat zu jagen.«

Als er Khepris Blick begegnete, sah er die Hoffnung, die aus ihren Augen leuchtete.

»Und genau das werden wir tun.« Die Worte kamen ihm wie selbstverständlich über die Lippen, nun, da er Khepri ansah. »Wir werden den Hafen von Nasira stürmen. Die Zeugen mit unserem Angriff überraschen. Der Weg, das Zeitalter der Dunkelheit aufzuhalten, führt über die Rettung Nasiras.«

Khepris Augen weiteten sich. »Aber gestern auf der Agora hast du noch gesagt ...«

»Da wusste ich es noch nicht. Ich wusste noch nicht, was ich tun sollte. Wer ich bin. Jetzt weiß ich es. Ich *weiß*, was unsere Bestimmung ist. Ich habe es gesehen.«

»Ich ... ist es dir wirklich ernst damit?«, fragte Khepri. »Gestern hast du es für aussichtslos gehalten, die Zeugen mit ein paar Hundert Soldaten aufhalten zu wollen. Aber jetzt ... du hast es wirklich gesehen, nicht wahr? In deiner Vision. Du hast die Rettung unseres Königreichs gesehen.«

»Ja.« Er erwiderte ihren Blick, und der Funke, der sich zwischen ihnen entzündete, brannte alle anderen Zweifel nieder. »Und ich habe nicht nur die Armee der Geflüchteten gesehen. Ich habe Schiffe gesehen. Mit silbernen Segeln. Eine ganze Flotte von ihnen.«

»Die Flotte des Ordens«, sagte Penrose.

»Osei hat mir erzählt, dass Eure Anzahl seit dem Verschwinden der Propheten zurückgegangen ist, aber es gibt sicherlich immer noch genügend Paladine, um ein Heer zu bilden, oder etwa nicht?«, sagte Hassan.

Penrose nickte. »Es gibt mehrere Hunderte von uns, die ein Gelübde abgelegt haben, den Propheten zu schützen. Wenn Eure Vision sich erfüllen wird, und daran habe ich nicht den leisesten Zweifel, dann liegt unser Weg klar vor uns.« Sie sank in einer einzigen geschmeidigen Bewegung auf ein Knie und griff nach dem Heft ihres Schwerts. »Unsere Schwerter und die Schwerter sämtlicher Paladine des Ordens des Letzten Lichts gehorchen Eurer Führung.«

Die anderen Paladine folgten ihrem Beispiel und sanken ebenfalls auf die Knie. Es war nichts Ungewöhnliches für Hassan, dass man sich vor ihm verneigte, aber das hier fühlte sich anders an. Es enthielt ein Gewicht, ein Versprechen, das er gerade erst zu begreifen begann. Er war nun mehr als ein Prinz, und ihre Geste war mehr als Untertänigkeit.

»Ich stehe Seite an Seite mit dem Propheten«, sagte Penrose mit erhobenem Haupt.

»Ich stehe Seite an Seite mit dem Propheten«, wiederholten die anderen Gardemitglieder.

Khepri hob das Kinn an. »Ich stehe Seite an Seite mit dir, Prinz Hassan. Wohin auch immer das Schicksal uns führt.«

Zum ersten Mal, seit der Hierophant Nasira eingenommen hatte, wusste Hassan wieder, welche Richtung er einschlagen musste. Alles, was seit dem Umsturz passiert war – die Zeugen auf der Agora, die Enthüllung der letzten Prophezeiung, Khepri –, hatte ihn hierhergeführt. Endlich wusste er, was er zu tun hatte. Endlich gab es Menschen, die ihm zur Seite standen.

Doch in diesem Gedanken schwang auch ein Gefühl der Sorge mit. Von nun an würde es nicht mehr nur um sein eigenes Los gehen. Sondern auch um das Khepris und der Armee der Geflüchteten. Um das der Paladingarde und des Ordens des Letzten Lichts.

Er war der Anführer geworden, von dem er nie gedacht hätte, dass er es sein könnte. Der Anführer, den sein Vater in ihm gesehen hatte. Er konnte nur hoffen, dass er sie nicht alle auf einen Irrweg führte.

KAPITEL 28

BERU

Etwas war schiefgegangen. Beru spürte es instinktiv. All das, worum sie sich Nacht für Nacht Sorgen gemacht hatte, ihre Befürchtung, dass Ephyra eines Tages gehen und nicht zurückkehren würde, hatte sich schließlich doch bewahrheitet.

Sie wusste nicht, was ihre Schwester gemeint hatte, als sie sagte, sie würde zum Tarseistempel gehen, um »etwas zu erledigen«, aber mittlerweile war sie schon seit über einem Tag verschwunden. Beru war außer sich vor Sorge.

Immer wieder ging ihr ihr Streit durch den Kopf. Ephyra glaubte weiter unerschütterlich daran, dass sie den Eleasarkelch finden und sie heilen konnten. Vielleicht hatte sie recht. Aber falls nicht, gab es immer noch die Eisenbahnfahrkarten, die in der Tasche ihres Umhangs steckten. Wenn es Anton nicht gelang, den Kelch zu finden, würden sie nach Hause zurückkehren. Sobald Ephyra zurück war.

Es geht ihr gut, versuchte Beru sich zu beruhigen und strich mit den Fingern über die Perlen und Muscheln des Armbands, mit dem sie gerade fertig geworden war. Sie hielt bei dem winzigen Glaskorken inne, den Ephyra ihr mitgebracht hatte.

Das Geräusch von Schritten, die durch das Mausoleum hallten, riss sie aus ihren dunklen Gedanken. Vor Erleichterung sank Beru in sich zusammen. Ephyra war zurück. Sie brauchte nicht ohne sie von hier fortzugehen.

Als die Schritte näher kamen, hörte Beru, dass ihre Schwester nicht allein war. *Anton.*

Sie lief zur Tür und entriegelte sie eilig. Sie ertrug es keinen Augenblick länger, nicht zu wissen, ob Ephyra wohlauf war.

Doch als sie die Tür aufzog, stand dort nicht ihre Schwester.

Sie erkannte ihn sofort. Es waren fast fünf Jahre vergangen, und während dieser Zeit hatte er sich von einem fröhlichen, aufgeweckten Jungen in den grimmigen Mann mit dem erbitterten Blick verwandelt, der nun vor ihr aufragte.

Das Unmögliche war geschehen. Hector Navarro war hier.

Er stand wie versteinert da, schien genauso erschüttert darüber zu sein wie sie, dass sie sich nun hier gegenüberstanden.

»Du brauchst keine Angst zu haben«, sagte Anton und trat hinter Hector hervor.

»Was hast du mit ihm zu schaffen?« Berus Stimme zitterte. Sie ließ aufgewühlt den Blick zwischen ihnen hin und her wandern. »Wo ist Ephyra?«

»Deine Schwester ist dort, wo sie hingehört«, antwortete Hector.

Beru gefror das Blut in den Adern.

»Es ist nicht so, wie du denkst«, versicherte Anton ihr eilig. »Wir sind im Tempel von den Stadtwächtern aufgegriffen worden. Sie hielten uns für Plünderer und haben uns in die Zitadelle geworfen. Es geht ihr gut.«

»Wie konntest du das zulassen?«, fragte Beru Anton, nicht sicher, ob sie damit meinte, dass Ephyra gefasst worden war oder dass Hector wie ein Racheengel vor ihr stand. Es war beides unbegreiflich.

»Deine Schwester ist eine Mörderin«, sagte Hector. »Sie hat es verdient, in Ketten gelegt zu werden. Und ich werde dafür sorgen, dass sie nie wieder ein Leben auslöscht.«

»Beru ...« Anton wirkte mitgenommen – seine Haare standen wirr ab, unter seinen Augen lagen tiefe Schatten. »Es tut mir leid«, sagte er und trat einen Schritt auf sie zu.

Hector hielt ihn am Arm zurück. »Du hast deine Schuldigkeit getan. Du kannst gehen.«

Es war kein Vorschlag, wie Beru sehr wohl hörte, sondern ein Befehl.

Anton blickte von ihr zu Hector. »Ich werde Euch nicht mit ihr allein lassen.« Seine Stimme zitterte leicht, aber sie musste ihm zugutehalten, dass er es immerhin versuchte.

»Geh einfach, Anton«, sagte sie leise.

Er drehte ihr bestürzt den Kopf zu. »Und wenn er versucht, dir wehzutun?«

Vielleicht würde ich es verdienen, dachte Beru. »Darüber hättest du dir Gedanken machen sollen, *bevor* du ihn hierhergeführt hast«, entgegnete sie schneidend. »Nun ist es eine Sache zwischen ihm und mir. Geh.«

Anton warf ihr einen letzten, bekümmerten Blick zu, bevor er sich langsam abwandte, aus der Kammer ging und sie mit Hector allein zurückließ.

Beru lief ein kalter Schauer über den Rücken. Sie zupfte am Rand des Verbands, der den dunklen Handabdruck auf ihrem Handgelenk verbarg. »Wie hast du es geschafft, uns nach all der Zeit zu finden?«

Hector schüttelte langsam den Kopf. Sein Blick wirkte verloren und weit entfernt. »Das habe ich nicht. Das Schicksal hat mich hierhergeführt, damit ich ihrem Treiben ein Ende setze. Und du wirst mir dabei helfen.«

»Warum sollte ich dir helfen, meiner Schwester zu schaden?« Ihre Angst verwandelte sich in Wut.

»Weil du«, sagte Hector, »außer mir der einzige Mensch bist, der weiß, was sie getan hat. Der weiß, dass die Blasse Hand nicht nur die tötet, die es nicht anders verdient haben. Sie hat unschuldige Menschen auf dem Gewissen – Menschen wie meine Familie. Wenn niemand sie aufhält, werden noch mehr sterben.«

»Wovon redest du?«

»Wohin sie auch geht, folgt Dunkelheit«, sagte Hector. »Du kennst die Wahrheit über deine Schwester. Du weißt, was sie getan hat. Nun soll es auch die ganze Welt wissen, und wenn die Menschen es aus deinem Mund erfahren, werden sie es glauben. Sie ist eine Handlangerin des Bösen. Eine Vorbotin der Dunkelheit.«

»Das ist nicht wahr«, sagte Beru aufgebracht. »Du weißt nicht, wovon du redest.«

»Ich bin dabei gewesen, als sie meine Familie umgebracht hat. Genau wie du.«

Sie schloss die Augen. Wäre Ephyra hier, sie würde ihr niemals erlauben, das zu tun, was sie gleich tun würde. Sie öffnete die Augen wieder und sah Hector an. »Du kennst nicht die ganze Wahrheit.«

»Die ganze Wahrheit?«, wiederholte Hector. »Meine Familie hat euch aufgenommen und sie hat sie kaltblütig umgebracht. Ich musste sie begraben. *Das* ist die ganze Wahrheit.«

Beru schüttelte den Kopf. »Es war ein schreckliches Versehen. Sie hatte niemals vor, irgendjemanden zu verletzen.«

»Sie hat sie *getötet*.«

»Sie hat versucht, mich zu heilen«, erwiderte Beru verzweifelt. »Sie ... sie wusste nicht, was sie tat. Sie hat ihnen das *Esha* entzogen, ohne sich darüber im Klaren zu sein. Es war nicht ihre Schuld. Es war meine.«

Fassungslos wich Hector einen Schritt vor ihr zurück.

»Erinnerst du dich, wie krank ich war, bevor deine Mutter starb?«

Hector ballte so fest die Hände zu Fäusten, dass sie zitterten.

»Ich bin der Grund, warum deine Familie sterben musste«, sprach Beru weiter. »Du darfst nicht Ephyra dafür verantwortlich machen. Es war ganz allein meine Schuld. Ich bin der Grund, dass es die Blasse Hand gibt. Ohne mich hätte Ephyra niemals auch nur ein einziges Leben ausgelöscht.«

Hectors Augen verengten sich. »Dann sühne deine Schuld und halte deine Schwester davon ab, noch mehr Menschen zu töten.«

Seine Worte trafen sie bis ins Mark, denn ein Teil von ihr wusste, dass er recht hatte. Würde sie aufrichtige Reue darüber empfinden, wie viele Menschenleben ihretwegen ausgelöscht worden waren, hätte sie mehr getan, als mit Ephyra darüber zu streiten. Sie hätte einen Weg gefunden, es zu beenden.

Diese Erkenntnis traf sie nicht zum ersten Mal. Wann immer Ephyra sich maskiert hatte und als Blasse Hand in die Nacht gezogen war, hatte sie sich in ihre Gedanken geschlichen.

»Komm mit mir.« Hector streckte ihr seine Hand hin. »Hilf mir, allen zu zeigen, was die Blasse Hand getan hat. Hilf mir, sie aufzuhalten.«

Beru sah auf seine Hand hinunter, dann streifte ihr Blick den Vorhang hinter ihm.

»Ich werde niemals …«, ihre Stimme zitterte, »… *niemals* meine Schwester verraten.«

Sie machte einen Satz nach vorn, griff an ihm vorbei nach dem Vorhang und zerrte ihn herunter. Hector schlug ihn blitzschnell zur Seite und packte ihren Arm.

»Lass mich los!« Beru stolperte rückwärts gegen den Tisch und zog Hector mit sich. Mit dem anderen Arm tastete sie verzweifelt nach etwas – irgendetwas –, was sie als Waffe benutzen konnte. Ihre Finger schlossen sich um eine Messingzange. Sie schwang sie nach vorn, um Hector die Spitze in die Schulter zu rammen.

Er bekam ein Stück von dem Stoff zu fassen, der um ihr Handgelenk gewickelt war, und riss ihren Arm daran zurück, um den Schlag abzublocken. Dabei wickelte sich der Verband auf und Hector hielt abrupt inne.

Beru folgte seinem Blick. Der Stoffstreifen war von ihr abgefallen wie die alte Hülle einer sich häutenden Schlange und legte den dunklen Handabdruck frei, mit dem ihre Haut gezeichnet war.

Hector festigte seinen Griff um ihren Arm und zog ihn zu sich heran.

»*Die blasse Hand des Todes bringt die Frevler zu Fall*«, sprach er, den Blick auf den Handabdruck geheftet. »*Aus Staub wird erstehen, was für immer ruhen sollte.*« Er sah sie an. »Das bist du.«

Beru schloss gequält die Augen. Sie wusste nicht, was Hectors Worte zu bedeuten hatten, aber in seinen Augen lag ein Entsetzen, das sie nicht ertrug.

Er ließ ihren Arm los und wich zurück. »*Wiedergängerin.*«

Das Wort zischte wie rauchende Funken zwischen ihnen durch die Luft.

Sie presste sich ihr Handgelenk an die Brust, als könnte sie die Wahrheit über das, was sie war, verbergen, indem sie das Zeichen verdeckte. Aber es war zu spät. Genau wie die hellen Handabdrücke Ephyras Opfer zeichneten, zeichnete der dunkle Handabdruck Beru.

Hector hatte ihn gesehen, und er wusste, was er bedeutete.

Er war der Grund dafür, warum Ephyra tötete, damit Beru lebte. Warum jedes gestohlene *Esha* sie früher oder später wieder verließ. Denn sie war nicht einfach nur krank. Beru war vor fünf Jahren gestorben.

Und Ephyra hatte sie ins Leben zurückgeholt.

Sie hörte das schabende Geräusch von Metall und öffnete die Augen. Hector stand im dämmrigen Licht der Kammer über ihr und hielt sein Schwert in der Hand.

»Was ... was hast du vor?«

»Du bist von den Toten auferstanden«, sagte Hector. »Du bist der dritte Vorbote. Du wirst das Zeitalter der Dunkelheit herbeiführen.«

Hectors Worte fuhren wie eine Lanze durch sie hindurch, auch wenn sie kaum begriff, was sie zu bedeuten hatten.

Er hob sein Schwert. Beru konnte ihn nur wie gelähmt anstarren, die bedrohlich funkelnde Klinge über sich.

Doch im nächsten Moment stürzte sich wie aus dem Nichts eine Gestalt auf Hector und stieß ihn beiseite.

Anton. Er war zurückgekommen.

Hector strauchelte gegen den Tisch. Das wurmstichige Holz gab unter seinem Gewicht nach, brach zusammen und riss ihn in einer Wolke aus splitterndem Holz und Staub mit sich. Etliche Perlen und Muscheln regneten zu Boden und kullerten in sämtliche Richtungen davon.

Beru war so überrascht, dass sie sich nicht von der Stelle rührte, bis Anton sie am Arm packte und nach draußen zu den Stufen zog.

»Komm schon!«

Beru stolperte hinter ihm her und griff bei ihrer Flucht aus der Tür nach ihrem Umhang. Gemeinsam hetzten sie die schmalen Steinstufen hinauf in die Ruinen des Heiligtums.

»Danke, dass du zurückgekommen bist«, sagte Beru atemlos und warf sich den Umhang über.

»Schien mir ein guter Moment dafür zu sein«, erwiderte Anton, als sie oben angekommen waren. Durch das halb eingestürzte Dach fiel staubflirrendes Licht. »Tut mir leid, dass ich ... du weißt schon.«

»Du kannst es wiedergutmachen, indem du mich zu Ephyra bringst.«

»*Was?*«, sagte Anton. »Wir können nicht dorthin zurück.«

Beru blieb abrupt stehen, sodass er ebenfalls stehen bleiben musste. »Ich kann sie nicht einfach im Stich lassen!«

»Diese Zelle ist im Moment vermutlich der sicherste Ort für sie«, sagte Anton. »Der Paladin hat keine Beweise dafür, dass sie die Blasse Hand ist. Deswegen hat er nach dir gesucht. Du solltest dich also besser tunlichst von der Zitadelle fernhalten.«

Anton hatte recht. Würde sie dort auftauchen, würde Hector sie noch nicht einmal zu einem Geständnis zwingen müssen. Ein Blick auf den dunklen Handabdruck, der ihr Handgelenk zeichnete, und alle würden wissen, dass Ephyra nicht nur die Blasse Hand war, sondern auch eine Nekromantin.

»Du musst so weit wie möglich von hier fort«, sagte Anton. »Wenn sie nicht beweisen können, dass Ephyra die Blasse Hand ist, werden sie sie früher oder später wieder gehen lassen müssen.«

Schnelle Schritte hallten von der Krypta herauf. Hector hatte die Verfolgung aufgenommen.

»Lauf«, zischte Anton und sah gehetzt zu den Stufen zurück.

Beru griff in die Falten ihres Umhangs und zog die Fahrkarten heraus.

»Du musst etwas für mich tun«, sagte sie ernst und hielt ihm eine der Karten hin. »Finde einen Weg, Ephyra das hier zu geben.«

Anton nahm sie. »Ich kann nichts versprechen, aber ich versuche es. Und jetzt lauf!«

Beru drehte sich um und rannte auf die Öffnung in der Mauer zu, in der sich einst das Eingangsportal des Mausoleums befunden hatte. Sie blickte nicht zurück.

Kapitel 29

Anton

Anton wirbelte herum, als Navarros misstönendes *Esha* einer sich brechenden Welle gleich über ihn hinwegrollte. Der Paladin hatte die oberste Stufe der Krypta erreicht und trat nun mit zornfunkelnden Augen in das dämmrige Heiligtum.

»Wo ist sie?« Sein Blick flog über zerbrochene Fliesen und rußgeschwärzte Reliquien. »Wo ist sie hin?«

Anton atmete tief durch und trat langsam ein paar Schritte zur Seite, um den Weg zu der im Mauerwerk klaffenden Öffnung zu versperren. Wenn es ihm gelang, Beru ein kleines bisschen mehr Zeit zu verschaffen, würde sie rechtzeitig aus der Stadt fliehen können. So viel war er ihr schuldig.

»Du weißt nicht, was du da tust«, sagte Navarro. »Geh mir aus dem Weg.«

»Sie ist unschuldig.«

»Unschuldig?«, entgegnete Navarro. »Du hast keine Ahnung, was sie ist, nicht wahr?«

Anton antwortete nicht.

»Das Mädchen, das du unschuldig nennst, ist eine Kreatur des Todes«, sagte Navarro. »Eine Wiedergängerin. Ihre Schwester hat sie ins Leben zurückgeholt.«

Das konnte nicht sein. Wiedergänger, die Furcht einflößenden Kreaturen, die das Königreich von Herat auf Befehl des Nekromanten-Königs einst in Schutt und Asche gelegt hatten, existierten nur in Geschichten.

Andererseits waren Beru und Ephyra auf der Suche nach dem Eleasarkelch, dem Artefakt, das dem Nekromanten-König die Macht verliehen hatte, eine Streitkraft von Untoten um sich zu scharen. Warum sollten sie ihn brauchen, wenn das, was Navarro gesagt hatte, nicht wahr wäre?

Navarros Blick fiel auf Antons Hand. »Was ist das?«

Anton festigte den Griff um die Fahrkarte, die Beru ihm erst vor wenigen Augenblicken gegeben hatte. Aber bevor er sie wegstecken konnte, hatte Navarro sie ihm schon aus der Hand gerissen und las, was darauf stand.

»Tel Amot«, sagte Navarro langsam und fügte leise vor sich hin murmelnd hinzu: »Was will sie dort?«

Anton hechtete nach der Fahrkarte. Wieder war Navarro schneller und stieß ihn mit vollkommener Mühelosigkeit zu Boden.

»Ich danke dir.« Navarro wedelte mit der Karte und ließ sie in den Falten seines Umhangs verschwinden.

»Ihr habt gesagt, dass Ihr ihr nichts tut. Ihr habt gesagt, ihr würde nichts geschehen.«

Navarro sah auf ihn hinunter. »Hast du nicht gehört, was ich gesagt habe? Sie ist eine Wiedergängerin.«

»Und wenn schon!« Die Worte waren draußen, bevor Anton darüber nachdenken konnte. »Wollt Ihr sie wirklich deswegen töten? Wegen etwas, für das sie sich selbst nie entschieden hat?«

Navarros Augen blitzten, als er einen Schritt auf ihn zutrat. »Du verstehst nicht, was auf dem Spiel steht.«

Anton rappelte sich auf und stellte sich Navarro erneut in den Weg.

»Lass mich vorbei«, sagte der Paladin. »Obwohl ich allen Grund dazu hätte, habe ich nicht vor, dir wehzutun.«

Anton rührte sich nicht von der Stelle.

»Wenn du mir nicht freiwillig aus dem Weg gehst«, sagte Navarro und zog langsam sein Schwert aus der Scheide, »werde ich dich dazu zwingen müssen.«

Das hereinfallende Sonnenlicht brach sich funkelnd in der scharfen Schneide der Klinge.

Auf einmal drang durch die Angst, die mit eisigen Fingern in Antons Eingeweiden wühlte, noch etwas anderes zu ihm hindurch. Das *Esha*, das ihn seit dem Morgen im Hafenviertel verfolgte. Das ein zweites Mal über ihn hinweggefegt war, als er in der Zitadelle in der Arrestzelle gesessen hatte. Nur dass es diesmal sehr viel näher, ja fast greifbar war. Navarro und das Schwert in seiner Hand schienen mit dem Hintergrund zu verschmelzen, während das *Esha* Anton umtoste und die Luft sich so schwer und aufgeladen wie vor einem Gewittersturm anfühlte.

Er sah wieder den Paladin an. Noch immer funkelte seine Schwertklinge zwischen ihnen, aber auf seinem Gesicht lag ein verwirrter Ausdruck. Einen Moment lang dachte Anton, Navarro könnte das *Esha* ebenfalls spüren, doch dann dröhnten eilige Schritte durch den Säulengang, gefolgt von einer durch das Heiligtum hallenden Stimme.

»*Hector!*«

Navarro steckte fluchend das Schwert in die Scheide zurück. Einen halben Wimpernschlag später packte er Anton am Kragen seiner Tunika und stieß ihn in Richtung der zerfallenen Umrandung des Kristallbeckens. Anton stolperte rückwärts und bemühte sich, auf dem glitschigen Stein nicht auszurutschen. Das *Esha* wurde immer stärker, wie ein Orkan, der jeden Moment auf Land trifft.

»Hector!«

Ein zweiter Schwertkämpfer erschien in der Öffnung im Mauerwerk, dunkelhaarig und kräftig, die Hand am Heft seines Schwerts,
das in der Scheide an seiner Hüfte steckte. Wie er so im Gegenlicht
dastand, die Umrisse wie von einem Strahlenkranz umgeben, hatte
er beinahe etwas Überirdisches.

Er wandte sich Anton zu und musterte ihn mit einem Blick, der
wie eine Feuersbrunst durch ihn hindurchraste.

Anton drohten die Knie nachzugeben. Er konnte nicht aufhören,
den Schwertkämpfer anzustarren, konnte seine Gabe nicht davon
abhalten, sich seinem einer Naturgewalt gleichenden *Esha* entge-
genzustrecken.

Es war, als hätte jedes Luftpartikel um sie herum Haltung angenommen, als hätte die ganze Welt ihr Gewicht verlagert, um sie in
ihre Mitte zu nehmen. Antons Gabe pulsierte kraftvoll durch seinen
Körper, rollte wie eine Welle auf das *Esha* des Schwertkämpfers zu,
brach sich daran, zog sich wieder zurück und rollte dann aufs Neue
darauf zu. Als würde seine Gabe nach diesem Mann rufen, nach ihm
greifen. Als würde sie ihn erkennen.

Kapitel 30

Jude

Jude ließ den Blick von der Gestalt, die am Rand des Kristallbeckens kauerte, zu Hector zurückwandern.

»Was machst du hier?«, fragte Hector fassungslos.

Jude trat in das Mausoleum und ging auf seinen Freund zu. Ganz gleich, was Hector in diesem Moment umtreiben mochte, er war immer noch Hector. »Dasselbe könnte ich dich fragen«, sagte er, als er vor ihm stand.

Hector mahlte mit dem Kiefer. »Du kennst die Antwort. Ich bin hier, um die Blasse Hand aufzuhalten.«

»Indem du ihre Schwester bedrohst? Ein unschuldiges Mädchen? Rache wird dir keine Erlösung bringen, Hector.«

»Ich bin nicht hier, um mich zu rächen«, entgegnete Hector. »Dieses unschuldige Mädchen, wie du es nennst, ist eine Wiedergängerin, Jude. Eine Wiedergängerin, die die Blasse Hand erschaffen hat. Sie ist die dritte Vorbotin des Zeitalters der Dunkelheit. *Aus Staub wird erstehen, was für immer ruhen sollte.*«

Judes Gedanken überschlugen sich. Hector schien sich vollkommen sicher zu sein. Aber Jude wusste, dass sein Urteilsvermögen von Trauer, Wut und Hilflosigkeit getrübt wurde.

Sollte er jedoch mit dem, was er sagte, recht haben, war dies nur ein Grund mehr, zur Garde zurückzukehren, um den anderen zu berichten, was er wusste, und gemeinsam ihre weitere Vorgehensweise zu besprechen.

»Hector.« Jude trat einen Schritt auf ihn zu. »Ich glaube dir. Komm mit mir zur Garde zurück. Lass uns gemeinsam überlegen, was das Richtige ist.«

»Ich *muss* sie aufhalten, Jude. Gerade du solltest das verstehen.«

Jude runzelte die Stirn. »Was meinst du damit?«

»Du weißt, was deine Bestimmung ist. Du hast es schon immer gewusst«, sagte Hector. »Ich dachte ... ich dachte, es wäre auch meine Bestimmung. Den Propheten zu finden und ...«

»Das ist auch immer noch so.«

Hector schüttelte den Kopf. »Ich habe fast ein ganzes Jahr nach der Blassen Hand gesucht. Und ausgerechnet jetzt, nachdem ich es aufgegeben hatte, nachdem ich in den Orden zurückgekehrt war, finde ich sie plötzlich. Beinahe zum selben Zeitpunkt, zu dem du das erste Mal dem Letzten Propheten begegnest, kreuzt mein Weg sich endlich wieder mit dem der Blassen Hand. Das kann kein Zufall sein. Das *muss* etwas zu bedeuten haben.«

»Ja.« Jude legte Hector zögernd eine Hand auf die Schulter. »Es bedeutet, dass du an einem Scheideweg stehst. Die eine Gabelung führt dich in die Vergangenheit zurück. Die andere in die Zukunft. Es ist an dir, dich zu entscheiden.«

Hector schauderte unter Judes Berührung. »Du hast recht«, sagte er rau und fasste ihn mit beiden Händen an den Schultern.

Jude spürte eine Welle der Erleichterung. Doch mit einem Mal festigte Hector seinen Griff und stieß ihn grob in Richtung der Maueröffnung. »Ich habe mich entschieden«, sagte er tonlos, drehte sich um und lief, auf einem umgeknickten Pfeiler balancierend, der in der Mitte des Mausoleums wie ein steiler Steg in die Höhe ragte, auf das zur Hälfte eingestürzte Dach zu.

»*Hector!*«, rief Jude und setzte ihm nach.

Hector verschwand kurz hinter einer Zwischenmauer, tauchte wieder auf und machte einen Hechtsprung zum Dach hinauf.

Jude beschleunigte seine Schritte. Der rußgeschwärzte Stein drohte ihm unter den Füßen wegzurutschen, aber er lief unbeirrt weiter. Kurz bevor er das Ende des Pfeilers erreicht hatte, sammelte er all seine Kraft und sprang mit einem Satz auf das Dach. Das Feuer hatte es in ein Flickwerk aus bröckelndem Stein und gähnenden Abgründen verwandelt.

Hector stand am Rand und ließ suchend den Blick über die Straßen unter ihm wandern. Vorsichtig den Stellen ausweichend, die bereits eingestürzt waren oder instabil wirkten, bahnte Jude sich einen Weg zu ihm.

»Komm zur Vernunft, Hector.«

»Du verstehst das nicht. Du *kannst* es nicht verstehen.« Eine Windböe fegte zwischen ihnen hindurch. »Und soll ich dir etwas verraten? Ich beneide dich, Jude. Ich beneide dich darum, dass du nie in die Lage kommen wirst, erfahren zu müssen, wie es sich anfühlt, seine Familie zu verlieren. Kehr zur Garde zurück, zurück zum Propheten. Das ist der Platz, an den du gehörst – an den du schon immer gehört hast. Mein Platz ist hier. Ich werde der Wiedergängerin den ganzen Weg bis nach Tel Amot folgen, wenn es sein muss. Ich habe meiner toten Familie geschworen, wiedergutzumachen, was ihr angetan wurde.«

»Du hast einen Eid geschworen, dem Orden zu dienen und zu gehorchen!«, rief Jude. »Du hast *mir* einen Eid geschworen.«

Hector verengte die Augen. »Das hat nichts mit dir zu tun. Ich hätte der Garde niemals beitreten dürfen.«

Von einer plötzlichen blinden Wut gepackt, stürzte Jude sich auf Hector, der zurückwich und zu einem Kinnhaken ausholte. Der Hieb traf Jude mit voller Wucht, gefolgt von einem scheußlichen

293

Knacken, das durch seinen ganzen Schädel hallte. Das hatte nichts mit der anmutigen und erfahrenen Kampfkunst eines Paladins zu tun. Und auch nichts mit dem spielerischen Raufen, mit dem Hector ihn in Kerameikos begrüßt hatte. Das war ein Faustkampf, eine gemeine Schlägerei, aus Schmerz und alles verzehrender Wut geboren.

»Du selbstsüchtiger …«, Jude stieß Hector den Ellbogen in die Kehle, »… *undankbarer* …«

Hector brachte ihn mit einem Fußfeger zu Fall. »Ich – selbstsüchtig?«, knurrte er, während Jude sich blitzschnell aufrappelte, und holte erneut mit der Faust aus, doch diesmal blockte Jude den Schlag ab.

So war Hector auch früher schon gewesen. Streit provozieren, seinem Unmut lautstark Luft machen, sich aufführen, als wären die Regeln, die in ihrer Welt Geltung hatten, nur aufgestellt worden, damit er gegen sie verstoßen konnte.

Jude festigte seinen Griff um Hectors Faust. »Ich habe dich auserwählt, Hector! Ich habe mich gegen den Wunsch meines Vaters gestellt, gegen den Rat von Penrose, und dich *auserwählt*.«

»Darum habe ich dich weder gebeten noch habe ich es gewollt!«, gab Hector finster zurück. »Aber wann hat es dich jemals gekümmert, was ich wollte?«

Er holte mit seiner anderen Faust aus, um sie Jude ins Gesicht zu rammen, und sie begannen miteinander zu ringen, zerrten und rissen an allem, was sie vom anderen in die Finger bekamen, Uniform, Haare, Haut. Schließlich gelang es Jude, Hector am Kragen zu packen. Er zog ihn dicht zu sich heran und presste ihn rücklings gegen die halb zerfallene Dachbrüstung.

Hector, der schon immer jemand gewesen war, der auch dann nicht ans Aufgeben dachte, wenn er in die Ecke gedrängt wurde, sah Jude mit zornsprühenden Augen an. »Du hast schon *immer* mehr von mir gewollt, als ich dir geben konnte«, zischte er.

Die Worte trafen Jude härter als jeder von Hectors Fausthieben.

Sein Griff lockerte sich und Hector stieß ihn schwer atmend von sich. Jude war sich mit einem Mal quälend deutlich seines eigenen Herzschlags bewusst. In seinen Eingeweiden brannte noch leise Wut, sein restlicher Körper fühlte sich taub an. Er schloss die Augen. Er war kein Junge mehr. Er war der Hüter der Botschaft. Oberhaupt der Paladingarde. Er wusste, was er zu tun hatte.

Als er die Augen wieder öffnete, hatte Hector sich umgedreht und lief am Rand des Dachs entlang.

»Du weißt, wozu ich verpflichtet bin, wenn du nicht mit mir zurückkehrst«, sagte Jude. »Als Marschall der Paladingarde werde ich das Urteil über dich verhängen müssen, das auf Fahnenflucht steht.« Seine Stimme klang fest, aber sein dröhnendes Herz strafte seine Worte Lügen.

Hector blieb stehen, und für einen Moment hoffte Jude, die Worte hätten Hector zur Vernunft gebracht.

Stattdessen wirbelte Hector herum und zog dabei mit einer blitzschnellen, fließenden Bewegung sein Schwert aus der Scheide. Jude rührte sich nicht von der Stelle, als die Klinge pfeifend die Luft zerschnitt und nur wenige Fingerbreit vor seiner Kehle innehielt.

»Du willst das Todesurteil über mich sprechen?«, fragte Hector mit einem Blick, der so schneidend war wie seine Klinge. »Wie willst du das anstellen, wenn du es noch nicht einmal schaffst, dein Schwert gegen mich zu ziehen?«

Jude griff nach dem Heft der Höchsten Klinge. Durch seine Gabe ging ein Energiestoß, als würde das Schwert in Kontakt mit ihm treten. Als würde es ihn maßregeln. Als wüsste es, dass es seine wahre Bestimmung war, den Letzten Propheten zu beschützen, und wollte ihn davor warnen, es hier zum ersten Mal zu ziehen.

Aber Jude brauchte keine Warnung. Er wusste, dass er sein Schwert nicht gegen Hector ziehen konnte, ganz gleich aus welchem Grund. Er ließ seine Hand wieder sinken.

»Lass mich einfach gehen, Jude.« Die Worte klangen wie ein verzweifeltes Flehen.

»Das kann ich nicht.«

Hector sah ihm in die Augen, und in seinem Blick flackerte etwas auf, das dem hässlichen Schamgefühl ähnelte, das in Judes Innerstem brannte. Dann, wie der Schock eiskalten Wassers an einem warmen Sommerabend, blitzte ein Ausdruck plötzlicher Erkenntnis darin auf. Der seit Jahren ausfransende Faden zwischen ihnen riss endgültig.

Ein kaum merkliches Zittern ging durch das Dach. Bevor Jude etwas sagen konnte, bevor er anfangen konnte, das Geheimnis, das ans Licht gekommen war, in Worte zu fassen, gaben die Steine unter ihm nach.

Er hörte Hector wie aus weiter Ferne seinen Namen rufen, als das Dach unter ihm einbrach und er in das dunkle Heiligtum hinabstürzte.

KAPITEL 31

BERU

Beru schlug das Herz bis zum Hals, als sie in die Eisenbahn einstieg. Sobald sie aus dem Bahnhof von Pallas Athos herausfahren würde, würde sie das erste Mal in ihrem Leben ihren Weg ohne Ephyra gehen.

Doch in ihre Angst und Unsicherheit hatte sich auch ein winziger Hauch Aufregung gemischt. Sie hatte schon als kleines, in dem staubigen Dorf Medea aufwachsendes Mädchen davon geträumt, mit der Armillar-Bahn zu fahren. Für manche war sie der größte Geniestreich begnadeter Ingenieurswissenschaft, den die Sechs Prophetischen Städte je hervorgebracht hatten. Sie war vor fast zweihundert Jahren von den kundigsten begnadeten Konstrukteuren erbaut worden, um fünf der Sechs Prophetischen Städte über den Landweg miteinander zu verbinden und es den Reisenden aus Endarrion und Behesda – die beide keinen Zugang zum Meer hatten – zu ermöglichen, die anderen Städte in weniger als einer Woche zu erreichen. Seitdem hatte die Armillar-Bahn ihr Streckennetz immer weiter ausgebaut, verband Handelsrouten und Häfen miteinander und reichte bis in die ländlichen Gebiete hinein. Sie transportierte jeden Tag Hunderte von Reisenden nach Tel Amot, von denen ab und zu auch eine Handvoll ihren Weg in Berus Heimatdorf fanden, die

Geschichten aus den Sechs Prophetischen Städten und über deren Grenzen hinaus im Gepäck hatten.

Nun war Beru eine von ihnen. Sie kehrte mit Eindrücken und Geschichten von all den Orten nach Tel Amot zurück, an denen sie und Ephyra in den letzten fünf Jahren gelebt hatten. Verstohlen blickte sie sich unter ihren Mitreisenden um – ein Vater, der sich mit seiner kleinen Tochter aus dem Fenster lehnte und ihr das funkelnde Fahrwerk und die Messingverarbeitung der Eisenbahn zeigte, ein Reisender, der mit leicht verwirrtem Gesichtsausdruck einem der Gepäckträger durch das Abteil folgte, ein junges Paar, das sich Hand in Hand einen Weg in Richtung des Speisewagens bahnte.

Beru fragte sich, wie es sich anfühlen würde, einer dieser Menschen zu sein. In der Vorfreude des Aufbrechens oder Ankommens zu schwelgen, zu staunen, wie die Welt vor einem Fenster vorbeiflog. Von Zeit zu leben, die nicht gestohlen war, sondern ihr gehörte.

Ein durchdringender Pfeifton ließ sie aus ihren Gedanken aufschrecken und einen Augenblick später setzte die Eisenbahn sich in Bewegung und glitt geschmeidig über die Gleise. Ein Bediensteter trat an ihren Platz und schenkte ihr eine Schale dampfenden Tee ein. Beru ließ ihn abkühlen und versuchte nicht darüber nachzudenken, wohin sie fuhr und was sie zurückließ.

Die Abteiltür wurde aufgezogen und sie hob den Kopf. Der Anblick Hector Navarros, der darinstand und sich suchend umschaute, riss sie grob in die Gegenwart zurück.

Er hatte sie erneut aufgespürt. Und diesmal gab es niemanden, der sich zwischen sie stellen würde.

Während er das Abteil entlangging, dachte Beru nicht an ihre letzte Begegnung zurück, sondern an ihre erste. Ephyra und sie waren mit seinen Eltern aus Charis angekommen und hatten die sieben Meilen zu ihrem Dorf am Meer zu Fuß zurückgelegt. Hectors älterer Bruder Marinos hatte sie am Ende eines schmalen Fußpfads empfangen und in eine kleine, aber heimelige Kate geführt, wo ein abendliches Mahl aus fangfrischem Fisch, eingelegtem Gemüse und warmem Brot auf sie gewartet hatte. Mehr Essen als Beru und Ephyra seit Monaten zu Gesicht bekommen hatten.

Sie hatten das Mahl bereits begonnen, da kam plötzlich der jüngste der Navarro-Söhne ins Haus gestürmt, eine Spur aus Sand und Seegras hinter sich herziehend. Er setzte sich zu ihnen, riss sich ein Stück Fladenbrot ab und begann mit überschäumender Begeisterung das Schildkrötennest zu beschreiben, das er in einem Gezeitenbecken entdeckt hatte, bevor Beru auch nur Atem holen konnte, um sich und ihre Schwester vorzustellen. Sie konnte sich noch genau daran erinnern, wie er damals ausgesehen hatte – das vom Laufen gerötete Gesicht mit den noch kindlich runden Wangen, seine von Schweiß und Gischt feucht an seiner Stirn klebenden Haare. Und diese Augen, dunkel wie Kohle. Selbst in seinem jungenhaften Ungestüm war Hector betörend gewesen.

Als Beru nun im hinteren Teil des Eisenbahnwagens saß und an ihrem Tee nippte, fanden diese Augen ihre. Es gelang ihr nicht, in seinem Gesicht zu lesen, als er sich ihr gegenübersetzte. War der Ausdruck in seinen Augen Schmerz? Furcht? Hass? Aus der bronzenen Teekanne zwischen ihnen stieg nach Minze duftender Dampf auf.

Als er nichts sagte, fragte sie: »Soll ich noch mehr Tee kommen lassen?«

Sie griff nach der Kanne. Seine Hand schnellte über den Tisch und umschloss ihr Handgelenk. Es war mittlerweile wieder verbunden, aber sie wussten beide, was sich unter der dünnen Stoffschicht verbarg. Sie sah ihn aufmerksam an und empfand eine seltsame Ruhe, während sie darauf wartete, was er als Nächstes tun würde.

Seine Hand fühlte sich warm und rau auf ihrer Haut an. Sein Griff war noch nicht einmal besonders fest – für jeden anderen im

Abteil hätte es sogar wie eine zärtliche Geste wirken können. Wenn man nicht zu genau hinschaute. Beru schluckte, als sein Daumen über den zarten Knöchel ihres Handgelenks strich und sich auf ihren Puls legte.

»Ich bin immer noch aus Fleisch und Blut«, sagte sie. »Genau wie vorher. Genau wie du.«

Er zog seine Hand zurück, als hätte er sich verbrannt. »Ich bin nicht wie du.«

Sie senkte den Blick, überrascht, wie sehr seine Worte sie trafen. »Wie hast du mich gefunden?«

Sein Kiefer verhärtete sich. Er atmete langsam aus und einen Moment war Beru sicher, er würde sein hartnäckiges Schweigen fortsetzen. »Die Fahrkarte, die du deinem Freund gegeben hast«, sagte er schließlich. »Ich habe sie ihm abgenommen. Warum Tel Amot?«

Die Küste flog am Fenster vorüber. Beru wusste nicht, wie sie seine Frage beantworten sollte. Sie hätte nach Tarsepolis zurückkehren können, nach Valletta, in alle möglichen anderen Städte. Sie hatte sich für Tel Amot entschieden. Das ausgedörrte, staubverwehte Land, in dem ihr Leben begonnen hatte. Und in dem es geendet hatte.

»Aus demselben Grund, aus dem du mich töten willst«, sagte sie. »Ich dachte, wenn ich zurückkehre ... finde ich vielleicht einen Weg, die Dinge wieder ins Reine zu bringen. Aber das ist unmöglich. Das weiß ich. Und du weißt es auch. Es macht deine Familie nicht wieder lebendig, wenn du mich tötest.«

»Aber wenigstens stirbt dann niemand anderes mehr«, sagte Hector leise. »Niemand muss mehr einen geliebten Menschen mit einem hellen Handabdruck begraben.«

Beru schloss die Augen. Unzählige Male hatte sie sich vorgestellt, was passiert war, nachdem sie und Ephyra geflohen waren. Hatte sich vorgestellt, wie Hector nach Hause gekommen war und den kalten Leichnam seines Vaters gefunden hatte. Jedes Mal, wenn sie daran dachte, stieg Übelkeit in ihr auf.

»Ich habe nie gewollt, dass einem von ihnen etwas geschieht«, sagte sie leise. »Deiner Mutter, deinem Vater. Marinos.«

Hectors Schultern spannten sich an. »Sprich seinen Namen nicht aus.«

Hectors Bruder war siebzehn gewesen, als er starb. Er war immer geduldig mit seinem jüngeren Bruder gewesen, hatte ihn gern liebevoll geneckt, ihn mit ein paar kleinen spöttischen Bemerkungen aufbringen, aber genauso leicht wieder beschwichtigen können. Im zarten Alter von elf Jahren war Beru hoffnungslos in sie beide verliebt gewesen.

Sie erinnerte sich noch gut daran, wie sie und Hector Marinos früher anbettelten, mit ihnen über die zerklüfteten Klippen zu klettern oder sich in die Weingärten von Sal Triste zu stehlen und von den süßen Trauben zu naschen. Die wenigen Male, die Marinos sich von ihnen beschwatzen ließ, hatten sie sich unbesiegbar gefühlt. Marinos war Hectors Held gewesen.

Bis Beru und Ephyra ihm seinen Bruder weggenommen hatten.

»Du hast kein Recht, von ihm zu sprechen«, sagte Hector.

»Wann immer ich die Augen schließe, sehe ich sein Gesicht vor mir«, erwiderte Beru. »Erinnerst du dich auch noch so gut daran? Sein Lächeln war leicht schief – links krümmte sich sein Mund immer ein kleines bisschen mehr nach oben als rechts. Über seiner rechten Augenbraue hatte er eine kleine Narbe. Ich habe nie herausgefunden, woher sie stammte.«

»*Tu das nicht.*« Hector zitterte.

»Wie muss sich das nur für dich anfühlen«, sagte sie leise, »zu sehen, wie ich hier vor dir sitze, quicklebendig, während deine Familie ...«

Er schlug mit der Faust auf den Tisch und schreckte damit ein paar der anderen Reisenden in ihrer Nähe auf. Hector hielt den Blick gesenkt, bis sie das Interesse verloren hatten und sich wieder ihrem Tee und ihren Plaudereien zuwandten.

»Glaubst du, ich will dein *Mitleid*?«

Die Verachtung in seiner Stimme ließ sie zusammenzucken. »Es geht nicht um Mitleid, Hector. Ich habe deine Familie geliebt.«

»*Sei still*«, sagte er. »Hör auf, so zu tun, als wärst du nicht …«

»Als wäre ich nicht was?«, sagte Beru, die meistens lange brauchte, um wütend zu werden, aber nun war sie es. »Ein Monster?«

Hector krallte so fest die Finger um die Kante der Tischplatte, dass sie zu zerbrechen drohte. »Du bist von den Toten auferstanden. Seitdem befinden sich deine Schwester und du auf einem Pfad, der in die Dunkelheit führt. Ihr werdet die Welt mit euch ins Verderben reißen.«

»Wovon redest du?«

Hectors Worte erfüllten sie mit Grauen. Sie verstand sie nicht, aber sie fühlten sich auf eine Art wahr an, die sie nicht erklären konnte. Als hätte sie einst von ihnen geträumt und würde sich nun daran erinnern.

»Es ist an der Zeit, es zu beenden«, sagte Hector. In seinen kohlschwarzen Augen sah Beru den Schmerz und die Trauer, die seine Wut befeuerten. »Ich bin der Einzige, der weiß, was ihr seid. Das bedeutet, ich bin der Einzige, der euch aufhalten kann. Niemand soll mehr euretwegen Leid erfahren müssen. Ich will, dass ihr seht, was der Preis für jeden Atemzug, den ihr auf dieser Erde gemacht habt, gewesen ist.«

»Dafür brauche ich dich nicht«, sagte Beru. »Jede Nacht sehe ich die Gesichter derer vor mir, die sterben mussten, damit ich leben kann.«

»Warum lässt du es dann zu?«, fragte er mit vor Verzweiflung erstickter Stimme. »Warum lässt du zu, dass sie es immer wieder tut?«

Beru zwang sich, seinem Blick standzuhalten. Er wollte sie als die Wiedergängerin sehen, als das Schreckgespenst seiner Trauer. Aber das Einzige, was sie ihm anbieten konnte, war die Wahrheit. »Ich wollte leben.«

Hector sah so verloren aus, wie sie sich fühlte. »Und was willst du jetzt?«

Noch vor einer Stunde hätte sie geantwortet, dass sie das immer noch wollte. Aber in dem Moment, in dem sie Hector in der Krypta hatte stehen sehen, hatte sich etwas verändert. Als hätte die Wahrheit darüber, was sie und Ephyra getan hatten, angefangen, schwerer zu wiegen. Zu einer Last zu werden, die sie nicht länger tragen konnte.

Sie war nach Pallas Athos gekommen, um den Eleasarkelch zu finden, damit sie sich endlich von dem Fluch ihres zweiten Lebens befreien konnte. Aber nun, da sie Hector Navarro gegenübersaß, während der Zug sich an einer endlosen Küste entlangschlängelte, wusste sie, dass sie nie frei sein würde.

»Jetzt«, sagte sie, »will ich nach Hause.«

KAPITEL 32

JUDE

Jude spürte, wie ihn jemand an der Schulter rüttelte. Hörte eine Stimme. Er verstand nicht, was sie sagte, aber sie schien mit ihm zu sprechen.

Stöhnend schlug er die Augen auf. Zuerst sah er nur helle Punkte, die vor seinem Sichtfeld tanzten, bis sie sich schließlich verdichteten und die Form eines Gesichts annahmen.

»Oh, gut. Ihr seid nicht tot.«

Warme, torffarbene Augen unter einem Schopf zerzauster sand-farbener Haare schauten blinzelnd auf ihn hinab. Zarte Sommer-sprossen sprenkelten eine schmale Nase und blasse Wangen. Jude fragte sich, ob er sie zählen sollte. Aber bevor er damit beginnen konnte, ging ein panischer Ruck durch seine Glieder, und mit einem Mal wusste er wieder, warum er hier auf dem von Steintrümmern übersäten Boden eines dunklen, feuchtkalten Heiligtums lag.

Er richtete sich abrupt auf. Durch seinen linken Arm zuckte ein stechender Schmerz. »Hector, er … wo ist er …?«

»Fort.«

»Fort? Aber …« Jude musterte den fremden Jungen. Der gar nicht so fremd war, wie ihm nun, als er ihm in die Augen schaute, klar wurde. Ein vages Bild nahm in seinem Kopf Gestalt an – wie diese

Augen angstgeweitet aus den Ruinen des Mausoleums zu ihm auf-
gestarrt hatten. Seinen Blick auf eine Weise festgehalten hatten, die
ein seltsames Kribbeln auf seiner Haut ausgelöst hatte.

»Du bist der andere, der in diesem Tempel aufgegriffen wurde«,
sagte Jude. »Du ... du bist ...«

»Anton«, half ihm der Junge.

Jude runzelte verwirrt die Stirn. Vor Schmerz konnte er kaum
noch klar denken. »Was?«

»Mein Name«, sagte der Junge überdeutlich und beugte sich etwas zu ihm herunter, »ist Anton.«

»Anton«, wiederholte Jude und sog dann scharf die Luft ein. Es
hatte ihn schlimmer erwischt, als er gedacht hatte. Sich nur aufzu-
setzen, war schon eine unglaubliche Kraftanstrengung gewesen.
»Daran bist du schuld«, sagte er und presste sich eine Hand auf seine
blutende Schulter.

»*Ich?*« Anton klang, als würde er gleich in Lachen ausbrechen,
dabei hätte Jude sich nichts Unpassenderes vorstellen können.

»Du hast Hector gesagt, wo er die Schwester der Blassen Hand
findet.« Wieder holte Jude gequält Luft. »Du hast ihn zu ihr geführt.«

»Er hätte mich sonst getötet.«

»Er hätte dir kein Haar gekrümmt«, erwiderte Jude mit fester
Stimme.

Anton blieb der Mund offen stehen. Er schien so fassungslos zu
sein, dass er zum Du überging. »Hat er dir das gesagt, bevor er dich
von einem Dach gestoßen hat, oder danach?«

»Ich bin gestürzt«, stellte Jude richtig, wusste aber selbst, wie lächerlich die Worte klangen. Anton hatte recht. Er wollte nicht daran
denken, was er heute in Hector gesehen hatte. Wie konnte der
Mensch, der mit ihm von Wasserfällen in die Tiefe gesprungen war,
der aus den Lagerräumen des Ordens Wein stibitzt und sich mitten

in der Nacht mit ihm an den Fluss geschlichen hatte, um bis zum Morgengrauen mit ihm zu reden und zu lachen, derselbe sein, der ihre Freundschaft aufgekündigt und ihn verletzt zwischen den Trümmern eines zerfallenen Mausoleums liegen lassen hatte?

»Na schön«, sagte Jude schließlich. »Ich kann dir wohl schlecht deine Feigheit vorwerfen ...«

»Wie großzügig ...«

»Aber jetzt sind Hector und das Mädchen *fort.*«

»Dafür«, sagte Anton, »kann ich nichts. Das ist allein dein Problem.«

»Warum bist du dann noch hier, wenn dich das alles nichts angeht?«

Anton presste die Lippen zu einer schmalen Linie zusammen, und als er schließlich wieder sprach, war sein spöttischer Unterton verschwunden. »Du hast mir das Leben gerettet, ob dein Freund mich nun wirklich getötet hätte oder nicht. Ich versuche hier nur meine Schuldigkeit zu tun und dafür zu sorgen, dass du nicht stirbst. Wenn du meine Hilfe nicht willst, auch gut. Meinetwegen können unsere Wege sich hier wieder trennen.«

Jude erwiderte nichts.

Anton seufzte. »Lass mich dich wenigstens zu einem Heiler bringen. Ich kenne ein paar Gasthäuser in der Nähe des Hafenviertels. Wir können unser Glück als Erstes dort versuchen.«

»Ich brauche keinen ...«, begann Jude, bevor er von einem heftigen Schwindel erfasst wurde und die Augen schließen musste.

Als er sie wieder öffnete, betrachtete Anton ihn nachdenklich. »Kannst du überhaupt aufstehen?«

»Es geht mir gut.« Jude hievte sich ächzend auf die Beine.

»Du bist von einem Dach heruntergestürzt«, sagte Anton. »Dir kann es nicht gut gehen. Es ist schon ein Wunder, dass du dich überhaupt noch rühren kannst und nicht sofort tot warst.«

»Ich besitze die Gabe des Herzens.«

»Ist mir aufgefallen.« Anton musterte Jude mit einem Blick, der erneut dieses Kribbeln auf seiner Haut auslöste. »Aber das macht dich nicht unbesiegbar. Jemand muss sich deine Schulter anschauen.«

»Das wird schon wieder. Ich muss Hector finden. Ich muss ...«

»Der ist mittlerweile über alle Berge. Davon abgesehen, wärst du ihm in deinem derzeitigen Zustand vermutlich keine besonders große Stütze.« Er stieß ein ungeduldiges Schnauben aus. »Lass mich dir doch einfach helfen.«

Jude schloss einen Moment die Augen, atmete tief durch und versuchte genügend Kraft für ein Koah zu sammeln. Kaum hatte er die Arme ausgebreitet und das Gewicht auf sein Standbein verlagert, wurde ihm erneut schwindlig und er begann zu schwanken. Als er die Augen wieder öffnete, stand Anton direkt neben ihm.

»Jude. So heißt du doch, richtig?«, sagte Anton und schaute ihn blinzelnd an.

Jude atmete aus. Er war nicht geübt darin, Hilfe von einem ... was auch immer dieser Junge war ... anzunehmen, aber er hatte kaum eine andere Wahl. Also ließ er zu, dass Anton sich seinen unverletzten Arm um die Schultern legte, und humpelte von ihm gestützt aus dem zerstörten Mausoleum. Der kurze Weg erschöpfte ihn so sehr, dass er sich wie von einem Räderwerk überrollt fühlte, als sie in die heiße Mittagssonne hinaustraten.

»Vorsicht!« Anton hatte Mühe, nicht selbst das Gleichgewicht zu verlieren, als Judes Beine nachgaben. Er ging vorsichtig etwas in die Hocke, damit Jude sich auf eine der Stufen setzen konnte. »Warte hier.«

Jude lehnte den Kopf an den bröckelnden Pfeiler in seinem Rücken. Er wusste nicht, wie viel Zeit vergangen war, aber als er die Augen wieder öffnete, war Anton mit einem kleinen, in zerknittertes weißes Papier eingewickelten Päckchen zurückgekehrt, aus dem es köstlich nach Zucker und Nüssen duftete, als er es auffaltete.

Jude starrte auf das goldbraune, mit Sesam und zerstoßenen Pistazienkernen bestreute Dreieck. »Hast du ... ist das *süßes Gebäck*?«

»Kann man gleich hier um die Ecke in der Nähe der Stadttore kaufen. Nimm.« Er wedelte vor Judes Gesicht mit dem Gebäck hin und her. »Du musst etwas essen, um wieder zu Kräften zu kommen. Es sei denn, du bist gerade zu sehr damit beschäftigt, alles vollzubluten.«

»Ich blute nicht mehr«, sagte Jude, obwohl er gar nicht wusste, ob das überhaupt stimmte. Seine komplette linke Seite schien nur aus pochendem Schmerz zu bestehen und jeder Atemzug war mühsamer als der zuvor. Ihm fehlte schlicht die Kraft, sich mit Anton zu streiten *und* bei Bewusstsein zu bleiben. Vorsichtig biss er in das Gebäckstück. Warmer Sirup tropfte auf seine Zunge, dickflüssig und fast einen Hauch zu süß. Aber der aus mehreren blättrigen Schichten gebackene Teig war einfach nur köstlich.

»Gut, was?«

Jude leckte sich einen Pistazienkrümel vom Daumen. »Ich habe noch nie süßes Gebäck von einem Straßenstand gegessen.« Er hatte noch überhaupt nichts von einem Straßenstand gegessen. Pallas Athos war die erste Stadt, in die er jemals gereist war.

Anton strahlte. »Ist ein Laden, kein Stand, aber schön, dass es dir schmeckt.«

»Na gut«, sagte er, als Jude aufgegessen hatte. »Dann versuchen wir es jetzt noch mal.«

Zu Judes Überraschung hatte der Zucker tatsächlich geholfen. Von Anton gestützt, schaffte er es, aufzustehen und die Stufen hinunterzuhinken. Am Fuß der Treppe angekommen, hielt er inne, um kurz Atem zu schöpfen. Der Schmerz in seiner Seite war dumpfer geworden. Er wischte sich den Schweiß von der Stirn und blickte auf.

Vor ihm erhob sich die terrassenförmig angelegte, weiß schimmernde Oberstadt wie ein prächtiges Monument aus Marmor und Sandstein, auf dessen Spitze der Tempel von Pallas thronte. Das Zuhause des Ordens des Letzten Lichts. Es fühlte sich an, als würden ihn Welten davon trennen.

»Hier entlang«, sagte Anton und lenkte Jude in Richtung einer engen, der Oberstadt abgewandten Gasse, die zum Hafen führte.

Jude blickte über die Schulter zum Tempel zurück. Er dachte daran, wie er sich gefühlt hatte, als er vor gerade einmal zwei Tagen den langen Weg von der Heiligen Straße bis zum Tempel von Pallas zurückgelegt hatte. Als er den Orden des Letzten Lichts in die Stadt des Glaubens zurückgeführt hatte. Den Letzten Propheten gefunden hatte. Als er sich endlich auf dem Pfad befunden hatte, der ihm seit seiner Geburt vorherbestimmt gewesen war.

Dieser Pfad hätte ihn niemals hierherführen dürfen. Er wusste nicht, wie er so weit vom Weg hatte abkommen können. Er wusste, dass er umkehren musste, aber nicht, wie er das ohne Hector tun sollte.

Und so ließ er sich, die Sonne im Rücken, von Anton weiter die Straße entlangführen, konzentrierte sich auf den gleichmäßigen Schlag seines Herzens, den sanften Druck des Atems in seinen Lungen. Und versuchte, an gar nichts zu denken.

KAPITEL 33

ANTON

Als Anton und Jude am späten Nachmittag die Herberge *Zur Geheimen Quelle* erreichten, wurde dort bereits kräftig gezecht. Auf dem Weg durch das von Säulen getragene Eingangsportal stützte der Paladin sich fast mit seinem ganzen Gewicht auf Anton. Er hatte viel Blut verloren – was Anton wusste, weil ein Großteil davon auf seine Tunika gesickert war.

»Wir haben es gleich geschafft«, murmelte er leise.

Die Herberge war hufeisenförmig um einen großen Innenhof angelegt, kreuz und quer verlaufende Treppenaufgänge führten zu den oberen, den drei Ebenen der Stadt nachempfundenen Etagen mit den Gasträumen. Aus einem zerbröckelnden Springbrunnen in der Mitte des Hofs plätscherte Wasser in ein trübes Becken. Um ihn herum vergnügten sich Seeleute, Hafenarbeiter und Kadetten der Stadtwache an Kartentischen.

Die *Geheime Quelle* war eines der vielen Gasthäuser, die den Hafen säumten und besonders bei Seeleuten beliebt waren, die während ihres Landgangs ein erschwingliches Mahl suchten, Wein in Hülle und Fülle, ein leidlich weiches Nachtlager und jemanden, der es warm hielt. Anton zog die Schenken auf dem Hafenplatz vor, aber es schien ihm klüger, seine Stammlokale zu meiden.

Der Geruch von gebratenem Fleisch und Baldrianräucherwerk wehte zu Anton und Jude herüber, als sie sich vorbei an den Tabletts mit Wein- und Bierkrügen balancierenden Serviermädchen einen Weg durch den Hof bahnten. Antons geschulter Blick fiel auf einen geöffneten Münzbeutel in der Mitte eines Kartentischs, an dem gerade Canbarra gespielt wurde und eine hitzige Auseinandersetzung im Gange war.

Einer der Spieler war ein bärtiger, kahlköpfiger Hüne, der den Jungen, der ihn bediente, fast im Sitzen überragte. Seine nackten Arme waren von den Handgelenken bis zu den Schultern mit einem kunstvollen Spiralmuster tätowiert. Ein Heiler.

Anton setzte Jude behutsam auf dem Rand des Springbrunnens ab. »Warte hier.«

Der Paladin nickte benommen und kippte wie ein nasser Sandsack zur Seite.

Anton fing ihn auf, nahm seine Hand und drückte sie auf die Umrandung des Brunnens. »Halte dich hier fest.«

Er drehte ihm den Rücken zu, um wieder nach dem kartenspielenden Heiler Ausschau zu halten, als er ein lautes Platschen hinter sich hörte. Anton wirbelte herum. Eines von Judes Beinen baumelte über den Brunnenrand, der Rest von ihm lag im Wasser.

»Da liegt ein Schwertkämpfer im Brunnen«, rief jemand wenig beeindruckt.

Bevor Anton reagieren konnte, hatten sich schon zwei kräftig gebaute Seemänner darangemacht, Jude aus dem Wasser zu ziehen.

»Gehört der zu dir?«, fragte einer von ihnen und schob den Paladin, ohne eine Antwort abzuwarten, in Antons Richtung.

Anton taumelte rückwärts, als Jude ihm die Arme um den Hals schlang und ihn blinzelnd ansah. Seine Augen waren im Licht des Innenhofs so grün wie junges Gras.

»Dieses Wasser«, sagte er mit großem Ernst zu Anton, »eignet sich nicht für ein Bad.«

»Ach nein?« Anton musste sich ein Lachen verbeißen. »Komm, setz dich wieder.«

Jude schien nicht bewusst zu sein, dass er immer noch die Arme um Anton geschlungen hatte, und als er zu Boden sackte, zog er Anton mit sich.

»Ich habe nachgedacht«, sagte Jude und ließ sich mit dem Rücken gegen den Brunnen fallen. »Möglicherweise brauche ich doch einen Heiler.«

Anton befreite sich aus Judes Umklammerung. »Ich arbeite daran.«

Er richtete sich auf und marschierte auf den Heiler zu, der nur wenige Schritte von ihnen entfernt saß. Dort angekommen schob er sich zwischen zwei stämmigen Seemännern hindurch, die die Kartenspieler mit derben Sprüchen anstachelten. Er nahm seinen ganzen Mut zusammen und fragte: »Wie viel ist im Topf?«

»Zu spät, um noch einzusteigen. Du musst auf die nächste Runde warten«, antwortete der Heiler und wedelte abweisend mit der Hand.

Anton hob den Münzbeutel vom Tisch.

»He!«, rief ein dürrer, rüpelhaft wirkender Kerl, der dem Heiler gegenübersaß. »Für wen im Namen des Wanderers hältst du dich …?«

»Vierzig Tugenden?« Anton warf den Beutel auf den Tisch zurück. »Ich biete dir fünfundfünfzig, wenn du dein Blatt aufgibst und mit mir nach oben kommst.«

Der Seemann hinter Anton stieß ein blökendes Lachen aus.

Der Heiler lehnte sich in seinem Stuhl zurück und zog eine buschige Braue hoch. »Nun, wenn das mal kein interessantes Angebot ist. Bin mir nur nicht sicher, ob mein Gemahl damit einverstanden wäre.« Er nickte in Richtung des dürren Mannes ihm gegenüber, dem das Kunststück gelang, Anton ein Lächeln zu schenken, das sowohl freundlich als auch bedrohlich wirkte.

»Was? Oh nein, nein. Das ist ein Missverständnis. Ich, ähm, meinte nicht, dass du mit *mir* nach oben kommen sollst«, stotterte Anton. »Das heißt ... eigentlich meine ich genau das, aber nicht so, wie du denkst ...«

»Ist das Blut?«, erkundigte sich der Gemahl des Heilers und deutete auf Antons Tunika.

Anton schaute an sich herunter.

»Das ist Blut«, bestätigte der Heiler.

»Also?«, sagte Anton. »Hilfst du uns nun oder nicht?«

»Uns?«

Anton schaute über die Schulter zu Jude, der immer noch in sich zusammengesunken am Brunnen lehnte.

»Behesda steh mir bei«, murmelte der Heiler. »Ist das der, von dem ich denke, dass er es ist?«

»Bitte nicht«, seufzte der Dürre. »Ich kenne diesen Blick. Aber du wirst schön die Finger davon lassen, Yael, bevor du uns wieder in irgendeinen Schlamassel reinziehst.«

Der Heiler legte ihm seine Pranke auf die Schulter, beugte sich zu ihm und drückte ihm einen flüchtigen Kuss auf die Wange. »Entspann dich, mein Goldstück. Dir wird noch genügend Zeit bleiben, mich um mein Geld zu betrügen, sobald ich es mir verdient habe.«

»Von mir aus«, entgegnete sein Gemahl schmallippig. »Wurde sowieso langsam langweilig, dass ich ständig gegen dich gewinne.«

Der Heiler verdrehte die Augen, als er gefolgt von Anton auf den Brunnen zumarschierte. Gemeinsam hievten sie Jude auf die Beine. Die Menge machte bereitwillig Platz für Yael, der so groß war, dass er sich etwas bücken musste, um seinen Arm um Judes

Taille schlingen zu können, während sie ihn zu einem der Treppenaufgänge schleppten.

Als sie in einer der Kammern angekommen waren und Jude auf der Pritsche abgelegt hatten, drehte Yael sich zu Anton um und sagte: »Mein Honorar beträgt achtzig Tugenden.«

Das war beinahe alles, was Anton noch besaß. Genug für eine Eisenbahnfahrkarte und eine Mahlzeit.

Oder um einen kauzigen Heiler mit fragwürdiger Moral zu bezahlen.

»Ich sagte fünfzig«, entgegnete Anton.

»Du sagtest fünfundfünfzig, und wenn du auf Nächstenliebe aus bist, hättest du ihn zum Kerictempel bringen sollen.«

Im Tempel hätten sie sich zu verdächtig gemacht. Illya hatte mittlerweile mit Sicherheit herausgefunden, dass Anton aus der Zitadelle geflohen war, und suchte die ganze Stadt nach ihm ab. Die Sache hier erforderte Diskretion. Und Diskretion hatte immer ihren Preis.

»Sechzig«, feilschte Anton.

»Fünfundsiebzig.«

Zähneknirschend holte Anton seinen Münzbeutel hervor.

Yael lächelte, als Anton ihn in seine riesige Hand fallen ließ. »Ich bin überzeugt, dein Freund wird dir deine Großzügigkeit danken.«

Er kniete sich neben Judes Lager und breitete die Requisiten seines Gewerbes aus – Stecklinge aus dem Blutgarten, die das *Esha* enthielten, um Jude zu heilen, und ätherische Öle, um das Verbindungsmuster aufzuzeichnen.

Antons Blick wanderte über die Tätowierung auf Yaels langen Armen – ein komplexes geometrisches Spiralgebilde, Verbindungsmuster genannt, das sich alle Heiler in die Haut tätowierten, um ihre Kräfte zu bündeln.

Yael zeichnete ebendieses Muster jetzt mit Öl auf Judes fahle

Haut. Anschließend legte er ihm die Hände auf den Arm und schloss die Augen. Anton beobachtete fasziniert, wie die blutende Wunde sich zu schließen begann. Als er den Blick wieder auf Yael richtete, sah er, dass der Heiler Jude nachdenklich musterte.

»Ich weiß nicht, ob du es mitbekommen hast«, sagte er in beiläufigem Plauderton, »aber es geht das Gerücht, das Schiff mit den silbernen Segeln, das im Hafen von Pallas Athos liegt, würde keinem Geringeren als dem Orden des Letzten Lichts gehören. Dein Freund hier weiß nicht zufällig Genaueres darüber?«

»Eigentlich«, sagte Anton mit betont unbeteiligter Miene, »ist er gar kein Freund von mir.«

»Ach nein? Erstaunlich, wenn man bedenkt, wie viele Unannehmlichkeiten du auf dich genommen hast, um ihn zu einem Heiler zu bringen.«

Anton schaute auf seine blutverschmierte Tunika hinunter. Die Unannehmlichkeiten, die er für Jude auf sich genommen hatte, hatten nichts mit Freundschaft zu tun. Er kannte Jude ja tatsächlich kaum. Aber aus irgendeinem Grund hatte er sich nicht von der Stelle rühren können, als der Paladin im Mausoleum aufgetaucht war. Als er sich mit Hector auf dem Dach geprügelt hatte.

Es war die Art und Weise, wie seine Gabe auf Judes *Esha* reagiert hatte. Das machte ihm Angst, besonders jetzt, da er wusste, wer der Mann war, dem dieses orkanartige *Esha* gehörte. Doch da war auch noch ein anderes Gefühl, das über Angst hinausging. Diese seltsame Anziehungskraft, der Anton nichts entgegenzusetzen hatte und die es ihm unmöglich gemacht hatte, sich einfach umzudrehen und zu gehen.

Was es auch war, es gefiel ihm nicht. Yael hatte recht – Anton hatte eine Menge auf sich genommen, um Jude zu helfen. Aber nun hatte er seine Schuldigkeit getan und brauchte nicht länger hierzubleiben. Brauchte dieser Anziehungskraft nicht nachzugeben.

»Scheint, als wäre meine Arbeit getan.« Yael entfaltete seine langen Gliedmaßen und richtete sich wieder zur vollen Größe auf.

»Warte«, sagte Anton, dem eine Idee gekommen war. »Die Seeleute, mit denen du hier bist. Haben die gerade erst angelegt oder setzen sie bald wieder ihre Segel?«

»Sie laufen morgen Abend aus«, sagte Yael. »Remzi verliert nicht gern unnötig Zeit.«

»Remzi?«

»Mein Gemahl«, sagte Yael. »Der knochige Kerl, mit dem du fast eine Prügelei angezettelt hättest.«

»Ach, der Canbarra-Spieler.«

Die Haut um Yaels Augenwinkel kräuselte sich. »Spielst du?«

Anton grinste.

Yael lachte. »Du bist also auch noch gut darin, was? Tja, ich würde ja sagen, komm runter und spiel eine Runde mit, aber du hast ja leider nichts mehr, was du einsetzen könntest, nicht wahr?«

Er lachte erneut, warf Antons Münzbeutel in die Luft und fing ihn wieder auf, während er sich unter der Tür hindurchduckte und die Kammer verließ.

Anton blieb mit dem frisch geheilten, bewusstlosen Paladin und einer nervösen Unruhe im Bauch zurück, die ihn drängte, diese Stadt zu verlassen. Aus mehr als nur einem Grund.

Er wandte sich zur Tür und hielt inne, als sein Blick auf Judes Schwert fiel, das an der Wand lehnte. Er erinnerte sich vage daran, dass es ihm aus dem Gürtel gerutscht war und er es dort hingestellt hatte, bevor sie Jude auf die Pritsche gelegt hatten. Nun funkelte es ihn in all seiner anmutigen Pracht an. Ein Zeugnis höchster begnadeter Handwerkskunst. Anton betrachtete es noch einen Moment länger und kam dann zu dem Schluss, dass Yael sich geirrt hatte. Er hatte sehr wohl etwas, das er einsetzen konnte. Eine wertvolle Rarität, die, und das war das Beste daran, ihn nicht das Geringste kosten würde.

Es war nicht das erste Mal, dass Anton etwas Verwerfliches tat – dass er rücksichtslos und eigennützig handelte –, und auch wenn das schlechte Gewissen stets auf dem Fuß folgte, reichte es doch nie aus, um ihn davon abzuhalten, es wieder zu tun. Als er das erste Mal etwas gestohlen hatte – von einer unschuldigen Familie, die so gütig gewesen war, ihn aufzunehmen –, hatte er Reue empfunden. Als er einem Mann, der ihn einst in den Kanälen von Valletta beschützt hatte, später ein Messer an die Kehle gehalten hatte, hatte er sich eingeredet, er hätte keine andere Wahl gehabt. Aber nichts von diesen oder den tausend anderen kleinen Vergehen, die er sich in seinem Leben geleistet hatte, hatten ihn jemals dazu gebracht, umzudenken.

Er würde es auch diesmal nicht tun. Er würde diese Stadt hinter sich lassen, würde so weit wie möglich fortgehen, bis Pallas Athos nur noch eine unschöne Erinnerung war, die er verdrängen konnte. Er würde an einen Ort gehen, an dem es keine Blasse Hand gab, keinen grausamen Bruder, keinen Paladin namens Jude. Er würde sie alle loslassen können wie Steine, die auf den Meeresgrund sanken. Immer noch da, aber nicht bedeutungsvoller als die tausend anderen, die im tiefen dunklen Wasser lagen.

Er griff nach dem Schwert.

KAPITEL 34

HASSAN

»Uns bleibt nicht viel Zeit.«

Khepris Stimme klang drängend. Sie saß mit Penrose, Osei und Hassan um den Tisch in der Bibliothek. Vor ihnen waren Landkarten, Bücher und Schriften ausgebreitet, über denen sie während der letzten vier Stunden gebrütet hatten. Petrossian, Yarik und Annuka waren zur Agora hinaufgegangen, um sich mit der Armee der Geflüchteten zu treffen.

Wie Hassan im Laufe des Nachmittags von Khepri erfahren hatte, war die Armee in der Tat nicht sehr groß. Dreihundert Männer und Frauen hatten sich verpflichtet, dabei waren laut Khepri immer mehr von ihnen zusammengeströmt, als das Gerücht, dass der Prinz in Pallas Athos war, die Lager in den anderen Städten erreicht hatte.

Selbst wenn man die vierhundert Paladine des Ordens des Letzten Lichts dazurechnete, waren die Zeugen immer noch weit in der Überzahl. Khepri und die anderen Geflüchteten schätzten, dass der Hierophant mehrere Tausend Soldaten in Nasira versammelt hatte – seine eigenen eingefleischten Anhänger und übergelaufene Herati.

Doch die Armee der Geflüchteten und die Paladine waren begnadet und hatten das Überraschungsmoment auf ihrer Seite.

Das Problem, das sich ihnen nun stellte, war Zeit.

»Während seiner Gefangenschaft hat Reza gehört, wie die Zeugen von etwas sprachen, das sie Tag der Vergeltung nennen«, sagte Khepri. »Andere Geflüchtete haben dasselbe berichtet. So bezeichnen sie den Tag, an dem sie die Begnadeten mit ihrem Gottesfeuer richten wollen.«

»Weißt du, wann dieser Tag ist?«, fragte Penrose.

»Wir glauben, dass der Hierophant das Flammenfest dafür auserkoren hat«, sagte Khepri.

»Wie passend«, sagte Osei finster.

»Mit diesem Fest wird in Herat der Gründung Nasiras und des Tages gedacht, als zum ersten Mal das Leuchtturmfeuer entzündet wurde«, erklärte Khepri.

»Bis dahin sind es noch zehn Tage«, murmelte Hassan. Wenn er noch in Nasira wäre, wenn der Hierophant es niemals eingenommen hätte, würde er seiner Mutter und seinem Vater bei den Vorbereitungen helfen – den Palast mit Lotusblumen und Perlmutt schmücken, Feuertänzer und Dichter einladen, das Menü für das in der ganzen Stadt stattfindende Festgelage zusammenstellen, das drei Tage andauern würde.

Aber dieses Jahr würde es keine Feuertänzer geben. Keine Dichter. Kein Festgelage.

»Zehn Tage«, sagte Penrose. »Bei gutem Wetter dauert die Überfahrt nach Nasira drei Tage. Wir müssen in weniger als einer Woche aufbrechen.«

»Was ist mit dem Orden? Wird er es rechtzeitig von Kerameikos bis hierher schaffen?«

»Es wird uns ein paar Tage kosten, um so viele Schiffe seeklar zu machen. Und selbst mit Segeln, die von Begnadeten gewebt wurden, werden sie für die Überfahrt hierher knapp fünf Tage brauchen«, antwortete Penrose. »Und dann sind sie noch nicht in Nasira.«

Hassan kaute auf seiner Unterlippe. Wenn Khepri mit ihrer Vermutung bezüglich des Flammenfests recht hatte, konnten sie es sich nicht erlauben, auf den Orden zu warten. Setzten sie die Segel zu spät, würden sie in einer in Schutt und Asche gelegten Stadt ankommen.

Während Penrose und Khepri sich weiter über den straffen Zeitplan berieten, wanderte Hassans Blick zu dem großen, vom Boden bis zur Decke verlaufenden Marmorrelief an der Wand, auf dem die berühmte Rückeroberung von Pallas Athos vor über einem Jahrhundert dargestellt war. Es war eine von Hassans Lieblingsgeschichten. Um ihren Stadtstaat von König Wassili und seiner Nowogardischen Armee zu befreien, hatte sich die Priesterin Kyria mit einem kleinen Trupp treu ergebener Soldaten, die wie normale Bürger gekleidet waren, in die Stadt gestohlen und erfolgreich die Festung der Zitadelle zurückerobert. Als die Nowogardischen Heerführer erfuhren, was vorgefallen war, schickten sie alle ihre verfügbaren Streitkräfte in die Oberstadt und ließen den Hafen schutzlos zurück. Kurz darauf legte Kyrias Verbündete und Geliebte, die Prinzessin von Charis, mit einer Schiffsflotte in Nasira an und nahm den Hafen ein. Auf dem Relief standen die Priesterin und die Prinzessin von goldgewirkten Lorbeerkränzen gekrönt Seite an Seite auf den Stufen des Tempels von Pallas und blickten auf das tiefblaue Meer hinaus.

In Hassans Kopf begann ein Plan Gestalt anzunehmen. Er sah Penrose an. »Benachrichtigt den Orden, er soll nicht nach Pallas Athos kommen, sondern auf direktem Weg nach Nasira segeln.«

»Auf direktem Weg nach Nasira?«, wiederholte Penrose. »Wir haben nur ein einziges Schiff hier vor Anker liegen, Prinz Hassan. Das reicht nicht, um die Herati-Armee mit an Bord zu nehmen. Wir werden mehr Schiffe brauchen.«

»Was diesen Punkt betrifft, könnte ich Euch vielleicht behilflich sein.«

Hassan wandte den Kopf zum Eingang der Bibliothek und sah seine Tante dort stehen. »Tante Lethia.« Er erhob sich eilig und ging auf sie zu. »Ich dachte, du hältst nichts von unserem Vorhaben.«

Lethia war schon immer eine äußerst stolze Frau gewesen, aber in diesem Moment wirkte sie geradezu reumütig. »Ich habe etwas Zeit gebraucht, um über alles nachzudenken und ... ich muss mich bei dir entschuldigen. Und bei Euch.« Sie sah die Mitglieder der Garde an. »Dass ich Eure Motive angezweifelt habe, geschah allein aus Sorge um Hassan. Er ist nur mit knapper Not aus Nasira entkommen. Meinem Bruder und seiner Frau war nicht so viel Glück beschieden. Ich habe jeden Tag Angst um sie, und ich wollte mich wohl aus reiner Selbstsucht nicht auch noch um Hassan sorgen. Verzeiht mir.«

Penrose neigte den Kopf. »Natürlich.«

Hassan schluckte und sah seine Tante an. »Ich muss mich ebenfalls entschuldigen. Für die harschen Worte, die ich zu dir gesagt habe. Mir hätte klar sein müssen, wie schwierig die vergangenen Wochen für dich gewesen sind. Herat ist auch deine Heimat.«

»Du hast recht«, sagte sie. »Herat ist meine Heimat. Und aus diesem Grund werde ich alles in meiner Macht Stehende tun, um dir zu helfen, dorthin zurückzukehren. Glücklicherweise weiß ich auch schon genau, wie.«

»Wovon redet Ihr?« Khepri stand nun ebenfalls auf und trat zu ihnen.

»Ich spreche von einer kleinen Flotte mit einer ausgezeichneten Artillerie«, antwortete Lethia. »Und einem loyalen Kaufmann, der diese Flotte und ihre Besatzung für die Rettung Herats zur Verfügung stellen wird.«

Hassan sah sie verblüfft an. »Tante Lethia ... bist du dir sicher?«

»Absolut.« Sie kam zum Tisch und tippte auf einer der Karten mit dem Finger auf einen Punkt zwischen dem Hafen von Pallas

Athos und dem Hafen von Nasira. »Cirion ist mein Sohn. Er ist zwar hier aufgewachsen, aber Herat ist auch seine Heimat.«

»Das meine ich nicht«, sagte Hassan. »Bist du dir sicher, dass du uns helfen willst?«

Lethia richtete sich wieder auf und sah ihn ernst an. »Wenn es das ist, was du tun musst, dann stehe ich an deiner Seite, Hassan.«

Er glaubte ihr. Lethia konnte mitunter oberflächlich und aufgesetzt wirken, aber sie war ein Mensch, der stets Wort hielt. Was auch immer für Lethias Sinneswandel verantwortlich war, Hassan vertraute darauf, dass es ihr gelingen würde, ihn nach Nasira zurückzubringen, koste es, was es wolle.

»Wann könnt Ihr mit Eurem Sohn sprechen?«, fragte Khepri.

»Er kehrt morgen von einer Handelsreise zurück. Ich werde ihm noch heute eine Nachricht zukommen lassen«, antwortete Lethia.

»Bleibt noch eine Sache«, sagte Hassan, während seine Tante sich zum Gehen wandte, und sah Penrose an. »Von denen, die aus Herat geflohen sind, haben sich die meisten nach Charis gerettet. Es sollte sich jemand auf den Weg zu ihnen machen und sich vergewissern, dass sie in Sicherheit sind.«

»Und sie bitten, sich uns anzuschließen«, fügte Khepri hinzu. »Sie werden es nicht rechtzeitig nach Nasira schaffen, um unsere Streitkräfte zu unterstützen, aber sobald wir die Stadt befreit haben, können sie zurückkehren und uns beim Wiederaufbau helfen.«

Lethia blieb in der Tür stehen. »Das kann ich übernehmen.«

Vier erstaunte Augenpaare wandten sich ihr zu.

»Ihr?«, sagte Osei.

»Warum nicht?«, erwiderte sie. »Ich verfüge über Kontakte in Charis und kann alles Nötige für eine Reise dorthin in die Wege leiten, um den Geflüchteten vor Ort von eurem Plan zu berichten.«

In Hassan stieg ein Gefühl tiefer Dankbarkeit auf. »Ich wüsste niemanden, auf den mehr Verlass wäre als auf dich, Tante Lethia. Ich danke dir.«

Er meinte damit nicht nur diesen einen Auftrag. Ihre Unterstützung bedeutete ihm mehr, als er sagen konnte. Trotz ihrer Zweifel und Sorgen, was die Prophezeiung und die Rolle, die er darin spielte, betraf, hatte sie sich dafür entschieden, ihm mit allen ihr zur Verfügung stehenden Mitteln zu helfen. Sie sah ihn mit einem Ausdruck in den Augen an, der ihn wissen ließ, dass sie verstand. Ein Nicken andeutend trat sie durch die Tür und verließ die Bibliothek.

Als der Nachmittag in den frühen Abend überging, zog Hassan sich in seine Gemächer zurück, um sich für sein Erscheinen auf der Agora ankleiden zu lassen. Gemeinsam mit der Paladingarde würde er von den Stufen des Tempels von Pallas zu den Geflüchteten sprechen, um sie in das Geheimnis der letzten Prophezeiung einzuweihen und ihnen seine Vision zu enthüllen.

Lethias Diener salbten ihn mit Sandelholz- und Myrrhenöl, legten ihm ein Gewand aus goldfarbenem und flussgrünem Seidenbrokat an und setzten ihm eine aus Lorbeerblättern geflochtene Krone auf seine braunen Locken. Es war nicht das Gold und der Smaragd der Krone von Herat. Noch nicht. Aber diese Krone würde schon bald wieder ihm gehören. Er hatte es gesehen.

Als die Diener mit ihrer Arbeit fertig waren, entließ Hassan sie und trat auf den Balkon hinaus, um sich noch einen Moment zu sammeln. Er ließ den Blick über den von Säulen eingefassten Garten wandern und entdeckte eine einsame Gestalt am Rand eines Reflexionsbeckens, das von Marmorkolonnaden und jungen, schwere, dunkel glänzende Früchte tragenden Feigen- und Olivenbäumen umgeben war. Khepri.

Ohne lange darüber nachzudenken, stieg Hassan die Stufen hinunter, ging über einen gepflasterten, von weißen und violetten

Hyazinthen gesäumten Pfad auf sie zu und stellte sich neben sie an den Rand des Beckens. Das leise Spiel der filigranen silbernen Wasserorgel in seiner Mitte erfüllte die milde Abendluft.

Er folgte Khepris Blick zu den zartblauen Blüten, die träge auf dem Wasser trieben und einen süßen moschusartigen Duft verströmten. Der blaue Lotus von Herat. Einige der Blüten hatten sich bereits zu schließen begonnen, um sich unter der Wasseroberfläche zu verbergen und darauf zu warten, beim ersten Licht des nächsten Tages wiederaufzutauchen.

»Sie sind wunderschön, findest du nicht?«, sagte Hassan. »Als mein Vater um meine Mutter warb, schickte er drei Barken mit diesen Blüten über den Herat zu ihr und gelobte, bei ihrer Vermählung jeden Raum im Palast mit blauem Lotus zu schmücken.«

Khepri schloss die Augen und atmete tief ein. »Sie duften nach zu Hause.«

»Al-Khansa?«, fragte er. Al-Khansa war eine pulsierende Stadt südlich von Nasira – etwas kleiner als die Hauptstadt –, die an den Ufern des Herats lag. Es war stets die letzte Station, an der die königliche Familie zu Beginn der Flutsaison auf ihrer Reise den Fluss hinunter anlegte.

Khepri nickte. »Während des Flutfests duftet immer die ganze Stadt nach blauem Lotus und die Leute kaufen bei den Straßenhändlern Blüten, um sie als Opfergabe in den Fluss zu streuen. Sie sollen ein fruchtbares Jahr verheißen.«

Hassan pflückte vorsichtig eine Blüte von ihrem Blatt. Er dachte an das letzte Mal, als er mit Khepri allein gewesen war – an den Abend, als sie auf das Lager und die spielenden Kinder hinuntergeblickt hatten. Als sie seine Hand berührt und sich an ihn gelehnt hatte wie eine Dattelpalme, die sich im Wüstenwind neigt. Er war ihr ausgewichen, hatte Angst gehabt, irgendetwas geschehen zu lassen, solange noch die Lüge darüber, wer er wirklich war, zwischen ihnen stand. Aber nun kannte sie die Wahrheit. Es gab nichts mehr, was er vor ihr verbergen musste. Er hob die Hand, um ihr die Blüte ins Haar zu stecken.

Khepri zuckte zurück und die Blume fiel zu Boden.

»Ich ... Eure Hoheit ...«, stammelte sie.

Die förmliche Anrede machte mit einem Schlag die Wärme und Vertrautheit zwischen ihnen zunichte. Da war keine Spur mehr von dem unbeschwerten Lachen, der intuitiven Verbundenheit, die er an jenem zweiten Abend im Herati-Lager zwischen ihnen gespürt hatte.

Es erinnerte Hassan daran, dass er nicht der Einzige war, der an diesem Abend etwas verheimlicht hatte.

Er ließ seine Hand sinken, die immer noch neben Khepris Wange verharrt hatte. »Was meintest du damit, als du gestern gesagt hast, es wäre egoistisch gewesen, mir nicht gleich von dem Gottesfeuer zu erzählen?«

»Wir sollten gehen«, sagte Khepri und senkte den Kopf. »Die anderen warten.«

»Khepri.«

Sie atmete tief durch und sah ihn an. In ihren entwaffnenden bernsteinfarbenen Augen lag ein Ausdruck, den er zum ersten Mal darin entdeckte. Ein Ausdruck des Bedauerns. Der Schuld.

»Die Tage nach meiner Ankunft in Pallas Athos gehören zu den schrecklichsten in meinem Leben«, sagte sie. »Wenn ich mir nicht gerade Sorgen um die anderen Geflüchteten gemacht habe, wurde ich von den Erinnerungen daran gequält, was in Nasira passiert war. Meine Gedanken kreisten unaufhörlich um die entsetzlichen Ge-schichten, die ich über den Hierophanten hörte, und die Gräuel-taten seiner Anhänger. Ich konnte an nichts anderes denken.«

Genauso war es ihm in den ersten Wochen ergangen.

»Aber als du auf der Agora aufgetaucht bist, hat es sich trotz all dieser Wut und Sorge für ein paar Stunden so angefühlt, als könnte ich wieder atmen.«

Hassan sah sie nur an, überwältigt davon, ihre Stimme dieselben Gedanken aussprechen zu hören, die ihm durch den Kopf gegangen waren, als hätte sie in ihn hineingefasst und sie bei ihren Wurzeln gepackt.

»Ich habe dir nichts von dem Gottesfeuer erzählt oder davon, was die Zeugen vorhaben, weil ich dieses Gefühl behalten wollte«, sagte sie. »Ich wollte es nicht mit all dem Schmerz und dem Entsetzen zerstören. Das war egoistisch. Es war egoistisch von *mir*, diesem Bedürfnis nachzugeben, während meine Freunde ... meine *Brüder* ...« Ihre Stimme brach.

»Das verstehe ich gut«, sagte Hassan leise. »Dass ich dir verschwiegen habe, wer ich bin, geschah aus einem ganz ähnlichen Grund. Die Verantwortung und das Gewicht, die damit verbunden sind, hätten alles andere verdrängt. Das ist ebenfalls egoistisch gewesen.«

»Ich habe mich dafür gehasst, an etwas anderes zu denken als daran, wie ich meine Brüder retten kann.« Sie schluckte, suchte seinen Blick. »Mir etwas anderes zu wünschen.«

Er griff nach ihrer Hand. »Ich habe es mir auch gewünscht«, sagte er mit rauer Stimme.

Sie neigte ihm leicht den Kopf zu, schwieg aber.

»Und nun ...«, sagte Hassan mit klopfendem Herzen, »... nun weißt du, wer ich wirklich bin.«

»Du hast recht.« Sie hob den Blick und sah ihn an. »Nun weiß ich, wer du wirklich bist. Du bist der Schlüssel zur Rettung Nasiras.« Langsam zog sie ihre Hand aus seiner. »Du bist der Prinz. Der Prophet. Und ich bin deine Soldatin.«

Als ihre Finger sich endgültig aus seinem Griff lösten, begriff Hassan. Er senkte den Kopf, kam sich töricht vor.

Vom ersten Moment an, in dem er Khepri begegnet war, hatte er gespürt, wie viel sie beide miteinander verband. Jeder von ihnen aus der Heimat vertrieben, die sie liebten. Jeder von ihnen auf der Suche nach einem Weg, dorthin zurückzukehren. Er hatte geglaubt, das Einzige, was zwischen ihnen stünde, sei die Lüge über seine wahre Herkunft. Doch nun erkannte er, dass die Wahrheit eine noch viel größere Hürde zwischen ihnen war. Ein Prinz stand auch im Exil über seinen Soldaten, und je mehr er das zu leugnen versuchte, desto weniger konnte er für Khepri das sein, was sie brauchte. Was sie alle brauchten.

»Prinz Hassan.«

Er drehte sich um und sah Penrose und Osei in ihren mitternachtsblauen Umhängen im Garten stehen.

»Es ist Zeit«, sagte Penrose. »Die Armee und die Geflüchteten warten auf Euch.«

Hassan drehte sich wieder Khepri zu, aber sie hatte sich bereits zum Gehen gewandt. Er atmete tief durch und folgte ihr.

Von nun an würde es kein Zurück mehr geben. Pläne waren geschmiedet worden, Schiffe hatten ihre Segel gesetzt und schon bald würde sich eine jahrhundertealte Prophezeiung erfüllen. Noch während er es dachte, spürte er, wie seltsam ihm all das noch immer vorkam. Dass er nicht nur als Prinz in sein Land zurückkehren würde, sondern als Prophet. Dass die Vision aus seinem Traum schon bald Wirklichkeit werden würde.

Die Gedanken an Khepri und an Seerosen beiseiteschiebend, trat er zu den anderen.

»Ich bin bereit.«

Kapitel 35

Ephyra

»Wach auf.«

Ephyra öffnete blinzelnd die Augen. Sie schmeckte Salz. Ihr Gesicht fühlte sich wund gescheuert an, ihre Lider waren schwer und brannten. Hatte sie geweint? Sie wusste es nicht mehr. Sie wusste überhaupt nichts mehr. Weder wie lange sie schon in dieser dämmrigen Zelle war, noch wie viel Zeit vergangen war, seit der Schwertkämpfer bei ihr gewesen war.

Oder ob das Leben ihrer Schwester nun in den Händen eines Mannes lag, der Ephyras Tod wollte.

Polierte schwarze Stiefel klackerten über den nackten Steinboden der Zelle. Ephyra setzte sich auf. Ein Mann in einem dunkelgrauen Mantel aus feinem Tuch stand vor ihr. Ein Mann, den sie hätte töten sollen.

»Hier bist du also gelandet«, sagte Illya Aliyev und ließ den Blick seiner goldbraunen Augen durch die karge Zelle wandern, bevor er ihn auf Ephyra heftete. Sein Lächeln war so kalt und gefühllos, dass es sie schauderte. »In einem Gefängnisturm, in den man die berüchtigtsten Mörder steckt. Jemanden wie dich – die Blasse Hand.«

Ephyra erstarrte. Hatte Hector seine Drohung also wirklich wahr gemacht? Hatte er den Stadtwächtern den Beweis dafür geliefert, was sie war?

Illya winkte ab. »Das ist natürlich nur ein Gerücht. Aber die Wachen nehmen es ganz offensichtlich für bare Münze. Sie haben mich mindestens dreimal davor gewarnt, diese Zelle zu betreten.«

»Und wenn sie recht haben?«, erwiderte Ephyra. Ihre Stimme klang belegt, weil sie schon eine Weile nicht mehr gesprochen hatte. Vielleicht auch vom Weinen.

»Das Risiko nehme ich gern auf mich.«

»Was beim Wanderer willst du von mir?«

Er schnalzte mit der Zunge. »Warum denn gleich so unhöflich?«

»Ich bin sogar noch viel zu höflich«, zischte sie. »Falls du es vergessen haben solltest – ich sitze wegen *dir* in dieser Zelle.«

»Ach, tatsächlich?« Er trat ein paar Schritte näher. »Wenn ich mich richtig erinnere, hat mein Bruder dich in diesen Tempel mitgenommen.«

Den Rücken an die Wand gepresst, stemmte Ephyra sich vom Boden hoch. »Und hat dein Bruder den Stadtwächtern auch etwas von angeblichen Tempelplünderern zugeflüstert? Unterschätz mich nicht. Ich weiß, dass du sie uns auf den Hals gehetzt hast.«

»Damit habe ich nichts zu tun«, sagte Illya. »Es war ein unglücklicher Zufall, mehr nicht.«

Ephyra wandte sich schnaubend ab. »Du hast ja keine Ahnung.«

Er stützte einen Arm neben ihrem Kopf an die Wand und zwang sie so, ihn wieder anzusehen. »Und wenn sich das Blatt nun für dich wenden würde?«

Sie kniff die Augen zusammen. »Was soll das heißen?«

»Wie es scheint, hat einer der Paladine meinem Bruder geholfen, aus seiner Arrestzelle zu entkommen. Die genauen Gründe dafür kenne ich nicht. Aber du kennst sie bestimmt.«

Ephyras Gedanken begannen zu rasen. Er sprach von Hector.

»Ah«, sagte Illya. Ihre Angst musste sich deutlich auf ihrem Gesicht abzeichnen. »Ich habe also ins Schwarze getroffen.«

Wenn Anton Hector davon überzeugt hatte, ihn aus seiner Zelle zu befreien, konnte dies nur bedeuten, dass er ihn zu Beru geführt hatte. Und wenn Hector herausfand, welche Rolle Beru beim Tod seiner Familie gespielt hatte, würde er sie töten. Ephyra hatte nicht den leisesten Zweifel daran. Sie erinnerte sich noch genau daran, wie Hectors Vater sich damals auf sie gestürzt hatte, an die von tiefem Schmerz befeuerte Rachgier in seinen Augen.

Illyas goldbrauner Blick hielt ihren fest. »Du weißt, wohin sie gegangen sind, hab ich recht?«

»Wenn ich es wüsste, wärst du der Letzte, dem ich es sagen würde.«

Er zog die Brauen hoch. »Das ist wirklich schade, ich glaube nämlich, wir könnten uns gegenseitig helfen.«

»Wobei sollst du mir schon helfen können?«

Er legte den Kopf schräg, was ihn auf geradezu unheimliche Weise wie seinen Bruder aussehen ließ. »Zum Beispiel dabei, dich aus diesem Turm herauszuholen.«

Ephyra stieß ein Lachen aus. »Als ob die Stadtwächter eine Gefangene, die des Mordes verdächtigt wird, einfach so laufen lassen würden.«

»Nun, dann trifft es sich ja umso besser, dass ich *genau weiß*, dass du diese Morde nicht begangen haben kannst«, erwiderte er.

»Wovon redest du?«

»An dem Abend, an dem die Blasse Hand den Priester Armando Curio getötet hat, bist du mit mir zusammen gewesen«, sagte er und sein Gesicht nahm plötzlich einen zärtlichen Ausdruck an. »Ist es nicht so, meine Liebste? Ich müsste es wohl wissen, wenn meine Gemahlin eine gemeine Mörderin wäre.«

»Deine Gemahlin?«, entgegnete sie fassungslos.

Er zuckte mit den Achseln. »Meine zukünftige Gemahlin, wenn dir das lieber ist.«

Sie hätte ihm gern entgegengeschleudert, dass es ihr lieber wäre, er würde verschwinden und sie für immer in Ruhe lassen, aber sein Angebot – ein Alibi und die Freiheit – war nur schwer auszuschlagen. Sofern es kein Trick war.

»Warum sollten die Stadtwächter von Pallas Athos dem Wort irgendeines Fremden Glauben schenken?«

»Mein Wort hat in Pallas Athos großes Gewicht«, antwortete er mit unschuldigem Lächeln. »Ich habe einflussreiche Freunde. Einflussreich genug, um eine Gefangene zu entlassen, für die ich mich verbürge.«

Sie zweifelte nicht daran, dass er die Wahrheit sagte. Das erklärte, wie es ihm gelungen war, sich Zugang zu ihrer Zelle zu verschaffen.

»Ich bin nur allzu gerne bereit, den Stadtwächtern all das zu erzählen«, fuhr er fort, »wenn du mir hilfst, meinen Bruder zu finden.«

»Warum ist dir so viel daran gelegen, ihn zu finden?«

Er schwieg einen Moment, und als er antwortete, klang seine Stimme anders, leiser. »Es gibt in deinem Leben nicht viel, woran dir etwas liegt, oder?«

Ephyra wandte den Blick ab. Es war wohl mehr als offensichtlich, wie wenig ihr am Rest der Welt lag. Beru war ihr stets genug gewesen.

»Mir geht es genauso«, sagte Illya. »Sicher ... ich kann mich rausputzen und den wohlhabenden Fremden spielen. Ich kann ein gelungenes Mahl genießen, eine schöne Melodie, eine gut gebaute Frau.« Sein Blick glitt über Ephyra. »Aber das alles ... hat keine Bedeutung. Es gibt nur ein paar wenige kostbare Dinge, die wirklich wichtig sind. Du weißt, wovon ich spreche, nicht wahr? Es hat sehr lange gedauert, bis mir das klar wurde. Vielleicht zu lange.«

Ephyra beobachtete, wie seine Züge weicher wurden, bis er schließlich wie der junge Mann aussah, der er war. Bis sie beinahe anfing zu glauben, dass seine Worte so aufrichtig waren, wie sie klangen.

»Aber nun ...«, Illya atmete seufzend aus, »verstehe ich es. Mein Bruder ist eines dieser kostbaren Dinge, die von Bedeutung sind. Ich werde alles dafür tun, um ihn zu finden. Um mir seine Vergebung zu verdienen.«

Mit der lautlosen Anmut, die sie sich als Blasse Hand angeeignet hatte, trat Ephyra so nah an ihn heran, dass sie nur noch einen Atemzug von ihm entfernt war. »Oh, Illya«, sagte sie leise. »Du scheinst mich für das wehrloseste Opferlamm in den Sechs Städten zu halten, wenn du glaubst, ich würde dir auch nur ein Wort von dem Pferdemist glauben, den du von dir gibst.«

Illya zuckte zurück. »Ich lüge nicht.«

Sie erinnerte sich, dass er dasselbe zu Anton gesagt hatte. »Was willst du wirklich von ihm?«

»Ich will ihn beschützen.«

»Wovor?«, fragte Ephyra. »Ich kann nicht behaupten, ihn besonders gut zu kennen, aber ich weiß, wie Angst aussieht, und das Einzige, wovor dieser Junge sich wirklich fürchtet, bist du.«

»Warum hätte ich *Jahre* damit verbringen sollen, nach ihm zu suchen? Warum hätte ich ein kleines Vermögen dafür ausgeben sollen, um einen Orakeldienst damit zu beauftragen, ihn aufzuspüren? Warum hätte ich von Stadt zu Stadt jagen sollen mit nichts mehr als einer *geraunten* Andeutung, dass er sich dort aufhalten könnte?«

Ephyra schwieg. Sie wollte nichts gemeinsam haben mit diesem Mann, der eindeutig ein Meister darin war, andere in die Irre zu führen, aber sie konnte nicht anders, als seine Geschichte mit ihrer zu vergleichen. Es kam ihr so vor, als wäre sie um die ganze Welt gereist, um ein Heilmittel für ihre Schwester zu finden. Illya hatte dasselbe getan, um seinen Bruder zu finden.

Aber dass sie sich in diesem Punkt offenbar so sehr ähnelten, bedeutete noch lange nicht, dass sie irgendwelche anderen Gemeinsamkeiten hatten.

»Na schön«, sagte Illya und trat einen Schritt zurück. »Du hältst mich immer noch für einen Lügner. Dann werde ich eben wieder auf eigene Faust nach ihm suchen.«

Er drehte sich um und ging auf die Zellentür zu, jeder Schritt ein Schlag auf den Steinboden.

Ephyra fluchte unterdrückt. Sie musste Anton genauso dringend finden wie Illya. Wenn jemand wusste, was mit Beru passiert war, ob Hector sie gefunden hatte oder nicht, dann war es Anton.

»Warte«, sagte sie. Illya blieb stehen und drehte sich mit einem höflichen Lächeln um, das kaum den Spott dahinter verhehlte. »Ich habe nicht gelogen, als ich sagte, ich wüsste nicht, wohin sie gegangen sind. Aber ich kann dich zu der Unterkunft führen, in der wir hier in der Stadt unser Lager aufgeschlagen haben. Vielleicht ist er noch dort. Vielleicht auch nicht.«

»Das klingt nicht sonderlich vielversprechend.«

»Es ist besser als nichts, und das weißt du ganz genau«, entgegnete Ephyra. »Ich habe keine Ahnung, was für ein Spiel du treibst, und fest steht, dass ich dir nicht traue, aber ich muss hier raus. Dann haben wir also eine Abmachung?«

Illya winkte ab. »Ob du mir vertraust oder nicht, spielt keine Rolle. Ich brauche dich, und es liegt auf der Hand, dass du mich brauchst, was uns naturgemäß zu Verbündeten macht.«

Sie schnaubte. »Zu Verbündeten? Ich wollte dich töten.«

»Das hast du aber nicht.«

»Wer sagt, dass ich es dabei belasse?«

Er lächelte wieder, einen wölfischen und gleichzeitig welpenhaften Ausdruck im Gesicht. »Ich bin bereit, das Risiko einzugehen, wenn du es auch bist.« Er hielt ihr die Hand hin. »Verbündete?«

Sie nahm sie und schluckte, als sie in seine goldbraunen Augen schaute. Sie war in ihrem Leben schon oft dazu gezwungen gewesen, mit dunklen Mächten zu verhandeln. So hatte es sich noch nie angefühlt.

»Verbündete.«

Kapitel 36

Jude

Jude kam langsam wieder zu sich. Seine Wahrnehmung war verschwommen und immer wieder verlor er das Bewusstsein, wie das Anfluten und Abebben der Brandung. Sein Körper fühlte sich klamm an, was er sich nicht erklären konnte, genauso wenig wie den bitteren Geschmack in seinem Mund. Als er versuchte, sich zur Seite zu wälzen, pulsierte ein dumpfer Schmerz durch seine Schulter, so als hätte jemand versucht, seinen Arm aus dem Gelenk zu reißen. Schlagartig erinnerte er sich wieder, was passiert war, und durchlebte noch einmal den grauenvollen Moment, in dem er vom Dach des Mausoleums gestürzt war, und wie sich beim Aufprall ein spitzer Trümmerstein in seine Schulter gebohrt hatte. Doch als er seine Finger auf die Stelle legte, stellte er fest, dass die Wunde sich wieder geschlossen hatte, als hätte sie nie existiert.

Er starrte an die niedrige, abgeschrägte Decke hinauf, von der weißer Putz abblätterte. Das Fenster neben ihm wurde von einem quadratischen Stück Nachthimmel ausgefüllt. Nach und nach kehrten die Erinnerungen an die Ereignisse des vergangenen Tages zurück und setzten sich in seinem Kopf zu einem Ganzen zusammen, als er sich auf der schmalen Pritsche aufsetzte und das Gesicht in den Händen vergrub.

Er war ein Narr. Ein Narr, ein Narr, ein Narr. Und Hector war fort.

Noch heute Nacht würde er in die Villa zurückkehren. Die Garde und der Prophet hatten mittlerweile sicherlich erkannt, worüber er sich längst im Klaren gewesen war. Er war es nicht wert, der Hüter der Botschaft zu sein. Er würde den Propheten um Vergebung bitten, vor ihm niederknien, ihm die Höchste Klinge zu Füßen legen ...

Die Höchste Klinge.

Der Schreck fuhr ihm durch alle Glieder, als er das Schwert nicht neben sich liegen sah. Er sprang von der Pritsche auf und zwang sich, nachzudenken. Nachdem er vom Dach gestürzt war, hatte er es noch bei sich gehabt. Und auch als er, vor Erschöpfung zitternd und von diesem Jungen – Anton – gestützt, an diesen Ort gekommen war.

Er hatte bereits Hector verloren. Er durfte nicht auch noch die Höchste Klinge verlieren.

Von Panik getrieben stürzte er aus der Tür und lief die Treppe hinunter. Der Innenhof war erfüllt von rauem Gelächter, lautem Stimmengewirr und dem Geräusch von Krügen, die aneinandergestoßen wurden. Jude blieb einen Augenblick stehen. Der Gedanke, mitten in dieses lärmende Getümmel zu treten, löste heftiges Unbehagen in ihm aus. Nachdem er die ersten neunzehn Jahre seines Lebens in der kleinen Gemeinschaft des Ordens an einem abgelegenen Zufluchtsort in den Bergen verbracht hatte, empfand er es schon als Herausforderung, sich in einer Stadt mit ihren vielen Menschen zurechtzufinden. Aber das hier erforderte noch sehr viel mehr Unerschrockenheit, als sich den Menschenmassen im Hafenviertel und auf den Straßen zu stellen. Es schien sich um einen jener zwielichtigen Orte zu handeln, an denen Gesetzesbrecher und Ausgestoßene zu Hause waren, Raufbolde und Halunken. Er konnte kaum glauben, dass es in der Stadt des Glaubens überhaupt einen solchen Ort gab, und doch stand er hier und konnte sich mit eigenen Augen davon überzeugen. Noch etwas, was vollkommen anders war, als er es sich vorgestellt hatte.

Doch er wusste, wenn er nach einem Schwertdieb suchen wollte, würde er genau hier damit anfangen müssen. Sich innerlich gegen den Gestank nach Schweiß, Rauch und faulem Atem wappnend, trat er durch den gewölbten Eingang. Leuchtkugelketten tauchten den Innenhof in dämmriges orangefarbenes Licht. Zwischen Stein-bänken und Lorbeerbüschen stießen betrunkene Seemänner und Kadetten der Stadtwache mit süßem Wein und Dunkelbier an. Sie wurden von kokett lächelnden Frauen und herausgeputzten jungen Männern umschwirrt, deren Tuniken so drapiert waren, dass sie kaum ihre nackten Oberkörper verhüllten.

»Vorsicht, mein Schöner ...« Ein schlanker junger Mann in einer kurzen Tunika schob sich zwinkernd an Jude vorbei, in jeder Hand ein Glas mit hin und her schwappendem schlammbraunen Bier. Judes Blick folgte ihm zu dem Springbrunnen in der Mitte des Innenhofs und landete dann auf einer vertrauten Gestalt ein paar Tische weiter. Anton.

Er hatte sich also noch nicht aus dem Staub gemacht.

Stattdessen trank er gerade von lauten Anfeuerungsrufen beglei-tet und mit unübersehbarem Vergnügen in einem Zug sein Dunkel-bier aus und hob den leeren Krug anschließend triumphierend in die Höhe. Als sein Blick für einen Moment auf Jude fiel, huschte ein kleines Lächeln über sein gerötetes Gesicht.

Nein, kein Lächeln. Ein *Grinsen*. Er grinste wie jemand, der an Blicke gewöhnt war, die länger als nötig auf ihm verweilten.

Allem Anschein nach steckte er gerade mitten in einem Karten-spiel, das offenbar so spannend war, dass sich ein kleiner Kreis von Schaulustigen um seinen Tisch versammelt hatte. Mit einem Mal wurde Anton von dem Mann, der ihm gegenübersaß, so heftig gegen die Schulter gestoßen, dass er den Blick von Jude abwandte und sich etwas zur Seite duckte.

Und in diesem Moment sah Jude es. Die vertraute Krümmung der Schwertscheide, das Funkeln des eingefassten Sterns in dem perfekt austarierten Heft. Die Höchste Klinge, die inmitten der Karten, Münzen und geleerten Krüge auf dem Tisch lag.

Jude schoss alles Blut in den Kopf. Wutentbrannt stürmte er über den Innenhof, kämpfte sich zwischen rauflustigen Zechbrüdern hindurch, die ihn von allen Seiten zu umzingeln schienen, und bahnte sich – stolpernd, schubsend, schiebend – einen Weg zum Kartentisch.

»Bist du sicher, dass du das riskieren willst?«, hörte Jude den Mann, der Anton gegenübersaß, über das trunkene Gegröle hinweg sagen.

Anton lachte. »Ich lasse es darauf ankommen.«

»Das würde ich an deiner Stelle lieber nicht tun«, sagte Jude finster.

Anton zuckte zusammen, drehte sich aber nicht zu ihm um.

»Hm ...« Antons Kontrahent stützte das Kinn in die Hand und musterte Jude wie eine Katze, die einen hübschen kleinen Vogel zwischen den Krallen hat. »Wen haben wir denn da?«

Jude hatte nicht vor, sich von einem Wirtshausschläger einschüchtern zu lassen. »Jude Weatherbourne. Und das da ist mein Schwert.«

Der Mann zog die Brauen hoch. »Tatsächlich?«, sagte er. »Dann wird es dich vielleicht interessieren, dass dein junger Freund hier es gerade als Wetteinsatz auf den Tisch gelegt hat.«

»Er hat *was*?«

Anton drehte sich gemächlich zu ihm um, einen Ausdruck reinster Unschuld im Gesicht, von dem Jude sich noch nicht einmal

338

einen Herzschlag lang hinters Licht führen ließ. »Solltest du nicht in der Kammer oben liegen und dich von deiner tödlichen Verwundung erholen?«

»Solltest *du* nicht in einer Arrestzelle hocken?«, gab Jude zurück. »Dort gehörst du nämlich eindeutig hin.«

Anton zog eine Grimasse und fuhr sich durch seine zerzausten Haare, worauf sie noch wilder in alle Richtungen abstanden. »Könntest du das vielleicht noch lauter herumposaunen, für den Fall, dass einer der Stadtwächter, die hier ihren Sold verprassen, dich nicht gehört hat?«

»Du bist ein Dieb.«

»Ich weiß nicht, wovon du redest«, entgegnete Anton verschnupft.

»Du hast die Höchste Klinge gestohlen!«

»Die was? Oh, du meinst, dein Schwert? Das hätte ich dir selbstverständlich wiedergegeben.«

»Du hast es als Wetteinsatz benutzt!« Judes Stimme überschlug sich fast vor Fassungslosigkeit. »Wie willst du es mir wiedergeben, wenn du verlierst?«

»Ach Jude.« Anton lachte auf. »Ich verliere nicht.«

»Dieses Schwert wurde in meiner Familie seit Anbeginn der Propheten von Generation zu Generation weitergegeben. Es dient allein einem einzigen Zweck. Und der besteht *nicht* darin, bei einem bierseligen Kartenspiel als Einsatz verwettet zu werden!«

»Tja, wenn dir das Schwert so viel bedeutet, hättest du es vielleicht nicht einfach so herumliegen lassen sollen.«

Jude sah in Antons grinsendes Gesicht mit der von feinen Sommersprossen gesprenkelten Nase und hatte das Gefühl, in seinem ganzen Leben noch nie jemanden so sehr verachtet zu haben.

»Du Narr hast nicht den Hauch einer Ahnung, was du getan hast.« Seine Stimme zitterte vor unterdrückter Wut. »Dir geht es immer nur um dein eigenes Wohl, habe ich recht?«

Anton spannte die Kiefermuskeln an, sichtlich verletzt von dieser Anschuldigung. »Wäre ich nicht gewesen«, sagte er mühsam beherrscht, »lägst du immer noch in diesem Mausoleum und wärst schon längst verblutet.«

»Oder wenn meine Wenigkeit nicht gewesen wäre«, fügte ein bärtiger Mann hinzu, der neben Antons Mitspieler saß und die Tätowierungen eines Heilers trug.

Jude blickte von dem Heiler zu Anton zurück und erinnerte sich an den entschlossenen Ausdruck, der über Antons Gesicht gehuscht war, als Jude im Mausoleum seine Beweggründe angezweifelt hatte. Das Verschwinden der Höchsten Klinge hatte jeden anderen Gedanken aus seinem Kopf ausgelöscht, aber nun musste er zähneknirschend die Möglichkeit in Betracht ziehen, dass dieser abscheuliche, selbstsüchtige Dieb, der hier vor ihm saß, ihm tatsächlich das Leben gerettet hatte.

»Bist du fertig«, sagte Anton kühl. »Ich habe hier nämlich noch ein Spiel zu gewinnen.«

»Nein, ich bin noch nicht fertig«, zischte Jude. »Aber *du*. Weil ich mir jetzt nämlich mein Schwert nehmen und gehen werde.«

Antons Mitspieler schnalzte mit der Zunge und beugte sich über den Tisch. »Ich fürchte, daraus wird nichts. Ein Einsatz kann nicht zurückgezogen werden.«

Jude verengte die Augen. »Und worauf wurde mein Schwert gesetzt?«

»Auf eine Fahrkarte, mit der ich Pallas Athos für immer den Rücken kehren kann«, antwortete Anton mit fester Stimme. »Das hier ist Remzi, Kapitän eines Schiffes.«

»Der *Schwarzen Kormoran*«, sagte der Kapitän mit einem fast zärtlichen Unterton. »Sie ist wie ein Amüsiermädchen aus Valletta. Nicht unbedingt ein Hingucker, bringt einen aber immer ans Ziel.«

Der Vergleich trieb Jude die Röte in die Wangen, doch die Verlegenheit stachelte seine Wut nur noch mehr an. »So jemanden würdest du an Bord deines Schiffs lassen? Einen überführten Dieb? Einen dahergelaufenen Jungen, der bis heute Morgen noch in der Zitadelle von Pallos Athos einsaß?«

Der Kapitän sah Anton mit hochgezogener Braue an, bevor er sich wieder Jude zuwandte und mit den Achseln zuckte. »Eine Wette ist eine Wette. Das Schwert gegen freie Überfahrt nach Tel Amot.«

Der Seemann, der neben Anton saß und dessen Wangen von zu viel Wein glühten, beugte sich begierig zu ihm. »Wofür haben sie dich denn eingelocht?«

»Fälschlicherweise eingelocht«, korrigierte Anton ihn würdevoll. »Es war ein Missver–«

»Warte«, fiel Jude ihm ins Wort und sah den Kapitän an. »Hast du Tel Amot gesagt?«

Ich werde der Wiedergängerin den ganzen Weg bis nach Tel Amot folgen, wenn es sein muss. Das waren Hectors Worte in dem Mausoleum gewesen.

Sobald dieser Gedanke seinen Weg in Judes Kopf gefunden hatte, spürte er, dass er es nicht dabei belassen konnte. Er wusste, *wusste* einfach, dass Hector dorthin unterwegs war. Bevor er weiter darüber nachdenken konnte, sagte er: »Dann wirst du mich ebenfalls mit an Bord nehmen.«

Er spürte Antons Blick, ließ den Kapitän jedoch nicht aus den Augen.

»Der Einsatz gilt eigentlich nur für eine Überfahrt«, sagte der Kapitän und spreizte die Finger. »Ich würde von mir selbst behaupten, ein nachsichtiger Mann zu sein, aber du kannst nicht einfach so mitten im Spiel die Bedingungen ändern.«

»Es ist mein Schwert, also ist es meine Überfahrt, für die du sorgen wirst.«

»Natürlich ist es etwas anderes«, antwortete der Kapitän gedehnt. »Wenn du darum *spielen* willst.«

»Darum spielen?« Jude hatte in seinem ganzen Leben noch nie um irgendetwas gespielt. Er musterte die komplizierte Anordnung der Karten und die Gläser, die wie eine Festungsmauer aufgereiht waren. Das schien hier weder der richtige Zeitpunkt noch der richtige Ort zu sein, um damit anzufangen.

»Vielleicht willst du deinen Freund auch davon überzeugen, um deine Überfahrt zu spielen statt um seine eigene. Er scheint mir ein gutes Herz zu haben.«

Jude fluchte fast nie, hatte aber das Gefühl, dass er es gleich tun würde. Er verspürte den Drang, die derbsten und unflätigsten Wörter auszustoßen, die ihm einfielen. Anton hatte ihm zwar geholfen, es aber nur widerstrebend getan, und Jude bezweifelte, dass er zu weiteren selbstlosen Taten bereit war.

Allerdings bedeutete das nicht, dass Jude nicht selbst einen Einsatz wagen konnte. Er schluckte die Wut, die in seiner Kehle aufstieg, hinunter und strich mit einer Hand über den goldenen Wendelring um seinen Hals.

Nein, er durfte das nicht ernsthaft in Erwägung ziehen. Er zog es nicht in Erwägung.

Und dennoch wusste er tief in seinem Inneren, dass die Entscheidung bereits gefallen war. Und zwar in dem Moment, in dem er heute Morgen in der Villa in Hectors verlassener Kammer gestanden hatte. Rache war Hector wichtiger gewesen als seine Pflicht.

Und Jude war Hector wichtiger.

Er hatte stets alles getan, um die Erwartungen seines Vaters und des Ordens zu erfüllen, und trotzdem hatte es nicht gereicht. Er würde versagen. Er hatte bereits versagt. Er hatte den Propheten im Stich gelassen. Nicht wegen der Bedrohung durch die Blasse Hand oder wegen des dritten Vorboten. Sondern wegen Hector – und er

342

hatte keinen Moment gezögert, es zu tun. Jude taugte nicht für das Amt des Hüters. Es mangelte ihm an Disziplin, an unerschütterlicher Hingabe, er war voller Zweifel, Unsicherheiten und verbotener Sehnsüchte. So wie er die Wahrheit in den Herzen anderer hören konnte, wusste er, dass dies die Wahrheit seines eigenen Herzens war.

Seine Finger fanden den Verschluss des Wendelrings und öffneten ihn.

»Der hier ist aus reinstem Gold. Der König der Schmiede hat ihn von eigener Hand angefertigt.« Er hielt den Wendelring in die Höhe – nicht nur, damit der Kapitän ihn sehen konnte, sondern auch die anderen versammelten Seeleute. »Er ist weit wertvoller als eine Überfahrt auf deinem Schiff.«

Jude lehnte sich an einem kreidebleichen Anton vorbei und legte den Wendelring in die Mitte des Tischs.

»Gewinnst du das Spiel, gehören das Schwert und der Wendelring dir.« Er achtete darauf, mit ruhiger, gebieterischer Stimme zu sprechen. »Verlierst du, gewährst du mir und ihm freie Überfahrt. Sind diese Bedingungen für dich annehmbar?«

Der Kapitän lächelte zufrieden. »Wie mir scheint, ist dieses Spiel gerade noch um einiges interessanter geworden.«

Kapitel 37

Anton

Anton beugte sich über den Tisch, der ihn und Bedrich Remzi, Kapitän der *Schwarzen Kormoran,* voneinander trennte, und musterte die Karten zwischen ihnen.

Schatz und Fluss war schon seit Anbeginn der Zeit ein bevorzugtes Kartenspiel unter Seemännern, Wachleuten und Raufbolden gewesen, um die Langeweile zu vertreiben. Ganz gleich, in welcher Stadt er bisher gewesen war – noch jede der zwielichtigen Gestalten (und zu denen zählte sich Anton selbst) hatte Schatz und Fluss gekannt. Jede Runde begann damit, dass beide Spieler jeweils fünf Karten zogen, zwei davon auf der Hand behielten (ihren Schatz) und die übrigen auf die drei Stapel in der Mitte (den Fluss) legten. Die Spieler mussten nach jedem Zug neu entscheiden, welche beiden Karten sie als Schatz behielten und welche drei sie in den Fluss warfen. Ein guter Schatz-und-Fluss-Spieler war wandlungsfähig und in der Lage, spontan seine Strategie zu ändern. Es war nicht so elegant wie Antons Lieblingsspiel Canbarra, aber er nahm, was er kriegen konnte – und das war für gewöhnlich auch noch die allerletzte Münze seines Gegenspielers.

»Ich gehe mit«, sagte Kapitän Remzi und legte seine Schatz-Karten offen vor sich hin.

Um sie herum stießen zwei Dutzend Seeleute, die bereits betrunken oder kurz davor waren, zustimmendes Gejohle und leise Pfiffe aus. Jude stand etwas abseits von ihnen und schaffte es, mit seinem brütenden Schweigen das Krakeelen der Seemänner sogar noch zu übertönen. Anton war sich der Anwesenheit des Paladins nur allzu bewusst, Judes Esha zog sich wie eine dräuende Gewitterwolke über ihm zusammen und lenkte seine Aufmerksamkeit vom Spiel ab.

Er biss die Zähne zusammen und stach mit seinem Ass eine höherwertige Dichterkarte. Er musste sich konzentrieren.

»Das hätte ich an deiner Stelle lieber nicht getan.« Kapitän Remzi lehnte sich zurück, die Lider auf Halbmast, im Gesicht einen Ausdruck träger Selbstsicherheit.

Er hatte allen Grund dazu. Nach zwei hart umkämpften Runden hatte Remzi mittlerweile eindeutig die Oberhand. Aufgrund der Karten, die der Kapitän bereits gespielt hatte, hatte Anton eine ziemlich genaue Vorstellung davon, welches Blatt Remzi auf der Hand hatte. Es würde schwer sein, ihn zu übertrumpfen.

»Anton ...«, hörte er Judes Stimme hinter sich. Sie klang angespannt und nervös.

Anton warf ihm noch nicht einmal einen flüchtigen Blick zu. Wenn Jude seine Spielweise nicht gefiel, hätte er vielleicht besser nicht auf ihn setzen sollen. Er verstand immer noch nicht, warum er es getan hatte. Im einen Moment hatte er ihm noch eine Strafpredigt gehalten, weil er sich sein Schwert ausgeborgt hatte, im nächsten hatte er seinen goldenen Wendelring abgenommen und eine Überfahrt auf Remzis Schiff gefordert. Innerhalb eines einzigen Augenblicks hatte er ihrer beider Schicksale miteinander verknüpft – zumindest für die Dauer dieses Spiels.

Anton hatte einfach nur gewinnen und weit wegsegeln wollen – weg von Pallas Athos und allem, was damit verbunden war, Jude eingeschlossen. Stattdessen stand der Paladin nun wie angewurzelt hinter ihm und schwieg so laut, dass es ihm in den Ohren wehtat. Es zerrte an seinen Nerven. *Jude* zerrte an seinen Nerven.

Und er war schuld daran, dass Anton kurz davor war, das Spiel zu verlieren.

»Was ist los?«, erkundigte sich Remzi spöttisch, während er eine Zehn auf das Ass legte. »Nicht ganz bei der Sache?«

Anton war klar, dass Remzi seine Verunsicherung spürte, nur ging der Kapitän fälschlicherweise davon aus, das wäre *sein* Verdienst.

Es gefiel Anton ganz und gar nicht, dass sein Unbehagen so offensichtlich war. Normalerweise war er ein Meister in der Kunst, keinerlei innere Regung preiszugeben. Und wenn Remzi seine Verunsicherung wahrnahm, würde Jude sie ebenfalls spüren. Ein Umstand, der Anton sogar noch mehr beunruhigte als der Gedanke, dieses Spiel zu verlieren.

Er nahm noch eine Karte vom Stapel. Ein Herold. Die höchste Karte im Spiel. Die sollte er als Schatz auf der Hand behalten. Zumindest wäre das die vernünftigere Vorgehensweise.

»Beeil dich lieber«, stichelte Remzi, »bevor es sich dein Schwertkämpfer hier noch anders überlegt und beschließt, seine Wette auf dich zurückzuziehen.«

Anton spürte Judes durchdringenden Blick im Nacken. Er hatte nicht vor, sich von einem missmutigen Schwertkämpfer aus der Fassung bringen zu lassen. Genauso wenig wie er vorhatte, sich von einem bierseligen Schiffskapitän schlagen zu lassen. Wenn es ihm nicht gelang, seiner Verunsicherung Herr zu werden, würde er eben dafür sorgen müssen, dass Remzi ebenfalls unsicher wurde.

Anton zwang sich, seine Schultern zu entspannen, und blickte von seinem Blatt auf. »Beunruhigt dich das?«

»Beunruhigt mich was?« Remzi zog ein Gesicht, als wäre er in seinem ganzen Leben noch nie über irgendetwas beunruhigt gewesen.

»Dass du die bessere Hand hast«, sagte Anton, »und trotzdem verlieren wirst.«

Remzi lächelte unbeeindruckt. »Von mir aus kannst so viel bluffen, wie du willst.«

»Wer sagt, dass ich bluffe?«, sagte Anton und spielte den Herold.

Es war ein kühner, gewagter Zug, aber Anton sah sofort, dass er funktioniert hatte. Remzi war so überrumpelt, dass er für einen Moment unachtsam wurde – erkennbar an einer kaum merklichen Veränderung in seinem Mienenspiel, die jedem anderen vielleicht entgangen wäre. Aber Anton verstand es, in den Gesichtern anderer zu lesen und jeden noch so kleinen Stimmungswechsel darin aufzuspüren, sodass er jederzeit für jede Reaktion seines Gegenübers gewappnet war. Diese Fertigkeit hatte er nicht erst am Kartentisch gelernt, sondern schon lange vorher. Ohne sie hätte er all die Jahre, die er dem Zorn seines Bruders ausgesetzt gewesen war, nicht überlebt.

Und dank dieses Instinkts wusste er nun, dass Remzi das Spiel gerade aus der Hand gegeben hatte.

Der Kapitän hatte sich schnell wieder gefasst und gab sich vollkommen selbstsicher, als er seine nächste Karte spielte. Eine Schwertsieben. Der Herold blieb aufgedeckt zwischen ihnen liegen.

»Du und ich, wir wissen beide, dass wir am Ende die Karten spielen müssen, die wir auf der Hand haben.«

»Wenn du das tatsächlich glaubst«, sagte Anton, »dann habe ich das Spiel schon jetzt gewonnen.«

Ein Grinsen huschte über Remzis Gesicht, als sein Blick über die auf dem Tisch verbliebenen Karten wanderte. »Ein Herold und zwei Sieben. Ich gehe mit.«

Anton konnte erneut aufdecken oder ebenfalls mitgehen und das Spiel beenden. Er wusste, Remzi rechnete damit, dass er aufdeckte, um sich mehr Zeit zu verschaffen und wieder auf Augenhöhe zu spielen.

Anton lächelte. »Ich auch.«

Diesmal verbarg Remzi seine Verblüffung besser. Seine Augen zuckten kurz zu den vor ihm liegenden Karten. »Fein. Dann lass sehen«, sagte er, bevor er den Anfang machte und seine erste Karte umdrehte. Wieder ein Herold, womit Anton gerechnet hatte.

Jude stieß nervös die Luft aus. »Bist du sicher, dass du weißt, was du da tust?«

»Das bin ich so gut wie nie.« Anton konnte es sich nicht verkneifen, ihm über die Schulter einen zwinkernden Blick zuzuwerfen, bevor er selbst seine erste Karte umdrehte. Eine Kelchsieben.

Remzi deckte die letzte Karte auf, um sein Blatt damit vollzumachen – ein Schreiber, die zweithöchste Karte im Stapel –, griff nach seinem Bierkrug und prostete Anton feixend zu. »Beim nächsten Mal hast du vielleicht mehr Glück, Jungchen.«

Eine Hand legte sich auf Antons Schulter und riss ihn heftig zurück. Auf Judes Gesicht lag ein aufgebrachter Ausdruck. »Ich kann nicht fassen, dass du …«

Anton schob Judes Hand gelassen von seiner Schulter und deckte seine letzte Karte auf. Der vierte Herold.

Die Schaulustigen verstummten.

»Zwei Herolde, drei Sieben«, kommentierte Yael. »Gegen zwei Herolde und den Schreiber von Remzi.«

Remzi verschluckte sich an seinem Dunkelbier. »Du …«, rief er hustend. »Wie hast du …?«

»Schätze, ich hatte einfach das Glück auf meiner Seite«, sagte Anton achselzuckend. Als er den Kopf zur Seite wandte, blickte er direkt in Yaels strahlendes Gesicht.

»Und ich schätze, dass du tatsächlich so gut *bist*«, sagte er. »Kannst stolz auf dich sein. Es gibt nur wenige, die den Kapitän bei diesem Spiel schlagen. Ich war mir sicher, er hätte dich am Wickel.«

Remzi hustete noch lauter. »Yael, hör auf, dem Jungen schöne Augen zu machen, und bring mir etwas Wasser!«

»Heißt das …« Jude legte Anton erneut die Hand auf die Schulter. »Du hast gewonnen?«

Anton sah ihn an und lächelte selbstgefällig. »Hattest du etwas anderes erwartet?«

Der Ausdruck auf Judes Gesicht schwankte zwischen Verärgerung und widerstrebender Bewunderung. Als Anton von seinem Platz aufstand, das Schwert vom Tisch nahm und es wie eine Siegestrophäe in die Höhe hielt, gewann die Verärgerung eindeutig die Oberhand. Er riss es ihm aus der Hand und griff anschließend nach dem Wendelring.

»Hier«, sagte Remzi und stellte schwungvoll ein Glas vor Anton ab, aus dem Wein schwappte, der im orangefarbenen Licht des Innenhofs beinahe golden leuchtete. »Und eines für deinen Schwertkämpfer.«

»Oh nein. Ich trinke ni–«

Aber Remzi überhörte Judes Einwand und stellte ein zweites bis zum Rand gefülltes Glas auf den Tisch.

»Runter damit«, sagte Yael. »Es gibt nur einen Weg, eine Reise auf einem rattenverseuchten Stück Treibholz mit einer Horde volltrunkener Matrosen zu überleben – du musst mehr trinken als sie.«

»Ich ziehe es vor, bei klarem Verstand zu bleiben«, erwiderte Jude.

Remzi sah Anton an und zog eine Braue hoch. »Ist es mit dem da immer so spaßig?«

»Ich lasse es dich wissen, sobald ich es herausgefunden habe«, antwortete Anton grinsend.

Remzi lachte wiehernd. Jude war weniger amüsiert. Er zog die dichten Brauen zusammen und kräuselte missbilligend die Lippen.

Anton ließ beinahe herausfordernd seinen Blick auf dem Paladin ruhen. Er tat es ganz bewusst und verfolgte damit dieselbe Absicht wie gerade eben mit Remzi am Kartentisch – eine Reaktion provozieren, um seine eigene Verunsicherung zu verbergen. Weil der Gedanke, sechs Tage lang mit Jude auf einem Schiff festzusitzen, auf engstem Raum dessen überwältigendem *Esha* ausgesetzt zu sein, etwas Bedrohliches hatte. Und das war eine andere Art von Bedrohung als die Situationen, aus denen Anton sich sonst geschickt herauszureden wusste oder vor denen er Reißaus nehmen konnte.

Remzi musterte Jude mit zusammengekniffenen Augen. »Eine Sekunde lang hätte ich schwören können, du wärst einer von diesen Paladinen. Es geht das Gerücht, dass sie nach Pallas Athos zurückgekehrt sind.«

Judes Stirnrunzeln vertiefte sich.

Anton suchte fieberhaft nach einer glaubhaften Erklärung. »Er ist ...«

»Aber dann habe ich mir gesagt ... Remzi, du Pferdekopf, als ob ein Schwertkämpfer des Ordens des Letzten Lichts sich in eine solche Spelunke verirren würde!« Remzi klopfte Jude kräftig auf den Rücken und verschüttete dabei ungefähr ein Drittel seines Weins. »Kannst du dir das vorstellen?«

Er lachte dröhnend und Anton stimmte erleichtert mit ein.

Jude, der aussah, als müsste er sich jeden Moment übergeben, brachte sich vor Remzi in Sicherheit und marschierte mit seinem Schwert und seinem Wendelring davon.

»Was soll's.« Remzi kippte Judes Wein in einem Zug hinunter, dann schlang er einen Arm um Anton und sagte grinsend: »Du hast mich vielleicht bei Schatz und Fluss geschlagen, aber jetzt wollen wir mal sehen, ob du dich bei einem guten alten Trinkwettkampf genauso wacker hältst.«

KAPITEL 38

HASSAN

Hassans Magen zog sich in gespannter Erwartung zusammen, als er den gewundenen Pfad zur Agora hinaufstieg. In wenigen Minuten würde er auf den Stufen des Tempels von Pallas stehen und von den Paladinen als Letzter Prophet verkündet werden. Danach würde es kein Zurück mehr geben.

Das wollte Hassan auch gar nicht. Er glaubte an den Plan, den sie geschmiedet hatten, und daran, dass er den Menschen an seiner Seite vertrauen konnte. Sein Blick wanderte zu Khepri, die ein paar Schritte vor ihm ging und in ein Gespräch mit Osei vertieft war, in dem sie noch einmal die Einzelheiten zu ihrer Rückkehr nach Nasira erörterten.

Ein Teil von Hassan fragte sich, ob Khepri nach einer Entschuldigung suchte, nicht mit ihm reden zu müssen, nachdem sie ihn vorhin im Garten mehr oder weniger abgewiesen hatte. Obwohl es ihn schmerzte, war er entschlossen, die Grenze zu respektieren, die sie gezogen hatte. Außerdem war das nicht das Einzige, worüber er sich Gedanken machte.

Er wandte sich Penrose zu, die neben ihm herging. »Ich würde gern noch etwas mit Euch besprechen«, sagte er. »Es geht um Marschall Weatherbourne. Er ist immer noch nicht wieder zurück.«

Penrose spannte kaum merklich die Schultern an, aber es genügte, um Hassan in seiner Vermutung zu bestätigen. Sie versuchte etwas zu verbergen, was mit der Abwesenheit ihres Marschalls zu tun hatte.

»Wird er überhaupt wieder zur Garde zurückkommen?«, fragte er.

»Die Wahrheit.«

Penrose schloss kurz die Augen. »Die Wahrheit ist, ich weiß es nicht.«

»Was verschweigt Ihr mir?«

»Es hat nichts mit der Prophezeiung zu tun«, sagte sie. »Auch nicht mit den Zeugen. Es ist so, wie ich es Euch gesagt habe. Es ist nichts, worüber Ihr euch Gedanken machen müsstet.«

Er konnte an ihrem Gesichtsausdruck erkennen, wie sie mit sich kämpfte. »Ihr seid ihm treu ergeben«, sagte er. »Nicht nur, weil er Euer Marschall ist, sondern weil er Euch etwas bedeutet. Ich verstehe das.«

»Ihr seid der Prophet. Die Loyalität, die ich Euch gegenüber empfinde, wird stets über allem stehen. Ohne Ausnahme.«

»Ich weiß.« Sie würde ihm erzählen, was es mit Marschall Weatherbournes Abwesenheit auf sich hatte, wenn er darauf bestehen würde. »Und aus diesem Grund ... möchte ich Euch zur Marschallin meiner Garde ernennen.«

Penrose zögerte. »Jude ist nach wie vor der Marschall der Paladingarde«, erwiderte sie zurückhaltend. »Die Prophezeiung hat ihn zum Hüter der Botschaft ernannt. Nicht mich.«

»Ich kenne die Prophezeiung. Aber da ich nun weiß, was wir tun müssen, um das Zeitalter der Dunkelheit aufzuhalten, brauche ich jemanden, der die Paladine in Nasira befehligt und für die Koordination mit dem Orden verantwortlich ist. Sollte Marschall Weatherbourne nicht zurückkehren ...«

»Ich verstehe«, sagte Penrose. »Ich wünschte, ich könnte mich anders entscheiden, aber ich nehme die Ernennung an.«

Es entging Hassan nicht, wie viel Überwindung sie diese Worte kosteten. Aber es hatte kein Zögern darin gelegen, und er wusste, es war die richtige Entscheidung.

»Ich danke Euch«, sagte er. »Da gibt es noch etwas. Es betrifft das Schiff, mit dem Ihr nach Pallas Athos gekommen seid.«

»Was ist damit?«

»Statt mit uns nach Nasira zu segeln, soll es mit den restlichen Geflüchteten aus Herat nach Kerameikos zurückkehren«, sagte Hassan. »Mit denen, die nicht kämpfen können. Ich möchte den Orden ersuchen, ihre Sicherheit zu gewährleisten, während unsere Streitkräfte Nasira zurückerobern.«

Er hatte sich lange Gedanken darüber gemacht, welches Schicksal wehrlose Geflüchtete wie Asisi und seine Mutter erwarten mochte, wenn sie in Pallas Athos zurückblieben. Würden sie Opfer eines Vergeltungsakts der Zeugen werden? Würde die Bevölkerung von Pallas Athos ihrer überdrüssig werden und die Priester davon überzeugen, sie zu vertreiben?

Penrose sah Hassan einen Moment lang mit einem unleserlichen Blick an.

»Was habt Ihr?«, fragte er.

Sie schüttelte den Kopf. »Eure Hoheit. Es ist nur ... ich habe mein ganzes Leben damit verbracht, über den Propheten nachzudenken und darüber, wie er das Zeitalter der Dunkelheit aufhalten würde. Ich habe stets gewusst, dass der Prophet ein Heilsbringer sein würde, ein Lichtbringer, aber ...«

»Aber?«

»Aber Ihr seid auch noch etwas anderes«, sagte sie. »Ihr seid ein guter Mensch.«

Hassan wusste nicht, was er darauf erwidern sollte. Penrose schien nicht zu denen zu gehören, denen es leichtfiel, ihre Gefühle offen zu zeigen. Doch in ihren Augen konnte er Stolz und Dankbarkeit lesen.

»Ich versuche nur, das Richtige zu tun«, sagte er.

Sie waren nur noch ungefähr eine Viertelmeile von der Agora entfernt, als Khepri und Osei plötzlich mitten auf dem Weg stehen blieben. Penrose hielt ebenfalls inne.

Hassan folgte ihrem in die Ferne gerichteten Blick. »Sind das nicht Yarik und Annuka?«

Die beiden rannten ihnen entgegen und riefen etwas, waren aber noch zu weit entfernt, als dass Hassan ihre Worte verstehen konnte.

»Was sagen sie?«

Er sah Penrose an, aber es war Osei, der mit ernster Miene antwortete: »Dass wir umkehren sollen.«

Ein banges Gefühl stieg in Hassan auf. Mittlerweile konnte auch er sie hören, ihre Rufe wurden immer lauter, je näher sie kamen. »Was ist passiert?«

»Nichts Gutes«, sagte Khepri düster und griff nach dem Krummschwert an ihrem Gürtel. Hassan sah, dass Osei und Penrose es ihr gleichtaten.

Annuka und Yarik kam schlitternd vor ihnen zum Stehen.

»Die Zeugen«, sagte Annuka atemlos. »Sie haben den Tempel umzingelt.«

Khepri fluchte unterdrückt. »Ich wusste, sie würden wiederkommen. Wie viele sind es diesmal?«

Yarik schüttelte den Kopf. »Mehr, als wir überhaupt in der Stadt vermutet haben. Zwei-, vielleicht auch dreihundert.«

Ein eisiger Schauer lief über Hassans Rücken. Sein Blick zuckte zu den Umrissen des Tempels hinauf.

»Sie tragen Fackeln und haben vor, den Tempel niederzubrennen«, sagte Annuka und fügte mit bedeutungsschwerer Stimme hinzu: »Im Tempel sind Menschen eingeschlossen.«

Hassan schnürte es vor Zorn die Kehle zu.

»Wir teilen uns auf«, sagte Khepri schnell. »Penrose, Ihr bringt den Prinzen in die Villa zurück. Wir vier laufen weiter zur Agora hoch.«

»Nein«, sagte Hassan. »Ich komme mit.«

Penrose trat auf ihn zu. »Sie hat recht, Eure Hoheit.«

Hassan beobachtete voller Entsetzen, wie eine Rauchsäule in den dämmrigen Abendhimmel aufstieg. »Ich werde mich nicht vor ihnen verstecken. Ich werde mich nicht einfach umdrehen und gehen, während sich der Rest von euch ...«

»Wir haben keine Zeit für so etwas«, unterbrach Khepri ihn. »Lasst ihn nicht aus den Augen, Penrose.« Dann gab sie Osei ein Zeichen und stürmte mit ihm davon.

»*Khepri!*« Hassan wollte ihnen nachsetzen, wurde aber von Penrose am Arm zurückgehalten.

Er versuchte sich aus ihrem Griff zu befreien, aber gegen ihre begnadete Stärke konnte er nichts ausrichten. »Es ist meine Pflicht, meinem Volk zu helfen!«

»Eure Pflicht ist es, Euer Leben nicht in Gefahr zu bringen«, erwiderte sie. »Habt Vertrauen in die Menschen, die Ihr auserwählt habt, für Euch zu kämpfen.«

Hassan verstand die Weisheit ihrer Worte, aber sein Herz lehnte sich dagegen auf. Erinnerungen an den Umsturz stiegen in seinen Gedanken an die Oberfläche wie Blasen auf verbrannter Haut. Seitdem hatte sich nichts geändert. Er war noch genauso hilflos wie an jenem schicksalhaften Morgen. War zum zweiten Mal dazu verdammt, sich zu verstecken, während sein Volk der Willkür der Zeugen ausgeliefert war.

Er versuchte erneut, sich von Penrose loszumachen.

»Eure Hoheit!«, rief sie, während er sich immer heftiger gegen ihren Griff wehrte.

»Lasst mich gehen! Ich werde nicht hierbleiben und tatenlos zuschauen, wie die anderen ihr Leben riskieren.«

»Euch selbst in Gefahr zu bringen, ist das Letzte, was wir im Moment gebrauchen können!«, gab Penrose entschieden zurück, aber sie klang, als würde sie allmählich außer Atem kommen.

Hassan hörte abrupt auf, seinen Arm aus ihrem Griff zu zerren, und warf sich mit seinem ganzen Gewicht gegen sie. Sie fing ihn ächzend auf.

»Ich werde nicht aufgeben«, warnte er sie. »Wenn Ihr mich aufhalten wollt, müsst Ihr es mit Gewalt tun.«

Er spürte, wie sie zögerte.

»Penrose«, sagte er. »Bitte.«

»Behesda steh mir bei«, stieß sie seufzend hervor. »Ihr habt gewonnen. Aber rührt Euch nicht von meiner Seite, habt Ihr verstanden?«

»Verstanden.«

»Und wenn ich sage: Lauft, dann *lauft* Ihr. Ohne jede Widerrede.«

Hassan nickte.

»Dann los«, sagte Penrose.

Sie rannten Seite an Seite den gewundenen Weg hinauf und passierten das Heilige Tor.

Aufgebrachte und angsterfüllte Schreie hallten ihnen entgegen, sie ließen sich kaum voneinander unterscheiden.

Als sie die Agora erreicht hatten, blieben sie abrupt stehen. Ein Meer aus schwarz-golden gewandeten Gestalten stand auf den Tempelstufen. Der von ihren Fackeln aufsteigende Rauch waberte wie dunkle Nebelfetzen über der Menge, die sich rundum versammelt hatte.

Es war beinahe dasselbe Szenario wie in Hassans Vision. Mit der Ausnahme, dass sie in Pallas Athos waren statt in Nasira und ihre Fackeln nicht die blasse Flamme des Gottesfeuers trugen, sondern sich hellorange lodernd vor dem dunklen Himmel abhoben.

Drei Dutzend kampfbereite Herati-Soldaten hatten sich mit

gezückten Schwertern zwischen die Menschenmenge und die Zeugen gestellt. An der Spitze stand ihre Anführerin, und selbst aus der Ferne waren die Ruhe und Entschlossenheit, die sie ausstrahlte, fast mit Händen greifbar. Khepri.

Bevor Penrose ihn aufhalten konnte, bahnte Hassan sich einen Weg durch die dicht an dicht stehenden Menschen.

»Prinz Hassan!«

Er ging unbeirrt weiter und versuchte die Worte zu verstehen, die einer der Zeugen seinem Gefolge zurief.

»Lasst euch nicht von ihnen einschüchtern! Sie sind diejenigen, die uns fürchten sollten! Wir werden sie vor Angst zittern lassen! Der Unbefleckte wird um den Mut wissen, den wir heute beweisen, und er wird uns in der nahenden Stunde der Vergeltung dafür belohnen.«

Hassan trat an den Herati-Soldaten vorbei und stellte sich zwischen sie und die Zeugen. »Lasst diesen Tempel in Frieden«, rief er.

Khepri, die ihn nicht hatte kommen sehen, wirbelte entsetzt zu ihm herum. »Prinz Hassan, *nein*!«

Er begann die Tempelstufen hinaufzusteigen.

»Eure Hoheit!«, zischte Penrose, die wie aus dem Nichts hinter ihm auftauchte. »Bleibt zurück!«

Die anderen Mitglieder der Garde rückten langsam vor. Hassan hielt den Blick auf die Zeugen gerichtet.

»Legt eure Waffen nieder und lasst diesen Tempel in Frieden.«

Der Anführer der Zeugen hatte Hassan mittlerweile bemerkt und musterte ihn verächtlich. »Wir werden uns von einer Abart der Natur keine Befehle erteilen lassen!«

Die anderen Zeugen bekundeten lauthals ihre Zustimmung.

Hassan ließ sich nicht davon abschrecken. »Ich bin der Letzte Prophet«, rief er, während er weiter die Stufen hinaufging. »Ich habe gesehen, was euch auf dem Weg, den ihr eingeschlagen habt, erwarten wird. Ich habe die Flammen eurer Vergeltung erlöschen sehen. Legt eure Waffen nieder.«

Die Schreie der Zeugen und der Menge hinter ihm übertönten seine Stimme, aber die Worte drangen trotzdem hindurch. Als könnte er die Zeugen durch die schiere Kraft, die ihnen innewohnte, zurücktreiben. Als genügte die Tatsache, wer er war, um sie in die Knie zu zwingen. Das war der Grund, warum er zum Tempel gekommen war, um diese Worte zu sprechen, und nun hatte er sie vor denen ausgesprochen, die ihn aufhalten wollten.

Ein lauter Knall ließ die Luft erzittern. Einer der Zeugen hatte das marmorne Becken mit Salböl neben dem Tempeleingang umgestoßen. Das Öl breitete sich langsam in Richtung des Säulenvorbaus aus.

»Nein!«, rief Hassan, als er begriff, was gleich geschehen würde, und stürzte die Stufen nach oben.

Drei Zeugen hielten ihre brennenden Fackeln in die Öllache.

Jemand packte Hassan am Arm und riss ihn zurück, und die Garde stürmte mit Khepri und ihren Soldaten an ihm vorbei auf die Zeugen zu.

Hassan schlug hart auf den Tempelstufen auf. Über ihm brach ein erbittertes Handgemenge aus. Die Garde wehrte, einem silberblauen Tornado gleich, die Zeugen ab. Das Feuer erreichte die Schwelle des Tempels.

Hassan rappelte sich auf und drehte sich zu der Menschenmenge am Fuß der Stufen um. »Bleibt zurück!«, schrie er. »Bringt euch in Sicherheit!«

Plötzlich prallte jemand gegen ihn. Hassan fing seinen Sturz an einem Pfeiler auf und wirbelte herum. Vor ihm stand einer der Zeugen. Seine Robe war mit Blut und Ruß beschmiert. Hassan wusste sofort, dass er sein Gesicht schon einmal gesehen hatte. Es war das blasse, rundliche Gesicht des Jungen, der sich ihm auf den Stufen des Tempels entgegengestellt hatte, als er das erste Mal auf der Agora gewesen war.

»Du«, zischte der Zeuge und stemmte sich mit der Hand an der Seite des Torbogens ab. Aus einer Wunde an seiner Seite sickerte Blut. In seinen weit aufgerissenen Augen lag ein fanatischer Eifer und seine Lippen bewegten sich unaufhörlich, beteten eine unverständliche Litanei herunter.

Aus dem Augenwinkel nahm Hassan ein silbernes Blitzen wahr und hielt schützend den Arm vors Gesicht. Ein scharfer Schmerz durchzuckte ihn, als das Messer des Zeugen ihm die Handfläche aufschlitzte. Seine Beine gaben unter ihm nach. Sich auf ein Knie abstützend, hob er den Blick in Erwartung des nächsten Hiebs.

»Prinz Hassan!«

Er drehte den Kopf in die Richtung, aus der Khepris Stimme kam. Bevor er auch nur blinzeln konnte, fuhr die Klinge ihres Schwerts auf den verwundeten Zeugen nieder.

Um Hassan begann sich alles zu drehen. Der Tempel, die Menschenmenge, die Flammen – alles verschmolz zu einem flirrenden Wirbel. Er schloss die Augen, um den Schwindel zu lindern, doch der Anblick des Zeugen, aus dessen Mundwinkel Blut lief, hatte sich wie ein Fleck in seine Netzhaut gebrannt. Die Welt begann sich erneut zu drehen – schwarz und gold und grün und blutrot.

Dann nur noch schwarz.

KAPITEL 39

EPHYRA

»Sie sind nicht hier«, stellte Illya fest.

Ephyra warf ihm einen finsteren Blick zu. Dachte Illya, sie hätte keine Augen im Kopf?

Wortlos schob sie sich an ihm vorbei in den Alkoven. Beim Anblick des zertrümmerten Tischs in der Mitte der Kammer stieg leises Grauen in ihr auf.

»Ich nehme an, so hat es hier vorher nicht ausgesehen«, sagte Illya. »Was glaubst du, wessen Werk das ist?«

Ephyra schüttelte den Kopf. »Ich weiß es nicht.« Aber sie hatte eine untrügliche Ahnung.

Vielleicht war Beru schon fort, als Hector hier angekommen war. Oder der ramponierte Tisch war ein Beweis dafür, dass sich etwas Schlimmeres abgespielt hatte.

»Kein Blut«, sagte Illya nachdenklich, nachdem er sich in der Kammer umgeschaut hatte. »Das ist wahrscheinlich ein gutes Zeichen.«

Es war kein gutes Zeichen. Nichts von all dem hier war ein gutes Zeichen. Beru war fort, und Ephyra hatte keine Ahnung, wo sie war. Hatte keine Ahnung, wo Hector war. Hatte keine Ahnung, was Hector ihr antun würde, wenn er herausfand, was sie wirklich war.

Sie schloss die Augen und lehnte sich schwer seufzend an die

Steinwand. Einen Augenblick später hörte sie Illyas näher kommende Schritte.

»Wir finden sie.« Seine Stimme klang seltsam aufrichtig.

Ephyra schlug ein Auge auf. Illya lehnte neben ihr an der Wand. Die Art, wie er seinen Körper dabei leicht vorbeugte, ließ sie an Anton denken, als er das erste Mal in dieser Kammer gewesen war. Seine Züge waren sorgenvoll angespannt, die Brauen über seinen leuchtenden goldbraunen Augen zusammenzogen.

»Er wollte, dass ich dich umbringe«, sagte Ephyra. »Gibt dir das nicht zu denken?«

Illya atmete geräuschvoll aus. »Ich bin ihm kein besonders guter Bruder gewesen. Als wir noch jünger waren ... es gibt einiges, von dem ich wünschte, ich hätte es anders gemacht.«

Sie musterte ihn aufmerksam. Er war schwer zu durchschauen – noch schwerer als Anton. War die Reue, die er zeigte, echt? Oder hatte Anton recht und das alles war nur gespielt?

»Du hast gesagt, du wolltest ihn beschützen. Warum hast du das nicht schon damals getan?«, fragte sie.

»Weil ich da noch nicht begriffen habe, dass er Schutz brauchte.« Er schüttelte den Kopf, wirkte beinahe ungehalten – wobei Ephyra nicht hätte sagen können, ob der Groll ihr galt oder ihm selbst. »Er war der auserwählte Sohn. Er war begnadet. Ich nicht. Meine Großmutter und mein Vater haben stets dafür gesorgt, dass wir das niemals vergessen. Nichts anderes zählte für sie.«

»Aber warum?«, sagte Ephyra. »Ich meine, ich weiß, dass Antons Gabe besonders stark ist, und er hat uns erzählt, dass die Menschen im Norden das anders sehen als hier, aber ...«

»Was hat er dir sonst noch erzählt?«

Ephyra dachte einen Moment nach. »Dass du, dein Vater und deine Großmutter unbegnadet seid. Dass sie ihn wegen seiner Gabe für etwas Besonderes hielten und du ihn dafür gehasst hast.«

»Für sie war er nicht nur etwas Besonderes«, sagte Illya. »Hast du schon einmal etwas von der Prophezeiung von Wassili dem Wahnsinnigen gehört?«

Ephyra zog eine Braue hoch. Sie war bestimmt keine Koryphäe für Nowogardische Geschichte, aber alle wussten, was es mit König Wassili dem Wahnsinnigen auf sich hatte. »Es war das Letzte, was die Propheten vorhergesagt haben, bevor sie verschwanden. Es geht darin um einen grausamen König, der den Verstand verliert.«

Illya nickte. »Die Propheten kündigten darin drei Dinge an: dass Wassili der letzte Herrscher des Nowogardischen Reiches sein würde, dass er wahnsinnig werden und aus seiner Linie nie ein begnadeter Erbe hervorgehen würde.«

»Und was hat das mit dir und deinem Bruder zu tun?«

Er sah sie nur bedeutungsvoll an.

Einen Moment später begriff sie. »Willst du damit sagen, dass du und Anton Nachkommen von König Wassili seid? Dass die Propheten sich geirrt haben?«

»Das glaubte zumindest meine Großmutter«, sagte Illya. »Die Menschen im Norden sind anders als die in den Sechs Städten. Sie haben die Propheten nie verehrt. Ihr Verschwinden sah die Familie meiner Großmutter als ein Zeichen dafür, dass ihre Linie sich endlich wieder erheben würde. Dass die Prophezeiung von Wassili dem Wahnsinnigen sich nicht erfüllen und das Nowogardische Reich seinen einstigen Ruhm zurückerlangen würde.«

»Und deine Großmutter glaubte, dass ... *Anton* derjenige sein würde, der eure Familie wieder an die Macht bringt?«, fragte Ephyra. »Anton? Der Junge, der beim Kartenspiel in wilde Raufereien gerät und nicht weissagen kann, ohne dabei fast zu ertrinken?«

»Sie war fest davon überzeugt«, antwortete Illya. »Sie hatte ihr ganzes Leben auf ein begnadetes Kind gewartet. Bis ihr sehnlichster

Wunsch schließlich in Erfüllung ging. Der Tag, an dem sich Antons Gabe offenbarte, war der schlimmste in meinem Leben.«

»Hat er dir auf irgendeine Weise wehgetan?« Es kam nicht selten vor, dass ein Kind, das gerade erst anfing, seine Gabe zu beherrschen, die Kontrolle darüber verlor. Ephyra hatte immer vermutet, dass dies eine der größten Sorgen ihrer Eltern gewesen war und der Grund dafür, warum sie versucht hatten, ihre Gabe zu verheimlichen, und sie angefleht hatten, sie nicht zu benutzen. Rückblickend war ihre Sorge vielleicht berechtigt gewesen.

»Nein«, sagte Illya. »Er hat mir das Leben gerettet. Er benutzte seine Gabe, um unsere Großmutter zu mir zu führen, als ich mich in einem Schneesturm verirrt hatte. Und in dem Moment, in dem sie mich zitternd und völlig verängstigt dort kauern sah, wandte sie mir den Rücken zu und schlang weinend ihre Arme um Anton, weil sie wusste, dass er der begnadete Erbe war, auf den sie gewartet hatte. Es fühlte sich an, als hätte ich aufgehört zu existieren.«

»Und weil deine Großmutter dich nicht geliebt hat, hast du beschlossen, es ihm heimzuzahlen«, bemerkte sie trocken. Und doch schnürte es ihr die Brust zusammen, weil es ihr nicht schwerfiel zu verstehen, was so etwas in einem Kind anrichten konnte. Immer vorausgesetzt, er sagte die Wahrheit.

»Ich bin nicht stolz darauf«, sagte Illya. »Aber alles, was meine Großmutter und mein Vater an Zuneigung und Fürsorge hatten, schenkten sie Anton. Mich nahmen sie nur noch wahr, wenn sie für irgendetwas einen Sündenbock brauchten, an dem sie ihren Unmut auslassen konnten. Und so habe ich angefangen, Anton hinter ihrem Rücken zu quälen. Er war von uns beiden der Auserwählte und auf diese Weise konnte ich dennoch Macht über ihn ausüben. Er hatte es nicht verdient, aber das habe ich damals nicht sehen können.«

»Und jetzt?«

Er fuhr sich mit der Hand durchs Gesicht. »Wegen mir ist er in all den Jahren auf sich allein gestellt gewesen, hat ohne Zweifel Schlimmes durchgemacht. Ich hätte ihm beistehen sollen. Das werde ich nie wiedergutmachen können.«

Ephyra wurde klar, dass sie ihm glauben *wollte*. Weil es ihr Gewissen erleichtern würde, wenn sie sich sagen konnte, dass sie Anton nicht verriet, wenn sie Illya half, ihn zu finden.

»Was hat sich geändert?«, fragte sie.

»Ich habe meine … Bestimmung gefunden«, antwortete Illya. »Etwas, in das ich all den Schmerz über die Gleichgültigkeit, die ich in meiner Kindheit erfahren habe, lenken kann. Das mir zum ersten Mal das Gefühl gibt, nützlich zu sein.«

Die Worte berührten Ephyra auf seltsame Weise. Auch sie hatte ihre Bestimmung gefunden. Dafür zu sorgen, dass Beru am Leben blieb. Es hatte nie eine Rolle gespielt, was sie tun musste, um dieser Bestimmung gerecht zu werden. Daran hatte sich nichts geändert. Sie hatte sich gesagt, dass sie nicht wie Illya war. Berechnend. Kalt. Erbarmungslos. Aber ganz gleich, ob Illyas Reue echt oder gespielt war, ob es sein aufrichtiger Wunsch war, Anton zu beschützen, oder ob er andere Absichten verfolgte, sie wusste, sie würde sich trotzdem dafür entscheiden, ihm zu helfen.

Sie konnte sich nicht ewig etwas vormachen. Vielleicht war es an der Zeit, zu erkennen, was für ein Mensch sie geworden war.

Sie blickte auf den zertrümmerten Tisch hinunter. Unter einem der Holzbeine sah sie etwas glitzern. Sie hob es auf. Es war ein Armband – Beru musste es nach ihrem Streit fertiggestellt haben. Bunte Tonscherben fassten eine einzelne kleine Glasperle ein. Es war der Flaschenkorken, den Ephyra Beru in jener Nacht mitgebracht hatte, als sie den Priester getötet hatte.

Sie streifte das Armband über ihr Handgelenk und richtete sich auf. »Falls Beru und Anton hier gewesen sind, mussten sie durch das

Mausoleum, um nach draußen zu gelangen. Vielleicht finden wir dort noch ein paar mehr Hinweise.«

»Das Mausoleum ist ein einziger Trümmerhaufen«, sagte Illya. »Wie sollen wir zwischen all dem Schutt irgendwelche Hinweise finden?«

»Ich weiß es nicht, aber gebe noch lange nicht auf«, sagte sie. »Und wenn es dir wirklich ernst damit ist, die Dinge, die du in der Vergangenheit angerichtet hast, wiedergutmachen zu wollen, gibst du auch nicht auf.«

Sie streckte ihm die Hand hin, so wie er es in ihrer Zelle in der Zitadelle getan hatte. Er nahm sie und schloss seine langen Finger um ihre.

Erst jetzt, als sie in der dämmrigen Kammer so dicht voreinanderstanden, gestattete sie sich, ihn etwas genauer zu betrachten. Er besaß ein äußerst einnehmendes Gesicht. Die Ähnlichkeit zwischen ihm und Anton war unverkennbar, aber im Gegensatz zu Antons jungenhaften, hübschen Zügen besaßen die von Illya etwas Erhabenes, Edles. Bei seinem Anblick fiel es einem leicht zu glauben, dass er einer Linie von Herrschern aus dem Norden entstammte.

»Hier entlang«, sagte sie schließlich, als ihr auffiel, dass sie ihn ein bisschen zu lange angeschaut hatte.

Sie führte Illya die Stufen in das dunkle Mausoleum hinauf. Sie wusste nicht, was sie dort zu finden hoffte. *Irgendeine winzige Spur.* Ein Hinweis darauf, dass es Beru gelungen war, zu entkommen, dass sie wohlauf war. Aber genau wie Illya befürchtet hatte, fanden sie nichts als Asche und Schutt. Ein einst heiliger Ort, der nun dem Verfall preisgegeben war, genau wie die Stadt selbst.

Sie stand in der Mitte des Heiligtums vor dem Orakelbecken, genau dort, wo das Dach eingestürzt war. Sie hörte, wie Illya hinter ihr mit dem Fuß durch das lose Gestein scharrte, bevor seine Schritte sich in Richtung der Öffnung im Mauerwerk entfernten.

»Ich habe etwas gefunden!«, rief er einen Augenblick später.

Ephyra wirbelte herum und lief eilig zu ihm hinüber. Er stand auf einer der Stufen, die zum einstigen Eingangsportal führten, und hielt etwas in der Hand, was er stirnrunzelnd hin und her drehte.

Als Ephyra neben ihm auftauchte, hob er den Blick. »Ich habe mich geirrt«, sagte er entschuldigend. »Ich dachte, es wäre vielleicht eine Nachricht, aber es ist bloß ein Fetzen Papier.«

Es war ein zerknittertes weißes Pergamentviereck. Er wollte es wieder zusammenknüllen und wegschmeißen, aber Ephyra griff hastig danach.

»Warte«, sagte sie. »Manchmal ist ein Fetzen Papier nicht bloß ein Fetzen Papier.«

Als Blasse Hand hatte sie oft sehr erfindungsreich sein müssen, um ihre Opfer auszukundschaften. Die Tat hatte akribisch vorbereitet werden müssen, und dafür war es nötig gewesen, mit allem zu arbeiten, was ihr zur Verfügung stand. Wie sie im Laufe der Jahre herausgefunden hatte, gab es kaum eine effektivere Methode, mehr über jemanden zu erfahren, als in den Dingen zu wühlen, die er weggeworfen hatte.

Sie hob das zerknüllte Stück Papier an ihre Nase und schnupperte daran. Zucker und Nüsse. Als sie es wieder sinken ließ, blickte Illya sie an, als hätte sie gerade an Rattenkötel geschnüffelt. Sie kümmerte sich nicht weiter darum, sondern schaute sich die Rückseite des Papiers an. Wenn ihre Vermutung richtig war, würde sie dort einen Stempelaufdruck finden.

Sie wurde nicht enttäuscht. In der unteren Ecke war mit hellgrüner Stempelfarbe eine Olive eingeprägt.

Sie richtete ihren Blick wieder auf Illya, der sie immer noch stirnrunzelnd von der Seite musterte. »Dieses Stück Pergament stammt von einer Bäckerei nicht weit von hier«, erklärte sie. Es war Berus Lieblingsbäckerei, dabei hatte sie ihre Schwester immer wieder gewarnt, sich zu regelmäßig dort blicken zu lassen, aus Sorge, der Bäcker könnte sie mit der Zeit wiedererkennen.

Illyas Miene blieb unbeeindruckt. Ephyra steckte das Stück Pergament ein und sagte ungeduldig: »Vielleicht hat der Bäcker etwas beobachtet, was uns weiterhilft.«

Illya deutete auf die menschenleere Straße. »Es ist mitten in der Nacht. Ich bin mir sicher, dass jeder, der *möglicherweise* etwas beobachtet hat, gerade tief und fest schläft.«

»Dann wecken wir ihn eben auf«, sagte Ephyra und zog ihn die Stufen hinunter hinter sich her.

—␣᠆ᜰᜲᜰ᠆␣—

Wie zu erwarten gewesen war, zeigte der Bäcker sich nicht sonderlich erfreut darüber, eine halbe Stunde nach Mitternacht aus dem Schlaf gerissen zu werden, aber als die Blasse Hand hatte Ephyra gelernt, dass es gewisse Vorteile mit sich brachte, so harmlos und unschuldig wie ein ganz normales achtzehnjähriges Mädchen zu wirken. Nachdem sie die rührselige Geschichte über ihre verschwundene Schwester (abzüglich einiger wesentlicher Details) beendet hatte, untermalt von Illyas kunstvoll in Falten gelegter Stirn und seinem wohldosierten besorgten Unterton in der Stimme, wurde der Bäcker so weich wie eine Strauchfeige.

Er betrachtete das Papier zwischen seinen Fingern. »Ich fürchte, da kann ich dir nicht weiterhelfen«, sagte er bedauernd. »In diesem Papier ist zwar Gebäck aus meinem Laden eingewickelt gewesen, aber deine Schwester habe ich nicht gesehen.«

Ephyra sank der Mut. Es war eine sehr vage Vermutung gewesen, das wusste sie, aber das war *alles, was sie hatte.* Sie war es leid, immer wieder aufs Neue in einer Sackgasse zu landen. Zuerst bei ihrer Suche nach dem Eleasarkelch und nun bei ihrer Suche nach Beru. Sie war es leid, stets einen Schritt hinterherzuhinken.

»Verzeih, dass wir dich zu so später Stunde gestört haben«, sagte Illya höflich, legte Ephyra eine Hand auf den Rücken und wandte sich mit ihr zum Gehen. »Vielen Dank für deine Zeit.«

Er führte sie zum Ausgang hin.

»Deine Schwester habe ich nicht gesehen«, rief ihnen der Bäcker hinterher. »Aber einen Nordländer wie dich.« Ephyra und Illya blieben wie angewurzelt stehen und drehten sich zu dem Bäcker um, der Illya ansah.

»Einen Nordländer?«, hakte Ephyra nach.

»Ja«, sagte der Bäcker. »Ich erinnere mich an ihn, weil er von oben bis unten mit Dreck oder Ruß beschmiert war. Kurz darauf ist er mit einem anderen Kerl wieder hier vorbeigekommen, der sich kaum auf den Beinen halten konnte und sich schwer auf ihn stützte.«

Ephyra ging ein paar Schritte auf den Bäcker zu. »Ein anderer Kerl? Wie hat er ausgesehen?«

Der Bäcker zuckte mit den Achseln. »So genau habe ich ihn mir nicht angeschaut, aber ich glaube, sein Gewand war dunkelblau.«

Dunkelblau, wie der Umhang der Paladine.

»Hast du gesehen, in welche Richtung sie gegangen sind?«

»Natürlich«, antwortete der Bäcker. »Die Straße runter, wahrscheinlich wollten sie zu irgendeiner Schenke am Hafen. Ich weiß noch, dass ich mich gefragt habe, ob sie es wohl bis dahin schaffen würden. Der Kerl in dem blauen Gewand sah recht mitgenommen aus.«

Hastig bedankte Ephyra sich noch einmal bei dem Bäcker und wünschte ihm eine Gute Nacht, bevor sie zu Illya zurückging, der in der Mitte des schmalen Durchgangs stehen geblieben war.

»Na los, worauf wartest du?«, rief sie und stürmte an ihm vorbei. »Dort unten kann es nicht so viele Schenken geben. Es dürfte nicht allzu schwer sein, die richtige zu finden.«

Er machte keine Anstalten, ihr zu folgen. »Vielleicht ... ist es besser, wenn du ohne mich gehst.«

»Was redest du denn da? Wir haben Anton gefunden! Warum willst du nicht ...?«

»Ich muss die ganze Zeit an seine Worte bei unserer letzten Begegnung denken.« Er fuhr sich durch die Haare. »Ich möchte nicht, dass es wieder genauso abläuft. Wenn du zuerst mit ihm sprichst und ihm erzählst, was ich dir gesagt habe ...«

Sie hatte sich schon so sehr an seine stets mühelos gewahrte Fassung gewöhnt, dass sie diese plötzliche Unsicherheit überraschte. War es doch möglich, dass Illyas Reue aufrichtig war?

Er senkte den Blick. »Ich möchte ihm nicht noch einmal solche Angst einjagen.«

Ephyra betrachtete ihn einen Moment lang. Die Erschöpfung und die Sorge hatten sich in seine Stirn eingegraben. Sie hatte nur allzu bereitwillig das Schlimmste von ihm angenommen – aber vielleicht war das nur ein weiterer Beleg dafür, was ihr Dasein als Blasse Hand aus ihr gemacht hatte. Monster aufzuspüren, hatte an ihrer Fähigkeit genagt, das Gute im Menschen zu sehen. Darin war Beru schon immer besser gewesen. Sie wusste, was ihre Schwester tun würde, wenn sie hier wäre.

»Wahrscheinlich hast du recht«, sagte sie. »Ich gehe erst einmal alleine zu ihm und finde heraus, was mit Beru passiert ist. Vielleicht ist er dann bereit, noch einmal mit dir zu sprechen.«

Illya nickte. »Ich danke dir.«

Aus einem Impuls heraus legte Ephyra ihm eine Hand auf die Schulter. »Zumindest weißt du jetzt, dass es ihm gut geht.«

Sein Blick wanderte zu ihrer Hand, sein Gesicht halb in das Mondlicht getaucht, das durchs Fenster fiel. Er wirkte verloren.

Ephyra zog ihre Hand weg, wandte sich um und lief durch die Tür in die Nacht zurück.

Kapitel 40

Jude

Das Trinkgelage im Innenhof der *Geheimen Quelle* dauerte bis weit nach Mitternacht. Jude hatte die Matrosen jedoch nach ihrer dritten aus voller Kehle geschmetterten Interpretation von »Der Wanderer und der liebeskranke Seefahrer« sich selbst überlassen. Zu dem Zeitpunkt hatte er Anton inmitten der ausgelassenen Zecherei bereits aus den Augen verloren und beschlossen, sich in die kleine Kammer zurückzuziehen, in der er vor nur wenigen Stunden mit einem geheilten Arm und einem verschwundenen Schwert aufgewacht war.

Während er nun das Heft der Höchsten Klinge polierte, wogten seine Gedanken auf und ab wie ein Schiff auf den Wellen des Meeres, doch das Gewicht des Schwerts auf seinem Schoß erdete ihn.

Dass er Anton nirgends hatte finden können, bedeutete wahrscheinlich, dass er irgendwo dort unten seinen Rausch ausschlief. Vor seinem geistigen Auge tauchte unaufgefordert das Gesicht des jungen Matrosen auf, der Anton am Kartentisch mit geröteten Wangen angefeuert hatte. Vielleicht hatte Anton auch einfach ein anderes Schlaflager gefunden, in dem er den Rest der Nacht verbringen konnte.

Von draußen näherten sich Schritte. Unwillkürlich schloss Jude die Finger um das Heft der Höchsten Klinge.

Helles Mondlicht und ein schwacher Duft nach Olivenöl strömten in die Kammer, als knarzend die Tür aufging. Anton kam hereingeschlurft, in Leinenhosen und einem nur zur Hälfte zugeschnürten Leibhemd, und kratzte sich selbstvergessen an den Rippen. Dabei schob sich sein Hemd etwas nach oben und entblößte einen Streifen nackter Haut unterhalb seines Bauchnabels.

»Oh«, sagte Anton, als er Jude entdeckte. Er ließ die Hand sinken und die zarte blasse Wölbung neben seinem Hüftknochen verschwand wieder unter dem weichen Stoff.

»Du bist wach«, sagte Jude dümmlich.

»Du auch«, gab Anton zurück und unterdrückte ein Gähnen. »Konntest du nicht schlafen?«

Jude nickte zögernd. »Ich ... das kommt hin und wieder vor.«

Anton fuhr sich durch seine staubfarbenen Haare, die danach in spitzen Büscheln vom Kopf abstanden. Jude fiel erst jetzt auf, dass sie feucht waren.

»Warst du in den Bädern?«, fragte er.

»Musste mir den ganzen Gefängnisdreck vom Körper schrubben. Die andere Möglichkeit wäre der Springbrunnen im Innenhof gewesen, aber den hast du ja schon ausprobiert und für nicht geeignet befunden.«

»Was meinst du?«

Anton lächelte leise vor sich hin, als würde er über einen Scherz schmunzeln, in den Jude nicht eingeweiht war. »Nicht so wichtig.«

»Ich dachte, du würdest ... woanders schlafen«, platzte Jude heraus, als Anton sich daranmachte, eine Petroleumlampe anzuzünden. »Ich wollte mich hier nur ein bisschen ausruhen, aber wenn ich gewusst hätte ...« Er verstummte verlegen. Höflich zu sein, lag in seiner Natur, doch für Höflichkeiten schien es im Umgang zwischen Anton und ihm bisher noch keinen Platz gegeben zu haben. Nun damit anzufangen, fühlte sich seltsam heuchlerisch an.

»Von mir aus«, sagte Anton, während die Flamme in der Lampe unter seinen Händen zum Leben erwachte. »Aber falls du das Nachtlager mit mir teilen willst, kostet dich das was.«

Jude stieg die Hitze in die Wangen, und er war zutiefst dankbar für das schummrige Licht, das die Flamme spendete und somit verhinderte, dass Anton es sehen konnte. »Ich ... das ist nicht ... ich würde nie ...«

»Das war ein Scherz.« Anton stellte die Petroleumlampe auf das Tischchen, das zwischen den beiden Pritschen in der Kammer stand. »Du weißt schon ... eine Bemerkung, mit der man versucht, einen anderen zum Lachen zu bringen?«

»Ich weiß, was ein Scherz ist.« Judes Stimme klang in dem gedämpften Licht viel zu schneidend.

Anton zuckte mit einer schmalen Schulter. »Mir kam es nur so vor, als wärst du vielleicht nicht so ganz mit der Idee vertraut, die dahintersteckt.«

»Was soll das heißen?«

»Nichts, du bist einfach nur sehr ...« Anton machte ein übertrieben finsteres Gesicht, richtete sich kerzengerade auf und straffte die Schultern.

Jude runzelte die Stirn.

»Ja, genau das meine ich.« Anton ließ sich auf die Pritsche neben Jude fallen und streckte sich genüsslich darauf aus.

Einmal mehr war Jude verblüfft von der ungezwungenen Entspanntheit, die Anton an sich hatte – und die in einem solchen Widerspruch zu dem Jungen stand, der verängstigt vor Hector gekauert hatte.

»Ich habe noch einmal über alles nachgedacht«, sagte Jude schließlich.

Anton zog eine Braue hoch. »Ach ja?«

Das sanft flackernde Licht der Petroleumlampe tauchte sein

Gesicht in einen warmen Schein und ließ die blassen Sommersprossen auf seiner Nase und seinen Wangen schimmern. Einer natürlichen Lichtquelle wohnte eine Art von Intimität inne, die dem künstlichen Licht von Leuchtlampen fehlte, stellte Jude in Gedanken fest.

»Ich glaube dir, dass du vorhattest, mir mein Schwert zurückzugeben«, sagte er. »Hättest du es stehlen wollen, hättest du es nicht in derselben Schenke, in der ich geschlafen habe, beim Kartenspiel als Wetteinsatz benutzt.«

»Nein«, sagte Anton. »Das hätte ich wohl nicht.«

»Und«, fuhr Jude fort, »du hast die Mühe auf dich genommen, mich hierherzubringen und einen Heiler zu suchen, der sich um meine Schulter kümmert. Ich sollte dir dafür danken.«

»Zu sagen, man sollte jemandem für etwas danken, ist nicht dasselbe wie ein schlichtes Danke«, erwiderte Anton trocken.

»All das ändert nichts daran, dass du mein Schwert verwettet hättest.«

Anton stützte sich auf einen Ellbogen, ein kaum merkliches Lächeln auf den Lippen. »Dann sollte ich mich wohl bei dir dafür entschuldigen.«

»Zu sagen, man sollte sich entschuldigen, ist nicht dasselbe wie eine schlichte Entschuldigung.«

Antons Lächeln wurde breiter und verwandelte sich in ein entwaffnendes schiefes Grinsen.

Jude spürte, wie seine eigenen Mundwinkel nach oben zuckten. Er wandte hastig den Blick ab, schaute aus dem Fenster in den tintenschwarzen Nachthimmel. »Es gibt da etwas, was ich gern wüsste ... was hast du mit der Blassen Hand zu schaffen?«

Das Lächeln auf Antons Gesicht erlosch. »Sie ... sie hat versucht, mir zu helfen.«

»Dir zu helfen?«

»Das spielt keine Rolle mehr.«

»Sie ist eine Mörderin«, sagte Jude. »Macht dir das gar keine Angst?«

Anton schwieg eine Weile und zupfte an einem abstehenden Holzspreißel am Bein des Tischchens herum. »Weißt du, wie es ist, Angst zu haben, Jude?«, fragte er schließlich. »Ich meine, wirklich Angst zu haben?«

Jude antwortete nicht. Er wusste, was Angst war, natürlich wusste er das. Sie hatte ihm das Atmen schwer gemacht, als er Hector auf dem Dach des Mausoleums gegenübergestanden hatte. Und sie hatte wie Spatzenflügel in seiner Brust geflattert, als er zum ersten Mal den Propheten gesehen hatte.

»Es fühlt sich an wie ertrinken«, sprach Anton weiter und starrte auf die kleine Kerbe, die er in das Holz gekratzt hatte. »Es fühlt sich an wie ertrinken, und entweder lässt man sich in die Tiefe sinken oder man kämpft und strampelt sich seinen Weg an die Wasseroberfläche zurück. Es ist nur so … ich bin mir nicht sicher, ob es am Ende wirklich einen Unterschied macht.«

Judes Pulsschlag beschleunigte sich. Er dachte wieder an Antons Blick, als er in dem dämmrigen Mausoleum vor Hector gekauert hatte, daran, wie Anton ihn in diesem Moment angesehen hatte. Irgendetwas in den Augen dieses Jungen hatte ihn erschüttert.

Er begriff nun, was es gewesen war. Es war gar nicht Hectors Zorn gewesen, der Anton eine solche Angst eingejagt hatte. Der angsterfüllte Ausdruck war erst auf sein Gesicht getreten, als er Jude angesehen hatte.

»Also, nein«, sagte Anton. »Die Blasse Hand macht mir keine Angst. Vor ihr fürchte ich mich nicht.«

»Aber vor etwas anderem«, sagte Jude vorsichtig. »Und diese … Furcht … ist sie der Grund dafür, warum du unbedingt aus Pallas Athos fortwillst?«

Anton zuckte erneut mit der Schulter. »Vermutlich ja«, sagte er und warf Jude einen Blick von der Seite zu. »Was ist mit dir? Du warst kurz davor, mich wegen deines Schwerts zum Krüppel zu schlagen, aber als Remzi sagte, wohin sie als Nächstes segeln, bist du plötzlich in die Wette mit eingestiegen.«

»Diese Stadt ... Tel Amot.« Jude zögerte. »Hector hat gesagt, dass er dorthin will.«

»Er hätte dich beinahe getötet«, sagte Anton. »Wenn ich du wäre, würde ich versuchen, mich so weit weg von ihm wie möglich in Sicherheit zu bringen.«

»Nun, ich bin eben anders als du«, gab Jude schroff zurück. »Ich trage Verantwortung für ihn. Ich bin sein Marschall. Ich habe ihn auserwählt, und wenn er sich selbst entehrt, entehrt er auch mich.«

Es entstand eine kleine Pause, bis Anton langsam den Blick hob und ihn ansah. »Das«, sagte er, »klingt nach einem Riesenhaufen Pferdemist.«

Judes Finger schlossen sich fester um die Höchste Klinge. Es gab nicht mehr viel, dessen er sich sicher war, was er jedoch mit absoluter Sicherheit wusste, war, dass er nicht länger über Hector sprechen wollte und dass er insbesondere nicht länger mit diesem Jungen mit den torffarbenen Augen über ihn sprechen wollte.

»Was weißt du schon darüber?«, sagte Jude eisig. »Dir bedeuten Glücksspiele mehr als Ehre.«

Anton zog amüsiert eine Braue hoch. »Du könntest noch das eine oder andere von einem Kartentisch lernen. Ein guter Spieler weiß, wann er aufhören muss.«

Jude erwiderte seinen herausfordernden Blick. »Ich werde ihn nicht einfach aufgeben.«

Anton legte den Kopf schräg. »Oh.« Diese eine kleine Silbe legte sich wie ein schweres Gewicht auf Jude, und er glaubte zu wissen, wie Remzi sich gefühlt haben musste, als er darauf wartete, dass Anton die letzte Karte zwischen ihnen aufdeckte. »So ist das also.«

Jude setzte zu einer Entgegnung an, schwieg dann aber.

»Du liebst ihn, habe ich recht?«

Jude hatte sich nie erlaubt, sich diese Frage zu stellen. Es war die Frage, die er unausgesprochen zwischen den Zeilen gehört hatte, als sein Vater ihn davor warnte, Hector in die Garde zu berufen. Die in Penroses Augen gestanden hatte, als sie ihn anflehte, ihm nicht nachzujagen. Die auf dem Dach des Mausoleums zwischen ihm und Hector in der Luft geschwebt hatte, bevor er in die Tiefe stürzte.

Ein Paladin verliebte sich nicht. Das Gelübde war unmissverständlich – die Verpflichtung den Propheten gegenüber kam vor allem anderen, vor seinem Land, seinem Leben, seinem Herzen. Er teilte mit niemandem sein Lager, und die einzige Ausnahme, die ihn von seinem Keuschheitsgelübde entband, war das Ritual der Heiligen Vereinigung, um einen Nachkommen zu zeugen und die Weatherbourne-Linie zu erhalten. Jede andere Verbindung galt als eine Entweihung des Gelübdes und wog genauso schwer wie ein Austritt aus der Garde.

»Nein.« Judes Kehle fühlte sich plötzlich trocken an. »Ich bin ... er ist ...«

»Vielleicht ist es tatsächlich besser, wenn du dich von Kartentischen fernhältst«, sagte Anton. »Du bist ein lausiger Bluffer.«

»Du verstehst das nicht«, sagte Jude. »Es ist ... ich habe einen heiligen Eid abgelegt. Habe eine Pflicht zu erfüllen.«

Einen Eid, den er gebrochen hatte. Eine Pflicht, der er nicht gewachsen war. Die Worte hingen in der Luft und verhöhnten ihn. All das, was er Hector vorgeworfen hatte – dass er sich von seinen Gefühlen leiten ließ, dass es ihm an aufrichtiger Hingabe für die Propheten fehlte –, traf auch auf Jude zu. Der Hüter der Botschaft verliebte sich nicht, und der Hüter der Botschaft ließ sich nicht von seinen Zweifeln in die Irre führen.

Jude hatte beides getan.

»Du hast recht«, sagte Anton. »Ich verstehe überhaupt nichts davon. Ich verstehe nichts von Pflichterfüllung und Eiden. Aber ich weiß, was Menschen wollen. Du denkst vielleicht, du wärst anders, dass du über den Dingen stehst, weil du nach einem bestimmten Kodex lebst, aber jeder hat seine geheimen Wünsche, Jude. Selbst du.«

Heiße Wut loderte in Jude auf wie ein Feuer, in das Öl gegossen wurde. Für wen hielt dieser Junge sich, dass er sich einbildete, Judes Herz besser zu kennen als seine Garde, besser als sein Vater, besser als Jude selbst?

»Alles, was ich will, ist, Hector zu finden.« Seine Stimme zitterte vor Anstrengung, nicht die Beherrschung zu verlieren. »Ihn dorthin zurückzubringen, wo er hingehört.«

Anton hielt seinem Blick stand, ohne auch nur einmal zu blinzeln. Sah ihn so unverwandt an, als könnten seine dunklen Augen durch seine Haut, sein Fleisch, seine Rippenknochen hindurch bis zu der Lüge sehen, die in seiner Brust schlug.

Das Geräusch von Schritten, die den Gang entlangkamen, zog Judes Aufmerksamkeit auf sich. Er war erleichtert über die Ablenkung, erleichtert, einen Grund zu haben, seinen Blick von Anton zu lösen.

Aber seine Erleichterung verwandelte sich in alarmierte Anspannung, als er fünf verschiedene Stiefelschritte zählte, die jedoch alle schneller und entschlossener waren als die betrunkener Seemänner, die in Richtung ihres Schlaflagers stolperten.

»Was ist?«, fragte Anton.

»Schritte, die sich in unsere Richtung nähern.«

Antons Blick jagte zur Tür. Ein Schauder lief durch seinen Körper, als hätte er sich gerade an etwas Schreckliches erinnert.

»Warum machst du ein Gesicht, als wüsstest du, wer es ist?«

Antons Augen waren schreckgeweitet. »Sie sind hinter mir her.«

»Die Stadtwächter?«

Anton schüttelte den Kopf, ein Ausdruck nackter Angst huschte über sein Gesicht.

Die Schritte kamen immer näher. Jude stand auf und war mit zwei Schritten an der Tür, die Hand auf dem Heft der Höchsten Klinge.

»Klettre durch das Fenster«, befahl er Anton. »Ich fange sie hier ab und komme anschließend nach.«

Er wusste nicht, wer die Männer vor der Tür waren oder was sie von Anton wollten, aber er stellte den Instinkt, der ihm auftrug, diesen Jungen zu beschützen, nicht infrage. Anton hatte ihm beschrieben, was es bedeutete, Todesangst zu haben, und diese Todesangst konnte Jude nun klar und deutlich in seinen Augen sehen.

Anton, der bereits mit einem Fuß auf dem Sims des geöffneten Fensters stand, schien sich plötzlich nicht mehr rühren zu können.

»Was auch immer geschieht«, sagte Jude. »Ich werde dich beschützen.«

Anton sah Jude durch die in das gedämpfte Licht der Petroleumlampe getauchte Kammer an, als würde er nicht ganz verstehen, was die Worte bedeuteten.

Die Tür wurde aufgestoßen. Jude hatte die Höchste Klinge noch kein einziges Mal gezogen, aber nun zögerte er nicht. Sie löste sich mit einer Energie aus ihrer Scheide, die wie ein plötzlicher Windstoß durch die Kammer fuhr. Die fünf Männer, die vor der Tür aufragten, wurden von ihrer Kraft umgerissen.

Jude stand für einen Augenblick in vollkommener Reglosigkeit da, überwältigt von der schieren Gewalt des Schwertes. Er wusste um die machtvolle Kraft der Höchsten Klinge, hatte sie aber nie zuvor *gespürt*. Das Schwert fühlte sich in seinen Händen beinahe lebendig an, vibrierte durch seine Gabe, verstärkte und bündelte sie wie ein Koah.

Die Männer rappelten sich vom Boden auf und stürmten in die Kammer. Die Höchste Klinge mit beiden Händen schwingend, trat Jude ihnen entgegen.

Kapitel 41

Anton

Der Abstand zwischen dem Fenster und dem nächsten Dach war größer, als Anton im Dunkeln angenommen hatte. Sobald er auf dem rauen Sandstein aufkam, gaben seine Knie unter ihm nach.

Als er sich wieder aufrichten wollte, wurde er von Judes *Esha* niedergestreckt, das mit einer Heftigkeit über ihn hinwegtoste, wie er es zuvor noch nicht gespürt hatte. Orientierungslos lag er da, überwältigt von seiner Kraft wie von einem Orkan.

Lauf, befahl ihm sein Verstand, und er rappelte sich auf und hetzte über das Dach. Sein Bruder war hinter ihm her. Entweder war er einer der Männer gewesen, die gerade die Kammer gestürmt hatten, oder er lag irgendwo dort draußen auf der Lauer. Er konnte durch Judes sturmgleiches *Esha* das seines Bruders fühlen, misstönend und schrill, wie das Geräusch von zerspringendem Glas. Unverkennbar.

Und er war mit seinen Söldnern gekommen, denselben, die in Antons Unterkunft aufgetaucht waren. Wobei Anton nicht glaubte, dass sein Bruder mit Jude gerechnet hatte. Eine Handvoll bezahlter Schwertkämpfer war einer so mächtigen Gabe wie seiner nicht gewachsen.

Andererseits, bei Illya wusste man nie. Anton hatte schon früh gelernt, seinen Bruder nicht zu unterschätzen. Am Ende war es doch immer so gekommen, dass er ihm auf Gedeih und Verderb ausgeliefert war.

Anton sprang auf das nächste der terrassenförmig angelegten Dächer und hielt sich im Schutz der Schatten, während er fieberhaft über einen Fluchtplan nachdachte. Würde er sich aus der *Geheimen Quelle* stehlen, setzte er seine beste Möglichkeit aufs Spiel, Pallas Athos zu verlassen. Er könnte in den frühen Morgenstunden zurückkehren, um wieder zu Remzi und seiner Besatzung zu stoßen – aber wer wusste schon, ob Illya dann nicht mit noch mehr Söldnern warten würde.

Geduckt huschte er auf die andere Seite des Dachs und sprang in die Gasse hinab, die darunter verlief. Dann also zum Hafen. Ihm blieb keine andere Wahl. Er musste es bis dorthin schaffen und sich so lange verstecken, bis die *Schwarze Kormoran* ihre Segel setzen würde.

»Anton«, zischte eine leise Stimme in seinem Rücken. Als er herumwirbelte, sah er Ephyra auf der obersten Stufe einer Treppe stehen. Überraschung und Erleichterung durchfluteten ihn.

»Ephyra ... was machst du hier? Wie hast du mich gefunden? Wie hast du es aus der Zitadelle geschafft?«

Ihre Augen funkelten bedrohlich im Mondlicht. »Wie hast *du* es geschafft?«

Sein Magen zog sich schuldbewusst zusammen.

»Ich weiß, dass Hector Navarro dich dort rausgeholt hat«, sagte Ephyra. »Und ich weiß, dass er hinter Beru her ist. Sag mir, wo sie sind.«

»Ich habe versucht, ihr zu helfen«, sagte Anton. »Ich *schwöre* es. Ich ... ich habe es geschafft, Navarro abzulenken, damit Beru fliehen kann. Sie ... sie wollte zum Bahnhof, um nach Tel Amot zu fahren. Aber es kam zu einem Kampf. Navarro konnte entkommen. Wie es danach weitergegangen ist, weiß ich nicht.«

Er wappnete sich gegen ihre Wut, gegen ihre Verzweiflung, gegen ihre Abscheu. Stattdessen kamen ihr die Tränen und sie wandte den Blick von ihm ab. Schließlich nickte sie und sah ihn wieder an.

»Er wird alles daransetzen, sie zu finden, oder?«

»Ich weiß es nicht«, sagte Anton. »Es spielt keine Rolle. Wir müssen schleunigst von hier weg, Ephyra. Mein Bruder ... er ist hier. Er hat mich gefunden. Ich habe keine Ahnung, wie, aber er ...« Er hielt inne, als er bemerkte, wie Ephyra den Kiefer anspannte und ihm plötzlich nicht mehr in die Augen schauen konnte.

Ihm wurde klar, dass sie seine Frage nicht beantwortet hatte.

»Wie bist du aus der Zitadelle rausgekommen, Ephyra?«

Als sie antwortete, besaß sie immerhin die Größe, ihn anzusehen. »Ich hatte keine andere Wahl«, sagte sie. »Es war die einzige Möglichkeit, um Beru zu retten.«

Natürlich. Wer sonst außer Ephyra hätte Illya hierherführen sollen. Nacktes Grauen stieg in ihm auf, als das klackernde *Esha* seines Bruders sich näherte.

»Ich weiß, das ist das Letzte, was du wolltest.« In Ephyras Stimme lag eine Sanftheit, die Anton noch nie von ihr gehört hatte. »Aber ich glaube, du hast dich in ihm geirrt. Ich glaube, er ist nicht der, für den du ihn hältst.«

»Und ob er das ist. Und du hast einfach ... du ...«

Es schnürte ihm die Kehle zu, als auf dem oberen Absatz der Treppe eine weitere Gestalt erschien.

Illya.

Ihm lief es eiskalt über den Rücken, als er in das Gesicht seines Bruders blickte – die blasse Haut straff über den hohen Wangenknochen gespannt, dunkle Schatten unter den goldbraunen Augen. Er sah wieder zu Ephyra, konnte immer noch nicht glauben, *wollte* nicht glauben, dass sie ihn tatsächlich verraten hatte.

»Du hast dich gar nicht von mir verabschiedet, Anton«, sagte

Illya, als er die Stufen zu ihm herunterstieg, einen bekümmerten Unterton in der Stimme.

Ephyra ließ unsicher den Blick zwischen ihnen hin und her wandern. »Wolltest du nicht zuerst mich mit ihm sprechen lassen?«

»Ich habe es mir anders überlegt«, entgegnete Illya herablassend, bevor er seine funkelnden Augen wieder auf Anton richtete. »So wie du dich auch beim ersten Mal, als du fortgegangen bist, nicht von mir verabschiedet hast. Als du dich mitten in der Nacht davongestohlen hast. Großmutter und Vater haben mir die Schuld daran gegeben. Haben mir die schlimmste Tracht Prügel meines Lebens verpasst.«

»Sie hatten recht. Ich bin vor *dir* weggelaufen.«

»Nein, das bist du nicht«, sagte Illya leise. »Das hast du dir eingeredet, weil es wohl einfacher war, deinen grausamen, eifersüchtigen Bruder für alle deine Ängste verantwortlich zu machen. Aber tief in deinem Inneren weißt du, dass das nicht die Wahrheit ist.«

Illyas Worte ließen ihn erstarren. Er wünschte sich nichts mehr, als loszulaufen und nicht zurückzuschauen. Aber er konnte sich nicht von der Stelle rühren.

Er holte zitternd Luft. »Ich bin weggelaufen, weil du mich sonst umgebracht hättest.«

»Du meinst die Geschichte am See?«, sagte Illya. »Nein, Anton. Ich habe nicht versucht, dich umzubringen, aber irgendetwas ist an diesem Tag tatsächlich geschehen. Etwas, was dir mehr Angst eingejagt hat, als ich es jemals vermocht hätte. Etwas, dem du dich noch nicht einmal jetzt stellen kannst.«

»Ich weiß, was passiert ist.«

»Wirklich?«

»Ich …« Anton schloss die Augen. Er war wieder in dem eisigen See. Seine Muskeln waren starr vor Kälte. Hände tauchten ihn erbarmungslos unter Wasser. »Ich …«

Du weißt immer noch nicht, wovor du davonläufst, oder?

Er durfte das Wasser nicht in seine Lungen strömen lassen, ganz gleich, wie sehr sie brannten und nach Erlösung gierten. Er durfte nicht aufgeben. Durfte sich nicht in die Tiefe sinken lassen. Konnte sich dem, was dort unten auf ihn wartete, nicht aussetzen.

»Ich kann nicht …«

Hör auf damit!

BITTE!

»Anton!«

Er riss die Augen auf und sah Judes Gesicht vor sich. Anton hatte keine Ahnung, wie er plötzlich hierhergekommen war.

»Geht es dir gut?«, fragte Jude.

Sein *Esha* umtoste sie, während Anton ihn bloß anstarrte, wie aus weiter Ferne die kleine Lücke zwischen Judes Schneidezähnen wahrnahm, seine dichten, zu einer Linie zusammengezogenen Brauen, seine leuchtend grünen Augen, die voller aufrichtiger Sorge waren. Er wusste nicht, was er erwidern sollte.

Judes Blick wanderte an Anton vorbei zu Ephyra. »Du …«, sagte er verblüfft. »Ich verstehe nicht. Anton sagte, du hättest ihm *helfen* wollen.«

»Da gibt es nicht viel zu verstehen«, sagte Anton düster. »Sie hat stattdessen einfach beschlossen, mich zu verraten.«

»Könntest du vielleicht aufhören, so ein Drama zu machen?«, sagte Ephyra. »Ich habe dich nicht *verraten*. Ich bin hier, um Beru zu finden.«

»Und *ihn* bei der Gelegenheit zu mir zu führen«, erwiderte Anton. »Zusammen mit seinem Söldnertrupp.«

»Söldnertrupp?«, sagte Ephyra. »Welcher Söldnertrupp?«

»Oh«, sagte Illya in einem fast entschuldigenden Tonfall. »Es könnte sein, dass ich ein paar Freunde eingeladen habe, sich zu uns zu gesellen, nachdem wir uns getrennt haben.«

Fünf Männer traten um die Ecke. Sie trugen ähnliche Uniformen wie die Stadtwächter, nur dass ihre nicht blau, sondern grau und rot waren. Zwei von ihnen hatten riesige Armbrüste mit Messingpfeilen auf sie angelegt, an deren Ende schwere Silberketten befestigt waren. Der Rest von ihnen war mit Schwertern bewaffnet. Anton spürte, dass keiner von ihnen begnadet war. Das hier waren ganz gewöhnliche Kämpfer. Wäre er ihrer Brachialgewalt allein ausgeliefert gewesen, wäre sein Schicksal besiegelt gewesen.

Aber zum ersten Mal war Anton nicht allein.

Jude trat an Anton vorbei und stellte sich, die Hand fest um das Heft seines Schwerts geschlossen, zwischen ihn und die näher rückenden Söldner, obwohl der verwirrte Ausdruck auf seinem Gesicht verriet, dass er nicht wirklich verstand, was hier vor sich ging.

»Was soll das?« Ephyra blickte von den Söldnern zu Illya. »Du ... du hast doch gesagt, dass ...«

»Er hat dich angelogen, Ephyra«, sagte Anton. »Er lügt immer. Er tut nichts anderes.«

»Ich tue noch ein bisschen mehr als das.« Illya gab den Söldnern ein Zeichen.

Jude reagierte so schnell, dass Anton seinen Bewegungen mit bloßem Auge kaum folgen konnte. In der einen Sekunde war er noch an Antons Seite, in der nächsten schien er nur noch aus seinem wehenden blauen Umhang und seiner im Mondlicht funkelnden silbernen Klinge zu bestehen.

Jude schlug den ersten Söldner mit einem gezielten Schlag zurück, drehte sich blitzartig um die eigene Achse und wehrte den nächsten ab. Das pfeifende Sirren und metallische Klirren aufeinanderschlagender Klingen hallte durch die Nacht, während Jude die Söldner zurücktrieb und dabei stets darauf achtete, einem unverrückbaren Felsen gleich zwischen ihnen und Anton zu stehen.

Sich an eine Hauswand pressend, begegnete Anton über das

Kampfgetümmel hinweg Ephyras Blick. In ihren Augen lag weder Reue noch Schuld. Nur erbarmungslose Entschlossenheit. Sie wandte sich ab und lief auf die niedrige Mauer zu, die die Gasse vom Innenhof der *Geheimen Quelle* trennte.

»Lasst sie nicht entkommen«, knurrte Illya. »Keinen der drei.«

Zwei der Söldner stürzten sich auf Ephyra, packten sie an den Armen und zerrten sie von der Mauer weg.

Sie versuchte sich aus ihrem Griff zu befreien. »Lasst mich *los*!«

Anton sah, wie ihr Blick den von Illya fand, einen Ausdruck kalter Wut in den Augen.

»Was ist aus *Verbündete* geworden?«, zischte sie.

Sein Bruder lächelte – ein Lächeln, bei dem es Anton kalt den Rücken hinunterlief. »Du bist eine gute Verbündete gewesen. Aber du wirst eine noch bessere Gefangene abgeben.«

Ephyras Gesicht verzog sich zu einer Grimasse. »Ich hätte dich töten sollen, als ich die Gelegenheit dazu hatte.« Sie trat einem der Söldner, die sie festhielten, mit aller Kraft auf den Fuß. Kaum hatte er zu einem schmerzerfüllten Jaulen angesetzt, riss sie sich los und stürzte sich auf Illya. In einem Wimpernschlag hatte sie ihn niedergeschlagen, nagelte ihn mit ihrem Knie auf den Boden und presste ihre Handfläche auf seine Kehle, als wäre sie eine Klinge.

»Ruf deine Männer zurück«, schrie sie. »Ich kann dein Herz dazu bringen, nicht mehr zu schlagen, noch bevor du versuchst, das nächste Mal Luft zu holen, und ich brauche dafür noch nicht einmal eine Waffe. Ruf. Sie. Zurück.«

Anton hörte ein leises, sirrendes Geräusch, und ehe er begriff, was passierte, schoss einer der Armbrust tragenden Söldner einen Pfeil ab.

Ephyra warf sich zur Seite und rollte von Illya herunter. Der Pfeil und die Kette verfehlten sie und flogen über die niedrige Innenhofmauer hinweg.

Mit geweiteten Augen starrte sie dem Geschoss hinterher, dann rappelte sie sich vom Boden auf, sprang auf die Mauer und von dort auf das darüberliegende Dach.

»Ihr nach!«, rief Illya und richtete seine Aufmerksamkeit dann wieder auf Anton.

Nun stand nur noch Jude zwischen den beiden Brüdern. Aber bevor einer von ihnen sich rühren konnte, legten die zwei Söldner, die Illya flankierten, ihre Armbrüste an und schossen.

Anton duckte sich. Jude holte blitzschnell mit seinem Schwert aus und wehrte einen der Bolzen ab, bevor er dem anderen auswich und seine Klinge Richtung Illya schwang.

Der zweite Bolzen schlug neben Anton in der Hauswand ein. Die daran befestigte Kette flog hinterher, peitschte zurück, wickelte sich um Judes Handgelenk und zog sich so straff, dass die Klinge nur wenige Fingerbreit vor Illyas Kehle zum Stehen kam.

Die Söldner rissen an der Kette und zerrten ruckartig Judes Arm zurück. Jude schrie auf und sank auf die Knie. Er hob den Blick, seine grünen Augen funkelten erbittert, als er sein Gewicht auf die Fersen verlagerte, um ein Koah durchzuführen.

»Das würde ich an deiner Stelle lieber nicht tun«, warnte Illya ihn. Jude schrie erneut auf und sackte in sich zusammen. Anton spürte, wie Judes *Esha* erzitterte. Er wollte ihm zu Hilfe eilen, aber sein Instinkt befahl ihm, sich nicht von der Stelle zu rühren.

Illya trat vor Judes zusammengesunkene Gestalt. Der Paladin stieß ein leises Stöhnen aus.

»Was hast du mit ihm gemacht?«, fragte Anton.

»Keine Sorge. Er wird keinen dauerhaften Schaden davontragen«, versicherte Illya ihm. »Diese Ketten wurden in Gottesfeuer geschmiedet. Sie brennen die Gabe nicht heraus, wie die Flammen es tun, aber sie sorgen dafür, dass es unvorstellbar schmerzhaft ist, sie zu benutzen.«

Judes Kopf ruckte nach oben. »Gottesfeuer? Das ist unmöglich. Bist du …« Er sog vor Schmerz die Luft zwischen den Zähnen ein. »Haben die Zeugen dich geschickt?«

Anton wirbelte zu seinem Bruder herum. Die ganze Zeit hatte er geglaubt, Illya wäre hier, um sich an ihm zu rächen, aber … das? Illya, ein Anhänger der Zeugen?

Er war so ein Narr gewesen. Illya hatte sich nie für die angebliche Blutlinie ihrer Familie interessiert. Er hatte Anton stets dafür gehasst, begnadet zu sein. Es war also nur folgerichtig, dass er sich denen angeschlossen hatte, die seinen Hass teilten. Die ihn gelehrt hatten, dass das, was er am meisten hasste – Antons machtvolle Gabe –, für all sein Elend verantwortlich war.

»Du begreifst schnell«, sagte Illya. »Ich bin fast beeindruckt.«

»Was willst du von Anton?«, fragte Jude und unterdrückte ein Stöhnen.

»Ich dachte, das wäre offensichtlich«, erwiderte Illya. »Schließlich ist es dasselbe wie das, was *du* von ihm willst.«

Jude sah Anton an, das Gesicht schmerzverzerrt. »Wovon spricht er?«

»Oh«, sagte Illya amüsiert. »Interessant.«

»Lass ihn gehen.« Anton richtete den Blick wieder auf seinen Bruder. »Um ihn geht es dir doch gar nicht. Du willst nur mich.«

»Falsch«, sagte Illya. »Ich will euch beide.«

Er beugte sich über Jude und riss die Gewandspange von seinem Umhang. Der dunkelblaue Stoff glitt an Jude herab.

»Hüter der Botschaft«, sagte Illya, die Gewandspange betrachtend. »Ich habe das Gefühl, der Hierophant wird äußerst zufrieden mit mir sein, wenn ich ihm das Oberhaupt des Ordens des Letzten Lichts ausliefere.«

Sie saßen in der Falle. Und Anton hatte nichts, was er als Wetteinsatz auf den Tisch legen konnte. Kein Ass, das er aus dem Ärmel schütteln konnte. Er war sämtlicher Entscheidungsmöglichkeiten beraubt. Die Furcht, die ihn von einer Stadt zur nächsten getrieben hatte, die jahrelang seinen Verstand geschärft und seine Schritte beschleunigt hatte, löste sich plötzlich auf. An ihre Stelle trat das Wissen um seine Niederlage.

Vielleicht hatte er die ganze Zeit gewusst, dass Illya eines Tages gewinnen würde. Anton war es gelungen, es all die Jahre zu verdrängen, nur um am Ende doch hier zu landen – ohne jeden Ausweg, ohne jede Chance, sich vor dem Ertrinken zu retten.

Kapitel 42

Ephyra

Die Söldner waren leichte Beute. Sie hatte schon so viele Leben ausgelöscht, dass sie den Moment, in dem das *Esha* sie verließ, den Moment, in dem sie den schmalen Pfad zwischen Leben und Tod überquerten, kaum wahrnahm.

Sie wusste nichts über diese Männer, die zu ihrer Ergreifung angeheuert worden waren, oder darüber, welche Entscheidungen sie zu diesem Moment auf dem Dach der Herberge geführt hatten. Es war ihr egal. Eine Hand auf seiner Kehle, blickte sie in das blutleere Gesicht des Söldners zu ihren Füßen und sah stattdessen Illya Aliyev.

Der Zorn über seinen Verrat schmeckte so scharf und bitter wie Blut. Illya hatte sie zum Narren gehalten, hatte sich mit gesenkten Augen und ein paar schmeichelnden Worten ihr Vertrauen erschlichen. Natürlich war es ihm nicht darum gegangen, Anton zu *beschützen* – in diesem Punkt war Anton ihr gegenüber sehr deutlich gewesen und sie hatte sich einfach darüber hinweggesetzt. Weil in ihrer Brust, trotz all der Dinge, die sie getan hatte, ein dummes, empfindsames Herz schlug, das nicht hatte glauben wollen, dass jemand sich gegen seinen eigenen Bruder wenden könnte. Er hatte sie ausgetrickst.

Sie war die Blasse Hand. Sie *ließ* sich nicht austricksen.

Aber Illya war noch ihre kleinste Sorge. Als der zweite Söldner zu Boden sank, richtete Ephyra ihren Zorn wieder auf das eigentliche Ziel – auf Hector Navarro. Sie musste Beru finden. Das war das Einzige, was zählte.

Von der Gasse unter ihr hallten Schritte herauf. Ihrem Klang nach liefen dort unten zwei Männer entlang, die nicht mehr ganz sicher auf den Beinen zu sein schienen.

»Grundgütige Endarra, wie kommt es, dass du immer noch so ein lausiger Trinker bist, der kaum einen Schluck verträgt?«, schimpfte eine mürrische Stimme.

Ephyra legte sich bäuchlings auf das Dach, als unter ihr zwei Gestalten um die Ecke bogen. Der eine von ihnen war größer als alle Männer, die sie jemals gesehen hatte, und hatte seinen Gefährten untergehakt, der kleiner war als er und sich schwer auf ihn stützte. Sie senkte den Kopf und betete, dass sie nicht nach oben schauen würden.

»Mir geht es ausgezeichnet, *Liebster.*«

»Das sagst du jetzt, aber ich bin der derjenige, der sich morgen, wenn du verkatert und unausstehlich bist, um dich kümmern darf. Zumal es einem Kapitän nicht sonderlich gut zu Gesicht steht, wenn er jede Seereise damit beginnt, von der Reling seines eigenen Schiffs zu reihern.«

»Womit habe ich bloß einen Gemahl verdient, der zu solcher Grausamkeit fähig ist?«

Das dröhnende Lachen des Hünen hallte durch die Nacht, als sie direkt unter Ephyra und dem toten Söldner vorbeischwankten. Im sanften Schein des Mondlichts konnte sie eine dunkle Tätowierung auf der Haut des großen Mannes ausmachen. Ein Heiler.

»Ich mache es wieder gut, wenn wir in Tel Amot angekommen sind«, sagte der Heiler mit einem durchtriebenen Grinsen. Ephyras

Herz pochte schneller, als er sich zu seinem Gefährten hinabbeugte und ihm etwas ins Ohr flüsterte.

Tel Amot.

Ohne länger darüber nachzudenken, robbte sie vom Rand des Dachs weg und sprang in einen dunklen Alkoven zwischen den Stufen und der Mauer hinunter. Das Lachen und die Neckereien der beiden Männer näherten sich. Kurz bevor sie auf ihrer Höhe waren, trat Ephyra aus den Schatten hervor und stieß beinahe mit ihnen zusammen.

»Bitte verzeiht!«, rief sie, als die beiden rückwärtstaumelten.

»Nichts passiert«, sagte der hünenhafte Heiler. »Der gute Remzi hier kann sowieso kaum noch geradeaus laufen.«

Der kleinere Mann schob pikiert die Unterlippe vor. »Das ist einfach verletzend.«

»Ich bin gerade die Treppe heruntergekommen«, sie deutete zu den Stufen, »und habe zufällig gehört, dass ihr ein Schiff habt, das nach Tel Amot segelt?«

Die beiden Männer wechselten einen Blick, den Ephyra nicht deuten konnte.

»Wir nehmen nicht *noch mehr* Almosenempfänger mit an Bord«, sagte der Hüne. »Und wir nehmen auch keine Wetteinsätze mehr an. Die schon gar nicht.«

»Verzeihung?«

»Was Yael damit sagen möchte, ist, dass wir dich leider nicht nach Tel Amot mitnehmen können«, erklärte der kleinere der beiden, von dem sie aufgeschnappt hatte, dass er der Kapitän besagten Schiffes war. »Bedaure.«

Sie traten an ihr vorbei und setzten schwankend ihren Weg fort.

»Ich würde selbstverständlich dafür bezahlen«, rief sie ihnen hinterher.

Die beiden blieben stehen. Der Kapitän drehte sich langsam um,

der Ausdruck auf seinem Gesicht schon deutlich entgegenkommen-
der.

Ephyra hielt ihnen einen Münzbeutel hin. »Würde das hier für
die Überfahrt reichen?«

Sie hatte ihn einem der Söldner abgenommen. Er würde ihn
nicht mehr brauchen.

Ephyra warf den Beutel hoch und der Kapitän trat vor, um ihn
aufzufangen. Seine Augen weiteten sich, als er einen Blick hinein-
warf.

»Das sind knapp zweihundert Tugenden«, sagte sie. »Und falls das
nicht reichen sollte, arbeite ich den Rest ab und packe mit an, wo es
nötig ist.«

Der Kapitän zog den Beutel wieder zu und reichte ihn über seine
Schulter an den Heiler weiter. »Ich denke, das sollte reichen. Yael?«

Der Hüne wog den Beutel in seiner Pranke ab. »Das denke ich
auch.«

»Ist mir eine Freude, dich an Bord zu haben«, sagte Kapitän
Remzi strahlend, während Yael den Beutel einsteckte. »Wir legen
bei Sonnenaufgang ab.«

»Bis dahin wirst du noch nicht einmal annähernd nüchtern sein«,
sagte der Heiler und zog ihn mit sich. »Wir legen mittags ab«, sagte
er über die Schulter.

Ephyra wäre es lieber gewesen, im Morgengrauen aufzubrechen,
aber sie würde nehmen, was sie kriegen konnte. Schon bald würde
sie auf dem Weg nach Tel Amot sein. Und von dort an den Ort
zurückkehren, von dem sie niemals geglaubt hätte, dass sie ihn wiedersehen würde.

Ephyra kehrte nach Hause zurück.

KAPITEL 43

HASSAN

Hassan wurde vom harzigen Geruch brennenden Weihrauchs wach, der seine Lungen erfüllte. Wärme umhüllte ihn, als er langsam die Augen öffnete. Sonnenlicht drang in schmalen Streifen durch die Palmwedel über ihm.

»Es freut mich zu sehen, dass du wach bist.«

Eine kühle Hand legte sich auf seine Stirn. Er drehte den Kopf und sah Lethia. In den Augen seiner Tante lag ein Ausdruck erschöpfter Anspannung. »Keine Sorge. Es geht dir gut.«

Er setzte sich benommen auf und schaute sich um. Er war im Zelt der Heilerin auf der Agora.

Penrose erhob sich von einem Kissen am Fuß seines Lagers. »Prinz Hassan.«

Hassan schlug die dünne Decke zurück und versuchte gleichzeitig aufzustehen. Sie verhedderte sich zwischen seinen Beinen und er trat ungeduldig dagegen.

»Was ist passiert?«, fragte er. »Ist sonst noch jemand verletzt?«

»Was hast du dir dabei gedacht, einfach so auf die Zeugen loszugehen?«, sagte Lethia. »Sie hätten dich beinahe getötet!«

»Ich habe Euch gebeten, Euch nicht vom Fleck zu rühren«, fügte Penrose vorwurfsvoll hinzu.

»Ihr beide scheint euch mittlerweile ja prächtig zu verstehen«, murmelte Hassan. »Was ist mit dem Tempel?«

Vor seinem inneren Auge blitzte das Bild lodernder Flammen auf, die an seinen Pforten leckten.

»Das Feuer ist gelöscht«, antwortete Penrose. »Kurz nachdem der Kampf ausgebrochen war, traf die Stadtwache ein und die Zeugen ergriffen die Flucht. Einige von ihnen wurden getötet, darunter auch Euer Angreifer.«

»Ist sonst noch jemand verletzt worden?«, wiederholte Hassan seine Frage und stand auf.

Penrose antwortete nicht. Lethia schwieg ebenfalls.

Hassans Herz setzte einen Schlag aus. Er ertrug die Ungewissheit nicht eine Sekunde länger. Er sah Khepris Gesicht vor sich, als sie von ihm weggerannt war. Nein, ihr ging es gut. Ihr *musste* es gut gehen.

Er schob sich an den beiden Frauen vorbei und riss den Vorhang zur Seite, der sein Krankenlager vom Rest des Zelts trennte.

Und rannte mitten in Khepri hinein.

»Prinz Hassan!«, rief sie überrascht. Er ließ den Blick über ihr Gesicht wandern, auf dem die Spuren des Kampfes und das Entsetzen darüber noch immer zu sehen waren.

Bevor er wusste, was er tat, schlang er die Arme um sie, zog sie fest an sich und vergrub das Gesicht an ihrem Hals.

»Hassan«, sagte sie. Ihre Stimme bebte leicht, klang so sanft und unsicher, wie er sie noch nie zuvor gehört hatte.

»Du bist wohlauf«, murmelte er an ihrer Kehle. Als er sie in Richtung Agora hatte stürmen sehen, hatte sich alles in ihm zusammengezogen und das Blut in seinen Ohren gerauscht. Der Gedanke, wie sie sich in eine Schlacht stürzte und dabei ihr Leben verlor, war unerträglich gewesen.

Er trat zurück und nahm ihr Gesicht in beide Hände. Sie schloss die Augen unter seiner Berührung. Auf ihrer Stirn prangte ein blutverkrusteter Kratzer, ihre Wangen waren dreckverschmiert, und Hassan war sich sicher, dass sie das schönste Wesen war, das er je gesehen hatte.

»Khepri«, flüsterte er und spürte, wie es ihn zu ihr hinzog, machtlos gegen ihre Anziehungskraft. Sie öffnete blinzelnd die Augen, und er sah, dass sie gerötet waren. Durch den Staub und den Schmutz auf ihren Wangen zogen sich Tränenspuren. »Was ist passiert?«

»Emir. Der Akolyth. Das Feuer ...« Sie atmete zitternd aus. »Emir ist im Tempel gewesen. Er wollte die anderen Akolythen beschützen und hat versucht, sie in Sicherheit zu bringen.«

Er wusste, was sie gleich sagen würde, bevor sie es aussprach.

»Er hat es nicht rechtzeitig aus dem Tempel geschafft.«

Die Worte trafen ihn wie ein Hieb gegen die Brust. Emir, der alte Akolyth, den er gegen die Zeugen verteidigt hatte. Der entdeckt hatte, wer Hassan wirklich war. Der den Orden hierhergebracht hatte.

Emir, der in Hassans Vision Seite an Seite mit ihm auf dem Leuchtturm von Nasira gestanden hatte.

Das konnte nicht sein. Hassan hatte *ihn gesehen*.

»Bist du sicher?«, fragte Hassan mit rauer Stimme.

Sie nickte, ihr Blick so leer, wie Hassan sich fühlte. »Ich habe es gerade erst erfahren und bin sofort hierhergekommen, um es dir zu sagen.«

Das war unmöglich. Emir war in Hassans Vision gewesen. Er sollte gemeinsam mit ihnen Nasira zurückerobern. Er konnte nicht tot sein.

Von draußen drang lautes Stimmengewirr in das Zelt und durchbrach die Stille, die sich darin ausgebreitet hatte. Es klang, als hätte sich eine Menschenmenge davor versammelt. Hassan sah zu Penrose.

»Was ist dort draußen los?«, fragte er.

396

»Findet es selbst heraus«, sagte Penrose sanft. »Sie warten auf Euch.«

Hassan sah wieder Khepri an, ein Gefühl der Beklommenheit im Bauch. Auf ihren Wangen schimmerten neue Tränenspuren. Er rührte sich nicht.

»Du musst zu ihnen«, sagte Khepri leise und löste sich von ihm.

Benommen trat er aus dem Zelt, vor dem sich die restlichen Soldaten und die Geflüchteten versammelt hatten. Sein Blick fiel auf Osei, der vor der Menge stand und dessen Stimme alles übertönte. Die anderen Paladine standen hinter ihm.

»Ein Monat ist vergangen, seit die Zeugen die Stadt Nasira unter dem Kommando eines Mannes eingenommen haben, der sich der Hierophant nennt«, sprach Osei. »Er hält die Begnadeten für ein Übel, das er auszumerzen versprochen hat. Er hat seinen Anhängern niederträchtige Lügen eingeflüstert, die sich mittlerweile in ganz Herat und über seine Grenzen hinaus verbreitet haben. Lügen, die Familien auseinandergerissen und in unzähligen Herzen Angst gesät haben. Lügen, die den Hierophanten als das entlarvt haben, was er in Wahrheit ist.«

Hassan ließ den Blick über die Menge wandern. Die Geflüchteten und die Soldaten waren völlig von Osei gefangen genommen. Nacktes Grauen packte ihn, als ihm klar wurde, was der Paladin im Begriff war zu tun.

»Doch die Propheten haben den Aufstieg des Hierophanten vorausgesehen«, fuhr Osei fort. »Sie haben die Dunkelheit, die er mit sich bringen würde, vorausgesehen. Zum Wohle der Menschheit haben wir Stillschweigen darüber bewahrt, doch es gibt sie – eine Prophezeiung, die den Aufstieg des Hierophanten und das ihm folgende Zeitalter der Dunkelheit vorausgesagt hat.«

Ein erschüttertes Raunen und Murmeln ging durch Menge. Hassan konnte nur stumm dastehen, während seine eigenen Gedanken sich wild im Kreis drehten. Er musste Osei aufhalten. Er musste ihn daran hindern, die Worte auszusprechen, die er ohne Zweifel als Nächstes verkünden würde.

Aber seine Beine waren wie aus Blei. Seine Lippen wie versiegelt. Er konnte nur weiter dastehen und zuhören.

»Doch die letzte Prophezeiung der Sieben Propheten kündet nicht nur von Dunkelheit. Sie haben auch Licht gesehen. Einen neuen Propheten, der fast ein Jahrhundert nach dem Verschwinden der Sieben geboren wird. Einen Propheten, der in die Zukunft blicken und die Zeugen aufhalten kann. Einen Propheten, der mitten unter uns lebt.« Osei streckte die Hand zur Seite aus und heftete den Blick auf Hassan. »Er ist hier. Prinz Hassan Seif, der Thronfolger von Herat, ist der Letzte Prophet.«

Die Menge wandte sich geschlossen von Osei zu Hassan um. Auf ihren Gesichtern lag ein ehrfürchtiger Ausdruck. Manche hatten sogar Tränen in den Augen.

Hassan konnte kaum noch atmen.

»Unser Prophet hat einen Blick in unsere Zukunft geworfen und gesehen, dass es uns bestimmt ist, den Hierophanten und das Zeitalter der Dunkelheit aufzuhalten. Dies ist ein Kampf um die Zukunft eines Königreichs. Steht Seite an Seite mit dem Propheten und helft uns, das Volk von Nasira zu befreien und die Begnadeten zu beschützen. Steht Seite an Seite mit dem Propheten, auf dass wir alle – das Volk von Herat, von Pallas Athos, den anderen Sechs Städten und darüber hinaus – aus der Dunkelheit ins Licht treten.«

»Wir lassen uns nicht von den Zeugen besiegen!«, schallte eine Stimme aus der Menge. »Sie werden untergehen. Ich stehe Seite an Seite mit dem Propheten!«

»Ich stehe Seite an Seite mit dem Propheten«, wiederholte die Menge wie aus einer Kehle.

Der Ruf hallte über die Agora hinweg. Die Garde, die Soldaten und die Geflüchteten, alle stimmten mit ein, vereint in ihrem Glauben an Hassan.

»Ich stehe Seite an Seite mit dem Propheten!«

Ihre Blicke trafen Hassan wie Wellen, die so gewaltig waren, dass er die Augen schließen musste. Ihre Stimmen ebbten zu einem leisen Summen in seinem Kopf ab, als aus den dunkelsten Tiefen seines Verstands ein Gedanke wie ein Flüstern zu ihm durchdrang.

Du bist nicht der Prophet.

Wenn es eine Fehldeutung war, dass Emir in seiner Vision neben ihm gestanden hatte, was war dann mit dem Rest? Was hatte Hassan wirklich gesehen – eine Vision oder einen Traum?

Du bist nicht der Prophet.

Es konnte kein Traum gewesen sein. Er hatte es *gesehen*. Es hatte sich echt angefühlt. Es hatte sich *wahr* angefühlt.

Oder hatte er es sich nur eingeredet? Emir war tot. Die Vision konnte nicht echt sein. Und was machte das aus Hassan? Wenn er nicht der Letzte Prophet war, was war er dann?

Ein Prinz ohne Königreich. Ein Junge ohne Gabe.

Ein Lügner.

III

DER TURM

KAPITEL 44

BERU

Medea war kein Dorf mehr – es war ein Friedhof.

Die Dörfler lagen noch an genau derselben Stelle, an der sie ihr Leben gelassen hatten, aber in der Zwischenzeit waren sie alle zu Knochen und Staub zerfallen. Nichts hatte ihre Totenruhe gestört; nicht einmal Schakale und Wildkatzen kamen noch an diesen Ort. In den Bäumen zwitscherten keine Singvögel mehr. Die Ameisen und Zikaden waren geflohen.

Beru hatte einen sehr langen Weg zurückgelegt, um zu dem Ort zu gelangen, an dem ihr Leben begonnen hatte.

Hector hatte ihren Wunsch, in das Dorf zurückzukehren, respektiert. Es war Beru gewesen, die gezögert hatte, die versucht hatte, Zeit zu schinden, nachdem sie in Tel Amot aus der Eisenbahn gestiegen waren. Nicht aus Angst vor dem, was vor ihr lag, sondern vor dem, was sie hinter sich gelassen hatte. Hier, an diesem Ort, liefen ihre Vergangenheit und ihre Zukunft zusammen – die beiden Enden eines Fadens, ein zum Scheitern verurteilter Anfang und ein unausweichliches Ende.

Das leise Knirschen der festgestampften Erde unter ihren Füßen war das einzige Geräusch auf ihrem Weg zu dem verlassenen Marktplatz. Hier hatten die Dörfler ihre Stände aufgebaut, um ihre Waren den vorbeiziehenden Karawanen feilzubieten. Beru konnte sich noch immer an den Duft von gebratenem Fleisch und Fettgebackenem erinnern, konnte beinahe das Lachen der Kinder hören und das Stimmengewirr der die neuesten Gerüchte austauschenden Nachbarn und feilschenden Händler.

Nun herrschte Totenstille. Der Platz wurde von vier Torbogen aus Sandstein eingerahmt. Die Läden, deren Markisen in Fetzen hingen, standen leer.

Hector blieb neben Beru stehen.

»Es ist niemand hier.« Sein dunkler Blick wanderte über den Platz, vorbei am Behesdatempel und dem alten Glockenturm, dessen Zeiger für immer zwölf Uhr anzeigen würden. Dort wuchs ein knorriger Maulbeerfeigenbaum aus der rissigen Erde.

Um seinen Stamm lagen fünf Skelette, die nur zur Hälfte eingegraben waren. Eines von ihnen war so klein, dass das Kind, zu dem es gehört hatte, nicht älter als acht gewesen sein konnte.

»Sie sind alle tot«, sagte Hector.

Beru brachte es nicht über sich, ihn anzusehen und sich dem Ausdruck auf seinem Gesicht zu stellen. Sie konnte den Anblick, der sich ihnen bot, selbst kaum fassen, dabei hatte sie genau gewusst, was sie in diesem Dorf erwarten würde. Es war *ihre* Entscheidung gewesen, hierherzukommen, nach Hause zurückzukehren, obwohl sie wusste, was davon übrig war.

»Deine Eltern und dein Bruder sind nicht die ersten unschuldigen Menschen gewesen, die wegen mir gestorben sind«, sagte sie.

Hector sog scharf die Luft ein.

»Das war der Preis dafür, mich zurückzuholen.« Erst jetzt wagte sie es, seinem Blick zu begegnen.

»Wie ist es passiert?«, fragte er rau.

Es verlangte Beru das letzte bisschen ihrer schwindenden Kräfte ab, an diesen entsetzlichen Tag zurückzudenken. »Sie wollte sie nicht töten«, flüsterte sie. »Als sie mich leblos auf meinem Lager liegen sah, packte sie meinen Arm und ...«

»Nein«, unterbrach Hector sie. »Das habe ich nicht gemeint. Wie bist du gestorben?«

Die Frage überraschte sie. Welchen Unterschied konnte das für ihn machen? Vielleicht war es nur das letzte Stück in einem Puzzle, das Hector während der letzten fünf Jahre mühsam zusammengesetzt hatte. Auf welche ursprüngliche Tragödie konnte er den Tod seiner Familie zurückführen? Welches war die Entscheidung, die eine weitere und die nächste und noch eine nach sich gezogen und sie letztlich hierhergeführt hatte?

»Ich wurde krank«, antwortete Beru. »Unsere Eltern auch. Und viele andere aus dem Dorf. In dem Jahr gab es eine große Hungersnot, wir hatten kaum etwas zu essen, waren davon geschwächt und anfälliger für Krankheiten geworden.«

»Aber das allein war es nicht, oder?«

Sie wandte den Blick ab. Nein, das allein war es nicht gewesen, aber das hatte sie noch nie laut ausgesprochen. Es war nichts, was sie mit Sicherheit wusste, nur eine Frage, die sie stets begleitete, die sie aber nie zu stellen gewagt hatte. Sie war nicht von einem Tag auf den anderen krank geworden. Es war langsam, schrittweise passiert, genau wie all die anderen Male danach.

»Ephyra versuchte mich zu heilen«, sprach Beru weiter. »Es war nicht das erste Mal, dass sie ihre Fähigkeiten einsetzte, sie hatte davor auch schon anderen geholfen. Unsere Eltern hatten ihr verboten, ihre Gabe zu benutzen – sie versuchten es vor den anderen Dorfbewohnern geheim zu halten –, aber wenn wir von einer Familie erfuhren, deren Kinder krank geworden waren ... dann konnte sie nicht anders, als ihnen zu helfen. Aber aus irgendeinem Grund schien ihre Gabe diesmal nicht wirklich etwas ausrichten zu können. Jedes Mal, wenn sie es versuchte, erholte ich mich für ein paar Tage, bevor ich plötzlich von Neuem krank wurde und es mir noch schlechter als vorher ging. Die Abstände wurden immer kürzer, bis ich schließlich ... Ephyra hat stets sich die Schuld daran gegeben. Sie war davon überzeugt, dass ich gestorben war, weil sie es nicht geschafft hatte, mich vorher zu heilen.«

Sie blickte auf den verlassenen Marktplatz. Erst hier, an diesem Ort, der ihre Vergangenheit und ihre Zukunft enthielt, konnte sie sich dieser letzten unbeantworteten Frage stellen. »Aber ich glaube, es hat von jeher an mir gelegen. Dass vielleicht schon immer etwas nicht mit mir gestimmt hat, etwas, was Ephyra nicht heilen konnte. Etwas, was niemand heilen kann. Vielleicht lag es nicht daran, dass ich ins Leben zurückgeholt wurde, dass ich zu dem wurde, was ich bin. Vielleicht ist es schon immer der Tod gewesen, der mir zuge-dacht war, und nicht das Leben.«

Hectors Augen spiegelten weder Entsetzen noch Verwirrung wi-der, sondern Entschlossenheit. Er blickte auf das Schwert in seiner Hand. Welche Antworten er auch immer gesucht hatte, nun hatte er sie. Und trotz ihrer Angst und Schuld empfand Beru Erleichterung.

»Ich werde dich anständig begraben«, sagte er. »So wie ich meine Familie begraben habe.«

Beru konnte nur nicken. *Ich möchte nach Hause,* hatte sie auf der Fahrt von Pallas Athos zu Hector gesagt. Jetzt war sie hier. Und sie hatte Angst. Sie wollte nicht sterben. Doch genauso wenig konnte sie noch länger die Bürde tragen, welchen Preis ihr Leben forderte.

Beru stand mit dem Rücken zu dem Maulbeerfeigenbaum und sah dem Ende ihres Lebens entgegen. Sie wandte den Blick nicht ab, als Hector sein Schwert aus der Scheide zog. Erst als er damit ausholte, schloss sie die Augen.

Und hielt den Atem an, als die Klinge auf sie niedersauste.

KAPITEL 45

JUDE

Das Erste, was Jude außer Schmerz spürte, war ein Schwall kaltes Wasser, der ihn wie aus dem Nichts traf.

Er sprang keuchend auf. Die Welt geriet ins Schlingern, er stolperte rückwärts gegen eine Wand. In seinem Kopf drehte sich alles. Der Boden unter ihm schwankte. Er musste irgendwann das Bewusstsein verloren haben. Das Letzte, woran er sich erinnerte, war kaltes Metall auf seiner Haut, ein brennender Schmerz …

»Na endlich, er ist aufgewacht!«

Jude richtete sich mühsam auf und lehnte sich an die Wand in seinem Rücken. Um seine Handgelenke lagen schwere Metallfesseln. Zwei Männer, beide hellhäutig und größer als er, standen in einem Rechteck aus Licht. Er erkannte sie von der *Geheimen Quelle* wieder. Söldner.

Furcht flutete seine Adern, und er verlagerte instinktiv das Gewicht von einem Bein aufs andere, um ein Koah durchzuführen. Doch als er die Arme heben wollte, legten sich die Fesseln enger um seine Handgelenke und ihn durchfuhr ein sengender Schmerz. Keuchend sackte er an die Wand zurück, neigte würgend den Kopf zur Seite. Sein Inneres fühlte sich an, als wäre es zu Asche geworden, seine Haut brannte wie Feuer. Es war derselbe weiß glühende

Schmerz, den ihm die Kette der Söldner zugefügt hatte. Diese Metallfesseln mussten in Gottesfeuer geschmiedet worden sein.

Jude war von seiner Gabe abgeschnitten.

»Sieh ihn dir nur an«, sagte einer der Söldner und neigte den Kopf zur Seite. Eine lange Narbe zog sich von seinem einen Auge bis zum Kinn hinunter. »Wirklich erbärmlich, was von ihnen übrig bleibt, wenn man ihnen ihre Gabe nimmt. Er kann sich ja kaum noch auf den Beinen halten.«

Der andere Söldner trat grinsend auf Jude zu. Er trug etwas an seiner Seite, das Judes Blick auf sich zog. Das Heft eines Schwerts mit vertrauter Damastzeichnung.

»Na, gefällt dir mein Schwert?« Der Söldner legte die Hand auf das Heft. »Ich finde, es passt recht gut zu mir.«

Die Höchste Klinge. Ohne nachzudenken, machte Jude einen Satz auf den Söldner zu. Die Ketten an seinen Handfesseln spannten sich und rissen ihn so abrupt zurück, dass er zu Boden sackte.

Der Söldner beugte sich mit einem abfälligen Zungenschnalzen über ihn und packte ihn grob an den Haaren, um ihn wieder hochzuziehen. Dabei bog er seinen Kopf nach hinten und entblößte seine Kehle.

»Vielleicht verkaufe ich es aber auch.« Sein Atem strich heiß über Judes Wange. »Ich wette, es würde mir ein hübsches Sümmchen einbringen. Fast so ein hübsches Sümmchen wie du.«

Jude schauderte, als er in seine gefühllosen grauen Augen blickte.

»He!«, rief der Söldner mit der Narbe. »Wir haben den Befehl, ihn nicht anzurühren.«

»Och … nicht mal ein bisschen?« Er drehte langsam Judes Kopf von rechts nach links.

»Illya hat gesagt, dass ihm kein einziges Haar mehr gekrümmt werden soll«, sagte der Narbige. »Und ich will dieser Schlange keinen Grund geben, uns unseren Sold vorzuenthalten, du vielleicht?«

Der Söldner mit den grauen Augen zog eine unwillige Grimasse. »Was glaubst du, was der Hierophant mit ihm vorhat?«

Jude rang nach Luft, als der Griff des Söldners sich festigte. Noch nie war er so hilflos gewesen wie in diesem Augenblick.

»Was es auch ist, ich hoffe, ich darf dabei zuschauen«, sagte der grauäugige Söldner so leise, als wären seine Worte nur für Jude bestimmt.

»Na los, wir stellen ihm einfach seinen Fraß hin und verschwinden wieder«, sagte der mit der Narbe.

Der mit den grauen Augen stieß Jude wieder zu Boden.

»Schön aufessen«, sagte er mit boshaftem Lächeln, als der andere Söldner eine Schale vor Jude hinstellte, über deren Rand eine unappetitliche braune Flüssigkeit schwappte.

Als die Tür hinter ihnen zuschlug, stieß Jude die Luft aus, als hätte er einen Hieb in den Magen bekommen. Die Faust gegen die Zähne gepresst, rollte er sich zusammen und zwang sich, keinen Laut von sich zu geben. Es war, als würde er auseinandergerissen, würde sich auflösen, seines Innersten beraubt und ohne jeden Halt.

Er atmete zitternd ein und aus und versuchte sich auf seine Umgebung zu konzentrieren. Er befand sich in einer Art feuchten, dunklen Zelle. Das Holz der Wand drückte sich in seinen Rücken. Es lag nicht nur an seiner Benommenheit – der Boden schwankte tatsächlich.

Er war an Bord eines Schiffs.

»Bist du also endlich zu dir gekommen.«

Eine krächzende Stimme durchbrach die trügerische Stille. Jude drehte sich zu der Seitenwand seiner Zelle um, die, wie ihm erst jetzt auffiel, aus einer Reihe einfacher Holzlatten bestand. Durch die fingerbreiten Lücken dazwischen konnte er eine andere Gestalt erkennen. Anton.

Er hatte noch nicht einmal wahrgenommen, dass er nicht allein hier war. Hätte er seine Gabe benutzen können, hätte er Antons Herzschlag, seinen Atem gehört. Jude fühlte sich, als wäre er blind.

»Wie lange bin ich … seit wann sind wir …?«

Von der anderen Seite der Lattenwand drang ein Geräusch, als würde Anton eine bequemere Position suchen. »Du warst … eine Weile nicht bei Bewusstsein. Ich weiß nicht, was sie in der *Geheimen Quelle* mit dir angestellt haben. Diese Ketten …«

»Gottesfeuer«, sagte Jude. »Dieser Mann sagte, sie wären in Gottesfeuer geschmiedet worden. Die Zeugen benutzen es als Waffe gegen die Begnadeten und brennen damit die Gabe aus ihnen heraus.«

Er versuchte mit fester, ruhiger Stimme zu sprechen, konnte die Schmerzen, die er litt, aber nicht gänzlich verbergen. Er dachte an die Gerüchte, die er über den Hierophanten gehört hatte, noch bevor er nach Pallas Athos gekommen war. Dass er Begnadete daran hindern konnte, ihre Gabe zu benutzen. Zumindest wusste Jude nun, wie dieses Gerücht zustande gekommen war.

Es war eine Weile still. »Aber …«, begann Anton schließlich stockend, »… dieses Gottesfeuer … seine Wirkung lässt wieder nach, oder?«

»Ich weiß es nicht.« Jude schloss die Augen. Darüber wollte er nicht nachdenken. Über die Möglichkeit, dass dieser Schmerz, diese *Leere*, selbst dann noch andauern würde, wenn die Fesseln abgenommen würden.

»Aber du hast Schmerzen, oder?«, sagte Anton leise. »Ich habe es dir angesehen, als diese Söldner dich bei der *Geheimen Quelle* in Ketten gelegt haben. Und nun klingst du, als …«

Jude wusste, wie er klang. Besiegt. Und das war er. Er war diesen Männern vollkommen ausgeliefert. Wenn sie wollten, konnten sie ihn bis ans Ende seiner Tage vor sich hin vegetieren und leiden lassen.

Wobei dieses Ende möglicherweise nicht mehr fern war.

»Was ist mit dir?«, fragte er und drehte den Kopf wieder in Richtung des Lattenverschlags, der sie trennte. »Haben sie dir etwas angetan?«

»Nein«, antwortete Anton. »Sie haben mich ... nicht angerührt.«

Die kleine Pause zwischen seinen Worten hing wie ein schweres Gewicht in der abgestandenen Luft. Antons angstverzerrte Züge bei der *Geheimen Quelle* tauchten vor Judes geistigem Auge auf.

»Du hast gewusst, dass sie es auf dich abgesehen haben«, sagte Jude. »Du hast keine Sekunde daran gezweifelt. Was wollen die Zeugen von dir?«

»Ich weiß es nicht«, sagte Anton.

Das konnte nur eine Lüge sein. So viel wusste Jude auch ohne seine Gabe, mit der er wahrgenommen hätte, wie Antons Atem stockte und sein Herzschlag sich beschleunigte.

»Sag mir die Wahrheit, Anton«, entgegnete Jude. »Du wurdest mit der Blassen Hand in einem Tempel aufgegriffen. Du wirst von jemandem gejagt, der in Verbindung mit den Zeugen steht. Warum?«

»Ich *weiß* es nicht.«

»Du lügst«, gab Jude mit wachsendem Unmut zurück. »Dieser Mann, Illya ...«

»Nicht.« Antons Stimme zitterte. »Sprich seinen Namen nicht aus.«

Judes Unmut verrauchte so schnell, wie er aufgelodert war. »Aber ... du kennst ihn.« Wieder dachte er an den Ausdruck auf Antons Gesicht zurück, als Jude sich zwischen ihn und Illya gestellt hatte. Es war Todesangst gewesen – Todesangst, die Jude trotz seiner Verwirrung so klar und deutlich wahrgenommen hatte, als wäre eine scharfe Klinge in ihn hineingefahren.

»Er ist mein Bruder«, sagte Anton nach einer Weile. »Aber ich wusste nichts von seiner Verbindung zu den Zeugen. Ich schwöre es.«

Jude presste die Stirn auf seine Knie.

»Es tut mir leid.« Antons Stimme wurde fast vollständig von Judes abgehackten Atemzügen geschluckt.

»Lass es«, zischte Jude. Eine angespannte Stille breitete sich zwischen ihnen aus.

Er wünschte, er hätte Anton dafür verantwortlich machen können, aber ihn traf keine Schuld. Nichts davon war seine Schuld. Er war derjenige gewesen, der sein Schicksal in der *Geheimen Quelle* leichtfertig mit dem von Anton in einen Topf geworfen hatte. Was hatte er sich dabei gedacht, Hector über den halben Ozean nachzujagen zu wollen? Einem Mann nachzujagen, der ihn im Stich gelassen hatte, der seinen Eid gebrochen hatte, der Jude den Rücken zugekehrt hatte, als würde er ihm nichts bedeuten?

Er hätte dem Propheten niemals von der Seite weichen dürfen.

Nein – er hätte erst gar nicht nach Pallas Athos kommen dürfen. Hätte niemals Hüter der Botschaft werden dürfen, wo er doch wusste, dass er nur Schande über sich selbst, über den Orden, über seinen Vater bringen würde. Jeder Zweifel in seinem Herzen war berechtigt gewesen. Er hatte den Propheten im Stich gelassen. Er hatte die Höchste Klinge verloren. Er hatte hundert Jahre Vermächtnis und Hoffnung auf den Schultern getragen und zugelassen, dass all das zunichtegemacht wurde.

»Ich habe ihn im Stich gelassen«, sagte er leise, während ihm die ganze Tragweite seines Handelns bewusst wurde.

»Navarro ist für sich selbst verantwortlich«, sagte Anton. »Es war nicht an dir, ihn aufzuhalten, ganz gleich, was du dir einredest.«

»Ich spreche nicht von Hector«, sagte Jude und eine seltsame Erleichterung durchströmte ihn. Als wäre er endlich von einer schweren Last befreit. Der Last, so zu tun, als wäre er der Verpflichtung, die ihm in die Wiege gelegt worden war, gewachsen. Der Last, sich vorzumachen, dass er eines Tages in der Lage sein würde, alle Zweifel abzulegen, unbeirrt seinen Weg zu gehen und sich nur der einen Sache zu verschreiben – der einzigen Sache, die hätte zählen sollen. Er hatte diese Last neunzehn Jahre mit sich herumgetragen und nun warf er sie ab. »Ich spreche vom Letzten Propheten.«

Anton erwiderte nichts, sog nur hörbar den Atem ein. Die Stille zwischen ihnen wurde schwerer.

»Jude …«, begann Anton schließlich mit rauer Stimme und verstummte dann wieder hilflos.

Jude wandte den Kopf von dem Bretterverschlag ab, der sie trennte. Nichts, was Anton hätte sagen können, würde etwas an der Wahrheit ändern. Jude hatte versagt. Von nun an spielte es keine Rolle mehr, was mit ihm geschehen würde.

KAPITEL 46

HASSAN

Hassan führte die Prozession die Stufen des Tempels von Pallas hinab zu der ausgehobenen Grabstelle unterhalb der Agora. Die Geflüchteten und die Akolythen, die entlang des gewundenen Pfads standen, küssten ihre Handflächen und hielten sie der vorüberschreitenden Prozession zu einem letzten Gruß entgegen.

Hassan hatte dem Ritual beigewohnt, bei dem Emir im Orakelbecken des Tempels gewaschen worden war. So wie jedes neugeborene, schreiende Kind im Orakelbecken gewaschen wurde, so wurde auch jeder reglose und stumme Leichnam dort gewaschen. Die Erste und Letzte Reinigung.

Anschließend hatte ein Akolyth, der die Gabe des Blutes besaß, das Trennungsmuster mit süß duftendem geweihtem Salböl auf Emirs Körper gezeichnet. Die anderen hatten ihn in das traditionelle fliederfarbene Gewand der Akolythen gekleidet und die Schärpe auf eine Weise geknotet, die das Zurückfließen des *Esha* aus dem Körper in die Welt symbolisierte. Dann schnitt ihm einer der Akolythen eine Strähne seiner grauen Haare ab und verschloss sie in einer Phiole mit Salböl.

»Er hätte gewollt, dass Ihr sie bekommt«, sagte er zu Hassan und drückte ihm das blaue, mit Edelsteinen besetzte Gefäß in die Hand.

Hassan hatte diese Reliquie, das letzte Zeichen für Emirs Leben, nicht verdient. Nichtsdestoweniger nahm er sie und schob sie behutsam in seine Brusttasche neben den Kompass seines Vaters, dort, wo sein Herz schlug.

Die Sonne stand hoch am Himmel und brannte heiß auf sie nieder, als sie die Grabstelle erreichten und Emir hineinlegten. Sieben Fackeln waren entzündet und in das Erdreich neben dem Grab gesteckt worden.

Hassan wischte sich den Schweiß von der Stirn, als einer der anderen Akolythen sich den Trauernden zuwandte und zu sprechen begann.

»Wir segnen dieses *Esha*, die heilige Energie Emirs, und beten für seine Erlösung und unversehrte Rückkehr in die Erde. Möge es von der Gabe des Propheten ohne Namen geleitet werden, dem Wanderer auf Erden, dem Beschützer aller Vergessenen, Namenlosen und Verlorenen.«

Der Segen wurde schon seit Jahrhunderten auf der ganzen Welt in dieser oder anderer Weise bei Bestattungsriten gesprochen, aber heute kam es Hassan so vor, als richtete er sich auch an ihn. Was war er anderes als ein Verlorener? Er hatte geglaubt, einem Pfad zu folgen, den die Propheten vor einem Jahrhundert für ihn vorgezeichnet hatten, nur um festzustellen, dass er auf einem Irrweg gewesen war.

Er hatte geglaubt, die Zukunft zu sehen, die auf ihn wartete, aber sie hatte sich wie Rauch in nichts aufgelöst. Emir hätte an Hassans Seite stehen sollen, wenn sie Nasira von den Zeugen zurückeroberten. Stattdessen lag er in einem Grab. Er hatte sich in Hassan geirrt. Und es hatte ihn das Leben gekostet.

Der Nachmittag ging in die Abenddämmerung über, als sie Emirs Grab mit Erde auffüllten. Diejenigen, die der Prozession zur Grabstätte gefolgt waren, kehrten langsam auf die Agora zurück. Hassan blieb an der Grabstelle stehen. Die Garde hielt sich etwas abseits, vielleicht aus Respekt vor seiner Trauer. Aber es war nicht Trauer, die ihn dort verharren ließ, sondern Schuld. Schuld und Scham.

Ein warmer Duft nach Erde und Zitrusfrüchten erfüllte die Luft, als sich jemand neben ihn stellte. Khepri. Sie standen eine Weile schweigend da, das Gesicht ins goldene Licht der untergehenden Sonne getaucht.

»Ich weiß ... wie dir zumute ist«, begann Khepri stockend. »Auch mich trifft sein Verlust schwer. Doch wir dürfen uns jetzt nicht von dem ablenken lassen, was vor uns liegt, Prinz Hassan.«

Hassan sah sie nicht an. Er ahnte, dass sie noch nicht fertig war. In den letzten Tagen war er ihr und all den anderen immer wieder ausgewichen. Er wusste nicht, was er ihnen sagen sollte. Wie er die Ereignisse, die er mit seiner Hoffnung, seiner Selbstüberschätzung und seinen *Lügen* in Bewegung gesetzt hatte, aufhalten sollte.

»Du bist nicht bei den Strategiebesprechungen gewesen«, fuhr Khepri fort. »Hast kaum mit den Soldaten gesprochen, obwohl sie dich gerade jetzt am meisten brauchen. Der Orden hat bereits die Segel gesetzt, und die Schiffe deiner Tante warten darauf, abzulegen. So schrecklich und grausam es ist, Hassan, aber für deine Trauer ist keine Zeit.«

»Ich weiß.« Seine Stimme klang heiser, tonlos.

»Emir hat an dich und an unsere Sache geglaubt. Er wollte, dass wir den Kampf gegen die Zeugen aufnehmen. Das würde er immer noch wollen, umso mehr, als wir der Zukunft, die du gesehen hast, nun so nah sind. Du darfst dich nicht ...«

»Er ist dort gewesen«, sagte Hassan. »In der Vision, die ich hatte. Emir hat neben mir auf dem Leuchtturm gestanden. Er ist *dort* gewesen.«

Erschütterung und Fassungslosigkeit blitzten in ihren Augen auf.

416

»Wir haben Seite an Seite auf Nasira hinuntergeblickt und gesehen, wie unsere Streitkräfte die Zeugen überwältigten«, sprach er weiter. »Aber nun ist er *tot*. Wie kann die Vision wahr sein, wenn der Mann, den ich darin an meiner Seite gesehen habe, gerade zu Grabe getragen wurde?«

»Das … das hat nichts zu bedeuten. Es bedeutet nicht, dass *nichts* davon …«

»*Doch!*«, rief Hassan mit erstickter Stimme. Mit einem Mal sprudelte all das, was er seit dem Angriff der Zeugen zu verdrängen versucht hatte, mit geballter Macht an die Oberfläche. Jeder Gedanke, der durch seinen Kopf gerast war. Jeder Zweifel, den er sich zuvor versagt hatte. Das alles strömte nun, von Schuld, Scham und Wut durchtränkt, die er tagelang mit sich herumgetragen hatte, aus ihm heraus. »Ich habe geglaubt, dass das, was ich gesehen habe, die Zukunft ist, meine Bestimmung, die Antwort darauf, wie wir das Zeitalter der Dunkelheit aufhalten können. Aber es war nichts weiter als ein dummer kleiner Traum. Lethia hatte recht. Ich wollte unbedingt daran glauben, dass dieser Traum sich erfüllt. Aber das kann ich nicht länger.« Er schloss die Augen, wusste, was er zu tun hatte. Doch es bedeutete, alles aufzugeben.

»Was soll das heißen?«, fragte Khepri verzweifelt.

»Ich bin nicht der Letzte Prophet, Khepri«, sagte Hassan. »Ich habe keine Antworten, nicht eine einzige – weder für dich noch für die Garde oder die Menschen, die hinter mir stehen. Wenn ich der Prophet wäre, müsste ich es wissen. Wenn ich eine Gabe hätte, müsste ich es spüren. Aber das tue ich nicht. Ich habe nichts Machtvolles in mir. Es ist Zeit, dass ich aufhöre, mir selbst und euch etwas vorzumachen.«

»Du willst den Kampf gegen die Zeugen aufgeben?« In ihren Worten schwang mit, wie sehr sie das als Verrat empfand. »Hassan, das *darfst* du nicht. Der Orden ist der Schlüssel zur Rückeroberung

417

Nasiras. Wenn du das den Paladinen sagst, ist alles verloren. Sie werden sich unserem Kampf nicht anschließen, wenn sie nicht daran glauben, dass ihre Prophezeiung sich dadurch erfüllt.«

»Ich weiß. Ich weiß, was ich damit aufs Spiel setze.« Ohne die Garde hinter sich, ohne Khepri an seiner Seite, ohne die Armee, die sich vor ihn stellte, hatte er nichts. »Aber ich kann sie nicht belügen und im selben Atemzug in die Schlacht schicken.«

»Du *weißt* nicht, ob es eine Lüge ist! Nur weil sich ein Teil deiner Vision als falsch erwiesen hat, bedeutet es nicht, dass du nicht …«

»Was ich weiß, genügt, um daran zu zweifeln«, sagte Hassan. »Es genügt, um zu wissen, dass ich es ihnen sagen sollte, statt zuzulassen, dass noch mehr Menschen wegen einer Lüge den Tod finden.«

Emir, der sein Leben für eine Lüge geopfert hatte, der an ihn geglaubt hatte, hatte zu ihm gesagt, sämtliche Zeichen der Prophezeiung würden auf ihn weisen. Als Hassan jetzt daran zurückdachte, hätte er am liebsten bitter aufgelacht. Die Lichter am Himmel. Die Prophezeiung von Nasira. War er wirklich so sehr von einer Hand-voll zufälliger Ereignisse überzeugt gewesen? War er so begierig ge-wesen, daran zu glauben?

Die Menschen glaubten, was sie glauben wollten. Als es so schien, als sei der Letzte Prophet endlich gekommen, hatte der Orden des Letzten Lichts es nicht in Zweifel gezogen. Er hatte gewollt, dass er der Prophet war, hatte daran glauben wollen, dass der Heilsbringer, auf den er so lange gewartet hatte, gekommen war. Hassan hatte es ebenfalls gewollt. Und es war so einfach gewesen, sich selbst davon zu überzeugen, dass es wahr war.

»Selbst wenn du nicht der Prophet bist, bist du immer noch der Prinz von Herat«, sagte Khepri leidenschaftlich. »Wir brauchen keine Zukunftsvision, um zu wissen, dass es unser Schicksal ist, uns gegen die Zeugen aufzulehnen. Dieses Schicksal wurde in dem Moment besiegelt, als sie Nasira eingenommen haben. Als sie ihr

Gottesfeuer gegen unser Volk eingesetzt haben. Als sie uns hier in Pallas Athos angegriffen haben. Solange die Zeugen das Gottesfeuer haben und der Hierophant auf dieser Erde weilt, sind alle Begnadeten in Gefahr. Denk an deine Familie, Hassan. Deine Eltern. Wenn du das tust ... ist das Leben jedes einzelnen Menschen in Herat, der eine Gabe hat, dem Untergang geweiht.«

»Glaubst du, über all das hätte ich nicht selbst schon Dutzende Male nachgedacht?«, entgegnete er wütend. Wut war so viel einfacher, so viel banaler als die Trauer, die sein Herz zu zerbrechen drohte.

Doch Khepri reckte das Kinn in die Höhe, dachte gar nicht daran, sich einschüchtern zu lassen. »Ich glaube, dass du noch immer Angst hast. Ganz gleich, ob diese Vision wahr gewesen ist oder nicht, ich habe mein Schicksal an deines geknüpft, als ich nach Pallas Athos gekommen bin.« Sie nahm sein Gesicht in beide Hände, so wie er es bei ihr nach dem Angriff der Zeugen getan hatte. »Vielleicht bist du nicht der auserwählte Prophet, aber du bist immer noch der, den *ich* auserwählt habe. Also sag mir – ist das auch ein Fehler gewesen? Habe ich den falschen Mann gewählt?«

Ich weiß es nicht, dachte er hilflos und schluckte schwer. Behutsam nahm er ihre Hände von seinem Gesicht. »Ich weiß nicht, warum du mich gewählt hast«, sagte er. »Warum du mich selbst jetzt noch wählen würdest.« Er legte ihr sanft ihre Hände auf ihre Brust und trat von ihr zurück. »Aber die anderen haben es ebenfalls verdient, die Wahl zu haben.«

Schmerz verdunkelte ihre Züge. Er sah ihr an, dass sie sich verraten fühlte.

»Ich möchte, dass du die Armee und die Garde heute Abend vor dem Tempel zusammenrufst«, sagte Hassan. »Ich werde mit ihnen sprechen, und dann werden wir sehen, wie sie sich entscheiden.«

Er drehte sich um und ging die alten Gedenktafeln entlang, die

die Begräbnisstätte säumten. Als er aufblickte, sah er den flackernden Schein einer Fackel auf sich zukommen.

»Ich dachte mir schon, dass ich dich hier finde.« Es war Lethia. Das Licht warf einen Schatten auf ihr langes, schmales Gesicht.

»Ist etwas passiert?«, fragte er.

»Ich wollte dir nur mitteilen, dass die Schiffe seeklar sind und bereit, morgen früh nach Nasira auszulaufen«, sagte Lethia. »Und ich werde mich wie besprochen auf den Weg nach Charis machen.«

Morgen früh. Es blieb keine Zeit. Keine Zeit, um noch einmal alles in Ruhe zu überdenken.

»Khepri«, sagte er, ohne sie anzusehen, »ruf die Armee und die Garde zusammen. Ich habe noch etwas mit meiner Tante zu besprechen und komme dann nach.«

Khepri rührte sich nicht von der Stelle. »Hassan … *bitte* … denke an die Konsequenzen, bevor du irgendetwas tust, das …«

»Khepri.«

Sein schroffer Tonfall ließ sie zusammenzucken. »Natürlich, Eure Hoheit.«

Die förmliche Anrede versetzte ihm einen Stich, aber er versuchte nicht, sie zurückzuhalten, als sie steifen Schrittes davonmarschierte.

Er wandte sich wieder Lethia zu. »Du hast mir noch nicht alles gesagt, habe ich recht?«

»Es gibt Neuigkeiten aus Nasira«, antwortete Lethia zögernd. »Ich habe es von einer meiner Quellen dort erfahren.«

Die Worte durchfuhren Hassan wie ein Blitz.

»Was für Neuigkeiten?«

Ein kummervoller Ausdruck legte sich auf ihr Gesicht. »Der Hierophant hat die Hinrichtung des Königs befohlen. Das Urteil wurde vor zwei Tagen vollstreckt.«

Hassans Herz setzte einen Schlag aus. Das konnte nicht sein. Sein Vater wartete auf ihn, wartete darauf, dass sein Sohn ihn aus der

Gefangenschaft der Zeugen befreite, damit sie gemeinsam ihr Land zurückerobern konnten.

»Dein Vater ist tot, Hassan«, sagte Lethia leise. »Es tut mir so leid.«

Die Worte hallten in ihm wider, übertönten jedes andere Geräusch. Er dachte an den Hierophanten, an die Brandmale des Gottesfeuers auf Rezas Körper, an die an den Pforten des Tempels von Pallas leckenden Flammen. Sah verschwommen das Gesicht Emirs vor seinem inneren Auge – blass und todesstarr. Das Bild veränderte sich, verwandelte sich in das Gesicht seines Vaters. Das Lachen und das Staunen in seinen Augen, wenn er Hassan und seiner Mutter auf dem Exerzierplatz des Palasts beim Kampftraining zugeschaut hatte. Seine konzentriert zusammengezogenen Brauen, wenn er in der Werkstatt des Palasts mit Zahnrädern, Drähten und Glas experimentierte. Das kleine Lächeln, mit dem er Hassan zeigte, dass er ihm mit etwas Freude bereitet hatte. Ein Lächeln, das Hassan nie wiedersehen würde.

Jede dieser Erinnerungen ließ sein Blut heißer brennen.

»Hassan?«

Er schaute zu seiner Tante auf, deren strenge Züge durch ihre großen, besorgten Augen weicher wirkten. Augen, die dieselbe Farbe hatten wie die ihres Bruders. Als Hassan nun in diese Augen sah, blickte ihm sein Vater entgegen.

Er tastete mit zitternder Hand nach dem Kompass in seiner Brusttasche.

Er wusste nun, welche Richtung er einschlagen würde.

»Ich schwöre«, sagte er, »dass ich alles tun werde, was in meiner Macht steht, um den Hierophanten dafür bezahlen zu lassen. Wir segeln morgen früh nach Nasira. Er kann sich auf etwas gefasst machen.«

KAPITEL 47

BERU

Das Krachen von Stahl auf Holz brach die Stille.

Beru riss die Augen auf. Hectors Schwert hatte sich nur wenige Fingerbreit von ihrem Kopf entfernt bis zur Hälfte in den Stamm des Maulbeerfeigenbaums gegraben.

Sie war unversehrt. Schock und Erleichterung überwältigten sie. Ihre Knie gaben nach und sie sank zitternd zu Boden. Sie blickte zu Hector auf, der neben dem Baum stand. Er hatte das Gesicht abgewandt, sein Atem ging stoßweise und jeder Muskel in seinem Körper war angespannt.

»Ich kann es nicht«, sagte er mit vor Schmerz rauer Stimme. Auch er zitterte. »Ich kann es nicht.«

Tränen brannten in ihren Augen. Sie konnte nicht sprechen.

Hector richtete langsam seinen Blick auf sie. »Ich kann dich nicht töten. Warum kann ich dich nicht töten?«

Sie schüttelte stumm den Kopf. Hector zog sein Schwert aus dem Stamm.

»Ich muss es tun«, sagte er mit bebender Stimme. »Wenn ich es tue ... kann ich es aufhalten.«

Was aufhalten?, wollte Beru ihn fragen, aber sie brachte keinen Laut hervor.

Wieder sah er sie an. »Du hast gesagt, es würde meine Familie nicht wieder lebendig machen, wenn ich dich töte. Das weiß ich. Du denkst, es ginge mir um Rache. Jude dachte dasselbe. Aber ihr irrt euch. Der Tod meiner Familie hat mich zu dir geführt, aber das ist nicht der Grund dafür, warum du sterben musst.«

»Warum dann?«, fragte sie schließlich leise. Sie musste es wissen. Nicht, warum sie sterben musste, sondern warum sie noch lebte. Sie ahnte, dass die Antwort dieselbe sein würde.

Hector holte zitternd Luft. »Nach dem Tod meiner Familie wurde ich von der Gemeinschaft des Ordens des Letzten Lichts aufgenommen. Er hat mich aufgezogen, mich unterrichtet, und als die Zeit gekommen war, legte ich einen Eid ab und trat seinen Reihen bei. Ich wurde in das Geheimnis eingeweiht, das der Orden ein Jahrhundert lang bewahrt hatte. Eine Prophezeiung.«

Ein kalter Schauer durchlief sie, als hätte die warme Abendsonne vorübergehend ihre Kraft verloren. »Es gibt eine weitere Prophezeiung?«, sagte sie. Der Gedanke war so unglaublich, dass er ihre Vorstellungskraft überstieg.

»Die Prophezeiung sagt die Auslöschung der Begnadeten voraus und das Ende der Welt, wie wir sie kennen«, erwiderte Hector. »Ein Zeitalter der Dunkelheit, das sich durch drei Vorboten ankündigt. Ein Betrüger. Die Blasse Hand des Todes.«

Ihrer Kehle entrang sich ein leises Keuchen.

»Und den letzten Vorboten des Zeitalters der Dunkelheit ...«, sprach Hector langsam weiter, »... beschrieben die Propheten mit den Worten: *Aus Staub wird erstehen, was für immer ruhen sollte.*«

Das war sie. Noch im selben Moment, in dem die Worte seine Lippen verließen, *wusste* sie es. Jeder andere Gedanke wurde von der Wahrheit über das, was sie war, ausgelöscht.

Sie war eine Kreatur der Dunkelheit.

»Aus diesem Grund muss ich deinem Leben ein Ende setzen.«

Hector festigte den Griff um sein Schwert. »Ich muss dich töten, um das Zeitalter der Dunkelheit aufzuhalten.«

Er machte eine Bewegung in ihre Richtung. Beru wich instinktiv zurück. Als sie den Blick wieder hob, sah sie jedoch, dass er nicht das Schwert auf sie gerichtet hatte, sondern ihr seine Hand hinstreckte.

Sie griff zögernd danach und ließ sich von ihm aufhelfen.

Er steckte das Schwert in die Scheide zurück. »Aber ich kann es nicht. Ich kann kein Leben beenden, noch nicht einmal eines, das nicht existieren dürfte.«

Beru stand ihm gegenüber, die Hand aus alter Gewohnheit um ihr anderes Handgelenk geschlossen, das dunkle Mal verbergend. Es dauerte einen Moment, bis sie ihre Stimme wiedergefunden hatte. »Ich werde ohnehin bald sterben. Es spielt keine Rolle, ob es von deiner Hand geschieht oder ...« Sie schüttelte den Kopf. »Ephyra hat mich am Leben erhalten. Ohne sie ist mein Tod besiegelt.«

Der Blick seiner dunklen Augen war auf sie geheftet und sie konnte noch immer den Schmerz und die Trauer darin sehen. Und noch etwas anderes.

»Dann werde ich bei dir bleiben«, sagte er. »Bis das Ende gekommen ist.«

Beru schloss die Augen. Sie dachte an das Dorf, von dessen Stille sie umgeben waren. An die Toten mit dem Mal der Blassen Hand. An Ephyra – an ihr schallendes Lachen und das Ritual ihrer kleinen spielerischen Wortgefechte, mit denen sie dem rauen Dasein trotzten, das sie zusammen in den zerfallenen, vergessenen Winkeln irgendwelcher Städte fristeten.

Sie dachte an das Blut, das an den Händen ihrer Schwester klebte, an ihre eigene tiefe Erschöpfung und das langsame Schwinden ihrer beider Hoffnung.

»Bis das Ende gekommen ist«, wiederholte sie.

Im Dorf der Toten warteten sie darauf.

KAPITEL 48

HASSAN

Hassan fuhr auf der Seekarte mit dem Finger bis zur Abbildung des Leuchtturms. »Hier werden wir anlegen.«

Er saß mit Petrossian, Osei, Penrose, Khepri und Lethias Sohn Cirion über die Karte gebeugt, ihre Gesichter spiegelten unterschiedliche Stadien der Erschöpfung wider. Wie bereits am Tag zuvor gingen sie nun schon seit Stunden immer und immer wieder ihre Strategie durch, zerlegten sie in ihre Einzelteile und setzten sie wieder neu zusammen. Die seekrank machende, stickige Enge des Kartenraums der *Cressida* begann allmählich an ihren Nerven zu zerren. Aber vor allem waren sie die endlosen Debatten über ihre Vorgehensweise müde geworden. Dutzende Male hatten sie jedes einzelne Detail ihres Angriffs erörtert.

»Die *Artemisia* wird Nasira vor Sonnenaufgang erreichen. Yarik, Annuka und Faran warten auf die Ankunft der Schiffe des Ordens und führen die Offensive am Hafen an.« Hassan tippte auf die entsprechende Stelle auf der Karte. »Wir legen in der Zwischenzeit außer Sichtweite des Palasts hinter dem Leuchtturm an, Khepri und ich gehen an Land und steigen auf die Aussichtsplattform des Turms, um von dort aus den Palast und den Hafen im Auge zu behalten.

Ihr wartet auf unser Signal, das Schiff zu verlassen, und macht euch dann auf den Weg zum Palast.«

»Ich würde wetten, dass die Zeugen die Flamme des Gottesfeuers entweder im Hohen Tempel oder an einem gesicherten Ort im Palast aufbewahren«, fügte Khepri hinzu. »Am besten fangen wir dort zu suchen an.«

Penrose nickte. »Die Schiffe des Ordens werden ebenfalls im Morgengrauen anlegen. Unsere Streitkräfte werden das Heer der Zeugen zurückschlagen und den Hafen einnehmen, während wir nach der Flamme des Gottesfeuers suchen.«

»Uns darf nicht der kleinste Fehler unterlaufen«, mahnte Petrossian.

»Wir alle sind aus ein und demselben Grund hier«, sagte Cirion. »Mich und meine Besatzung mit eingeschlossen. Morgen um diese Zeit wird Herats rechtmäßiger Herrscher wieder in den Palast von Nasira einziehen und die Geschicke seines Landes führen.«

Hassan sah zu seinem älteren Cousin, den er nur von seinen Besuchen im Palast von Herat kannte, als er selbst noch ein Kind gewesen war. Dennoch hatte Cirion – mittlerweile »Kapitän Siskos« – nicht gezögert, Hassan seine volle Unterstützung zuzusichern, ohne die Gefahr zu scheuen, in die er sich selbst damit brachte. Er mochte nur zur Hälfte ein Herati sein, war jedoch nicht weniger loyal als jeder andere Landsmann.

»Es sind nur noch ein paar Stunden, bis wir Land sichten«, fuhr Cirion fort. »Wir sollten die Zeit dafür nutzen, uns etwas auszuruhen und zu sammeln.«

Jeder Muskel in Hassans Rücken protestierte, als er seine über die Karte gebeugte Haltung aufgab und sich aufrichtete. Er nickte den anderen zu, als diese mit schweren Gliedern den Raum verließen. Hassan blieb, wo er war. Morgen würde er zum ersten Mal seit über einem Monat seine Heimatstadt wiedersehen.

Der Abschied von Pallas Athos war bittersüß gewesen. Die Männer und Frauen, die sich der Armee der Geflüchteten angeschlossen hatten, hatten ihren Familien Lebewohl gesagt, die an Bord des Ordensschiffes gegangen waren, um zum Galliangebirge zu segeln und im Kastell von Kerameikos Schutz zu suchen. Ein schwerer Schritt, aber unabdingbar. Sollte Hassan scheitern – und nur er und Khepri wussten, wie hoch die Wahrscheinlichkeit war, dass genau das passierte –, wäre es für sein Volk wichtiger denn je, einen Ort zu haben, an dem es in Sicherheit war.

Asisi, seine Mutter und seine kleine Schwester waren unter den Geflüchteten, die sich nun auf dem Weg nach Kerameikos befanden.

»Ich will auch wieder nach Hause«, hatte Asisi zu Hassan gesagt, als sie am Hafen darauf warteten, an Bord zu gehen. »Warum kann ich nicht mit euch kommen?«

Die Worte hatten Hassan das Herz schwer gemacht. »Du wirst wieder nach Hause kommen. Das verspreche ich. Doch bevor ihr dorthin zurückkönnt, müssen wir dafür sorgen, dass euch in Nasira keine Gefahr mehr droht.«

»Aber ich habe keine Angst«, protestierte Asisi. »Ich will euch helfen.«

Hassan war vor dem Jungen in die Hocke gegangen und hatte ihm eine Hand auf die schmale Schulter gelegt. »Das *tust* du schon. Dass du mit deiner Mutter und deiner Schwester an Bord dieses Schiffs gehst, um in ein unbekanntes Land zu segeln, ist genauso wichtig, wie das, was wir tun. Genauso mutig. Es braucht sogar sehr viel Mut, auch in der Fremde die Heimat in deinem Herzen zu bewahren, zusammen mit der Hoffnung auf Rückkehr. Wir werden Herat wieder zu einem sicheren Ort für euch machen, Asisi.«

Er hoffte es.

Danach war es für Hassan an der Zeit gewesen, sich von Lethia zu verabschieden. Ein Teil von ihm wünschte sich, sie würde mit ihm nach Nasira kommen, statt nach Charis zu segeln und den Geflüchteten dort von den jüngsten Entwicklungen zu berichten.

Es gab nicht genügend Worte, dachte er, in keiner Sprache der Welt, um auszudrücken, wie dankbar er ihr war. Nicht nur für die Schiffe, sondern für alles, was sie für ihn getan hatte, und alles, was sie ihm seit dem Umsturz gewesen war. Selbst als sie versucht hatte, ihn von der Agora fernzuhalten, selbst als sie die Motive des Ordens infrage gestellt hatte – an *ihm* hatte sie keinen Moment gezweifelt.

»Lethia ...«

Sie hatte ihn mit einem Blick zum Schweigen gebracht. »Bald sehen wir uns wieder. Gib auf dich acht, mein Prinz.«

Sie hatte ihn auf die Wange geküsst und Cirion ein Zeichen gegeben, ihn an Bord der *Cressida* zu geleiten.

Nun beugte sich Hassan in der engen Schiffskabine wieder über die Karte und maß die Entfernung von Pallas Athos bis nach Nasira ab. Sie war kaum der Rede wert, und doch hatte es ihm alles abverlangt, sie zurückzulegen.

»Du solltest dich auch etwas ausruhen, Hassan.«

Khepri. Als sie ihre Lagebesprechung beendet hatten, hatte er gehofft, sie würde vielleicht noch einen Augenblick bleiben. In den Tagen vor ihrer Abreise hatte er sich immer wieder dabei ertappt, wie er ihren Blick suchte, selbst dann, wenn sie mit den anderen Verantwortlichen der Armee und der Garde gerade über ihrer Strategie brüteten. Und jedes Mal, wenn sie seinen Blick erwidert hatte, hatte sich in seiner Brust plötzlich ein federleichtes Gefühl ausgebreitet und er hatte ganz tief in sich ein sehnsüchtiges Ziehen gespürt. Das Erste, woran Hassan dachte, wenn er morgens aufwachte, waren Herat und Nasira, aber Khepri war das Letzte, was er sah, wenn er abends die Augen schloss.

Sie lehnte sich mit der Hüfte an den Tisch neben ihm.

»Es gibt immer noch so viele Unwägbarkeiten«, sagte er kopfschüttelnd und breitete die Hände über der Karte aus. »Unser Schiff könnte von der Küste aus entdeckt werden. Die Zeugen könnten kurz vor Herat eine Seeblockade errichtet haben, von der wir nichts wissen. Die Schiffe des Ordens könnten sich verspäten ...«

»Nicht.« Khepri nahm seine Hände zwischen ihre. »Wir haben tagelang alle möglichen Szenarien durchgespielt. Jetzt kannst du nichts mehr tun, als Vertrauen in dich selbst zu haben, und in uns.« Sie legte ihm eine Hand an die Wange und zwang ihn sanft, sie anzusehen. »Aber das allein ist es nicht, was dir solche Sorgen bereitet, habe ich recht?«

Er versuchte vergeblich, seine Verzweiflung vor ihr zu verbergen. »Sag mir, dass ich das Richtige tue«, stieß er schließlich leise hervor. »Sag mir, dass es das ist, was ich tun muss. Dass ich keine andere Wahl habe, als den Weg einzuschlagen, der vor uns liegt.«

Ihr Blick war fest, als sie nun dicht vor ihn trat und sein Gesicht in beide Hände nahm. »Wir haben immer eine Wahl, Hassan.«

Dann schloss sie auch den letzten winzigen Abstand zwischen ihnen beiden und legte ihre Lippen auf seine. Noch bevor Hassan den Kuss erwidern konnte, hatte sie sich wieder von ihm gelöst. Ihre Brauen waren zusammengezogen, ihre Hand lag schwer wie ein Anker in seiner Halsbeuge.

»Tut mir leid.« Sie schüttelte den Kopf. »Das war ...«

Er verschloss ihren Mund mit seinem, schlang den Arm um ihre Taille und vergrub die andere Hand in ihren Haaren. Zweimal schon waren sie ganz kurz davor gewesen. Beim ersten Mal war er ausgewichen. Beim zweiten Mal war sie zurückgescheut.

Aber nun fanden sie sich. Nun küsste er sie, als wäre es seine einzige Bestimmung auf der Welt. Als gäbe es keine Prophezeiung und kein Blutvergießen und keine Schlacht. Nur das hier – Lippen auf

Lippen, sein Puls, der unter ihrem Daumen pochte, ihr Haar, das wie Seide durch seine Finger glitt.

Khepri unterbrach den Kuss mit einem leisen Keuchen und fegte die Karten, Aufzeichnungen und Pläne vom Tisch hinter sich, schwang sich auf die frei gewordene Fläche und zog Hassan mit sich, bevor ihre Lippen von Neuem miteinander verschmolzen, leidenschaftlich und hungrig und hoffnungsvoll.

Hassans Körper wurde von einer pulsierenden Hitze erfasst und aus irgendeinem seltsamen Grund musste er daran zurückdenken, wie sie bei dem Übungskampf auf der Agora ihre Kräfte gemessen hatten, wie sie von einem inneren Leuchten erfüllt schien, als sie ihm im Innenhof der Villa kühn die Stirn geboten hatte, an ihren grimmigen und unerschütterlichen Kampfgeist beim Anschlag der Zeugen auf den Tempel von Pallas.

Habe ich den falschen Mann gewählt?, hatte sie ihn an Emirs Grab gefragt.

Nein, dachte er verzweifelt und umschlang sie noch fester, verzehrt von seinem Verlangen nach dieser Nähe – nach ihr. Er wollte, dass sich all dieses Feuer, all dieser Mut, all diese stählerne Kraft auf ihn richtete, auf ihn ganz allein. Er wollte jeden einzelnen Teil von ihr kennen. Und er wollte, dass sie jeden einzelnen Teil von ihm kannte, weil niemand sonst in der Lage dazu war. Als er ihr das erste Mal begegnet war, hatte er sie belogen und ihr verschwiegen, wer er war. Doch hier im Bauch dieses Schiffes, am Vorabend einer Schlacht, war sie der einzige Mensch auf der Welt, der die ganze Wahrheit kannte, der wusste, wer er wirklich war. Er wollte, dass sie auch diese Wahrheit kannte – dass sie wusste, welche Gefühle sie in ihm hervorrief, dass ihre Berührung, ihr Blick, ihre Worte ihn in seine Einzelteile auflösten. Und ihn anschließend wieder zu einem Ganzen zusammensetzten, etwas, das neu und *größer* war als zuvor.

Sie schob die Hand in seinen Nacken, zog ihn sanft an den Haaren, bis er seine Lippen von ihrem Hals löste und seine Nase an ihre Wange schmiegte.

»Ich kann hören, wie dein Herz schlägt«, flüsterte sie an seinem Ohr.

Hassan strich mit den Daumen seitlich über ihre Rippen und genoss, wie sie erschauerte.

»Es schlägt sehr schnell.« In ihrer Stimme schwang ein Lächeln mit.

Er stieß ein hilfloses kleines Lachen aus.

»Das macht nichts«, sagte Khepri. Sie griff nach seiner Hand und legte sie auf ihr Herz. Er spürte es hart gegen seine Handfläche pochen. »Meines auch.«

»Ich dachte …« Hassan drückte nach Atem ringend die Stirn an ihre. »Ich dachte, du würdest das hier nicht wollen. Ich dachte …«

Sie brachte ihn mit einem Kuss zum Schweigen und ließ ihre Hände an seiner Brust hinabgleiten. Die Berührung sandte einen warmen Schauer durch seinen Körper. Als sie ihn danach wieder ansah, schimmerten ihre Augen feucht. »Ich habe versucht, mich dagegen zu wehren. Aber nun kümmert es mich nicht mehr, ob es selbstsüchtig ist – ich will es. Ich will genau das hier. Ich will dich.«

Seine Lippen fanden die zarte Stelle neben ihrem Ohr, an der ihr Puls schlug, folgten dem Schwung ihres Halses bis zu der kleinen Vertiefung zwischen ihren Schlüsselbeinen, entlockten ihrer Kehle ein süßes Seufzen und seinen atemlos gehauchten Namen. »*Hassan …*«

Doch dann spannte sich ihr Körper mit einem Mal an und sie richtete sich halb auf. »Was war das?«, sagte sie. »Hast du das auch gehört?«

Hassan löste sich widerstrebend von ihr. Sie lauschte mit zusammengekniffenen Augen. Er hatte nichts gehört, trat aber trotzdem ein paar Schritte zurück, damit sie sich ganz aufrichten und vom Tisch gleiten konnte.

»Da draußen geht irgendetwas vor sich.« Khepri griff nach ihrem Schwert, das an der Wand lehnte.

Die Tür flog auf.

»Prinz Hassan!« Es war der Erste Offizier der *Cressida*, auf dessen Gesicht ein Ausdruck höchster Alarmbereitschaft lag. Zwei weitere Besatzungsmitglieder standen hinter ihm in dem dunklen Gang. »Kommt schnell.«

Hassan richtete sich auf und hoffte inständig, dass ihm nicht anzusehen war, was sich zwischen ihm und Khepri gerade ereignet hatte. »Was ist passiert?«

»Im Hafen wurde etwas gesichtet«, sagte der Erste Offizier und führte sie zu den Stufen am Ende des Gangs.

»Schiffe?«, fragte Hassan und lief noch etwas schneller, um zu ihm aufzuschließen.

Der Erste Offizier schüttelte den Kopf. »Ich weiß es nicht. Kapitän Siskos hat mir lediglich die Order gegeben, Euch auf der Stelle zu ihm zu bringen.«

Plötzlich bemerkte Hassan, dass Khepri ihnen nicht mehr folgte. Sie war mitten im Gang stehen geblieben und in den Schein einer Leuchtlampe getaucht, deren Licht aus der Kajüte drang, die sie gerade verlassen hatten. Die zwei anderen Besatzungsmitglieder standen hinter ihr.

»Khepri?«

Sie sah den Ersten Offizier an. »Du lügst ... dein Herzschlag hat sich gerade beschleunigt. Du weißt sehr wohl, was hier vor sich geht.«

»Wir beeilen uns besser«, drängte der Erste Offizier. »Die anderen warten bereits an Deck auf Euch.«

Khepri schüttelte den Kopf. »Du *lügst*.«

Sie griff nach ihrem Schwert, doch bevor sie es ziehen konnte, hatten sich die anderen beiden schon auf sie geworfen und eine eiserne Kette um sie geschlungen, die ihr die Arme eng an den Körper fesselte.

»Khepri!« Hassan dachte nicht nach. Er stürzte sich auf einen der Männer und stieß ihn gegen die Wand, worauf der andere ihn an den Armen packte und den Flur zurückzerrte.

Khepri nutzte den Moment, um die Kette abzuwerfen, die jedoch an einer Metallfessel befestigt war, die sie um ihr Handgelenk geschlossen hatten. Sie machte einen Ausfallschritt und winkelte die Arme vor sich an – die Grundhaltung des für Stärke stehenden Koahs, wie Hassan sofort erkannte. Doch als sie zur nächsten fließenden Bewegung ausholen wollte, schrie sie gequält auf und sackte gegen die Wand.

Rasend vor Wut versuchte Hassan sich aus dem Griff der Besatzungsmitglieder zu befreien, nahm nichts anderes mehr wahr als Khepris schmerzverzerrtes Gesicht.

»Was geht hier vor?«, schrie er heiser. »Was habt ihr mit ihr gemacht?«

Khepri setzte zu einem anderen Koah an und schrie erneut auf. Zwei weitere Wachen, die mittlerweile angerückt waren, drückten sie gegen die Wand und fesselten ihr die Arme auf den Rücken.

»Hände weg von ihr!« Hassan riss sich aus der Umklammerung der beiden Männer. »Lasst sie sofort …«

Jemand packte ihn von hinten, stieß ihn neben Khepri und presste sein Gesicht seitlich gegen die Wand. Er hörte Khepris erstickte Schmerzenslaute, während sie versuchte, sich gegen den Griff ihrer Peiniger zu wehren.

Seine Gedanken überschlugen sich, als ihm ebenfalls die Hände auf den Rücken gefesselt wurden. Was ging hier vor sich? War das alles womöglich nur ein Irrtum? Oder hatte die Besatzung eine Meuterei angezettelt?

Doch als der Erste Offizier sie abführen und an Deck bringen ließ, offenbarte sich die ganze Wahrheit.

Hassans Soldaten standen im bläulich-violetten Licht der Morgendämmerung entlang der Reling, geknebelt und in Ketten gelegt. Vor ihnen hatte sich ungefähr ein Dutzend Besatzungsmitglieder aufgereiht, die ihre Armbrüste auf sie richteten.

Sie waren verraten worden.

Hinter ihm näherten sich schwere Stiefelschritte und im nächsten Moment legte sich ihm eine Hand auf die Schulter.

»Nun, Hassan«, sagte Cirion. »Ich muss zugeben, dass euer Plan gar nicht so schlecht war.«

Sprachlos vor Zorn wirbelte Hassan zu seinem Cousin herum. Seine Augen hatten exakt denselben Farbton wie die von Lethia.

»Unserer war nur sehr viel besser.«

Kapitel 49

Anton

Die Dienstbotenkammer des Palasts, in der Anton festgehalten wurde, war recht behaglich. Behaglicher als seine winzige Kammer in Pallas Athos und ganz gewiss behaglicher als der enge, vermoderte Holzverschlag im Rumpf des Schiffes, in dem er die letzten Tage verbracht hatte.

Helle Sandsteinwände und schmiedeeiserne Streben liefen auf eine schräge Decke zu. Unter einem schmalen Fenster stand ein Podest mit einer Schlafstatt, von der aus er auf den weißen Streifen zwischen Meer und Himmel schauen konnte. Ab und zu erhaschte er am Horizont einen Blick auf geblähte Segel und stellte sich vor, ein Schiff wäre auf dem Weg hierher, um ihn zu retten.

Es blieb eine Vorstellung.

Zweimal am Tag brachte ihm ein Wächter in einer grün-goldenen Uniform einen Teller mit Oliven, die mit krümeligem weißem Käse bestreut waren, bei Sonnenaufgang gebackenes Brot und einen Becher lauwarmen Tee.

»Warte«, sagte Anton eines Abends, als der Wächter sich wieder zum Gehen wandte.

Der Mann blieb zögernd stehen.

Anton beugte sich vor und versuchte einen Tonfall zu treffen, der die richtige Balance zwischen Beflissenheit und Langeweile hatte. »Hast du vielleicht ein Kartenspiel bei dir?«

Ungefähr in der Hälfte ihrer sechsten Runde Canbarra schwang die Tür auf und Illya kam hereinmarschiert.

Der Wächter sprang vom Boden auf, wo er mit Anton gesessen hatte, und ließ seine Karten fallen. Illya deutete ein Nicken in Richtung Tür an, worauf der Wächter fluchtartig das Weite suchte.

Illya blickte Anton erst an, als der Mann durch die Tür verschwunden war. »Du wirst mir sicherlich darin zustimmen, dass diese Unterkünfte jene in Pallas Athos bei Weitem übertreffen.«

Seit den Geschehnissen bei der *Geheimen Quelle* hatte Anton seinen Bruder nicht mehr gesehen, doch er hatte die ganze Zeit gewusst, dass dieser Moment kommen würde. Illya hatte ihm schon immer das Gefühl gegeben, völlig machtlos zu sein, aber diesmal war es nicht mehr nur ein Gefühl, sondern eine unumstößliche Tatsache. Ihm war nichts geblieben, nicht einmal die Hoffnung, zu entkommen, und so gab es für Anton nur noch einen Weg, ihm die Stirn zu bieten. Indem er Illya verwehrte, was ihm die größte Befriedigung verschaffte – Antons Angst. Den Großteil ihrer Kindheit hatte sein Bruder damit verbracht zu lernen, wie er sie aus ihm herauskitzeln konnte, aber jetzt, wo er ihm vollkommen ausgeliefert war, würde er ihm nicht die Genugtuung geben zu sehen, wie tief diese Angst saß.

Anton mischte gemächlich den Stoß Karten in seinen Händen. »In Herat ist es also Brauch, ein Lamm zu besänftigen, bevor es geschlachtet wird.«

»Ein Lamm?«, erwiderte Illya, ein heiteres Leuchten in den goldbraunen Augen. »Dafür hältst du dich?«

Er ging um seinen Bruder herum und setzte sich an die Stelle, an der der Wächter gesessen hatte. Dann warf er einen der Olivenkerne, die sie als Einsatz benutzt hatten, in die Luft und fragte: »Canbarra?«

Von so Nahem wirkte Illya bestürzend jung. Eine Erinnerung stieg in Anton auf – wie sie zusammen auf einem dicken Wollteppich neben der Feuerstelle im Haus ihrer Großmutter saßen und die Köpfe über einem Kartenspiel und einem Häufchen getrockneter weißer Bohnen zusammensteckten.

Anton blinzelte die Erinnerung weg. Dass ihm von den wenigen friedvollen Erinnerungen an seinen Bruder überhaupt eine im Gedächtnis geblieben war, überraschte ihn. Denn das Grauen war stets allgegenwärtig gewesen, selbst in Momenten scheinbarer Eintracht, was es nur umso unberechenbarer gemacht hatte. Er hatte nie sagen können, wann er einen älteren Bruder vor sich haben würde, der ihm das Kartenspielen beibrachte oder wie man einen perfekten Schnellball formte, und wann ein zornrasendes Monster.

Illya mischte die Karten, teilte jedem von ihnen vier aus und legte eine aufgedeckt in die Mitte. Anschließend nahm er einen Olivenkern, schüttelte ihn zwischen den Händen und hielt Anton dann beide Fäuste hin.

»Suche dir eine aus.«

Anton deutete argwöhnisch auf die linke. Illya öffnete sie – leer.

»Also, Anton«, sagte Illya und nahm eine Karte vom Stapel. »Wie gefällt es dir in Nasira?«

Anton nahm sich ebenfalls eine Karte, bevor er mit gemessener Stimme antwortete: »Nun, was soll ich sagen. Ich werde hier von dem Menschen gefangen gehalten, den ich mehr verabscheue als irgendjemand anderen auf der Welt, ich kann also nicht behaupten, dass die Stadt sich mir von ihrer besten Seite zeigt.«

Illya seufzte. »Es war wohl Zeitverschwendung, zu hoffen, du hättest seit damals, als wir noch Kinder waren, Manieren gelernt.«

»Oh, das habe ich. Ich muss nur die Unterrichtsstunde verpasst haben, in der man beigebracht bekommt, sich mordlustigen älteren Brüdern gegenüber höflich zu verhalten.«

»Mordlustig?« Illya deckte ein Kelchass auf. »Ich denke, da tust du mir unrecht. Du glaubst zu wissen, was an diesem Tag am See passiert ist, aber ich fürchte, dein Verstand hat dir einen Streich gespielt.«

»Ich weiß, woran ich mich erinnere.« Wie oft hatte Illya schon früher versucht, ihm einzureden, dass seine Wahrnehmung falsch war oder dass Anton sich den Schmerz, den er ihm zugefügt hatte, selbst zuzuschreiben hatte. *Du hättest mich eben nicht wütend machen sollen, du hättest mir eben nicht im Weg stehen sollen, du hättest mich eben nicht so anschauen sollen.* »Vor unserer Großmutter und unserem Vater hast du es immer geschickt verborgen, aber wir wissen beide, wie du in Wirklichkeit gewesen bist. Was du getan hast.«

»Ich leugne nicht, dir wehgetan zu haben, als wir klein waren«, sagte Illya und setzte einen Olivenkern auf zwei Sechsen. »Das bedaure ich. Ich bin dumm gewesen damals. Eifersüchtig, allein.«

»Geisteskrank?« Anton legte seine Karte ab.

»Das gehört alles der Vergangenheit an.«

Anton blickte auf. »Dann lass mich gehen.« Er hasste es, ihn darum zu bitten, aber es gab nichts, was er sonst hätte tun können. »Lass mich gehen und versuch nie wieder, mich aufzuspüren.«

Illya sah einen Moment auf seine Karten hinunter, bevor er sich für eine entschied und sie abwarf. »Das kann ich nicht«, erwiderte er. »Nicht nachdem ich nun endlich verstanden habe, was Vater und Großmutter mir mit so harter Hand versucht haben einzubläuen. Was sie mir immer und immer wieder gepredigt haben, bis ich es kaum noch ertragen konnte.«

Seine Augen blitzten auf und seine Stimme senkte sich zu einem Knurren. Zum ersten Mal bekam Anton den Illya zu sehen, den er kannte. Nicht den bekümmerten und reuevollen Bruder, den er in Pallas Athos gespielt hatte. Nicht den edel gekleideten Mann, der die Welt bereist hatte und zu Reichtum gekommen war. Und auch nicht den Meister der Manipulation, der die Kunst des Täuschens so mühelos beherrschte. Das war nicht der wahre Illya. Sondern das hier. Die knurrende, zähnefletschende Kreatur, die um sich schnappte und zubiss und die vor allem eines wollte: *zerstören*. Das war es, was Illya schon immer um jeden Preis zu verbergen versucht hatte, selbst als sie noch Kinder gewesen waren. Weil niemand sehen sollte, was er wirklich war – ein Monster in Menschengestalt.

»Sie hatten recht«, sagte Illya, dessen Züge nun wieder ruhig und besonnen waren. »Du bist etwas Besonderes, Anton. Ihnen war noch nicht einmal klar, wie besonders du bist. Sie hielten dich für den auserwählten Nachfolger eines toten Königs, der den Verstand verloren hatte, dabei bist du so viel mehr.«

Übelkeit stieg in Anton auf. Illyas Worte übten denselben schrecklichen Sog auf ihn aus wie die Erinnerung an den See. Er weigerte sich, sich von ihnen in die Tiefe ziehen zu lassen.

»Nun, mein lieber Bruder, wie es aussieht, ist das Spiel entschieden.« Illya deckte seine Karten auf.

Anton blickte auf sie hinunter. Illya hatte gewonnen. Er hatte mit nichts anderem gerechnet, wie er in diesem Moment erkannte.

»Zeit, zu gehen.« Illya erhob sich, ging mit großen Schritten zur Tür und nickte den Wachen zu, die dort standen.

Anton machte sich nicht die Mühe, sich gegen ihren Griff zu wehren, als sie ihn hochzogen und hinter Illya aus der Dienstbotenkammer und eine Wendeltreppe hinaufzerrten, die in einen von Fackeln erleuchteten Gang mündete. An seinen Wänden befanden sich kunstvolle Mosaike, die goldene Weizenfelder darstellten, einen in der Sonne glitzernden Fluss und exotische Tiere, darunter Krokodile, Reiher und einen Elefanten mit Stoßzähnen aus schimmerndem Perlmutt.

Das Gemach, in das Illya ihn führte, war sehr viel schlichter gehalten. Um einen filigranen Glastisch mit silbernen Beinen standen einige in dunklem Violett und pudrigem Rosé gepolsterte Sitzbänke. Als sie eintraten, nickte Illya einem Mann zu, der neben einer geöffneten Balkontür stand.

Die Meeresbrise trug die Stimme einer Frau herein. »Lass uns allein.«

Der Mann verneigte sich, verließ den Raum und schloss mit leisem Nachdruck die Tür hinter sich.

Die Frau trat vom Balkon in den Raum. Sie trug einen bestickten schwarzen Kaftan und einen Gürtel, der mit Rubinen und anderen Edelsteinen besetzt war, in denen sich das flackernde Licht der Kerzen fing, die in einer Ecke brannten. Sie besaß eine hoheitsvolle Haltung – der Rücken gerade, das Kinn angehoben, der Gang beinahe schwebend, als sie auf Anton und Illya zuging. Die Strenge ihres schmalen Gesichts wurde von einem dunklen Muttermal unterstrichen, das seitlich über ihrer Oberlippe saß. In einer Hand hielt sie einen Zigarillo, von dessen glühender Spitze dünner, sich kräuselnder Rauch aufstieg.

»Prinzessin Lethia.« Illya deutete eine ehrerbietige Verbeugung an. »Ich hoffe, Eure Reise von Pallas Athos ist erträglich gewesen.«

Sie legte den Kopf leicht schräg und richtete ihren stechenden Blick auf Anton. »Ist er das?«

Illya nickte und trat einen Schritt zurück, um ihn ihr zu präsentieren. »Das ist er.«

Prinzessin Lethia strich einmal im Kreis um Anton herum, wie eine Löwin, die sich ihrer Beute nähert. »Mag sein, dass der Hierophant deinem Wort Glauben schenkt, aber mein Vertrauen in dich schwindet«, sagte sie zu Illya. »Bei unserem letzten Treffen sagtest du, du würdest uns die Blasse Hand gemeinsam mit diesem Jungen ausliefern. Leider hast du sie entkommen lassen. Wegen deiner Nachlässigkeit werde ich noch mehr wertvolle Ressourcen verschwenden müssen, um sie wiederzufinden.«

Anton wandte sich abrupt seinem Bruder zu, um ihn anzusehen. In dem Kampfgetümmel bei der *Geheimen Quelle* war es ihm nicht in den Sinn gekommen, sich zu fragen, warum Illya versucht hatte, Ephyra ebenfalls zu fassen. Nun stellte er sich diese Frage aber durchaus. Was konnten die Zeugen von der Blassen Hand wollen?

»Es gab einige Unwägbarkeiten«, erwiderte Illya und senkte den Blick. »Sie hat zwei meiner Söldner getötet.«

»*Deiner* Söldner? Von wem werden sie bezahlt?«

Anton sah das kleine Lächeln, das um Illyas Lippen spielte. Es war dasselbe Lächeln, das er immer aufgesetzt hatte, wenn ihre Großmutter ihm, manchmal stundenlang, die Leviten las. Für Anton war dieses Lächeln stets eine Warnung gewesen, dass er als Nächstes eine Abreibung bekommen würde.

»Von Euch natürlich, Prinzessin Lethia«, antwortete Illya leichthin. »Und muss ich Euch daran erinnern, wie sich Eure Großzügigkeit bezahlt gemacht hat?«

Lethias Blick kehrte zu Anton zurück. »Ich hoffe für dich, dass du in seinem Fall richtig liegst. Noch einen Fehler kannst du dir nicht erlauben.«

»Seid unbesorgt.« In Illyas Stimme lag ein hochmütiger Unterton. »Ich täusche mich gewiss nicht.«

»Nun, das werden wir wohl schon bald herausfinden. Immerhin hast du uns den Hüter geliefert, was äußerst erfreulich ist.«

Jude. Antons Herz setzte einen Schlag aus. Seit man sie von Bord des Schiffes gebracht und getrennt hatte, waren drei Tage vergangen. Er hatte versucht, nicht an den Paladin zu denken, aber seine Gedanken waren beharrlich zu ihm zurückgekehrt. Schuldgefühle übermannten ihn. Er wusste noch nicht einmal, ob Jude überhaupt noch lebte.

»Es war pures Glück, dass wir sie zusammen angetroffen haben«, sagte Illya.

Die Prinzessin lächelte. »Die Propheten hätten es Schicksal genannt.«

»Dann ist das Schicksal auf unserer Seite.«

»Dessen können wir uns sicher sein«, entgegnete sie. »Aber deine Arbeit ist noch nicht zu Ende. Finde die Antwort auf unsere Fragen. Wenn der Hierophant zufriedengestellt ist, bekommt jeder von uns das, was er haben will. Ich Nasira, der Hierophant seine Vergeltung und du deinen festen Platz an seiner Seite.«

Illya entblößte die Zähne, als er lächelte. »Ihr könnt Euch ganz auf mich verlassen.«

Anton schauderte. Illya beabsichtigte, das zu tun, was ihre Großmutter versucht hatte – Antons Macht zu benutzen, eine Macht, die er nicht gewollt hatte, um selbst Macht zu erlangen.

»Wenn du mich nun entschuldigen würdest, ich habe noch andere Dinge zu tun«, sagte Prinzessin Lethia und ging wieder zum Balkon mit Blick aufs Meer. »Mein Neffe wird bald in Nasira ankommen und ich möchte ihm einen herzlichen Empfang bereiten.«

Kapitel 50

Ephyra

Der Nachtmarkt von Tel Amot bot noch dasselbe Bild wie in Ephyras Erinnerung. Violett schimmernde Lichter und süß duftender Rauch lagen wie ein feines Gespinst über dem Platz, auf dem die Händler und Kunsthandwerker der Stadt ihre Stände aufgebaut hatten, um Seefahrer und Kaufleute anzulocken, die über das Pelagos-Meer hier angekommen waren. Er befand sich genau in der Mitte vier sich kreuzender Straßen, die aus der Stadt zu den umliegenden Dörfern führten. Tel Amot war das Drehkreuz, das die Sechs Prophetischen Städte mit der Wüste Seti und der Inshuusteppe verband, und der Nachtmarkt war das Tor zwischen diesen Welten.

Fünf Jahre waren vergangen, seit Ephyra das letzte Mal ihren Fuß auf diesen Küstenabschnitt gesetzt hatte. Sie dachte an den Tag ihrer Abreise zurück. Sie und Beru hatten mit den anderen Waisen zusammengedrängt am Hafen darauf gewartet, an Bord eines Schiffes zu gehen, das sie nach Charis, der Stadt der Barmherzigkeit, bringen würde. Beru war sehr still gewesen, aber Ephyra hatte in einem fort geplappert und ihrer Schwester von all den wundervollen Dingen erzählt, die in Charis auf sie warteten. Mehr Bäume, als sie jemals in ihrem Leben gesehen hatten. Und das Beste von allem – eine Familie, die sie aufnehmen würde. Ein Neubeginn.

Die steile Falte zwischen Berus Brauen hatte keinen Zweifel daran gelassen, dass keines von Ephyras blumigen Worten sie auch nur für einen winzigen Augenblick überzeugen konnte. Dennoch hatte sie ihre Schwester nicht unterbrochen und schien verstanden zu haben, dass Ephyra vor allem versuchte, sich selbst zu überzeugen.

»Hast du für heute Nacht einen Platz zum Schlafen?«

Ephyra schüttelte die Gedanken aus der Vergangenheit ab und wandte sich zu dem Heiler um, mit dem sie auf dem Schiff gewesen war. Sie hatte Abstand zu ihm gehalten während der Überfahrt, so wie sie zu jedem, der die Gabe des Blutes besaß, Abstand hielt. Seine Nähe machte sie nervös. Als könnte er möglicherweise spüren, was sie war. Als würde ein winziger Flüchtigkeitsfehler genügen, um sie zu entlarven, sodass sie sich seinem Grauen und seinem Abscheu darüber stellen müsste, wozu sie die Gabe des Blutes missbrauchte.

»Ich bleibe nicht hier.« Ephyra schulterte ihre Tasche und kehrte dem Markt den Rücken zu. »Ich muss an einen anderen Ort.«

Es war schon viel zu viel Zeit vergangen. Mehr als sechs Tage, seit sie Beru das letzte Mal gesehen hatte. Über zwei Wochen, seit sie den Priester in seinem prächtigen Gemach im *Thalassa* getötet und sein *Esha* benutzt hatte, um Beru zu heilen. Sie würde immer schwächer werden. Sie musste von Neuem geheilt werden. Ephyra konnte nur hoffen, dass sie Beru rechtzeitig fand und es noch nicht zu spät …

Nein. So durfte sie nicht denken. Sie würde Beru finden. Sie würde sie heilen, so wie sie es immer tat.

Und dann?, fragte eine leise, verräterische Stimme in ihrem Kopf.

»Du hast doch nicht etwa vor, heute Abend noch die Stadtgrenzen zu verlassen? Auf den Straßen dort draußen treiben sich nachts Plünderer herum. Glaub mir, denen willst du nicht in die Hände fallen.«

Ephyra warf einen Blick über die Schulter und stellte missmutig fest, dass der Heiler sich an ihre Fersen geheftet hatte und ihr auf der staubigen Piste folgte, die aus der Stadt führte. »Seltsam, ich kann mich beim besten Willen nicht daran erinnern, dich um deine Meinung gebeten zu haben.«

Er lachte dröhnend. »Das ist wahr – hast du nicht. Aber du hast für eine Überfahrt auf unserem Schiff bezahlt, da kriegst du meinen Rat noch gratis obendrauf. Wo willst du überhaupt so eilig hin?«

»Wüsste nicht, was dich das angeht«, gab Ephyra zurück. Sie bog nach rechts auf eine Straße, an die sie sich noch gut erinnern konnte, und lief etwas schneller. Es war dunkel, das einzige Licht spendete der Mond am Nachthimmel.

»Nun warte doch«, sagte der Heiler. Dank seiner Größe war es ein Leichtes für ihn, mit ihr Schritt zu halten, aber Ephyra ging einfach noch schneller und hoffte, er würde es bald leid werden. »He, bleib stehen!«

Ihr Fuß verfing sich in einem Riss in der ausgetrockneten Erde der Straße und sie schlug der Länge nach hin. Ihre Knie schrammten über die Steine und sie keuchte vor Schmerz auf.

»Ich habe dir doch gesagt, du sollst stehen bleiben«, schimpfte der Heiler und ging neben ihr in die Hocke.

»Ich kann nicht.« Ephyra brach die Stimme. Wenn sie innehielt, und sei es nur für einen Moment, würde sie darüber nachdenken müssen, wohin sie ging. Sie würde darüber nachdenken müssen, was sie dort erwarten würde. Und sie würde über die Tatsache nachdenken müssen, dass es Beru war, die sie zwang, dorthin zurückzukehren.

Nicht Hector hatte die Eisenbahnfahrkarten gekauft, sondern Beru, nachdem sie ihr gesagt hatte, dass sie aufgeben wollte. Hierher zurückzukommen, an den Ort, an dem dieser Albtraum begonnen hatte, war nichts anderes als ihr Versuch, Ephyra davon zu überzeugen. Weil Ephyra vor fünf Jahren ihre Schuld und ihre Reue vergraben und sich in etwas verwandelt hatte, das kalt und todbringend war. Nur so hatte sie weitermachen können, nur so hatte sie die Blasse Hand bleiben und dafür sorgen können, dass Beru lebte.

Doch nun stand sie auf der Straße, die zum allerschlimmsten ihrer Vergehen führte. Dorthin zurückzukehren, bedeutete, all ihre Schuld auszugraben. Es bedeutete, der Wahrheit ins Auge zu sehen und nicht länger zu leugnen, was sie war. Es war das Grausamste, was Beru ihr antun konnte.

Vielleicht hatte Ephyra es verdient. Vielleicht war es die gerechte Strafe für all die entsetzlichen Taten, die sie begangen hatte. Wenn es so war, dann würde sie es ertragen. Ganz gleich, welches Grauen in Medea auf sie wartete, sie würde sich ihm stellen. Für Beru.

Der Heiler seufzte schwer und setzte sich neben sie auf den Boden. »Hör zu. Egal wo du hinwillst …«

»Medea«, sagte Ephyra und richtete sich in eine sitzende Position auf. »Ich will nach Medea.«

»Medea?«, sagte der Heiler bestürzt. »Aber …« Er seufzte erneut und fuhr sich mit der Hand durchs Gesicht. »Was ich dir nun sagen muss, tut mir sehr leid. Das Dorf existiert nicht mehr. Alle, die dort gelebt haben, sind tot.«

Ephyra wandte den Kopf ab. Das wusste sie bereits, trotzdem lösten seine Worte eine schreckliche Leere in ihr aus.

»Niemand weiß so genau, was damals passiert ist«, fuhr er leise fort. »Manche sagen, der Grund dafür sei eine Seuche gewesen.«

Es war keine Seuche. Der Grund dafür war ich, hätte Ephyra am liebsten gesagt. *Ich habe sie getötet.* Ein Schluchzen schnürte ihr die Kehle zu. Sie schluckte es hinunter.

»Ich fürchte«, sagte der Heiler, »es gibt nichts, was dort auf dich wartet.«

Ephyra stand auf. Vielleicht hatte der Heiler recht. Beru hatte ihre Entscheidung getroffen. Sie war an den Ort geflohen, an dem Ephyra nicht länger die Augen davor verschließen konnte, was sie war und was sie getan hatte. Sie war an den Anfang zurückgekehrt, um ein Ende zu finden.

»Ich danke dir«, sagte sie zu dem Heiler. »Aber ich muss trotzdem dorthin.«

Sie setzte ihren Weg fort. Zu Beru. Sollte dies wirklich das Ende sein, dann würden sie ihm gemeinsam entgegentreten.

KAPITEL 51

HASSAN

Als Hassan sich ausgemalt hatte, wie es sein würde, an Nasiras Küste zum ersten Mal nach zwei Monaten wieder heratischen Boden zu betreten, hatte er sich nicht vorgestellt, dass er dies mit verbundenen Augen und gefesselt tun würde.

Obwohl er nichts sehen konnte, war ihm jeder Schritt auf der Strecke zwischen dem Hafen und dem Palast von Herat vertraut. Als die Zeugen ihn durch die Palasttore führten, stieg ihm der würzig-süße Duft blauer Lotusblumen in die Nase und die Luft war von dem ihm wohlbekannten Spiel der Wasserorgel im Innenhof erfüllt. Nachdem sie den Säulengang durchquert hatten, der zum Palast führte, stiegen sie die breiten Stufen zum Portal hinauf.

Es war der längste Aufstieg in Hassans Leben. Jeder Schritt schien sich über die Zeitspanne eines ganzen Lebens zu erstrecken. Hatte sich sein Vater so gefühlt, als er vor wenigen Tagen erst zu seiner eigenen Hinrichtung gegangen war? Der Gedanke war ihm unerträglich. Er konzentrierte sich auf seine Füße, die ihn Stufe um Stufe einem ungewissen Schicksal entgegentrugen.

Als sie in der großen, dem Thronsaal vorgelagerten Säulenhalle angekommen waren, riss ihm einer der Männer die Augenbinde herunter. Gegen das flackernde Licht der Fackeln anblinzelnd, machte er kurz geschorene Köpfe und weiße Kutten aus. Und das auf Handrücken prangende Symbol eines schwarzen Auges, dessen Pupille wie eine Sonne geformt war.

Die Zeugen.

»Die Königin wünscht dich zu sehen«, sagte einer von ihnen.

Von einer wilden Hoffnung durchzuckt, glaubte Hassan einen Moment lang, sie würden von seiner Mutter sprechen. Aber der selbstgefällige, beinahe aufgeregte Ausdruck auf den Gesichtern der Zeugen belehrte ihn eines Besseren. Das konnte nur eines bedeuten – dass der Hierophant nicht allein an der Absetzung der königlichen Familie von Herat beteiligt gewesen war. Dass ihn jemand dabei unterstützt hatte – eine Frau, die sich nun Königin nannte.

Langsam öffneten sich die schweren Türen zum Thronsaal. Hassan sah über die Schulter, um einen letzten Blick auf die Stadt zu werfen, die sich vom Hafen bis zu den ungefähr zwanzig Meilen entfernt liegenden Ufern des Flusses von Herat erstreckte. In die Umarmung des Flusses schmiegten sich die aus Sandstein und Ziegeln errichteten Häuser von Nasira, Geschäfte, Marktplätze und Arenen bildeten ein verwirrendes Labyrinth, durch das sich die breite, gepflasterte Ozmandith-Allee schlängelte.

Das war die Stadt, die er liebte. Die Stadt, die er bitter enttäuscht hatte.

Ein leises Knirschen verriet, dass die schweren Türen sich vollständig geöffnet hatten. Hassan wurde über die breite Schwelle in den Thronsaal gestoßen.

Alles sah genauso aus wie in seinem Traum. Die vergoldeten Säulen, die den Weg zur goldenen Pyramide säumten, die Wasserspeier, die ihre Seitenflächen zierten, das große Fresko des Falken an der Wand dahinter. Doch statt siegreich zurückzukehren, um seinen Platz auf dem Thron einzunehmen, kam er als Gefangener.

Die Zeugen führten ihn zu dem schmalen, um den Thron verlaufenden Wasserbecken, auf dessen Grund ein aus schwarzen und grünen Mosaiksteinen zusammengesetzter Skarabäus schillerte. Hassan löste langsam den Blick vom vertrauten Anblick des Käfers und sah zum Thron empor, auf dem jemand den Platz seines Vaters eingenommen hatte, der ihm ebenfalls nur allzu vertraut war.

»Prinz Hassan«, begrüßte ihn Lethia herzlich. »Willkommen zu Hause.«

Sie sah genauso aus wie an dem Tag, als Hassan Pallas Athos verlassen hatte. Als sie ihn auf die Wange geküsst und ihm gesagt hatte, sie würden sich bald wiedersehen. Ein Versprechen, das sie gehalten hatte.

»Tante Lethia.« In jeder einzelnen Silbe schwangen Zorn und Fassungslosigkeit mit. Es kam ihm vor, als sei die Welt in eine Schieflage geraten und würde sich nicht mehr in ihre ursprüngliche Position zurechtrücken lassen, ganz gleich, in welche Richtung er sein Gewicht verlagerte.

Als sich Cirion und seine Besatzung auf der *Cressida* gegen sie gewandt hatten, hatte er gewusst, welche Schlüsse er daraus zu ziehen hatte, war aber nicht in der Lage gewesen, sich damit abzufinden. Selbst jetzt, da er seiner Tante gegenüberstand, die so selbstverständlich auf dem Thron seines Vaters saß, als würde sie dort hingehören, wartete etwas in ihm noch immer darauf, dass sich alles als Missverständnis herausstellte, als grausamer Scherz, als geheimer Plan, der sich ihm erklären würde, sobald er darin eingeweiht war. »Tante Lethia?«

Sie lächelte schmallippig. »Ich bitte dich, Hassan. Du weißt, wie du deine neue Königin anzusprechen hast.«

»Die rechtmäßige Königin ist meine Mutter«, zischte er. »Was auch immer du ihr angetan hast, du bist und bleibst nicht mehr als eine missgünstige Thronräuberin.«

Sie presste sich zwei lange, schlanke Finger an die Schläfe und massierte sie, als würden seine Worte ihr Kopfschmerz bereiten. »Ich habe es dir schon einmal gesagt, Hassan. Mit deinem hitzigen Gemüt schadest du nur dir selbst.«

»Was hast du mit meinen Soldaten gemacht?«

»Du meinst, mit deiner jämmerlich zusammengewürfelten Bande von Ausgestoßenen?«, erwiderte Lethia. »Sei unbesorgt. Sie leben. Sie werden gefangen gehalten, aber sie leben. Du wirst sie in Kürze wiedersehen.«

Nun waren sie also Gefangene. Seinetwegen. »Ich habe dir vertraut«, entgegnete er wutbebend. »Ich habe das Leben all dieser Menschen in deine Hände gelegt. Und du ... du hast uns alle verraten.«

»Nein«, sagte Lethia. »Das warst *du*. Indem du sie hierhergeführt hast und glauben ließest, du wärst der Prophet, auf den sie so lange gewartet haben. Dabei wussten wir doch beide, dass nichts weiter von der Wahrheit entfernt sein könnte.«

Hassans Wut wurde für einen Moment von kaltem Grauen abgelöst. Er hatte nicht mit Lethia über das gesprochen, was er nach dem Angriff der Zeugen auf die Agora herausgefunden hatte. Er hatte mit niemandem darüber gesprochen, außer mit Khepri.

Lethia begann zu lachen – es war dasselbe Lachen, das er schon so oft gehört hatte, nur dass nun ein Hauch Grausamkeit darin mitschwang. »Wenn es etwas gibt, das mich wirklich erstaunt hat, Hassan, dann die Tatsache, wie lange es dir gelungen ist, diese Farce aufrechtzuerhalten. Du hast deine Rolle zweifelsohne gut gespielt. Du hast exakt das verkörpert, was sie in dir sehen wollten. Einen Anführer. Klug, charismatisch. Aber glaubst du, irgendetwas davon wird noch von Bedeutung sein, wenn sie erfahren, was du in Wahrheit bist?«

»Woher weißt du ...?«

Lethia schnalzte mit der Zunge und lehnte sich mit einem mitleidigen Ausdruck in den Augen in den Thron zurück. »Niemand hätte in jener Nacht, in der du deinen Traum hattest, überraschter sein können als ich. Einen Moment lang hätte ich es beinahe geglaubt. Dass du der Letzte Prophet bist, auf den sie so lange gewartet haben.«

»Deswegen wolltest du nicht, dass ich hierher zurückkehre.« Hassan wurde schwer ums Herz. »Du hattest nie die Absicht, mich zu beschützen. Du hattest lediglich Angst, ich könnte Nasira mit meiner Armee zurückerobern, mir den Thron zurückholen und alles zunichtemachen, was du und die Zeugen erreicht haben, wenn ich verkünde, dass ich der Prophet bin, egal ob es wahr ist oder nicht.« Mit einem Mal stand ihm alles ganz klar vor Augen. »Du ... du hast auf Zeit gespielt, hast mir verschwiegen, was hier vor sich geht, hast mich von allen abgeschirmt, die mir hätten helfen können.« Er verstummte, als ihm ein neuer, entsetzlicher Gedanke kam. »Niemand wusste, dass ich in Pallas Athos war. Warum hast du mich nicht einfach getötet? Das wäre einfacher gewesen.«

Sie warf ihm einen strafenden Blick zu. »Ganz gleich, was du von mir hältst, Hassan – ich bin kein Monster. Du bist immerhin von meinem eigenen Fleisch und Blut.«

»Genau wie mein Vater«, stieß er hervor.

»Seinen Tod wollte ich genauso wenig. Er ließ mir keine andere Wahl, als er sich weigerte zurückzutreten.«

Vor ohnmächtiger Wut verschlug es Hassan die Sprache. Der Gedanke, dass sein Vater seinen Überzeugungen bis zuletzt treu geblieben war und sich geweigert hatte, sich seiner verräterischen Schwester zu beugen, auch auf die Gefahr hin, dass es ihn das Leben kosten würde, versetzte ihm einen Stich ins Herz. Er selbst durfte genauso wenig schwanken.

»Um ehrlich zu sein, hätte ich das niemals von ihm erwartet«, fuhr Lethia fort. »Ich habe meinen Bruder immer für jemanden gehalten, der im Moment eines Konflikts zeigt, dass er keinerlei Willensstärke besitzt. Aber am Ende seines Lebens hat er mich eines Besseren belehrt.«

Hassan schluckte seinen Zorn hinunter. »Du hast meinen Vater also umgebracht und mich am Leben gelassen, weil du wusstest, dass du mich unschädlich machen konntest, indem du mich vom Rest der Welt abschottest. Aber dann kam die Paladingarde und hat deine Pläne durchkreuzt.«

»Das war in der Tat unerfreulich«, räumte Lethia ein. »Meine Pläne haben niemals vorgesehen, dass du nach Nasira zurückkehrst. Ich hätte dich unversehrt in Pallas Athos zurückgelassen und hier endlich den Thron bestiegen. Aber du musstest mir ja unbedingt in die Quere kommen, so war ich gezwungen, mir etwas Neues einfallen zu lassen.«

»Deswegen hast du uns Cirions Schiffe angeboten«, sagte Hassan. »Als dir klar wurde, dass du mich nicht aufhalten kannst und ich hierher zurückkehren würde, hast du dafür gesorgt, dass ich als Gefangener ankäme.«

Sie lächelte. »Strategisches Denken ist schon immer eine Stärke von dir gewesen, nicht wahr? Ich habe erkannt, wie sich deine angebliche Prophezeiung zu meinem Vorteil nutzen lässt, und alles Nötige dafür in die Wege geleitet. Du hast es mir fast zu einfach gemacht, mein lieber Hassan. Mittlerweile wusste ich, dass dein Traum nicht mehr war als das – ein Traum. Ich wusste es noch vor dir.«

»Woher?«, fragte er.

»Ich wurde von jemandem aufgesucht, der sagte, er wüsste, wo der echte Prophet zu finden sei. Es hat mich nicht mehr als ein Schiff und ein paar Gefälligkeiten gekostet.«

»Du lügst.«

Lethia lachte. »Und das ausgerechnet aus deinem Mund.«

»Dich hat niemand aufgesucht«, sagte Hassan. »Das ist unmöglich. Niemand außer dem Orden des Letzten Lichts weiß von der Prophezeiung.«

Lethia verzog die Lippen zu einem schmalen Lächeln. »Sie *denken,* sie wären die Einzigen, die von der Prophezeiung wissen. So überheblich wie eh und je. Aber wir haben dafür gesorgt, dass der wahre Prophet hier in Nasira ist. Das war der Preis, den der Hierophant gefordert hat. Er hat mir Nasira versprochen, wenn ich ihm im Gegenzug den Propheten ausliefere. Und nun, da er ihn hat, gehört Nasira mir.«

Hassan wich einen Schritt zurück. Er erkannte jede einzelne Intrige, die Lethia gesponnen hatte, um ihn und den Orden zu sabotieren. Aber wirklich begreifen konnte er es immer noch nicht. »Wie konntest du das tun? Wie konntest du unser Land an den Hierophanten verkaufen?«

»Gerade du solltest das verstehen«, entgegnete Lethia. »Ich habe es aus demselben Grund getan, aus dem du dich für den Propheten gehalten hast. Ich bin es leid gewesen, mir immer wieder sagen lassen zu müssen, dass ich mich Menschen wie meinen Eltern – wie meinem Schwächling von Bruder, meinem nutzlosen Ehemann und dieser Bande selbstsüchtiger Priester in Pallas Athos – unterzuordnen habe. Ich bin es leid gewesen, mit dem Wissen zu leben, dass ich stets den Kürzeren ziehen würde, nur weil ich zufällig ohne Gabe geboren wurde.« Sie heftete ihre grünen Augen auf ihn. »Genau wie *du,* Hassan. Du wirst nie gut genug sein, und das weißt du.«

»Du irrst dich.« Er erwiderte ihren Blick herausfordernd.

»Ob du die Zeugen nun gutheißt oder nicht, du kannst doch nicht leugnen, dass du Regeln unterworfen warst, die vor Jahrhunderten von den Propheten festgelegt wurden. Regeln, die besagen, dass die Begnadeten herrschen werden und wir übrigen nichts weiter als Randnotizen ihrer Geschichte sind.«

Hassan schwieg. In ihren Worten lag ein Körnchen Wahrheit, und sosehr er sich wünschte, es tief in sich zu vergraben, wusste er gleichzeitig, dass es in den dunklen Tiefen seines Geistes keimen und Wurzeln schlagen würde.

»Ich habe stets gewusst, dass ich Herat weitaus besser regieren würde als mein Bruder«, fuhr Lethia fort. »Er interessierte sich mehr dafür, an seinen Spielzeugen herumzubasteln, als dafür, ein Königreich zu führen. Doch trotz unseres Alters, trotz meines Talents für Strategie und Politik, meines Talents und meines Wissens in *sämtlichen* Bereichen, die dazu befähigen, ein Reich zu regieren, hat niemand jemals daran gedacht, dass ich womöglich die bessere Wahl gewesen wäre. Weil ich niemals zur Wahl gestanden habe. Einzig und allein, weil mein Bruder begnadet war und ich nicht.«

»Und deswegen hast du unser Land an einen sadistischen Fanatiker verraten?«, rief Hassan wutentbrannt.

»Du magst ihn einen Fanatiker nennen, aber der Hierophant ist weit mehr als das«, sagte Lethia. »Eine seiner vielen außergewöhnlichen Fähigkeiten besteht darin, dass er die Dinge so sieht, wie sie sein sollten. Er hat gesehen, dass in einer gerechteren Welt ich als Königin auf dem Thron von Herat sitzen sollte. Und er hat dafür gesorgt, dass es so gekommen ist. Er hat begriffen, dass die Regeln unserer Welt nicht unverrückbar sind, und hat den Mut, sie zu verändern.«

»Er wird diese Stadt zerstören«, zischte Hassan. »Und du wirst dabei zusehen.«

»Er wird diese Stadt *verändern*«, entgegnete Lethia. »Wir werden in dieser zerrütteten Welt ein neues Zeitalter erschaffen. Endlich werden Menschen wie wir in der Lage sein, selbst Macht auszuüben. Und keine Sorge – du wirst darin ebenfalls eine Rolle spielen.«

Bevor Hassan etwas erwidern konnte, öffneten sich mit lautem Ächzen erneut die schweren Türen des Thronsaals. Zwei Frauen in

Palastuniform traten ein. Falls sie überrascht waren, Hassan hier anzutreffen, ließen sie es sich nicht anmerken.

»Königin Lethia«, sagte die ältere von ihnen und sank auf ein Knie.

Die andere folgte ihrem Beispiel.

»Erhebt euch«, befahl Lethia. »Was gibt es?«

Hassan musterte Lethia aufmerksam, konnte den Ausdruck auf ihrem Gesicht aber nicht deuten.

»Wir sollten Euch sofort benachrichtigen, falls sich Schiffe unserer Küste nähern.«

Schiffe? Hoffnung keimte in ihm auf.

Der Ausdruck auf Lethias Gesicht blieb unverändert. »Wie viele?«

»Nach letzter Zählung sechs Fregatten und drei kleinere Schiffe aus nordwestlicher Richtung«, antwortete die Wächterin. »Alle mit silbernen Segeln.«

Der Orden des Letzten Lichts war auf dem Weg hierher. Es gab also immer noch Hoffnung. Es gab immer noch eine Möglichkeit, den Lauf der Geschichte zu ändern.

Aber ein Blick zu Lethia machte all seine Hoffnung zunichte. Sie wirkte alles andere als besorgt. Im Gegenteil. Ihre Miene wirkte äußerst zufrieden.

»Wie es aussieht, werden deine Freunde bald hier sein«, sagte sie zu ihm. »Genau wie wir es erwartet haben.«

»Sie werden dich vernichten«, stieß Hassan zwischen zusammengebissenen Zähnen hervor. »Dich und die Zeugen. Sie werden diese Stadt von ihnen befreien, so wie wir es geplant haben.«

»Oh, das glaube ich nicht«, sagte Lethia heiter und entließ die beiden Wächterinnen mit einem ungeduldigen Winken. »Schließlich würden sie niemals das Risiko eines Angriffs eingehen, wenn sie damit das in Gefahr bringen würden, was ihnen am meisten bedeutet.«

»Wovon redest du?«

»Was glaubst du wohl?«, erwiderte Lethia. »Von dir natürlich.«

»Aber ich ...« Hassan verstummte. *Bin nicht der Prophet,* hatte er sagen wollen. Er wusste es, Lethia wusste es.

Nicht aber der Orden des Letzten Lichts.

»Ich konnte weder dich noch die Garde davon abhalten, den Orden zu benachrichtigen«, sagt Lethia. »Aber ich wusste auch in diesem Fall, es zu meinem Vorteil zu drehen. Wie ich schon sagte, ist dir in alldem ebenfalls eine Rolle zugedacht, nur nicht die, die du dir vorgestellt hast.«

Es war eine Falle. Er war als Köder benutzt worden, um dafür zu sorgen, dass der Orden des Letzten Lichts sein Kastell in den Bergen verließ und sich in die Fänge der Zeugen begab.

Er hatte sich für den Retter von Nasira gehalten. Nun erkannte er, dass er derjenige war, der seiner Stadt den Untergang gebracht hatte.

»Folge mir.« Lethia erhob sich vom Thron und stieg die Stufen herab. »Es ist an der Zeit, dass du den Mann kennenlernst, der all dies in Bewegung gebracht hat. Der Tag der Vergeltung ist gekommen und der Hierophant erwartet dich.«

Kapitel 52

Anton

Im Dunkeln wirkten die Türme des königlichen Palasts wie die Schattenrisse von Göttern. Ein erdiger Duft und der salzige Hauch des jenseits der Mauern gelegenen Meeres erfüllte die Luft, als Illya Anton in den üppig bepflanzten Palastvorhof führte. Antons Herz schlug im Takt mit dem beständigen Rauschen der Brandung.

»Nasira ist wirklich eine beeindruckende Stadt«, sagte Illya, als sie von Wachen gefolgt die Palastmauern entlanggingen. »Die allerersten Herrscher besaßen die Gabe des Geistes und nutzten ihre Fähigkeiten dazu, aus ihrer Hauptstadt ein Wunderwerk der Technik zu machen. Es war die erste Stadt, die eine auf begnadeter Architektur- und Ingenieurskunst basierende Infrastruktur geschaffen hat und der mit dem Bau des Leuchtturms natürlich eine der bemerkenswertesten Meisterleistungen ihrer Zeit gelungen ist.«

Anton sah seinen Bruder mit hochgezogener Braue an. »Solltest du die Begnadeten nicht hassen?«

Illya lachte. »Warum sollte ich den Einfallsreichtum meiner Feinde nicht würdigen, nur weil ich sie besiegen möchte?«

Als Anton nichts erwiderte, kam Illya genüsslich wieder auf sein ursprüngliches Thema zurück. »Aber das Bemerkenswerteste an Nasira sind weder sein Leuchtturm noch seine Straßen, ja noch nicht einmal die Große Bibliothek. Es ist etwas, das man gar nicht sehen kann. Direkt unter uns, unter den Straßen und Häusern, befindet sich eine Anlage aus alten Brunnen und Zisternen, die beinahe selbst so etwas wie eine Stadt ist. Während der jährlichen Überflutungen fließt das Wasser aus dem Fluss Herat durch eine Reihe unterirdischer Kanäle in ebendiese Brunnen und Zisternen. Auf diese Weise gewährleistet die Stadt während der Trockenmonate ihre Trinkwasserversorgung.«

»*So* bemerkenswert klingt es nun auch wieder nicht«, murmelte Anton. Er ertrug Illyas unbekümmertes Geplauder nicht, der ihm wie ein Fremdenführer die Stadt zeigte, in die er ihn als seine Geisel gebracht hatte.

»Nein? Nun, vielleicht änderst du deine Meinung ja, wenn du es mit eigenen Augen siehst.«

Sie waren vor dem Eingang zu einem Wachturm stehen geblieben, nachdem sie auf ihrem Weg entlang der Palastmauern schon an einigen vorbeigekommen waren. Am Eingang brannte eine Fackel, was Anton seltsam vorkam, bis ihm wieder einfiel, dass die Zeugen niemals Leuchtlampen benutzen würden. So wie sie auch alles andere, was die Begnadeten erschaffen hatten, nicht benutzen würden.

Die Wächter entzündeten ihre eigenen Fackeln und leuchteten ihnen den Weg in den Turm. Schatten zuckten über die Steinwände, als sie eine Treppe passierten, die in den Wachturm selbst mündete, und eine Kammer betraten. Die niedrige Decke fiel zu einer weiteren Treppe hin ab, die ins Dunkel hinabführte.

Kaltes Grauen erfasste Anton, als sie mit dem Abstieg begannen. Ihre Schritte hallten von den Steinstufen wider. Die Luft wurde feucht und kühl, es roch nach Schimmel und nasser Erde.

Als sie noch Kinder waren, hatte Illya Anton einmal in einer Holztruhe eingesperrt. Anton hatte geschluchzt und gebettelt, hatte mit seinen kleinen Fäusten immer und immer wieder gegen den Deckel getrommelt, aber Illya hatte sich nicht erweichen lassen.

Und nun war ihm, als würde Illya ihn in eine Gruft hinabführen und sie Backstein für Backstein für Backstein zumauern, sobald er dort drinnen war, damit niemand sein Flehen hören könnte.

Als sie jedoch am Fuß der Treppe ankamen, sah Anton, dass es gar keine Gruft, sondern eine gewaltige Kaverne war, über der sich eine hohe Gewölbedecke spannte, die von schmalen, wie das Gerippe einer uralten, unterirdischen Kreatur anmutenden Rundbögen gestützt wurde. Aus den Tiefen eines Wasserbeckens mit spiegelglatter dunkler Oberfläche ragten Säulen auf, zwischen denen kreuz und quer marmorne und mit Fackeln gesäumte Stege entlangliefen, manche von ihnen in schwindelerregender Höhe, andere wie Eisschollen nur wenige Fingerbreit über dem Wasser schwebend.

Ein stetes Tropfen hallte durch die Kaverne, als Illya Anton ein paar zerfallene Stufen hinunterführte und schließlich stehen blieb.

»Was mache ich hier, Illya?«, fragte er.

Illya wandte sich zu ihm um. »Als wir noch in Pallas Athos waren, hast du gesagt, ich hätte versucht, dich in dem zugefrorenen See, an dessen Ufern wir aufgewachsen sind, zu ertränken.«

Anton stieß keuchend die Luft aus. Der See war keine Erinnerung aus einer weit zurückliegenden Vergangenheit. Er war hier, in den schwarzen Tiefen der Zisterne.

»Möchtest du wissen, was an diesem Tag wirklich geschehen ist?«, sagte Illya.

Anton wusste es bereits. Aber in der Stimme seines Bruders schwang etwas mit, das über Grausamkeit und Niedertracht hinausging und Anton schaudern ließ.

Illya zog die Brauen zusammen. »Ich habe nie versucht, dich zu ertränken.« Nichts an ihm erinnerte in diesem Moment an die brutale, ihn verhöhnende Bestie aus Antons Albträumen. Nichts an die

Kreatur, die ihn unter Wasser gedrückt hatte. »Ich habe dich an einem der letzten Wintertage draußen im Schnee gefunden.«

Anton schloss die Augen, als könnte er den Klang von Illyas Lügen ausblenden, wenn er das Licht ausschloss, doch die Stimme seines Bruders umspülte ihn in der Dunkelheit wie Wellen. Die Zisterne löste sich auf und er war wieder an dem See. Nur dass es diesmal nicht einer seiner düsteren, verworrenen Albträume war. Es war eine Erinnerung, die er sich wie aus weiter Ferne ansah.

Der Himmel hing tief und grau über ihm, es war früher Morgen, ein leichtes Schneegestöber wehte über ihn hinweg, in seinen hellen Haaren verfingen sich Eiskristalle. Er glich einer farblosen, nur aus Schwarz- und Weißtönen bestehenden Gestalt – dunkle Augen, helle Haare, helle Haut. Der zugefrorene See bildete ein makelloses weißes Oval, die Bäume dahinter waren nichts als dunkle Schattenrisse in der Ferne. Die Abdrücke seiner nackten Füße waren die einzigen Spuren in dem jungfräulichen Schnee.

Eine Stimme rief nach ihm. Sie klang zögernd. *Anton?*

Er trat auf den See hinaus. Das dünne Eis knackte unter seinem Gewicht. Er ging weiter.

Hinter ihm wurden Schritte laut.

Bleib stehen! Anton!

Von hinten schlangen sich Arme um ihn, zerrten ihn zurück, während er um sich trat und schlug. Schneidende Kälte biss sich in seine Haut, als er vornüber in den Schnee fiel.

Er rappelte sich auf und rannte weiter auf den See hinaus, fort von seinem Bruder. Der Wind peitschte ihm ins Gesicht, in seinen Gliedern brannte ein seltsamer Schmerz, der ihn immer weitertrieb, bis er die Mitte des Sees erreicht hatte und das Eis unter ihm nachgab.

Er stürzte in eisige Dunkelheit. Alles erstarrte, wurde vollkommen still und ruhig.

»Ich habe dich aus dem See *gerettet*.«

461

Das Gesicht seines Bruders über ihm, voller Angst und tränen-
überströmt, seine Hand, die ihn zu fassen bekam, bevor er weiter in
die Tiefe hinabgleiten konnte. Anton wehrte sich gegen seinen
Griff, aber Illya hielt ihn unbeirrt fest, zog ihn hoch und hievte ihn
aus dem Wasser.

»Du hast mich am Arm gepackt und mich angesehen.«

Anton öffnete die Augen und blickte in das Gesicht seines Bru-
ders. Im Licht- und Schattenspiel der Fackeln begannen sich seine
Züge zu verändern, bis Anton das Gefühl hatte, seinem eigenen
Spiegelbild entgegenzublicken.

»Du hast mich angefleht, dich ertrinken zu lassen.«

Antons Stimme war kaum mehr als ein heiseres Krächzen. »Du
lügst.«

Doch nun, da die Schleusentore der Vergangenheit gewaltsam
geöffnet worden waren, wusste Anton es besser.

Illya sagte die Wahrheit. Das, was ihn an jenem Tag auf den See
hinausgetrieben hatte, war noch furchteinflößender als sein Bruder
gewesen. Es hatte ihn durch die Eisdecke brechen lassen und unter
Wasser gehalten. Hatte ihn dazu gebracht, von zu Hause fortzulau-
fen, um nie mehr zurückzukehren. Hatte dafür gesorgt, dass er seitdem immer und immer wieder davonlief.

Es war etwas gewesen, das so unerträglich war, dass er sich ihm
noch nicht einmal jetzt stellen konnte.

»Du hast an diesem Tag etwas gesehen, Anton.«

Das Wasser schlug über ihm zusammen. Er keuchte, rang nach
Luft, eisige Kälte umklammerte seine Lungen.

»Ich habe erst später begriffen, was es zu bedeuten hatte«, fuhr
Illya fort. »Dass du nicht nur der begnadete Sohn einer verfluchten
Herrscherlinie warst.«

Anton schloss die Augen. Sein Herz hämmerte gegen seine
Rippen.

»Du hast etwas gesehen, was kein anderer im Laufe der letzten hundert Jahre gesehen hatte«, sagte Illya. »Du hast die Zukunft gesehen.«

Illyas Worte hallten durch ihn hindurch, klangen in ihm nach wie das Summen seiner Gabe.

So unglaublich Illyas Worte auch waren, sie entsprachen der Wahrheit. Anton wusste es, tief in sich drin in einem verborgenen Winkel seines Selbst. Einem Winkel, den er versucht hatte zuzumauern, um sich davor zu schützen. Um so tun zu können, als sei er einfach nur der, der er vorgab zu sein – ein dahergelaufener Straßenjunge, ein missratener Sohn mit fragwürdiger Moral und einem losen Mundwerk.

Aber nun verschaffte die Wahrheit sich lautstark Gehör und durchbrach mühelos die wacklige Mauer, die er errichtet hatte. Er hatte an jenem Tag etwas gesehen. Etwas, was nicht sein konnte.

»Das ist es, was an diesem Tag wirklich passiert ist«, sagte Illya. Die Wächter traten näher. »Was dir eine solche Angst einjagt, dass du es dir nie eingestehen konntest. Und nun will ich endlich wissen, was du gesehen hast.«

Anton begann so heftig zu zittern, dass er das Gefühl hatte, jeden Moment auseinanderzubrechen.

»Illya, bitte, *bitte,* tu das nicht«, flehte er, als die Wächter ihn an den Rand des Wassers zerrten und ihn auf die Knie zwangen. »Bitte tu mir das nicht an.«

»Ich wünschte, ich könnte es dir ersparen. Du hast schon genug durchgemacht, nicht wahr?«

Lügner. Anton glaubte nicht eine Sekunde, dass seine Reue aufrichtig war. Doch als er Illyas weicher werdenden Blick sah, fragte er sich zum ersten Mal, ob *Illya* es glaubte. Ob es ihm wie Anton gelungen war, das, was er war, so gut zu verbergen, dass er es geschafft hatte, sich selbst davon zu überzeugen.

»Illya.« Er hasste den Klang seiner Stimme – schrill, hilflos, verzweifelt. Ein Lamm, das einen Wolf um Gnade anflehte.

»Du *kannst* es mir nicht sagen, habe ich recht?«

Anton hatte die Erinnerung an die Vision so tief in seinem Inneren vergraben, dass er keinen Zugang mehr zu ihr hatte. Selbst in diesem Moment, angesichts drohender Folter und möglicherweise Schlimmerem, glaubte er nicht, dass er es überhaupt wollte. In einem fernen Winkel seines Geistes wusste er, dass die Vision, was auch immer sie enthielt, schrecklicher sein würde als alles, was Illya ihm antun könnte.

»Die Erinnerung an den See ist die Pforte«, fuhr Illya fort. »Das habe ich erkannt, als ich dich in Pallas Athos gesehen habe. An deinem Verhalten, als du davon gesprochen hast. Du bist dorthin zurückgegangen und hast es noch einmal durchlebt. Ich habe es in deinen Augen gesehen. Du bist wirklich dort gewesen, warst kurz davor, zu ertrinken …«

»Sei still.«

»… zu ertrinken, genau wie vor fünf Jahren, um dem zu entkommen, was du in deiner Vision gesehen hast …«

»Ich sagte, *sei still*.«

»Ich kann mich noch genau daran erinnern, wie du an diesem Tag gewesen bist.« Illyas Stimme senkte sich nachdenklich. »Du warst in einer Art Trance. Ich konnte nicht zu dir durchdringen, egal wie sehr ich es versuchte. Die Vision hielt dich fest in ihrem Griff, und ich konnte dich nicht daraus befreien.«

Einer der Wächter drückte seinen Kopf nach unten, sodass sein Gesicht nur wenige Fingerbreit über der Wasseroberfläche schwebte. Anton rang wimmernd nach Luft. Die Erinnerung war jetzt so nah. Eine dünne Eisschicht war alles, was seine Vergangenheit von der Zukunft trennte. Die dunklen Tiefen des Wassers klafften wie ein weit aufgerissener Schlund vor ihm auf, bereit, ihn zu verschlingen.

»Was hast du gesehen, Anton?« Illyas Stimme war ein Flüstern in seinem Ohr, so nah, dass er nicht sicher war, ob sie überhaupt seinem Bruder gehörte. »Was hast du gesehen, das dich dazu gebracht hat, lieber sterben zu wollen, als damit weiterzuleben?«

Kapitel 53

Jude

Die mit einer Kette verbundenen Eisenringe, die um Judes Kehle, seine Handgelenke und Fußknöchel lagen, brannten wie heiße Glut auf seiner Haut, als er von zwei Zeugen eine gewundene Treppe aus dunklem Stein hinaufgeführt wurde. Die Zelle, in der er seit seiner Ankunft in Nasira ausgeharrt hatte, war ein enges fensterloses Verlies gewesen, das sich im Sockel des Leuchtturms der Stadt befand. Sie hatten ihm eine Kante hartes Fladenbrot und ein paar Schlucke Wasser gegeben und ihm neue in Gottesfeuer geschmiedete Ketten angelegt.

Vor dieser Tortur hatten bereits drei beschwerliche Tage auf See hinter ihm gelegen, eingesperrt in einem dunklen, kalten Verschlag, der ihm kaum Platz gelassen hatte, sich zu bewegen. Wenigstens hatte er auf dem Schiff den Trost einer anderen Stimme gehabt, die jene in seinem Kopf übertönte, die ihm ohne Unterlass aufzählte, auf welch mannigfaltige Weise er versagt hatte.

Jude wusste nicht, was aus Anton geworden war, nachdem man sie von Bord gebracht hatte. Vielleicht hatte man ihn in eine andere feuchte, kalte Zelle gesteckt. Womöglich war er auch schon tot.

Er schluckte die Schuldgefühle hinunter, die auf diesen Gedanken folgten. Dass es ihm nicht gelungen war, Anton zu beschützen, war nur ein weiteres nicht eingehaltenes Versprechen.

»Nicht einschlafen, Schwertkämpfer!«, spottete einer der Zeugen.

Ein harter Ruck an seinen Ketten ließ ihn die nächste Stufe hochstolpern. In dem Treppenaufgang war es so dunkel, dass Jude kaum seine Füße sehen konnte. Er hatte sich immer noch nicht daran gewöhnt, wie sich Dunkelheit ohne seine Gabe anfühlte – das Koah zur Schärfung der Sicht hatte zu den ersten gehört, die er gelernt hatte. Das Gefühl, blind zu sein, war übermächtig. Und das Nachlassen seiner anderen Sinne verstärkte diesen Eindruck der Blindheit noch. Er konnte nur die allgegenwärtige salzige Meeresbrise riechen, hörte nichts als das Tosen der Brandung, die sich an der felsigen Küste brach.

Schließlich erreichten sie das Atrium des Leuchtturms, das von massiven, hohen Sandsteinmauern eingefasst wurde. Goldene Treppenaufgänge und Eisenstreben schraubten sich von hier aus über Galerien spiralförmig in die Höhe. Die Leuchtfackel auf der Turmspitze verströmte kaltes weißes Licht wie ein ferner Stern.

Judes Magen zog sich zusammen, als er begriff, was dort oben brannte.

Gottesfeuer.

Die helle Flamme warf Schatten, die so gewaltig waren wie die Monolithen des Steinkreises von Kerameikos. Die Silhouette einer hoch aufragenden Gestalt in einer langen Robe, das Haupt von dünnen Zacken gekrönt, zuckte über die Mauern. Einen Moment lang glaubte Jude, eine Art Erscheinung zu erblicken, eine aus Schatten geformte geisterhafte Kreatur.

Doch als er blinzelte, erkannte er, dass der Ursprung dieses zuckenden Schattenrisses ein Mann war. Im Unterschied zu den anderen Zeugen war seine Robe blendend weiß. Sein Gesicht wurde von einer Maske aus Gold verdeckt, das im Licht der Flamme dunkel schimmerte. Er stand in einem großen Kreis aus schwarzem Pulver. Um ihn herum hatten sich Dutzende vollkommen reglose Gestalten in schwarz-gold gemusterten weißen Kutten versammelt, den Blick fest auf ihren Herrn und Meister geheftet.

Die beiden Zeugen führten Jude in den Ring und stießen ihn auf die Knie, bevor sie sich ebenfalls hinknieten und mit der Stirn den Boden berührten.

»Unbefleckter«, sprach der Zeuge rechts von Jude. »Hier bringen wir Euch den Hüter der Botschaft.«

Jude blickte zu dem Mann auf, der vor ihm stand. Die Maske des Hierophanten lag eng an seinem Gesicht an, sparte die Mundpartie aus und lief um sein Kinn herum zu spitzen Zacken aus. Die obere Hälfte war einer flammenden Sonne nachempfunden, deren Strahlen sich wie eine Krone über den Kopf hinausreckten. Das Einzige im Gesicht des Hierophanten, was Jude deutlich erkennen konnte, waren seine Augen, die von einem fast unnatürlich hellen Blau waren.

»Ich bin sehr zufrieden mit euch, meine Jünger«, sagte er mit melodischer Stimme und legte jedem der Zeugen in einer fast ehrfurchtsvollen Geste die Hand auf den Kopf. Die Zeugen schlossen die Augen. »Seid euch gewiss, dass eure Tat nicht unbemerkt geblieben ist.«

»W-wir danken Euch, Unbefleckter«, stotterte der erste Zeuge. Dann erhoben sich die beiden und zogen sich zurück.

Als der Hierophant nun seine blassblauen Augen auf Jude richtete, wich alle Luft aus dessen Lungen und ihn durchfuhr kaltes Grauen. Was immer sich hinter dieser Maske verbarg, war finster und verdorben. Der erste Vorbote des Zeitalters der Dunkelheit.

»Jude Weatherbourne«, sagte der Hierophant versonnen. »Ich habe lange auf diese Begegnung gewartet.«

Aus irgendeinem Grund überraschte es Jude nicht, dass dieser

Mann seinen Namen kannte. Aber etwas an der Art, wie er ihn aussprach – *Jude Weatherbourne* –, vermittelte ihm das entsetzliche Gefühl, als hätte der Hierophant damit die Mauern zu Judes tiefstem Inneren eingerissen.

»Jedem von uns ist am Tag der Vergeltung eine bestimmte Rolle zugedacht. Sogar dir, Jude Weatherbourne«, sagte er. »Es ist ein Geschenk, seine Bestimmung zu kennen. In diesem Punkt hatten die Propheten recht.«

»Ich kenne meine Bestimmung«, sagte Jude. Er hatte sie immer gekannt, selbst in den Momenten, in denen er vor ihr davongelaufen war.

»Nein, du kennst sie nicht«, sagte der Hierophant mit sanfter Stimme. »Was du zu wissen glaubst, ist eine Lüge. Ich war einst wie du. Ich habe dem Erbe der Propheten gedient, ihre Weisheit am Leben erhalten. Aber ich hatte Fragen. Fragen, die Zweifel in mir säten. Wir alle zweifeln von Zeit zu Zeit, nicht wahr? Selbst der Hüter der Botschaft.«

Der Tonfall des Hierophanten war sanft und trotzdem trafen seine Worte Jude wie ein Fausthieb. Als hätte der Hierophant mit bloßen Händen seinen Brustkorb aufgestemmt, um all seine Ängste und Sehnsüchte in das harsche, unerbittliche Licht zu zerren. Als wüsste er, dass Judes Zweifel der Grund dafür waren, dass er überhaupt hier gelandet war, in Gefangenschaft.

»Meine Zweifel haben mich zu Erkenntnissen geführt, die ich mir niemals hätte träumen lassen«, fuhr der Hierophant fort. »Wüsstest du von den Geheimnissen, die sich mir über deine Propheten offenbart haben, würden dir ihre Namen nie wieder über die Lippen kommen. Als ich endlich aufhörte, meine Augen vor der Wahrheit zu verschließen, erkannte ich, dass die Vier Inneren Gaben diese Welt bis ins Mark hinein verdorben hatten. Und ich erkannte, dass es meine Bestimmung war, sie einer Läuterung zu unterziehen.«

Während Jude die schartigen Schatten beobachtete, die das flackernde Gottesfeuer über die Maske des Hierophanten warf, spürte er in sich einen tiefen Hass aufsteigen wie einen heranziehenden Sturm. Dieser Mann glaubte mehr zu wissen als die Propheten, er maßte sich das Recht an, über das Schicksal anderer zu entscheiden. Vielleicht hatte er seine Anhänger davon überzeugt, ein einfacher Mann zu sein, der nichts anderes tat, als die Wahrheit zu verkünden, aber Jude sah den Hochmut, der hinter dieser Fassade lauerte.

»Heute kann die Läuterung endlich beginnen.« Der Hierophant schloss die Augen und atmete tief durch, als würde ihm dieser Gedanke allumfassenden Frieden schenken. Dann fügte er im selben gemessenen Tonfall hinzu: »Bringt die anderen herein.«

Türen öffneten sich. Schwere Schritte hallten die Treppe herauf, und dann zerrten lange Kutten tragende Zeugen fünf Jude wohlvertraute, mit einer in Gottesfeuer geschmiedeten Kette aneinandergefesselte Gestalten zu ihnen in den Ring. Eine neue Welle von Schuldgefühlen brach über ihn herein, als er Penrose, Petrossian, Osei, Annuka und Yarik vorwärtsstolpern sah.

Seine Augen suchten die von Penrose. In ihren Augen blitzte die Enttäuschung auf, verraten worden zu sein, dann Schmerz. Sie wandte den Blick ab.

Jude hatte sie im Stich gelassen. Er hatte sie alle im Stich gelassen.

Der Hierophant begann erneut zu sprechen. »Der Orden des Letzten Lichts. Diener der Propheten. Hüter der letzten Prophezeiung.«

Jude erstarrte. *Die letzte Prophezeiung.* Er *wusste* davon. Wie war das möglich? Der Orden hatte die Prophezeiung ein Jahrhundert lang geheim gehalten. Niemand anderes konnte wissen, dass die Prophezeiung überhaupt existierte.

Doch der Hierophant hatte offenbar die ganze Zeit vom Zeitalter der Dunkelheit gewusst. Er hatte von den Vorboten gewusst.

Und er wusste vom Letzten Propheten.

»Du dachtest, du wärst dazu bestimmt, den Letzten Propheten zu beschützen.« Der Blick seiner kalten blauen Augen heftete sich auf Jude, als sich noch jemand vom Rand der Aussichtsplattform näherte. »Stattdessen hast du ihn ohne Umwege zu uns geführt.«

KAPITEL 54

HASSAN

Gespenstisch anmutende Schatten zuckten über die Mauern des Atriums, als Lethia Hassan in den Leuchtturm führte. Er hob den Blick und stellte voller Grauen fest, dass die hell leuchtende Fackel an der Spitze durch die blasse Flamme des Gottesfeuers ersetzt worden war.

Dies war die Flamme, mit der sie die Begnadeten ausrotten würden. Sie hatten sie hierhergebracht, an die Spitze des Leucht-turms, der Nasiras Erbe und die Weisheit der Propheten symboli-sierte.

In der Mitte des Atriums standen fünf in Ketten gelegte Mitglie-der der Paladingarde vor der groß gewachsenen blassen Gestalt des Hierophanten. Neben ihnen befand sich ein weiterer Gefangener, um dessen Hals, Handgelenke und Fußknöchel Eisenringe lagen, die mit einer Kette verbunden waren. Hassan brauchte einen Au-genblick, bis er Jude Weatherbourne in ihm erkannte. Den Hüter der Botschaft. Hassan hatte ihn seit jener Nacht, in der er seinen Traum gehabt hatte, nicht mehr gesehen.

Auf den stufenförmig angeordneten Galerien über ihnen standen dicht an dicht weitere Gefangene. Seine Armee. Er ließ den Blick durch ihre Reihen wandern, hielt unter den Soldaten und Soldatinnen nach jemand ganz Bestimmtem Ausschau. Aber es war zu dunkel, um einzelne Gesichter auszumachen.

Schließlich sah er wieder zu dem hell erleuchteten Mann in der Mitte des Atriums, dessen goldene Maske im Licht des Gottfeuers funkelte. Hassan wurde von einem unbändigen Zorn gepackt. Dieser Mann, der dort so ruhig und andächtig inmitten eines Rings aus aneinandergeketteten Gefangenen stand, war der Grund für all die Angst und das Entsetzen, das Hassan in den letzten vier Wochen ausgestanden hatte. Dieser Mann verursachte auf Schritt und Tritt Schmerz, säte Hass und Gewalt und wagte es auch noch, dabei von Erlösung zu sprechen. Hassans Zorn war wie ein lebendiges Wesen, das sich in seinem Inneren hin und her warf und danach lechzte, freigelassen zu werden.

»Es ist an der Zeit, dass ihr die Wahrheit erfahrt«, sagte der Hierophant an die Gefangenen gerichtet.

»Die Wahrheit?«, rief Penrose. »Du verbirgst dein Gesicht hinter einer Maske und wagst es, von Wahrheit zu sprechen? Wir wissen, was du in Wirklichkeit bist. Du bist der Betrüger.«

Der Hierophant wandte sich langsam zu ihr um. Sie zuckte zusammen, hielt seinem Blick aber stand. Hassan war stolz auf sie angesichts ihres Muts, dem Hierophanten die Stirn zu bieten.

»Ah, der Betrüger ... der Prophezeiung zufolge der erste Vorbote unseres neuen Zeitalters. Und für den hältst du mich?«, entgegnete der Hierophant spöttisch. »Welche Unwahrheiten habe ich denn verbreitet?«

»Du hast deinen Anhängern Lügen über die Begnadeten erzählt, ihnen eingeredet, sie müssten uns hassen«, entgegnete Penrose aufgebracht. »Du behauptest, einst ein Akolyth gewesen zu sein, aber in keinem der Tempel gibt es auch nur eine Spur von dir. Du hast die Namen der Propheten verleumdet und all diese Menschen in die Irre geleitet.«

»Es sind nicht meine Anhänger, die in die Irre geleitet wurden«, erwiderte der Hierophant ungerührt. »Und ich habe keine Lügen gepredigt. Doch es befindet sich jemand hier unter uns, der sich all dessen schuldig gemacht hat. Jemand, dessen Betrug euch alle hierhergeführt hat.«

Hassan erstarrte. Der Hierophant sah ihn auffordernd an.

»Sag es ihnen, Prinz Hassan.«

Hassans Mund war wie ausgedörrt. Er hatte das Gefühl, nicht mehr atmen, geschweige denn sprechen zu können.

»Wie mir scheint, bist du noch nicht einmal jetzt in der Lage, es zuzugeben. Vielleicht ziehst du es vor, dass diese Menschen der Vergeltung entgegentreten, ohne den wahren Grund dafür zu kennen, warum sie hier sind.«

Hassan stieß die Luft aus. »Nein. Ich werde es ihnen sagen.«

Sämtliche Augen auf dem Leuchtturm ruhten nun auf ihm. Er wusste, was er zu tun hatte. Er hätte es schon vor Tagen tun müssen, als sie in Pallas Athos an Emirs Grab gestanden hatten. So wie er es vorgehabt hatte, bevor er es sich, von rasender Wut und Trauer beherrscht, anders überlegt hatte.

Er atmete tief durch und wandte sich den sechs Mitgliedern der Garde zu, den Menschen, die für ihn gekämpft und an ihn geglaubt hatten. Er sah sie nacheinander an und hielt ihren Blicken stand.

»Die Wahrheit ist«, begann er, »dass ich nicht der Prophet bin.«

Penrose starrte ihn einen Moment bestürzt an. »Ich … Ihr lügt.«

»Ich dachte, ich wäre der Prophet«, sprach Hassan langsam weiter. »Ich habe es geglaubt … sehr viel länger, als ich es hätte tun sollen. Aber meine Vision war nichts weiter als ein Traum. Und selbst als ich die Wahrheit erkannt habe, habe ich die Lüge aufrechterhalten. Das war … ein unverzeihlicher Fehler.«

Osei trat einen Schritt auf ihn zu, zerrte an seinen Ketten. »An dem Tag, an dem Ihr geboren wurdet, ist der Himmel erleuchtet gewesen …«

»Ein Zufall«, sagte Hassan mit fester Stimme.

»Aber die Prophezeiung von Nasira«, ergriff nun auch Petrossian das Wort, »hat sich nicht erfüllt, als die Zeugen die Stadt eingenommen haben.«

»Falsch«, sagte Lethia, die noch immer neben Hassan stand. »Der Leuchtturm ist unversehrt und dieses Königreich wird weiterhin von der Seif-Linie regiert. *Ich* bin die Nachfolgerin meiner Mutter. Ich bin die Königin von Herat.«

Penrose sah Hassan an, einen flehenden Ausdruck in den Augen. »Aber … die Vision. Die Vision, die uns gezeigt hat, wie wir das Zeitalter der Dunkelheit aufhalten können.«

»Es war ein Traum«, sagte er, so ruhig er es vermochte. »Nichts weiter.«

Die Fassungslosigkeit verschwand aus Penroses Zügen, als sie begriff, dass er die Wahrheit sprach. Als sie sich nicht länger dagegen auflehnte. Jude Weatherbournes Miene neben ihr war unergründlich, seine Augen hatten sich geweitet, aber sein Blick war konzentriert, seine Lippen bildeten eine schmale, angespannte Linie.

»Ihr seid nicht der Letzte Prophet«, sagte er langsam, als würde er den Gedanken vorsichtig in seinem Kopf hin und her wenden. »Seid es nie gewesen.«

»Er ist ein falscher Prophet«, sagte der Hierophant. »Ein Betrüger.«

Alle Luft wich aus Hassans Brustkorb. Die Worte aus der Prophezeiung hallten wie ein Echo durch seinen Kopf. *Der Betrüger verführt die Welt mit Lügen.*

»Prinz Hassan ist der erste Vorbote des Zeitalters der Dunkelheit.«

KAPITEL 55

ANTON

Illya ging mit Bedacht vor. Er ließ die Wächter Antons Kopf unter Wasser drücken, es war ein langsames, qualvolles Ertrinken, aber kurz bevor Anton das Gefühl hatte, seine Lungen würden bersten, zogen sie ihn wieder hoch und sahen ungerührt zu, wie er hustend und würgend nach Luft rang.

Und dann fingen sie wieder von vorn an. Immer und immer wieder. Ertrinken. Nach Luft ringen. Würgen. Weinen.

Mittlerweile versuchte Anton noch nicht einmal mehr, die Tränen zurückzuhalten. Schluchzen, Keuchen, Würgen, all das schien ineinanderzufließen und ihn vom Einzigen abzuhalten, was auf dieser Welt noch von Bedeutung war.

Atmen.

Die Wächter rissen seinen Kopf zurück und Anton brach auf dem Steg aus Marmorstein zusammen. Er konnte sich kaum auf Händen und Knien halten, als er sich zitternd erbrach und versuchte, einen winzigen Hauch Luft in seine Lungen zu ziehen.

»Bitte«, flüsterte er mit gebrochener Stimme, »bitte, nicht noch mal.«

Er wusste nicht, wie lange er dort saß, mit hängendem Kopf, jeder Atemzug ein kleiner Sieg.

Ein Schatten fiel über ihn.

»Du willst, dass es aufhört?«, sagte Illya.

Anton schloss gequält die Augen. *Du willst, dass ich damit aufhöre?*, erklang Illyas höhnische Stimme in seinem Kopf. *Dann bring mich doch dazu. Du bist doch der Begnadete von uns beiden.*

»Sag mir, was du gesehen hast.«

»Du bringst mich um«, krächzte Anton. Er wollte nicht sterben. Oh nein, er wollte nicht sterben. Aber lange würde er nicht mehr durchhalten. »Ich wusste immer, dass du das eines Tages tun würdest.«

»Sag mir, was du gesehen hast, und es ist auf der Stelle vorbei.«

Antons Kehle entrang sich ein leises Wimmern. »Ich *kann nicht*. Ich weiß nicht, was ich gesehen habe … warum ich versucht habe …« Er konnte es noch nicht einmal jetzt aussprechen. »Warum tust du das?«, flüsterte er so leise, dass nur Illya ihn hören konnte. »Warum musst du wissen, was ich gesehen habe?«

Illya ging vor ihm in die Hocke, seine Züge grimmig in den dunklen Schatten der Kaverne, und legte ihm eine Hand auf die Schulter, als wollte er ihn trösten. »Bevor du mich angefleht hast, dich ertrinken zu lassen, hast du noch etwas anderes gesagt. Du hast gesagt, ›Sie naht. Die Dunkelheit.‹«

Anton schauderte. Die Worte seines Bruders griffen nach ihm wie leichenblasse, knochige Finger, die versuchten, ihn in die Tiefe des Sees zu ziehen.

»Ich wusste damals nicht, was es zu bedeuten hatte«, sagte Illya. »Aber nachdem ich mich den Zeugen angeschlossen hatte, weihte der Hierophant mich in das Geheimnis ein, das er am sorgsamsten hütete. Ein Geheimnis, von dem nur die wenigsten wissen. Aber *mir* hat er es anvertraut.«

In Illyas Stimme lag ein fast kindlicher Stolz. Endlich einmal war Illya als etwas Besonderes erachtet worden. Endlich einmal war *er* auserwählt worden. Anton wusste, es gab nichts, was sich Illya sehnlichster hätte wünschen können.

»Die Propheten hinterließen eine letzte Prophezeiung, bevor sie verschwanden«, sprach Illya weiter. »Eine Prophezeiung, die das Ende derer vorhersagte, die gegen die natürliche Ordnung der Welt verstoßen. Ein Vergeltungsschlag, der die Welt wieder zu dem Ort machen würde, der sie vor den Propheten gewesen war. Sie nannten es das Zeitalter der Dunkelheit. Die Propheten wussten nicht, was zu diesem neuen Zeitalter führen würde. Aber du weißt es. Du hast gesehen, was sie nicht sehen konnten. Du hast den Tag der Vergeltung gesehen, Anton. Du hast alles gesehen.«

In Antons Lungen breitete sich eine eisige Kälte aus.

»Nein.« Sein Atem brannte ihm in der Kehle, als er keuchend nach Luft schnappte. »Ich … ich weiß nichts von einem Tag der Vergeltung«, sagte er mit erstickter Stimme. »Ich weiß gar nichts …«

Ein Bild zuckte durch seinen Kopf wie ein Blitz, der sich gegen dunkle Wolken abzeichnete.

»Nein!«

Sein Schrei hallte durch die Kaverne. Das war es, wovor er sich selbst zu schützen versucht hatte. Das war die Vision, die sein Verstand in dem zugefrorenen, ihn in seinen Albträumen heimsuchenden See ertränkt hatte.

Er schaute zu seinem Bruder auf und sah ein kleines, zufriedenes Lächeln auf seinem Gesicht.

»Wir kommen dem Kern allmählich näher«, sagte er. Er schien die Worte nicht an Anton zu richten, sondern an die Wächter hinter ihm. »Macht weiter.«

Anton wehrte sich gegen den Griff der beiden Männer und schlug um sich. Die Vision lauerte an den Rändern seines Bewusstseins, und wenn er seinen Geist nicht zwang, hier in der dunklen Kaverne bei seinem sadistischen Bruder und den ihm treu ergebenen Söldnern zu bleiben, würde er sich ihr ausliefern.

Seine Gegenwehr war vergeblich. Die Wächter zerrten Anton ohne die geringste Mühe an den Rand des Wassers zurück. Ihn mit einer Hand an den Haaren packend, mit einer anderen seinen Nacken umklammernd, drückten sie seinen Kopf erneut unter Wasser.

Fast sein ganzes Leben lang hatte Anton damit verbracht, zwischen sich und seiner Gabe dicke Mauern zu errichten. Er hatte keinen anderen Weg gewusst, um die Dunkelheit abzuwehren, die in seinen Träumen auf ihn wartete.

Als er diesmal die Wasseroberfläche durchbrach, stürzten die Mauern ein.

Das Summen seiner Gabe, dieser Pulsschlag in ihm, der wie die Gezeiten an- und abschwoll, der, den er immer und immer wieder zurückgedrängt hatte, flutete wie ein Sturzbach durch ihn hindurch.

Und hier, im dunklen Herzen der Zisterne, ließ Anton endlich los. Er ließ sich in den Schoß seiner Hellsichtigkeit sinken, in das vibrierende Gewebe der Welt. Seine Gabe entfaltete sich in ihm und breitete sich in konzentrischen Wellen nach allen Richtungen aus.

Hellsehen bedeutete zu suchen, es bedeutete, seine Gabe zu benutzen, um die einzigartige Schwingung eines *Esha* aufzuspüren.

Das hier war kein Hellsehen. Antons Gabe schallte durch die Ströme der *Esha*, störte den Rhythmus ihrer Schwingungen mit ihrem Echo.

Er suchte nicht. Er sandte eine Botschaft.

Hilfe, rief er in die dunkle, vibrierende Welt hinaus. *Hilf mir.*

KAPITEL 56

JUDE

Von der Spitze des Leuchtturms loderte weißes Licht. Als Jude den Blick hob, sah er eine Prozession von Zeugen, die mit brennenden Fackeln, die sie an der Flamme des Gottesfeuers entzündet hatten, die geschwungenen Treppenaufgänge herabstiegen.

»Der Moment der Vergeltung ist gekommen«, verkündete der Hierophant, dessen Stimme von den Turmmauern widerhallte. »Unser Gottesfeuer wird der Verderbtheit der Begnadeten ein Ende setzen und die Welt von den Sünden der Propheten reinigen. Sobald ihr von den euch verderbenden Kräften befreit seid, werdet auch ihr beginnen, die Wahrheit zu sehen. Manche von euch werden nicht in der Lage sein, sich ihr zu stellen. Dies ist der Preis der Vergeltung.«

Der Tonfall des Hierophanten war düster, als würde der Gedanke ihn aufrichtig bekümmern.

»Aber der Rest von euch wird geläutert und Teil einer neuen und reinen Welt werden«, fuhr er fort. »Einer Welt, wie sie vor langer Zeit existierte, bevor die Propheten sie der Verkommenheit anheimfallen ließen. Das heilige *Esha* der Welt wird wieder ungestört fließen, ohne dass die Begnadeten es für ihre eigennützigen Zwecke manipulieren. Und wir werden Zeugen eines wahren und fortwährenden Friedens werden.«

Die geisterhafte Prozession der Fackelträger hatte mittlerweile das Atrium erreicht und bildete einen Kreis um die Paladingarde in ihrer Mitte.

Der Hierophant breitete die Arme aus und erhob die Stimme. »Lasst die Vergeltung ihren Lauf nehmen.«

Schatten zuckten an den Rändern von Judes Sicht. Er zwang sich, nicht zu zittern, nicht den leisesten Anflug von Angst zu zeigen, als der Hierophant auf ihn zutrat.

»Jude Weatherbourne. Hüter der Botschaft. Treuester Anhänger der Propheten.«

Quälende Schuldgefühle stiegen in Jude auf. Die Worte des Hierophanten verhöhnten ihn. Er war nicht der treueste Anhänger der Propheten. Er hatte sie im Stich gelassen und nie war sein Versagen offenkundiger gewesen als in diesem Augenblick.

Er versteifte sich, als der Hierophant mit kühlen, schlanken Fingern sein Kinn anhob. Es war eine sanfte Berührung, aber sie brannte auf Judes Haut. Der scharfe Geruch nach Anis und Asche umzingelte ihn.

Der Hierophant winkte einen der Zeugen herbei, der ihm seine brennende Fackel reichte.

»Du wirst der Erste sein, der sich der Vergeltung zu stellen hat.«

Jude konnte die Augen nicht von der blassen Flamme des Gottesfeuers abwenden, die sich ihm näherte. Das gleißend helle Licht verschluckte seinen Blick.

Mit einem Mal durchfuhr ihn ein heftiger Schmerz. Er krümmte sich, seine Sicht verschwamm, seinem Brustkorb entrang sich ein gepeinigter Schrei. Es war derselbe Schmerz, den er empfunden hatte, als er in den in Gottesfeuer geschmiedeten Ketten versuchte, seine Gabe zu benutzen.

Einen Moment lang glaubte er, das Feuer hätte ihn verbrannt.

Doch als seine Sicht sich klärte, sah er, dass der Hierophant die Fackel wieder ein Stück von ihm weghielt.

Der Schmerz ließ nach, verschwand aber nicht ganz. Jude konzentrierte sich auf das von der Gottesfeuer-Fackel erleuchtete Gesicht des Hierophanten. Er stand vollkommen reglos da, die blauen Augen hinter der Maske geweitet.

Ohne Vorwarnung schlug der Schmerz von Neuem zu. Er strahlte von Judes Brustkorb aus und fraß sich bis unter seine Haut, als würde er von innen nach außen verbrennen. Als er wieder abebbte, schneller diesmal, spürte er an seiner Stelle einen leisen Pulsschlag, der gleichmäßig an- und abschwoll wie das Funkeln eines blinkenden Sterns.

Der Puls vibrierte durch ihn hindurch, wie er es von seiner Gabe kannte, aber es war etwas anderes. Etwas, was in seiner Brust pochte, so klar und deutlich wie sein eigener Herzschlag, sich von einem zaghaften Zupfen zu einem unmissverständlichen Sog auswuchs, wie ein Koah, das das *Esha* durch seinen Körper strömen ließ, wie das Erdmagnetfeld, das die Nadel eines Kompasses nach Norden ausrichtete.

Er schloss die Augen, und als ihn ein weiterer warmer Pulsschlag durchlief, begriff er, was es war. Das Echo einer anderen Gabe. Er hatte es schon einmal gespürt, doch damals war er zu jung gewesen, um zu wissen, was es bedeutete. Im Schatten eines Monolithen, unter einem erleuchteten Himmel, hatte Jude gespürt, wie eine Erschütterung durch die Erde gegangen war. Er hatte in seinem Inneren einen Schrei vernommen, eine Stimme, die nach ihrem Hüter rief.

Und nun, sechzehn Jahre später, rief die Gabe des Letzten Propheten erneut nach ihm.

Kapitel 57

Jude

Der Hierophant schwenkte die Fackel in Judes Richtung. Jude wich instinktiv vor der lodernden Flamme zurück, ohne daran zu denken, dass seine Handgelenke und Fußknöchel noch immer gefesselt waren.

Er fiel auf die Knie, als die Ketten sich spannten und ihn zu Boden rissen. Er schloss die Augen und atmete aus. Die Intensität des Schmerzes, den die in Gottesfeuer geschmiedeten Ketten ihm zugefügt hatten, ein glühend heißes Brennen, das sich bis in seine Knochen fraß, war ihm noch immer gegenwärtig.

Doch nun hatte sich alles auf ein einziges Ziel reduziert. Schmerz schien keinerlei Bedeutung mehr zu haben. Die Gabe des Letzten Propheten – des *wahren* Letzten Propheten, nicht des Prinzen von Herat – hatte nach ihm gerufen. Nichts würde ihn davon abhalten, ihr zu antworten.

Jude atmete ein und richtete all seine Sinne auf den Ruf des Propheten. Seine Gabe schwoll in ihm an und mit ihr die Hitze der in Gottesfeuer geschmiedeten Ketten. Er neigte sich dem Schmerz entgegen, seiner glühenden Hitze. Sie leckte an ihm wie eine heranrollende Welle, aber sie verschlang ihn nicht. Er konnte ihr standhalten.

Er verrichtete ein Stärke bündelndes Koah, ließ sich von dem sengenden Schmerz antreiben, der sein *Esha* noch mächtiger durch ihn hindurchströmen ließ, bevor er mit einer einzigen kraftvollen Bewegung die Ketten von seinen Handgelenken, seinen Fußknöcheln und seiner Kehle sprengte. Der Hierophant, der noch immer mit der Fackel in der Hand vor ihm stand, starrte ihn mit ungläubig aufgerissenem Mund an.

»Ergreift ihn!«, bellte er in Richtung seiner Anhänger, worauf zwei Zeugen sich mit erhobenen Fackeln auf Jude stürzten.

Aber Jude, seiner Fesseln entledigt, war bereit für sie. Mit begnadeter Schnelligkeit duckte er sich unter der Flamme weg und packte die Gottesfeuer-Fackel mit beiden Händen, versetzte dem Zeugen, der sie schwang, einen harten Stoß und wirbelte dann herum. Wenn Jude die Augen schloss und die Hitze der Flamme ausblendete, konnte er so tun, als wäre die Fackel nichts weiter als ein Holzknüppel, den die Paladine im Kastell von Kerameikos bei Übungskämpfen benutzten.

Er hatte mit dem anderen fackeltragenden Zeugen hinter sich gerechnet, auf den sich jedoch zu seiner Verblüffung bereits der Prinz von Herat gestürzt hatte, der ihm die Arme auf den Rücken hebelte.

»Die Garde!«, rief der Prinz.

Jude begriff sofort. Sich blitzschnell um seine eigene Achse drehend, schwang er die Fackel und schlug einen weiteren Zeugen in die Flucht, bevor die Flamme ihr eigentliches Ziel fand – die Kette, mit der die fünf Mitglieder der Paladingarde aneinandergefesselt waren. Er begegnete Penroses Blick, die ihn einen Moment mit großen Augen ansah. Dann nickte sie kaum merklich und sie konzentrierten sich beide auf die Stelle, wo die Flamme das Metall zu schmelzen begann.

»Haltet sie auf!«, schrie der Hierophant.

Alles um sie herum geriet in Bewegung. Jude wusste, ohne hinzusehen, dass die Wächter, die den Prinzen und seine Tante in den Leuchtturm begleitet hatten, sich in das Getümmel gestürzt hatten.

Jude warf die Fackel in seine linke Hand, griff hinter sich und entriss einem angreifenden Wächter das Schwert. Penrose hob die Arme und straffte die Kette, mit der die Paladine gefesselt waren, und Jude hieb die Schwertklinge auf das mittlerweile glühende Metall.

Die Kette zersprang und glitt zu Boden. Yarik, Annuka, Petrossian und Osei gingen augenblicklich in Verteidigungshaltung und wehrten die anrückenden Wächter und Zeugen ab. Jude stürmte durch das Kampfgetümmel an Penroses Seite.

»Penrose«, sagte er atemlos. Es gab so viel, was er ihr sagen musste. Aber in diesem Moment zählte nur eines. »Der Prophet. Der Prophet ist hier.«

Penrose schüttelte langsam den Kopf. »Wir haben uns geirrt, Jude. Der Prinz ist nicht …«

»Nein.« Jude legte ihr eine Hand auf die Schulter. »Nicht der Prinz. Der wahre Prophet. Ich … habe seine Gabe gespürt. Ich kann sie immer noch spüren.«

Penroses Augen weiteten sich.

»Sie haben ihn in ihrer Gewalt«, sagte Jude. »Irgendwo hier in der Nähe.«

»Bist du sicher?«

»Niemals bin ich mir einer Sache so sicher gewesen.«

Ihr Blick wurde hart wie Stahl. »Dann such ihn. Ganz gleich, was dafür nötig ist. Dies ist unsere heilige Pflicht und jeder von uns ist bereit, sein Leben zu opfern, um sie zu erfüllen. Die Flotte des Ordens liegt im Hafen. Bring ihn an Bord eines unserer Schiffe.«

Jude zögerte, wollte die Garde nicht erneut allein ihrem Schicksal überlassen. Doch die Gabe des Propheten war eine unleugbare Kraft in seinem Inneren, die Penroses Worte wiederholte. *Such ihn. Ganz gleich, was dafür nötig ist.*

Er wandte sich von ihr ab und sah, wie der Hierophant seine Fackel senkte. Jude reagierte instinktiv und machte einen Satz zurück. Um die anderen Mitglieder des Ordens entzündete sich vor seinen Augen ein weißer Flammenring. Eine Mauer aus Gottesfeuer, die sie von Jude trennte.

Mit einem letzten Blick auf Penroses strahlendes Gesicht und ihre resolute Miene drehte er sich um und nahm den Hierophanten ins Visier.

Er war in diesem Moment völlig ungeschützt. Die Zeugen um ihn herum waren von dem unerwarteten Chaos abgelenkt. Der Hierophant hielt Judes Blick fest, als wüsste er genau, welche Gedanken durch seinen Kopf rasten. Wie einfach es wäre, den Hierophanten in die Flammen zu stoßen und ihn mit seiner eigenen Waffe zu schlagen.

Aber der Ruf des Propheten schallte lauter denn je durch Jude und verlangte eine Antwort. Jude kehrte dem Hierophanten den Rücken zu und kämpfte sich durch die immer zahlreicher werdenden Zeugen und Wächter hindurch, bis er es an den Fuß des Leuchtturms geschafft hatte.

Von Rufen und Schritten verfolgt, stürmte er in die Nacht hinaus. Mit mahlendem Kiefer den brennenden Schmerz in seinen Beinen ausblendend, rannte er über den Viadukt, der den Leuchtturm mit dem Festland verband. Über ihm erstreckte sich ein sternenfunkelnder Himmel. Der Ruf der Gabe des Propheten hallte immer deutlicher in ihm wider, wurde mit jedem Schritt lauter und zog ihn an wie ein Magnetstein.

Sein ganzes Leben hatte Jude sich von seinem Glauben leiten lassen. Sein Glaube an den Propheten, an den Orden war unerschütterlich gewesen. Im Gegensatz zu seinem Glauben an sich selbst.

Er hatte so viel Zeit damit verbracht, gegen seine Zweifel anzu-kämpfen, sie zum Verstummen zu bringen, seine Angst zu verbergen.

Aber nun begriff er, dass sie genauso zu ihm gehörten wie seine Gabe. Er würde sich nie ganz davon befreien können. Aber er würde seine Pflicht nichtsdestoweniger erfüllen. Auch wenn er ihr nicht gerecht wurde. Auch wenn seine Hingabe schwankte.

Die Gabe des Propheten rief nach ihm, und Jude würde ihr ant-worten.

Als er ungeachtet des glitschigen Felsgesteins schnellen und si-cheren Schrittes die Klippen unterhalb des Palasts von Herat ent-langlief, wurde ihr Pulsschlag sogar noch kräftiger.

In einer dunklen Felsnische entdeckte er den Eingang zu einer Höhle. Als er sich ihr näherte, nahm die Gabe des Propheten an Intensität weiter zu, wies ihm den Weg wie eine Hand, die ihn her-beiwinkte. Er folgte ihr, verließ sich ganz auf seine Instinkte und den blinden Glauben daran, dass dieser seltsame Sog ihn zu dem Ort führen würde, zu dem er musste.

Mondlicht ergoss sich über zerklüftete Steinwände, als er in die Höhle trat. In ihrem Inneren war es dunkel, aber dank seiner Gabe konnte Jude unter einem Felsvorsprung eine Treppe ausmachen, die in schwarze Tiefe führte. Der Puls der Gabe des Propheten pochte in seinen Ohren, doch nun gesellte sich noch ein anderer Puls hinzu, der in perfektem Gleichklang schlug. Jude hielt es zunächst für ein durch die Höhle hallendes Echo des Pulsschlags, bis er schließlich verstand.

Er konnte den Herzschlag des Propheten hören. Der Prophet be-fand sich dort unten.

Er war noch immer in Besitz des Schwertes, das er dem Wächter abgenommen hatte. Seine geschwungene Klinge und eigentümliche Auswuchtung waren Jude nicht vertraut, aber die Höchste Klinge hatte man ihm abgenommen und das hier war besser, als unbewaffnet zu sein. Er griff das Schwert noch fester und begann den Abstieg. Es war kalt und feucht in dem engen Treppenaufgang, aber seine Gabe wärmte ihn.

Unten angekommen, fand er sich in einem engen Tunnel wieder, von dem es noch weiter hinabging. Er wollte nicht darüber nachdenken, warum der Prophet sich an einem Ort befand, der so tief unter der Erde lag, konzentrierte sich bei seinem Abstieg ganz auf den Klang seines eigenen Atems und den Herzschlag des Propheten.

Einen Moment später kamen neue Geräusche hinzu – das Echo spritzenden Wassers, gefolgt von einer angespannten, ungeduldigen Stimme.

»Macht weiter, bis ich sage, ihr sollt aufhören.«

Es war die Stimme von Illya Aliyev. Jude beschleunigte seine Schritte, rannte um eine Biegung und kam schlitternd zum Stehen, als der Tunnel abrupt endete und in eine gewaltige Kaverne mit einer hohen Gewölbedecke mündete. Ungefähr zwanzig Fuß unter ihm befand sich eine glänzende schwarze Glasfläche, wie ein Nachthimmel ohne Sterne.

Nein, wurde ihm klar, kein Glas. Wasser. Ein unterirdischer See. Über seine Oberfläche verliefen breite, von Säulen gestützte marmorne Stege, manche in großer Höhe, andere nur wenige Handbreit über dem Wasser.

Und auf einem dieser Stege sah Jude acht Wächter um eine Gestalt stehen, die gekrümmt auf der Seite lag.

Der Prophet. Seine Gabe steigerte sich zu einem Crescendo. Sich ganz ihrer gewaltigen Kraft überlassend, verrichtete Jude eine Reihe vertrauter Koahs für Schnelligkeit, Stärke und Gleichgewicht.

Er sprang vom Absatz der Tunnelmündung auf den darunterliegenden Steg. Aufgeschreckt von dem Aufprallgeräusch, das seine Landung verursachte, drehten die Wächter sich um.

»Da ist jemand!«

»Kümmert euch um ihn«, hallte Illyas kalte Stimme durch das Gewölbe.

Jude sprang mit einem Salto über drei auf ihn zustürzende Wächter hinweg und kam direkt hinter ihnen wieder auf dem Boden auf.

»He, was ...? Wo ist er ...?« Ein Wächter wirbelte herum und schwang sein Schwert auf Judes Brust zu. Jude tänzelte zurück. Der Wächter holte erneut aus und Jude blockierte die Klinge des Mannes mit seiner eigenen. Der Klang von Stahl auf Stahl hallte von Marmor und Wasser.

Von der anderen Seite stürzte sich eine Wächterin auf Jude. Mit einer blitzschnellen Drehung seines Handgelenks zog Jude sein Schwert zurück und schickte den ersten Wächter über den hohen Steg in die Tiefe, drehte sich um und verpasste der Wächterin einen Hieb gegen den Arm. Sie stolperte keuchend rückwärts, Jude ging in die Hocke, holte sie mit einem Fußfeger von den Beinen, und sie stürzte wie ein gefällter Baum ins Wasser.

Während die restlichen fünf Wächter zu ihnen aufschlossen, wich der dritte Wächter verunsichert zurück. »Er ist zu schnell!«

Die anderen hielten mit gezogenen Schwertern und bangem Blick inne. »Du bist der Paladin, den wir in Pallas Athos gefangen genommen haben«, sagte einer von ihnen.

»Ich bin Jude Weatherbourne von Kerameikos, Marschall der Paladingarde, Hüter der Botschaft. Und ihr«, knurrte er, »steht mir im Weg.«

Mit einem Schwert in seiner Hand, dem *Esha*, das durch ihn hindurchströmte, und dem so nahen und rasend schnell trommelnden Pulsschlag des Propheten konnte es in diesem Kampf niemand mit Jude aufnehmen. Im Handumdrehen entledigte er sich der Wächter, und als sein Weg frei war, stürmte er den von Fackeln beleuchteten Steg entlang, glitt sicheren Schrittes über den rutschigen Marmor-

stein hinweg. Seine Sicht war auf einen einzigen Punkt fokussiert –
die schmale Gestalt, die mit dem Rücken zu ihm zusammengekrümmt am Rand des Stegs lag und deren Puls in Judes Ohren
dröhnte.

Der Prophet.

Bei ihm angekommen, kniete Jude sich hin, drehte ihn behutsam
um und legte dem Propheten eine Hand an die Wange.

Sein Atem stockte. Er kannte dieses Gesicht.

Er hatte einmal gesehen, wie diese Lippen sich über den dämmrigen, von Rauch erfüllten Innenhof einer Schenke hinweg zu einem
herausfordernden Grinsen verzogen hatten. War einmal in einem
zerfallenen Mausoleum zu sich gekommen und hatte diese Stirn wie
einen blassen Mond über sich aufragen sehen.

Der Prophet war Anton.

Anton war der Prophet.

Die Gewissheit traf ihn wie die scharfe Schneide einer Klinge.
Dann stieß der Junge, der sowohl Anton als auch der Prophet war,
die Luft aus und öffnete die Augen.

Als Judes Welt in sich zusammengestürzt war, war sein Blick einmal von den warmen, dunklen Augen eines seltsamen Jungen angezogen worden, der am Rand eines Orakelbeckens gekauert hatte.

Nun trafen sich ihre Blicke erneut.

Und Judes wahrer Norden war gefunden.

KAPITEL 58

HASSAN

Weiße Flammen zuckten gleißend hell über die Mauern des Leuchtturms, als der Ring aus Gottesfeuer lodernd zum Leben erwachte. Das kurze Handgemenge in der Mitte des Atriums war in dem Moment zum Erliegen gekommen, in dem der Feuerring Hassan und die Paladingarde eingeschlossen und all ihre Hoffnungen auf eine Flucht zunichtegemacht hatte.

Von den Flammen stieg ein übel riechender schwarzer Qualm auf. Hassans Lungen protestierten, und er presste, von einem heftigen Husten geschüttelt, die Nase in den Stoff seines Ärmels. Als er den Blick hob, sah er, wie seine Tante, die außerhalb des Flammenrings stand, sich ein Tuch um die untere Gesichtshälfte schlang.

»Euer Hüter hat die Flucht ergriffen«, sagte der Hierophant. »Er hat seine wahre Natur gezeigt – die eines Feiglings, der sich der Wahrheit, die ich ihm zum Angebot gemacht habe, verweigert. Doch der Vergeltung wird er nicht entgehen – niemand von euch wird das. Heute werdet ihr eurem Schicksal entgegentreten.«

Der Schein der Flammen spiegelte sich in den schartigen Zacken seiner Maske, als er sich den Zeugen zuwandte. »Entzündet den Rest.«

Voller Entsetzen beobachtete Hassan, wie zwei Zeugen durch das Atrium auf die Galerie hinausschritten, die sich in Stufen den Turm hinaufwand. Sie senkten ihre Fackeln zu Boden, wo eine Spur desselben schwarzen Pulvers begann, das in einer Linie entlang der Galerie verstreut worden war. Es entzündete sich und das Feuer fraß sich der Pulverspur folgend in rasender Geschwindigkeit seinen Weg den Turm hinauf. Schreie wurden laut, als hinter den dicht an dicht nebeneinanderstehenden Herati-Soldaten Flammen hochschlugen und sie an die Brüstung der Galerie drängten.

»Der Rauch, den ihr einatmet, enthält die giftigen Dämpfe schwarzen Gesteins«, fuhr der Hierophant fort. »Diese Dämpfe werden sich langsam, aber stetig im gesamten Leuchtturm ausbreiten und ihr alle werdet nach und nach seinem Gift erliegen.«

Hassan, der das Gefühl hatte, seine Lungen würden jeden Moment bersten, vergrub die Nase noch fester im Ärmel.

»Allerdings ist keiner von euch gezwungen, hier den Tod zu finden«, sagte der Hierophant. »Es gibt noch einen anderen Weg. Um euch zu befreien, müsst ihr nichts weiter tun, als die Flammen des Gottesfeuers zu durchschreiten. Reinigt euch von den Sünden der Propheten, dann werdet ihr in unserer neuen Stadt willkommen geheißen werden. Läutert eure Körper von der Verderbtheit der Gabe und ihr werdet leben. Dies sind eure Wahlmöglichkeiten – Erlösung oder Tod.«

Der Hierophant steuerte auf die Treppe zu, die nach unten führte, und warf den Zeugen im Vorbeigehen einen Blick zu. Mehr Aufforderung brauchten sie nicht, um ihm mit ihren brennenden Fackeln aus dem Leuchtturm hinauszufolgen.

Hassan sah zu seiner Tante, die stehen geblieben war und in die lodernden Flammen blickte.

»Tante Lethia.« Hassan gelang es nicht, sich seine Angst und Verzweiflung nicht anhören zu lassen. »Lethia, bitte! Tu das nicht.«

Sie erwiderte seinen Blick über den Rand ihres seidenen Tuchs hinweg. Es bestand nicht der leiseste Zweifel daran, auf wessen Seite sie stand, und während er beobachtete, wie die Schatten über ihr Gesicht zuckten, begriff er, dass sie bereit war, alle in diesem Leuchtturm entweder den Flammen oder den giftigen Dämpfen zu überlassen.

Langsam wandte sie sich ab und folgte den Zeugen nach draußen. Einen Moment später hallte das Geräusch der sich schließenden Türen durch den Turm.

Sie waren in seinen Mauern gefangen.

Der Rauch wurde dichter. Hassan und die Garde standen Rücken an Rücken zu einem engen Kreis zusammengedrängt, den Blick auf das Gottesfeuer geheftet, das sie umzingelte.

Hassan wurde erneut von einem heftigen Hustenanfall gepackt, als seine Lungen darum kämpften, den übel riechenden Qualm auszustoßen.

»Ihr müsst Eure Nase und Euren Mund bedecken«, riet ihm Penrose zu seiner Linken, deren Stimme von ihrem Umhang gedämpft wurde.

Hassan warf seinen Überrock aus dickem Brokatstoff ab, riss mit den Zähnen einen Stoffstreifen aus seinem weichen Leibhemd und band ihn sich ums Gesicht. Sobald der Rauch sich erst einmal im ganzen Turm ausgebreitet hatte, würde auch das keinen großen Unterschied mehr machen, aber vorläufig verschaffte es ihm zumindest ein wenig Erleichterung. Schnell griff er seinen Kompass und die Phiole von Emirs Bestattung aus der Brusttasche und steckte sie in seine Schärpe.

»Prinz Hassan«, sagte Penrose. »Ihr könnt durch das Gottesfeuer hindurchschreiten. Ihr könnt Euch retten.«

Sie hatte recht, natürlich. Er konnte durch die Flammen hindurchgehen und würde nicht mehr als ein paar leichte Verbrennungen davontragen. Er konnte aus dem Leuchtturm entkommen, bevor der Rauch ihn töten würde. Aber er war der Einzige.

»Ich werde euch nicht einfach hier zurücklassen«, erwiderte Hassan. »Ich … ich bin der Grund dafür, dass ihr alle hier seid. Ich habe euch *belogen*. Wäre ich nicht gewesen …«

»Ja, es ist Eure Schuld«, unterbrach Penrose ihn schroff. »Und wenn ihr um Eurer Schuld willen Euer Leben opfern wollt, dann ist das Eure Entscheidung. Aber wir beide wissen, dass nur ein Feigling so handeln würde. Und trotz allem, was Ihr getan habt, glaube ich nicht, dass Ihr ein Feigling seid. Wenn Ihr Eure Lüge aufrichtig bereut, werdet ihr einen Weg finden, Eure Schuld wiedergutzumachen.«

Auch damit hatte sie recht. Wenn Hassan hier in diesem Leuchtturm starb, würde es niemanden mehr geben, der die Zeugen davon abhalten konnte, ganz Nasira niederzubrennen. Aber die Vorstellung, all die Menschen hier dem Tod oder Schlimmerem zu überlassen, war ihm unerträglich. Er blickte durch den stetig dichter werdenden Rauch zu den Reihen der Herati-Soldaten, die von den auf der Galerie lodernden Flammen eingeschlossen waren.

Dass Hassan die Möglichkeit hatte, sich zu retten, lag einzig und allein daran, dass er unbegnadet war. All die anderen hier waren – aufgrund ihrer machtvollen Gabe, die er sich sein Leben lang für sich selbst gewünscht hatte – dem Verderben ausgeliefert. Der Gabe, von der er immer geglaubt hatte, er würde sie brauchen, um sein Volk anzuführen.

Doch vielleicht hatte er sie in Wirklichkeit nie gebraucht. Vielleicht war es nicht der Umstand, ob er begnadet war oder nicht, der festlegte, wer er war oder welche Art von Anführer er sein konnte. Vielleicht waren die Entscheidungen, die er traf, das Einzige, was von Bedeutung war.

Erlösung oder Tod. Dies waren die beiden Möglichkeiten, die

ihnen der Hierophant zur Wahl gestellt hatte. Sich ihre Gabe herausbrennen zu lassen oder zu sterben.

Aber Hassan stand noch eine andere Möglichkeit zur Wahl.

Er schloss einen Moment die Augen. Dann nahm er seinen ganzen Mut zusammen und ging ein paar Schritte rückwärts, bis er sich
am Rand des brennenden Rings befand, um Anlauf zu nehmen.

Er war der Einzige, der hierzu in der Lage war. Der Einzige, der
durch das Gottesfeuer hindurchgehen konnte.

Er öffnete die Augen, rannte los und sprang. Auf der anderen
Seite des Feuerrings angekommen, rollte er sich auf dem Boden
herum, um die Flammen zu ersticken, die sich durch seine Kleidung
bis zu seiner Haut fraßen.

Von ein paar Brandwunden gezeichnet, aber ansonsten unversehrt, rappelte er sich schließlich auf und wandte sich zur Garde um.

»Ich lasse euch nicht im Stich«, rief er ihnen durch das lodernde
Feuer zu. »Ich hol euch hier raus. Euch alle.«

Er wusste noch nicht, wie er das anstellen sollte, hatte allenfalls
eine vage Idee. Aber das würde erst einmal genügen müssen. Sein
Blick fiel auf eine lange, in sich verknäulte Kette, die am äußeren
Rand des Flammenrings auf dem Boden lag – die in Gottesfeuer
geschmiedete eiserne Fessel, die Marschall Weatherbourne durch-
trennt hatte, um seine Garde zu befreien. Hassan hob die Kette auf,
legte sie sich um die Schultern und stürmte den Treppenaufgang
hinauf. Als er seiner Einschätzung nach hoch genug war, schlang er
das eine Ende der Kette um das Geländer. Da er nichts hatte, um sie
zu befestigen, musste er selbst das Gewicht sein, das sie hielt.

»Penrose!«, rief er und hielt das andere Ende der Kette in die
Höhe, als sie zu ihm aufblickte. Sie begriff sofort. Mit einem Nicken
wandte sie sich Osei zu, der neben ihr stand. Nachdem sie sich kurz
beraten hatten, trat Penrose an den Rand des Rings und stellte sich
mit dem Rücken zu den Flammen, während Osei sich in der Mitte

495

auf den Boden kniete und die Finger mit nach oben zeigenden Handflächen ineinander verschränkte.

»Bereit?«, rief Hassan.

»Bereit!«

Er warf die Kette in einem hohen Bogen in ihre Richtung. Penrose rannte los, setzte einen Fuß in Oseis Hände, ließ sich von ihm in die Luft katapultieren und bekam das Ende der Kette genau in dem Moment zu fassen, als sie ausschlug und im Begriff war, wieder zu Hassan zurückzuschwingen.

Hassan stemmte sich nach hinten. Einige heikle Sekunden lang schaukelte Penrose unkontrolliert an der Kette vor und zurück. Als sie sich einpendelte, nutzte Penrose den Rückschwung, um über die unter ihr lodernden Flammen hinwegzusetzen und nach dem Geländer zu greifen, das ein paar Stufen unter Hassan entlanglief.

»Alles in Ordnung?«, rief er zu ihr hinunter.

»Macht weiter!«

Hassan holte die Kette wieder ein und sammelte kurz Kraft, bevor er sie dem nächsten Paladin zuwarf. Kurz darauf hatte sich auch Petrossian mit derselben sicheren Behändigkeit wie Penrose aus dem Flammenring gerettet.

Doch die Dämpfe, die der schwarze Qualm absonderte, begannen Hassan immer heftiger zuzusetzen. Er wurde von einem weiteren Hustenanfall geschüttelt und musste sich einen Moment benommen am Geländer abstützen. Ihnen lief die Zeit davon.

Als er sich wieder erholt hatte, stand Penrose neben ihm. »Wenn es uns gelingt, alle rechtzeitig aus dem Leuchtturm herauszuholen, schaffen wir es vielleicht auch zu den Schiffen des Ordens. Aber wir müssen uns beeilen.«

Hassan legte den Kopf in den Nacken, um zu den höher gelegenen Ebenen des Leuchtturms aufzublicken, wo der Rauch allmählich immer dichter wurde. Hier unten fiel das Atmen noch nicht

ganz so schwer, aber dort oben waren bereits die ersten seiner Lands-
leute zu Boden gesackt.

»Befreit den Rest der Garde«, sagte er und drückte Penrose die
Kette in die Hand. Sie zuckte unter der Berührung des Metalls zusammen.

»Was habt Ihr vor?«

»Dafür sorgen, dass alle lebend hier rauskommen.«

Er hatte sich von einer vermeintlichen Vision über einen ruhm-
reichen Sieg fehlleiten lassen und damit all die Menschen hier diesem schrecklichen Schicksal zugeführt. Er mochte vielleicht als Prophet nichts getaugt haben, aber dafür besaß er eine andere Fähigkeit:
aus seinen Fehlern zu lernen.

Und er würde alle aus diesem Flammeninferno herausholen –
komme, was wolle.

Kapitel 59

Anton

Anton war nicht ertrunken.

Er kam nach Luft ringend und Wasser spuckend zu sich. Sein Magen hob sich, um ihn alles, was sich noch darin befand, herauswürgen zu lassen. Auch wenn er nicht ertrunken war, hatte er doch noch immer das Gefühl, sterben zu müssen.

Als das Würgen allmählich nachließ, nahm er Wärme wahr und den sanften Druck von Händen, die ihn hielten. Einen Moment lang war er unfähig, sich zu rühren, überwältigt davon, das Pochen seines Pulses so klar und deutlich wie einen Gongschlag in jedem Zoll seines Körpers zu spüren. Er blinzelte und begegnete großen grünen Augen, die seinen Blick erwiderten. Jude.

Sein *Esha* war unleugbar, genau wie beim ersten Mal, als Anton es im Hafenviertel von Pallas Athos gespürt hatte, dann noch einmal in der Zitadelle und später im Mausoleum. Und nun schien jedes Luftpartikel in der Kaverne davon durchdrungen, wie die warme, knisternde Atmosphäre vor einem Gewitter. Antons Gabe passte sich dem Rhythmus dieser Schwingungen an, bildete einen vollkommenen Einklang mit ihnen, wobei die Stelle, an der Judes Hände lagen, wie eine Verbindungsmembran wirkte, durch die der Takt sich übertrug.

»*Du* bist das«, sagte Jude.

Ein Schatten fiel über ihn und wie aus dem Nichts ragte plötzlich Illya hinter ihm auf. Er hielt etwas in der Hand, was im gedämpften Licht der Fackeln bedrohlich aufblitzte.

Anton sog scharf die Luft ein.

Die Messerklinge war nur noch einen Wimpernschlag davon entfernt, sich in Judes Rücken zu bohren, da packte Jude, ohne sich umzudrehen, Illyas Handgelenk. Sein Griff festigte sich, bis Anton ein leises Knacken hörte und Illya vor Schmerz aufheulte. Das Messer schlug klirrend auf dem Marmor auf.

Jude ließ Illyas Handgelenk los und richtete sich auf, um ihn anzusehen. »Du wirst ihm nie wieder wehtun.«

Anton raffte sich vom Boden auf und schaute über Judes Schulter zu Illya. Er hielt sich das Handgelenk, und seine goldbraunen Augen suchten die von Anton.

Jude verlagerte das Gewicht von einem Bein auf das andere und drehte sich so, als wollte er ihm den Blick auf Anton versperren.

»Du kannst nicht länger davor weglaufen«, sagte Illya. »Man kann nicht vor dem weglaufen, was man im eigenen Kopf hat.«

Anton schauderte. *Was hast du gesehen?*, zischte die Stimme seines Bruders in seinem Kopf. *Was hast du gesehen, dass du ...*

Er atmete keuchend ein.

»Fünf Jahre hast du es hinausgezögert«, fuhr Illya fort. »Aber die Wahrheit kann nicht für immer begraben bleiben. Wenn nicht ich sie ans Licht hole, werden sie es tun.« Er deutete mit dem Kopf auf Jude. Mit *sie* war der Orden des Letzten Lichts gemeint – die Paladingarde.

Illya hatte recht. Jude zu folgen, würde bedeuten, lediglich einen anderen Weg einzuschlagen, an dessen Ende ihn dasselbe erwarten würde. Jude konnte ihn hier herausholen, aber er konnte ihm nicht helfen, dem, was ihn eigentlich verfolgte, zu entkommen.

Jude wandte sich Anton zu und begegnete seinem Blick. »Was auch passiert«, sagte er. »Ich werde dich beschützen.«

Es waren dieselben Worte, die er zu ihm gesagt hatte, als Illyas Söldner sie in der *Geheimen Quelle* in einen Hinterhalt gelockt hatten. Und das, obwohl Jude in diesem Moment noch nicht gewusst hatte, was Anton war. Die Worte hatten tief in seinem Inneren etwas berührt. Zuerst waren sie ihm unmöglich erschienen, niemand in seinem Leben hatte sie jemals zu ihm gesagt. Aber Jude sagte sie, Jude mit seinem ernsten Gesicht und seinen leuchtend grünen Augen und seinem sturmgleichen *Esha*. Und als er die Worte sagte, glaubte Anton ihm.

Er griff nach Judes Arm.

»Du kannst nicht mehr davor weglaufen, Anton«, wiederholte Illya, als sie sich zusammen von ihm abwandten. Seine Stimme hallte vom Felsgestein der Kaverne wider. »Damit ist es vorbei.«

Anton unterdrückte ein Schaudern, als Jude ihn über den Marmorsteg zum Eingang der Höhle führte. Doch plötzlich blieb der Paladin stehen und breitete die Arme aus, um ihn mitten im Schritt innehalten zu lassen. Über ihnen hatte sich ein weiterer Trupp Wächter aufgereiht, bewaffnet mit Armbrüsten, mit denen sie auf sie zielten.

Auf der obersten Stufe vor ihnen tauchte der hell lodernde Schein von Fackeln auf. Nur dass die Flammen anders waren als alle, die Anton jemals gesehen hatte – sie waren so blass wie das Mondlicht.

»Was ist das?«, fragte er, während die Fackeln tragenden Männer näher rückten.

»Gottesfeuer«, sagte Jude finster.

Die Flammen hatten eine hypnotische Wirkung, sie flackerten in der Dunkelheit wie Geister. Anton war unfähig, den Blick von ihnen zu lösen. Sie waren Augen, die gleißend wie eine Sonne brannten und ihn mit ihren Strahlen durchbohrten.

Die Wächter über ihnen spannten ihre Armbrüste und im nächsten Moment surrten ein Dutzend Pfeile auf sie zu. Die Flammen des Gottesfeuers flackerten an den Rändern seiner Sicht, als Anton sich duckte und versuchte, sich so klein wie möglich zu machen. Aber Jude schien gar nicht daran zu denken, vor dem Pfeilhagel zurückzuweichen.

Er bewegte sich so schnell, dass sein Schwert wie ein silbern blitzender Schweif wirkte. Seine Gabe schwoll an wie Donnergrollen. Die Armbrustpfeile stoben auseinander, als wären sie von einem orkanartigen Sturm erfasst worden.

Jude steckte das Schwert in die Scheide an seinem Gürtel zurück, packte Antons Handgelenk und zog ihn hoch. Gemeinsam rannten sie über den Steg in die Richtung zurück, aus der sie gekommen waren, tiefer hinein in die Zisterne. Stiefel dröhnten über den Marmor, als die Wächter ihre Verfolgung aufnahmen.

»Jude?« Anton sah sich unbehaglich um. Sie hielten direkt auf eine nur noch wenige Schritte vor ihnen aufragende Felsmauer zu. »Ich glaube nicht, dass hier ein Weg nach …«

»Komm.« Jude zog ihn einen in den Fels gehauenen Stufengang hinauf, der abrupt vor einer weiteren Felsmauer endete, aus der drei steinerne Hebel ragten.

Anton hielt lauschend inne, als er ein leises, tropfendes Geräusch vernahm. Er streckte die Hand aus und ertastete ein dünnes Wasserrinnsal, das über den Stein floss.

»Geh zur Seite«, befahl Jude und schloss beide Hände um einen der Hebel.

Anton hatte kaum Zeit zu reagieren, bevor er ein lautes Knirschen hörte. Ungefähr drei Fuß über seinem Kopf öffnete sich eine Luke im Fels, aus der ein Schwall Wasser herausschoss und an ihm vorbei die Stufen hinunterströmte. Als der Wasserstrahl nach ein paar Sekunden wieder versiegte, starrte Anton zu einer schwarzen Tunnelöffnung hinauf.

»Dort oben! Da sind sie!«, rief einer der Wächter von unten.

Jude verschränkte die Finger mit nach oben zeigenden Handflächen und ging etwas in die Hocke. »Kletter da oben rein.« Anton warf einen schnellen Blick über die Schulter und sah, wie sich das helle Flackern der Gottesfeuer-Fackeln näherte, als die Wächter die Stufen nach oben stürmten. »Ich bleibe ganz dicht hinter dir.«

Mit einem Nicken griff Anton nach Judes Schultern und stellte einen Fuß in seine verschränkten Hände. Vorsichtig richtete er sich auf und griff nach dem glitschigen Rand der Tunnelöffnung. Er hörte die Wächter kommen. Näher und näher. Die Finger in das nasse Felsgestein gekrallt, stieß Anton sich von Judes Händen ab und zog sich durch die Öffnung in den Tunnel.

Er drehte sich hastig um und schaute zu dem Paladin hinunter. »Jude!«

Jude zog sein Schwert gerade rechtzeitig, um den Hieb der Klinge eines Wächters abzuwehren, der sich auf ihn stürzte. Er verpasste dem Wächter einen kräftigen Tritt, drehte sich um und sprang dann zu Anton hoch, wobei er jedoch mit einem Fuß von dem glitschigen Stein abrutschte, als er versuchte, sich durch die Öffnung zu hieven.

Anton hechtete vor und packte Jude unter den Achseln. So verharrten sie für einen Augenblick, während Anton verzweifelt versuchte, Jude festzuhalten und nicht auf dem nassen Stein auszurutschen.

Lautes Knirschen ertönte. Anton spähte über Judes Schulter nach unten und entdeckte einen Wächter, der die Hände um einen der Steinhebel geschlungen hatte. Ohne einen weiteren Gedanken zu verschwenden, kniff er die Augen zu, holte tief Luft und zog Jude genau in dem Moment in den Tunnel, als die Luke dröhnend zufiel und sie darin einschloss.

Anton fiel hintenüber, Judes schwerer Körper kam direkt neben ihm auf. Völlige Dunkelheit hüllte sie ein, wodurch sich plötzlich alles seltsam unwirklich anfühlte – als würde er schweben, als könnte die Welt jeden Moment unter ihm wegrutschen.

Die Berührung von Judes Arm, der über seinen strich, holte ihn zurück. »Wo sind wir hier?«, fragte er.

»In einem unterirdischen Wasserkanal«, antwortete Jude. »Er wird von den Aquädukten gespeist, und von dort wird das Wasser vermutlich entweder in die Zisternen geleitet oder in diesen Tunnel. Während der Hochwasserzeit steht hier wahrscheinlich alles unter Wasser.«

Anton dachte an Illyas Vortrag über Nasiras Wasserstraßen und kam zu dem Schluss, dass er für den Rest seines Lebens genug über dieses Thema gehört hatte. »Dann lass uns dankbar sein, dass gerade kein Hochwasser ist«, sagte er. »Wie kommen wir hier wieder raus?«

Jude half ihm aufzustehen. »Zu Fuß.«

Anton war in dieser Dunkelheit vollkommen blind, vertraute aber darauf, dass Jude etwas sehen konnte. »Das ist dein Plan, ja?« Der Klang seiner eigenen Stimme beruhigte ihn. »In der Dunkelheit herumirren, bis wir einen Ausgang gefunden haben? Tja, meinetwegen. Schätze, ich habe schon Schlimmeres gehört.«

»Es hat nie wirklich einen Plan gegeben«, gestand Jude. »Als ich dich gehört habe, wusste ich nur, dass ich dich finden muss.«

»Du hast mich gehört?«

»Deine Gabe. Sie hat nach mir gerufen.«

Es hatte funktioniert. Die Umkehrung seiner Sicht – oder wie auch immer man das, was Anton getan hatte, nennen wollte – hatte ein Echo seiner Gabe als Hilferuf in die Welt hinausgeschickt.

Einen Hilferuf, dem Jude gefolgt war.

»Ich kann es nicht genau erklären«, fuhr Jude zögernd fort. »Aber es hat mich zu dir geführt.«

Obwohl Anton Judes Gesicht nicht sehen konnte, spürte er seinen Blick, der auf ihm ruhte, und er spürte, wie sein eigener Puls gegen Judes Handfläche pochte. Es fühlte sich an, als würden sie an einem Abgrund stehen, nur den Bruchteil einer Sekunde vom Sprung entfernt. Aber Anton war nicht bereit, sich dem zu stellen, was in der Tiefe lauerte. Noch nicht.

»Anton …«

»Bitte … bitte lass uns einfach von hier verschwinden.«

Jude drängte ihn nicht. Anton richtete seine Aufmerksamkeit weiter auf seinen Puls, auf den Rhythmus seiner Schritte auf dem nassen Stein und auf den sanften Druck von Judes Fingern, die sich um sein Handgelenk schlossen und ihm den Weg durch die Dunkelheit wiesen.

Kapitel 60

Hassan

Hassan hörte das Blut in seinen Ohren rauschen, als er die Stufen zu den von den Flammen eingeschlossenen Herati-Soldaten hinaufstürmte. Noch immer steckten fast fünfzig von ihnen auf der Galerie fest. Ein paar hatten es geschafft, über das Geländer zu klettern, doch nun hingen sie dort und klammerten sich am unteren Rand der Brüstung fest, außerstande, in Sicherheit zu springen. Entsetzt stellte er fest, dass Khepri unter ihnen war.

»Hassan!«, rief sie verblüfft, als sie ihn auf dem Treppenaufgang gegenüber sah.

Er blickte auf die Kette in seinen Händen hinunter, die er unterwegs aufgelesen hatte. »Versuche es damit«, rief er ihr zu. »Aber sei vorsichtig. Sie wurde in Gottesfeuer geschmiedet.«

»Wirf sie mir zu!«

Hassan schwang eines der Enden zu Khepri hinüber. Sie fing es mit einer Hand auf und stieß zischend die Luft zwischen den Zähnen aus, als das Metall ihre Haut berührte.

»Khepri!«, schrie er, als ihre andere Hand plötzlich den Halt um das Geländer verlor.

Sie konnte sich gerade noch rechtzeitig auffangen und rief ihm mit zitternder Stimme ein »Mir geht es gut!« zu, bevor sie sich eilig daranmachte, die Kette so um das Geländer zu schlingen, dass eine Art Flaschenzug entstand. Als sie fertig war, schaute sie zu den anderen hinauf und winkte sie zu sich.

Ein Herati-Soldat nach dem anderen kletterte über das Geländer, schwang sich mithilfe der zu einem Flaschenzug umfunktionierten Gottesfeuer-Kette über die Flammen hinweg und landete mit vor Schmerz zusammengebissenen Zähnen und tränenden Augen bei Hassan auf dem Treppenaufgang gegenüber.

Nachdem es auch der letzte geschafft hatte, machte er Khepri ein Zeichen. »Jetzt du.«

Sie packte die Enden der Kette und stieß sich schwungvoll vom Geländer ab. Am Scheitelpunkt ihres Flugs ließ sie los, legte die restliche Strecke zwischen der Galerie und dem Treppenaufgang im freien Fall zurück und krachte bei ihrer Landung mitten in Hassan hinein.

Er schlang unwillkürlich die Arme um sie und stolperte unter der Wucht ihres Aufpralls ein paar Schritte rückwärts.

Die Knie an seine Seiten gepresst, blickte Khepri auf ihn hinunter. »Gut gefangen. Du kannst mich jetzt wieder loslassen.«

Hassan schluckte und setzte sie auf dem Boden ab.

»Wir müssen sie alle ins Atrium hinunterbringen«, sagte er.

»Ich fürchte, einige sind schon zu geschwächt, um bis dorthin durchzuhalten. Hier oben ist der Rauch sehr viel dichter.«

»Wir werden niemanden hier zurücklassen«, sagte Hassan bestimmt. »Glaubst du, sie würden es noch zwei Treppenaufgänge höher schaffen?«

»Höher?«

Er nickte und deutete nach oben. »Bis zur Aussichtsplattform. Von dort führt eine Treppe nach unten.«

»Das schaffen sie«, sagte Khepri, als könnte sie ihre Worte allein dadurch, dass sie sie aussprach, wahr werden lassen. Sie dirigierte die Soldaten, von denen sich manche kaum noch aufrecht halten konnten, in Richtung der Treppe und bildete mit Hassan die Nachhut. So bahnten sie sich Stufe für Stufe ihren Weg nach oben, wichen herabstürzenden Trümmerteilen aus und husteten gegen den Rauch an, der immer dichter wurde, je höher sie kamen.

Kurz bevor sie ihr Ziel erreicht hatten, schallte von der Spitze ihres Trupps ein Schrei zu ihnen. »Die Tür ist verschlossen!«

Mit bangem Herzen schob Hassan sich, von Khepri gefolgt, zwischen den anderen hindurch, bis er bei der Tür angekommen war, an der sich bereits zwei Soldaten zu schaffen machten, die versuchten, sie durch schiere Muskelkraft aufzubrechen.

Dicke schwarze Rauchschwaden hüllten sie ein und vergifteten mit ihren todbringenden Dämpfen die Luft. Das Atmen wurde immer beschwerlicher. Einige der Soldaten wurden von so heftigen Hustenanfällen geschüttelt, dass sie sich nicht mehr auf den Beinen halten konnten und entweder von den anderen gestützt werden oder auf allen vieren weiterkriechen mussten.

Wenn sie nicht schleunigst hier herauskamen, würden sie den Wettlauf gegen die Zeit verlieren und dem Rauch zum Opfer fallen.

Hassan hatte geglaubt, für ihre Rettung zu sorgen, als er sie hier heraufgeführt hatte. Aber vielleicht hatte er sie alle von Neuem ins Verderben geführt.

Die beiden Soldaten versuchten noch einmal, die Tür aufzubrechen, indem sie sich mit den Schultern dagegenwarfen. Vergeblich. Sie gab nicht den winzigsten Hauch nach. Khepri trat mit entschlossener Miene vor Hassan und sah ihn an. Einen ungestümen Moment lang glaubte er, sie würde ihn gleich küssen. Stattdessen spürte er, wie sie anfing, die Schärpe zu lösen, die um seine Taille gebunden war. Die Phiole und der Kompass fielen zu Boden.

So deutlich ihm der Ernst der Lage, in der sie sich befanden, auch war, konnte er nichts dagegen tun, wie sein Körper auf eine wunderschöne Frau reagierte, die ihn ohne Vorwarnung entkleidete.

»Was tust ...?« Er schluckte den Rest seiner Frage hinunter, als sie mit der Schärpe in der Hand wieder zurücktrat, und verfolgte schweigend, wie sie den Stoff mit den Zähnen in zwei Hälften riss und ihm dann eine davon hinhielt.

»Und jetzt die Phiole.«

»Was?«

»Emirs Reliquie, die du nach seiner Bestattung bekommen hast«, sagte Khepri.

Er blinzelte und griff nach der Phiole, die auf den Boden gefallen war und das geweihte Öl enthielt, mit dem der Akolyth nach seinem Tod gesalbt worden war.

Blau funkelndes Glas und blaue Edelsteine glitzerten in seiner Hand, als er Khepri das Fläschchen reichte. Sie zog den kleinen Pfropfen ab und stopfte ihre Stoffhälfte so weit hinein, dass noch ein Stück aus der Öffnung herausschaute.

»Lauf und zünde deine Hälfte am Gottesfeuer an.« Khepri deutete mit dem Kopf auf den Stofffetzen in seiner Hand.

Verwirrt folgte er ihrer Anweisung und rannte die Stufen hinunter, bis er nah genug an den Flammen war. Sengende Hitze brannte auf seiner Haut, aber Hassan wich nicht zurück, bis das Ende der Schärpe Feuer gefangen hatte.

So schnell er konnte, lief er zu Khepri zurück.

»Macht den Weg frei!«, rief sie den Soldaten vor der Tür zu, worauf diese hastig zur Seite traten.

Khepri hielt die Phiole an die brennende Schärpe, die Hassan ihr gebracht hatte. Als sich der mit Salböl durchtränkte Stoff, der aus der Öffnung schaute, entzündete, warf sie die kleine Flasche mitsamt ihrem Inhalt in hohem Bogen Richtung Tür und zog Hassan mit sich zu Boden.

Ein ohrenbetäubender Knall erschütterte den Turm.

Hassan hob vorsichtig den Blick. Eine kleine weiße Feuerwand loderte an der Tür hinauf, die jedoch rasch in sich zusammenfiel und einen schwarz verkohlten Durchgang hinterließ.

Ein Jubelruf wurde laut und Khepri sah ihn grinsend an. Gemeinsam richteten sie sich auf und retteten sich vor den Trümmern und dem Rauch ins Freie. Der Rest von ihnen war bereits auf der Aussichtsplattform, als sie dort ankamen.

»Wir haben es geschafft.« In Khepris Stimme schwang eine beinahe übermütige Leichtigkeit mit.

Hassan schaute zu ihr und sog die frische Luft in seine Lungen. Jeder Atemzug schmeckte süßer. Tiefe Erleichterung durchströmte ihn, und er zog Khepri an sich, die wie selbstverständlich die Arme um seinen Hals schlang und sich an ihn schmiegte. Als sie sich an Bord der *Cressida* geküsst hatten, waren sie von Verzweiflung, Angst und Schuldgefühlen getrieben gewesen. Doch hier, unter dem sternenbesetzten Nachthimmel, war ihr Kuss von Verheißung und Hoffnung durchdrungen.

Sie lösten sich voneinander, und Hassan versuchte sich ihr Gesicht so einzuprägen, wie es in diesem Moment aussah – die Lippen leicht geöffnet, die bronzefarbene Haut von einem zarten Rotton überzogen, ihre betörenden bernsteinfarbenen Augen von geschwungenen Wimpern eingerahmt. Alles an ihr war von bezwingender Schönheit und Anmut, ganz gleich, welche Khepri er vor sich hatte – ob es die kühne Legionärin mit den funkelnden Augen und dem unbeugsamen Willen war oder die leidenschaftliche Frau in seinen Armen. Aber es gab auch noch andere Seiten an ihr, von denen er lediglich eine Ahnung hatte, und er konnte nur hoffen, dass er genügend Zeit haben würde, sie kennenzulernen.

Sie schenkte ihm ein Lächeln, bevor sie sich plötzlich noch einmal zu ihm vorbeugte und ihm einen federleichten Kuss von den Lippen stahl. Überrumpelt stand er da, mit einem Grinsen im Gesicht, das sicher reichlich töricht wirkte.

»Komm«, murmelte sie.

Hassan schloss seine Hand um ihre, als sie den Soldaten die steinerne Treppe hinunterfolgten, die sich um die Außenmauern des Leuchtturms wand.

»Woher hast du gewusst, dass das Salböl auf diese Weise mit dem Gottesfeuer reagieren würde?«, fragte er sie während ihres Abstiegs.

Khepris Züge wurden hart. »Weil ich es schon einmal mit eigenen Augen gesehen habe, weißt du nicht mehr? Bei unserem Versuch, die Flammen im Hohen Tempel zu löschen. Als das Gottesfeuer mit dem Salböl in Berührung kam, wurde der Tempel in Schutt und Asche gelegt.«

Nun erinnerte er sich wieder. Seine Gedanken waren so sehr von den anderen entsetzlichen Ereignissen dieses Tages und ihren Folgen in Anspruch genommen gewesen, dass es ihm entfallen war. Khepri jedoch hatte an jenem Abend drei Kameraden verloren. Eine Erinnerung, die sie ganz sicher nie wieder loslassen würde.

Er drückte ihre Hand. »Mit deinem schnellen Handeln hast du uns allen das Leben gerettet.«

Als sie den Fuß der Treppe erreicht hatten, sahen sie drei vertraute Gestalten, die auf sie zugerannt kamen.

»Penrose!«, rief Hassan.

Die Paladinwächterin kam mit Petrossian und Osei vor ihnen zum Stehen. Ihre von der Meeresgischt feuchten Gesichter waren rußverschmiert, doch davon abgesehen schienen sie unversehrt zu sein.

»Ihr habt es geschafft«, sagte Penrose erleichtert. »Den Propheten sei Dank. Wir wollten gerade in den Leuchtturm zurückkehren und uns auf die Suche nach euch machen.«

»Wir konnten über die Aussichtsplattform entkommen«, erklärte Hassan. »Was ist mit all den anderen? Konnten sie sich ebenfalls nach draußen retten?«

Penrose nickte. »Nachdem Ihr in den Turm hinaufgestiegen seid, konnten wir mit unserem restlichen Trupp durch das Atrium nach draußen entkommen. Der Hierophant hatte Wachen vor dem Leuchtturm abgestellt, aber um die hatten wir uns rasch gekümmert. Annuka und Yarik geben den Schiffen des Ordens gerade Zeichen, am Hafendamm anzulegen. Im Hafen selbst ist es zu gefährlich, dort wimmelt es nur so vor Zeugen. Wir müssen also versuchen, so schnell wie möglich zu ihnen zu stoßen, bevor die Zeugen merken, was vor sich geht.«

Hassan nickte und wandte sich zu den anderen Soldaten um. »Ihr schließt euch Penrose an. Sie bringt euch zu den Schiffen des Ordens. Dort seid ihr in Sicherheit.«

Khepri trat auf ihn zu. »Warum hört sich das an, als würdest du nicht mitgehen?«

Er blickte an ihr vorbei zum Leuchtturm auf. »Solange die Flamme des Gottesfeuers dort oben brennt, wird Nasira weiter in Gefahr sein. Noch einmal lasse ich mein Königreich nicht im Stich. Herat braucht weder einen Eroberer noch einen Propheten. Es braucht jemanden, der bedingungslos für seine Freiheit kämpft.« Er dachte an seinen Vater, der sich lieber seiner Hinrichtung gestellt hatte, als sich den Zeugen zu ergeben. »Wenn es sein muss, bis zum letzten Atemzug.«

Herat brauchte seinen Prinzen mehr denn je. Hassan hatte nie einer Gabe oder einer Prophezeiung bedurft, um sein Königreich zu retten. Was er gebraucht hatte, war einzig und allein der Glaube daran, dass er es, von Zorn und Hoffnung getragen, schaffen konnte.

»Ihr meint es wirklich ernst«, sagte Penrose, einen ungläubigen Unterton in der Stimme. »Ihr wollt hierbleiben, hier, wo Ihr auf Schritt und Tritt Gefahr lauft, den Zeugen und Eurer skrupellosen Tante in die Hände zu fallen?«

»Wenn niemand versucht, sie aufzuhalten, werden sie die ganze Stadt niederbrennen, Penrose.«

»Aber wie wollt Ihr das anstellen?«

»Ich habe einen Plan.« Hassan blickte erneut zum Leuchtturm auf. Er war das Symbol von Nasiras Vergangenheit. Das Herz seines Königsreichs. Das Licht, das ihm den Weg nach Hause geleuchtet hatte. Er wandte seinen Blick wieder von ihm ab und sah Khepri an. »In Pallas Athos hast du uns erzählt, dass nur eine Quelle für das Gottesfeuer existiert«, sagte er. »Wenn die Flamme, die dort oben brennt, diese eine Quelle ist, dann gibt es nur einen Weg, sie für immer zum Erlöschen zu bringen. Wir müssen den Leuchtturm zerstören.«

Zu diesem Schluss war Hassan bereits vor einigen Stunden gekommen, als er zum ersten Mal die blasse Flamme dort oben hatte lodern sehen.

»Es ist die einzige Möglichkeit«, sagte er.

»Aber, Hassan …«, begann Khepri.

Er brachte sie mit einem Blick zum Verstummen. »Du hast auf der *Cressida* zu mir gesagt, dass wir immer eine Wahl haben. Das ist die Wahl, die ich treffe, Khepri. Ich werde mit allem, was ich habe, darum kämpfen, Nasira von den Zeugen zu befreien.«

Dies würde sein Weg zur Erlösung sein.

Khepri erwiderte entschlossen seinen Blick. »Dann komme ich mit dir und helfe dir.«

»Das kann ich nicht von dir …«

»Nichts kann mich davon abhalten«, unterbrach sie ihn. »Das weißt du. Meine Brüder sind noch immer hier in Nasira. Solange es Hoffnung gibt, sie zu retten, werde ich alles tun, was nötig ist.«

Er sah ihr in die Augen, focht einen inneren Kampf mit sich aus. Allein der Gedanke, ihr könnte etwas zustoßen, war ihm unerträglich. Doch die Vorstellung, sich von ihr zu trennen, war beinahe genauso unerträglich.

»Ich habe mein Schicksal an deines gebunden, erinnerst du dich?«
Sie griff nach seiner Hand. »Meine Wahl ist bereits getroffen, Hassan. Ich habe mich für dich entschieden.«

»Genau wie wir.«

Hassan hob den Blick und sah Khepris Oberleutnant Faran vor sich stehen. »Wir werden uns Euch ebenfalls anschließen, Prinz Hassan.«

Die Soldaten, die sich hinter ihm versammelt hatten, nickten zustimmend.

»Nein«, sagte Hassan. »Ihr müsst euch in Sicherheit bringen, damit unser Volk die Aussicht auf ein Leben außerhalb dieses Königreichs hat.«

Faran schüttelte den Kopf. »Was ist ein Volk ohne seine Heimat? Wir sind hierhergekommen, um an Eurer Seite zu kämpfen, Prinz Hassan. Um uns den Zeugen entgegenzustellen und unser Königreich zurückzuerobern. Und es gibt nichts, was uns davon abhalten könnte.«

»Ihr habt die Worte des Hierophanten gehört«, entgegnete Hassan. »Habt gehört, was ich bin. Ich habe euch alle in die Irre geführt. Ich allein trage die Schuld an alldem hier. Was ich getan habe ... dafür gibt es keine Vergebung.«

»Schuld trägt nur der Hierophant«, sagte Faran grimmig. »Und all die, die ihm gefolgt sind. Es spielt keine Rolle, was sie über Euch sagen, Prinz Hassan. *Wir* wissen, wer Ihr seid. Wir wollen an Eurer Seite kämpfen. Für Nasira.«

»Für Nasira«, bekräftigten die hinter ihm stehenden Soldaten.

Hassan fehlten einen Moment die Worte. Nach allem, was er getan hatte, hatte sein Volk noch immer Vertrauen in ihn. *Glaubte* an ihn.

Er sah Penrose an. »Dann ist es wohl entschieden.«

Sie trat vor ihn und legte ihm die Hand auf den Arm. Überrascht umschloss er sie mit seiner.

»Möge Nasiras Licht Euch führen, Hoheit«, sagte Penrose mit funkelndem Blick.

Er verneigte sich vor ihr. »Und Euch.«

Mit einem knappen Nicken traten die verbliebenen Gardemitglieder den Rückzug an, bis sie nur noch drei unscharfe Punkte vor dem dunklen Himmel waren.

Hassan wandte sich zu den Soldaten um, die bereitstanden, um seine Befehle entgegenzunehmen. »Im Morgengrauen wird der Leuchtturm fallen.«

Kapitel 61

Ephyra

Ephyra war dreizehn Jahre alt, als sie ihre Schwester aus dem Reich der Toten zurückholte.

Es war ein schreckliches Jahr gewesen, geprägt von Dürre und Hungersnot. Der Strom der Karawanen, der sonst auf der Handelsroute zwischen Tel Amot und Behesda durch ihr Dorf gezogen war, war versiegt wie Regen, der auf ausgedörrte, rissige Erde fällt.

Krankheiten breiteten sich aus. Eine davon raffte Ephyras und Berus Eltern allzu schnell dahin.

Als Beru ebenfalls krank wurde, kümmerte sich Ephyra nicht länger um die Mahnung ihrer Eltern, ihre Gabe nicht zu benutzen. Sie waren tot, und sie würde nicht zulassen, dass sie Beru auch noch verlor. Und so heilte sie sie.

Aber kurze Zeit später wurde Beru wieder krank. Und wieder. Und wieder.

Bis schließlich der Morgen kam, an dem Ephyra in die Kammer ihrer Schwester trat und sie kalt und leblos auf ihrer Schlafstatt fand. Kein Schmerz war je größer gewesen als der, von dem Ephyra an diesem Morgen überwältigt wurde. Er brach aus ihren Lungen und ihrer Kehle hervor und erschütterte sie bis in ihr tiefstes Inneres.

Aufgeschreckt von ihrem Wehklagen eilten ihre Nachbarn herbei und entdeckten Berus Leichnam. Ephyra, die wusste, sie würden darauf beharren, ihn genau wie all die anderen zu verbrennen, trat und schlug verzweifelt um sich, als sie sie von ihr wegzerrten. In dem Moment, in dem sie die kalten Finger ihrer Schwester nicht mehr in ihrer Hand spürte, verlor sie die Besinnung.

Sie würde nie erfahren, was in der Zeit, in der sie ohne Bewusstsein war, geschehen war. Vielleicht war es besser so. Als sie wieder zu sich kam, lag sie neben dem Leichnam ihrer Schwester. Nein … neben ihrer Schwester. Denn Beru atmete wieder. Ihr Brustkorb hob und senkte sich stoßweise, ihre Augäpfel zuckten unruhig hinter den Lidern hin und her. Und als sie die Augen schließlich öffnete, wurde Ephyra bewusst, dass es um sie herum vollkommen still geworden war. Das einzige Geräusch waren die Atemzüge ihrer Schwester.

Und dann die Worte, die sie in ihrem zweiten Leben als Erstes sagte: »Was hast du getan?«

Sie sprachen nie wieder von diesem Tag. Sprachen nie davon, wie sie langsam von ihrem Zuhause durch das stille Dorf liefen, zwischen den Leichnamen ihrer Freunde und Nachbarn hindurch, die starr wie Puppen mit verrenkten Gliedern dalagen. Sprachen nie von den erloschenen Augen und der erstickenden Stille.

Seitdem hatte Ephyra keinen Fuß mehr in dieses Dorf gesetzt. Nun war sie zurückgekehrt und hoffte, ihre Schwester von Neuem retten zu können.

Sie fürchtete nur, sie kam zu spät.

Die Augen vor der aufgehenden Sonne abschirmend, stand sie am Fuß des Glockenturms in der Mitte des Dorfplatzes, ein dickes Tuch um die untere Hälfte ihres Gesichts geschlungen, um sich vor den Sandstürmen zu schützen.

Jemand war hier gewesen. Davon zeugten der aufgelockerte Staub in der festgestampften Erde und die tiefe, frisch geschlagene

Kerbe im Stamm des Maulbeerfeigenbaums am Rand des Dorfplatzes.

Ja, jemand war hier gewesen. Ephyra berührte die raue Rinde des Maulbeerfeigenbaums. Es war kein Blut zu sehen, nichts, was darauf hindeutete, dass hier Gewalt angewendet worden war. Sie weigerte sich, die Möglichkeit auch nur zu erwägen. Stattdessen schlug sie den Pfad ein, der vom Dorfplatz über den gewundenen Schotterweg führte, der ihr noch immer vertraut war. Der Weg, der nach Hause führte.

Die kleine Lehmhütte sah noch genauso aus, wie sie sie in Erinnerung hatte, bis hin zu dem Riss, der oberhalb des Fensters begann und bis zu dem flachen Dach hinauf verlief. Sie glaubte beinahe, ihren Vater zeichnend zwischen seinen Büchern in der Stube vorzufinden, wenn sie den gepflasterten kleinen Pfad entlanggehen und durch die bogenförmige Tür treten würde. Zu hören, wie ihre Mutter Beru wegen ihrer zerschrammten Knie und dreckigen Fingernägel ausschimpfte, wenn sie in die Küche laufen würde.

Doch sobald Ephyra ihren Fuß über die Schwelle setzte, begann die Erinnerung zu flackern und sich wie eine geisterhafte Erscheinung aufzulösen.

»Beru?«, rief sie in die dunkle, staubige Hütte hinein. »Beru, bist du hier?«

Das Knirschen von Schritten durchbrach die Stille. Ephyra lief von der Stube in die Küche. Die Tür, die in den Garten führte, schwang auf.

»Beru!«

Aber es war nicht ihre Schwester, die im Türrahmen stand. Es war Hector Navarro.

Er sah sie wie versteinert an.

»Was hast du meiner Schwester angetan?«

Hector erwachte aus seiner Starre und sein Gesicht wurde dunkel vor Zorn. »Nichts habe ich ihr angetan.«

»Wo ist sie?«

»Dort, wo sie hingehört. Wo du sie vor all den Jahren hättest lassen sollen, bevor du …«

Ephyra konnte nicht länger zuhören. Sie stürzte an ihm vorbei in den Garten, das Herz in ihrer Brust pochend wie das eines verängstigten Tiers. »Beru!«

Beru lag zusammengekrümmt unter der alten Akazie, die schwachen Glieder eng am Körper gefaltet wie geknickte Strohhalme.

Ephyra stockte der Atem. Ihrer Kehle entrang sich ein roher, verwundeter Laut. Sie hatte das Meer überquert, um an die Seite ihrer Schwester zurückzukehren, aber sie konnte sich nicht dazu überwinden, diese letzten Schritte durch den kleinen Garten zu bewältigen.

»Das ist nicht mein Werk«, hörte sie Hectors Stimme hinter sich. »Du hättest sie nie zurückholen dürfen. Du hättest nie die Linien zwischen Leben und Tod verwischen dürfen. Du hast diesen Moment mehr als fünf Jahre hinausgezögert. Du hast unzählige Leben ausgelöscht. Nun wird endlich die natürliche Ordnung wiederhergestellt.«

Die Worte schlugen wie Wellen über ihr zusammen, doch Ephyra konnte sie über ihren dröhnenden Herzschlag hinweg kaum hören.

Beru durfte nicht tot sein. Nicht, bevor sie es geschafft hatte, bei ihr zu sein.

Ihre Beine trugen sie durch den Garten an Berus Seite. Sie sank auf die Knie, nahm die Hand ihrer Schwester und presste sie an ihre Wange. Ihre Schultern bebten unter ihren stummen, verzweifelten Tränen.

Berus Finger zuckten und schlossen sich um Ephyras Daumen.

Ephyra keuchte auf und legte den Daumen oberhalb des schwarzen Handabdrucks auf Berus Handgelenk. Ihr Puls schlug einen schwachen, unregelmäßigen Takt.

Sie lebte. Es war noch nicht zu spät.

»Ich bin hier«, sagte Ephyra mit erstickter Stimme und strich Beru eine Locke aus ihrem friedlich wirkenden Gesicht. »Ich bin hier, Beru. Ich bin hier.«

»Du solltest dich verabschieden. Es ist zu Ende.«

Ephyra zuckte zusammen beim Klang von Hectors leiser Stimme, die direkt hinter ihr ertönte.

Warum bin ich verschont geblieben?, hatte Hector sie in der Zitadelle von Pallas Athos gefragt. Ephyra hatte seine ganze Familie ausgelöscht, aber ihn am Leben gelassen.

Und nun brauchte Beru ein anderes Leben.

Ephyra festigte den Griff um das Handgelenk ihrer Schwester. Hector war nicht wie all die anderen, die sie als Blasse Hand getötet hatte. Sein Tod würde kein Zufall sein. Es würde kein Weg von dort zurückführen.

Aber ohne Beru führte kein Weg nach vorn.

Sie richtete sich auf und sah Hector an. »Es ist nicht zu Ende. Nicht für Beru.«

Alles in ihrer beider Leben war auf diesen Moment zugelaufen.

»Entweder du oder sie. Ich entscheide mich für sie.«

Entsetzen blitzte in Hectors Augen auf, als sie sich auf ihn stürzte. Er griff nach dem Heft seines Schwerts, zog es schneller aus der Scheide, als Ephyra reagieren konnte. Es zischte an ihr vorbei, und sie stolperte zurück und presste sich eine Hand auf die Stelle, wo die Klinge ihre Wange gestreift hatte. Warmes Blut quoll zwischen ihren Fingern hervor.

Hector blickte bestürzt von ihr zu seinem Schwert. »Ich …«

Ephyra warf sich erneut auf ihn, doch diesmal war Hector vorbereitet. Mit begnadeter Schnelligkeit und Stärke rang er sie zu Boden und hielt ihr die Schwertklinge an die Kehle.

»Es ist zu Ende«, wiederholte er.

Sie stieß keuchend die Luft aus.

Er ließ das Schwert sinken. »Gib auf.«

Die Welt stand für einen Moment still, als sie ein stummes Blickduell ausfochten. Zwei Menschen, die alles verloren hatten. Jeder von ihnen unfähig loszulassen.

All ihre Kraft zusammennehmend, bäumte Ephyra sich unter ihm auf, bekam seinen Arm zu fassen und schloss die Hand darum. Hector sah ihr unverwandt in die Augen, als sie tief durchatmete und ihre Aufmerksamkeit darauf richtete, das *Esha* aus seinem Körper zu ziehen.

Der Griff seiner Hand, mit der er immer noch ihre Schulter umklammerte, wurde schwächer. Zuerst schien er nicht zu begreifen, was mit ihm geschah. Als er jedoch von ihrem Gesicht zu ihrer Hand um seinen Arm schaute, begannen seine Augen sich entsetzt zu weiten. Ihre andere Hand schnellte empor, ihr Daumen legte sich auf seine Halsgrube. Er keuchte auf, sein Brustkorb hob und senkte sich verzweifelt, jeder Atemzug kürzer und flacher als der vorherige. Sein Puls, der gerade noch wild geschlagen hatte, wurde langsamer. Das Licht in seinen Augen erlosch, er atmete ein letztes Mal aus und alle Spannung wich aus seinem Körper. Der Puls unter ihrer Hand blieb stehen.

Er sackte vornüber und fiel schwer auf sie. Mit einem vor Anstrengung kehligen Laut wälzte sie ihn von sich herunter und blieb einen Moment schwer atmend neben ihm liegen. Heiße Tränen brannten auf ihren Wangen. Sie zitterte.

Schließlich raffte sie sich vom Boden auf und zwang sich, auf Hectors Leiche und den hellen Handabdruck hinunterzuschauen, der seine Haut zeichnete.

Trauer und Schuld schnürten ihre Kehle zu, aber sie schluckte sie hinunter. Beru brauchte sie.

Alles andere ging schnell. Ephyra hatte dieses Ritual schon so viele Male vollzogen, dass ihr Körper von ganz allein zu wissen schien, was er zu tun hatte. Die Klinge, das Blut, ihre Hand.

Und ihre Schwester, die sterbend unter der Akazie lag.

Ephyra kniete sich neben Beru und strich ihr mit ihrer sauberen Hand die Haare aus der Stirn. Die andere, von der frisches Blut tropfte, legte sie um den dunklen Abdruck auf Berus Handgelenk. Sie schloss die Augen und konzentrierte sich darauf, das *Esha*, das sie Hector entzogen hatte, durch sein Blut in Beru zu lenken. Sie wieder mit Leben zu füllen.

Bitte … bitte. Es darf nicht zu spät sein. Bitte.

Ein leises Keuchen durchdrang die Stille. Ephyra öffnete die Augen und begegnete Berus Blick.

»Ephyra?«, murmelte sie. »Ephyra, du bist verletzt.«

Sie strich mit den Fingern über das Blut auf Ephyras Wange.

»Mir geht es gut.« Auf Ephyras Gesicht breitete sich unwillkürlich ein Lächeln aus – ein Lächeln, das Erleichterung und Erschöpfung widerspiegelte. »Mir geht es gut, Beru. Und dir auch.«

Beru zog verwirrt die Brauen zusammen. »Ich bin …« Ihr Blick fiel auf Ephyras blutige Hand, die noch immer Berus Handgelenk umklammerte. Beru setzte sich ruckartig auf. Ephyra sah den Ausdruck in den Augen ihrer Schwester, als sie den Leichnam entdeckte, der ein paar Schritte weiter im Dreck lag. Er schwankte zwischen Bestürzung und Wut.

»Ephyra«, sagte Beru schaudernd. »Was hast du getan?«

KAPITEL 62

JUDE

Jude konnte den Weg, der nach draußen führte, hören, bevor er ihn sah. Das hohe Pfeifen eines Luftzugs, der durch einen Tunnel weht, tönte leise durch die feuchte Luft.

Er wandte sich Anton zu. »Hörst du das?«

Sie waren nun schon so lange in den unterirdischen Wasserläufen unterwegs, dass es sich anfühlte wie Stunden. Anton hatte sich stets dicht an seiner Seite gehalten. Jude war sich nicht sicher, ob der Grund dafür Angst war oder die schlichte Tatsache, dass er im Dunkeln nichts sehen konnte.

Anton spannte die Muskeln an und wurde langsamer. Aber Jude stupste ihn an und beschleunigte seine Schritte.

»Ich glaube, hier sind wir richtig.« Er begann noch schneller zu laufen und zog Anton hinter sich her.

Ein paar Schritte weiter fiel blasses Licht durch einen Tunnelausgang. Während sie unter der Erde gewesen waren, war ein neuer Tag angebrochen. Ein aufkommender Wind trug den Duft von Salz und Meer zu ihnen herein.

Als sie den Rand erreicht hatten, wichen sie wieder einen Schritt zurück. Das Tunnelende befand sich unterhalb eines Viadukts, der nur von in den Stein gehauenen Bögen getragen an der Felswand entlangführte, die senkrecht in die Tiefe abfiel, wo sich schiefer-farbene, weiß schäumende Wellen an den Klippen brachen.

»Das muss die Stelle sein, wo das Wasser ins Meer geleitet wird«, rief Jude, um das Tosen des Windes und der Brandung zu über-tönen. Prüfend blickte er zu dem Viadukt über ihnen auf. Für ihn allein wäre es ein Leichtes gewesen, dort hinaufzuklettern, aber zu-sammen mit Anton würde es nicht einfach werden.

Plötzlich bemerkte er, dass Anton nicht mehr direkt neben ihm stand. Er war an den Rand der Tunnelöffnung getreten und starrte auf das aufgewühlte Wasser hinunter, neigte langsam den Körper nach vorn, als würde ihn jemand in die Tiefe ziehen.

»Anton!« Jude schlang einen Arm um seine Brust und riss ihn zurück. Antons dunkle Augen wirkten benommen, als wüsste er nicht, wo er war.

Er blinzelte, bis sein Blick allmählich wieder klarer wurde.

Judes Atem ging stoßweise, der Schreck, der ihm in alle Glieder gefahren war, wirkte noch immer nach.

»Es tut mir leid«, sagte Anton leise. Jude spürte, wie sich Antons Brust hob und senkte, fühlte seinen warmen Atem auf seiner Wange, als er den Kopf drehte, um ihn anzusehen. »Ich habe nicht geglaubt, dass ...«

Doch er beendete den Gedanken nicht. Jude begriff, dass ein Teil von ihm noch immer in der Zisterne war. Er wusste nicht, was genau sich dort unten ereignet hatte, aber dem Zustand nach zu urteilen, in dem Anton sich nun befand, reichten seine Mutmaßungen aus, um Tausende Albträume zu befeuern.

Je schneller Jude ihn von hier fortschaffen und an Bord eines der Schiffe des Ordens in Sicherheit bringen konnte, desto besser.

»Du kannst wieder loslassen«, sagte Anton. »Es geht mir gut.«

Jude zog seinen Arm zurück, blieb aber auf der Hut, als er seine Aufmerksamkeit wieder auf den Viadukt richtete. Aus der Klippenwand ragte ein schmaler Felsvorsprung hervor, von dem aus man einigermaßen gefahrlos auf die Brücke klettern konnte.

»Ich gehe vor und du hältst dich dicht hinter mir«, sagte er. »Aber schau auf keinen Fall nach unten.«

Anton löste den Blick vom Wasser in der Tiefe und nickte.

»Ich werde nicht zulassen, dass du fällst«, sagte Jude.

Vorsichtig begann er sich über den zerklüfteten, rutschigen Felsen zu tasten und blieb ab und zu stehen, um Anton über eine besonders unwegsame Stelle zu helfen. Er hielt den Atem an, bis sie einen der Brückenpfeiler des Viadukts erreicht hatten, der mit etlichen Einkerbungen versehen war, an denen sich sehr viel einfacher hochklettern ließ als an einer nassen Felswand. Er kam als Erster oben an, schwang sich über die Brüstung und zog dann Anton zu sich herauf. Jude lehnte sich über die Brüstung, den Wind im Gesicht, und blickte übers Meer.

Silberne Segel leuchteten am grauen Horizont. Erleichterung durchströmte ihn. »Der Orden des Letzten Lichts. Genau wie Penrose es versprochen hat.«

Er drehte sich zu Anton um und sah, dass in seinen Augen wieder der benommene, abwesende Ausdruck lag. Sie waren auf den Leuchtturm geheftet, der am anderen Ende des Viadukts aufragte.

Jude folgte seinem Blick und seine Erleichterung schwand. Von der Spitze des Turms stieg Rauch auf. Die Flamme des Gottesfeuers hob sich hell lodernd vor dem dämmrigen Himmel ab.

Die Garde. Die Herati-Soldaten. Womöglich waren sie noch immer dort gefangen.

Der Wind zerrte an ihm, als er dort stand, hin- und hergerissen zwischen dem, was seine Pflicht war, und dem, was sein Herz ihm befahl. Er musste Anton – den Propheten – in Sicherheit bringen. Das wusste er. Aber er konnte die anderen nicht dem sicheren Tod überlassen.

Er wandte sich Anton zu, um ihm zu sagen, er solle sich nicht von der Stelle rühren, es sei denn, er würde jemanden kommen sehen, dann solle er zum Strand hinunterlaufen und sich verstecken. Doch Anton war erneut verschwunden.

Kaltes Grauen packte ihn, das auch dann nicht von ihm abließ, als er vor dem dunkelgrauen Himmel den hellen Haarschopf von Anton entdeckte, der auf den Leuchtturm zurannte. Um seine Außenmauern wand sich eine Steintreppe, die Anton nun hastig hochzusteigen begann. Der vernichtenden Flamme des Gottesfeuers entgegen.

Jude schlug das Herz bis zum Hals, als er ihm nachsetzte.

KAPITEL 63

HASSAN

Es war ein sehr simpler Plan.

Im Schutz der Dunkelheit hielten sie, in Sechsergruppen aufgeteilt, bei jedem Tempel entlang der Ozmandith-Allee an, um Salböl und alles, was sie an Stoffen und Tüchern finden konnten, zusammenzutragen.

Die Straßen von Nasira waren wie ausgestorben. Der Großteil der Zeugen schien sich in Erwartung der Schiffe des Ordens um den Hafen versammelt zu haben, doch der Rest patrouillierte in kleinen Zweier- und Dreiertrupps durch die Straßen der Stadt. Als Hassans und Khepris Gruppe gerade den dritten Tempel verlassen hatte, wurden sie von einer dieser Patrouillen entdeckt. Hassan war mit bis zum Hals klopfendem Herzen zurückgeblieben, während Khepri den beiden Zeugen nachjagte. Wenn Lethia und der Hierophant erfuhren, dass sie aus dem Leuchtturm entkommen waren, würden sie das Überraschungsmoment verlieren, das sie auf ihrer Seite hatten.

Khepri war unversehrt zurückgekehrt.

»Was ist mit den Zeugen?«, hatte Hassan gefragt.

»Wir haben gekämpft, einer ist ins Meer gestürzt. Der andere wird mit einem gebrochenen Bein nicht sonderlich weit kommen«, hatte sie geantwortet.

»Wir wissen nicht, ob uns sonst noch jemand gesehen hat«, hatte Hassan gesagt. »Besser, wir beeilen uns.«

Als sie zum Leuchtturm zurückkehrten, hatten die anderen bereits damit begonnen, die Stoffe und Tücher mit Salböl zu tränken und in Holzkisten zu packen.

»Glaubst du, das wird reichen?«, fragte Hassan Khepri.

Sie lehnten am Hafendamm, der senkrecht von der Halbinsel abging, auf der der Leuchtturm stand.

»Es *muss* reichen.« Khepri beobachtete, wie die anderen Soldaten die Kisten an der dem Meer zugewandten Seite des Leuchtturms stapelten. Sie hofften, dass die Sprengkraft ausreichen würde, um den Turm zum Einstürzen zu bringen.

»Es ist so weit«, sagte Hassan, als die Soldaten ihre Arbeit beendet hatten und begannen, sich über die Halbinsel zurückzuziehen. Er richtete sich auf und schwang sich ein langes, aufgerolltes Seil über die Schulter.

Ihm fiel der gefährlichste Teil ihrer Mission zu. Er war der Einzige, der dicht genug an die Flamme des Gottesfeuers herankommen konnte, ohne mehr als ein paar Brandwunden zu riskieren. Er war derjenige, der die Zündschnur legen und in Brand stecken würde.

»Warte.« Khepri richtete sich ebenfalls auf. Einen Moment lang fürchtete Hassan, sie würde darauf bestehen, mit ihm zu kommen, obwohl sie beide wussten, dass es für sie viel zu gefährlich wäre.

Stattdessen schlang Khepri die Arme um ihn und presste die Lippen auf seine. Es war ein kurzer, aber leidenschaftlicher Kuss, der ihn taumelnd zurückließ.

»Ich glaube an dich.« Sie drückte ihm eine kleine Glasflasche in die Hand und schob ihn sanft vom Hafendamm fort.

Er rückte das Seil auf seiner Schulter höher, während er auf den Leuchtturm zusteuerte. Auf seinem Weg kamen ihm einige Herati-Soldaten entgegen, die stehen blieben, als sie ihn sahen, und ihre zur

527

Faust geballte Hand auf die Brust legten – dem königlichen Salut der Herati-Legionäre. Prophet oder kein Prophet, Betrüger oder kein Betrüger, Hassan war noch immer ihr Prinz.

Er erwiderte den Gruß mit einem Respekt zollenden Nicken, und sie setzten ihren Weg zum Hafendamm fort, wo Khepri auf sie wartete.

Hassan legte die restliche Strecke zum Leuchtturm zurück. Als er die Kisten mit dem Salböl erreicht hatte, wickelte er das Seil auf und schlang eines der Enden zwischen ihnen hindurch. Anschließend öffnete er den Verschluss der Glasflasche, die Khepri ihm gegeben hatte, und verteilte ihren Inhalt über dem Seil und den Kisten.

Das andere Ende des Seils hinter sich herziehend, ging er um den Leuchtturm herum und hielt auf den Eingang zu. Je näher er kam, desto deutlicher konnte er den beißenden Qualm in seinem Inneren riechen. Den Griff um das Seil festigend, zog er sich wieder den Stofffetzen, den er aus seinem Leibhemd gerissen hatte, über Nase und Mund.

Schwarzer Rauch quoll ihm entgegen, als er die Tür öffnete. Hassan wich unwillkürlich einen Schritt zurück, blinzelte gegen das Brennen in seinen tränenden Augen an. Der Rauch war so dicht, dass er noch nicht einmal das blasse Licht des Gottesfeuers darin ausmachen konnte. Er holte einmal tief Luft, schloss die Augen und lief ins Innere. Hitze und Qualm legten sich wie Blei auf ihn, während er sich einen Weg durch die dunklen Schwaden kämpfte und sein Kopf von den giftigen Dämpfen zu pochen begann.

Darauf vertrauend, sich in Richtung der Flammen zu bewegen, arbeitete er sich blindlings vorwärts und wickelte dabei weiter das Seil ab. Ein heißer Schmerz stach bis tief in seine Lungen.

Schließlich sah er durch den dichten Rauch das Züngeln weißer Flammen. Seine Augen brannten und sein Magen hob sich, als er sich darauf zuschleppte, bevor er alles, was ihm noch an Kraft geblieben war, zusammennahm und das letzte Stück des Seils in die Flammen warf.

Das Feuer flackerte auf und Hassan sackte von einem heftigen Husten geschüttelt auf die Knie. Die Augen vor dem beißenden Rauch schließend, kroch er auf allen vieren rückwärts und folgte der Spur des Seils zum Ausgang zurück.

Die Hitze wurde immer unerträglicher. Das Seil hatte Feuer gefangen, brannte schneller ab, als er kriechen konnte.

Er rückte etwas davon ab, um nicht selbst Feuer zu fangen, während er weiter versuchte, der weißen Flammenspur zu folgen. Doch der Rauch umzingelte ihn, sperrte ihn wie in einen luftdichten Käfig ein. Er konnte nichts mehr sehen. Bekam keine Luft mehr. Der Rauch füllte seinen Mund aus, drang in seine Lungen, benebelte seinen Kopf, brannte in seinen Augen. Sein Brustkorb fühlte sich an, als würde er jeden Moment bersten.

Bald würde das Feuer das Salböl erreichen und den ganzen Turm in Flammen aufgehen lassen. Hassan hatte getan, was er tun musste. Er besaß keine Kraft mehr.

Wie sein Vater würde er sein Leben zum Wohle seines Volkes opfern.

Er schloss die Augen und ließ sich vom Rauch einhüllen.

Kapitel 64

Anton

Anton kletterte.

Er erklomm wie in Trance die schwindelerregenden Stufen, die sich immer weiter und weiter den Leuchtturm hinaufwanden. Je höher er kam, desto leiser wurde das Tosen der sich an den Felsen brechenden Wellen.

Als er mit seinem Aufstieg begonnen hatte, war das Gottesfeuer nur ein weit entferntes Licht an der Spitze des Leuchtturms gewesen, doch nun konnte er seine blasse Flamme in dem vibrierenden Glasgehäuse sehen, das sie vor dem Wind schützte. Seine Beinmuskeln brannten unter der Anstrengung, als er die Aussichtsplattform passierte. Ab hier wurden die Stufen schmaler. Das Gottesfeuer rückte näher, sein Licht schien seinen Blick zu verschlingen.

Flammen züngelten vor dem grauen Himmel, als er die steinerne Plattform erreichte, die um die Leuchtfackel verlief. Den Rücken sengender Hitze zugewandt, hielt er einen kurzen Moment an die Außenbrüstung gelehnt inne. In der Tiefe wütete dunkelgrün-grau schillernd das aufgewühlte Meer.

Zitternd machte Anton sich daran, von der Plattform auf die innere Brüstung zu klettern, richtete sich vorsichtig auf und stemmte sich schwankend gegen den Wind, der an ihm riss. So verharrte er einen Augenblick, bevor er langsam die Hand nach der Flamme ausstreckte.

»Was tust du da?«

Eine Stimme. Ihr scharfer Unterton durchbrach Antons Benommenheit. Ein sturmgleiches *Esha* schlug wie eine gewaltige Welle über ihm zusammen. Er drehte sich um.

Jude stand, vom Licht der blassen Flamme erleuchtet, auf dem obersten Treppenabsatz. Seine Züge waren aufgewühlt, seine Augen vom selben bedrohlichen Grün wie die sturmgepeitschte See.

»Bleib, wo du bist.« Der Wind verschluckte Antons Flehen.

Jude bewegte sich langsam auf ihn zu. »Komm runter.«

Anton blickte zur Flamme des Gottesfeuers zurück. Er schüttelte den Kopf. »Ich muss es tun.« Die Hitze, die die Flamme aussandte, stach in seine Haut, aber in seinem Inneren war ihm so kalt wie an dem Tag, an dem er im Eis eingebrochen war. Er musste es loswerden, musste das loswerden, was ihn seit jenem Tag verfolgte. »Es gibt keinen anderen Weg.«

Er musste seine Gabe aus sich herausbrennen.

»Entweder du kommst zu mir runter«, rief Jude über das Heulen des Windes hinweg. »Oder ich komme zu dir rauf.«

Anton rührte sich nicht. Einen Atemzug später spürte er Judes Wärme neben sich auf der Brüstung. Der Wind schnitt Anton in die Wangen und peitschte ihm feuchte Haarsträhnen ins Gesicht.

»Sieh mich an«, sagte Jude.

Anton schüttelte erneut den Kopf und heftete den Blick auf die weiß lodernde Flamme. Er musste sie nur berühren, und dann, das wusste er, würde es endlich aufhören. Die Albträume. Das Erinnern. Es war der einzige Weg, Erlösung zu finden. Der einzige Weg, frei zu sein. »Du hättest mir nicht folgen sollen.«

»Anton«, versuchte Jude es noch einmal. »Der Grund dafür, dass unsere Wege sich in der Zisterne von Pallas Athos gekreuzt haben, dass die Zeugen es auf dich abgesehen haben …«

»Ich bin ein Prophet«, sagte Anton und sah Jude endlich an.

Ein Prophet. Es war unvorstellbar. Es war wahr.

»So ist es«, erwiderte Jude mit fester Stimme. »Deine Geburt wurde vorhergesagt. Bevor die Sieben Propheten verschwanden, haben sie die Zeichen dafür genannt: *Unter einem lichtdurchzogenen Himmel wird ein Thronfolger mit gesegneter Weitsicht geboren werden. Ein altes Versprechen wird gebrochen.«*

»*Die überschattete Zukunft ins Licht zurückzuführen*«, sagte Anton, ohne zu wissen, woher plötzlich diese Worte kamen, die sich anfühlten wie aus einer Geschichte, die er kannte. Er hatte sie aber noch nie gehört.

Judes Augen weiteten sich überrascht. »Ja. Du bist der Letzte Prophet, Anton. Und es ist meine Pflicht, dich zu beschützen, koste es, was es wolle. Ich werde nicht zulassen, dass dir irgendjemand Schaden zufügt. Weder Illya noch die Zeugen. Niemand.«

Anton ließ den Blick von Judes Augen zu seiner zur Faust geballten Hand hinunterwandern. »Weder vor den Zeugen noch vor Illya habe ich solche Angst.«

Jude hielt bestürzt inne. Als er wieder sprach, war seine Stimme über das Heulen des Windes kaum hörbar. »Wovor dann?«

Anton senkte den Kopf. »Ich habe … etwas gesehen. Es ist lange her. Aber ich …«

»Was? Was hast du gesehen?«

»Ich hatte eine Vision«, fuhr Anton zögernd fort. »Ich war noch so jung, trotzdem wusste ich aus irgendeinem Grund, dass das, was ich gesehen habe, noch nicht geschehen war, aber geschehen würde. Und dass … niemand es aufhalten könnte. Am allerwenigsten ich.«

Etwas Dunkles bewegte sich auf diese Welt zu und Anton hatte seinen Schatten gesehen.

»Eine Vision?«, wiederholte Jude. »Heißt das ... du hast es gesehen? Das Ende der Prophezeiung? Die Zukunft, in die die Sieben nicht blicken konnten?«

War es das, was er gesehen hatte? Die Zukunft?

Er zuckte hilflos mit den Schultern. »Ich weiß es nicht. Ich kann mich kaum daran erinnern. Es hat mich in eine Art Trance fallen lassen. Ich bin auf den zugefrorenen See hinausgelaufen. Plötzlich brach das Eis unter mir ein und ich versank im Wasser. Dann waren da nur noch ... Blitze. Dunkelheit. Nachdem mein Bruder mich aus dem Wasser gezogen hatte, lief ich davon. Was es auch gewesen war, ich konnte den Anblick nicht ertragen.« Er konnte es noch immer nicht. Er blickte an Jude vorbei Richtung Horizont. »Seitdem habe ich nie aufgehört, davor davonzulaufen.« Vor etwas, das in seinem eigenen Kopf war. Vor einer Sache, der er nie entkommen würde.

»Dann ist es vielleicht an der Zeit, damit aufzuhören.« Judes Stimme war leise und ernst, und so nah.

Anton hörte sie über den Wind und die Brandung hinweg. Ihn streifte der vage Gedanke, dass er diese Stimme über alles hinweg hören könnte.

Er wandte sich um. Judes Augen waren strahlend und bedrohlich.

Ein berstendes Geräusch ließ die Luft vibrieren, lauter und näher als Donnergrollen. Der Leuchtturm begann unter ihnen zu schwanken. Anton verlor das Gleichgewicht und strauchelte an den Rand der Brüstung.

»Jude!«

Der Himmel, der Wind und das Meer hielten für einen Moment den Atem an. Dann schoss ein gewaltiger Lichtblitz empor und verwandelte die Welt in eine weiß brennende Fackel.

Der Leuchtturm erzitterte. Flammen züngelten in die Höhe. Anton stolperte rückwärts. Jude machte einen Satz nach vorn.

Gemeinsam stürzten sie in die Tiefe.

KAPITEL 65

JUDE

Judes Blut begann zu brodeln, als er durch das Gottesfeuer sprang.

Er blendete den Schmerz aus, blendete das Feuer aus, das durch seine Adern wütete, und den Wind, der ihm ins Gesicht peitschte, und schlang die Arme um Anton, um ihn vor den Flammen abzuschirmen. Seine Gabe schwoll in ihm an, als er sich, den Propheten fest an sich gepresst, von der Brüstung abstieß und in hohem Bogen mit ihm in Richtung Meer stürzte.

Das Wasser raste ihnen entgegen. Gleißend helles Licht füllte seine Sicht aus. Gottesfeuer entzündete seine Gabe, schickte eine Explosion aus Schmerz durch seinen Körper. Die weiß glühende Hitze verschlang ihn, bis er ihr nicht mehr standhalten konnte.

Er spürte nichts mehr, sah nichts mehr, aber er konnte noch immer Antons leisen Atem über dem Heulen des erbarmungslosen Windes hören.

Dann stießen sie durch die Wasseroberfläche und alles wurde still.

Kapitel 66

ANTON

Das Meer nahm Anton in seinen Armen auf.

Hinter seinen Augenlidern brannte Feuer. Dunkelheit zog heran und umzingelte ihn. Sie war seit jenem Tag auf dem zugefrorenen See hinter ihm her.

Er hatte alles getan, um ihr zu entkommen, aber die Vision war immer da gewesen, lauernd. Hier im Wasser, in der Dunkelheit, konnte er nicht mehr davonlaufen. Er konnte nicht mehr kämpfen. Er ergab sich ihr.

Und ließ sich fallen.

———

Er war in einer Stadt aus Ruinen. Eine Dunstglocke aus Asche und Staub verschleierte einen roten Himmel. Ein Schatten verdunkelte die Sonne.

Eine schwarze Rauchsäule wies Anton den Weg über einen ausgetretenen Pfad, vorbei an zerfallenen Säulen und in sich zusammengefallenen Bogengängen.

Anton ... Anton ... Prophet ...

Der Rauch führte ihn in das Herz der zerstörten Stadt. Zu einem in Trümmern liegenden Turm – bloß noch ein Steingeripppe und eine Mauer, die stehen geblieben war und wie ein Monolith in die Höhe ragte.

Vier schwarze Rauchsäulen stiegen von den eingestürzten Mauern auf und trafen sich in der Mitte wie die vier Himmelsrichtungen eines Kompasses.

Ein leises Murmeln erfüllte die Luft, schwoll an und löste sich zu einer Stimme auf, die wie Flammen knisterte.

So enthüllt sich durch Feuer und Gnade …

Zwischen den Trümmern des Turms lag ein Körper, die Glieder unnatürlich verdreht. Der Rauch umwaberte ihn wie Nebelfetzen. Die Gestalt begann Sprünge zu bekommen, als wäre sie eine Statue aus Stein. Aus den Rissen strömte weißes Licht.

Unsere letzte Prophezeiung …

Der Rauch zog sich zu einem sich um sich selbst windenden Gebilde zusammen, das von der Gestalt aufstieg und die Sicht auf den blutroten Himmel versperrte.

Anton hob den Blick.

Zwei strahlende Augen, in denen gleißendes Licht loderte, die Lider aus sich kräuselndem schwarzen Rauch.

Das Zeitalter der Dunkelheit zu bannen …

Die Augen sahen ihn. Sahen bis in sein Innerstes. Er konnte sich nicht *rühren*, konnte nicht *denken*, konnte nichts anderes wahrnehmen als diese Augen. Augen aus Licht, das einer kalten Flamme glich.

Oder die Welt auf ewig dem Untergang zu weihen.

Er stand an einem Abgrund und blickte auf eine Stadt hinaus, die er noch nie zuvor gesehen hatte, eine farbenprächtige Stadt voller saftig grüner Palmen und türkisblauem Wasser, das sich in die Umarmung wandernder Dünen schmiegte. Ein gewaltiges Tor aus rotem Felsgestein ragte am Stadtrand empor. Mit einem Mal durchdrang ein Bersten die Luft und das Tor stürzte in sich zusammen.

Die ganze Stadt wurde von einem Beben erfasst, als sich der Sand unter ihr teilte und sie verschluckte.

An ihrer Stelle erhob sich eine neue Stadt. Diese erkannte er an den zwei großen Statuen, die ihren Hafen flankierten. Tarsepolis. Licht und Feuer regneten vom Himmel und verwandelten die Stadt in ein loderndes Flammenmeer.

Aus ihrer Asche erhob sich Pallas Athos. Anton stand auf der höchsten Ebene, auf den Stufen des Tempels von Pallas, und sah, wie eine Flutwelle aus Blut die einst strahlend weißen Straßen und Häuser rot färbte.

Die Sechs Prophetischen Städte fielen eine nach der anderen.

Er kehrte zu dem zerstörten Turm zurück, vor dessen Trümmern er vorhin gestanden hatte. Doch nun stand er inmitten der Ruine unter dem blutroten Himmel. Rauchfetzen umwehten ihn.

Er senkte den Blick. Die Gestalt lag direkt zu seinen Füßen, das Gesicht ihm zugewandt.

Ihre Augen öffneten sich und Beru stieß einen markerschütternden Schrei aus. Die Vision verpuffte in aufflammendem weißem Licht.

Anton wachte auf.

KAPITEL 67

BERU

Beru stand neben ihrer Schwester inmitten der Zerstörung, wo einmal ihr Zuhause gewesen war, und blickte auf den reglosen Jungen hinunter, der sie hierhergebracht hatte.

Hector lag mit ausgebreiteten Gliedern im verdorrten Gras, seine Augen starrten ausdruckslos in den wolkenlosen Himmel. Beru wusste, dass Ephyras Gesicht das Letzte gewesen war, was diese Augen gesehen hatten.

»Was hast du getan?«, sagte sie. An ihrem Handgelenk rann warmes Blut hinunter. Sie riss den Blick von Hectors Leichnam los und beobachtete einen Augenblick lang stumm, wie das Blut von ihrem Arm auf die trockene Erde zu ihren Füßen tropfte und darin versickerte.

Was haben wir getan?

»Beru.« Ephyras Stimme war schmerzerfüllt. »Ich musste es tun. Ich *musste*. Er hat dich zum Sterben hierhergebracht. Das konnte ich nicht zulassen.«

»Er war unschuldig«, sagte Beru tonlos. »Er war unschuldig und du hast ihn getötet. Du hast ihn *umgebracht*, Ephyra.«

»Um *dich* zu retten.«

Ephyras Wangen starrten vor Dreck, Blut und Tränen. Beru betrachtete ihre Schwester und hatte das Gefühl, sie zum ersten Mal wirklich zu sehen.

»Lieber würde ich sterben, als der Grund dafür zu sein, dass aus dir ein Monster wird.«

Berus Stimme brach. Sie spürte Übelkeit in sich aufsteigen und das Brennen unvergossener Tränen hinter ihren Lidern. »Aber ich glaube, es ist bereits zu spät.«

»Beru ...«

»Nein, Ephyra. Ich habe dir gesagt, ich kann das nicht mehr.«

»Wir können immer noch nach dem Kelch suchen.« Ephyra streckte die Hand nach ihr aus. »Nur weil Anton uns nicht helfen konnte, bedeutet das nicht ...«

Beru wich vor ihr zurück. »Genug, Ephyra. Keine Suche mehr. Keine Blasse Hand mehr. Kein einziger Mensch mehr, der wegen mir sterben muss. Es ist vorbei.«

»Es ist nicht vorbei«, gab Ephyra erbittert zurück. »Noch atmest du, Beru. Bitte ...«

»Hector hat mir von einer Prophezeiung erzählt.« Beru hielt einen Augenblick zögernd inne, bevor sie weitersprach. »Eine Prophezeiung, die ein Zeitalter der Dunkelheit vorhersagt ... und wir sind die Vorboten dieses Zeitalters. Die blasse Hand des Todes. Und das, was aus Staub ersteht.«

Ephyra stieß ein hartes Lachen aus. »Was für eine Prophezeiung? Es gibt keine Prophezeiungen mehr. Die Propheten sind *fort* und kommen nicht wieder zurück. Du glaubst doch nicht wirklich, dass ...«

»So hat er es mir erzählt. Und ich glaube ihm. Denn er hat recht, Ephyra. Sieh dir an, was du getan hast. Dieser Ort ... unser Zuhause ... Wir haben es *zerstört*. Wenn wir zu so etwas fähig sind, brauche ich keine Prophezeiung, um zu wissen, dass wir noch zu weitaus Schlimmerem in der Lage sind.«

»So denkst du also?« Ephyra trat auf sie zu. »Dass es so etwas wie unser Schicksal ist, *Unheil* anzurichten?«

Beru schluckte. »Ich weiß nur, dass wir etwas Dunkles in uns tragen. Und ich kann nicht länger die Augen davor verschließen.«

»Was willst du damit sagen?«, fragte Ephyra verzweifelt. »Was hast du vor?«

Beru hob das Kinn und blickte an ihrer Schwester vorbei zur fernen Sonne. »Dass ich gehe. Und dieses Mal wirst du mir nicht folgen.«

Ephyra streckte erneut die Hand nach ihr aus. »Beru …«

»Von hier an trennen sich unsere Wege.«

»Nein«, sagte Ephyra. »Nein, du kannst nicht …«

»Ich kann nicht?«, sagte Beru. »Ich konnte nicht selbst entscheiden, ob ich sterbe oder nicht. Ich konnte nicht selbst entscheiden, ob ich zurückgeholt werde oder nicht. Aber jetzt treffe ich meine eigene Entscheidung. Ich werde nicht zulassen, dass Monster aus uns werden. Ich entscheide mich dafür, zu gehen.«

»Beru, *bitte*.« Ephyras Stimme klang erstickt. »Das kannst du nicht tun.«

Beru fasste ihre Schwester an den Schultern. »Du bist meine Schwester, und ganz gleich, was du getan hast, ich werde dich immer lieben.« Sie ließ die Hände wieder sinken und trat einen Schritt zurück. »Aber du wirst mich nie wiedersehen.«

Beru schaute stumm zu, wie das Herz ihrer Schwester brach. Sie konnte es daran sehen, wie ihr Gesicht sich verzog und ihr Körper zu zittern begann. Sie zwang sich, es so lange mit anzusehen, bis sie es nicht mehr ertrug. Dann drehte sie sich um.

Sie musste es tun. Hector hatte es gewusst und nun wusste sie es auch. Hier ging es um mehr als um seinen Tod. Um mehr als um die Leben, die die Blasse Hand bisher ausgelöscht hatte. Um mehr als um das Dorf, das durch Berus Wiederauferstehung zerstört worden war.

Ephyra liebte Beru so sehr, dass sie bereit war, die ganze Welt zu zerstören, um sie zu retten. Und Beru liebte Ephyra so sehr, dass sie nicht bereit war, das zuzulassen.

Und so wandte sie sich ab und trat aus dem Schatten der Akazie ins Licht.

KAPITEL 68

HASSAN

Das Erste, was Hassan wahrnahm, war das Fehlen einer Empfindung – Schmerz. Seine Augen hatten aufgehört zu brennen. Sein Brustkorb fühlte sich nicht mehr an, als würde er jeden Moment bersten. Die Luft fand mühelos ihren Weg in seine Lungen – ein und aus, ein und aus.

Er wusste nicht, wie es möglich war, aber er lebte.

Das Nächste, was er spürte, war eine kühle Hand an seiner Wange. In den beißenden Rauchgestank mischte sich ein zarter Duft nach Zitrusfrüchten und Erde. Er hätte sich am liebsten in ihn hineinsinken lassen. Lippen streiften über seine Stirn und er hob ihnen seine eigenen Lippen zu einem Kuss entgegen.

Khepri stieß einen leisen, überraschten Laut aus, dem ein Seufzen folgte, als sie sich voneinander lösten. Hassan öffnete blinzelnd die Augen und setzte sich auf. Khepri kniete neben ihm, einen Ausdruck unendlicher Erleichterung auf ihrem rußverschmierten Gesicht. Die anderen Soldaten standen im Halbkreis um sie herum.

»Was ist passiert?«, fragte er mit rauer Stimme, die Kehle noch immer wund vom vielen Rauch, den er eingeatmet hatte.

Khepri zögerte einen Moment, bevor sie antwortete. »Als du

nicht wieder aus dem Leuchtturm herausgekommen bist, bin ich
rein, um nach dir zu suchen.«

»Khepri«, sagte er und runzelte vorwurfsvoll die Stirn.

Doch ihre Miene zeigte nicht den Funken eines schlechten Ge-
wissens. »Du hast nur ein paar Schritte hinter der Tür gelegen. Du
hattest es schon fast nach draußen geschafft, bevor du das Bewusstsein verloren hast.«

»Sie hat Euch auf ihrem Rücken herausgetragen.«

Hassan schaute auf und sah Faran über ihnen aufragen, die Arme
vor der Brust verschränkt.

»Khepri und Ihr seid nur ganz knapp der Explosion entgangen,
Hoheit.«

Ein Ruck ging durch Hassan. »Der Leuchtturm?«

»Den gibt es nicht mehr«, sagte Khepri leise.

»Ich möchte es mit eigenen Augen sehen.«

Khepri presste die Lippen zu einer schmalen Linie zusammen,
erhob sich aber gehorsam und half ihm auf. Er war noch immer
etwas schwach auf den Beinen, schaffte es jedoch, schließlich aufrecht stehen zu bleiben und über den Hafendamm hinweg zur Ruine des Leuchtturms zu schauen.

Das Erbe seiner Familie. Der Stolz seines Königreichs. Das
Wahrzeichen seiner Stadt. Es existierte nicht mehr, und ganz gleich,
wie es weiterging, ganz gleich, ob es ihnen gelang, die Zeugen aus
Nasira zu verjagen und Lethia abzusetzen, dieser Teil der Geschichte
seines Volkes würde nie wieder derselbe sein. Der Leuchtturm, der
über tausend Jahre hier gestanden hatte, ruhte nun auf dem Meeresgrund. Und Hassan würde als der Prinz in die Geschichte eingehen,
der ihn zu Fall gebracht hatte.

Es war kaum möglich, darüber so etwas wie Triumph zu empfinden.

»Prinz Hassan.«

Er drehte sich zu den Herati-Soldaten um, die hinter ihm standen, die Gesichter erschöpft und rußverschmiert, manche von ihnen verwundet. Ihre Reihen gelichtet und um einige Dutzend kleiner als die Streitkraft, die nach Nasira gekommen war.

»Wie geht es nun weiter, Prinz Hassan?«

Niemand konnte voraussehen, welches Schicksal sie hier erwartete. Man würde Jagd auf sie machen. Möglicherweise drohte ihnen die Hinrichtung.

Doch sie hatten den Zeugen mit vereinten Kräften Einhalt geboten. Sie hatten die Stadt davor bewahrt, niedergebrannt zu werden. Der Leuchtturm von Nasira stand nicht mehr, aber diese Menschen hier, sie standen weiterhin aufrecht. Genau wie er.

»Wir suchen uns einen Unterschlupf«, sagte Hassan. »Formieren uns neu. Und holen schon bald zu unserem nächsten Schlag aus.«

Er folgte keinem vorgegebenen Pfad mehr – nicht dem seines Vaters, nicht dem des Ordens, nicht dem Lethias. Nichts war mehr gewiss, außer dem Mädchen neben ihm und den Menschen, die an sie beide glaubten. Das Königreich Herat war mehr als ein Leuchtturm. Mehr als eine Prophezeiung. Nun, da Hassan an seine Ufer zurückgekehrt war, würde er alles tun, was notwendig war, um es zu beschützen.

In der Ferne setzten die Schiffe des Ordens ihre silbernen Segel und glitten aufs Meer hinaus.

Hassan hob sein Gesicht dem Himmel entgegen. Im Osten stieg die Sonne am Horizont auf.

Kapitel 69

Ephyra

Eine leichte Brise rauschte in den Blättern der Akazie, unter der Ephyra stand. Über dem Dorf der Toten war die Abenddämmerung hereingebrochen.

Beru war fort. Ephyra war allein, nach allem, was sie getan hatte, um genau das zu verhindern.

»Guten Tag, Ephyra.«

Ephyra fuhr herum. Doch nicht so allein. Noch nicht.

Sie kannte die Frau nicht, die auf der anderen Seite des Gartens stand, aber etwas sagte ihr, dass sie sie kennen sollte.

Sie trug braune Hosen und ein einfaches langes blaues Hemd, die typische Kleidung der Bewohner Medeas. Um ihre dunklen Locken war ein seidenes Tuch in leuchtendem Orange gebunden, der Farbe der Morgenröte. Sie war eine schöne Frau – tiefbraune Haut, einige Schattierungen heller als ihre eigene, und Augen, die wie dunkler Likör schimmerten.

»Wer bist du?«, fragte Ephyra, während eine weitere Brise über sie hinwegstrich.

Die Frau trat mit geschmeidiger Anmut durch den Garten auf sie zu. »Nun, ich habe dir nie meinen wahren Namen genannt.«

»Frau Tappan?«

Aber das ist nicht ihr richtiger Name, hatte Anton an jenem Abend, der ein ganzes Weltalter zurückzuliegen schien, in seiner Kammer in der Stadt des Glaubens zu ihr gesagt. Nun, da Ephyra ihr endlich selbst gegenüberstand, wusste sie, dass Anton recht gehabt hatte. Wer auch immer diese Frau war, sie war nicht nur eine Kopfgeldjägerin. Und sie hatte das Dorf der Toten aufgespürt, den Ort, an dem Ephyras Leben seinen Anfang genommen hatte.

Ephyra ballte die Hände zu Fäusten. »Was macht Ihr hier?«

»Ich bin gekommen, um dir zu helfen«, antwortete die Frau.

»*Helfen?* Mir?«, sagte Ephyra. »Ihr habt mein Leben zerstört! Ihr seid diejenige, die uns nach Pallas Athos geschickt hat. Ihr seid der Grund dafür, dass Hector uns dort gefunden hat. Das alles ist Eure Schuld!«

Die Frau musterte sie unbeeindruckt. »Ich mag nicht ganz unbeteiligt daran gewesen sein, dass eure Wege sich mit denen von Hector Navarro gekreuzt haben, aber es sind deine Taten und die deiner Schwester gewesen, die euch hierhergeführt haben. Diejenigen, die nicht selbst wählen können, werden stets vom Schicksal beherrscht werden.«

»Ist das alles nur eine Art makabres Spiel für Euch?«, zischte Ephyra. »Uns auf eine aussichtslose Jagd nach irgendeinem legendären Kelch zu schicken? Der womöglich noch nicht einmal wirklich existiert?«

»Oh, dieser Kelch existiert durchaus. Und er kann dir helfen, das Leben deiner Schwester zu retten. Ist das noch immer dein Wunsch?«

Ephyra holte zitternd Luft. Beru zu retten, war so lange das einzig Beständige in ihrem Leben gewesen. Für etwas anderes war überhaupt nie Raum geblieben. Es hatte immer nur die nächste Stadt gegeben, das nächste Opfer, den nächsten in Berus Haut geätzten Strich.

Sie kannte kein anderes Leben. Sie wusste nicht, *wie* sie irgendetwas anderes wollen sollte.

»Komm mit.« Die Frau deutete mit dem Kopf zu dem kleinen Haus. Das Haus, in dem Ephyras Eltern gestorben waren. Das Haus, in dem Beru den ersten Atemzug ihres zweiten Lebens getan hatte. Ephyra folgte ihr.

Die Frau trat durch die Tür in die kleine Stube mit ihrem niedrigen, von abgewetzten Kissen umgebenen Tisch und den bis unter die Decke reichenden Bücherregalen an den Wänden. Ephyra konnte nicht anders, sie strich mit den Fingern über die Buchrücken, so wie sie es früher als Kind immer getan hatte. Die Erinnerung traf sie wie ein unerwarteter Sonnenstrahl, der für einen Moment ihre Trauer durchbrach und ihr das Gefühl gab, wieder ein kleines Mädchen zu sein.

Die Frau ging zu einem der Bücherregale und zog etwas heraus. Ephyra erkannte es auf der Stelle wieder. Es war eines der Skizzenbücher ihres Vaters. Auf seinen langen Karawanenreisen hatte er stets eines bei sich getragen, um auf den Seiten die Gesichter der Menschen, denen er unterwegs begegnete, und die Orte, durch die er kam, festzuhalten. Sie dachte daran, wie sie abends an ihren Vater geschmiegt jedes Mal »Oh, was ist das?« gerufen hatte, wenn er eine Seite umblätterte und eine Herde Kamele oder fremde Artefakte zum Vorschein kamen.

Die Frau schlug das Skizzenbuch auf und begann darin zu blättern. Ephyra musste sich auf die Zunge beißen, um nicht laut dagegen zu protestieren. Die Skizzenbücher ihres Vaters waren wie ein kostbarer Schatz. Etwas Heiliges.

Die Frau hielt bei einer Zeichnung von Beru inne. Sie mochte ungefähr zehn oder elf Jahre gewesen sein, als das Bild entstanden war, ein schlaksiges junges Mädchen mit dem Gesicht einer Elfe. Sie streckte die Arme über den Kopf, um einen Papierdrachen im Sturzflug aufzufangen. Ephyra konnte sich noch gut an diesen Tag erinnern. Das jährliche Drachenfest im Dorf. Beru hatte mehr Drachen gefangen als jedes andere Kind. Sie war so stolz gewesen. Wenige Wochen später war sie das erste Mal krank geworden.

Zwischen zwei Seiten steckte ein zusammengefaltetes Stück Pergament. Die Frau nahm es heraus und hielt es ihr hin.

Ephyra faltete es mit zitternden Händen auf. Es enthielt ebenfalls eine Zeichnung, aber nicht von einem Menschen.

Es war ein Krug. Sie strich mit den Fingerspitzen über die feinen Striche, die einen kunstvoll verzierten, mit Edelsteinen besetzten silbernen Krug darstellten. Er sah aus, als gehörte er auf die Tafel eines alten Königs von Behesda.

Nein, kein *Krug*. Ein Kelch.

Sie hob langsam den Blick von der Zeichnung und sah die Frau an. »Ist das …?«

»Schau auf die Rückseite«, sagte die Frau.

Und dort entdeckte Ephyra eine Karte der Wüste Seti, die sich von der Ostküste des Pelagos bis nach Behesda erstreckte und von der Inshuussteppe im Norden bis zum Südmeer. Kleine mit Tinte eingezeichnete Kreuze markierten Dutzende von Wüstendörfern, von denen sie teilweise noch nie etwas gehört hatte.

Am unteren Rand der Karte war ein weiteres Stück Pergament befestigt, auf das jemand in einer ihr nicht vertrauten Handschrift eine Nachricht geschrieben hatte.

Aran, stand dort. Der Name ihres Vaters. *Ich fürchte, wir können dir in dieser Angelegenheit nicht helfen. Falls dieser Kelch existiert, begib dich besser nicht auf die Suche nach ihm. Das Einzige, was du finden wirst, ist ein schneller Tod.*

Ephyra las die Worte dreimal, als könnten sie sich dadurch verändern. Lange bevor sie überhaupt von der Existenz dieses Kelches wusste, hatte ihr Vater bereits danach gesucht. All die Male, in denen er mit einer Handelskarawane in die Wüste gezogen war …

Was hatte er auf diesen Reisen wirklich getan? Ihr schlug das Herz bis zum Hals.

»Was ist das?«, fragte sie heiser. »Hat mein Vater nach dem Eleasarkelch gesucht?«

Die Frau erwiderte nichts.

Ephyra riss ihr das Skizzenbuch aus der Hand.

»Antwortet!«, rief sie. »Wenn mein Vater nach dem Eleasarkelch gesucht hat, kann es nur etwas mit mir zu tun gehabt haben, nicht wahr? Warum bin ich … warum habe ich eine solche Gabe?«

Die Frau legte den Kopf schräg. »Was für eine Gabe?«

»Eine so mächtige«, sagte Ephyra. Das Wort fühlte sich seltsam an auf ihrer Zunge. Sie hielt sich selbst nicht für mächtig, aber der Beweis dafür war hier, in diesem Dorf, und hatte die Haut jedes Menschen gezeichnet, der je durch ihre Hand den Tod gefunden hatte.

Hatte ihr Vater aus irgendeinem Grund gewusst, wozu sie fähig war? Glaubte er, dass der Kelch helfen würde, ihre Gabe im Zaum zu halten?

Die Frau ließ den Blick durch den Raum wandern. »Du und deine Schwester seid nicht der Anfang all dessen gewesen. Die Blasse Hand und die, die aus Staub aufersteht. Aber ihr werdet diejenigen sein, die es beenden.«

Ephyra zuckte zusammen. Berus Worte über die letzte Prophezeiung hallten durch ihren Kopf. *Eine Prophezeiung, die ein Zeitalter der Dunkelheit vorhersagt … und wir sind die Vorboten dieses Zeitalters.*

»Ich wollte nichts anderes, als meine Schwester zu retten.« Ephyra brach die Stimme. »Das hätte alles nie geschehen sollen.«

»Aber es ist geschehen«, erwiderte die Frau. »Und nun? Nun, da du den Preis dafür kennst, bist du noch immer bereit, alles zu tun, um sie zu retten?«

Ephyra schloss die Augen. »Ja.«

»Dann musst du zu Ende führen, was dein Vater begonnen hat«, sagte die Frau. »Es ist an dir, dich zu entscheiden.«

Ephyra blickte auf die Karte in ihrer Hand. Würde sie den Kelch finden, könnte sie Beru ein für alle Mal retten.

Und womöglich die Welt dabei ins Verderben stürzen.

Ephyra begegnete dem unerschütterlichen Blick der Frau und traf ihre Entscheidung.

Kapitel 70

Anton

Anton war nicht ertrunken.

Sein Kopf hämmerte. Die Welt schaukelte vor und zurück. Er hatte das Gefühl, seinen Magen entleeren zu müssen, doch er war nicht einmal fähig herauszufinden, wo oben und wo unten war. Er zwang sich, die Augen zu öffnen. Helles Licht stach wie Nadeln auf ihn ein.

Plötzlich war alles wieder da – die Zisterne, der Leuchtturm, sein Bruder, *Jude* – und er fuhr keuchend hoch.

»Na, na, nicht so schnell.«

Eine Hand legte sich auf seine Brust. Er spürte das Surren eines warmen, volltönenden *Esha*. Ruhig. Besonnen. Kraftvoll.

Blinzelnd blickte Anton zu der Frau auf. Sie war hellhäutig und sehnig, Sommersprossen sprenkelten ihr Gesicht, ihren Hals und ihre Arme. Ihre kupferfarbenen Locken waren zu einem dicken Zopf geflochten, der über ihre Schulter nach vorn gefallen war und einen Teil des silbernen Reifs verdeckte, der um ihren Hals lag. Als sie seinen Blick erwiderte, schien ein warmer Ausdruck in ihre dunkelblauen Augen zu treten. Dennoch war da ein leichtes Unbehagen zwischen ihnen.

Antons Magen rebellierte und er rollte sich zur Seite und erbrach sich auf den Holzboden.

Die Frau verzog keine Miene.

»Wasser«, krächzte er, als er fertig war.

Neben seinem Schlaflager stand eine Schale. Die Frau hielt sie ihm vorsichtig an die Lippen und neigte seinen Kopf sanft etwas nach hinten, damit er trinken konnte. Die Berührung war unerwartet zärtlich. Beinahe ehrfürchtig.

Anton ließ sich fröstelnd in die Kissen zurücksinken und schloss die Augen. Mit einem Stöhnen legte er die Arme über sein Gesicht und versuchte jedes Licht auszuschließen.

»Weißt du, wo du bist?«, fragte die Frau. »Kannst du mir deinen Namen sagen?«

»Anton.« Seine Stimme tönte dumpf unter seinen Armen hervor. »Wir sind auf einem Schiff.«

»So ist es«, sagte sie sanft. »Mein Name ist Penrose. Das muss im Augenblick alles sehr verwirrend für dich sein, aber ich kann dir versprechen, dass du hier vollkommen sicher bist.«

»Wo ist Jude?« Das Letzte, woran er sich erinnern konnte, war, wie er, in Judes Armen vor dem Gottesfeuer geschützt, in die Tiefe fiel, wie sie beide ins Meer stürzten und …

Penroses Lippen pressten sich zu einer schmalen Linie zusammen und ihr ohnehin blasses Gesicht verlor alle Farbe. Antons Magen sackte nach unten und er beugte sich über den Rand seines Lagers, weil er sicher war, sich erneut übergeben zu müssen.

»Er ist hier auf dem Schiff«, sagte Penrose schließlich.

Er stieß erleichtert die Luft aus.

Aber Penrose war noch nicht fertig. »Ich habe gesehen, wie ihr vom Leuchtturm ins Meer hinuntergestürzt seid. Wir sind euch sofort hinterhergesprungen – Annuka und ich – und haben euch so schnell an Land gezogen, wie wir konnten. Jude hatte aufgehört zu atmen, als wir das Ufer erreichten. Die Heiler tun, was in ihrer Macht steht.«

Das Blut pochte in Antons Schläfen und um ihn herum begann sich erneut alles zu drehen.

»Anton.« Penroses Stimme war noch immer sanft, aber es schwang ein dringlicher Unterton darin mit. »Was habt ihr da oben auf dem Leuchtturm gemacht, du und Jude?«

Anton verfiel in ein langes Schweigen. Als er spürte, dass Penrose unruhig wurde, sagte er: »Ihr seid eine von ihnen, oder? Ihr gehört dem Orden des Letzten Lichts an.«

Sie nickte.

Er holte zitternd Luft. Es hatte keinen Sinn mehr, sich weiter davor zu verstecken, weiter davor wegzulaufen. Das hatte er auf dem Leuchtturm bewiesen. Und es hätte ihn beinahe das Leben gekostet.

Es hätte Jude beinahe das Leben gekostet.

»Ich möchte zu ihm«, sagte er.

Penrose zögerte.

»Bitte. Bringt mich zu ihm. Dann erzähle ich Euch, was immer Ihr wissen wollt.«

—◦◦◦—

Es brauchte drei Versuche, bis Anton es aus der Kajüte schaffte. Penrose half ihm geduldig, stützte beinahe sein gesamtes Gewicht, als er auf wackligen Beinen zur Tür schwankte und sich einen schmalen, knarzenden Gang entlangtastete. Dabei hielten sie immer wieder inne, damit er sich an die Schotten lehnen konnte, bis sein Kopf aufhörte, sich zu drehen.

Als sie endlich das Krankenrevier erreicht hatten, sah er drei Männer und eine Frau im Gang stehen. Zwei Männer waren dunkelhäutig, die Frau und der dritte Mann hatten helle Haut und sahen sich so ähnlich, dass sie Zwillinge sein mussten. Sie trugen den gleichen dunkelblauen Umhang und silbernen Wendelring wie Penrose.

»Ist das …?«, begann der hellhäutige Mann und sah Anton unverhohlen mit großen Augen an.

Penrose brachte ihn mit einem bedeutsamen Blick zum Schweigen. »Er möchte zu Jude.«

Leise öffnete sie die Tür zum Lazarett, durch die blasses Licht auf den Gang hinausfiel. Anton schluckte, zögerte, als ihn nun nur noch wenige Schritte von dem Ort trennten, an dem Jude schwer verwundet und hilflos darniederlag.

Schließlich gab er sich einen Ruck und trat ein. In dem Raum stand eine Reihe Pritschen, die teilweise durch Vorhänge abgetrennt waren. Leuchtlampen verströmten gedämpftes Licht. Penrose führte ihn zu einer dieser vor Blicken geschützten Pritschen und zog den Vorhang zur Seite.

Judes Gesicht hob sich blass und schmal von den grauen Laken seines Krankenlagers ab. Sein Arm war verbunden und über seinen Hals zog sich auf einer Seite ein Netz heller Narben, die wie feine Risse in gesprungenem Glas aussahen.

Alles seinetwegen. Weil er feige gewesen und auf den Leuchtturm hinaufgerannt war, unfähig, sich dem zu stellen, was er war. Dem, was er gesehen hatte.

Sein Magen begann sich erneut zu heben. Er lief aus dem Krankenlager, schob sich an der kleinen Gruppe vor der Tür vorbei und schaffte es gerade noch rechtzeitig bis zum Hauptdeck, bevor er sich über die Außenplanke des Schiffs erbrach.

Als er fertig war, lehnte er sich erschöpft gegen die Planke und bettete den Kopf auf seine verschränkten Unterarme. Ein bitterer Geschmack brannte in seinem Mund.

Er spürte, wie sich ihm zaghaft eine Hand auf die Schulter legte, und hörte wieder Penroses volltönendes *Esha*.

»Das … Gottesfeuer«, begann Anton stockend zu sprechen. »Oben auf dem Leuchtturm. Jude ist hindurchgesprungen, als ich

554

von der Brüstung stürzte.« Er dachte an die Hitze zurück, an das laute Knistern der lodernden Flammen.

»Als ihr durch die Wasseroberfläche gestoßen seid, wurden die Flammen gelöscht.« In Penroses Stimme lag ein zögernder Unterton. »Die Verbrennungen sind nicht lebensbedrohlich. Noch gibt es Hoffnung, dass ...« Sichtlich aufgewühlt, hielt sie einen Moment inne, bevor sie weitersprach. »Noch gibt es Hoffnung, dass das Wasser das Gottesfeuer gelöscht hat, bevor es seine Gabe herausbrennen konnte. Aber darüber werden wir erst Gewissheit haben, wenn er wieder zu sich kommt. Bis dahin können wir nichts anderes tun als warten.«

Warten, um herauszufinden, ob Judes Körper in der Lage war, zu überstehen, was Anton ihm angetan hatte.

»Jude hat bei eurem Sturz seine Gabe benutzt«, sagte Penrose. »Er hat sie benutzt, um vom einstürzenden Leuchtturm zu springen und der starken Meeresströmung zu entkommen.«

Anton hob den Blick, nicht sicher, worauf sie hinauswollte. Sie betrachtete ihn aufmerksam.

»Es muss ihn sehr viel Willenskraft gekostet haben«, fuhr Penrose fort, »trotz dieser unvorstellbaren Schmerzen seine Gabe zu benutzen. Ich war mit Ketten gefesselt, die in Gottesfeuer geschmiedet wurden, und das allein war so schmerzhaft, dass ich es kaum ertragen konnte. Ich kann mir nicht vorstellen, wie es sich anfühlen muss, wenn man seine Gabe benutzt, während einen die Flamme selbst verbrennt. Wofür auch immer er gekämpft hat ... es muss sehr bedeutsam gewesen sein.«

Anton las die unausgesprochene Frage, die in ihren Augen stand.

»Ich bin ein Prophet«, wiederholte er die Worte, die er zu Jude auf dem Leuchtturm gesagt hatte und die in diesem Moment noch genauso seltsam klangen. »Der Prophet ... glaube ich.«

Penrose sah ihn unverwandt an. »Dann ist es also wahr.«

»Ihr habt es gewusst?«

»Du bist im richtigen Alter«, sagte Penrose leise. »Und als ich Jude gesehen habe …« Ihr stockte die Stimme.

Anton wartete.

»Jude hat in Pallas Athos die Garde verlassen. Er hat seiner Pflicht den Rücken gekehrt und seinen Eid gebrochen. Ein Paladin, der seinen Eid bricht, verwirkt sein Leben.«

»Oh.«

Anton dachte an die *Geheime Quelle* und die grimmige Entschlossenheit auf Judes Gesicht, als er seinen goldenen Wendelring abgenommen und verkündet hatte, er würde ebenfalls an Bord der *Schwarzen Kormoran* gehen und nach Tel Amot segeln. Er dachte an den Klang von Judes Stimme – gebrochen, besiegt – an Bord des Schiffes, auf das Illya sie verschleppt hatte, als er davon sprach, versagt zu haben.

Heiße Scham breitete sich in seiner Brust aus. Jude hatte, auf mehr als nur eine Weise, sein Leben riskiert, um ihn zu beschützen. Er war davon überzeugt, versagt zu haben, war davon überzeugt, alles verraten zu haben, woran er geglaubt hatte. Immerhin so viel hatte er Anton im Bauch des Schiffes auf dem Weg nach Nasira anvertraut. Aber es war nicht Jude, der unfähig gewesen war, seiner Bestimmung gerecht zu werden. Sondern er, Anton. Er hatte so lange alles dafür getan, seiner eigenen Bestimmung zu entkommen, dass er sie beinahe beide dem Untergang geweiht hätte.

»Jude hat mir auf dem Leuchtturm gesagt, er wüsste, dass du in Nasira bist«, sprach Penrose weiter. »Er sagte, er könne deine Gabe fühlen. Erzählst du mir, wie es weitergegangen ist?«

Anton holte zitternd Luft. Er war mit einem Mal unendlich müde. Doch dann dachte er an Jude, der im Schiffslazarett um sein Leben kämpfte, und wusste, dass die Geheimnisse, die er sein ganzes Leben lang für sich behalten hatte, die Vision, die sein Verstand auszulöschen versucht hatte, schuld daran waren, dass Jude dort gelandet war.

Und so begann er zu erzählen. Je länger er sprach, desto größer wurde sein Bedürfnis, sich von all dem zu befreien, es aus dem dunklen Ort tief in seinem Inneren auszugraben.

Irgendwann wurde es zu kalt an Deck und er und Penrose kehrten in seine Kajüte zurück.

»Als ich mit meinem Bruder in der Zisterne war, erzählte er mir von einer letzten Prophezeiung, die die Propheten vor ihrem Verschwinden hinterlassen haben.« Er konnte noch immer Illyas Gesicht vor sich sehen, seine in der Dunkelheit goldbraun leuchtenden Augen. »Das ist wohl der Grund gewesen, warum sie auf mich Jagd gemacht haben. Ich bin auf irgendeine Weise ein Teil all dessen. Die Zeugen ... der Hierophant ... sie wollten mich manipulieren, um herauszufinden, was ich vor all den Jahren gesehen habe.«

Penrose holte scharf Luft. »Was hast du gesehen?«, fragte sie, ihre Stimme kaum lauter als ein Flüstern, aber voller Dringlichkeit. »Anton, hast du gesehen, wie sich das Zeitalter der Dunkelheit aufhalten lässt?«

Es war, als würden die Worte etwas in ihm an die Oberfläche zerren, was er verdrängt hatte. »Ich weiß nicht ...«

»Die Prophezeiung«, sagte Penrose atemlos. »Es heißt, dass der Letzte Prophet sie vollenden wird. *Du* bist derjenige, dem es bestimmt ist, sie zu vollenden. Der gesehen hat, wie sich das Zeitalter der Dunkelheit aufhalten lässt.«

Anton schüttelte den Kopf. Sein Herz sank wie ein schwerer Stein auf den Grund eines dunklen Meeres. »Ich habe etwas gesehen. Etwas, was sich wie ein Schatten auf die Welt zubewegt. Aber nicht ...«

Penrose ballte die Hände in ihrem Schoß zu Fäusten. »Sag mir, was du gesehen hast.«

Er schloss die Augen. Der Schatten vor der Sonne. Der eingestürzte Turm. Der dunkle Rauch. Und diese unfassbar hellen Augen, die seinen Blick festhielten und bis in sein Innerstes sahen. Die in Schutt und Asche liegenden Sechs Prophetischen Städte. Die Vision stieg vor seinem geistigen Auge auf – er konnte sie sehen, konnte den Rauch und den blutroten Himmel *riechen*.

Er konnte Berus Gesicht sehen, deren Augen so weiß leuchteten wie die Flamme des Gottesfeuers.

»Schutt und Asche«, sagte Anton schließlich. »Ich habe die Welt in Schutt und Asche liegen sehen.«

—⁓—

Auf ihrem Weg über das Meer von Pelagos geisterte Anton wie eine Spukgestalt durch das Schiff. In seinem Magen hatte sich eine Übelkeit eingenistet, die offenbar kein Seemannspunsch kurieren konnte, egal wie viel er davon trank.

Die Mitglieder des Ordens warfen ihm verstohlene Blicke zu, wenn sie ihm in den schmalen Gängen begegneten, und begannen zu flüstern, wenn sie ihn auf dem Besatzungsdeck sahen. Sie sprachen in gedämpftem Tonfall über den Jungen, der auf den Leuchtturm geklettert war, um sein Licht auszusenden. Den Jungen, der ihr Erlöser war. Ihr Prophet.

Seit Anton Jude das eine Mal im Schiffslazarett besucht hatte, war er nicht mehr dort gewesen. Selbst als die Tage vergingen und Jude noch immer nicht zu sich gekommen war, hielt er sich von dort fern. Tagsüber, wenn das Licht am hellsten war, blieb er in seiner Kajüte und schlief. Abends wurde er von Penrose geweckt, die ihm Fladenbrot und getrocknete Feigen brachte. Erst mitten in der Nacht wagte er sich nach draußen, wenn er sicher sein konnte, dass nur noch ein paar Besatzungsmitglieder auf den Beinen waren.

Die Garde ließ ihn gewähren, obwohl Anton spürte, dass sie es nicht guthießen, wenn er sich mitten in der Nacht davonstahl. Allerdings hielt einer von ihnen stets vor seiner Tür Wache, bereit, ihm wie ein imposanter Schatten zu folgen.

In dieser Nacht war es Penrose, die sich stumm im Hintergrund hielt, als er sich über die Reling beugte und das Gesicht in den Wind hielt, während die Nacht das Schiff in ihren schwarzen Armen hielt.

»Penrose.«

Anton erstarrte. Acht Tage waren vergangen, seit er diese Stimme das letzte Mal gehört hatte.

»Hältst du es für klug, hier draußen zu sein?«, fragte Penrose. »Du bist gerade erst wieder auf die Beine gekommen.«

Anton drehte sich um. Jude stand nur wenige Schritte von ihm entfernt, in eine einfache Leinentunika und -hose gekleidet. Der Mond warf sein blasses Licht auf ihn.

»Es geht mir gut«, sagte er zu Penrose. »Warum ruhst du dich nicht etwas aus? Für den Rest der Nacht kann ich auf ihn aufpassen.«

Einen Moment lang herrschte ein angespanntes Schweigen zwischen ihnen. Doch schließlich nickte sie. Anton blickte ihr nach und sah erst wieder zu Jude, als sie unter Deck verschwunden war.

»Du bist wach«, sagte Anton wenig geistreich.

»Du auch«, gab Jude zurück und humpelte auf ihn zu.

Penrose hatte mit keinem Wort erwähnt, dass Jude zu sich gekommen war. Niemand von ihnen. Andererseits hatte Anton sie nicht danach gefragt. Es war Judes Anblick gewesen – blass, schmal, hilflos –, der die Übelkeit in ihm hervorgerufen hatte.

Schuld.

Sie zog ihm erneut den Magen zusammen, als er nun Judes fahles Gesicht betrachtete, die dunklen, fast violetten Schatten unter seinen Augen, die gezackten Narben, die seinen Hals hinaufkrochen.

Er begegnete wieder Judes Blick, und der Ausdruck in seinen Augen wurde weicher, als Jude die unausgesprochene Frage beantwortete. »Es geht mir gut.« Die Andeutung eines Lächelns lag auf seinen Lippen, als er hinzufügte: »Na ja, sagen wir, es kommt sehr nach an gut ran.«

Er log. Anton war mit Judes *Esha* vertraut gewesen, bevor er ihm das erste Mal begegnet war. Er hatte es wie einen heraufziehenden Sturm in seinen Knochen gespürt. Genauso intensiv, wie er es auch in diesem Moment spürte, doch es war geschwächt, kein Orkan mehr, sondern nur eine Brise. Gebrochen.

Das Gottesfeuer hatte Judes Gabe angegriffen, daran bestand so gut wie kein Zweifel. Aber in welchem Ausmaß, das wusste Anton nicht. Und er konnte sich nicht dazu durchringen, ihn zu fragen.

Jude trat auf ihn zu. »Was ist mit dir? Bist du …?«

»Bin ich so weit, mich selbst hier über Bord in die Fluten zu stürzen?«

Judes Gesicht versteinerte.

Anton wandte sich dem Wasser und der darunterliegenden Dunkelheit zu. »Ich habe schon so lange überlebt. Ich werde es wohl einfach … weiter so halten.«

Jude stellte sich neben ihn, während Anton mit dem Daumennagel über das Holz der Schiffsplanke kratzte.

»Ich weiß gar nicht, was ich dir jetzt sagen soll.« Es gab so viel, was Anton sagen wollte. Von dem er glaubte, dass er es sagen sollte. »Du hast mein Leben gerettet. Ich habe nach dir gerufen und du hast mich gehört. Du bist zu mir gekommen. Und auf dem Leuchtturm …«

»Ich hatte gar keine Wahl«, erwiderte Jude. »Du bist der Prophet. Es ist meine Pflicht, dich zu beschützen, koste es, was es wolle.«

Es waren dieselben Worte, die er auf dem Leuchtturm zu Anton gesagt und deren Wahrheitsgehalt er einen Moment später unter Beweis gestellt hatte.

»Ich weiß«, sagte Anton und dann wusste er nicht mehr weiter. Noch nie hatte jemand so viel für ihn getan. Es war zu viel oder vielleicht nicht genug. Er schüttelte den Kopf und schaute aufs Wasser hinaus, fühlte sich unbehaglich unter Judes Blick. »Penrose hat mir von der letzten Prophezeiung erzählt. Vom Zeitalter der Dunkelheit. Ihr habt alle fest daran geglaubt, dass wir wüssten, wie man es aufhalten kann, wenn ich die Prophezeiung erfülle.«

»Anton …«

»Ich habe es gesehen, Jude«, sagte Anton und kämpfte gegen das Zittern in seiner Stimme an. »Ich habe die Welt untergehen sehen. Das ist es, was mir meine Vision gezeigt hat. Der Tag der Vergeltung, nach dem die Zeugen streben, das Zeitalter der Dunkelheit, das die Propheten vorausgesehen haben – es kommt auf uns zu. Aber ich weiß nicht, wie man es aufhalten kann.«

Er hörte Jude neben sich Luft holen, spürte ein sanftes Gewicht auf seiner Hand, die auf der Reling lag. Die Berührung war federleicht, aber so fest wie ein Versprechen.

Was auch passiert, ich werde dich beschützen.

Vielleicht würde Jude dieses Versprechen eines Tages brechen müssen. Vielleicht würde sich Anton eines Tages einer Sache stellen müssen, vor der ihn niemand beschützen konnte.

Aber für den Moment … Anton senkte den Blick, schob sanft den Daumen über Judes Finger. Für den Moment gab es das hier. Das Gewicht einer Hand, die auf seiner lag, der Trost eines anderen Herzschlags, so nah, dass er ihn hören konnte.

So blieben sie stehen, Seite an Seite gegen den Wind gestemmt, während das Schiff weiter durch die Dunkelheit segelte.

Glossar

—☞☜—

Agora – Tempelplatz in der Oberstadt von *Pallas Athos*

Akolyth – Tempeldiener

Al-Khansa – Stadt südlich von *Nasira* an den Ufern des *Herat*

Annuka – Mitglied der Paladingarde, Schwester von *Yarik*, aus der *Inshuusteppe*

Anton – Auf der Flucht vor seinem Bruder, schlägt sich mit Jobs und Glücksspiel durch, verfügt über die *Gabe des Sehens*

Aran – *Ephyras* und *Berus* Vater

Archon basileus – Höchstes Amt in *Pallas Athos* neben dem *Priesterkonklave*

Armando Curio – Priester in *Pallas Athos*, der von der *Blassen Hand* getötet wird

Armillar-Bahn – Von *begnadeten* Konstrukteuren erbaute Bahn, die fünf der *Sechs Prophetischen Städte* miteinander verbindet

Asisi – *Herati*-Junge, lebt im Flüchtlingslager in *Pallas Athos*. Sohn von *Halima*

Begnadeter – Mensch, dem die *Sieben Propheten* durch eine Gnadengabe (*Vier Innere Gaben*) besondere Fähigkeiten verliehen haben. Oft haben diese Begnadeten einflussreiche Positionen. Sie werden von den *Zeugen* verfolgt, die Gaben mit *Gottesfeuer* ausbrennen wollen, um den Begnadeten ihre Macht zu nehmen.

Behesda – Eine der *Sechs Prophetischen Städte*, benannt nach *Behesda der Gnädigen*, einer der *Sieben Propheten*

Behesda die Gnädige – Eine der *Sieben Propheten*

Beru – Schwester von *Ephyra*, kann ohne Ephyras Hilfe nicht überleben, beide hausen unter einem alten Mausoleum in *Pallas Athos*.

Blasse Hand – Zitat aus der *letzten Prophezeiung*, die die *Sieben Propheten* vor ihrem Verschwinden hinterlassen haben; *Ephyra*; alle von ihr getöteten Menschen tragen einen blassen Handabdruck.

Canbarra – Kartenspiel, das in *Pallas Athos* gespielt wird

Charis – Eine der *Sechs Prophetischen Städte*, auch »Stadt der Barmherzigkeit« genannt; gelegen auf der gleichnamigen Insel Charis, auf der *Hector* aufgewachsen ist

Cirion – Cirion Siskos, Hassans Cousin, *Lethias* Sohn, Kaufmann; Hassan lässt sich im Flüchtlingslager Cirion nennen, um unerkannt zu bleiben.

Cressida – Schiff aus der Flotte des heratischen Kaufmanns *Cirion*, des Sohns von *Lethia*

Delos – Hafenstadt in der Nähe vom Kastell von Kerameikos

Elea-Platz – Platz in *Pallas Athos* vor der Herberge *Gärten von Thalassa*

Eleasarkelch – Machtvolles Artefakt, mithilfe dessen der König der Nekromanten einst ein Totenheer erschuf, um die Macht im Reich *Herat* an sich zu reißen

Emir – *Akolyth* in *Pallas Athos*

Endarra die Holde – Eine der *Sieben Propheten*

Endarrion – Eine der *Sechs Prophetischen Städte*

Ephyra – Schwester von *Beru*, verfügt über die *Gabe des Blutes*, bringt Menschen um, indem sie sie mit der *Blassen Hand* zeichnet, gilt daher als Vorbote aus der *letzten Prophezeiung*

Esha – Lebensenergie

Flammenfest – Gedenktag der Gründung *Nasiras* (Tag der Entzündung des ersten Leuchtfeuers im *Leuchtturm von Nasira*) in *Herat*

Flutfest – Fest in *Herat*, an dem Opfergaben für ein fruchtbares Jahr gebracht werden

Frau ohne Namen – *Frau Tappan*

Frau Tappan – Verfügt über die *Gabe des Sehens*; bietet Orakeldienste an und betätigt sich als Kopfgeldjägerin. Niemand weiß, wie sie in Wirklichkeit heißt, *Frau ohne Namen.*

Gabe des Blutes – Eine der *Vier Inneren Gaben*; verleiht die Fähigkeit, Energie zu übertragen oder zu entziehen

Gabe des Geistes – Eine der *Vier Inneren Gaben*; verleiht die Fähigkeit, Objekte mit besonderer Funktionsweise anzufertigen

Gabe des Herzens – Eine der *Vier Inneren Gaben*; verleiht außergewöhnliche Stärke, Geschicklichkeit, Schnelligkeit und Sinneswahrnehmung

Gabe des Sehens – Eine der *Vier Inneren Gaben*; verleiht die Fähigkeit, alles Lebende zu erspüren und zu orten

Gesichtsloser Wanderer – Einer der *Sieben Propheten*

Gottesfeuer – Weißes Feuer, mit dem der *Hierophant* den *Begnadeten* ihre Gabe entzieht

Halima – *Herati* aus dem Flüchtlingslager in Pallas Athos, Mutter von *Asisi*

Hassan – Hassan Seif, Prinz von *Herat*, lebt im Exil bei seiner Tante *Lethia* in *Pallas Athos*

Hector – Hector Navarro, bester Freund von *Jude*, hatte den Orden verlassen und ist nun rechtzeitig zu Judes Ernennung zum *Hüter der Botschaft* zurückgekehrt

Heilige Straße – Straße in *Pallas Athos*, die vom Hafen bis zum über der Stadt aufragenden *Tempel von Pallas* führt

Heiliges Tor – Tor im obersten Abschnitt der *Heiligen Straße* vor der höchsten Ebene der Stadt *Pallas Athos* mit *Agora* und dem *Tempel von Pallas*

Herat – Königreich mit der Hauptstadt *Nasira*, nach einem Umsturz in der Hand der *Zeugen*; gleichnamiger Fluss

Hierophant – Oberhaupt der *Zeugen*, der eine goldene Maske trägt und die Bewohner der Städte gegen die Propheten und die *Begnadeten* aufwiegelt

Höchste Klinge – Schwert des *Hüters der Botschaft*, bestimmt zum Schutz des *Letzten Propheten*

Hüter der Botschaft – Amt im *Orden des Letzten Lichts*; die Aufgabe des Hüters ist es, die Paladingarde zusammenzustellen und mit ihrer Hilfe den *Letzten Propheten* zu finden und zu schützen.

Illya – Illya Aliyev, *Antons* Bruder

Inshuusteppe – Steppe nördlich der *Wüste Seti*, bewohnt von verschiedenen Stämmen

Jahr der inneren Betrachtung – Initiationsjahr für den *Hüter der Botschaft* aus dem *Orden des Letzten Lichts*

Jude – Jude Adlai Weatherbourne, Angehöriger des *Ordens des Letzten Lichts*, der das Amt des *Hüters der Botschaft* übernehmen und den *letzten Propheten* ausfindig machen soll

Kastell von Kerameikos – Festung im Hinterland, Sitz des *Ordens des Letzten Lichts*, der sich nach dem Verschwinden der Propheten aus *Pallas Athos* dorthin zurückgezogen hat

Keric der Barmherzige – Einer der *Sieben Propheten*; sein Tempel steht in *Charis*

Khepri – Nach *Pallas Athos* geflüchtete *Herati*-Legionärin, die alles zu tun bereit ist, um ihr Land von den *Zeugen* zurückzuerobern

Koah – Kampfkunst der *Paladine* des *Ordens des Letzten Lichts*; die Koah-Formen leiten die *Gabe des Herzens*.

Kyria – Priesterin, hat *Pallas Athos* von König *Wassili* zurückerobert; Verbündete und Geliebte der Prinzessin von *Charis*

Lethia – Lethia Siskos, *Hassans* Tante, Schwester des gestürzten heratischen Königs, lebt in *Pallas Athos*; Witwe des letzten *Archon basileus*; hat Prinz *Hassan* bei sich aufgenommen

Letzter Prophet – Die geheime *letzte Prophezeiung*, gehütet vom *Orden des Letzten Lichts*, verkündet die Ankunft des *Letzten Propheten*, der die Macht hat, das *Zeitalter der Dunkelheit* zu bannen oder erst anzustoßen

Letzte Prophezeiung – Haben die *Sieben Propheten* nur dem *Orden des Letzten Lichts* anvertraut, bevor sie aus der Welt verschwunden sind. Sie verkündet die Ankunft des *Letzten Propheten*

Leuchtturm von Nasira – Eines der *sechs großen Weltmonumente*

Magnetstein – Magnetsteine leiten die *Gabe des Sehens*, werden dafür in ein Orakelbecken geworfen

Marinos – Marinos Navarro, *Hectors* älterer Bruder

Marschall Weatherbourne – Theron Weatherbourne, Vater von *Jude, Hüter der Botschaft*, der sein Amt an Jude weitergeben will

Medea – Dorf in der Nähe von *Tel Amot*, in dem *Ephyra* und *Beru* aufgewachsen sind

Nasira – Eine der *Sechs Prophetischen Städte*, Hauptstadt von *Herat*, bekannt für den *Leuchtturm von Nasira*, einem der *sechs großen Weltmonumente*)

Nasira die Weise – Eine der *Sieben Propheten*, Gründerin von *Nasira*

Nowogardisches Reich – Reich nördlich von *Pallas Athos*, das mit dem letzten König *Wassili* sein Ende fand

Orden des Letzten Lichts – Dieser Orden hat sich nach dem Verschwinden der Propheten aus *Pallas Athos* ins *Kastell von Kerameikos* zurückgezogen. Dort hütet er die geheime *letzte Prophezeiung* und sucht nach dem *Letzten Propheten*. Die Mitglieder geloben Keuschheit.

Osei – Bashiri Osei, Mitglied der Paladingarde, stammt aus der *Wüste Seti*

Osgard – Nowogardische Stadt

Ozmandith-Allee – Prachtstraße in *Nasira*

Paladin – Kämpfer des *Ordens des Letzten Lichts*. Paladine verfügen über die *Gabe des Herzens* und sind hervorragende Kämpfer. Der erste Paladin ist *Hüter der Botschaft* (*letzte Prophezeiung*) und stellt sich eine Garde zusammen, die ihm hilft, den *Letzten Propheten* zu suchen und zu schützen.

Pallas Athos – Die wichtigste der *Sechs Prophetischen Städte*, gegründet von *Pallas dem Gläubigen*, einem der *Sieben Propheten*. Die Stadt ist bekannt für den *Tempel von Pallas*, einem der *sechs großen Weltmonumente*) und wird auch »Stadt des Glaubens« genannt. Doch seit dem Verschwinden der Propheten und nachdem der *Orden des Letzten Lichts* die Stadt verlassen hat, ist vom Glauben nicht mehr viel zu spüren.

Pallas der Gläubige – Einer der *Sieben Propheten*

Pelagos – Meer vor Pallas Athos, an dessen Küste die meisten der *Sechs Prophetischen Städte* liegen

Penrose – Moria Penrose, Mitglied der Paladingarde, kennt *Jude* seit seiner Kindheit

Pesistratos-Mausoleum – Zerstörtes Grabmal in *Pallas Athos*, in dessen Ruine *Ephyra* und *Beru* Unterschlupf gefunden haben

Petrossian – Andreas Petrossian, Mitglied der Paladingarde

Priesterkonklave – Gesamtheit der über Pallas Athos herrschenden Priester

Qarashi – Stamm der *Inshuusteppe*

Reza – *Herati-Geflüchteter; Begnadeter,* dem die *Zeugen* mit *Gottesfeuer* seine Gabe genommen haben

Sal Triste – Geburtsort von *Hector* auf der Insel *Charis*

Sechs Prophetische Städte – Pallas Athos, Nasira, Charis, Behesda, Endarrion und Tarsepolis, die jeweils einem Propheten geweiht sind

Sechs große Weltmonumente – Der *Tempel von Pallas*, der *Leucht-*

turm von Nasira, die Große Treppe von *Charis*, das Rote Tor der Gnade (*Behesda*), die Schwimmenden Gärten (*Endarrion*) und die Hüter der Gerechtigkeit (*Tarsepolis*)

Sieben Propheten – Die Propheten, die die Menschheit zweitausend Jahre geführt haben und dann vor hundert Jahren plötzlich verschwunden sind: *Pallas der Gläubige, Nasira die Weise, Keric der Barmherzige, Behesda die Gnädige, Endarra die Holde, Tarseis der Gerechte* und der *gesichtslose Wanderer*

Tag der Vergeltung – Tag, an dem die *Zeugen* die *Begnadeten* mit ihrem *Gottesfeuer* richten wollen

Tarseis der Gerechte – Einer der *Sieben Propheten*

Tarsepolis – Eine der *Sechs Prophetischen Städte*

Tel Amot – Stadt an der Kreuzung der Handelswege, die die *Sechs Prophetischen Städte* mit der *Wüste Seti* und der *Inshuusteppe* verbindet

Tempel von Pallas – Eines der *sechs großen Weltmonumente*

Trennungsmuster – Auf den Körper gezeichnet, leiten sie die *Gabe des Blutes*, um das *Esha* vom Körper zu trennen

Verbindungsmuster – leiten die *Gabe des Blutes*, um zu heilen

Vier Innere Gaben – *Die vier Gaben*, die die Propheten den *Begnadeten* verliehen haben: Die *Gabe des Herzens*, die *Gabe des Blutes*, die *Gabe des Geiste*s und die *Gabe des Sehens*

Wassili der Wahnsinnige – Letzter König des *Nowogardischen Reichs*, der einen Krieg gegen die *Sechs Prophetischen Städte* anzettelte; König Wassili verlor den Verstand und sein Reich zerfiel.

Wüste Seti – Wüste zwischen *Behesda* und *Nasira*, die sich von der Ostküste des *Pelagos* bis nach *Behesda* erstreckt und von der *Inshuusteppe* im Norden bis zum *Südmeer*.

Yarik – Mitglied der Paladingarde, Bruder von *Annuka*, aus der *Inshuusteppe*

Zeitalter der Dunkelheit – Angekündigt in der *letzten Prophezei-ung*, nur der *Letzte Prophet* kann es anstoßen oder aufhalten

Zeugen – Anhänger des *Hierophanten*, der bereits den König von *Herat* gestürzt hat, gegen alle *Begnadeten* predigt und sie mit *Gottesfeuer* richten will

Danksagung

—⁓⁓—

Von der Geschichte im Kopf bis zum gedruckten Roman im Bücherregal ist es eine lange und beschwerliche Reise. Ich und mein Buch hatten das Glück, auf diesem Weg von ein paar wirklich großartigen Menschen begleitet zu werden.

Zuallererst danke ich meinen Agentinnen Hillary Jacobson und Alexandra Machinist: Wäre dieses Buch eine Disney-Prinzessin, dann wärt ihr beide die guten Feen gewesen, die mit allem, was ihre Zauberkräfte hergeben, über ihr Wohlergehen wachen. Danke, dass ihr an mich und die Geschichte geglaubt und keine Mühen gescheut habt, um uns ans Ziel zu bringen. Ihr habt das, was in mir war, ans Licht geholt und meine Träume wahr werden lassen. Genauso danke ich all den anderen aus dem Team von ICM und Curtis Brown, ganz besonders Tamara Kawar, Ruth Landry und Roxane Edouard. Ich bin euch so wahnsinnig dankbar für alles, was ihr getan habt und weiterhin tut!

Ich danke meinem genialen Lektor Brian Geffen: Deine Besonnenheit, deine Begeisterungsfähigkeit und die bedingungslose Unterstützung, die du mir zuteil hast werden lassen, haben mich Demut gelehrt. Ich hätte nie zu hoffen gewagt, jemals das Glück zu haben, mit jemandem zusammenarbeiten zu dürfen, der mein Buch in jeder seiner Facetten begreift und ernst nimmt, wie du es tust.

Jean Feiwel, Christian Trimmer, Rachel Murray, Rich Deas, Mallory Grigg, Elizabeth Johnson, Starr Baer: Ich danke euch allen dafür, dass ihr euch so unermüdlich für dieses Buch ins Zeug gelegt habt und ihm ein so wundervolles Zuhause gebt.

Ein riesengroßes Dankeschön geht auch an das unglaubliche Marketingteam bei MCPG: Molly Ellis, Brittany Pearlman, Ashley Woodfolk, Johanna Kirby, Allegra Green, Melissa Croce, Mariel Dawson, Julia Gardiner.

Ich danke meinen schreibenden Kollegen: Janella Angeles (mit deren Buch sich meines den Veröffentlichungs-Geburtstag teilt), Madeline Colis, Erin Bay, Christine Lynn Herman, Amanda Foody, Kat Cho, Amanda Haas, Mara Fitzgerald, Ashley Burdin. Danke für eure Freundschaft, euer Feedback und die vielen Flaschen Wein, die wir geteilt haben. Axie Oh, Ella Dyson, Alexis Castellanos, Claribel Ortega, Tara Sim, Melody Simpson: Danke für das Salz, die niedlichen Tierfotos und das Herzschmalz. Ich wüsste nicht, wie ich es hätte schaffen sollen, dieses Buch ohne euch zu veröffentlichen, und bin unendlich dankbar, dass ich es nicht musste.

Akshaya Raman: Danke, dass du die beste Korrekturleserin/Schützengrabenkameradin/Buchvorstellungsbegleiterin/Writing-Date-Freundin der Welt bist, und danke für dieses eine Skype-Gespräch, das mich wirklich gerettet hat.

Meg RK, du leuchtender Stern: dieses Buch ist zu ganz großen Teilen deiner Geduld, deinem Humor und deinem Verständnis zu verdanken. Wenn ich am Boden liege und mit jedem Wort hadere, weißt du stets, wie du mich wieder aufrichten kannst.

Traci Chee, Swati Teerdhala, Hannah Reynolds, Chelsea Beam und Julie Dao: Euer Rat und eure Freundschaft bedeuten mir alles.

Die KELT Girls, Lucy Schwartz und Teagan Miller: Ich werde euch niemals vergessen, dass ihr mir Mut gemacht habt, als dieses

Buch noch nicht mehr war als ein dünner Stapel ziemlich furchtbar zu lesender Seiten.

Melina Charis: Danke, dass du die letzten zehn Jahre immer an meiner Seite warst (und dass ich deinen Nachnamen benutzen durfte!). Scott Hovdey, ewiger Kinokumpel und fabelhafter Freund: Danke, dass du auf diesem Weg bei jedem einzelnen Schritt an mich geglaubt hast.

Meine Familie: Mom, Dad – danke, dass ihr mir von Kindheit an so viele Freiheiten gelassen habt. Die Tage, an denen ich ungestört im Garten herumstromern durfte, haben meine Fantasie erblühen lassen und mich letztlich zu einer Schriftstellerin gemacht. Sean – danke, dass du mir erlaubt hast, deine Dungeons-&-Dragons-Bücher zu lesen, auch wenn ich nie mitspielen durfte. David, mein Bruder – du wirst immer einen Platz in meinem Herzen haben. Julia Pool – danke, dass du dafür gesorgt hast, dass ich jeden Moment meines Lebens genießen kann. Riley O'Neill – danke für die Cocktails zur Feier des Tages und die Gespräche im Bücherclub. Kristin Cerda – danke für SSWS, fürs Zelten unter Mammutbäumen, für endlose Gespräche über Sprache, Bedeutung und manchmal über Kulte. Ohne dich wäre ich nicht die, die ich heute bin. Auf Mary Shelley und ihren widerspenstigen Teenage-Spirit!

Erica, du meine liebste Schwester und zweite Hälfte meines Gehirns: Wenn es auf dieser Welt jemanden gibt, der mehr in dieses Buch gesteckt hat als ich, dann bist das du. Du hast es vom Sammeln der ersten Ideen bis zum Setzen des allerletzten Kommas begleitet. Wenn ich mich in einem Meer aus Plot-Twists und magischen Systemrätseln verliere, bist du der Kompass, der mir den Weg zurück zu der Geschichte weist. Dieses Buch widme ich dir – genau wie alle anderen, die noch folgen werden. Und jetzt leg los und schreib endlich dein eigenes zu Ende!

Zuletzt danke ich aus tiefstem Herzen allen LeserInnen, Blogger-Innen, BibliothekarInnen und BuchhändlerInnen, die dieses Buch in die Hand genommen haben. Es ist mir eine Ehre, es mit euch teilen zu dürfen.

Foto: © Cyndi Kuiper, Chickpea Photography

Autorin

KATY ROSE POOL ist in Los Angeles geboren und aufgewachsen. Nach ihrem Geschichtsstudium in Berkeley hat die Autorin einige Jahre lang tagsüber Websites erstellt und sich nachts Prophezeiungen ausgedacht. Derzeit lebt sie in der Nähe von San Francisco. Die »The Age of Darkness«-Trilogie ist ihr Debüt.

Von Katy Rose Pool sind bei cbj erschienen:
Age of Darkness Band 1: Feuer über Nasira (31514)
Age of Darkness Band 2: Schatten über Behesda (16562)
Age of Darkness Band 3: Das Ende der Welt (16563)

Foto: © privat

Übersetzerin

Anja Galić lebt und arbeitet in der Kölner Südstadt, wohin es sie des Studiums wegen verschlug, und hat badische Wurzeln. Dass man beim Übersetzen Dinge recherchiert und erfährt, denen man sonst nie begegnet wäre, findet sie bei jedem Buch aufs Neue spannend.

Mehr zu unseren Büchern auch auf Instagram

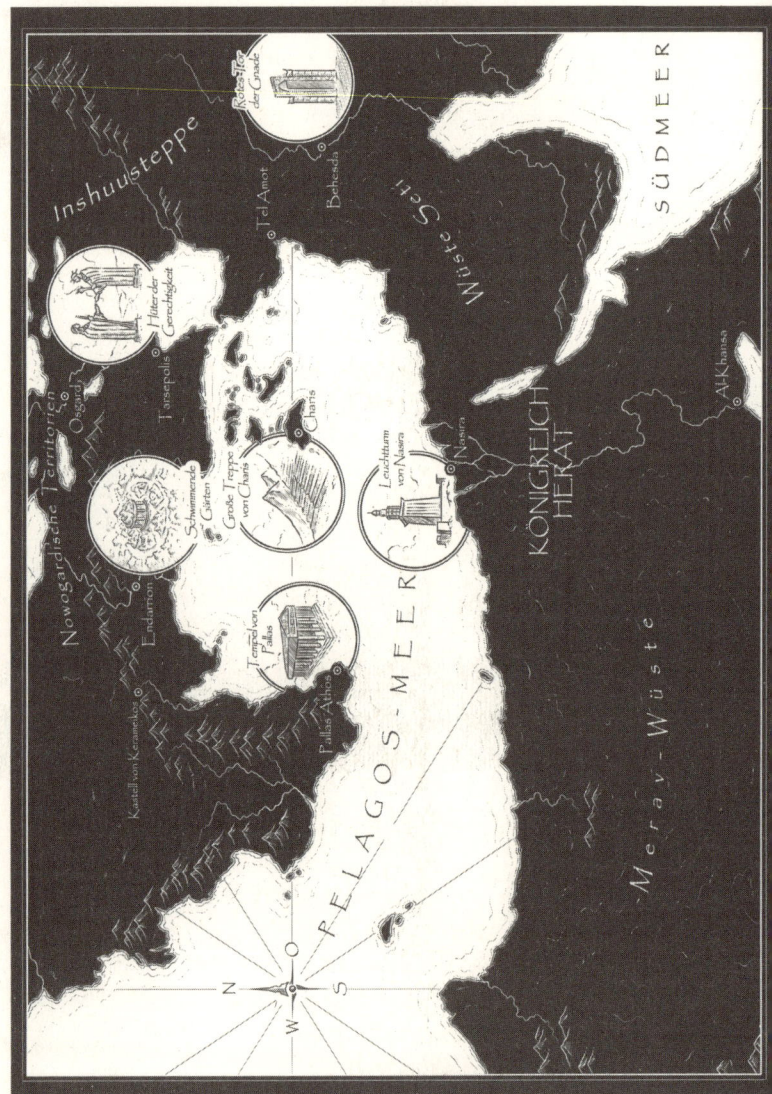